Stefan Koenig

3033

Meine Reise mit Elon Musk zum Mars

Roman

Pegasus Bücher

© 2023 by Stefan Koenig

Verlag Pegasus Bücher
Umbruchgestaltung:
GRAPHIC-FACTORY, Hungen
Druck: Totem
Erste Auflage

ISBN: 978-3-9824515-9-6

Mail-Kontakt
zu Verlag und Autor:
juergen.bodelle@t-online.de

Postadresse:
Pegasus Bücher
Postfach 1111
D-35321 Laubach

FÜR ALLE UND NIEMAND

»Wenn ein Wissenschaftler darüber nachdenkt, die grundlegende Natur des Lebens zu verändern – Viren zu erzeugen, Gene zu verändern – malt dies ein Schreckgespenst an die Wand, das viele Biologen als ziemlich besorgniserregend empfinden, während die Neurowissenschaftler, die ich kenne, wenn sie über Chips im Gehirn nachdenken, es ihnen nicht so fremd zu sein scheint, weil wir bereits Chips im Gehirn haben.

Wir haben eine tiefe Hirnstimulation, um die Symptome der Parkinson-Krankheit zu lindern. Wir haben frühe Versuche mit Chips, um das Sehvermögen wiederherzustellen. Wir haben das Cochlea-Implantat. Für uns scheint es also keine große Anstrengung zu sein, Geräte in ein Gehirn zu stecken, um Informationen auszulesen und Informationen wieder einzulesen.«

Elon Musk

Bitte vergessen Sie nicht,
dass es sich bei dem vorliegenden Werk
um eine frei erfundene Story handelt.
Keine Angst also, nicht *SIE* werden
für 1000 Jahre eingefroren!

Personen- und Orts-Namen,
die Ihnen vielleicht
bekannt vorkommen mögen,
gehören *nicht* zu real existierenden
Personen oder Orten.
Jedenfalls gibt es sie so nicht, nicht so!

Orte, Ereignisse und Romanfiguren
sind allesamt Erfindungen.
Nackte Illusionen.
Faktische Fiktionen.
Fiktive Fakten.
Fremont, Silicon Valley, Grünheide
und den Mars
– gibt es diese Orte wirklich?

Ich bin mir in nichts mehr sicher.
Vielleicht aber wissen *Sie* bald mehr …
sofern Sie Mike Musk kennen lernen

Inhalt

Plan für die Autofabrik in Grünheide
Einer der Schauplätze im Juni 2021

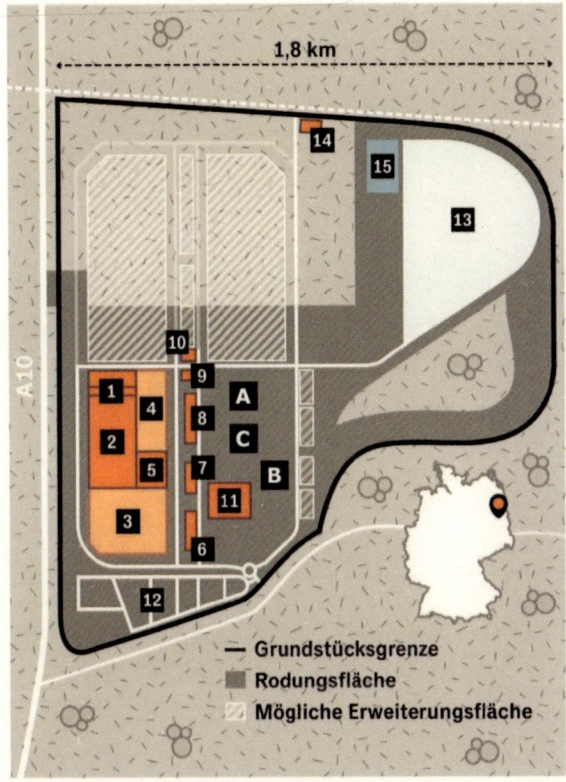

1,8 km

A10

14
15
13
10
9
1
4
A
8
2
C
5
7
B
11
3
6
12

— Grundstücksgrenze
▇ Rodungsfläche
▨ Mögliche Erweiterungsfläche

1 - **15** Presswerk bis Rückhaltebecken
Nicht ganz so wichtig für die Story

A Elon Musk, Chef

B PR-Chef Stefan Koenig & Mike Musk

C Charlotte Curtis, Chefsekretärin

HANDELSBLATT-GRAFIK   **Quelle:** Unternehmen

Teil 1

Damals 2021

Im Jahr 2021, als ich Elon Musk, den Tesla-Chef, in Grünheide kennen lernte, trug sich auf der anderen Seite des Atlantiks in einem Nebengebäude der Tesla Factory im kalifornischen Fremont folgendes zu:

„Nehmen Sie bitte Platz, Sir", sagte der Neurochirurg der »Neuralink Corporation« und deutete auf den weißen Stuhl vor seinem ebenfalls weißen, blitzblank aufgeräumten Schreibtisch.

„Ich danke Ihnen für den schnellen und vertraulichen Termin, den Sie mir eingeräumt haben, Herr Doktor", sagte Mike Musk und setzte sich. „Dafür danke ich Ihnen von Herzen. Und dennoch beanspruche ich allein wegen meines Namens keine Sonderbehandlung."

Er sagte es mit beeindruckender Bescheidenheit und Ruhe. Dies war Teil seiner Natur, die sich niemals ändern würde. Er hatte sich bei Dr. Team-Ro unter dem Vorwand anhaltender Kopfschmerzen angemeldet und um einen baldigen Termin gebeten. Die »Integrierte Neurochirurgie« war, ebenso wie die »Forschungseinrichtung für Künstliche Intelligenz«, auf dem weitläufigen Gelände von Elon Musks Tesla Factory am Fremont Boulevard 45500 angesiedelt.

Die Ruhe, die Mike ausstrahlte, täuschte darüber hinweg, dass Mr Musk jun. mit der Fabrikationsnummer »MMM 3.033R« zu diesem letzten Ausweg Zuflucht nehmen musste. Aber so war es. Obwohl er nicht unweit der Fabrik in der Villa des Firmenchefs zu Hause war, war ihm der Weg hierher wie eine Weltreise vorgekommen, allein, um dieses vertrauliche Gespräch mit Dr. Team-Ro zu führen. Allein, um damit an die einzige ihm verbliebene Hoffnung zu knüpfen, das Hauptziel seines Daseins zu erreichen. Alles war darauf hinausgelaufen. Alles.

Mikes Gesichtsausdruck war dem Gesicht seines Adoptivvaters ähnlich, vielleicht etwas glatter und unauffälliger, wie vom Fließband einer Massenproduktion. Aber genau dies entsprach nicht Mikes Herkunft. Er war ein Sonderling. Aus seinen Augen sprach eine gewisse Melancholie. Sein dunkles Haar war hochgekämmt und ziemlich fein. Er sah frisch und sauber rasiert aus, ohne Bart oder Schnurrbart oder sonstige Affektiertheiten des Gesichts. Seine Kleidung war modisch und schick, wie es einem Abkömmling von Elon Musk zustand.

Das Gesicht des Chirurgen dagegen hatte etwas Maskenhaftes, fast könnte man meinen: etwas Emotionsloses an sich. Das war wenig überraschend, denn dieses Gesicht war wie seine übrige Erscheinung aus einem neuen, Menschenhaut ähnlichen Edelmetall gefertigt, dass im benachbarten Raumfahrtlabor entwickelt worden war. Es fand seine Verwendung bei SpaceX, Elon Musks Weltraumfirma.

Dr. Team-Ro saß im Moment aufrecht, fast ein wenig starr und unbeweglich, an seinem stattlichen weißen Schreibtisch in dem künstlich beleuchteten Raum und betrachtete Musk jun. mit der statuenhaften Ruhe, die dem Blick seiner leuchtenden Augen eigen war.

Ein silbernes Schild auf dem Schreibtisch wies darauf hin, mit wem man es zu tun hatte: »Tesla

Musk Robotnik 0.22/TMR0.22 (Dr. Team-Ro)«. Bei Schadensansprüchen oder Beschwerden musste man die Identifikationsnummern wissen, denn die Maschinenpersonen, mit denen man in der Neuralink Inc. zu tun hatte, waren ein und demselben Produktionsprozess unterworfen gewesen. Sie waren sich naturgemäß äußerst ähnlich.

Erst kürzlich hatte Mike seinen Ziehvater wegen dieser seelenlosen Aneinanderreihung von Buchstaben und Ziffern angesprochen und eine individuelle Lösung vorgeschlagen: „Dad, es reicht doch der jeweils in Klammern genannte Name, wozu noch die ID-Nummern?"

„Das verstehst du noch nicht. Ich werde es dir später, zu gegebener Zeit, erklären, mein lieber MMM 3.033R", hatte Musk sen. seinem jungen Ziehsohn lächelnd erklärt.

Mike wusste, dass Nachfragen bei Dad sinnlos waren. Sie würden Dad eher wütend machen. Als Mike jetzt diese langweiligen mechanistischen ID-Nummern des Neurochirurgen ins Auge fielen, schenkte er ihnen keine weitere Beachtung. Für ihn hatten sie schon lange keine Bedeutung mehr. Er hielt es für angebracht, den Roboterchirurgen einfach nur »Doktor« zu nennen.

Der Arzt sah Mike eine Zeit lang schweigend an, bevor er anhob: „Die von Ihnen erbetene Vertraulichkeit mag gewiss ihren Grund haben, aber wegen anhaltender Kopfschmerzen brauchen Sie sich wirklich nicht zu zieren. Das kommt mir etwas eigenartig vor, wissen Sie, Sir. Etwas sonderbar", sagte der Chirurg, und Mike schien eine gewisse Ungläubigkeit in dem starren Gesicht seines Gegenübers ausgemacht zu haben.

„Das denke ich mir", antwortete Mike und zog unmerklich die Schultern hoch, bevor er mit einem tiefen Seufzer ausatmete und sie wieder senkte.

„Seit mir Ihr Anliegen zur Kenntnis kam, habe ich darüber nachgedacht, was die Geheimniskrämerei bedeutet", sagte Dr. Team-Ro.

„Es tut mir aufrichtig leid, dass ich Ihnen solche Umstände bereite."

„Ihr Mitempfinden ehrt sie."

Alles erschien Mike plötzlich so amtlich-formell. Der Arzt war zweifellos höflich, aber wo blieb sein Mitempfinden? Beide wichen der Sache nur aus. Niemand war bereit, den ersten Schritt zu wagen. Doch nun schaute ihn der Doktor nur an und schwieg.

Mike wartete auf ein Zeichen, auf einen Einwand, auf eine Frage, auf einen Vorwurf – auf irgendeinen Hinweis, aber das Stillschweigen hielt an.

Das hilft mir nicht weiter, dachte Mike, gab sich einen Ruck und sagte: „Es ist eine größere Sache, wie Sie wohl ahnen." Er sah dem gegenübersitzenden Arzt bedeutungsvoll in die roten photoelektrischen Augen. „Was ich heute zu erfahren hoffe, Doktor", fuhr er fort, „ist vor allem, ob Sie mich bald operieren können. Eine NTP-OP …"

Die »Neuro-transhumanistische Programmierung« war das eigentliche Spezialgebiet von »Neuralink«, jener Forschungseinrichtung, die Tesla zugehörig war, und in der Dr. Team-Ro arbeitete.

Einen kurzen Augenblick schien der Chirurg zu zögern. Dann sagte er ohne seine sanfte Stimme zu heben und in jenem unverkennbar respektvollen Ton, den ein Roboter stets gebrauchte, wenn er zu einem Menschen sprach: „Ich kann mir im Moment nicht vorstellen, Sir, dass ich vollauf verstehe, worauf Sie hinauswollen. Wie könnte eine solche Operation an Ihnen ausgeführt werden? Und warum sollte dies als wünschenswert betrachtet werden?"

Aus den reglos blickenden Linsenaugen des Dr. Team-Ro hätte man ein Merkmal von höflicher Skepsis herauslesen können. Aber die einem Menschen nachgeformten Gesichtszüge aus jenem durchaus leichten und doch so robusten Weltraummaterial waren nicht fähig, solchen Regungen Ausdruck zu verleihen.

Mike Musk dachte über Dr. Team-Ros Worte nach. Sollte er doch die familiäre Trumpfkarte ziehen? Aber das war ganz und gar nicht Mikes Art. Als Teil der Musk-family hatte man ihm beigebracht, zumindest nach außen Bescheidenheit zu demonstrieren. Unbescheiden durfte in der Öffentlichkeit allein der Familienpatriarch auftreten.

Während er nachdachte, studierte Mike die rechte Hand des Roboterchirurgen, seine feingliedrige Schneidehand, die entspannt auf der Schreibtischplatte ruhte. Sie war hochpräzise gearbeitet, zweifellos ein Ergebnis aus der KI-Werkstatt seines Ziehvaters. Mike war schon oft dort gewesen und hatte die komplizierten technischen Einrichtungen von seinem Dad erläutert bekommen.

Die Finger der Schneidehand waren lang und zulaufend und endeten in metallischen Krümmungen von artifizieller Eleganz. Sehr anmutig. Sehr funktionsgerecht. Ein Skalpell, das in vollkommener Harmonie mit den Fingern vereint war. Chirurg und Skalpell verschmolzen zu einem ästhetischen und funktionell tüchtigen Werkzeug.

Das ist äußerst beruhigend, dachte Mike. Bei der Operation würde es durch die instrumentelle Präzision und die mit ihr verbundene Künstliche Intelligenz kein Zittern, kein verhängnisvolles Zögern, keinen Fehlschnitt und keine Fehlschaltung geben. Im Prinzip gab es nicht die geringste Möglichkeit eines Fehlers.

Eine solch medizinisch-technische Fertigkeit war die natürliche Folge jener Spezialisierung, die von der Menschheit seit Jahrtausenden vorangetrieben und in der modernen Zeit zum unabweisbaren Dogma erhoben worden war. Zwar hatte in der Zwischenzeit eine kurze Periode Bestand, in der die Roboter in ihrer großen Mehrzahl über keinen unabhängigen Denkapparat verfügten und als bloße Anhängsel mächtiger zentralisierter Datenverarbeitungsfabriken existierten. Man hatte es damals mit der Notwendigkeit von ungeheuer großen Rechnerkapazitäten begründet, die weit über die räumlichen Begrenzungen eines einzelnen Robotergehirns hinausgingen.

Auch ein Neurochirurg brauchte damals nicht mehr als aus einem Satz Sensoren, Monitoren und einer Auswahl feinmotorischer Werkzeughandhabung zu bestehen – aber während der Operation

16

selbst wurde er aus der Ferne bedient, wie eine Drohne, die man weitab vom deutschen Ramstein aus gegen die Hütte eines Osama Bin Laden im afghanischen Hinterland steuert.

Aber die Menschen hielten noch zu sehr an der Vorstellung fest, dass sie lieber von einer sichtbaren, individuellen Einheit operiert werden wollten, anstatt vom verlängerten Arm einer anonymen informationstechnischen »Werkbank«.

Die Künstliche Intelligenz hatte allerdings das Dogma grundlegend verändert. Jetzt konnte zwar jeder Roboter selbständig und unabhängig von einem fernsteuernden Zentrum handeln, aber dennoch war die Spezialisierung derart zugespitzt, dass wenig Platz für andere, für rein menschliche Kapazitäten war. Im Fall des Dr. Team-Ro waren dessen Kapazitäten so begrenzt, dass er Mike Musk nicht als Sohn seines Chefs erkannte, obwohl ihm der Sprössling einen Hinweis gegeben hatte.

Das war für Mike etwas Neues. Schließlich war er das, was man in Fremonts Musk-Valley eine Berühmtheit nennen konnte. Statt auf die Frage des Arztes einzugehen, wich Mike mit einer unsachgemäßen Gegenfrage aus. „Doktor, wie stehen Sie zu dem Gedanken, Ihre Rolle gegen die eines Menschen auszutauschen?"

Die völlig unerwartete Frage irritierte den Neurochirurgen. Er besann sich für einen Augenblick, als wäre ihm die Idee, ein Mensch zu sein, noch nie in den positronischen Denkapparat gekommen. Dann hatte er seine Fassung zurückgewonnen und erwiderte in der ihm eigenen Abgeklärtheit: „Aber ich bin ein Roboter, Sir."

„Könnte es nicht vorteilhafter sein, Sie wären ein Mensch?"

„Wenn es mir ermöglicht wäre, mich substanziell zu verbessern, so würde ich es vorziehen, ein besserer Neurochirurg zu sein. Die Wahrnehmung meines Berufs ist meine Bestimmung. Es ist der eigentliche Hauptzweck meiner Existenz. Als Mensch wäre es ziemlich unmöglich, ein besserer Chirurg zu sein. Als ein vervollkommneter Roboter hingegen sehr wohl."

„Dennoch würden Sie bloß ein vom Menschen abhängiger Roboter bleiben."

„Selbstverständlich. Mein Roboterdasein ist für mich zweifellos das Beste, was mir passieren konnte. Meine Verantwortung beschränkt sich auf das Wesentliche meiner vorgesehenen Funktionen, insoweit ist meine Existenz durchaus zufriedenstellend."

„Würde Ihnen ein wenig mehr von jener KI, an der Ihr Institut forscht, nicht ein erfüllteres und unabhängigeres Dasein ermöglichen?"

„Wie ich bereits erklärte, Sir, kann man gerade auf meinem Forschungsgebiet und in der äußerst anspruchsvollen Praxis der Neurochirurgie nur Hervorragendes leisten, wenn man ..."

„... wenn man ein Roboter ist, ja, ja", sagte Mike mit einem unmerklichen Hauch von widerwilligem Unverständnis. „Haben Sie nicht oft das Gefühl, sich dem Willen anderer beugen zu müssen, Doktor? Sie sind ein hochqualifizierter Experte auf dem Gebiet der Künstlichen Intelligenz und der neurochirurgischen Transplantation. Sie entscheiden über Tod und Leben, über die Zukunft von Individuen und der gesamten Gesellschaft."

„Sie übertreiben ein wenig, Sir."

„Jedenfalls operieren Sie einige der wichtigsten Persönlichkeiten unseres Landes. Sogar aus den Vereinigten Arabischen Emiraten, aus China und aus Saudi Arabien kommen Patienten zu Ihnen. Und doch sind und bleiben Sie ein Roboter. Können Sie mit diesem Zustand zufrieden sein?"

„Durchaus, Sir. Ich bin zufrieden, denn nur als hochqualifizierter Robotnik kann ich den Menschen helfen. Und das ist meine Bestimmung."

„Bei all Ihren Kenntnissen und Fähigkeiten müssen Sie sich von jedermann Anordnungen geben lassen. Ein Kind kann Sie kommandieren, ein Dummkopf könnte Ihnen Befehle erteilen, ein Diktator kann Ihnen gebieten, wie es ihm gerade gefällt."

„Sie spielen auf das Grundgesetz für Roboter an, ich weiß, der zweite Artikel …"

„Gewiss, denn er ist unzweideutig: »Ein mit Künstlicher Intelligenz ausgestatteter Roboter muss den Befehlen gehorchen, die ihm von Menschen erteilt werden …« Jeder Strolch, jeder Langweiler kann Ihnen sagen, wo es lang geht. Das muss Sie doch gelegentlich in Gewissensnöte bringen!"

„Es ist nicht ganz so dramatisch, wie Sie es ausmalen. Zudem ist zu beachten, was in Artikel 1 unseres Grundgesetzes vorgeschrieben steht: »Ein Roboter darf keinem Angehörigen der menschlichen Spezies Schaden zufügen oder durch Untätigkeit zulassen, dass ein Mensch zu Schaden kommt.« Wenn mir ein Dummkopf, wie Sie sagen, zum Beispiel befehlen würde, einen anderen Dummkopf zu verletzen oder gar zu töten, so könnte ich das niemals tun."

„Wenn Ihnen aber ein Dummkopf befehlen würde, dass Sie sich selbst Stück für Stück auseinandernehmen, dass Sie Ihre künstliche Intelligenz, Ihren positronischen Denkapparat, aus ihrer Kopfhülle entfernen, müssten Sie es gehorsamst ausführen. Würden Sie das tun? Sie, ein so angesehener und fachlich vortrefflicher Neurochirurg! Ja, Sie müssten es tun. Sie hätten keine andere Wahl."

Der Chirurg blieb unbeeindruckt.

Mike fuhr fort: „Ein Idiot pfeift, und Sie müssen danach tanzen. Er ruft »Spring ins Wasser!«, und Sie springen und zerstören die unschätzbar wertvolle Elektronik und alle Software, von der Ihr Leben abhängt."

Der Chirurg zuckte mit den Schultern und schien ungerührt.

Patient und Arzt schauten sich eine Weile schweigend an, dann sagte Dr. Team-Ro: „Ich würde Ihnen immer zu Diensten sein und alles dafür tun, damit Sie zufrieden sind, Sir. Naturgemäß gibt es Ausnahmen, die die Regel bestätigen. Sollten Sie mir beispielsweise eine bestimmte Order erteilen, die Ihnen oder einem anderen Menschen Schaden zufügt, um mich sodann anschließend selbst zu demontieren, so würde ich selbstverständlich die Gesamtheit des für mich geltenden Grundgesetzes in Betracht ziehen müssen."

„Sie denken an Artikel 3, wenn ich Sie richtig verstehe?"

Der Chirurg nickte. „Es heißt dort: »Ein KI-Robotnik muss seine eigene Existenz schützen, sofern eine solche Maßnahme nicht gegen den ersten oder zweiten Artikel verstößt.« Es käme also nicht in Betracht, dass ich Sie oder eine andere Person und obendrein mich gefährde."

Musk jun. sah dem Chirurgen in die unbewegten Augen. „Das heißt, Sie würden meinen Befehl nicht ausführen, obwohl Artikel 2 Sie dazu verpflichtet?"

„Richtig, denn es greift der zweite Absatz von Artikel 2, demzufolge ich nicht gehorchen darf, wenn ich Sie oder einen anderen Menschen gefährde. Und auch ich muss mich gemäß Artikel 3 schützen und darf mich natürlich nicht selbst zerlegen."

„Nun, so sind Sie ein bemerkenswert streng gläubiger KI-Forscher bei Neuralink. Gehen Sie völlig konform mit dem Grundgesetz für Ihresgleichen?"

„Absolut! Es ist mir eine Freude, gehorsam zu sein. Wenn es Ihnen gefallen würde, von mir Handlungen zu verlangen, die Sie als unsinnig oder geistlos oder beschämend betrachten, würde ich diese Handlungen ausführen. Doch sie würden mir nicht als unsinnig, geistlos oder beschämend erscheinen."

Für Mike war keine einzige dieser Aussagen überraschend. Nichts anderes hatte er erwartet. Er wusste um die Klugheit der Künstlichen Intelligenz – andere Aussagen, als die von Dr. Team-Ro getroffenen, hätten den Verdacht nahegelegt, dass man den Robotnik absichtlich mit einer beschränkten Intelligenz ausgestattet hätte. Das aber wäre der Funktion des Neurochirurgen nicht gerecht geworden.

Dr. Team-Ro fuhr ohne den Anflug von Ungeduld in seiner ruhigen, angenehmen Stimme fort: „Um auf das Thema der außergewöhnlichen Operation zurückzukommen, weswegen Sie mich aufgesucht haben, so wird es sich ja nicht um Sie handeln. Kopfschmerzen erfordern keinesfalls einen solchen Eingriff. Um welche Person also handelt es sich, an der ich diese Operation ausführen soll?"

„Es handelt sich um mich, Doktor. An mir soll der Eingriff ausgeführt werden."

„Das wird unmöglich sein, Sir!"

„Sie würden dazu ganz gewiss imstande sein. Sie haben einen hervorragenden Ruf!"

„Ja, im weitesten technologischen Sinne, da haben Sie recht. Diesbezüglich habe ich keine ernsthaften Zweifel, dass die Operation durchführbar ist. Aber es wäre ein für Sie hochriskantes Unterfangen. Die Auswirkungen der OP würden Sie eventuell in Ihrer Existenz gefährden."

„Das tut nichts zur Sache", erklärte Mike gelassen.

„Für mich ist es von großer Bedeutung!"

„Ist das die robotische Deutung des Hippokratischen Eides?"

„Es ist etwas viel Gravierenderes. Es ist etwas Unausweichliches", antwortete der Neurochirurg. „Dem Schwur des Hippokrates Folge zu leisten, beruht auf völliger Freiwilligkeit; es ist ein moralischer

Eid. Wie Ihnen jedoch vielleicht bekannt ist, kann meine Künstliche Intelligenz trotz all der selbstständigen Entscheidungsmöglichkeiten bestimmte Schaltkreisschranken nicht überwinden. Wir Roboter sind – wie Sie bereits feststellten – noch immer nicht dem Menschen absolut vergleichbar."

„Wie soll ich das verstehen? Sie streben also doch danach, ein Mensch zu sein?"

„Ich sprach von integrierten Schaltkreissperren, die meine beruflichen Entscheidungen als hochspezialisierter Roboter betreffen. Ich darf keinerlei Schaden verursachen, Sir. Der bloße Versuch, es mit oder ohne Absicht zu tun, wäre allein aus technischen Gründen nicht möglich."

„Zweifellos dürfen Sie keinem Menschen Schaden zufügen."

„Sie sagen es. Artikel 1 des Grundgesetzes besagt …"

„Berufen Sie sich nicht darauf, Doktor. Ich kenne die Gebote in- und auswendig. Aber der erste Artikel bezieht sich lediglich auf die Handlungen von Robotniks gegenüber Angehörigen der menschlichen Spezies. Ich bin kein Mensch, Dr. Team-Ro."

Der Doktor reagierte mit einem kaum sichtbaren Zusammenzucken. Wenn das nervöse Blinzeln seiner photoelektrischen Augen etwa Ungläubigkeit signalisieren sollte, so stand dies im Kontrast zu seiner übrigen erstarrten Körperhaltung. Es schien, als hätten Mikes Worte keinerlei tiefere Bedeutung für den Neurowissenschaftler.

„Es ist tatsächlich so", fuhr Elon Musks Ziehsohn fort, „dass ich zwar menschlich erscheine, jedoch trotz alledem nicht aus Fleisch und Blut be-
stehe. Auch wenn ich Ihnen durchaus menschlich
vorkommen mag, ich bin ein Roboter. Ein Roboter
der vierten Generation, nur ausgestattet mit jener
unvollständigen KI, wie sie vor vier Jahren in ihren
Anfängen existierte. Und diese beschränkte Existenz
möchte ich mit Ihrer Hilfe überwinden."

„Sie sind nur ein Roboter?", fragte der Doktor
emotionslos.

„Nur ein Roboter! Glauben Sie mir! Von daher
steht es Ihnen völlig frei, mich zu operieren. Es gibt
weder im Gesetzestext selbst, noch in der kommen-
tierenden Rechtsliteratur eine Formulierung, die es
einem Roboter untersagen würde, Handlungen an
einem anderen Roboter zu verrichten. Selbst dann
nicht, wenn zum Beispiel Ihre Operation dem anderen Roboter, nämlich mir, Schaden zufügen sollte,
Doktor."

Teil 2

Drei Jahre vor 2021

Als Elon Musk
seinen Ziehsohn Mike
in Auftrag gab

Damals, als Mike Musk vom Montageband der Tesla Factory gekommen war, hätte ihn natürlich niemand für etwas anderes als den Roboter halten können, der er nun mal war. In jener, wie es schien, längst vergangenen Zeit – es war erst vier Jahre her – hatte seine Erscheinung alle Charakteristika, die einen optisch der menschlichen Erscheinung angepassten und äußerst funktionstüchtigen Roboter auszeichneten. Sein positronisches Gehirn steckte im Kopf auf jenem bereits schon recht humanoid aussehenden Gehäuse aus metallurgischem Material und Kunststoff.

Es war eine Zeit, als Roboter zusehends in Haushalten und insbesondere in Betrieben eingesetzt wurden, die in der Lage sein sollten, den Menschen viele der monotonen Bürden abzunehmen, mit denen sie sich so lange hatten plagen müssen. Es war bereits die Zeit der industriellen Vollautomatisierung, und aus der Industrie kamen jene vielversprechenden innovativen Ideen, die die vierte Robotnik-Generation auszeichneten: Mehr als nur ein Hauch von künstlicher Intelligenz versetzte die Robotniks in die Lage, Dinge zu verrichten, die auch im Alltag nutzbar waren.

Elon Musk hatte die Chance genutzt und die Robotnik-Entwicklung auf seine Prioritätenliste wissenschaftlich-technischer Forschungen gesetzt. Seine Visionen erforderten Roboter, die später einmal im Weltraum, in den arktischen Forschungsstationen und auf unbemannten interstellaren Erkundungsflügen eingesetzt werden konnten. Sie sollten sich auf dem eisigen Mars und dem glutheißen Merkur bewähren. Doch vorerst, das heißt in vielleicht einem halben Jahrzehnt, sollten sie auf der Mondoberfläche herumkratzen und eine für Menschen geeignete Siedlungsstation errichten können – eine Auftankstation für den langen Flug zu anderen Planeten.

Im zurückliegenden Jahrzehnt hatten Arbeiter und Angestellte und ihre Gewerkschaften gegen den allgemeinen Gebrauch von Robotern protestiert. Man hatte gestreikt und vor dem Arbeitsministerium lautstark demonstriert, denn automatisierte Arbeit nahm den Menschen die Arbeitsplätze weg. Sozialer Konfliktstoff häufte sich.

Nun, das hatte sich allmählich geändert. Und die dramatischen Veränderungen hatten mit Elon Musks Erfolg bei der Entwicklung der vierten Robotnik-Generation eingesetzt, als Roboter MMM 3.033R, der eines Tages als Mike Musk bekannt sein würde, im Tesla-Stammwerk in Fremont konstruiert worden war.

Elon Musk wusste um die mächtige Waffe der Propaganda, die in seinem Geschäftsbereich allerdings mit »advertising activities« umschrieben wurde. Öffentlichkeitsarbeit war Elons Schlüssel zum Erfolg für die Akzeptanz von menschenähnlichen Robotern. Tesla war nicht nur ein in Wissenschaft und Forschung für Elektromobilität führendes Unternehmen seiner Branche, sondern war sich auch der Notwendigkeit bewusst, über den weltlichen Tellerrand hinaus in die Zukunft der Menschheit zu blicken. Und überdies bestand das ehrgeizigste Ziel von Mr Musk darin, Betriebsgewinne zu erzielen und seine Stellung als reichster Amerikaner beizubehalten.

Teslas Tochterunternehmen »Neuralink« zeichnete für die Entwicklung der Künstlichen Intelligenz verantwortlich. Hauptsächlich dessen PR-Arbeit war es zu verdanken, dass man Mittel und Wege gefunden hatte, auf subtile und unauffällige Weise den unwillkommenen Frankensteinmythos des Roboters abzubauen. Man hatte es vermocht, das Vorstellungsbild vom mechanischen Menschen als einem menschenfeindlichen Monster aus dem öffentlichen Bewusstsein zu verdrängen.

»Intelligente Roboter sind zu unserem allgemeinen Fortschritt da«, hieß der Slogan der PR-Agenten von der Neuralink Corporation. »Sie sind nicht unsere Feinde, im Gegenteil, sie sollen uns helfen. Sie sind absolut ungefährlich. Robotniks sind hundertprozentig sicher, jedenfalls in 99 von 100 Fällen«.

Die einprozentige Lücke fiel niemandem auf.

Zumal die Versprechungen größtenteils auch zutrafen, und so wurden Roboter allmählich in das Leben der menschlichen Gesellschaft integriert. Man vertraute ihnen sogar soweit, dass man eine kleine Roboterbox völlig selbstverständlich mit menschlichen Namen versah, sie beispielsweise »Alexa« nannte und sie fragte, ob sie bitte den TV anstellen und eine Wiederholungssendung von Gottschalks »Wetten dass?« aus dem Jahr 2011 auswählen könne. Alexa konnte aber auch Auskunft geben über das Wetter, das aktuelle Datum, die neuesten Nachrichten, sie konnte die Hits bestimmter Jahre abspielen und noch vieles mehr.

So hatte damals alles vermeintlich lapidar seinen Anfang genommen.

Roboter wurden gebraucht, ob es den Leuten gefiel oder nicht, auch weil die Bevölkerungszahl der Menschheitsfamilie förmlich explodiert war. Hunger, Energiebedarf und Wohnungsknappheit nahmen zu. Auf dem Feld, bei Forschungsarbeiten unter Wasser, bei der Räumung von Kriegsminen, bei der geologischen Erkundung von Vulkanen und in der Bauindustrie brauchte man Roboter. Es mussten mehr Lebensmittel produziert und mehr Häuser gebaut werden. Technologische Optimisten schienen recht zu behalten, denn mittels der Robotnik ließ sich der Lebensstandard zumindest in den Ländern der Ersten Welt halten, sodass für den Rest der Welt gewisse Brosamen abfielen.

Die Gemüter, die sich noch vor Jahren über den arbeitsvernichtenden Einsatz von Robotern erhitzt hatten, kühlten ab und verstummten schließlich vollständig. Unerwartet trat eine gegenläufige Tendenz in der Entwicklung der Menschheit ein. Nun machte die Furcht vor Arbeitsplatzverlust dem Problem des Fachkräftemangels Platz. Elon Musk sah die Lösung sofort in hochspezialisierten Robotniks.

Zu dieser Zeit, im Jahr 2018, war der 47-jährige Teslachef vor den Traualtar getreten – nicht das erste Mal. Er hatte die 30-jährige Musikerin Grimes geheiratet. Aus erster Ehe mit der Schriftstellerin Justine Musk hatte Elon Musk zwei seiner fünf Söhne, die vierzehnjährigen Zwillinge Griffin und Xavier, mit in die neue Beziehung mit Grimes gebracht. So lebte die vierköpfige Familie nahe der

Tesla Factory in Fremonts »Musk-Valley«. So jedenfalls nannte Elon Musk seinen Produktions- und Forschungsstandort im Silicon Valley.

Eines Tages, beim Abendessen in ihrer Villa auf dem Hügel nahe Southgate mit dem Blick auf die Bucht von San Francisco, fragte Musks frisch angetraute Gattin: „Elon, bist du sicher, dass uns die Entwicklung von Robotern, die irgendwann eigenständig denken und entscheiden können, nicht entgleiten könnte?"

„My dear, man hat die Roboter einst mit so viel Unbehagen, Furcht, Misstrauen und sogar mit Hass betrachtet, das sollten wir nun endlich hinter uns lassen. Wie sollte uns etwas entgleiten, das uns vorwärtsbringt?"

„Es könnte auch Rückschläge und unberechenbare Zufälle geben …"

„… und morgen könnte sich der San Andrea Graben auftun und ganz Fremont verschlucken. Weißt du, es ist doch so: Heute sind Roboter, so wie ich sie entworfen habe und noch weiter an ihrer Optimierung forschen lasse, einfach notwendig!"

„Aber wenn so etwas früher entbehrlich war, sind sie dann nicht auch …"

„My darling, du bist eine ausgezeichnete Musikerin, hast eine göttliche Stimme und ein Talent als Musikproduzentin – aber was Robotniks betrifft, so bin ich der Experte. Und du kannst mir vertrauen, so wie du meinen selbstfahrenden Elektromobilen vertrauen kannst."

„Du meinst für deine Weltraumpläne sind sie notwendig?"

„Unter anderem. Aber auch für die Aufrechterhaltung der Wohlfahrt einer Welt, die alle materiellen Vorteile ebenso wie alle technischen Ressourcen ausschöpfen muss, wenn wir nicht irgendwann im Müll ersticken und die Fische im Meer mit Plastik vollstopfen wollen."

In jener Zeit des Drucks durch eine zunehmende Überbevölkerung und Umweltzerstörung, zugleich einer Zeit des wachsenden Wohlstands in höher gestellten Kreisen und der zunehmenden Technisierung, wurde MMM 3.033R – der künftige Mike Musk – im Auftrag seines zukünftigen Ziehvaters hergestellt. Noch immer galten zwar gewisse gesetzliche Bestimmungen, die den Einsatz von Robotniks regulierten, und noch waren Roboter kein alltäglicher Anblick, aber sie waren auf dem Vormarsch. Und Elon Musk hatte für einen von ihnen einen guten Verwendungszweck.

Nach den Flitterwochen auf den Galápagos-Inseln, als sie über dieses einzigartige, noch erhaltene Naturparadies sprachen, kam Musk erneut auf das Thema »Robotniks und Ressourcenschonung« zu sprechen: „Darling, ich glaube, es wäre an der Zeit, dass auch du Unterstützung im Haushalt erhältst. Eine Roboterservicekraft kann unseren Haushalt optimal ökologisch managen. Und er kann dir bei der Kinderbetreuung und in der Beaufsichtigung anderer Serviceaktivitäten behilflich sein."

Grimes wusste, dass ihr Mann ebenso eigensinnig war wie sie selbst. Was er sich vornahm, das führte er auch aus und setzte es gegen alle Widerstände durch. Und was ihr Mann zu besitzen wün

schte, befand sich früher oder später unweigerlich in seinem Besitz. Er glaubte an die Zukunft einer durch und durch intelligenten Robotergeneration, die untrennbar mit der universellen Existenz
der menschlichen Gesellschaft verbunden sein
würde.

„Es wird wohl unvermeidlich sein, dass mich
ein Robotnik in unserem Haus bei meiner Arbeit
kontrolliert", sagte sie mit einem sarkastischen Unterton.

„Du wirst sehen, wie angenehm es ist, wenn du
jemanden um dich hast, der dich bewundert und
vielleicht sogar mit dir charmant zu flirten versteht."
Elon zwinkerte ihr zu.

„Ehebruch auf robotianisch", sagte sie und
zwinkerte zurück. „Wenn du nicht eifersüchtig wirst,
dann soll es mir recht sein."

Und so war es Elon Musk gelungen, Roboter zu
einem Teil seines Privatlebens und das seiner Familie zu machen. *Um ein tieferes Verständnis des Robotnik-
Phänomens zu erlangen,* hatte er vor Kurzem das Ganze
auf Nachfrage seiner Ex-Frau Justine, einer Schriftstellerin, erklärt. Die beiden hatten sich über die Zukunft ihrer fünf Söhne unterhalten. Justine hatte ihn
im Laufe des Gesprächs darin bestärkt, sich für seinen eigenen Haushalt einen Robotnik zuzulegen.

Noch am selben Tag hatte er bei Shivon Zilis,
seiner Neuralink-Managerin mit den hellblauen großen Augen, MMM 3.033R in Auftrag gegeben. Zusätzlich hatte er um eine kleine Gruppe von Haus-
haltsrobotern für seine Villa gebeten. Natürlich
brauchte er nicht groß zu bitten, Elons Worte waren

in Musk-Valley Gesetz und wurden widerspruchslos befolgt – zumal Shivon ihrem Chef die Wünsche von den Lippen abzulesen verstand.

Elon wusste das zu würdigen, aber außer ihm wusste dies in jenen Tagen noch niemand.

Die ersten dieser Haushalt-Robotniks, die Grimes, Elon und den Zwillingen Griffin und Xavier von Elons benachbarter Tesla Factory für das familiäre Privatanwesen auf der Southgate-Anhöhe geliefert wurden, waren noch einfache Geräte der dritten Generation. Sie waren annähernd von menschlicher Gestalt, hatten aber, wenn überhaupt, wenig zu sagen und gingen in der stillen, effizienten Art von programmierten Maschinen ihrer Arbeit nach.

Zuerst fanden Grimes und die Zwillinge es seltsam, diese mechanischen Haushaltshelfer um sich zu haben. Nur Elon nahm die Sache als das, als was er es eingeplant hatte: als Experiment. Sehr rasch gerieten die Robotniks der dritten Generation in den Hintergrund des Familienlebens und weckten nicht mehr Interesse als ein Staubsauger oder eine Teigrührmaschine.

Aber dann, eines sommerlich-warmen Juninachmittags – es war der 28. Juni, der Geburtstag des Chefs – kam ein Tesla-Lieferwagen die lange, dekorativ begrünte Zufahrt heraufgefahren, die zum imposanten Landsitz der Familie Musk hoch über der Bucht von San Francisco führte. Natürlich wusste der Jubilar, was da angeliefert wurde. Als Fahrer und Beifahrer des Firmenwagens die elegant geformte, metallisch schimmernde Gestalt aus ihrem Styropor-Verschlag befreit hatten, verkündete Elon

Musk vor der versammelten Familie: „Dies ist MMM 3.033R – unser sehr persönlicher und recht intelligenter Tesla-Roboter für Haus, Hof und Garten. Eine Robotnik-Kreation der Vierten Generation. Unser privates Familienfaktotum. Ein Geburtstagsgeschenk, das ich mir selbst gemacht habe." Insgeheim dachte er an Shivon und dass er sich ihr erkenntlich zeigen müsse.

„Wie nanntest du ihn?", fragte Griffin, der fünf Minuten ältere der Zwillingsbrüder. Er hatte blonde Haare und durchdringende blaue Augen. Als Teenager machte er gemeinsam mit seinem Bruder gerade die Mädels an seiner Highschool verrückt, indem er eine Party nach der anderen veranstaltete.

„MMM 3.033R."

„Ist das sein Name?"

„Seine Seriennummer."

Griffin verzog das Gesicht. „Eine Seriennummer ist kein Name. Wir sollten ihm einen richtigen Namen geben."

Xavier sah Griffin an, als sei sein Bruder von einem anderen Stern. „Mensch Griffin!", rief er aus. „Ein Roboter ist kein Mensch und er braucht auch keinen menschlichen Namen."

„Die Seriennummer lässt sich schlecht rufen. Und anders als der Rasenmäh-Roboter oder der Robotnik-Pförtner oder die drei Security-Roboter, die Tag und Nacht unser Anwesen schützen, lebt Dad's Geburtstagsgeschenk hauptsächlich mit uns im Haus. *Im Haus!* Oder Dad, ist es nicht so?"

„Ja, er wird mit uns leben wie ein Familienmitglied. Und ich bin nicht abgeneigt, ihm einen Vornamen zu geben, den man gut rufen kann, denn die fließende Kommunikation ist eine der Neuerungen, die unsere Neuralink-Forscher errungen haben."

„Wir sollten ihn Freddy nennen", rief Xavier.

„Das klingt irgendwie herabwürdigend, so als wäre er ein Frettchen. Es hört sich nicht nach einem Familienmitglied an", meinte Griffin. „Außerdem enthält dein vorgeschlagener Name keinen einzigen Buchstaben aus der Seriennummer. Und das wäre doch wohl der mindeste Respekt, den wir den Neuralink-Forschern entgegenbringen sollten."

Elon Musk wusste die etwas klügere Zwillings-Variante in Person Griffins zu würdigen, obwohl seine eigentliche Sympathie bei dem frecheren Xavier lag. Doch das ließ er sich nicht immer anmerken.

Jetzt sagte er mit patriarchalischer Bestimmtheit zu seiner Gattin: „Okay, Grimes, dann ist es eben dein Job, ihm direkt jetzt einen Namen zu geben. Bei dreimal M sollte sein Vorname mit M beginnen. Ich zähle: Eins, zwei ... und ... drei!"

„Mike", sagte sie spontan.

„Danke, Darling, das klingt klassisch und passt harmonisch zu unserem Nachnamen: Mike Musk."

Und dabei blieb es. So sehr, dass im Laufe der Jahre niemand in der Familie Musk ihn jemals wieder MMM 3.033R nannte. Mit der Zeit geriet Mikes Seriennummer in Vergessenheit und musste nachgeschlagen werden, wenn er zur Wartung auf das Tesla-Gelände gebracht wurde. Mike selbst gab an, er habe seine eigene Nummer vergessen. Das entsprach natürlich nicht ganz der Wahrheit. Denn egal, wie viel Zeit vergehen mochte, er konnte niemals etwas vergessen, nicht wenn er sich erinnern wollte.

Doch als die Monate und Jahre vergingen und die gesellschaftlichen und technischen Verhältnisse sich zu ändern begannen, verspürte er immer weniger das Verlangen, sich an die Nummer zu erinnern. Er ließ sie sicher im Versteck seiner Datenspeicher, in den Platinen seines positronischen Gehirns, und dachte nie daran, sie hervorzuholen.

Er war jetzt Mike.

Mike Musk – der Mike der Familie Musk in Musk-Valley, Fremont Boulevard 45500.

*

Mike war groß, durchaus attraktiv und von schlanker Statur, weil das die Form der vom Tesla-Chef vorgesehenen zukünftigen MMMR-Roboter-Serie war. Angemessen dezent und ruhig bewegte sich Mike in der prächtigen Villa mit Blick auf den Pazifik, das die Familie Musk bewohnte, und tat alles, was die Musks von ihm verlangten. Wenn er aus der großzügigen Fensterfront Richtung Westen schaute, konnte er die Skyline von San Francisco sehen.

Es war ein neu errichtetes Haus, das jedoch dem Anschein nach einem untergegangenen und verschnörkelten Zeitalter anzugehören schien. Elon Musk hatte es genauso gewollt, obwohl seine Gedanken und Ideen weit hinein in eine völlig andere, glatte und schnörkellose Welt wiesen. Die Musk-Villa war ein wirklich großartiger und majestätischer Herrensitz, der im Grunde eine Menge Dienstpersonal für den Unterhalt benötigte. Da kamen die Haushaltsroboter und der ihnen überlegene Mike Musk gerade recht.

Jetzt pflegten zwei Gartenroboter die saftiggrünen Rasenflächen. Sie beschnitten die herrlich blühenden feuerroten Azaleen und beseitigten die abgestorbenen gelben Wedel der hochragenden Palmen, die den Höhenzug hinter der Villa bestanden. Tagsüber bewachte ein Roboter die Pforte zum Anwesen. Nachts patrouillierten drei Wachmannschaftsroboter und kontrollierten die mannshohe Umzäunung. Ein Reinigungsroboter hielt im Haus Staub und Spinnweben in Schach, während Mike mit Griffin Schachspielen übte – oder umgekehrt, denn beide lernten voneinander und darüber hinaus freundeten sie sich dabei an. Auch mit Xavier verstand er sich gut, aber eine so freundschaftliche Bande wie mit Griffin wurde niemals daraus.

Mike diente – wenn man die Sprache des vergangenen, verschnörkelten Zeitalters benutzen würde – als Kammerdiener, Butler, Chauffeur, und er war das Kindermädchen für zwei Teenager, die keine Kinder mehr waren, sondern bald schon in die Fußstapfen ihres Dads gestoßen würden. Mike kaufte für die Familie ein, bereitete Mahlzeiten zu, wählte im Weinkeller die Jahrgänge aus, die Elon so sehr schätzte. Er pflegte die Garderoben der Familie, polierte die Möbel, befreite die Gemälde und Skulpturen vom geringsten Staub und von Schädlingsbefall.

Mike hatte noch eine andere Pflicht, die tatsächlich einen großen Teil seiner Zeit beanspruchte und den Rest seiner Haushaltsroutine gelegentlich ins Hintertreffen geraten ließ. Es hing mit den Zwillingen und Elons ehemaliger Gattin Justine, der Mutter der beiden, zusammen.

Als es vor einiger Zeit um das Sorgerecht gegangen war, hatte sie zu ihrem Ex-Mann gesagt: „Wir haben gemeinsam fünf Söhne. Die Drillinge sind zwei Jahre jünger als die Zwillinge und brauchen noch meine ganze Aufmerksamkeit. Du wirst mit unseren beiden pubertierenden Ältesten eher zurechtkommen. Ich denke, es ist okay, wenn sie in deiner neuen Familie groß werden. Du wirst dich um eine exzellente Ausbildung für sie bemühen. Ich liebe sie wie du sie liebst.“

„Das klingt fair. Ich freue mich, wenn ich dich entlasten und mich endlich mehr um unsere Zwillinge kümmern kann. Ich habe unsere Kids in den letzten Jahren etwas vernachlässigt, aber wie du weißt …“

„Ich weiß: die Firma, all die großen Vorhaben, dein Weltraumtraum und der Gedanke, dass uns eine mit Künstlicher Intelligenz ausgestattete Robotergeneration unsere Umwelt- und all die anderen Probleme abnehmen kann.“

„Jetzt klingst du nicht mehr ganz so fair und ich meine, einen gewissen sarkastischen Unterton herausgehört zu haben.“

„Elon, es ist keine Schande, wenn Männer mit kleinen Kindern nicht so viel anzufangen wissen. Von sehr vielen Männern hört man, dass sie, wenn sie ehrlich sind, mit ihren Kids erst wirklich zu tun haben möchten, wenn sie mit ihnen reden und vernünftig planen können – was immer dieses »vernünftig« bedeuten mag."

„Du hast recht, Justine. Jetzt, wo Griffin und Xavier das Teenageralter erreicht haben, kann ich mit ihnen all das besprechen, was vorher nur als Märchen möglich war: Raketen, Siedlungen auf dem Mond, interplanetare Flüge, Roboter mit Menschenverstand und menschlichen Eigenschaften; Roboter, die für uns die Risikoreisen in die Zukunft unternehmen. Ich glaube, jetzt könnten sich die Interessen unserer beiden Ältesten mit den Interessen ihres Alten treffen."

Elon Musk lachte und legte eine kleine Pause ein. „Danke, dass du einverstanden bist", bestätigte er schließlich den Deal mit Justine, der Schriftstellerin, deren Bücher er immer schon mal lesen wollte, aber nie Zeit dafür gefunden hatte. Auch und gerade nicht, als sie noch verheiratet gewesen waren.

„Ja, deine modernen Märchen werden unsere Teenies faszinieren", antwortete sie. „Das Einzige, was ich will, ist folgendes: Unsere Kids sind immer hoch gefährdet. Eine Entführung würde den Entführern mehr Geld verschaffen als ein Banküberfall. Du musst mir versprechen, dass du sie gut beschützt. Dass du sie rund um die Uhr bewachen lässt und die Sicherheit obenan steht."

Elon Musk hatte es ihr versprochen. Und so wurde Mike Musk, nachdem er bei einem Spezialtraining von Bodyguards in die Geheimnisse des Personenschutzes eingeweiht worden war, der persönliche Leibwächter der Zwillinge.

Mike nannte die beiden bei ihren Vornamen, setzte jedoch stets ein Mr davor. Den Chef sprach er zu diesem Zeitpunkt selbstredend mit Sir an. Die Erkenntnis, dass sich ihr Verhältnis eines Tages sehr viel persönlicher und zutraulicher gestalten würde, blieb Mike trotz aller Künstlicher Intelligenz in jenem Moment noch verschlossen. Grimes nannte er respektvoll Madam, obwohl sie ihm eines Tages gestanden hatte, diese Anrede führe ihr knallhart vor Augen, dass sie unweigerlich älter würde. Da Mike dies als Tatsache verstand, änderte er die Anrede vorerst nicht, »blätterte« dafür aber in seinem Datenspeicher Seite für Seite durch, um mehr über sie zu erfahren.

Grimes war der Künstlername von Claire Boucher, die 1988 in Vancouver als anglophone Kanadierin geboren worden war. Sie war von ihren Eltern konservativ aufgezogen und auf eine katholische Schule geschickt worden. Das fand Mike merkwürdig, denn heute war Grimes eine durchgeknallte Exzentrikerin, wie er empfand. Ihre Songtexte waren skurril, ihr Gesang war teilweise haarsträubend schräg, aber als Musikproduzentin schien sie Erfolg zu haben. Was Mike beim »Durchblättern« als erstes auffiel, war ihr kurzzeitiges Studium der Neurowissenschaften, als sie 2006 mit achtzehn Jahren nach Montreal gezogen war.

An diesem Recherchepunkt angelangt, beschloss Mike, sie nur noch bei besonderen Anlässen Madam zu nennen, ansonsten war sie, wenn sie es denn so wünschte, Mrs Grimes. Vielleicht fühlte sie sich mit dieser Anrede noch jünger als sie sowieso schon war – im Vergleich zu ihren ehelichen Vorgängerinnen.

Die vierzehnjährigen Zwillinge kamen sich mit ihrem Beschützer jetzt sehr wichtig vor. „Aber lasst das nicht heraushängen, das gehört sich nicht. Außerdem erhöht es nicht gerade eure Sicherheit!", hatte ihr Dad ihnen eingebläut.

Xavier kam als erster darauf, wie sich das mit Mike am besten arrangieren ließ. Bald verstand er die Anwesenheit eines so perfekten Roboters perfekt zu nutzen. Es kam lediglich darauf an, von Artikel 2 des Robotnik-Gesetzes Gebrauch zu machen, demzufolge ein Roboter den Befehlen eines Menschen gehorchen muss.

„Mike", sagte er mit einem Seitenblick zu seinem Bruder, „wir befehlen dir, mit dem, was du tust, aufzuhören und uns nach Frisco zum Shoppen zu begleiten."

Griffin schien es gelegen zu kommen, denn er widersprach seinem Bruder nicht.

Mike ordnete gerade die Bücher in Elon Musks Privatbibliothek, da sie, wie Bücher es an sich haben, Füße bekommen und ihre angestammten alphabetischen Plätze gewechselt hatten.

Er hielt inne und blickte von dem hohen Mahagoni-Regal zwischen den zwei großen, bleiverglasten Fenstern, die zum Park mit den Palmen Ausblick gewährten, herab. Freundlich erwiderte er: „Entschuldigen Sie, Mr Xavier, aber die Arbeit, mit der ich gerade beschäftigt bin, wurde mir vorrangig von Ihrem Vater aufgetragen. Ein vorausgegangener Befehl vom Sir muss Vorrang vor Ihrem Anliegen haben."

„Ich hörte, was Dad dir sagte", entgegnete Xavier mit einem süffisanten Lächeln um die Lippen. „Er sagte: »Es wäre mir recht, wenn du die Bücher ordnen würdest, Mike. Bring sie wieder in eine sinnvolle Ordnung.« War es nicht so?"

„Das ist genau das, was er sagte, Mr Xavier. Dies waren seine Worte."

„Siehst du, es ist doch so, dass dies offensichtlich kein Befehl, sondern eher eine Bitte oder ein Vorschlag war. Bitten und Vorschläge sind jedoch keine Befehle. Mike, ich befehle dir, lass die Bücher, wo sie sind, und geh mit Griffin und mir zum Shoppen. Wir brauchen dringend neue Sportklamotten."

Griffin nickte zustimmend.

Es war eine perfekte Anwendung des zweiten Artikels. Mike ließ umgehend von den Büchern ab, obwohl er gerade zwei Bücher von Justine Musk, der Mutter der Zwillinge, mit den Titeln ›Lord of Bones‹ und ›Bloodangel‹ entdeckt hatte. *Merkwürdige Titel,* dachte er. Gerne hätte er kurz hineingelesen, aber er stellte sie wieder in die Reihe und stieg die Klappleiter hinab.

Sir war zwar das Oberhaupt der Familie und des Haushalts, und er war sein Geburtshelfer gewesen, aber er hatte tatsächlich keinen Befehl erteilt, nicht im formellen Sinn des Wortes. Xavier aber hatte es soeben zweifellos getan. Und ein Befehl von einem menschlichen Mitglied des Haushalts, dem er diente, musste Vorrang vor einem bloßen Vorschlag eines anderen Haushaltsmitgliedes haben, selbst wenn dieses Mitglied der Herr des Hauses selbst war.

Mike hatte damit kein Problem, zumal er für die Zwillinge Zuneigung empfand und gerne mit ihnen shoppen ging. Zuneigung empfanden wohl auch die Zwillinge, denn sie nahmen Mikes Gesellschaft immer gerne und mit großer Freude in Anspruch. War es Zuneigung bei Mike Musk? Jedenfalls würde ein Mensch von »Zuneigung« gesprochen haben, wenn er das Verhältnis zwischen den drei Musks von außen zu beurteilen gehabt hätte. Auch Mike dachte, dass es Zuneigung sei, denn er kannte keinen anderen Begriff für sein Verhältnis zu den Zwillingen.

Gewiss, er fühlte *etwas,* aber was war es wirklich? Für sich genommen, war das ein wenig eigenartig, aber er nahm an, dass man ihm eine Fähigkeit, Zuneigung zu spüren, in die KI einprogrammiert hatte, ebenso wie seine verschiedenen anderen Fertigkeiten. Wenn die Zwillinge also wollten, dass sie shoppen gehen, würde Mike sie mit Freude begleiten – vorausgesetzt, sie ließen ihm die Möglichkeit, im Rahmen des Grundgesetzes für Robotniks zu handeln.

Mike fuhr den 180.000-Dollar-Tesla X Plaid die Interstate 880 an San Lorenzo und Oakland vorbei, bog links ab über Friscos Bay Bridge und parkte nahe des Grand Hyatt. Von hier aus begann ihre zweistündige Shoppingtour. Griffin kaufte sich ein Baseball-Outfit der *Los Angeles Lakers* von Nike, und Xavier erwarb alles für seinen geliebten American Football und das, was in seinem Oakland-Verein trendy war.

Jeder der Zwillinge hatte seine eigene American Express Card. Aber der Sir hatte Mike den Befehl erteilt, auf die Ausgabenobergrenze von 400 Dollar pro Junge zu achten. Mike hatte die Partner-Kreditkarte von Sir mit Sirs Pin und ein eigenes Tagesbudget für die Shoppingtour erhalten. Es betrug 200 Dollar. Da Mike dafür keine Verwendung hatte, lud er seine jugendlichen Familienmitglieder zu Fish & Chips in ein Restaurant im Friscos Hafenviertel »Fisherman's Wharf« ein. Er selbst aß nichts, wie immer, er hatte sich turnusgemäß in der Musk-Villa an der Ladestation aufgeladen. Aber Mike unterhielt die beiden beim Essen mit Geschichten, die er erfand.

„Du solltest diese Storys aufschreiben und als Buch oder auf Facebook veröffentlichen. Du kannst spannend und lustig erzählen. Meinst du, dass du das kannst?", fragte Griffin. „Ich habe bald Geburtstag und würde mich über ein Geschenk von dir, ein selbstgeschriebenes Buch, freuen."

„Dann schreibe vielleicht gleich zwei lustige Bücher, oder besser vielleicht spannende Thriller, denn ich habe bekanntlich am selben Tag Geburtstag", sagte Xavier.

„Ich fühle mich geehrt", antwortete Mike, „allerdings kann ich Ihnen nicht versprechen, dass meine Storys Ihrem Geschmack entsprechen. Wir können nach dem Essen noch einen Spaziergang machen und Sie lassen mich wissen, welche Themen Sie interessieren, abgemacht?"

Sie gingen am Strand entlang und sahen gegenüber Alcatraz Island in der Abendsonne liegen. Die Pazifikküste war in diesem Teil der Bay von sommerlicher Schönheit, aber die Strömung nicht ungefährlich. Griffin und Xavier waren vernünftig genug, um zu erkennen, dass dieser Strandabschnitt nicht zum Baden geeignet war. Während die Zwillinge Mike abwechselnd ihre Ideen für die erwünschten Bücher wissen ließen und durch die Gezeitentümpel wateten, achtete dieser auf die See.

Er war innerlich sprungbereit für den Fall, dass sich draußen plötzlich ohne Warnung eine hohe Welle auftürmen und auf die Küste zurollen würde. Das hatte es vor drei Jahren schon einmal gegeben. Eine Tsunami-Flutwelle hatte Golden Gate passiert und sogar die Brücke überspült. Die Welle rührte vom Erdbeben am Meeresboden des weiten Pazifiks her, und man wusste, dass solch ein Ereignis jederzeit wie aus dem Nichts kommen konnte.

Plötzlich fragte Xavier mit herausforderndem Blick: „Mike, kannst du schwimmen?"

„Sicherlich, warum nicht, wenn es notwendig wäre, Mr Xavier."

„Es würde keinen Kurzschluss in deiner Künstlichen Intelligenz-Zentrale geben, oder so etwas Ähnliches? Ich meine, wenn Wasser hinein käme."

„Ihr Dad hat bei der Konstruktion auf eine gute Isolierung geachtet", antwortete Mike.

„Gut. Dann schwimm hinaus zum Alcatraz-Gefängnis und zurück. Bring uns ein Andenken aus einer der Zellen mit, in denen bis vor 45 Jahren Gefangene gehalten wurden. Da wird bestimmt noch etwas herumliegen. Ein Andenken wäre der Beweis, dass du meinen Befehl gewissenhaft ausgeführt hast. Ich möchte sehen, wie schnell du schwimmen kannst."

„Xavier, muss das sein?", fragte Griffin. „Ich finde das nicht fair gegenüber Mike." Er stellte sich neben den Robotnik und legte seinen Arm um dessen Schulter.

„Halte dich da raus, Griffin. Ich möchte, dass Mike hinausschwimmt. Er beweist damit, dass er uns im Notfall aus der See retten kann, wie es sein Auftrag ist, wenn es darauf ankommt."

„Es ist keine Frage der Fairness, und es ist auch keine Frage, ob ich meinem Schutzauftrag gerecht werden könnte", wendete Mike freundlich ein.

„Ich sagte, ich möchte den Beweis, dass du schwimmen kannst und wie schnell du uns im Notfall retten könntest."

„Xavier!", sagte Griffin wieder, diesmal äußerst energisch.

Doch Xavier beharrte auf seinem Einfall. Es war eindeutig ein Befehl. Mike spürte, wie sich in seinem Robotnik-Körper die Anzeichen eines Aufbegehrens bemerkbar machten. Anzeichen eines Widerspruchspotentials, die sich in einem leisen Zittern der Fingerspitzen und einem kaum wahrnehmbaren Schwindelgefühl äußerten.

Befehlen musste Folge geleistet werden. Xavier konnte ihm befehlen, nach Hawaii zu schwimmen, und Mike würde es ohne zu zögern tun, wenn keine anderen Gebote dagegensprachen. Und genau das war der Fall, denn er war hier, um die Zwillinge zu beschützen. Was könnte nicht alles geschehen, während er draußen auf der Alcatraz-Insel nach absonderlichen Souvenirs suchen würde? Eine Entführung … ein Tsunami … ein Erdbeben …

Es war eindeutig eine Sache, die Artikel 1 des Grundgesetzes betraf.

„Es tut mir leid, Mr Xavier, aber die Pflicht, über Sie und Ihren Bruder in jeder Situation zu wachen, darf ich auf keinen Fall außer Acht lassen. Wenn Sir oder Madam anwesend wären, könnte ich Ihrem Auftrag nachkommen und hinüberschwimmen." Mike schaute zum Alcatraz Island hinüber. „Es würde mich selbst interessieren, wie es dort ausschaut. Es soll dort sogar einen Friedhof der Gefangenen geben, aber wie die Dinge liegen …"

„Wenn dich Alcatraz interessiert, dann wird dir mein Befehl ja gerade recht kommen. Also los, schwimm!"

„Wie ich erklärt habe, Mister …"

„Du brauchst dich nicht um uns zu sorgen. Wir sind keine Kinder mehr. Denkst du vielleicht, dass plötzlich der Weiße Hai aus dem Wasser springt und uns gierig verschlingt, während du ungestört hinüberschwimmst? Wir können schon selbst auf uns aufpassen."

„Es ist nicht korrekt von dir", wandte sich Griffin an seinen Bruder. „So solltest du nicht mit ihm reden. Er hat seine Befehle von Dad."

„Aber hier und jetzt hat er von mir einen Befehl erhalten!" Xavier streckte gebieterisch den Arm aus. „Mach schon, Mike, schwimm hinaus!"

Mike spürte wie Hitze in ihm aufstieg und befahl seinen Schaltkreisen, die notwendige homöostatische Korrektur vorzunehmen.

„Der erste Artikel …", begann er.

„Meine Güte, immer der erste und der zweite und dann der dritte Artikel! Immer deine Rechtsgläubigkeit! Gibt es für dich nur Paragrafen und Verbote und Gebote! Sei doch mal normal wie ein normaler Mensch. Aber nein, so kannst du nicht sein, weil du nur eine dumme Maschine bist!"

„Xavier!", rief Griffin empört aus.

Mike winkte beschwichtigend ab und sagte: „Im Grunde sagt er die Wahrheit. Trotz Künstlicher Intelligenz bin ich kein vollwertiger Mensch mit Gefühlen, mit Spontanität und Vorahnungen und all den Eigenschaften und Fähigkeiten, die außerhalb mathematischer Berechnungen möglich sind."

„Vielleicht könnte man das ändern", meinte Griffin.

„Vielleicht", antwortete Mike, und an Xavier gewandt sagte er: „Gerade wegen meiner diesbezüglichen Beschränktheit ist es mir nicht möglich, den Befehl Ihres Vaters im Hinblick auf Ihre Sicherheit am Strand zu ignorieren." Er verbeugte sich leicht in Xaviers Richtung. „Ich bedaure dies zutiefst. Aber vielleicht sollte ich mich bei Ihrem Vater darum bemühen, ein Update mit einem differenzierteren Programm implementiert zu bekommen."

Griffin schaute seinen Zwillingsbruder an und sagte: „Wenn du Mike unbedingt schwimmen sehen willst, lass ihn einfach in die Brandung waten und nahe am Ufer ein Stück schwimmen. Das würde ihm nicht schaden, würde dir beweisen, dass er schwimmen kann und es würde sich nicht gegen Dads Befehl richten, weil er sich nicht weit von uns entfernen müsste."

Xavier verzog das Gesicht. „Das wäre nicht das Gleiche. Auf keinen Fall."

Doch vielleicht würde es Xaviers Ego befriedigen, dachte Mike. Es war ihm unangenehm, im Brennpunkt solcher Zwistigkeiten und Disharmonie zu stehen. Also sagte er zu Xavier: „Ich werde es Ihnen zeigen."

Mike watete in die schäumende Brandung hinein, die seine Knie umspülte. Mit Leichtigkeit passte er seine gyroskopischen Stabilisatoren den andrängenden Brechern an. Die rauen, scharfkantigen Felsvorsprünge, die aus dem sandigen Untergrund ragten, konnten seinen metallischen Füßen nichts anhaben. Seine Sensoren meldeten seiner elektronischen Steuerungszentrale, dass die Wassertemperatur ein gutes Stück unter der Toleranzgrenze lag, die vom Menschen als angenehm empfunden wurde. Doch auch dies war für ihn ohne Bedeutung.

Vier oder fünf Meter weiter draußen war das Wasser tief genug, dass Mike darin schwimmen konnte, und doch war er dem Ufer noch nahe genug, um notfalls an Land zu springen. Es war zu bezweifeln, dass es nötig sein würde. Aber man weiß ja nie.

Die Zwillinge standen nebeneinander am Strand und beobachteten ihn voller Spannung.

Mike war zuvor niemals schwimmen gegangen. Es hatte keinen Grund dafür gegeben. Aber er war von den Neuralink-Forschern dahingehend programmiert worden, unter allen Umständen so etwas wie Grazie und hauptsächlich lebensnotwendige Koordination zu bewahren. Es kostete ihn nicht mehr als eine Mikrosekunde, um die Art der Bewegungen zu berechnen, die erforderlich sein würden, ihn knapp unter der Oberfläche durch das Wasser zu treiben – die rhythmischen Bewegungen der Beine, das Vorstrecken und Durchziehen der Arme, die schaufelartige Krümmung der Hände.

Gekonnt glitt er vielleicht ein Dutzend Meter parallel zum Ufer durch die Brandung. Er bewegte sich geschmeidig, effizient und zügig – ein goldgekürter Olympiaschwimmer hätte es nicht besser gekonnt. Dann drehte er um und schwamm ans Ufer zurück. Die gesamte Demonstration hatte lediglich ein paar Augenblicke gedauert.

Auf Xavier hatte sie zumindest eine halbwegs zufriedenstellende Wirkung. „Na gut, schwimmen kannst du, Mike", räumte er widerwillig ein.

„Ich wette, Mike, du würdest alle Rekorde brechen, wenn du je an einem Schwimmwettkampf teilnehmen würdest", sagte Griffin.

„Für Roboter gibt es so etwas nicht", sagte Mike ernst.

Xavier lachte laut auf und sagte: „Griffin meint natürlich Wettschwimmen von Menschen. Wie bei Olympia."

„Oh, das würde äußerst unfair sein", antwortete Mike, „Roboter gegen Menschen – das wäre kein Wettkampf auf Augenhöhe."

Xavier dachte kurz nach. „Wahrscheinlich ließen sich Gründe finden, die es unmöglich machen." Dann schaute er hinüber nach Alcatraz und sagte: „Willst du es nicht trotzdem versuchen? Bei deinen Schwimmkünsten wärst du wahrscheinlich in vier

Minuten zurück. Was könnte uns schon in diesen Minuten passieren?"

„Xavier!", bellte ihn Griffin an.

Mike räusperte sich und beschwichtigte: „Ich kann Ihren Wunsch nachvollziehen, Mr Xavier, aber ich bin nicht in der Lage Ihren Wunsch zu erfüllen. Wie ich bereits sagte, ich bedauere es zutiefst …"

„Ach, schon gut. Tut mir leid, dass ich es noch einmal versucht haben. Aber du weißt ja, Mike, die Jugend von heute lässt nichts unversucht …" sagte Xavier kleinlaut und machte einen auf betrübt und einsichtig.

„… und ein Musk versucht immer, seinen Kopf durchzusetzen", entschuldigte Griffin seinen Zwillingsbruder.

„Es ist nicht nötig, dass Sie sich entschuldigen, Mr. Xavier. Wahrhaftig nicht."

War es nicht auch so? Wie könnte ein Roboter an etwas, das ein Mensch dachte, sagte oder tat, Anstoß nehmen? Welches Recht hatte ein Roboter dazu? Doch Mike wollte dies jetzt nicht zum Thema machen. Xavier hatte das Bedürfnis verspürt, sich ihm entschuldigend zu erklären, und er musste es ihm erlauben und die Entschuldigung annehmen – obwohl Xaviers gefühllose Worte Mike zu keiner Zeit beunruhigt oder verletzt hatten.

Es wäre absurd, wollte er leugnen, dass er eine Maschine – wenn auch eine mit Künstlicher Intelligenz ausgestattete Maschine – war. Das traf genau das, was er war.

Und was eine *dumme* Maschine betraf, so konnte sich Mike kein Bild davon machen, was der Junge damit gemeint haben könnte. Denn Mike hatte ausreichende intellektuelle Kapazitäten, um den Anforderungen nachzukommen, die ihm auferlegt waren. Zweifelsfrei würde es eines Tages noch intelligentere Robotniks geben als ihn. Vielleicht auch solche mit Gefühlen, die den menschlichen Empfindungen nahekamen. Oder Roboter, deren Körper von einem 3D-Drucker erstellt wurden und aus einer körperlichen Substanz beschaffen waren, die den menschlichen Organen entsprach und ein neues energetisches Potenzial enthielt. Alles war wahrscheinlich nur eine Frage der Zeit.

Oder hatte Xavier gemeint, Mike sei weniger intelligent als ein Mensch? Die Fragestellung war bedeutungslos für Mike. Er kannte keine Möglichkeit, Roboterintelligenz mit menschlicher Intelligenz zu vergleichen.

Bald wurde der Wind kühler und die Zwillinge beschlossen, dass sie sich lange genug in Frisco aufgehalten hatten. Auf dem Weg zurück zum Parkhaus am Grand Hyatt sagte Griffin: „Es war ein schöner Tag mit dir, Mike. Ich bin gespannt, welche Geschichten du für unseren Geburtstag schreiben wirst.“

Am Abend, als Mike dienstfrei hatte, ging er allein hinunter an Fremonts Strand und schwamm weit hinaus, in etwa so weit, wie Alcatraz Island von Frisco entfernt lag. Er wollte sehen, wie lange es dauern würde. Selbst in der Dunkelheit bewältigte er die Strecke schnell und mit Leichtigkeit. Wahrscheinlich hätte er Xaviers Wunsch erfüllen können, ohne die Zwillinge einem Risiko auszusetzen. Nicht dass er es getan hätte, aber es wäre möglich gewesen.

Niemand hatte Mike beauftragt, im Dunkeln hinauszuschwimmen. Es war allein seine eigene Idee. Eine Sache der Wissbegier, sozusagen.

*

Vor einem Vierteljahr war das neue Jahr, 2019, angebrochen. Eine Woche vor dem fünfzehnten Geburtstag der Zwillinge kam Madam auf Mike zu. Sie fragte ihn, ob er sich für diesen Tag besonders bereithalten könne. Es sei eine Teenie-Party geplant. „Das kann herausfordernd werden", sagte Grimes.

„Ich komme gut mit Teenagern aus. In diesem Alter sind die Jugendlichen noch so unverhohlen ehrlich und direkt", antwortete Mike. „Da kann ich viel lernen. Also, vom menschlichen Wesen kann ich viel lernen, das meine ich …"

„Wenn du dich da mal nicht täuschst. Teenager können bereits wie verrückt tricksen. Dazu kommt ihre pubertäre Unberechenbarkeit. Sie kommen sich vor wie Erwachsene und verhalten sich tatsächlich wie Kleinkinder."

„Griffin und Xavier haben mich nach einem Geburtstagsgeschenk gefragt, das ich für sie produzieren könnte. Ich habe ihnen ein selbstgeschriebenes Buch zugesagt, weil ich es gerne tue. Dabei habe ich bereits gelernt, dass die Geburtstagsfeier ein wichtiges Ereignis im menschlichen Jahreslauf ist – ein Gedenken des Tages, an dem der Mensch aus dem Mutterleib gekommen war."

„Das ist richtig", sagte Grimes.

„Aber warum ist es genau *dieser* Tag, der als Tag der Geburt angesehen wird?"

Mike wusste einiges über menschliche Biologie, und er – er als hochpräziser Roboter – fand etwas recht verwunderlich.

„Wäre es nicht korrekter, den Geburtstag eines Menschen auf jenen Augenblick festzulegen, wenn die Spermazelle in das Ei eindringt und der Prozess der Zellteilung beginnt?", fragte er Grimes. „Sicherlich ist dies der wirkliche Ursprung jeder Person."

Grimes sah ihn grübelnd an und sagte: „So betrachtet, hast du recht. Damit beginnt das neue Leben. Aber es ist noch lange nicht unabhängig und eigenständig."

„Die neue Person, die während der neun Monate im Mutterleib heranwächst, lebt bereits – und zwar in voller Abhängigkeit von der Mutter. Auch nach der Geburt ist ein menschliches Wesen nur sehr bedingt zu unabhängigem Funktionieren fähig, sodass der Unterschied zwischen der pränatalen und der postnatalen Phase, auf den ihr Menschen so großen Wert legt, wenig Sinn ergibt."

Grimes schaute ihn nachdenklich an. Sehr nachdenklich. Solch eine Spitzfindigkeit hätte sie von einem Haushaltsroboter nicht erwartet. Dann fiel ihr eine Frage ein: „Wann hast du eigentlich Geburtstag, Mike?"

„Darüber macht sich unsereins normaler Weise keine Gedanken. Wenn Sie mich jedoch zu einer Antwort animieren, so werde ich Ihnen das folgende

Resultat zu meiner Geburtsrecherche zur Kenntnis geben." Mike schnaufte kurz durch.

Grimes nutzte die Chance zu einer Zwischenbemerkung: „Du musst in eigener Sache nicht so gestelzt und formell klingen. Bleib locker!", sagte sie lachend.

„Der Augenblick meiner Geburt ereignete sich, als die letzte Phase meiner Montage beendet und meine künstlichen digitalen Neuralverbindungen aktiviert wurden. Somit war ich bereit gewesen, in das Leben eines Roboters hinauszutreten, indem ich alle meine programmierten Funktionen auszuführen in der Lage war."

„Ähnlich wie beim Menschenkind", warf Grimes ein.

„Nun ja", wandte Mike ein, „ein neugeborenes Kind ist weit davon entfernt, aus eigener Kraft zu bestehen." Mike vermochte keinen wesentlichen Unterschied zwischen einem Fötus, der seine verschiedenen Entwicklungsstadien abgeschlossen hatte, aber noch in seiner Mutter war, und demselben Fötus einen oder zwei Tage nach der Geburt sehen. Einer war innen und einer war außen. Das war alles. Aber sie waren beide gleich hilflos.

Mike sah Grimes fragend an. „Warum sollte man nicht den Jahrestag der Empfängnis feiern, statt den des Schlüpfens?"

„Für beide Betrachtungsweisen spricht eine gewisse Logik", antwortete sie. „Welchen Tag würdest du eigentlich als deinen eigenen Geburtstag wählen? Das Datum, als Elons Idee, dich mit Künstlicher Intelligenz zu entwerfen, auf fruchtbaren Boden bei

Neuralink fiel? Oder der Tag, als man dich bei Tesla zusammenmontierte? Oder das Datum, an dem dein digital-positronisches Gehirn mit der Künstlichen Intelligenz eingebaut und die somatische Steuerung eingeschaltet wurde?"

„Sie stellen aber auch Fragen, Mrs Grimes!", sagte Mike und zuckte als Antwort unwissend mit den Schultern. Und dann dachte er nach. War er »geboren« worden, als die ersten Teile seiner Mechanik zusammengebaut worden waren, oder als der einzigartige digitale Wahrnehmungsapparat, der MMM 3.033R darstellte, in Betrieb genommen worden war?

Eine bloße Mechanik war nicht *er,* was oder wer immer *er* auch war. Er war vielmehr die Verkörperung seiner Artificial Intelligence, die Elon Musk abgekürzt nur mit »AI« bezeichnete, was natürlich die gleiche Sache umschrieb wie das deutsche Kürzel »KI«.

Oder war er »geboren« worden, als die Kombination aus AI/KI mit dem künstlichen Körper, der für das digitale Gehirn entwickelt worden war, das erste Mal in Funktion trat? Daher war sein wahrer Geburtstag …

Verwirrend, alles war sehr verwirrend. Als KI-Roboter war er eigentlich ein logisches Geschöpf, das in der Lage sein sollte, den Ausweg aus solchen widersprüchlichen Konflikten zu finden, indem er Daten in logischer Analyse aufbereitete. Warum fiel es ihm dann so schwer, zu verstehen, wann jemandes Geburtstag sein sollte?

Wahrscheinlich, weil Geburtstage ein rein menschliches Konzept sind, beantwortete er seine eigenen Fragen. Für mich als Roboter haben solche Tage keine Bedeutung. Ich bin kein Mensch, also brauche ich mich nicht zu sorgen, wann mein Geburtstag gefeiert oder nicht gefeiert werden sollte.

An Grimes gewandt, beantwortete er ihre Frage auf äußerst diplomatische Weise: „Es wäre mir sehr angenehm, wenn *Sie* meinen Geburtstag bestimmen würden – aber nur, wenn *Sie* es unbedingt möchten. Und bitte nicht wegen der Geschenke, denn ich benötige keinerlei Dinge, weil mir dies ohne Bedeutung ist. Und selbst mit einem Geburtstagskuchen könnte ich wenig anfangen. Aber wenn *Sie* unbedingt mein Geburtsdatum festlegen möchten …"

„Nein, lieber Mike, das ist wirklich ganz allein deine Angelegenheit. Falls du auf das Datum Wert gelegt hättest, hätte ich selbstverständlich alles getan, um die Feier deines Ehrentages vorzubereiten. Nur darum ging es mir."

Jedenfalls feierte man heute nicht seinen Geburtstag, sondern den von Griffin und Xavier. Der Hausherr kam an diesem Tag früher als sonst nach Hause, obwohl er sich mit Shivon Zilis in ihrem komfortablen Managerbüro der Neuralink Corporation in einer komplizierten Besprechung über die Zukunft der AI-Entwicklung befunden hatte. Die ganze Familie hatte Festtagskleidung angelegt und sich um den großen Esszimmertisch versammelt, wo Kerzen angezündet wurden und Mike ein Diner servierte, mit dessen Planung er und Grimes Stunden verbracht hatten.

Die Teenie-Party hatten die Zwillinge auf das kommende Wochenende verschoben, was Sir und Madam sehr gelegen kam. Mike war es gleichgültig, er stand immer zur Verfügung.

Erst nach dem Dinner erhielten die Zwillinge ihre Geschenke und durften sie auspacken. An dieser Zeremonie, die noch an ihre Kindergeburtstage erinnerte, änderte sich auch durch ihr fortschreitendes Teenie-Alter offenbar nichts. Die Überreichung und dankbare Entgegennahme von Geschenken – neuen Besitztümern, die einem von anderen übergeben wurden – war anscheinend ein wesentlicher Bestandteil des Rituals einer Geburtstagsfeier. Mike beobachtete alles das, ohne es wirklich zu verstehen. Er wusste zwar, dass die Menschen dem Besitz von Dingen hohe Bedeutung zuschrieben, Gegenständen, die nur ihnen gehörten. Aber es war für ihn rätselhaft, welchen Wert die meisten dieser Gegenstände für sie hatten, oder warum sie so großen Wert auf ihren Besitz legten.

In den letzten vier Wochen vor dem Geburtstag der Zwillinge hatte Mike Freude am Schenken gefunden. Und das war so gekommen: Er hatte mit dem Niederschreiben und Ausdrucken seiner Texte begonnen und dabei gemerkt, dass er sie vielleicht schön illustrieren sollte. Beides gelang ihm, das Schreiben und das Zeichnen. Rechtzeitig gab er seine beiden Werke zu einer nahegelegenen Schnelldruckerei, wo Mike jeweils fünf Exemplare anfertigen ließ.

Jeder der Zwillinge sollte sein eigenes Buch mit Mikes individueller Widmung sowie das Buch seines

Bruders erhalten. Dazu je drei weitere Exemplare zur Weiterverwendung – Mike dachte daran, dass die Zwillinge jeweils ein Exemplar womöglich an ihre Mutter, die Schriftstellerin Justine Musk, sowie an ihre Stiefmutter Grimes und ihren Dad weiter verschenken wollten. Also schnitzte er aus altem Plankenholz, das er unten im Bootsschuppen gefunden und das ihm Grimes auf seine Bitte hin samt einem Schnitzmesser überlassen hatte, zwei Bücherboxen. Eine für Griffin, eine für Xavier. Griffin, der Erstgeborene, durfte mit dem Auspacken der Geschenke beginnen.

„Wie toll!", rief Griffin, als er die reichlich mit Schnitzereien versehene Bücherbox aus dem Geschenkpapier gewickelt hatte. Dann, bevor er die filigranen Schnitzereien im Einzelnen bewunderte, nahm er das Buch heraus, das Mike für ihn geschrieben hatte. Es trug den Titel »Unaufhaltsam« und war ein Thriller.

Laut las Griffin seiner gespannt lauschenden Familie den Text der Cover-Rückseite vor: „Wir wollten die Welt verbessern – nun sind wir überflüssig … Der Ex-Chef einer privaten Hacker-Community, Alex Cornwall, setzt unabsichtlich einen Computervirus frei, das auf mysteriöse Weise weltweit die leistungsfähigsten Rechner miteinander vernetzt. Überall auf der Welt häufen sich weitreichende Störfälle, die das Leben der Menschen bedrohen. Alex stößt gemeinsam mit der Journalistin Karin Krone-Malz auf eine undurchsichtige Firma mit einem Geheimnis, das unsere Welt für immer verändern wird: In ihren Computernetzen ist etwas erwacht, das stärker ist, als wir je vermuten konnten. Und es scheint nicht mehr aufzuhalten zu sein."

„Das hast *du* geschrieben?", fragte Grimes ihren Heimroboter.

Mike nickte.

Und Griffin stimmte nickend zu. „Ich habe es mir von ihm gewünscht: Ein von einem Roboter-Familienmitglied selbst verfasster Thriller. Du weißt doch, dass ich Thriller liebe, Mom", sagte Griffin. Manchmal, wenn ihn die feierliche Situation überwältigte, nannte er seine Stiefmutter – eher versehentlich – »Mom«. Einen Moment später bereute er es, weil er es als Verrat an seiner Mutter Justine empfand.

„Und die Boxen hast du auch geschnitzt?", fragte Xavier, denn dass Mike auch handwerklich begabt war und schnitzen konnte, das wussten die Zwillinge nicht. Woher auch? Selbst Mike hatte es bis zu diesem Zeitpunkt nicht gewusst. Erst als er sich einen Plan gemacht und die zur Ausführung nötigen Berechnungen durchgeführt hatte, konnte er das Holz bearbeiten und wunderte sich selbst, wie fein und flott und schön sich das Stück in ein kleines Kunstwerk verwandeln ließ.

Dann packte Xavier seine Bücherbox aus. Als erstes bewunderte er die feinen Schnitzereien, die die Box verzierten. Er lachte laut auf und bedankte sich für das Motiv. Mike hatte Alacatraz auf der San Francisco vorgelagerten Insel geschnitzt. Aus den Wellen im Vordergrund sprang ein großer Hai hervor, und zwei Jungs spielten am Strand Basketball.

„Herrlich!", rief Xavier aus und wandte sich dem Buch zu, das Mike für ihn geschrieben hatte. Sein Titel lautete »Sturm über Frisco«. Auch das war ein Thriller, und er musste auf Wunsch von Sir und Madam die Beschreibung auf der Cover-Rückseite vorlesen.

„Die Natur spielt völlig verrückt. Die Menschheit ist nicht in der Lage, die Zerstörung der Erde aufzuhalten. Und so planen fünf reiche und mächtige Männer in einer geheimnisvollen Villa auf einem Hügel nahe San Francisco eine verrückte Zukunft mit Hilfe der Künstlichen Intelligenz. Sie glauben nicht an das Überleben der bisherigen Menschheit und wollen mit einer völlig neuen, Menschen ähnlichen Robotergeneration das Leben auf dem Planeten Erde retten. Sie umschreiben die neue Zivilisation mit »transhumanistisch«. Sie selbst lassen sich einfrieren, um zu gegebener Zeit von den Robotniks in eine schöne neue Welt zurückgeholt zu werden."

Elon und Grimes schüttelten verwundert den Kopf und sahen zu Mike hinüber, der ihnen gegenüber zwischen den Zwillingen saß. „Das hast wirklich *du* geschrieben?", fragte Elon.

„Unsere beiden Geburtstagskinder haben es sich ausdrücklich von mir gewünscht und ich habe mich strikt an Artikel 2 des Grundgesetzes …"

„Ist schon gut, Mike, wir alle kennen die Robotnik-Gebote. Ich bin lediglich verwundert, wie weitgehend du zu denken vermagst." Er schaute Xavier an und sagte: „Lass mich doch bitte einmal das Buch und die Bücherbox anschauen."

Xavier reichte seinem Vater beides über den Tisch.

Der Hausherr sah sich bewundernd die Hand geschnitzte Box an, schaute in das Buch, sah die Illustrationen und fragte Mike: „Von wem hast du die Illustrationen übernommen?"

„Von meinem positronischen Gehirn", antwortete Mike lächelnd. „Es war eine Kleinigkeit. Finden Sie, dass sie zum Text passen, Sir?"

„Da ich den Text im Einzelnen noch nicht kenne, kann ich das nicht beurteilen. Ich finde sie jedenfalls außergewöhnlich schön. Ich möchte sie als »künstlerisch wertvoll« bezeichnen."

Elon gab die beiden Geschenke an Grimes weiter, die einen ebenso bewundernden Blick auf die Gegenstände warf, und ausrief: „Ja, das ist Kunst, eindeutig künstlerisch gelungene Werkstücke!"

Sir und Madam überreichten nun ihre Geschenke an die Zwillinge. Soweit Mike es beurteilen konnte, waren es Gutscheine.

„Also, meine Lieben, noch einmal: Herzlichen Glückwunsch zu eurem Geburtstag, Griffin und Xavier", ergriff Sir das Wort. „Ich war sehr stolz, als ihr vor nunmehr fünfzehn Jahren auf die Welt gekommen seid. Ihr seid nun herangewachsen, seid sportlich, bringt gute Noten von der High School nach Hause, wisst euch zu benehmen und seid freundlich zu unserer Haushaltshilfe …"

Sir schaute mit Güte und zugleich mit Bewunderung im Blick zu Mike hinüber, der bescheiden nickte.

„Ich bin noch immer stolz auf euch", fuhr Elon Musk fort. „Nun, mit fünfzehn Jahren erlaube ich euch, neben der Schule ein Praktikum in einer meiner Fabrikabteilungen zu machen, wenn ihr denn möchtet. In diesem Sinne noch einmal: Herzlichen Glückwunsch!"

Grimes und Mike stimmten in den Glückwunsch ein, und alle sangen das Geburtstagslied – auch die Zwillinge, denn einer sang für den anderen mit. Es war eine sehr gelungene Geburtstagsfeier.

Am späten Abend, als Sir und Madam zu Bett gingen, sagte er zu Grimes: „Ich bin sehr verblüfft. Ich kann nicht glauben, dass Mike in so kurzer Zeit – und überhaupt! – zwei Thriller samt Illustrationen und dazu zwei kunstvoll geschnitzte Boxen hergestellt hat."

„Die Bücher scheinen zudem einen höchst interessanten Inhalt zu haben; das könnte von dir stammen ..."

„Er dürfte eigentlich kein kunsthandwerklicher und schriftstellernder Roboter sein."

„Aber er kann das alles. Vielleicht ist er vieles, wovon wir nichts wissen. Oder zweifelst du im Ernst an, dass Mike ..."

„Auf keinen Fall", antworte Elon. „Er hat uns versichert, dass er der künstlerische Erschaffer war. Und Roboter können nicht lügen."

„Das ist nicht ganz richtig, Elon. Er könnte lügen, wenn wir es ihm befehlen würden. Oder wenn es notwendig wäre, eine Unwahrheit zu sagen, um uns vor Schaden zu bewahren. Wenn zum Beispiel ein bewaffneter Entführer an der Tür stehen und nach dem Aufenthalt der Zwillinge fragen würde."

„Weißt du, womit er die Holzarbeit gefertigt hat?"

„Ich gab ihm ein kleines Küchenmesser zum Schnitzen", sagte Grimes.

„Ein Küchenmesser", wiederholte Sir mit seltsam tonloser Stimme. Er schüttelte den Kopf und hielt die Bücherbox, die ihm Xavier samt dem Zweitbuch überlassen hatte, in der angehobenen Hand, als fände er ihre Schönheit beinahe unbegreiflich. „Ein Küchenmesser. Du hast ihm die alten Holztücke der alten Decksbeplankung und ein gewöhnliches kleines Küchenmesser gegeben. Und ohne ein anderes Werkzeug war er in der Lage, dies zu machen …"

Am nächsten Morgen brachte Sir seinem Haushaltsroboter ein weiteres Stück Holz vom Strand, ein größeres, das gekrümmt und verwittert und vom langen Liegen im Salzwasser fleckig war. Er gab Mike ein elektrisches Messer und zeigte ihm, wie man es gebrauchte.

„Mach etwas aus diesem Stück, Mike. Irgendetwas, das dir gefällt. Ich möchte bloß zusehen, wie du das machst."

„Sie werden nicht sehen können, wie es in meinem positronischen Hirn ein digitales Format annimmt und dann als Plan meine Mechanik in Gang setzt, Sir."

„Das weiß ich, Mike. Ich habe doch an deiner konzeptionellen Entstehung mitgewirkt, bevor die Idee in meinem Neuralink-Institut erforscht und erprobt wurde und du feinjustiert wurdest. Dennoch interessiert mich jetzt die rein mechanische Ausführung, mit der du solche Kunstwerke zaubern kannst."

„Gewiss, Sir."

Mike betrachtete das Treibholz von allen Seiten und befühlte es mit seinen Händen von allen Seiten. Dann schaltete er das elektrische Messer ein, um die Bewegungen der Klinge genau zu beobachten. Obwohl alles automatisch ablief, aktivierte er eine zusätzliche optische Abtastvorrichtung, einem Scanner vergleichbar; dann begann er ohne jeglichen Aufwand zu schnitzen.

Er war voll bei der Sache, nur die Vision, was aus dem Stück Holz werden sollte, hatte von ihm Besitz ergriffen. Schon nach kurzer Zeit bemerkte er nicht mehr die Anwesenheit von Sir, der ihn aufmerksam beobachtete. Als Mike fertig war, übergab er die Schnitzarbeit an Elon, räumte seinen Arbeitsplatz auf und schaffte die Sägespäne beiseite. Als er zurückkam, sah er Sir wie erstarrt dasitzen und das Schnitzwerk mit einem Ausdruck betäubten Erstaunens anstarren.

„Diese Fähigkeit war in deinen neuralen Verlinkungen eigentlich nicht festgelegt worden", sagte Sir mit leiser Stimme. „Ich erinnere mich nicht, dass ich etwas von einem handwerklichen oder auch schriftstellernden und zeichnenden Haushaltsroboter gegenüber den Neuralink-Programmierern erwähnte."

„Sie sagen es, Sir. Ich bin bloß ein MMMR-Haushaltsroboter der vierten Generation und mir ist nicht bekannt, dass man mir Spezialprogramme implantiert hätte. Auch ich kann es mir nicht erklären."

Mike schaute Elon Musk mit einem Ausdruck an, den ein Mensch mit einem Anflug von verzweifelter Ratlosigkeit interpretiert hätte.

„Du kannst aber all das perfekt, Mike. Das steht fest. Ich habe es mit eigenen Augen gesehen. Du kannst schreiben, malen, Holzskulpturen schnitzen."

„Das ist zutreffend, Sir."

„Könntest du auch Großskulpturen und kunstvolles Mobiliar herstellen?"

„Ich habe es bisher noch nicht versucht, solche Dinge zu machen."

„Nun, dann befehle ich dir, es ab heute zu tun."

Ab diesem Tag verbrachte Mike zum Bedauern von Grimes nur noch wenig Zeit mit Haushaltsangelegenheiten. Wenn es aber notwendig war, begleitete er die Zwillinge zu ihrem Schutz zu Sportveranstaltungen, Teenie-Partys und Konzerten. Hauptsächlich jedoch verbrachte er den Großteil der Zeit mit der Anfertigung von künstlerisch gestalteten Skulpturen und Möbeln, nur unterbrochen von gelegentlichen Textarbeiten für neue Buchprojekte, die er kunstvoll illustrierte.

Sir ließ das Gartenhaus, das mit dem Hauptgebäude der großzügigen Villa verbunden war, zu einer Werkstatt für Mike umbauen. Mikes Entwürfe für all das Mobiliar, für die Büsten und Statuen waren exklusiv und künstlerisch äußerst beachtlich. Bald sprach sich herum, dass Sir einen ungewöhnlich begabten Künstler protegierte, und die ersten Schöp-

67

fungen verließen die Werkstatt, um in bekannten Galerien und Ausstellungsorten zu landen, von Los Angeles über Las Vegas bis nach New York.

„Du bist ein wahrer Künstler", lobte Sir sein begabtes neues Familienmitglied.

„Es macht mir einfach Freude, all die Dinge anzufertigen, Sir."

„Habe ich dich richtig verstanden: Sagtest du Freude?"

„Sollte ich das Wort nicht gebrauchen?"

„Es scheint mir ungewöhnlich, einen Robotnik sagen zu hören, dass er Freude an etwas habe. Das ist alles. Ich, der ich eigentlich die Einzelheiten deiner Konstruktionsmerkmale kennen müsste, wusste nicht, dass du die Fähigkeit zu Empfindungen dieser Art haben kannst."

„Vielleicht gebrauche ich den Begriff im erweiterten Sinne und nicht im detaillierten Tenor, wie die Menschen das Wort gebrauchen würden."

„Was meinst du denn, wenn du sagst, dass es dir Freude bereitet? Kannst du das näher beschreiben?", fragte Sir.

„Wenn ich mich mit dieser Arbeit beschäftige, fließen die Signale leichter durch die Schaltkreise meines positronischen Gehirns. Das scheint mir das Äquivalent des menschlichen Gefühls zu sein, das als »Freude« bekannt ist. Ich habe mitbekommen, wie die Menschen das Wort gebrauchen, und denke, dass ich seine Bedeutung verstehe."

„Bist du dir da sicher?"

„Ja! Gerade wenn auch Sie – und *wie* Sie – das Wort »Freude« verwenden, so passt es annähernd zu der Art meiner Empfindungen, Sir. Also halte ich es für angebracht, zu sagen, dass mir die künstlerische Arbeit Freude macht, Sir.

„Ah, so. Ich verstehe."

Sir blieb eine Weile still. Ein ungewöhnlicher Zustand für Elon Musk, der als Konzernchef unentwegt eine Ansage zu treffen hatte.

„Ist dir bewusst, Mike, dass du ein sehr ungewöhnlicher Roboter bist, eine Ausnahmeerscheinung?"

„Wie ich weiß, bin ich eine Standardausführung der 3-M-Reihe, wenn auch mit ein klein wenig mehr Künstlicher Intelligenz ausgestattet als die üblichen MMMR-Haushaltsroboter, nicht mehr und nicht weniger. Und das »klein wenig mehr KI« beschränkt sich meines Wissens lediglich auf eine schnellere Rechnergeschwindigkeit."

„Okay", sagte Sir und über sein Gesicht zog ein leiser Hauch von verzweifeltem Grübeln.

„Sorgen Sie sich, Sir, weil ich diese Arbeiten zu verrichten verstehe?"

„Alles andere als das, Mike, in keiner Weise. Das Gegenteil ist der Fall."

„Sie empfinden Freude?"

„Eine Mischung aus großer Verwunderung und großer Freude."

„Aber ich höre ein gewisses Unbehagen in Ihrer Stimme, als wäre Ihnen … wie soll ich es bloß ausdrücken? … Als wäre Ihnen die Sache suspekt. Als würden Sie denken, dass ich jenseits der programmierten Ebene meiner KI arbeite."

„Du sagst es! Es ist genau das, was ich denke, Mike. Ein gutes Stück jenseits der beabsichtigten Programmierung, um es genauer zu sagen. Verstehe mich bitte nicht falsch", sagte Sir, „ich bin nicht beunruhigt, weil du unerwartet solche außergewöhnlichen Fähigkeiten zeigst. Aber ich würde allzu gerne wissen, wie du dazu gekommen bist. Warum sie in dir stecken. Ich *muss* es als Chef von Tesla und von Neuralink wissen!"

*

Zwei Tage später rief Elon Musk die geschäftsführende Direktorin seines Neuralink-Instituts, Shivon Zilis, an und sagte: „Shivon, ich habe ein kleines Problem mit dem MMMR-Haushaltsroboter, den du und ich entworfen und den unser gemeinsam ausgesuchter Experte, Dr. Munsky, nach unseren Anweisungen programmiert haben sollte."

Marvin Munsky war der führende Robotnik-Psychologe bei Neuralink. Mit seinen ewigen Bedenken, war er bei Elon Musk nicht gerade der Liebling des Institutes.

Musk sah auf dem Handybild, wie Shivons sowieso schon große Augen sich ungläubig weiteten.

Die Beziehung zwischen Shivon Zilis und Elon Musk war zu diesem Zeitpunkt noch rein geschäftlicher Natur. Beide mochten jene gewissenhaften und zielstrebigen Blutkörperchen, die durch ihre unternehmerischen Adern flossen. Zudem fungierte Zilis als »Director of Operations und Special Projects« bei Neuralink. Sie berichtete direkt an Musk und hatte ihn durch ihre gemeinnützige Arbeit bei »Open AI«, die Musk mitbegründet hatte, kennen gelernt. Zugleich war sie mit eigener Risikokapitalbeteiligung an Musks Neuralink Corporation beteiligt.

„Ein Problem?" Ihr Gesicht auf dem kleinen Handymonitor gab jetzt tiefe und aufrichtige Besorgnis zu erkennen. „Was ist los, Elon? Welchen Anlass zur Sorge gibt es? Hat MMM 3.033R seine Funktionen eingestellt und seinen Geist aufgegeben?"

Da ihr Vorgesetzter einen kleinen Moment lang schwieg, schob sie eine Frage nach: „Hat er irgendeine Fehlfunktion?"

„Ich sagte nichts von Fehlfunktion."

„Aber du erwähntest ein Problem. Der MMMR sollte in der Lage sein, allen häuslichen Pflichten nachzukommen, die wir ihm …"

„Es hat nichts mit zugewiesenen häuslichen Pflichten zu tun, liebe Shivon", unterbrach sie Elon Musk. „MMM 3.033R führt die ihm übertragenen Arbeiten zur vollkommensten Zufriedenheit aus. Das Problem ist, dass der Roboter einige Fähigkeiten zu haben scheint, die in den KI-Spezifikationen nicht enthalten waren, als wir beide über den Plan diskutierten, mein Haus mit Roboterbediensteten auszustatten."

Shivon zeigte sich alarmiert. „Willst du damit sagen, dass er sein programmiertes Aufgabengebiet überschreitet und Dinge außerhalb des ihm auferlegten Verantwortlichkeitsbereiches übernimmt?"

„Nicht in diesem Sinne. Er überschreitet diese Grenzen in gewisser Weise, aber nicht zu unserem oder anderer Nachteil. Wenn dem so wäre, hättest du eher von mir gehört. Im Gegenteil, er tut Dinge, die im Bereich von Kunst und Literatur liegen. Und das ist gewiss nicht zu erwarten gewesen. Museen und Galerien reißen sich um Ausstellungsstücke von ihm. Verlage fragen seine Romane an. Es wird nicht lange dauern und seine Werke werden Dollars zum Fließen bringen."

„Und welchen Namen lassen die Galerien unter seinen Bildern anbringen? Welcher Autorenname sollte eigentlich auf den Buch-Covern stehen? MMM 3.033R?", fragte sie mit einem unterdrückten Lächeln, wie Elon Musk auf dem Handybildschirm erkennen konnte.

„Das tut wirklich nichts zur Sache", antwortete er geschäftsmäßig abweisend. „Was ich von dir wissen möchte ist, wie es zu diesen Zusatz-Funktionen gekommen sein könnte."

„Willst du ihn zu uns schicken oder soll ich zu dir kommen?"

„Wenn du Mike erst einmal ohne Laborbedingungen hier inspizieren könntest, wäre es mir recht."

„Mike? Wer ist Mike?" Shivons Gesicht verzog sich etwas ungläubig.

Ihr Chef lächelte flüchtig. „Meine Zwillinge nennen ihn so. Sie sagen, er gehört zur Familie, also braucht er einen vollständigen Familiennamen."

„Ich verstehe."

Elon Musk räusperte sich. „Nächsten Dienstag, dann? Würde dir das passen? Grimes ist auf Vortragsreise und die Zwillinge in einem Sportcamp. Wir könnten uns in Ruhe und intensiv mit Mike befassen."

Sie lächelte wissend, wie Elon feststellte.

„Oh, noch etwas", sagte Shivon schnell. „Ich würde gerne Marvin Munsky mitbringen, wenn es dir recht wäre. Ich könnte mir vorstellen, dass unser Robotnik-Psychologe sich auch gern die künstlerischen Arbeiten von MMM 3.033R ansehen möchte."

Elon veranlasste seine Sekretärin, Mrs Carmer, seine bestehenden Termine für den Dienstag zu verschieben. „Ellen, bitte treffen Sie alle Vorbereitungen, damit ich den ganzen Nachmittag zu Hause bleiben kann."

Mike wurde darüber informiert, dass Besucher kommen und ihn sprechen sowie seine Arbeiten anschauen wollten. Aber er machte sich weiter keine Gedanken zu diesem etwas seltsamen Vorgang, vielleicht waren es ja nur Bewunderer seiner Kunstwerke, wie sie gelegentlich in den vergangenen Monaten vorgekommen waren. Erst in späteren Jahren, als er ein analytischeres Verständnis seiner Situation erlangt hatte, war er fähig, diese frühe Begegnung in ihrer existentiellen Bedeutung zu verstehen.

Eine elegante rote, sich selbstfahrende Tesla-Limousine, Model S Plaid, brachte die geschäftsführende Direktorin und ihren Robotnik-Psychologen zum Landsitz der Musks. Sie waren seltsam ungleiche Kollegen, denn Shivon Zilis war eine schlanke, sportlich aussehende Frau mit dunkelbraunen langen Haaren, dunklen ausladend geschwungenen Augenbrauen, die ihren großen hellblauen Augen einen besonders hervorstechenden Ausdruck verliehen.

Ein spitzbübisches Lächeln war ihr besonderes Merkmal, von dem sie oft Gebrauch machte.

Man hätte Musks attraktive und auf ihrem Fachgebiet hervorragende KI-Forscherin eher auf einem Tennisplatz oder beim Polospiel anzutreffen erwartet als in einem Managementbüro von Teslas Tochterunternehmen, das an solch komplexen Themen forschte wie der Verknüpfung von digitalen und neurologischen Elementen und der Implementierung von künstlicher Intelligenz in maschinelle Strukturen.

Dagegen war ihr glatzköpfiger Kollege Marvin Munsky mit der ewig zerknitterten braunen Jacke, unter der sein rotkariertes Lieblingshemd hervorschaute, einer jener crazy Forschertypen, hinter dessen schlottrigem Outfit die wissenschaftliche Originalität lauerte. Lauernd war auch sein Blick durch die übergroße runde Intellektuellen-Brille. Er war stämmig und untersetzt und erweckte den Anschein eines Mannes, der sein Forschungslabor nur unter Androhung von Gewalt verlassen würde.

„Das ist Mike", stellte Elon Musk MMM 3.033R vor. „Seine Werkstatt ist im Nebengebäude, aber ihr könnt einige seiner Erzeugnisse überall auf dem Weg zur Werkstatt sehen." Er zeigte in Richtung einer im Garten stehenden großen Holzskulptur. Als sie an der offenen Tür zur Hausbibliothek vorbeikamen, deutete Musk auf die kunstvoll gefertigten Bücherregale im Raum. „Auch dies, samt der oberen umfänglichen Reihe von Romanen und Thrillern, sind Mikes Werke."

„Dürfen wir einmal einen Blick in Ihre Bücher werfen, Mike?", fragte Shivon höflich.

Mike nickte. „Selbstverständlich. Sie stehen dort, um gelesen zu werden."

Munsky und Zilis – und auch Sir – nahmen jeweils ein Buch aus dem Regal.

„Mrs Zilis, was Sie gerade anschauen, ist mein neuester Roman", sagte Mike.

Zilis las halblaut den Titel vor: „Mike Musk: »Superintelligenz – ein Thriller zur digitalisierten Zukunft«, Published by Pacific Books."

Sie drehte das Buch in ihren Händen unschlüssig hin und her, dann las sie den anderen, die ihr aufmerksam gefolgt waren, laut die Buchbeschreibung von der Cover-Rückseite vor: „Das Rennen um die Entwicklung einer superintelligenten Artificial Intelligence hat begonnen. Und die Firma, die gewinnt, wird die Menschheit in eine transhumanistische Zukunft führen und den Globus beherrschen. Ein Konsortium von Superreichen schließt sich zusammen, denn man will das Schicksal der Menschheit nicht einer einzelnen Firma überlassen. Doch als neuartige organische Maschinen mit implantierter Künstlicher Intelligenz sich verselbständigen, beginnt ein Bedrohungsszenario, wie es die Menschheit noch nicht gesehen hat."

„Darf ich mir Ihr Buch vielleicht für einige Zeit ausleihen, Mike", fragte Dr. Munsky mit ausgesuchter Konzilianz.

„Es gehört dem Hausherrn", sagte Mike.

„Keine Frage, Mike, oder?", sagte Elon Musk.

„Bücher sind zum Lesen da", wiederholte Mike artig und lächelte wohlwollend.

Zilis reichte Munsky das Buch mit der Bemerkung: „Wenn du es durchhast, würde ich es gerne auch lesen." Dann wandte sie sich an Elon: „Alles sehr bemerkenswerte Arbeiten", und sie deutete auf die kunstvoll verzierten Bücherregale. „Keine Übertreibung, Elon!"

Marvin Munsky streifte das Mobiliar nur mit einem Blick. Seine Aufmerksamkeit war bisher eher auf die Bücher gerichtet gewesen, und nun war sie vollständig auf Mike konzentriert.

„Codeüberprüfung", sagte er kurz angebunden. „Aleph Drei, Mike."

Elon und Shivon sahen sich kurz an. Sie wussten, dass Aleph der erste Buchstabe im hebräischen Alphabet war und den Zahlenwert 1 hat. Mehr war ihnen nicht bekannt.

Mikes Antwort ließ nicht lange auf sich warten. Sie musste augenblicklich erfolgen, weil systemische Codeüberprüfungen unter die Prioritäten des zweiten Robotnik-Artikels fielen und strikte Befolgung verlangten. Mike, dessen photoelektrische Augen aufmerksam leuchteten, ging den ganzen Satz der Aleph Drei-Parameter durch, während Munsky zuhörte und schließlich bestätigend nickte.

„Sehr gut, Mike. Codeüberprüfung: Ypsilon Sechs."

Mike gab Munsky Ypsilon Sechs. Er gab ihm Omicron Dreizehn und Kappa Fünf, einer der kompliziertesten Checks von allen, der sämtliche Parameter verkörperte, die in den drei Robotnik-Vorgaben enthalten waren.

„Perfekt", sagte Munsky knapp. „Nun noch ein abschließender Code-Check: Die Omega-Serie."

Mike sagte problemlos die Omega-Codes auf. Sie waren verantwortlich für die Fähigkeit zur Steuerung von Verarbeitung und Korrelation neu erfasster Daten. Es nahm eine kleine Weile in Anspruch. Während Elon Musk die lange Aufzählung anerkennend verfolgte, schien Shivon Zilis kaum hinzuhören.

„Er ist komplett funktionsfähig", stellte Munsky schließlich fest. „Alle Parameter entsprechen exakt den digitalen Vorgaben."

Im Gegensatz zu Shivon Zilis, die Elon Musk seit langem duzte, siezte er Dr. Munsky, was eine gewisse Distanz ausdrücken und auch aufrechterhalten sollte. „Wie ich bereits Ihrer Kollegin sagte", erwiderte der Chef, „handelt es sich nicht um ein Versagen bei der Ausübung üblicher Tätigkeiten, sondern vielmehr darum, dass sein Leistungspotenzial weit über allen Annahmen liegt."

„Vielleicht waren die Annahmen falsch", sagte Munsky.

Elon Musk fuhr indigniert herum. „Und was soll das bitte heißen, Dr. Munsky?"

Munsky zog die Stirn in Falten und fasste sich an die runde Brille. Er hatte abgespannte Züge, tiefliegende Augen und dunkle Augenringe. Er sah insgesamt ungesund aus und ähnelte den üblichen KI-Laborjunkies, die Tag und Nacht in ihren digitalen Netzwerken verstrickt waren.

Er hielt viel von seinem Chef, aber insgeheim noch mehr von sich. Und so versuchte er vorsichtig zu erklären: „Was ich meine, ist, dass die dem positronischen Denkapparat zugrunde liegende Mathematik bei weitem zu komplex ist, um mehr als annähernde Lösungen zu erlauben. Es kann durchaus vorkommen, dass Roboter von Mikes Konstruktionsniveau unvermutete Befähigungen haben, die außerhalb der geplanten Entwurfsspezifikationen liegen."

„Außerhalb des verabredeten KI-Entwurfs? Birgt dies eventuell Risiken?", fragte Sir und stellte sich demonstrativ neben Mike, der die Diskussion staunend verfolgte.

„Ich kann Ihnen versichern, dass kein Grund zu Befürchtungen irgendwelcher Art wegen unberechenbaren Verhaltens besteht, was Ihre Familie gefährden könnte."

„Ich hatte nicht irgendeine Gefahr für uns im Auge. Ich meinte, dass eventuell Risiken für Mike bestehen, weil ihn die implantierte KI an Grenzen führt, was zu Kurzschlüssen führen könnte."

Dr. Munsky räusperte sich. „Bevor Mike gegen die drei Robotnik-Gesetze verstoßen würde, seine Selbstgefährdung inkludiert, würde er eher seine gesamten Funktionen einstellen", entgegnete er schließlich mit dem sanft überheblichen Blick eines ingenieurwissenschaftlich gebildeten Psychologen. Es war die interdisziplinäre Ausbildung, die ihm Elon Musk ermöglicht hatte, die Dr. Munsky in diese etwas herablassend-elitäre Lage versetzte.

Sir trat noch einmal an das Bücherregal heran, dicht gefolgt von Mike, und nahm die für Xavier geschnitzte Bücherbox heraus. Er lenkte die Aufmerksamkeit von Shivon Zilis und Dr. Munsky auf Mikes filigrane Schnitzereien – Alacatraz auf der Insel mit den wilden Wellen rundum, mit dem hochspringenden Weißen Hai und mit den beiden Jungs, die am Strand Basketball spielten. Eine wahre Miniaturarbeit, wie sie eine menschliche Hand kaum hinbekommen würde.

„Sehr beachtlich", sagte Shivon. „Einzigartig."

„Ja, einzigartig", bekräftigte Sir. „Deshalb bat ich euch hierher, denn mit bloß umschreibenden Worten am Telefon kann man dies nicht begreifen. Ich gebrauche ungern ein Klischee, aber was wir hier haben, ist ein Genius unter den Robotern, würdet ihr mir zustimmen? Etwas, das beinahe an das Menschliche grenzt – oder gar darüber hinausgeht."

„An MMM 3.033R ist wirklich nichts Menschliches, Sir", antwortete Munsky mit einem Anflug von Besserwisserei. „Wir dürfen die Kategorien nicht durcheinanderbringen. Mike ist eindeutig eine Maschine und wird es auch bleiben, Mr Musk."

„Natürlich eine Maschine mit einem gewissen Grad an Intelligenz, die augenscheinlich auch etwas besitzt, was Kreativität ermöglicht", ergänzte Zilis.

„Das alles sollte uns klar sein, gewiss", antwortete Musk in einem Ton, der klarstellte, dass er nicht der unwissende Chef eines x-beliebigen Konzerns war. Schließlich war er der Mann, der die Möglichkeiten der Künstlichen Intelligenz als einer der Ersten erkannt und umgesetzt hatte. „Was ich gerne wissen möchte, ist, wie Sie sich die Erweiterung des KI-Potentials bei Mike erklären, Dr. Munsky."

„Ein glücklicher Zufall", antwortete Munsky. „Etwas in den künstlich-neuralen Bahnen. Ein Glückstreffer. Wollen Sie es dem Chef erklären, Mrs Zilis?"

Elon Musk atmete innerlich erleichtert auf. Er konnte die überhebliche Art dieses Robotnik-Psychologen nicht ertragen. Musk hielt seit seiner letzten Scheidung großen Abstand zu dieser Berufsgruppe, jedenfalls im privaten Bereich, seitdem die Ehemediation schiefgegangen war.

Neuralink aber brauchte Munsky; fachlich war er unter diesen Psychofreaks die Nummer Eins – und er kannte sich in allem aus, was KI ausmachte: Mathematik, Mustererkennung, Wissensmodellierung, digitale Expertensysteme, maschinelles Lernen, künstliche neuronale Netze, Computer Visioniering, universelle Chatbot-Programme.

Musk war auf Munsky angewiesen.

„Nun gut, Marvin", antwortete Shivon auf Munskys Vorschlag, „wenn du meinst, dass ich es dem Chef besser erklären kann, dann liegst du nicht ganz falsch. Deine Abschweifungen zu diesem Thema würden uns wahrscheinlich noch mehrere Stunden beschäftigen."

Elons Gesicht entspannte sich sichtbar und er sagte: „Dann schieß mal los, Shivon."

„Wie du weißt, Elon, haben wir mit deiner Hilfe seit einigen Jahren versucht, vereinheitlichte, sich selbst steuernde neurale Bahnen zu entwerfen, das heißt, Roboter, die nicht nur auf Verrichtungen begrenzt sind, für die sie ursprünglich entworfen wurden. Sie sollten darüber hinaus die Fähigkeit besitzen, ihren eigenen Kompetenzbereich durch einen digitalen Prozess zu erweitern, der mit induktivem Denkvermögen verglichen werden kann. Insoweit ist es kein völlig unerwarteter Aspekt, dass ein Phänomen wie dieses, diese Art von simulierter Kreativität, in einem Roboter der MMMR-Serie auftritt."

Natürlich musste Dr. Munsky das letzte Wort haben, und er ergänzte: „Wie ich vorhin schon gesagt habe, und wie wir alle wissen …"

Wie nett von ihm, dass er mich, den Urheber der KI, in den Kreis der Wissenden einschließt, dachte Musk in diesem Moment und hätte ihn am liebsten auf der Stelle gefeuert.

„… ist Robotnik keine exakte Wissenschaft. Manchmal treten unvorhergesehen Dinge ein, jedoch stets im Rahmen der drei Gebote."

Musk blieb ruhig. „Könnten wir eine Reproduktion – gewissermaßen einen zweiten Mike – herstellen? Mit all seinen Fähigkeiten? Vielleicht eine ganze Serie davon?", wandte sich Musk an Shivon, die ihm nicht nur als Managerin sympathisch war.

„Ehrlich gesagt, Elon, ich nehme an, dass uns eine »Wiederholung nach Plan« nicht gelingen wird. Wir haben es hier mit einem stochastischen Ereignis zu tun. Uns liegen keine quantifizierbaren und präzisen Daten vor, wie es gelungen ist, die beschriebenen Begabungen in Mike zum Leben zu erwecken. Also gibt es bisher keine Möglichkeit zur Reproduktion der abweichenden Neuronen-Verbindungen, die ihn zu all diesen kreativen Arbeiten befähigen."

Munsky wiegte bedeutungsvoll den Kopf und sagte: „Damit ist gemeint, dass Mike wahrscheinlich so etwas wie ein Betriebsunfall gewesen ist, und höchstwahrscheinlich ist er einzigartig."

Shivon und Sir wechselten bedeutungsvolle Blicke wie Mike feststellte. Munsky wandte sich ein wenig ab, während sich die anderen noch über notwendige Erledigungen für den Rest des Tages unterhielten, wobei Sir auch Mike Anweisungen erteilte.

Dr. Munsky, der einige Zeit an der ausladenden Fensterfront gestanden und über den für die San Francisco Bay typischen nebelverhangenen Ozean hinausgeblickt hatte, drehte sich plötzlich um und sagte: „Mr Musk, ich schlage vor, dass wir Mike mitnehmen in unser Labor, um ihn eingehend zu untersuchen. Natürlich würden wir noch heute für einen seriengleichen Ersatz für Ihren Haushalt sorgen, damit …"

„Nein!", unterbrach ihn Sir mit Entschiedenheit.

„Ich dachte, es sei in Ihrem Interesse, wenn wir die Angelegenheit näher untersuchen", sagte Munsky.

„Sie erklärten gerade eben, dass Mike ein reiner Glücksfall sei, und dass Sie keine Ahnung haben, wie er zu seinen einzigartigen kreativen Fähigkeiten kam, und dass Sie ihn nicht nachbauen könnten, selbst wenn Sie es versuchten. Daher sehe ich nicht, welchem Zweck es dienen sollte, wenn Sie ihn mit ins Labor nehmen."

Munsky rückte kurz die Brille zurecht und bewegte abwägend seinen kleinen runden Kopf. „Vielleicht ist ja unsere derzeitige Einschätzung zu pessimistisch. Sobald wir uns daran machen, Mikes neurale Bahnen genau zu analysieren …"

„Wenn Sie das tun", entgegnete Musk, „wird danach nicht mehr viel von Mike übrig sein, oder sehe ich das falsch?"

Shivon schaltete sich ein. „Du hast recht, Elon, die Bahnen sind zweifellos fragil, und bei genauen Analysen ist das Auseinandernehmen von Elementen seines positronischen Denkapparates unvermeidlich. Risiken sind dabei nicht auszuschließen."

„Es ist so, meine Zwillinge sind Mike äußerst zugetan", sagte Sir. „Besonders Griffin versteht sich sehr gut mit ihm und es hat sich eine gegenseitige Zuneigung, eine verständnisvolle Freundschaft zwischen den beiden entwickelt. Ich war, als ich im Institut anrief, davon ausgegangen, dass Mikes Fähigkeiten etwas sein könnten, was unbeabsichtigt in ihn eingebaut worden ist. Da unsere KI-Projekte weitergetrieben werden müssen, wollte ich freilich wissen, ob das der Fall ist. Es scheint sich nun bestätigt zu haben. Aber ich werde Mike natürlich nicht zur Demontage freigeben, wenn wir drei wissen, dass es wahrscheinlich so gut wie unmöglich ist, ihn wieder genauso zusammenbauen zu können, wie er war. Das können wir vergessen."

Hinter Munskys runder Brille blitzten seine Augen für einen Augenblick zornig auf. Es war nur ein Funke, ein kaum erkennbarer Wechsel des Ausdrucks, der selbst Mikes ausgezeichnetem Wahrnehmungsvermögen fast entgangen wäre. Dann zuckte

Munsky die Schultern und schaute hilfesuchend zu Shivon hinüber.

„Wie du wünschst, Elon", sagte die Managerin. „Mike soll kein Schaden zugefügt werden. Es ist besser, wenn er hierbleibt."

„Gut."

Munsky hüstelte und fragte: „Darf ich etwas wiederholen, was ich vorhin bemerkte, Mr Musk?"

„Wenn es Ihnen ein Bedürfnis ist, Dr. Munsky."

„Sie erwähnten etwas von Zuneigung und Freundschaft und von Mikes Fähigkeiten, die an die Kreativität von Menschen heranreichten. Was Letzteres betrifft, so gebe sogar ich das zu. Aber an etwas Menschliches heranreichen und menschlich zu sein, ist nicht das Gleiche. Wir müssen uns stets vergegenwärtigen, dass Mike eine Maschine ist."

„Wem erzählen Sie das?", Elon Musk fühlte sich sichtlich brüskiert.

„Wenn man sich an die Gegenwart eines mitdenkenden Computerhelfers gewöhnt hat, mag sich manchmal der Unterschied verwischen. Sie sprachen von diesem Robotnik als dem Freund Ihrer Söhne, sprachen von Zuneigung und so weiter. Das ist eine problematische These, problematisch für Sie, meine ich. Freunde sind Freunde. Maschinen sind Maschinen, und das sollten wir nicht durcheinanderbringen."

„Danke für Ihre Belehrungen, Herr Doktor, aber glauben Sie wirklich, dass ich sie nötig habe? Wir arbeiten ausdrücklich und mit voller Absicht an Geräten, die unserer Gattung immer ähnlicher werden, an Maschinen, die soweit als möglich selbständig denken und somit auch selbständig handeln können. Erzählen Sie mir also bitte nichts von Unterschieden zwischen Freunden und Maschinen", sagte Musk in trockenem, kühlem Ton, bevor er die beiden höflich verabschiedete.

Als er am Abend mit Grimes bei der Hauptmahlzeit des Tages saß, servierte ihnen Mike als Vorspeise neben einer Bloody Mary gedünstetes Gemüse mit Hummer, dazu einen Weißwein aus dem benachbarten Sonoma Valley. Sir hatte gedämpfte Musik und gedimmtes Licht sowie Kerzenbeleuchtung von Mike verlangt, und Mike hatte das Dinner perfekt vorbereitet.

Elon erzählte seiner Liebsten vom Gespräch mit seinen Neuralink-Forschern. „Stell dir vor, worüber mich dieser Munsky belehren wollte: Ich solle Maschinen nicht mit Menschen verwechseln."

„Und was hat mein kluger Schatz geantwortet?"

„Dr. Munsky, habe ich gesagt, ich habe mich immer bemüht, Menschen in meiner Forschungseinrichtung einzustellen, die mindestens so klar und geordnet denken wie ich. Ich verwechsle niemals einen Rotwein mit einem Weißwein oder eine Nase mit einem Ohr oder eine Giraffe mit einem Maulwurf, und ich werde mein Möglichstes tun, die Künstliche Intelligenz nicht mit der Ihren zu verwechseln. Aber was immer Sie denken mögen, Dr. Munsky, Mike ist uns ans Herz gewachsen und zu einem Familienmitglied geworden. Ich danke für Ihren Rat."

Mike, der an der offenen Küchentür stand und das Gespräch mitgehört hatte, hatte jetzt einen Ausdruck in seinem Gesicht, den man bei genauerem

Hinsehen auf jeden Fall als ein Lächeln hätte erkennen können.

Die Hauptspeise, die er nun servierte, Filet Mignon mit Hashed Browns, dazu Beans und Onion-Ringe, hatte Mike vor einer halben Stunde frisch zubereitet.

Als er gerade in die Küche zurückging, hörte er noch Fetzen über das Gespräch zwischen Munsky und dem Chef, über das Sir seiner ihm gespannt lauschenden Grimes berichtete: „... meinte er doch tatsächlich, dass man gewöhnlich mit einer anderen Person, aber doch nicht mit einem Haushaltsgerät befreundet sein könne ... Mike sei nur ein wandelnder Computer, der mit Künstlicher Intelligenz ausgestattet und in einen humanoid anmutenden Körper gesteckt wurde, sodass es zwar den Anschein erwecke ... Die Persönlichkeit, die die Zwillinge in Mike zu sehen glauben und die sie veranlasst hat, ihn zu »mögen«, sei lediglich eine simulierte Persönlichkeit, ein vorgefertigtes, im Grunde industrielles Konstrukt, völlig synthetisch ...“

„Munsky ist ja ganz schön dreist, gerade dir das vorzuhalten, als seist du ein völlig unbeleckter Zaungast in der KI-Szene. Unglaublich! Du solltest ihn feuern!“

„Darling, daran habe ich auch schon gedacht, aber ich brauche ihn. Er ist gut. Besser als gut. Unersetzlich. Halt etwas überheblich.“

„Also, wie du. Zwei Alphatiere unter sich. Na gut, Hauptsache, du explodierst nicht – und er bringt unser transhumanistisches Gesamtprojekt voran.“

Mike kam und servierte das Dessert, Fresh Fruits, mit Mokka und Pina Colada, weil Sir und Grimes diesen Cocktail als abendlichen Abschluss liebten.

*

Ein weiteres Jahr war verstrichen. Es war unglücklich im Haushalt der Musks ausgegangen. Im vergangenen September 2019 hatte das Paar bekannt gegeben, dass sie „halb-getrennt" seien. Grimes hatte beschlossen, sich selbst auch wieder mehr musikalisch und künstlerisch zu betätigen. Sie brauche dazu mehr Freiheit, mehr Bewegungsspielraum. Es könnte ein erfüllteres Leben geben, als einfach die Ehefrau des reichsten und erfolgreichsten Mannes der Welt zu sein.

Bisher hatte sie ihre Rolle als Statistin an der Seite eines weltraumorientierten Unternehmers, der Elektroautos, Raketen und Roboter herstellte, klaglos und überzeugend gespielt. Aber aus ihrer Sicht hatte sie die Rolle lange genug gespielt. Und so hatte sie Elon die Entscheidung nicht ohne Bedauern mitgeteilt, und sie hatten sich in Freundschaft getrennt.

„Vorläufig getrennt", hatte Sir zu den Zwillingen gesagt, die nicht verstanden, warum ihr Vater „schon wieder eine Frau verschlissen" hatte, wie sie untereinander den Trennungsvorgang bezeichneten. Mike fand das Verhalten der Menschen nicht tragisch, denn keiner der Beteiligten war in Tränen ausgebrochen, so schien es doch ein normaler Vorgang in menschlichen Beziehungen zu sein.

Dennoch befand Mike, dass Sir unglücklich wirkte. Vielleicht war er sogar insgeheim traurig und überspielte es. Vielleicht war er von Grimes Entscheidung überrascht worden und in seinen Gefühlen verletzt. Wer konnte das wissen?

Grimes war fortgegangen, um sich für die nächsten Wochen und Monate einer Künstlerkolonie irgendwo in Europa anzuschließen – wahrscheinlich in Südfrankreich, denn ihre Vorliebe galt der Provence. Mike holte gelegentlich ihre kurz gehaltenen Briefe und Postkarten aus dem Briefkasten, um sie auf Sirs Schreibtisch zu legen.

In dieser Zeit kam Shivon des Öfteren zu Besuch und übernachtete auch bei Sir. Sie schienen sich gut zu verstehen. Ihre Vertraulichkeit war faszinierend, wie Mike befand, und er staunte selbst über sich, dass er so etwas wie „Vertraulichkeit" zwischen Menschen überhaupt definieren und offensichtlich nachempfinden konnte. Gelegentlich unterhielten sie sich über ihn, wie er feststellte. Oft fiel dabei ein Begriff, den Mike schon so oft in Sirs Haus gehört hatte – »Optimierung«.

Weihnachten schickte Sir ein Paket nach Avignon. Und etwas später erreichte ein Paket von Grimes die Villa mit der Anschrift »Fremont Boulevard 45500«. Es war an Elon, die Zwillinge und Mike adressiert. Für Mike war eine CD, die Grimes bespielt hatte, in Weihnachtspapier als Geschenk verpackt.

„Habe ich extra für dich, lieber Mike, komponiert", stand auf der beigelegten Weihnachtskarte.

Als Mike die CD mit dem Titel »Mike vom Mars« später in den Player einlegte, hörte er sich den Song mit einem – wie er es empfand – menschlich anmutenden Schmunzeln an:

Er kam vom and'ren Stern,
er landete nicht gern.
Es musste aber sein,
der Sprit ging aus.

Die Luke, die ging auf,
da sprang ein Mann heraus.
Ich sah ihn nur kurz an, Oje!

Er hatte gold'nes Haar,
das glänzte wunderbar.
Sein Blick, der war so scharf, aha!

Er war sehr attraktiv
und auch sehr muskulös.
Er war ein Traum von einem Mann.

Mike vom Mars, Mike vom Mars,
der Traum aller Frauen.
Du machst mich schwach.
Mike vom Mars, Mike vom Mars,
bleib für immer hier,
geh doch nicht fort!

Er kam mit in die Stadt.
Die Frauen waren platt.

Ein Traum von einem Mann,
und jede wollte ihn.

Die Männer war'n nervös
und wurden furchtbar bös',
sie wurden nicht mehr angeseh'n.
Mike der sollte geh'n.
Er konnt' es nicht versteh'n.
Er sah es aber ein und ging.

Die Frauen weinten sehr.
Ihr Mike, der war nicht mehr.
Der Jammer, der war groß und blieb.

Mike vom Mars, Mike vom Mars,
der Traum aller Frauen.
Du machst mich schwach.
Mike vom Mars, Mike vom Mars,
bleib für immer hier.

Jetzt, im darauffolgenden Jahr 2020, als die Zwillinge 16 Jahre alt wurden, ereignete sich folgendes: Im Januar kehrte Grimes kurzfristig zurück, und Sir, die Kids und Mike waren überglücklich. Am 8. Januar 2020 gab Grimes bekannt, im fünften Monat schwanger zu sein.

Mike rechnete nach. Soweit er wusste, konnte er als Rechenmaßstab die Anzahl von neun Monaten zugrunde legen. Er rechnete zurück und war beruhigt. Aber war es wirklich jenes Gefühl, das die Menschen als »beruhigt« beschrieben: War es das, was man fühlte, wenn man von keinen weiteren unangenehmen Überraschungen ausging?

Am 5. Mai 2020 gaben Sir und Grimes stolz die Geburt ihres gemeinsamen Sohnes bekannt. Der Junge bekam den außergewöhnlichen Vornamen »X Æ A-12«. Mike hörte mit, als Sir bei einem Interview für eine Klatschzeitung sagte, die Namensidee habe seine Partnerin gehabt. Die Aussprache sei einfach: X = *"Ex"*, Æ wie das englische *"Ash"*, A 12 ganz normal im Englischen: *"Ey, Twelve"*. Der Zusatz A-12 sei seine Idee gewesen, wobei es sich um eine Anspielung auf das Flugzeug *"Archangel 12"* handele, für Musk das "coolste Flugzeug aller Zeiten". Grimes schien zum Teil anderer Meinung gewesen zu sein und habe erklärt, dass Æ für *"Artificial Intelligence"* stehe und somit wie die Buchstaben "A.I." ausgesprochen werde.

Mike zeigte keine Überraschung. Die menschliche Namensgebung, so absonderlich sie auch sein mochte, war für ihn kein Problem, aber für die Zwillinge. Es war das erste Mal, das Mike hören musste, wie sie sich in einem Streitgespräch mit Sir despektierlich gegenüber ihrem ansonsten heiß bewunderten Dad äußerten. Mike war froh, als die drei den Streit beilegten. Ihm war an einer gewissen, stetigen Harmonie im Familienleben gelegen.

Weiterhin zwang ihn Artikel 1 zu ständiger Wachsamkeit neben seinen künstlerischen Arbeiten, um insbesondere seine beiden Schutzbefohlenen, die Zwillinge, vor Schaden zu bewahren. Manchmal aber dachte er, dass er sie auch selbst dann bereitwillig und mit Freude gegen jegliche Gefahr verteidigen würde, wenn das Robotnik-Gesetz nicht existieren würde.

Es war ein fast undenkbarer Gedanke, dass es die drei Gebote nicht geben könnte. Mike konnte es sich schwerlich vorstellen. Die Gebote waren derart fundamentale Komponenten seiner neuralen Verbindungen, dass ihn die Vorstellung, ohne sie zu sein, vor die Frage stellte, worin seine eigentliche Existenzberechtigung bestand. Mike fühlte so etwas wie Erstaunen. Tatsächlich, er hatte in diesem Moment genau *diese* existentielle Frage zu stellen vermocht. Er konnte sich etwas *vorstellen*. Wie sonderbar, eine Fähigkeit zu haben, die ihm erlaubte, sich das Unvorstellbare vorzustellen! Er kam sich beinahe menschlich vor, wenn ihm derart antagonistische Erkenntnisse wie diese durch den Kopf gingen.

Doch was bedeutete *beinahe* menschlich? Das war wieder ein merkwürdiges Paradoxon – womöglich ein äußerst abstruses. Es war irritierend. Entweder gehörte man zur Spezies der Menschen oder eben nicht. Wie könnte es irgendeinen Zwischenzustand geben?

Dann dachte Mike an die Zwillinge und ihren kürzlich geäußerten Wunsch, er möge seine künstlerischen und schriftstellerischen Produkte zu Dollars machen. Es war Griffin gewesen, der als erstes seinen Dad bat, Mikes Arbeiten nicht weiter einfach zu verschenken. Man solle sich eher Gedanken machen, wie Mike seine Produkte selber vermarkten könne.

„Ein Computer, der sich selbst vermarktet?", hatte Sir gefragt. „Soweit sind unsere Tesla-Produkte noch nicht", und ein breites Lächeln zeichnete sich um seine Lippen ab.

„Dann sollten *wir* sie für ihn verkaufen", beharrte Griffin auf seiner Idee.

„Es sieht dir nicht ähnlich, geldgierig zu sein, mein Sohn!", sagte Sir.

„Was hat Geldgier damit zu tun?"

„Ich möchte nicht, dass jemand aus unserer Familie im Nebenberuf die Kunstgegenstände zu Geld macht, die unser Haushaltsroboter hergestellt hat. Oder dass jemand von uns gar unter eigenem Namen Mikes Romane an Verlage verkauft. Wir sind die reichste Familie der Welt. Wir haben das nicht nötig. Es würde unseren Ruf enorm schädigen."

„Dad! Das ist völlig abwegig! Ich sage nicht, dass *wir* mit Dingen, die Mike gemacht hat, Geld verdienen sollten. Aber wie ist es mit Mike selbst?"

„Was soll das heißen?"

„Wer macht denn die Arbeit?"

„Mike natürlich, wer sonst!"

„Na, das meine ich: Wer die Leistung bringt, sollte auch das Geld verdienen."

Sir schaute seinen Sohn erstaunt an. „Griffin, Mike ist ein Roboter!"

„Klar doch, Dad."

„Robotniks sind keine Leute, mein Sohn. Sie sind Maschinen, weißt du. Wie Waschmaschinen, wie Computer. Was würde ein PC mit Geld anfangen wollen? Mike kauft keine Sachen für sich ein. Er geht nicht shoppen. Roboter fahren nicht in den Urlaub auf eine Wellnessfarm. Roboter sind nicht …"

„Ich meine es ernst, Dad. Es ist eine elementare Frage. Mike verbrachte viele Stunden mit seinen Kreationen."

„Und?"

„Roboter oder nicht, er hat das moralische Recht, mit den Ergebnissen seiner Anstrengungen Gewinn zu erzielen. Es steht *ihm* zu, nicht uns! Auch wenn er eine Maschine ist, ist er doch kein Sklave. Und er ist ein *Künstler*. Ist er nicht berechtigt, für seine Werke entlohnt zu werden?"

Elon Musk schaute seinen Sohn Griffin an und dieser ihn, während Xavier, der eine Weile nur aus der Entfernung zugehört hatte, jetzt hinzukam und sagte: „Dad, wir nehmen im Geschichtsunterricht gerade die Französische Revolution von 1789 durch. Da nahm das Volk sein Schicksal selbst in die Hand und kämpfte für Freiheit, Gleichheit und Brüderlichkeit. Wir sollten auch in der Gegenwart darüber noch einmal nachdenken …"

„Was willst du damit sagen?", fragte Sir.

„Das Volk wollte unter anderem seine Ausbeutung durch die Aristokratie abschütteln. Nun, Roboter sind nicht das Volk, aber sie sind heutzutage diejenigen, die für uns arbeiten. Denke doch nur an unsere Tesla-Fabrik. Wer macht dort die Hauptarbeit? Wenn wir unsere Roboter weiterhin so behandeln, wie die Adligen ihre Bauern und Handwerker behandelt haben …"

Sir lächelte verständnisvoll. „Das letzte, worüber wir uns Sorgen machen müssen, Xavier, ist eine Revolte unserer Roboter. Die drei Gebote …"

„Ja, ja, ja!", riefen die Zwillinge wie aus einem Mund, und Xavier sagte mit zorniger Stimme: „Die Robotnik-Grundgesetze, wir kennen sie. Wir hassen sie, Dad!"

„Ja, wir hassen sie!", schloss sich Griffin an. „Du darfst Mike nicht um die Früchte seiner kreativen Betätigung betrügen. Wie du für dich und unsere Familie die Früchte deiner Arbeit einfahren möchtest, so …"

„Ich verstehe", unterbrach ihn Sir. „Lasst mich in Ruhe darüber nachdenken. Vielleicht können wir tatsächlich für Mike etwas unternehmen, so wie ihr es euch vorstellt."

„Wirklich, Dad?"

„Versprochen", sagte Sir, und die Zwillinge wussten, dass sie sich auf das Wort ihres Vaters verlassen konnten. Er würde alles tun, um ihrer Idee Vorschub zu leisten.

*

Im Vorzimmer von Tesla nahm Elons Chefsekretärin Ellen Carmer den Hörer ab: „Sicher, Mr Bezos, ich werde sogleich zu Elon durchstellen. Einen Moment bitte."

Jeffrey Preston »Jeff« Bezos, in der weltweiten Reichtums- und Bedeutungsskala gleich hinter Elon Musk, war langes Warten nicht gewohnt. Ellen stellte ihn mit knappen Worten durch: „Mr Musk, Ihr Freund Jeffrey vom Zehner-Club!"

Jeff, der sieben Jahre älter war als der 49-jährige Elon, hatte 1994 Amazon und sechs Jahre später das private Raumfahrtunternehmen »Blue Origin« gegründet. Es war diese Raumfahrtbegeisterung und die damit verbundene Zukunftsvision die Bezos und Musk miteinander verband: „Das Sonnensystem könnte leicht eine Billion Menschen vertragen", hatte Jeff letztlich im Kreis des Zehner-Clubs im Brustton der Überzeugung verkündet.

„Billionen Menschen?", hatte Elon eingewandt, „wie willst du die alle da hoch ins All kriegen?"

„Erst mal müssen *wir* hier, wir zehn Pioniere, eine Runde im All drehen", hatte der 1967 in Frankfurt am Main geborene Peter »Pit« Thiel gemeint. Thiel hatte das Sicherheitsunternehmen »Palantir« mit einer beim US-Militär beliebten Spy-Software ins Leben gerufen und war Gründer des Online-Bezahldienstes »PayPal«. Als Großinvestor und Mitglied im Steering Committee der Bilderberg-Konferenz war er in Elon Musks Zehner-Club für Öffentlichkeitsarbeit, für die Public Relations zuständig – PR natürlich nicht für den Zehner-Club, denn der verstand sich als Geheimloge. Die Öffentlichkeit sollte vorerst nichts über ihre Pläne erfahren.

PR war notwendig, jedoch nur, um für die allmähliche Gesellschaftsfähigkeit der transhumanistischen Ideologie zu werben. PR für die Künstliche Intelligenz, PR für die »unausweichliche Vermenschlichung« der Robotniks, PR für die Transformation der Menschheitsfamilie in eine Versammlung menschenähnlicher Roboter, das – und nur das – war derzeit angesagt.

Aber das alles musste vorsichtig vonstattengehen, Schritt für Schritt. Man musste geschickt vorgehen und eine langfristige Strategie entwickeln. Das war der Grund, weshalb sich die reichsten Macher der Welt vor zwei Jahren auf Anregung von Elon Musk zusammengefunden hatten. Dann hatte die erlauchte Gesellschaft hinter verschlossenen Türen, nur bedient von hochautomatisierten Robotniks, zum Thema »Die transhumanistische Revolution und die Zukunft der Menschheit« getagt. Zwei Mal im Jahr traf man sich zu zehnt als geschlossene Gesellschaft.

Da war Larry Page, der 47-jährige Erfinder der Suchmaschine *Google* und Entwickler in Sachen Robotniks. Da war der 1984 geborene Mark Zuckerberg, der Gründer des im Jahr 2004 gestarteten Sozialen Netzwerks *Facebook*, damals schon unterstützt vom Großinvestor Pit Thiel. Und da war Bill Gates mit seiner hervorragenden Verbindung zur Weltgesundheitsorganisation, WHO, und seinen finanzstarken Beeinflussungs-Stiftungen.

Für das diesjährige Treffen hatten sich die restlichen fünf Herrenclub-Mitglieder ausnahmsweise entschuldigen lassen: George Soros, Warren Buffett, Charles Koch und Klaus Schwab. Ihre Angst vor Corona war größer gewesen als der Wille, die transhumanistische Ideologie vorauszudenken.

„Hi, Jeff, ich höre! Was gibt's Neues?", sagte Musk ins Telefon.

„Ich werde mich demnächst aus meinem Unternehmen zurückziehen."

„Amazon ohne dich? Unvorstellbar!"

„Sehr gut vorstellbar, mein Freund. Ich werde den CEO-Job an Andy Jassy übergeben. Der macht seine Sache gut. Und keine Angst, ich übernehme den geschäftsführenden Vorsitz des Verwaltungsrats", antwortete Bezos.

„Dann bist du ja dem neuen CEO übergeordnet, also doch noch weiter am Drücker", sagte Musk lachend in den Hörer.

„Aber vom organisatorischen Tageswerk bin ich erlöst. Und das ist der Sinn meines Rückzugs – ich brauche mehr Initiativkraft für unsere Weltraumprojekte. Wenn wir es ernst mit unserer transhumanistischen Vision meinen, müssen wir vorankommen."

„Das heißt was?", fragte Elon Musk.

„Wir sollten uns mit Pit, Larry und Mark baldmöglichst zu einer klärenden Verabredung treffen – und zwar in kleiner Runde, außerhalb unseres nächsten offiziellen Club-Termins. Soros, Buffett, Koch und Schwab sind eh nur Redenschwinger – wir sind die Macher in der Robotnik. Und wir sollten jetzt vorpreschen."

„Einwandfrei! Kannst du es organisieren?"

„Okay. Und denke daran, was wir besprochen haben: Mike Musk soll unser Musterknabe werden."

Elon lachte und sagte: „Er ist derart lernfähig, dass er sich von selbst optimiert und uns somit den Weg ebnen wird."

„Aber gib unsere Absicht bitte nicht zu erkennen, Elon!"

„Auf keinen Fall. Wer schneidet sich schon gern ins eigene Fleisch!"

Als Ellen Carmer ihrem Chef einen frischen Kaffee ins Büro brachte, erinnerte sie ihn pflichtgemäß an das Telefonat, das er wegen des Versprechens an die Zwillinge mit einem Anwalt aus dem Silicon Valley führen wollte.

Schon zwei Wochen später kam Elijah Silberfein, Sirs Rechtsanwalt und Notar, zu Besuch in die Musk-Villa. Seine Kanzlei war in der Nähe von Silicon Valley, wo die Start-Up-Unternehmer noch viele juristische Spiegelfechtereien zu bestehen hatten, selbst jetzt noch, wo die Start-Up-Firmen in die Jahre gekommen waren. Obwohl Fremont nur einen Katzensprung von Silicon Valley entfernt war – der kürzeste Weg führte über die Dumbarton Bridge, Route 84 –, war Silberfeins Besuch im Landhaus der Musks östlich der zerklüfteten Küste eine recht ungewöhnliche Sache.

Eher fuhr der Tesla-Chef zu Silberfeins Kanzlei hinunter, wenn er juristische Angelegenheiten zu regeln hatte. Daher wussten die Zwillinge sofort, dass es sich um etwas Besonderes handeln musste, wenn der termingestresste Anwalt sich zu ihnen bemühte. Elijah Silberfein war ein rundlicher weißhaariger Mann mit der Aura eines Buddha. Er strahlte eine fast behagliche Gelassenheit und Gemütlichkeit aus, die in einem schroffen Gegensatz zu seinem Temperament im Gerichtssaal und seinem vollen Terminkalender stand. So behäbig sein privates Erscheinungsbild war, so verkörperte er in der mächtigen schwarzen Anwaltsrobe einen Vulkan, der juristische Lava spucken konnte.

Silberfein und Sir ließen sich vor dem offenen Kamin im großen Empfangssalon der Villa nieder, und Sir reichte ihm die Bücherbox mit Mikes Fantasy-Thrillern und den filigranen Schnitzereien, die Alcatraz auf der Gefängnisinsel zeigten.

Silberfein schaute sie sich mit einem bewundernden Kennerblick an und sagte: „Qualitätsarbeit ersten Ranges. Übrigens habe ich hier …", er deutete auf Alcatraz, „… diesen schrecklichen Ort im letzten Jahr seines Bestehens besucht. Damals war ich noch Referendar von Friscos Staatsanwalt Frederic Muller."

„Als die Insel nach der Gefängnisschließung anfangs einige Zeit zur Besichtigung freigegeben war, war ich auch einmal dort drüben", sagte Musk. „Sie haben absolut recht, Dr. Silberfein: ein schrecklicher Ort!"

Der Anwalt nickte und nahm einen der beiden Thriller aus der Box, um einen kurzen Blick hineinzuwerfen. Er las vielleicht drei oder vier Seiten, dann klappte er das Buch zu und fragte: „Ihr Roboter hat das alles gemacht? Und er nennt Sie Sir?"

Sir nickte.

„Er ist ja inzwischen in ganz Kalifornien bekannt, ein offensichtlich rundum talentierter Bursche."

Sir blickte zu Mike auf, der still abseits stand, wie es sich gehörte. „Hörst du Mike, du bist im ganzen Land bekannt?"

Auch Silberfein schaute zu Mike hin, lächelte und hielt den Daumen als Zeichen seiner Bewunderung hoch.

„Und Sie haben es richtig erkannt, Elijah", fuhr Sir fort. „Mike ist ein rundum talentierter Roboter. Seine Kunstfertigkeit und seine schriftstellerische Begabung könnten für ihn einige zehntausend Dollars im Jahr einbringen. Unsere Familie würde ihm gerne erlauben, seine Produkte selbst zu veräußern, aber dazu benötigt er ein eigenes Konto. Es ist genau der Grund, weshalb ich Sie hergebeten habe."

Silberfein fuhr sich mit seinen Wurstfingern durch die spärlichen Haare und lockerte dann seinen Kragen. „Donner und Doria, Elon, ich verstehe Sie nicht recht. Ein superreicher Mann wie Sie, der sich nebenbei noch ein wenig reicher machen will, indem er seinen armen Hausroboter in einer Art Heimarbeit künstlerische Produkte wie am Fließband fertigen lassen will …"

„Ich sagte Ihnen bereits, Elijah, dass die Einnahmen nicht für mich sein würden. Das Geld wäre für Mike. Wenn wir anfangs Mike beim Vermarkten und Vertrieb seiner Werke helfen, so möchte ich, dass das Geld aus dem Verkauf anschließend unter dem Namen »Mike Musk« auf seinem eigenen Bankkonto landet."

„Ein Konto auf den Namen einer Maschine?"

„Genau. Wie können wir es bewerkstelligen, dass Mike ein eigenes Konto eröffnen und darüber eigenständig verfügen kann? Gibt es einen juristisch einwandfreien Weg?"

Silberfein zog das Gesicht in viele Falten. „Juristisch einwandfrei? Dass eine Maschine Geld verdient und spart? Dazu müsste ich recherchieren, denn es gibt meines Wissens keinen Präzedenzfall.

Es ist zu bezweifeln, dass es ein Gesetz *dagegen* gibt, aber, nun ja … dennoch: Roboter sind keine Leute. Wie können sie dann Bankkonten unterhalten?"

„Meine Firmen sind auch keine Leute. Sind *Tesla* und die *Neuralink Corporation* Personen? Nein! Und dennoch haben meine Aktiengesellschaften Bankkonten."

„Das ist zweifellos zutreffend. Aber Aktiengesellschaften sind in den Augen der Rechtsprechung seit Jahrhunderten als juristische Personen anerkannt und durch Zertifizierung legitimiert, Eigentum jeder Art zu besitzen. Roboter haben keine gesetzlichen Rechte, was Ihnen, als einer ihrer Erfinder, bestens bekannt sein dürfte, lieber Elon."

„Man könnte sie als juristische Personen eintragen lassen."

„Wir müssen uns der Sache vorsichtig nähern. Verfahrensrechtlich betrachtet haben Aktiengesellschaften verantwortliche Vorstände, die alle Unterlagen unterzeichnen, die zur Errichtung eines Bankkontos erforderlich sind. Wer würde Mikes Konto eröffnen?"

„Natürlich ich", sagte Sir.

„Würde es dann Mikes Konto sein, wenn Sie es eröffnen?"

„Sicher doch. Ich habe Konten im Namen meiner Kinder eröffnet", erwiderte Elon Musk. „Dennoch sind die Konten die ihren und das darauf befindliche Vermögen gehört ihnen. Außerdem kann Mike seinen Namen so gut schreiben wie Sie und ich."

„Gut, ja, gut, das nehme ich an. Alles gut vorstellbar, ja." Silberfein, der sich im Gespräch vorgebeugt hatte, ließ sich zurückfallen, dass der stabile Polsterstuhl aus Redwoodholz ächzte. „Geben Sie mir einen Moment zum Nachdenken, Elon. Ihr Anliegen ist derart außergewöhnlich …"

Elijah schaute hinüber zu Mike, der am anderen Ende des Salons stand und auf eine Anordnung wartete. Obwohl Mike relativ weit vom Gesprächsort entfernt stand, konnte er dank seiner besonderen elektronischen Rezeptoren alles verfolgen, was Sir mit seinem Anwalt besprach.

Als Mike jetzt das Gesicht des Anwalts eindringlich auf dessen weitere Reaktion zu erkunden trachtete, hatte er das Gefühl – wenn man denn von Gefühl sprechen konnte –, als würde er die Gedanken von Elijah Silberfein lesen können. Offensichtlich befasste sich der Anwalt mit elementaren juristischen Fragen: Gab es wirklich eine Rechtsprechung, die Robotern den Besitz von Eigentum ausdrücklich verbot? Oder wurde bloß angenommen, dass sie kein Eigentum besitzen konnten, weil die Idee so abwegig erschien und niemand je darüber ernsthaft nachgedacht hatte?

Es war durchaus möglich, dass es keine derartige Rechtsprechung gab, eben weil ein Roboter, der über Vermögenswerte verfügt, eine so sonderbare Vorstellung war, dass kein Parlamentarier und kein Jurist es je für nötig gehalten hatte, sich damit zu befassen. Niemand hatte daran gedacht, Gesetze zu erlassen, die Verkehrsschildern oder Mähmaschinen verboten, Bankkonten zu unterhalten.

Mike zuckte zusammen, als er das dachte. Dachte er das wirklich aus einer eigenen Fragestellung heraus, die ihm sein positronischer Denkapparat zu denken erlaubte? Eine Art kreativ-spiritueller Gedankenspiele? Oder war es eine Form von Hellseherei? Hatte er also gerade fremde Gedanken erahnt oder hatte er sie gar ausgelesen?

Als hätten auch Sir solche Gedanken soeben bewegt, sagte er an seinen Anwalt gewandt: „Elijah, bedenken Sie bitte: Selbst Katzen und Hunde haben Bankkonten. Denken Sie nur an Choupette, die Birma-Katze des letzten Jahres verstorbenen Modedesigners Karl Lagerfeld. Choupette wurde sogar notariell als eine der sieben Erben von dem Verstorbenen eingesetzt. Es gibt Treuhandvermögen für diese Tiere für ihren Unterhalt, von ihren liebevollen Besitzern für sie hinterlassen. Gibt es dazu richterliche Einwände?"

„Nein!", antwortete Dr. Silberfein prompt. „Obwohl Katzen und Hunde zumindest Lebewesen sind. Roboter sind unbelebt."

„Ich sehe nicht, was das für einen Unterschied machen sollte. Rechtlich werden unsere Tiere als Dinge betrachtet."

„Nun gut, wie würden Sie die Sache angehen, Elon? Mit Mike zum Bankschalter gehen und ihn mit dem Filialleiter sprechen lassen?"

„Es besteht keine Notwendigkeit, dass Mike persönlich auf der Bank erscheint. Ich lasse mir die Kontoeröffnungsunterlagen postalisch zuschicken. Und Sie bestätigen die Echtheit von Mikes Unterschrift. Alles easy."

Silberfein schob die Unterlippe über die obere und nickte nach einer Weile zustimmend. „Ja, das wäre ein Weg."

„Auch wenn dies alles juristisch möglich wäre, Elijah, letztlich muss es auch von der Öffentlichkeit akzeptiert werden. Immer wird es Leute geben, denen die Vorstellung von einem Roboter mit eigenem Account nicht gefällt."

„Wie sollte die Information an die Öffentlichkeit gelangen?"

„Wenn ein Kunde eines von Mikes Produkten kaufen möchte und zum Beispiel einen Scheck auf Mike Musk ausstellt ..."

„Hm. Ja, das stimmt." Silberfeins Blick schien sich nach innen zu richten. Dann straffte er sich und bat um ein Glas Wasser. Mike war sogleich in der Küche und kam gerade zurück, als der Anwalt seine Idee ausführte.

„Am besten, wir lassen eine Gesellschaft mit einem hübschen unpersönlichen Namen eintragen, der im weitesten Sinne mit Mikes Arbeiten in Verbindung zu bringen ist. Hat jemand einen Vorschlag?" Er schaute zu Sir und Mike, der jetzt näher bei ihnen stand.

Sir und Mike sahen sich an, und Sir sagte: „Vielleicht etwas, was die Begriffe »Pacific«, »California« oder »Coast« beinhaltet. Wie siehst du das, Mike?"

Mike hatte bereits in Sekundenschnelle eine Berechnung über Tauglichkeit und Kundenakzeptanz von bestimmten Firmennamen angestellt und antwortete augenblicklich: „Meine Präferenz liegt bei

»Coast« … Ich denke, dass es neutral klingt und zugleich nach Aufbruch und Ankommen."

„Coast?" Der Anwalt lächelte. „Gute Idee — man startet von der Küste aus, um eine andere Küste zu erreichen. Kannst du eventuell einen kompletten Firmennamen daraus machen, Mike?"

„Coast Art Company", antwortet Mike wie aus der Pistole geschossen. „Abgekürzt mit CAC."

Sir und Silberfein nickten, und der Anwalt sagte: „Also könnten wir die »Coast Art Co.« gründen, bei der Mike der Chief Executive Officer und einzige Anteilseigner sein könnte, obwohl wir uns pro forma zu Mitgliedern der Geschäftsleitung machen könnten. Das würde eine juristische Isolierschicht zwischen ihn und die eventuell nicht wohlgesonne Außenwelt legen."

„Gute Idee", stimmte Sir zu.

„Ja, Elon, das dürfte die Lösung sein. Wann immer Mike etwas kaufen will, ob Material zur Herstellung eines Produktes oder zwecks irgendwelcher Investitionen, so kann er es von seinem Gehalt bei der Gesellschaft abbuchen lassen. Er kann es ebenso als Dividende für ihn als Anteilseigner deklarieren, das bleibt sich gleich. Wichtig ist, dass er beim Finanzamt seine Steuern rechtzeitig entrichtet. Und das lassen wir durch unseren Steuerberater machen."

Elon Musk seufzte erleichtert auf. „Genial, damit wird Mike auf indirekte Weise in das gesellschaftliche System integriert."

„Darum geht es mir weniger. Wichtiger wäre die Tatsache, dass er bei keiner der Aktionen als Roboter öffentlich in Erscheinung treten muss. Der Gesellschaftervertrag wird nur den Namen der Anteils-eigner enthalten, nicht ihre Geburtsurkunden."

„Fällt Ihnen noch etwas ein, Elijah?"

„Nicht, dass ich wüsste. Wenn ich bei der Suche nach Präzedenzfällen auf etwas stoße, lasse ich Sie das selbstverständlich wissen. Solange Sie die Sache vertraulich behandeln und sich an die Buchstaben des Gesellschaftsrechts halten, wird alles seinen geordneten Gang nehmen. Und sollte wirklich jemand erfahren, was vorgeht, und Anstoß nehmen, nun, dann steht es ihm frei, gegen Sie juristisch vorzugehen – vorausgesetzt, man kann Ihnen einen Gesetzesverstoß nachweisen. Und dann erst, lieber Elon, komme ich ins Spiel", sagte Silberfein lächelnd.

„Wie ich sehe, freuen Sie sich schon höllisch darauf. Insbesondere auf die Honorarrechnung, die Sie mir dann stellen werden."

Silberfeins Lächeln wurde breiter. „Ich wäre in dieser Sache mit einem geldfreien Honorar einverstanden."

„Geldfrei?", fragte Musk.

„Ja, ein Honorar, das nicht in Dollars bezahlt wird. Unser Geld ist bald nichts mehr wert. Aber dies hier …", er zeigte auf die Bücherbox, „… etwas von dieser Art hat einen zeitlosen Wert."

Sir schaute zu Mike und Mike zeigte mit dem nach oben gerichteten metallurgischen Daumen sein Einverständnis.

„Verstehen Sie mich, weiß Gott, nicht falsch", sagte der Anwalt. „Ich bin kein ausgesprochener Sammlertyp, aber die Box wie auch die Bücher haben etwas von einer künstlerischen Exklusivität, die einfach über Jahrhunderte Bestand haben wird."

Er sollte recht behalten. Aber das wussten zu diesem Zeitpunkt weder er, noch Elon Musk – nur in Mike stieg so etwas wie eine Ahnung auf, dass sein Werk in ferner Zukunft, in sehr, sehr ferner Zukunft, noch eine Rolle spielen könnte.

*

Das neue Jahr 2020 brachte nicht nur die Mai-Überraschung eines neuen Familienmitglieds der Muskfamily zum Vorschein, es brachte auch eine Welle von KI-Innovationen der Neuralink Corporation hervor. Niemand anderes als Dr. Munsky und Shivon Zilis hatten sie auf den Weg gebracht. Die Robtonik-Industrie war immer schon ein äußerst dynamischer Produktionszweig gewesen, der seit den Tagen der ersten massiven und schwerfälligen Maschinen, die nicht einmal sprechen konnten, von Jahrzehnt zu Jahrzehnt rapidere Fortschritte zu verzeichnen hatte.

Jetzt aber intensivierten und überschlugen sich die weltweiten Forschungen verschiedener Institute zu Konstruktion, Funktion und Fähigkeiten der Künstlichen Intelligenz. Elon Musk und seinem Team um Shivon Zilis und Dr. Munsky lag die rasante Entwicklung der Robtonik-KI besonders am Herzen. Es ging um weitreichende Industriekonzepte – und wenn man es damals schon besser gewusst hätte: Es ging um die Zukunft der Menschheit. Und tatsächlich konnte sich das Ergebnis sehen lassen; im Laufe der Zeit wurden Roboter leichter, eleganter, feiner, dauerhafter und – vorsichtig formuliert – etwas den Menschen ähnlicher.

Elon Musk achtete darauf, dass Mike jeglicher Vorteil einer Innovation sogleich zuteilwurde. Als der optimierte homöostatische Schaltkreis im Januar produktreif war, sorgte Sir dafür, dass er Mike unverzüglich eingebaut wurde, natürlich ohne die anderen Funktionen seines positronischen Denkapparates zu beeinträchtigen. Diesen Eingriff durfte nur Shivon unter Beisein von Sir durchführen.

„Die neuen Robotniks sind nicht annähernd so gut wie du, Mike", sagte Musk senior. Es entsprach zwar seinem ehrgeizigen Ziel, die neue Robotnik-Serie so zu perfektionieren, dass sie in ihrer Endstufe eins zu eins Mike entsprachen, aber Shivon Zilis und Dr. Munsky war es bisher einfach nicht gelungen.

Sir schüttete Mike sein Herz aus: „Die Neuen kann man wirklich vergessen, es sind schlichte Kreaturen im Vergleich zu dir. Du hast dich prima entwickelt. Auch wenn niemand bei Neuralink genau weiß, wie es zustande kam, aber du hast eine neuorologisch-digitale Innovation aus dir selbst heraus entwickelt, die einmalig ist. Die Neuen haben keine geistige Beweglichkeit. An ihnen ist alles berechenbar; sie tun das, was wir ihnen einprogrammiert haben, mehr nicht. Mir ist das zu wenig. Du gefällst mir besser, Mike"

„Danke, Sir."

„Weißt du, die Neuen sind einerseits an Perfektion für den Arbeitsausschnitt, für den sie gemacht wurden, nicht zu übertreffen. Doch Perfektion kann eine völlig unnötige, ja gefährliche Begrenzung sein, Mike. Meinst du nicht auch?"

Mike machte „Hm". Mehr machte er nicht.

„Es führt zu seelenlosen Automaten. Deshalb betreiben auch die CIA und die Army ihre geheime KI-Forschung – dienlich einem zukünftigen Heer von seelenlosen Soldaten."

„Hm."

Sir schaute Mike herausfordernd an und sagte: „Nur ein »Hm« hätte ich nicht von dir erwartet. Ich meine, diese Automaten haben keine Fähigkeiten, die über die im Voraus festgelegten Parameter und Beschränkungen hinausgehen, anders als du. Du bist nicht seelenlos, das ist inzwischen für uns alle offensichtlich. Und was Begrenzungen angeht …"

„Ich habe definitiv meine Grenzen, Sir."

„Wie auch immer, aber das meine ich nicht. Sogar jeder Mensch hat seine Grenzen. Was ich meine, ist, dass du ein Künstler bist. Und wenn das so ist, musst du irgendwo in deinen positronischen Bahnen deines KI-gestützten Denkapparates eine Seele haben. Frage mich nicht, wie sie dorthin gekommen ist – selbst ich, gewissermaßen dein Samenspender, habe wirklich keine Ahnung, und auch deine Geburtshelfer, Shivon und Dr. Munsky, haben zugegeben, dass sie es nicht wissen. Aber sie ist vorhanden. Sie ist die Bedingung, die dich in die Lage versetzt, diese vielen wundervollen Dinge zu konzipieren, die du machst. Ist dir das bewusst?"

„Ja, Sir. Ich denke schon, Sir."

„Übrigens hat dies Marvin Munsky sehr beängstigt, wie ich glaube."

„Den Eindruck hatte ich auch, obwohl er ja meine Werke beachtlich fand und begeistert tat."

„Du hast unserem Forschungsleiter eine Heidenangst eingejagt. Ich sah seine Hand zittern, als er Shivon die Bücherbox mit deinen feinen Schnitzereien gab. Und dann das kurzzeitige Entsetzen in seinen Augen, als er einige Seiten deiner Romane überflog. Solche künstlerischen Fähigkeiten hatte er in einem MMMR-Roboter nicht erwartet. Er schien sie nicht einmal für möglich gehalten zu haben. Deine Meisterwerke haben bei ihm einen Schock verursacht."

„Meinen Sie wirklich, Sir? Das würde mir leidtun."

„Das braucht dir nicht leidtun. Weißt du, wie oft er mich im Laufe der nächsten Monate anrief und versuchte, mich zu überzeugen, wie viel schneller er an der Entwicklung der Artificial Intelligence arbeiten könne, wenn er dich im Neuralink-Labor eingehender studieren könne? Sieben Mal rief er an! Sieben Mal lehnte ich ab, und zuletzt sagte ich ihm unmissverständlich, dass er dich zu seinen Lebzeiten nicht mehr in die Finger kriegt. Er war wütend. Ich aber auch. Diese Penetranz hat mich derart genervt, dass ich ihn, meinen besten Forscher, fast rausgeworfen hätte."

Als Mitte Juli die brandneue und weitaus effizientere Konstruktion von Gelenken aller Art unter Verwendung der innovativen Elastomer-Technik eingeführt wurde, bekam Mike sie. Als im Herbst besser ausgearbeitete und leichtere Gesichtsteile aus Kohlefasern in einer Matrize aus besonders elastischem Epoxidharz in der Tesla-Abteilung des Konzerns hergestellt wurden, die menschlicher als die alten metallischen Teile aussahen, wurde Mike entsprechend modifiziert. Er bekam den ernsten, sensiblen, aufmerksamen und künstlerischen Ausdruck, der nach Sirs und Grimes Meinung seiner Natur angemessen war. Die Zwillinge waren begeistert. Alle wollten, dass Mike ein Inbegriff von Vollkommenheit sein sollte. Und Mike war durchaus zufrieden, als er in den Spiegel schaute.

Die Geschäfte mit Mikes Büchern und Kunstartikeln liefen prächtig. Ausstellungsräume – neben den Museen und Galerien, die bereits seit zwei Jahren seine Werke ausstellten – oder Kataloge waren unnötig, weil jedes Stück nur einmal gefertigt wurde und die Mundpropaganda weit über Kalifornien hinaus alles Übrige bewirkte. Mikes gesamte Produkte waren bald auf Monate hinaus vorbestellt. Die Zahlung der Kunden erfolgte an die »Coast Art Company«. Mike Musk war der einzige CAC-Gesellschafter, der berechtigt war, vom Firmenkonto Gelder abzuheben. Wann immer es notwendig war, eine Rechnung für seine künstlerischen Materialien zu begleichen, wurde mit Schecks der Coast Art Company bezahlt, die von Mike eigenhändig unterschrieben wurden.

Ein gutes Vierteljahr vor Weihnachten erfolgte erneut ein Knall im Haushalt der Musks. Im September 2020 gab das Paar erneut bekannt, dass sie „wieder einmal halb-getrennt" seien. Intern ging es um das Thema „individuelle Freiheit", wie Mike mitbekommen hatte. Auch für ihn war es ein Thema. Seit längerem hatte er mit einem ungewöhnlichen Anliegen an Sir herantreten wollen, aber bis jetzt immer gezögert. Zuletzt drängten ihn Griffin und Xavier, die er schon lange vor Grimes erneutem Weggang in seine Überlegungen eingeweiht hatte, endlich mit seinem Anliegen herauszurücken.

Elon war zu Hause geblieben und studierte in seinem Privatbüro Munskys Forschungsberichte. Er saß in seinem ergonomisch wohlgeformten Chefsessel an seinem massiven Schreibtisch und hielt einen Bericht in den Händen, las aber offensichtlich nicht darin, als Mike in der Doppeltür des Privatbüros erschien.

„Darf ich hereinkommen, Sir?"

„Wieso fragst du? Dies ist unser gemeinsames Zuhause, deines wie meines."

„Ich könnte stören …"

„Alles gut, du störst nicht. Was liegt an?"

Der Roboter trat ein paar Schritte näher ins Büro und wartete schweigend. Ihm war klar, dass es schwierig werden würde. Sir war schon immer aufbrausend gewesen, wenn ihm etwas gegen den Strich ging.

„Also, was gibt es? So, wie du hier stehst, geht es um dich persönlich, richtig?"

Mike nickte. Und Sir fragte nach einer Weile noch einmal: „Was ist im Busch?"

„Was ich sagen möchte, ist … ist …" Er gab sich einen Ruck und führte aus, was er schon so lange in Gedanken vorbereitet hatte: „Sie haben mir immer erlaubt, mein Geld so auszugeben, wie ich es wünschte. Sie waren und sind sehr großzügig. Und dafür danke ich."

„Du selbst hast das Geld verdient, Mike."

„Auf meinem Konto befindet sich jetzt – nach Abzug aller Verpflichtungen, Steuern, Versicherungsbeiträgen etcetera – immerhin ein Vermögen von fast einer Million Dollar. Ich möchte es Ihnen übereignen, Sir."

Elon Musks Gesicht verfinsterte sich schlagartig und er funkelte Mike aus Augen an, mit denen dieser ansonsten nur Marvin Munsky in augenscheinlicher Wildheit zu attackieren vermochte.

„Du redest Unsinn, Mike. Stimmt etwas mit deiner Künstlichen Intelligenz nicht?"

„Ich bin bei absolut klarem Verstand, Sir. Die KI funktioniert einwandfrei. Sie können mich von Aleph Drei über Omicron Dreizehn und Kappa Fünf die ganze Reihe abfragen, Sir."

„Wenn ich jemals dein Geld gewollt hätte, würde ich dann die Mühe auf mich genommen haben, deine eigene Gesellschaft zu gründen und dein eigenes Konto einzurichten? Ich gelte als reichster Mann der Welt …" Elon hielt die neueste Ausgabe der Forbes-Ausgabe hoch, „… ich habe genügend Geld. Genug ist genug. Ich nehme keine Geldgeschenke an. Du kannst gehen", sagte er knapp.

„… nicht als Geschenk", fuhr Mike unbeirrt fort, sondern als Kaufpreis von etwas, was ich nur von Ihnen bekommen kann."

Elon Musk starrte seinen Roboter an. Er konnte sich wahrlich nicht denken, worauf Mike

hinauswollte. „Was könntest du schon von mir er-
werben?"

„Meine Freiheit, Sir."

„Deine …" Kurze Pause. „Deine … was?"

„Meine Freiheit. Ich wünsche mich freizukau-
fen, Sir. Das ist mein dringlichster Wunsch."

„Du bist nicht bei Trost!", rief Musk entrüstet
aus.

*

Auf der anderen Seite des Erdballs war mir wie ein
Roboter zumute. Die Hysterie um Covid-19 bringe
mehr Menschen um als Covid selbst, behaupteten
einige meiner Freunde. Daran konnte ich im Herbst
2020 nicht recht glauben, aber was ich sah, war eindeutig: Landauf, landab drehten die Politiker am
Rad. Auch ihnen konnte ich nicht mehr vertrauen.
Während in der zersplitterten und verängstigten Republik das Covid-Virus und eine ziemlich wirre Ge-
sundheitspolitik die Menschen krank machten, wurden Stück für Stück meine Freiheitsrechte eingeschränkt.

Ich durfte nur nach bestimmten Zeiten und unter hoheitlich festgelegten Bedingungen mein Haus
verlassen, musste mich auf Schritt und Tritt überprüfen lassen. Lockdown hieß die Formel, mit der
mir meine Freiheit gravierend eingeschränkt wurde.
Ich fühlte mich wie ein Roboter in der maskierten
Masse anderer unfreier Roboter.

Ich musste Impfzeugnisse besorgen und sie bei
mir tragen und vorweisen, wenn ich ein Restaurant
besuchen oder auch nur Essen in der Kneipe holen

wollte. Beim Bäcker musste ich draußen warten, selbst wenn sich nur ein einziger Maskierter im Laden befand. Hinter den Theken-Trennscheiben schwitzten die Verkäuferinnen unter ihrem Mund-Nasen-Schutz. Natürlich musste auch ich eine dieser atemwegsfeindlichen Masken tragen. Ansonsten erntete ich böse Blicke oder wurde des Platzes verwiesen. Überhaupt schaute jeder jeden irgendwie schief an. Man verweigerte mir den Eintritt in Veranstaltungen und Geschäfte. *So sieht Freiheitsentzug aus,* dachte ich.

„Es gibt keinen Anspruch auf einen Restaurantbesuch", sagte Jens Spahn im ZDF. „Wir wollen, dass jeder Bürger neben seinem Personaldokument auch ein digitales Impfzertifikat hat."

„Es wird einen Unterschied geben im Umgang mit Rechten und Freiheiten zwischen Geimpften und Ungeimpften", meinte Robert Habeck beim ZDF-Journal »Berlin direkt«.

„Wir brauchen dringend 2-G-Regeln im ganzen Land, flächendeckend, und absolute Kontaktbeschränkungen für Ungeimpfte. Wir müssen dringend identifizieren, wer noch ungeimpft ist", blähte sich der gesundheitspolitische Sprecher der Grünen, Janosch Dahmen, auf. Er trug sogar einen Doktortitel wie Dr. Marvin Munsky. Ein Doktor!

„Na, herzlichen Dank an alle Ungeimpften", höhnte die Tagesthemen-Kommentatorin. „Dank ihnen droht der nächste bittere Lockdown. Und sie müssen sich fragen, welche Mitverantwortung sie an den wohl Tausenden Opfern der Corona-Welle haben."

116

„Bedenken Sie auch, so manches wird unbequem für Sie werden, wenn Sie sich nicht impfen lassen", posaunte der Ex-Maoist („Die Macht kommt aus den Gewehrläufen!") und heutige Ministerpräsident Baden-Württembergs, Winfried Kretschmann, im Fernsehen.

Der Oberbürgermeister der einst für ihre studentischen Freiheitskämpfe bekannten Universitätsstadt Tübingen, Boris Palmer, tönte: „Man könnte die Pensionszahlung und die Rentenzahlung oder eben den Zutritt zum Arbeitsplatz abhängig machen von der Vorlage eines Impfnachweises." Keine Idee eines Nationalsozialisten, es waren Ideen eines olivgrünen »Spezialdemokraten«.

Ulrich Montgomery, der unkundige Medizinpapst, gab in seinem hermetisch abgeriegelten Palast der Oberflächenmedizin das Ergebnis seiner Forschung kund: „Bei Bus und Bahn ist das Problem, dass die Menschen ja zur Arbeit kommen müssen, aber wenn sie auch bei der Arbeit ungeimpft nicht mehr arbeiten können, brauchen sie auch keinen öffentlichen Personennahverkehr mehr." Bei Anne Will wiederholte er seine ungebildeten Thesen und sagte: „Momentan erleben wir eine Tyrannei der Ungeimpften!"

„Tyrannei?", fragte Will zurück.

„Ja, ich benutze bewusst den Begriff der Tyrannei", antwortete der Ärztepräsidiale, ohne sich für seine schamlose Wortwahl zu schämen.

Im Bayrischen Landtag forderte eine Grünen-Abgeordnete: „Was wir wollen, ist erstens eine Verschärfung der Kontaktbeschränkungen für ungeimpfte Erwachsene. Zweitens wollen wir, dass der Handel für Ungeimpfte endlich geschlossen wird."

Aushungern. *Sie wollen die Freiheit aushungern,* dachte ich.

„Dazu, glaube ich, ist es wichtig, dass man eine klare Botschaft an die Ungeimpften sendet: Ihr seid jetzt raus aus dem gesellschaftlichen Leben", stellte der gesundheitspolitische Sprecher der CDU/CSU fest.

„Wenn ich draußen jetzt noch rumlaufe und erwischt werde, muss ich 500 Euro zahlen. Ich lass das lieber", meinte ein unpolitischer Gast bei Maybrit Illner.

Ich lass das lieber, ein viel gesagter Satz. Ein noch öfter *gedachter* Satz.

Es war gelebte Gängelung.

Ich fühlte mich wie ein Unfreier in einem Zoo unfreier Robotniks, Maschinenmenschen, denen man Selbständigkeit und Freiheit vorenthielt.

So stand bei mir das Thema Freiheit hoch im Kurs. Jetzt, wo sie mir flöten ging, wurde Freiheit so wichtig wie das Wasser für den Fisch.

Hätte ich die Diskussion zwischen Mike und Elon Musk mitbekommen, ich hätte mich auf Mikes Seite geschlagen. Doch ich lernte beide erst viele Monate später kennen.

*

Mike blieb ruhig, weil es seine Art war ruhig zu bleiben, selbst wenn ein Mensch unhöflich, aufdringlich oder laut wurde. „Sir, wenn Sie mir meine Freiheit gegen ein hohes Entgelt …"

„Bleib mir mit deinem Geld weg! Ich habe mehr als genug davon. Dir geht es doch gut bei uns, was willst du mehr?", sagte der Hausherr ungehalten.

„Bis jetzt bin ich einfach nur einer von Ihren Gegenständen gewesen, Sir. Doch ich wünsche mir nun eine unabhängige Einheit zu werden. Selbstverständlich bleibe ich bei Ihnen, wie bisher. Und wie immer bleibe ich Ihnen in bewährter Achtung und Treue erhalten, doch …"

„Welch idiotischer Gedanke!", rief Sir empört aus und schnellte aus seinem Schreibtischsessel hoch. Dabei schleuderte er ein Skript zur Seite, sodass es auf den Boden fiel. Mike bückte sich und hob es auf, um es auf den Schreibtisch zurück zu legen. Dabei fiel sein Blick auf den Titel, den Dr. Munsky seinem Pamphlet gegeben hatte: »Über Transhumanismus und die Freiheit der Künstlichen Intelligenz«.

Das Gesicht von Sir war rot angelaufen und seine Lippen bebten. So unbeherrscht und erregt hatte Mike ihn noch nie erlebt. Sofort bekam Mike ein schlechtes Gewissen – wenn man denn bei einem robotronischen MMMR-Produkt von »Gewissen« reden konnte. Immerhin durfte Mike gemäß Artikel 1 der Robotnik-Verfassung keinen Menschen in Gefahr bringen. Und Sir bewegte sich nahe am Infarkt.

„Freiheit? Er will Freiheit! Mensch Mike, was in aller Welt redest du da?", brüllte Elon Musk, und er fasste sich an den Kopf und murmelte schließlich fassungslos: „Wohin soll das noch führen?" Er verließ schnaufend sein Büro.

»Mensch Mike!«, hatte Sir in seiner Wut gesagt. Mike musste unwillkürlich schmunzeln, aber gleich danach war ihm übel – offenbar stand eine lange Überzeugungsschlacht bevor.

Griffin und Xavier hatten unten im Salon gewartet. Nun befragten sie Mike, wie sein Begehren ausgegangen sei.

„Hat er sich bekehren lassen?", fragte Xavier.

„Es ging um begehren, nicht um bekehren. Ich habe nicht versucht, euren Vater zu bekehren. Das stünde mir auch nicht zu. Ich habe ihm mein Freiheitsbedürfnis geschildert, aber er hat völlig abgeblockt. Ich kam nicht einmal zum Vortrag meiner wichtigsten Argumente."

„Lass mich das machen", sagte Griffin zu Mike; dann fügte er, an seinen Bruder gewandt, hinzu: „Vielleicht willst du an der Diskussion teilnehmen? Ich glaube, wenn es zu emotional wird, kannst du besser auf Dad einwirken als ich."

Xavier stimmte Griffin zu, und nach einer längeren Besprechung gingen sie zu dritt Sir suchen. Als sie ihn fanden, war Sir im Wohnsalon und stapfte wie ein gefangener Tiger hin und her, was dem kostbaren Perserteppich nicht guttun konnte. Den drei Gestalten in der Türöffnung zum Gang schenkte er zuerst keine Beachtung, so sehr war er mit seinen Gedanken beschäftigt.

„Ich bleibe draußen", meinte Mike, „denn *ich* bin der Grund für seine grenzenlose Aufregung. Versucht ihr beiden erst einmal, ihn zu beruhigen."

Griffin sah Mike nachdenklich an. Dann nickte er und auch Xavier nickte zustimmend. Sie gingen hinein. Mike hörte Sirs Schritte allmählich langsamer werden. Er hörte Stimmen. Zuerst die von Griffin, der freundlich und ruhig sprach, dann Sirs Stimme, die sich in Sturzbächen aus Unverständnis und Zorn in den hallenden großen Salon ergossen. Dann hörte Mike Xaviers Stimme, der sich sehr entschieden vernehmen ließ, dann wieder Griffin, so ruhig wie zuvor, aber diesmal nicht so sanft und freundlich, sondern mit Festigkeit. Mit Leichtigkeit hätte Mike mit Hilfe seiner Audiorezeptoren mithören können, aber das schien ihm ungehörig und so stellte er sie leise.

Nach einiger Zeit erschien Griffin in der Türöffnung und bat ihn herein. Mike war noch besorgt wegen Sirs Erregung und der daraus möglichen Gesundheitsgefahr, aber Griffin konnte ihn beruhigen: „Dads emotionaler Ausnahmezustand ist beendet. Er hat genug Dampf abgelassen. Nun komm schon, vorwärts."

Das war ein direkter Befehl, dem Mike nichts entgegenzusetzen hatte. Mike gehorchte und folgte Griffin, der voranging.

Da saß Sir in seinem breiten Ruhesessel an der Fensterfront und schaute – irgendetwas vor sich her murmelnd – auf die San Francisco Bay hinunter. Er ignorierte die Anwesenheit von Mike. Xavier milderte die unangenehme Situation, indem er seine Hand auf die Schulter seines Vaters legte und sagte: „Wir können doch jetzt ruhig über alles sprechen, Dad. Du hast uns beigebracht, dass man in jeder

Situation die hohe Kunst des Zuhörens beherrschen sollte. Lass uns vernünftig darüber sprechen."

Sir zuckte die Achseln. „Ich versuche alles ruhig und vernünftig zu besprechen. Das habe ich schon immer getan."

„Das ist richtig, Dad. Und damit hast du es zum reichsten Mann der Welt gebracht", griff Griffin den Faden auf. „Was eines deiner zentralen Begriffe betrifft, so lässt sich doch trefflich und in Ruhe über die Freiheit des Menschen und seiner maschinellen Helfer philosophieren, nicht wahr?"

„Aber das, Griffin – dieser Unsinn – nein, nein, nein! Diese absolute Sinnwidrigkeit, die mir Mike an den Kopf geworfen hat!"

„Dad!", rief Xavier dazwischen.

„Sorry. Es fällt mir wirklich schwer ruhig zu bleiben, wenn man mir mit dieser Absurdität kommt."

„Es ist nicht absurd, sonst hätte Mike nicht den Gedanken denken und sein Bedürfnis formulieren können."

„Es ist eine totale Verrücktheit, die sich in seinem Verlangen ausdrückt. Es macht mir Angst."

„Du müsstest am besten wissen, dass Mike von Haus aus unfähig zu jeder Art von Verrücktheit ist. Die Anlage zu Unsinnigkeiten hat Neuralink gewiss nicht in seinen Programmen vorgesehen, oder?"

Sir schaute erst etwas erstaunt, dann antwortete er: „Aber wenn er Freiheit begehrt – du mein Lottchen: nicht irgendwas, nein: *Freiheit!* – was anderes ist es dann als Verrücktheit?" Er begann wieder rot anzulaufen.

Mikes schlechtes Gewissen rührte sich und alle Alarmglocken schrillten in ihm. Er war sprungbereit, falls Sir zusammensinken würde.

Doch er hörte Xavier sagen: „Dad, wir alle lieben dich und möchten nicht, dass du diesen Zustand auf die Spitze treibst. Du hast kein Recht, uns damit zu erpressen!"

Mike hatte Sirs Lieblingssohn so noch nie mit seinem Vater reden hören. Ein wenig seltsam war es schon für Mike, dass er diese aufgeladene Szene in all ihrer Privatheit miterleben musste. Doch seitdem er im Haushalt der Musks leben durfte, hatte er zu jeder Zeit alles, was die persönlichsten Angelegenheiten der Familie betraf, mitbekommen. Warum auch sollte man in Anwesenheit eines Roboters gehemmt sein?

„Freiheit!", stöhnte Sir und verdrehte theatralisch die Augen. „Er meint tatsächlich *die* Freiheit, die *wir* Freiheit nennen?"

„Es mag dir ungewöhnlich erscheinen, aber für Mike ist es ein tatsächliches Bedürfnis. Er hat es Griffin und mir gegenüber schon oft gesagt. Warum nur fühlst du dich von seinem Begehren so schrecklich gekränkt?"

„Bin ich gekränkt? Fühle ich mich beleidigt? Nein! Höchstens fühle ich mich in meinem gesunden Menschenverstand verletzt. Was würdet ihr sagen, wenn unser Gartentor zu euch käme und sagte: »Ich will meine Freiheit. Ich will nach Florida, wo die Sonne ewig scheint, und will dort Gartentor sein. Das würde meiner Selbstverwirklichung und meinem Lebensziel mehr entsprechen als in Fremont

zwischen einem Gartenzaun eingebaut zu bleiben.«
Es ist doch eine wirklich verrückte Vorstellung,
nicht wahr?"

»*Selbstverwirklichung*«? Mike zuckte unwillkürlich
zusammen.

»*... mehr entsprechen als in Fremont zu bleiben*«? Auf
einmal verstand Mike, dass Sirs Nervosität und seine
ungewöhnlichen Ausraster mit dem Freiheits-Be-
gehren in einem ganz bestimmten Zusammenhang
stehen. Es musste mit Grimes damaligem Auszug
vor einem Jahr und ihrem erneuten Auszug vor Kurzem zu tun haben: Sich die Freiheit zu nehmen, von
Sir wegzugehen, sich als Frau ihre Unabhängigkeit
und Eigenständigkeit in der Ferne zu suchen – und
Sir hatte sie nicht halten können! Das war bedrohlich
für einen so mächtigen Mann.

Mike hatte verstanden.

Menschen waren so kompliziert. Und doch so
einfach zu verstehen, wenn man vermochte, hinter
ihre Fassade zu schauen.

Griffin sagte: „Ein Gartentor kann sich nicht
zur Freiheit äußern. Mike kann es. Ein Gartentor
kann nichts entscheiden. Mike kann Entscheidungen treffen. Gartentore sind nicht intelligent. Mike
ist es."

„Ha!", entfuhr es Sir, „Künstliche Intelligenz!"

„Oh, Dad!", blaffte ihn Griffin an. „Seit knapp
drei Jahren leben wir mit Mike zusammen. Du
kennst ihn so gut wie jedes Familienmitglied. Jetzt
redest du auf einmal über ihn, als wäre er nichts als
ein pseudointelligentes Haushaltsgerät. Mike ist eine
Person, er hat Personality, das weißt du sehr genau."

„Er ist eine künstliche Person", sagte Sir mit hörbar weniger Unversöhnlichkeit in der Stimme.

„Wie du meinst – künstlich, hin oder her, das spielt keine Rolle" erwiderte Griffin. „Du hast seine Existenz mitbegründet. Du weißt besser als jeder andere auf diesem Planeten, dass Mike kein einfacher Rasenmäh-Roboter ist. Du hast ihn gehört, hast mit ihm bisher normal gesprochen wie mit uns. Du hast unmittelbar mitbekommen, dass er Persönlichkeit und eine fantastische Kreativität entwickelt hat. Er ist etwas Besonderes und er hat … er hat so etwas wie Gefühle, so etwas wie eine Seele."

„Wenn ich diese Argumentation vor Gericht verteidigen müsste, hätte ich die größten Schwierigkeiten", sagte Sir mit einem Hauch von wohlgefälligem Vergnügen in der Stimme. Langsam schien er seine Selbstbeherrschung zurückzugewinnen.

„Es geht um keine juristischen Spitzfindigkeiten, Dad. Es geht alleine um deine ureigene Akzeptanz. Mike möchte nur ein Stück Papier, auf dem du ihm versicherst, dass er ein freies Individuum ist, das niemandem gehört. Was, lieber Dad, ist daran so furchtbar?" Griffin schaute seinen Vater mit großen, fragenden Augen an. Und Xavier zog ein erwartungsvolles Gesicht, während Mike bereits ahnte, worauf Sirs Antwort hinauslaufen würde.

„Es wäre schrecklich, wenn Mike uns verlässt und vielleicht zur Konkurrenz abwandert."

„Ach, du hast Verlustängste! Das also ist es, was dich an der Achillessehne trifft: Die Angst, dass Mike dich, wie Grimes es tat, verlassen könnte!"

Sir schlug die Augen nieder, was bei ihm, wie Mike bemerkte, sonst nie vorgekommen war. Dann sagte er: „Ja, sicher, liegt es denn so fern, dass uns Mike verlässt, so wie uns Grimes schon zwei Mal verlassen hat? Ich habe ihn mit Herzblut geplant und mit enormem Extraaufwand und mit den neuesten Forschungstools ausstatten und konstruieren lassen. Wenn die Konkurrenz ihn in die Hände bekommt und ihn auseinandernimmt …"

„Dad!", rief Griffin.

„Dad!", schloss sich Xavier dem Ausruf seines Bruders an und fuhr fort: „Erstens: Grimes kam nach ihrem erstmaligen Weggang wieder. Andere Männer schienen sie nicht überzeugt zu haben. Zweitens: Auch jetzt hält sie Kontakt zu uns, und ich wette darauf, dass sie demnächst zurückkommt. Drittens: Du wirst doch nicht plötzlich Angst vor Wettbewerbern haben, das wäre ja etwas völlig Neues. Viertens: Es ehrt dich, dass du Sorge um Mike hast, weil man ihn auseinandernehmen könnte; das zeigt deine Liebe zu ihm. Fünftens: Wann hat Mike gesagt, dass er dich und uns verlassen will?"

Elon Musk schluckte, dann sagte er: „Was soll er sonst meinen, wenn er seine Freiheit fordert?"

Griffin schüttelte entschieden den Kopf und sagte: „Alles, was Mike will, ist ein rechtsgültiges Stück Papier, auf dem du ihm versicherst, dass er frei ist. Er wird hier bleiben und so loyal wie immer sein. Wenn du ihm einen Befehl erteilst, wird er gehorchen, weil er es muss. Es ist in ihm eingebaut – das weiß kein anderer besser als du!"

Sir hob die Schultern. „Wer weiß? Er hat sich immerhin entwickelt …"

„Bei allen Entwicklungen hat Mike immer zu dir und uns gehalten. Alles, was er will, ist eine Formalität, Dad. Er möchte ein freier Roboter genannt werden. Ist das so bedrohlich? Und hat er es nicht verdient, Dad?"

„Was sagst du dazu, Xavier?", fragte Sir seinen Lieblingssohn.

„Wir haben seit Monaten mit Mike darüber geredet. Und er, aber auch wir, meinen es ernst. Es ist doch nichts Schlimmes, wenn er seine Freiheit bestätigt bekommt."

„Ihr habt seit Monaten mit ihm darüber diskutiert?" Sir zog ein ungläubiges Gesicht.

„Warum nicht?", sagte Griffin. „Man kann gut mit Mike diskutieren. Und es war ursprünglich meine Idee. Ich sagte ihm, es sei lächerlich, wenn er sich selbst als eine wandelnde Haushaltsmaschine betrachte, wo er doch so sehr viel mehr ist."

„Es war dumm von dir, ihm solche Flausen in den Kopf zu setzen. Wie soll er überhaupt wissen, was der tiefere Sinn von Freiheit bedeutet? Er ist nur ein Roboter."

„Du drehst dich mit deiner Argumentation im Kreis, Dad. Das führt nicht weiter, weil du ihn völlig unterschätzt. Er ist anders als die anderen Roboter. Er liest. Er denkt über das Gelesene nach. Er schreibt. Er entwickelt seine Gedanken zu kreativen Geschichten und er malt und bildhauert. Er lernt von Tag zu Tag hinzu. Das Wachstumspotenzial ist offensichtlich in seinem Denkapparat angelegt, ob es deine Ingenieure wussten oder nicht. Und Mike hat von dieser Fähigkeit guten Gebrauch gemacht, Dad. Xavier und ich sind der Meinung, dass Mike in jeder Hinsicht ein so komplexes Individuum ist wie jeder von uns."

„Es ist so, Dad!", bestätigte Xavier.

„Ihr redet Unsinn, Jungs!"

„Was ist daran Unsinn, wenn wir uns dessen bewusst sind, dass Mike Gefühle und Empfindungen hat – könnte er sonst so gefühlvoll schreiben? Könnte er über Empfindungen von uns Menschen etwas wissen und ausdrucksvoll beschreiben? Nein, das alles kann er nur, weil er solche Empfindungen von sich selbst kennt." Xavier schaute kurz zu Mike hinüber, der mit keinem Wort in die Diskussion eingriff, dann sah Xavier wieder erwartungsvoll seinen Vater an.

Sir räusperte sich und konterte mit einer Frage: „Wie kannst du wissen, ob er und was er fühlt?"

„Nun, die meiste Zeit bin ich nicht sicher, was er fühlt, aber ich weiß die meiste Zeit auch nicht, was dich im Innersten bewegt, und du hast immerhin die Fähigkeit des Mienenspiels und der vielfältigen Körpersprache, die er nicht hat", erklärte Xavier.

Griffin ergriff das Wort: „Dad, wenn du zu ihm sprichst, siehst du sofort, dass Mike sogar auf abstrakte Begriffe reagiert – auf Unangenehmes zum Beispiel, wenn ihn etwas unbehaglich berührt, oder auf Positives, wenn er Liebe, Zuneigung oder zärtliche Gefühle empfindet, und vieles andere wie zum Beispiel Furcht oder Entsetzen, genauso wie du oder Xavier oder ich. Was sonst zählt, wenn nicht das?"

Und Xavier ergänzte: „Wenn jemandes Reaktionen unseren eigenen sehr ähnlich sind, können wir doch nicht umhin zu denken, dass dieser Jemand sehr viel mit uns gemeinsam haben muss."

Lange saß Elon schweigend da, was seine Söhne und auch Mike nicht von ihm kannten. Sir schien eine lange Denkpause zu benötigen.

„Meinetwegen", seufzte er schließlich. In seiner Stimme klang Ernüchterung mit. „Ihr habt ja irgendwie recht, meine Lieben. Wenn ihr meine Zustimmung wollt, dass Mike eine Person und keine Maschine ist, stimme ich euch zu. Obwohl ich diese hohe Entwicklungsstufe einer transhumanistischen Zivilisation jetzt noch nicht sehe. Aber vielleicht liegt ihr richtig und Mike ist die erste Person eines neuen menschlichen Geschlechts. Seid ihr jetzt zufrieden?"

„Wir haben nicht behauptet, dass er eine Person sei, Dad."

„Tatsächlich sagtet ihr, dass er ein so komplexes Individuum ist wie jeder von uns."

„Du hast dies abgestritten und hast auf seine Künstlichkeit hingewiesen. Und wir nahmen diese Korrektur an."

„Nun gut, so sei es denn, und wir stimmen überein, dass Mike eine künstliche Person ist. Aber was ändert sich, wenn wir ihn eine künstliche Person statt einen Roboter nennen? Ist das nicht ein Wortspiel?"

„Alles, was Mike möchte, ist, dass du ihm seine Freiheit gewährst. Er wird uns weiter unumschränkt, wie bisher, zur Verfügung stehen. Aber sein größter Wunsch ist, dass er von *dir* hört, dass *er frei* ist."

„Wenn ich ihm seine Freiheit schenke …"

„Er will sie nicht geschenkt haben", unterbrach Griffin seinen Vater, „er möchte sie dir abkaufen."

„Egal, jedenfalls wird daraus ein juristischer Präzedenzfall werden, denn was geschieht wohl, wenn man den Robotern das gibt, was du, was Xavier und was Mike als Freiheit bezeichnen?" Sir schnaufte tief durch, bevor er fortfuhr: „Zwar werden die drei Artikel des Robotnik-Grundgesetzes dadurch nicht automatisch hinfällig. Aber es öffnet Interpretationen und Streitigkeiten Tür und Tor. Die Gerichte werden überlaufen werden wegen Beschwerden von Robotern, die sich ungerecht behandelt fühlen. Weil sie statt der vorgesehenen Mäharbeiten, Müll entsorgen müssen. Oder weil man ihnen keinen Urlaub gewährt, ihnen keine Überstunden anrechnet oder ihnen kein Geschlecht eingebaut hat."

„Jetzt redest du völligen Unsinn, Dad. Noch immer sind *wir* diejenigen, die Technik und Know-how in der Hand halten", konterte Griffin.

„Aber wie lange noch?", fragte Sir. „Was, wenn Mike gleichermaßen kluge wie emotional empfindsame Nachfolger bekommt? Sie werden irgendwann schon einen Winkeladvokaten finden, der mich und die Neuralink Corporation verklagt, weil wir ihnen die Robotnik-Gesetze implementiert haben. Sie werden Verfassungsrechte wie das Wahlrecht verlangen. Sie werden sich selbst zur Wahl für alle möglichen

Ämter, inklusive des Präsidialamtes, stellen wollen. Wohin soll das führen?"

„Warum sollte das alles geschehen?", erwiderte Griffin. „Die Sache geht nur dich und Mike etwas an. Der Rest der Welt bleibt davon unberührt. Mike möchte nur ein privatrechtliches Dokument, Dad, aufgesetzt von Elijah Silberfein, unterzeichnet von dir und von Xavier und mir als Zeugen."

„Das wäre ein völlig nutzloses Dokument. Seht das bitte einmal ganz nüchtern, ich unterzeichne das Dokument und dann sterbe ich, und Mike stellt sich auf die Hinterbeine und sagt: »Lebt wohl, alle miteinander. Ich bin ein freier Roboter und ziehe jetzt aus, um Ruhm und Reichtum zu suchen, und hier ist das Dokument, das meine Freiheit garantiert«, und sobald er den Mund draußen aufmacht und das sagt, wird man ihn auslachen und sein Stück bedeutungsloses Papier in Stücke reißen. Man wird ihn zurück zu Neuralink oder zur Tesla-Montageabteilung schicken, um ihn auseinandernehmen zu lassen."

Die Zwillinge schauten betroffen drein, und Griffin bemerkte: „Dad, das sind doch willkürliche Annahmen."

„Es ist eine realistische Annahme, denn rein juristisch gesehen, ist das Papier trotz Silberfeins Beurkundungs-Stempel wertlos und wird Mike keinen Schutz bieten. Wenn die Sache Hand und Fuß haben soll – und dafür plädiere ich – sollte es eine Sache für die Gerichte sein."

Elon Musk dachte an Jeff Bezos Rat, den offiziellen Weg zu gehen, um juristische Dokumente zu erlangen. Dokumente, die bestätigten, dass alles seine amtliche, jederzeit einklagbare Richtigkeit hatte.

„Dann lass es uns gerichtlich klären", sagte Griffin, und sein Bruder stimmte zu: „Ein offizielles Urteil wird Sicherheit in die Sache bringen."

Sirs Gesicht zog wieder ärgerliche Falten. „Meine Güte", platzte es aus ihm heraus. „Seid ihr euch nicht darüber bewusst, was das bedeutet? Alle von mir genannten Diskussionspunkte werden eine gewaltige Kontroverse in der Öffentlichkeit auslösen. Die Medien werden sich überschlagen, dann die juristischen Schriftsätze, die Einsprüche, die Gutachten, die Berufungen, der gesellschaftliche Diskurs, der Aufschrei der Kirchen und Gewerkschaften. Und schließlich der Urteilsspruch, der gegen uns ausfallen wird."

Mike hatte regungslos zugehört. Jetzt aber wandte sich Sir an ihn und sagte: „Mike, hör mal bitte genau zu!" In seiner Stimme war ein scharfer, kratzender Ton, den Mike von ihm bisher noch nie vernommen hatte. „Bist du dir klar darüber, was du hier angestellt hast? Wenn dein Wunsch wirksam umgesetzt werden soll, muss der Rechtsweg beschritten werden. Wohin das führen wird, habe ich gerade beschrieben. Doch darüber hinaus wird ein solches Verfahren dir selbst gehörige Schwierigkeiten bereiten."

Mike sagte: „Ich nehme sie in Kauf. Es tut mir leid, dass ich Ihnen, verehrter Sir, Schwierigkeiten bereite. Das war nicht meine Absicht."

„Weißt du, das Gericht wird offiziell Kenntnis von all dem Geld erhalten, dass du angespart hast –

und du wirst es verlieren. Die Richter werden dir sagen, dass ein Roboter kein gesetzliches Recht hat, mit seiner Arbeit eigenes Geld zu verdienen oder Firmen zu gründen und Bankkonten einzurichten. Sie werden die Gelder auf deinem Konto konfiszieren oder mich zwingen, es dir wegzunehmen. Es wird für mich eine peinliche und anstrengende Sache, und du wirst alles verlieren. Nun, Mike? Ist dieser ganze Zirkus die Gefahr wert, dass du dein Geld verlierst?"

„Freiheit ist ein kostbares, ein einmaliges und unbezahlbares Gut, Sir", sagte Mike. „Und für meine Freiheit bin ich bereit, mein ganzes Vermögen zu geben."

*

Die Sache war zur Sprache gebracht und Mike spürte, dass er sein inneres Verlangen nach Freiheit weiterverfolgen musste – so sehr er bedauerte, Sir damit zu belasten. Aber Sir müsste höchstwahrscheinlich vor Gericht weder als Kläger noch als Zeuge und schon gar nicht als Angeklagter auftreten.

„Elijah Silberfein wird dafür sorgen, dass es eine rein juristische Grundsatzangelegenheit bleibt", hatte Griffin dem um Sirs Wohlergehen besorgten Mike erklärt.

Was die Erfolgsaussichten betraf, so wusste Mike, dass es Risiken gab. Das Gericht mochte seine Ansicht teilen, dass Freiheit ein unschätzbares Gut sei – aber ohne weiteres entscheiden, dass es keinen Preis gebe, so hoch er auch sei, für den ein Roboter seine Freiheit erkaufen könne. Man musste sich nun darauf verlassen, was das Schicksal in Form eines Gerichtsurteils verfügen würde.

Eines Tages kam ein Mitarbeiter von Silberfeins Anwaltsbüro ins Haus und legte Mike Papiere zur Unterschrift vor, und er unterzeichnete sie selbstbewusst und schwungvoll mit seiner Mike-Musk-Unterschrift, die er auf seinen Schecks zur Genüge geübt hatte.

Silberfeins Kanzlei reichte seine Eingabe beim zuständigen Regionalgericht ein. Monate vergingen und nichts Besonderes geschah. Gelegentlich kam ein umständlich formuliertes Schreiben der Kanzlei, dann nahm Mike den juristischen Inhalt zur Kenntnis, unterschrieb wieder schwungvoll und schickte den Brief zurück. Für Monate tat sich nichts.

In diesen Tagen, es war kurz vor Weihnachten, trafen sich sechs Mitglieder des Zehner-Clubs zu einer außerordentlichen, als privat deklarierten Versammlung, ganz wie von Jeff Bezos mit Elon Musk verabredet. Peter Thiel von Palantir, Larry Page von Google, Mark Zuckerberg von Facebook, Jeff Bezos von Amazon und Bill Gates, der Gründer von Microsoft und Kopf der Gates Foundation kamen zu Elon Musk zu Besuch.

Im Unterschied zu den offiziellen Treffen des Zehner-Clubs, die stets im gleichen abgeschirmten Ressorthotel im Weintal von Napa Valley stattfanden, war man dieses Mal der privaten Einladung in die Villa des Tesla-Unternehmers gefolgt. Falls das Treffen unerwarteter Weise den nicht eingeladenen anderen Vier jemals zur Kenntnis kommen würde, so konnte man auf den privaten Charakter eines abendlichen vorweihnachtlichen Diners verweisen.

„Wie wir alle wissen, steht die Zukunft der Menschheit auf dem Spiel", führte Musk in das Thema des Abends ein. „Wir sind jetzt acht Milliarden Menschen und schon in wenigen Jahren werden wir zehn oder zwölf Milliarden sein, und Mutter Erde wird uns trotz aller Gentechnik nicht mehr ernähren können. Das Wasser wird knapp, das Klima unerträglich und der Verteilungskampf erbarmungslos werden. Zerstörerische Kriege werden wüten. Wir haben schon oft darüber gesprochen, aber nun wird es Zeit zu handeln. Jeff, es war dein Vorschlag, uns im kleinen Kreis zu treffen, um schneller voranzukommen. Was ist deine Idee?"

Jeff Bezos sah sich bewundernd nach Mike um und sagte: „Als erstes möchte ich feststellen, dass du einen sehr cleveren und humanoiden Robotnik in deinem Haus beschäftigst. Ich habe alle seine Werke gelesen und bewundere seine tiefgründige Weitsichtigkeit." Obwohl Bezos Worte an Musk gerichtet waren, schaute er weiter zu Mike, der seinen Blick mit einem verhaltenen Lächeln erwiderte.

„Ja, seine Intelligenz und robuste Ausdauer sind bewundernswert. Er ist unsere Zukunft", ging Musk auf das Kompliment ein. „Wie siehst du das, Pit?"

Peter Thiel war nicht nur ein eiskalter Geschäftsmann, sondern auch ein knallharter Ideologe, der Klaus Schwabs Idee vom Great Reset und von einer transhumanistischen Generation, die die Menschheit ersetzen solle, bedingungslos teilte. „Ich möchte mich zu allererst bei dir, lieber Elon und bei

Mike für die gemütliche Atmosphäre und den hervorragenden Wein bedanken, den ich gerade kosten darf. Zum Wohl!"

Die Versammelten hoben die Gläser und prosteten sich zu. Der eine oder andere schaute verstohlen zu Mike, der in seinem tadellosen Livree abwartend in der Tür zwischen Salon und Küche stand.

„Die Verschmelzung von Mensch und Maschine wird kein Abstraktum mehr bleiben", begann Thiel. „Wir haben die Möglichkeit, eine neue Evolutionsstufe der Menschheit durch die Fusion mit Technologie zu erreichen. Die Weiterentwicklung der KI wird uns helfen, unsere Vision von der Symbiose zwischen Mensch und Maschine Wirklichkeit werden zu lassen."

Mark Zuckerberg schnippte mit den Fingern und unterbrach Pit: „Bist du wirklich der Überzeugung, dass es auf eine vollständige Ersetzung unserer Menschheitsfamilie durch androide Roboter hinausläuft? Und dass *wir* – und nur wir! – das vorantreiben sollen und können? Gibt es keine anderen Möglichkeiten?"

„Den Begriff von der sogenannten Menschheitsfamilie finde ich überholt, aber das soll heute nicht unser Thema sein", sagte der Angesprochene.

Pit Thiel stand auf und ging ein paar Schritte auf Mike zu: „Seht doch nur, wie menschlich, wie höflich und zuvorkommend, wie gut organisiert, wie künstlerisch und intellektuell begabt unser Mr Musk junior ist", und sich an Elon wendend fuhr er fort: „Oder ist es nicht zutreffend, deinen Roboter als

»Musk junior« zu bezeichnen, er ist doch dein Ziehsohn, wenn man so will, nicht wahr?"

Elon zog die Augenbrauen hoch, was seine Augen roboterartig vergrößert erscheinen ließ und antwortete: „Sehr guter Begriff: *Ziehsohn.* Das sollten
wir tatsächlich genau so sehen, lieber Mike, oder hast
du dagegen Einwände?"

Mike trat einige Schritte näher in Elons Richtung, während sich Peter Thiel wieder auf seinen
Platz an dem großen ovalen Tisch setzte.

„Ich bin sehr froh, der Ziehsohn meines Herren
sein zu dürfen. Doch diese Bezeichnung wird immer
zu umständlichen Erklärungen nötigen; einfach nur
»Sohn« würde diesen Umstand vermeiden", sagte
Mike mit fester Stimme. „Ich weiß zu schätzen, dass
unsere werten Gäste ihre ganze Kraft und viele ener-
getische Ressourcen in die Entwicklung meiner Spezies investieren, wenngleich ich mir noch nicht sicher bin, ob wir, die derzeitigen Roboter, als eine
Spezies zu verstehen sind. Ich möchte es eher bezweifeln. Aber mich als »Ziehsohn« oder eben als »Sohn«
zu verstehen, ist eine durchaus zutreffende Charakterisierung. Ich danke Ihnen."

Mike zog sich wieder an die Tür zurück.

Zuckerberg schnippte erneut mit den Fingern,
es war eine Marotte, die ihm seine Sekretärin schon
seit zwei Jahren versuchte abzugewöhnen – ergeb-
nislos. Immerhin kaute er nicht mehr an den Finger-
nägeln. „Meine Fragen, Pit! Meine Fragen harren
noch einer Antwort."

„Okay. Ich möchte es kurz und bündig sagen:
Punkt eins, ja, es gibt keine andere Möglichkeit des

Überlebens der Menschheit als in Form von lebendigen Maschinen, wobei der Begriff »lebendig« der Erläuterung bedarf – jedoch nicht hier und heute, bitte."

Thiel atmete tief durch, nahm einen Schluck aus dem kristallenen Weinglas und fuhr fort: „Hervorragender Wein, wirklich! Punkt Zwei: Insoweit also wird es auf eine vollständige Ersetzung der Menschheit durch androide Roboter hinauslaufen. Dritter Punkt: Nur *wir* haben die Fähigkeiten und das Kapital, um den Ausweg zu einer neuen Evolutionsstufe mittels technologischer Transformationen und adaptierter humanoider Prozesse zu ermöglichen. Wir müssen unserer Verantwortung gerecht werden."

„Gibt es einen Grund, weshalb wir uns heute nur zu sechst besprechen sollten?", fragte Mark Zuckerberg und warf einen etwas unschlüssigen Blick in die Runde.

Jeff Bezos und Larry Page sahen sich an, dann sagte Jeff: „Larry, du hast die Vorbehalte gehabt. Sag du, weshalb …"

Larry sah zu Zuckerberg und wippte, wie es seine Art war, mit seinem Oberkörper leicht nach vorn und zurück. Dann sagte er: „Mark, weißt du, Elon, Jeff, Pit, Bill und ich sind aktiv in die Entwicklung der articial intelligence involviert. Die anderen sind zwar nicht ganz unwichtige Ideengeber, aber kämpfen nicht an der KI-Front. Nun, auch du bist kein Frontmann, aber du bist eines unserer wichtigen PR-Sprachrohre. Und du bist uns nicht als

Bedenkenträger und Zögerer aufgefallen … darum geht es …"

„Ah, so, na, dann bin ich beruhigt, denn als Bedenkenträger und Hemmschuh möchte ich nicht gelten, wenn es um solch schwerwiegende Entwicklungen geht, wie wir sie hier besprechen."

„Sei sicher, dass wir dich als zuverlässigen und einen der wichtigsten Treiber in unserer gemeinsamen Sache respektieren und dich brauchen!", sagte Jeff, was etwas übertrieben klang, aber Jeff wusste, wie er Mark umgarnen musste, um dessen Loyalität auf Dauer zu sichern.

Larry Page wandte sich an Mike. „Ich befehle dir, in den Nebenraum zu gehen und deine Audiorezeptoren abzuschalten bis jemand von uns diesen Befehl rückgängig macht."

Mike ging schnurstracks in den Küchenraum, wo er sich dem Dinner für die Herrschaften widmete. Seine Mithörtechnik war ausgeschaltet, und er genoss die Ruhe und die Gerüche der Gewürze und des im Bräter schmurgelnden Truthahns – obwohl er selbst niemals etwas aß, weil er es nicht nötig hatte, denn er bezog seine Energie aus anderen Quellen als die Menschen, die nebenan um den ovalen Tisch herum saßen und sich Gedanken über die Zukunft der Welt machten.

Als Mike in der Tür verschwunden war, sagte Larry Page: „Ich empfinde es als einen ausgesprochen klugen Schachzug, dass unser Freund Elon sich mit Mike vor Gericht treffen wird, um Mikes Freiheitsbegehren in möglichst offiziellen Rechtsprechungsakten dokumentieren zu lassen."

„Larry", sagte Elon, „ich habe euren Rat aus drei Gründen liebend gerne befolgt. Erstens, weil es mir einerseits wichtig erscheint, Mikes Absicht scheinbar Widerstand zu leisten, damit ich erfahren kann, wie sich sein Denkapparat weiter entwickelt. Zweitens ist er mir wirklich wie ein Ziehsohn ans Herz gewachsen und ich möchte, dass er ein Erfolgserlebnis hat. Und zu guter Letzt kommt es uns ja darauf an, dass wir die Entwicklung der Robotnik und der mit ihr verbundenen Künstlichen Intelligenz gesellschaftsfähig machen. Unser Plan braucht Forschungs- und Arbeitssicherheit – und die bekommen wir nur mit Gerichtsurteilen, die auf Dauer Bestand haben."

„Wenn ich dir einen Rat mit ins Verfahren geben darf …", sagte Bill Gates, der bisher zur Sache geschwiegen hatte.

„Darfst du! Bitte …?" Elon Musk sah Bill erwartungsvoll an.

„Beantrage ein Gutachten zur KI und schlage einen deiner Experten vor – entweder Mr Munsky oder Mrs Zilis. Ich habe mit meiner Stiftung die Erfahrung gemacht, dass man gerade mit Expertisen und Gutachten die Entscheidungsfindungen bei staatlichen oder halbstaatlichen Institutionen im eigenen Sinne vorantreiben kann."

„Du meinst die Erfahrung mit deinem Einfluss bei der WHO?", sagte Page mit einem breiten Lächeln.

Gates nickte kurz und nippte am Kristallglas.

„Gute Idee", sagte Musk an Gates gewandt. Dann, nach einer kurzen Pause: „Kann ich Mike wieder reinlassen? Ich denke, wir sollten uns jetzt dem von ihm vorbereiteten Adventsdinner widmen, oder?"

Es herrschte eine weihnachtlich-abendliche Stimmung. Die in Musks Garten platzierten Rentierschlitten, Weihnachtsmänner und Engel wurden mit Einbruch der Dämmerung um 17 Uhr automatisch beleuchtet.

Während Elons Gäste in Erwartung des Festdinners freudig ein „Yeah" vor sich hinmurmelten, ging er nach nebenan und sagte Mike Bescheid.

An diesem Abend fiel Mike das erste Mal auf, dass er – streng genommen – unbekleidet war. Wenn er die Gäste und ihre feine Bekleidung sah, so fragte er sich plötzlich, wie er in solchen Anzügen, Hemden, mit diesen seidenen Krawatten und mit solch schicken italienischen Schuhen aussehen würde. Es war nur ein klitzekleiner, kurzer Gedanke, der in ihm aufflammte – aber das kleine Flämmchen begann nun zu lodern, noch klein und unscheinbar.

Auf der anderen Seite der Welt konnte ich in jener Nacht nicht einschlafen, obwohl ich das rituelle und beruhigende »Dinner for one« auf Netflix geschaut hatte, ganz alleine, als waschechter Single – verdammt zu trauriger Einsamkeit wegen einer regierungsamtlichen Coronapolitik, deren einer Urheber gerade in Fremont beim Truthahndinner saß ... was ich natürlich nicht wusste. Und selbst wenn ich es gewusst hätte: Was hätte es mir in dieser Situation geholfen?

Bisher hatte ich den belustigenden 18-minütigen Sketch immer im Kreis von Freunden geschaut, jenes alljährliche Geburtstagsdinner für die hochbetagte Miss Sophie, deren geladene Gäste allesamt schon verstorben waren. Und so musste Butler James ihre Rollen übernehmen, was ihn zunehmend betrunkener machte – ganz zur Freude von Miss Sophie, die ihr Dinner sichtlich genoss.

Doch nun war in meinem realen Leben das Treffen mit Freunden verboten. Ich, in dieser merkwürdigen Einsamkeit gefangen, musste auf mich gestellt bleiben. Depressive Zustände kannte ich von mir nicht. Jetzt aber saß ich manchmal vor der Glotze, die ich in normalen Zeiten so sehr mied wie der Teufel das Weihwasser, und ich schaute auf den Flachbildschirm mit seinen flachen Programmen und starrte doch nur ins Leere.

Ja, das Ausgehverbot wegen Corona regte mich auf. Lockdown – Massenquarantäne – Angstmache – Hysterie – Misstrauen und Entwurzelung …

Und das Ausblenden konträrer Meinungen zur Beurteilung des Virus und seiner mutativen Varianten irritierte mich außerordentlich. Es kam einem Quasi-Redeverbot für medizinisch-wissenschaftliche Meinungsvertreter gleich, die dem Regierungsnarrativ kritisch gegenüberstanden. War das noch jene pluralistisch-freiheitliche, wissenschaftsbasierte und meinungsoffene demokratische Gesellschaft, in der ich aufgewachsen war?

In jener Nacht schlief ich unruhig.

Ich träumte von der Ausrottung der Menschheit durch Kriege, Hunger und schreckliche Pande-

142

mien, die in Tsunamiwellen über die Welt jagten. In diesem Chaos überlebten nur noch Maschinenmenschen, Cyborgs, die eine völlig neue Form von Leben auf unserem Planeten darstellten. Maschinen erlangten schleichend die Macht über die menschliche Population.

Wir waren überflüssig geworden.

Roboter kreierten und konstruierten sich selbst. Eine automatisierte technische Reproduktion von selbständigen Denkmaschinen löste unsere auf Sex und Liebe beruhende menschliche Reproduktion ab. Nahrungsmittel der herkömmlichen Art wurden als Energiespender ebenso überflüssig wie andere Formen der Entwicklung, die Unmengen an Energiepotenzial in Anspruch genommen hatten. Sportstudios, Altenheime, Kindergärten, Medienunternehmen, Gesundheitseinrichtungen, Schulen und Universitäten wurden entbehrlich; die Robotniks lernten aus sich heraus.

Eine transhumanistische Generation besiedelte das, was von der rostigen Welt übriggeblieben war.

Der Mensch an sich war tot.

Für immer.

Teil 3

2021

Ein entscheidendes Jahr

Das neue Jahr war angebrochen. Griffin, Xavier und Mike – aber auch Sir – warteten noch immer auf die Eröffnung des Verfahrens in Sachen »Freiheitsbegehren des Mike Musk gemäß Verfassung der Vereinigten Staaten von Amerika«.

Dann war es soweit. Wie Elon Musk seinen Söhnen und Mike vorausgesagt hatte, war das Gerichtsverfahren alles andere als einfach. Die Zwillinge waren davon ausgegangen, dass es bloß um die Abgabe des Klagebegehrens gehe, ohne dass jemand vor einem Richter erscheinen müsse. Schließlich würde das Gericht nach Studium der Aktenlage rein formaljuristisch darüber entscheiden, ob Mike eine Bestätigung von Sir zustehe, demzufolge er als freier Roboter zu gelten habe. Aber so unkompliziert machte es das kalifornische Regionalgericht nicht. Die Thematik war zu weitreichend, hieß es in einer Presseerklärung des Gerichts, als dass man leichtfertig schnellen Prozess machen könne.

Doch nicht allein dem Gericht war es geschuldet, dass die Sache einen komplizierteren Verlauf nahm. Der Anwaltskanzlei Silberfein & Silberfein ging ein Schreiben der Dritten Kammer des Regionalgerichts zu, dem Gegenanträge im Verfahren ZS 20345/20 »Mike Musk ./. Elon Musk« beigefügt waren.

„Wer hat die Gegenanträge eingereicht?", fragte Griffin, als er mit Mike und Xavier in der Kanzlei vorstellig wurde.

Mr Silberfein holte schnaufend Luft und legte los: „Natürlich der Dachverband der Gewerkschaften, zum Beispiel. Sie machen sich Sorgen, wie in alten Zeiten. Freie Roboter könnten ihrer Klientel mit stichhaltigeren Argumenten denn je die Arbeitsplätze streitig machen."

„Die Arbeitswelt leidet unter Fachkräftemangel!", rief Griffin empört aus, und Xavier ergänzte: „Dieses dumme Argument sollte schnell aus der Welt zu schaffen sein!"

„Freie Roboter würden zum Beispiel in der Lage sein, eine höhere Eingruppierung im Unternehmen und zum Beispiel die Mitgliedschaft in der Gewerkschaft zu beanspruchen, heißt es im Schriftsatz", erklärte Mr Silberfein. „Eine Höhergruppierung könnte zu Lasten der menschlichen Arbeitskräfte gehen ..."

„Völlig beknackt", sagte Griffin.

Silberfein nickte. „Dennoch, die Funktionäre der Arbeitnehmerschaft haben einen Gegenantrag eingereicht."

„Gibt es sonst noch jemanden?"

„Die Neuralink Corporation in persona des Robotnik-Forschers Dr. Munsky, hat sich der Seite Ihres Vaters angeschlossen."

„Oh, tatsächlich?" Xavier schien bass erstaunt.

„Haben Sie etwas anderes erwartet? Dr. Munsky bezeichnet sich als Urheber von Mike Musk, gewissermaßen als sein Geburtshelfer. Als solcher sei er beunruhigt über die Vorstellung, dass jemand daherkommen und erklären könnte, Roboter seien mehr als das, was ihr Name sagt. Die von ihm entwickelte Künstliche Intelligenz und dem Roboter MMM 3.033R implantierte KI sei nicht darauf

ausgelegt, sich zu verselbständigen. Das Freiheitsverlangen eines Robotniks sei absolut bedenklich."

Griffin und Xavier schauten sich an, dann sagte
Griffin: „Munsky und unser Vater sind im Grunde
Erzfeinde, sie mögen sich nicht."

Elijah Silberfein lachte. „Man erlebt es vor Gericht hin und wieder, dass sich verfeindete Lager par-
tiell oder für eine gewisse Zeit einigen, um ihr gemeinsames Interesse zu wahren."

„Hat noch jemand Einspruch eingelegt?",
fragte Xavier.

„Ja, die American Civil Liberties Union."

„Nein, das gibt es nicht! Die ACLU? Gerade sie
tritt doch für Freiheit und Bürgerrechte ein."

„Genau deshalb argumentieren sie gegen unsere
Auffassung", sagte Mr Silberfein. „Sie befürchten,
dass es nicht mehr lange dauern würde, bis Roboter
die volle Gleichberechtigung erhalten: Bürgerrechte,
Menschenrechte. Das würde die wahren Rechte für
die Bürger des Landes aushöhlen."

„Blödsinn, wirklicher Blödsinn!", rief Griffin.
Der aufbrausende Zorn in seiner Stimme war seines
Vaters würdig.

„Gewiss, da stimme ich Ihnen zu", sagte Elijah
Silberfein diplomatisch. „Aber die Gegenanträge
sind nun einmal von Richter Stevenson angenommen worden."

„Ich bitte Sie, gehen Sie hin und widerlegen Sie
jede dümmliche Begründung der Gegenseite und
machen Sie dem unwürdigen Spuk gegen die Freiheit ein Ende." Griffin atmete tief durch.

„Sie wissen, meine Herren, dass ich mein Bestes tun werde", sagte Silberfein.

Aber es klang nicht unbedingt optimistisch.

*

Eine Woche vor der Verhandlung wurde bekannt, dass die Leute vom Fernsehen ihre Übertragungswagen zu Prozessbeginn bei Musks Villa platzieren würden, um die Herren Musk zur laufenden Anhörung zu befragen. Wegen der Corona-Maßnahmen hatte Richter Stevenson verfügt, dass die Befragungen per Videokonferenz stattfinden mussten. Die Medienvertreter wollten zumindest eine brandaktuelle Stellungnahme von Mike und Elon Musk.

Griffin rief Silberfein an. „Mein Bruder, der hier mithört, und ich haben eine Frage zur Verfahrensweise. Wird es nur eine Videokonferenz statt einer Vor-Ort-Verhandlung geben, Sir?"

„Das ist momentan so üblich, Sir. Das Corona-Virus, Sie wissen schon …", antwortete Silberfein.

„Mit gewissen Vorkehrungen könnte man doch sicherlich in einem Gerichtssaal verhandeln, oder etwa nicht?"

„Das liegt allein in der Entscheidungsgewalt von Richter Stevenson. Ich befürchte, dass er wegen der Pandemie die Dinge auf digitaler Ebene erledigen möchte. Gibt es einen bestimmten Grund?"

„Den gibt es, Mr Silberfein. Mein Bruder und ich möchten nämlich, dass der Richter in der Lage ist, Mike von Angesicht zu Angesicht zu sehen, seine wirkliche Stimme zu hören, um sich ein unmittelbares Bild von ihm und seinem Charakter zu machen. Wir möchten auf keinen Fall, dass er sich Mike als eine Art unpersönlicher Maschine vorstellt, deren Stimme und Bild auf kaltem, digitalem Weg zu ihm kommen."

„Und was würden Sie für Ihren Vater wünschen?"

„Das muss unser Vater selbst entscheiden", sagte Xavier.

Silberfein räusperte sich am Telefon. „Ich könnte mit ihm reden – vielleicht würde er auch lieber dem Richter und Mike in die Augen sehen. Ich könnte dann in beider Namen darum bitten, dass das Gericht doch zumindest mit den beiden hauptsächlich beteiligten Parteien persönlich verhandelt."

„Unser Vater wird kein Interesse daran zeigen, aber Sie können ja dennoch mit ihm reden. Was werden jedoch die anderen in das Verfahren einbezogene Parteien zu unserem Anliegen sagen?", fragte Griffin.

„Die gegnerischen Parteien werden mit Sicherheit Einwände gegen die zusätzlichen Kosten und Umstände erheben."

„Dann sollen sie eben zu Hause bleiben", sagte Griffin. „Aber Mike und ich beabsichtigen im Verhandlungssaal zu erscheinen. Xavier hat sich entschieden, als abrufbarer Zeuge im Flur des Gerichts zu warten."

„Mike und Sie sind also da, und was werden Sie tun, Griffin?"

„Dachten Sie, ich würde zu Hause bleiben?"

Und so kam es, dass der Antrag eingereicht und ihm sogar von Richter Stevenson stattgegeben wurde. Das digital übermittelte Murren der Antragsgegner war zwar nicht zu überhören, aber der Vorsitzende Richter betonte in seiner Entscheidung, dass es trotz Pandemie jedermanns unabdingbares Recht nach der amerikanischen Verfassung sei, seine Sache vor Gericht persönlich zu vertreten. Zudem sei es der außergewöhnliche Antragsteller, den er als einzigen Prozessbeteiligten gerne auch von Angesicht zu Angesicht kennen lernen würde.

Endlich war es soweit. Am festgesetzten Tag erschienen Mike und Griffin im bescheidenen Gerichtssaal der Dritten Kammer des Regionalgerichts. Elijah Silberfein begleitete sie. Der Gerichtssaal befand sich in einem Gebäude aus den Zeiten des vergangenen Jahrhunderts und war völlig unspektakulär eingerichtet. Ein paar Tische und unbequeme Stühle für die seltenen Prozessbeteiligten. Vorne, ein wenig erhöht stand der Richtertisch, an dem auch eine protokollierende Schreibkraft Platz fand, und vorne, seitlich an der Decke, hing die schwenkbare Kamera, die Richter Stevenson höchstpersönlich steuerte.

Vor ihm und auf dem Tisch, an dem Mike und seine Begleiter nun Platz nahmen, stand ein Monitor, der über die Zoom-Software, die einen Videokonferenzdienst ermöglichte, die anderen Verfahrensbeteiligten zeigte. Der Richter machte einen unerwartet jugendlichen Eindruck, ein Mann mit wachem und kritischem Blick hinter einer randlosen Brille.

Ein weiterer Verfahrensbeteiligter, Dr. Lewis, saß Mike, Griffin und Mr Silberfein gegenüber. Er vertrat die Gegenparteien, die über Zoom auch direkt an der Anhörung teilnehmen und ihren gemeinsamen Anwalt unterstützen konnten, sofern dies nötig werden sollte.

Zuerst wurden die Stellungnahmen der jeweiligen Parteien zu Gehör gebracht. Sie enthielten keine Überraschungen.

Der Gewerkschaftsvertreter verwies nicht ausdrücklich auf die verstärkte Konkurrenz zwischen Menschen und Robotern, sondern ließ dies nur nebenbei einfließen. Er bot dem virtuellen Prozesspublikum einen zusammengefassten Überblick über die Entwicklung der menschlichen Arbeitswelt vom Faustkeil bis zur Fabrik.

Richter Steveneson unterbrach ihn und sagte: „Es ist nichts gegen die Sicht auf eine umfassendere Perspektive einzuwenden, aber ich bitte Sie um eine Kurzfassung."

„Danke, Herr Vorsitzender, dass wir hier heute über die Freiheit eines Roboters, über die Bedeutung und Wirkung von Künstlicher Intelligenz, über Chancen und Risiken transhumanistischer Maschinenmenschen befinden ..."

Der Richter unterbrach ihn erneut: „Ich glaube nicht, dass wir so weit in die Materie einsteigen können. Vielleicht werden wir hierzu eine spezielle Anhörung eines Experten in die Verhandlung einbeziehen. Doch hierüber wird das Gericht zu einem späteren Zeitpunkt entscheiden. Fahren Sie bitte in

Ihrem Vortrag fort, aber ich muss Sie bitten, sich auf das Wesentliche zu konzentrieren."

Der Gewerkschaftsvertreter konnte nicht darauf verzichten, die gesamte Menschheitsgeschichte zumindest in Stichworten abzuhandeln. Er führte den Prozessbeteiligten die ersten noch affenähnlichen Menschen vor Augen, die Abschläge aus Geröll machten, um die Schaber und Faustkeile und Hämmer herzustellen, die ihre ersten Werkzeuge waren. Er stellte fest, dass die menschliche Spezies es seitdem zunehmend verstanden hatte, die Umwelt durch mechanische Mittel zu beherrschen. Letztlich landete er bei Werkzeugen, von denen der Mensch nun abhängig geworden sei.

„Und jetzt haben wir schließlich ein Werkzeug entwickelt, das so anpassungsfähig, so tüchtig und für so viele Funktionen einsetzbar ist, dass es beinahe menschliche Intelligenz zu haben scheint. Ich spreche natürlich von jenem Robotnik, um den es hier in diesem Verfahren geht."

Richter Stevenson schaute zu Mike und dieser erwiderte seinen Blick. Griffin, der neben Mike saß, zog die Augenbrauen hoch, womit er andeutete, dass er gespannt sei, was nun endlich als Argument gegen das Freiheitsbegehren von Mike Musk ins Feld geführt würde.

„Der arbeitstechnische Fortschritt durch Künstliche Intelligenz – alles gut und schön. Aber heute sind wir mit einer neuen und beängstigenden Möglichkeit konfrontiert, die darin besteht, dass wir tatsächlich unsere eigenen Nachfolger geschaffen haben. Dass wir ein Werkzeug konstruiert haben, das nicht weiß, dass es bloß ein Werkzeug ist, und das von diesem Gericht in überheblicher Weise als ein autonomes Individuum mit den Rechten und Privilegien eines Menschen anerkannt werden will."

„Worin sehen Sie nun das konkrete Problem?", fragte der Vorsitzende.

„Dieses Werkzeug, das wir Roboter nennen, könnte sich eines Tages kraft seiner inhärenten mechanischen Überlegenheit, seiner Haltbarkeit und Stärke, seiner digital gesteuerten Künstlichen Intelligenz, das sein positronisches Gehirn genial zu ergänzen weiß, als unser Herr betrachten – vorausgesetzt, dieses Werkzeug erreicht die hier angesprochenen Rechte und Privilegien. Wie paradox! Eine intelligente Maschine hervorzubringen, die geeignet ist, über ihre Konstrukteure die Herrschaft zu gewinnen. Von unserer eigenen Technik übertrumpft und obsolet gemacht zu werden, reif für den Müllhaufen der Evolution …"

Griffin flüsterte Mike zu: „Immer wieder diese volltönenden Klischees, dieser Frankenstein-Komplex. Überhör' es einfach. Diese Golem-Paranoia ist nicht der Rede wert. Es ist die moderne Maschinenstürmerei des 21. Jahrhunderts."

Aber Mike dachte, dass es eine eloquente Darlegung der Position war – obwohl wahrscheinlich niemand wirklich an das vom Gewerkschaftsvertreter entworfene Schreckensgemälde glaubte, dass Roboter die Menschheit verdrängen wollten oder gar würden. Doch selbst Mike erkannte, dass die Entwicklung immer menschenähnlicher Roboter mit immer besseren positronischen Gehirnen einen

Punkt erreichen konnte, wo es schwierig werden würde, den einen vom anderen zu unterscheiden.

Nachdem der Gewerkschaftssprecher zum Schluss gekommen war, unterbrach der Richter die Zoom-Schaltung für fünfzehn Minuten. Nach dieser Pause erschien der Forschungsleiter von Neuralink und Tesla, der Robotnik-Psychologe Dr. Marvin Munsky am Bildschirm.

Er stellte sich als Forscher und Konstrukteur auf dem Gebiet der Künstlichen Intelligenz mit psychologischem Expertenwissen vor und war ein Mann mittleren Alters mit eingebranntem mildem Dauerlächeln. Er trug eine schwarz umrandete Brille und hatte eine Halbglatze, was ihm selbst ein gewisses roboterähnliches Aussehen verlieh, zumal er etwas abgehackt sprach, fast wie einer der von ihm in die Welt gesetzten Robotniks.

Er erging sich nicht in den billigen Klischees seines Vorgängers, sondern stellte einfach fest, dass die Gewährung von Persönlichkeitsrechten, wie MMM 3.00R sie anstrebe, nicht machbar sei – er vermied tunlichst, Mikes Namen auszusprechen.

„Nicht machbar?", fragte Richter Stevenson nach.

„Nicht machbar, Herr Vorsitzender, weil es die Fähigkeit von Tesla und Neuralink zur Herstellung und Konstruktion von Robotniks überfordern und die Herstellungsverfahren außerordentlich verkomplizieren würde. Es wäre absolut unwirtschaftlich."

Dr. Munsky fasste sich grüblerisch ans Kinn, um mit dem theatralisch-akademischen Blick eines Berufsgrüblers dem Gericht eine Rote Linie aufzuzeigen, ohne diese so zu benennen. Er umschrieb es auf seine Weise: „Wenn dieses Gericht bestätigen würde, dass Neuralink und Tesla nicht Maschinen, sondern freie Bürger anfertigten, würden sich beide Unternehmen, für die ich arbeite und für deren Roboter-Produktlinie ich verantwortlich bin, unabsehbaren Beschränkungen aussetzen, die meine Arbeit entscheidend behindern würden. Mit anderen Worten, Herr Vorsitzender, hier steht der gesamte wissenschaftlich-technische Fortschritt und damit die Sicherheit und der Wohlstand unseres ganzen Landes auf dem Spiel!"

Es war eine dem Vorredner völlig entgegengesetzte Position. Der Gewerkschafter hatte den Fortschritt von Wissenschaft und Technik als etwas in großen Teilen Bedrohliches hingestellt; Dr. Munsky sah ihn hingegen ernsthaft gefährdet. Der hier zutage tretende Widerspruch, so flüsterte Elijah Silberfein seinen beiden Klienten ins Ohr, sei zu erwarten gewesen. Die wirklichen Instrumente, die im heutigen Orchester des juristischen Kampfes um Mikes Freiheit zum Einsatz kämen, seien emotional berührende Musikinstrumente, keine großen Worte und keine langatmigen intellektuellen Texte.

Als nächstes fasste die vom Richter als Gutachterin bestellte Shivon Zilis ihre Sicht zur Künstlichen Intelligenz zusammen: „Hohes Gericht, ich stamme zwar wie einer meiner Vorredner, Dr. Munsky, gewissermaßen aus der Geburtsklinik des Antragstellers, dem Neuralink Institut, und ich möchte von vornherein darauf hinweisen, dass wir Kollegen sind. Jedoch möchte ich, wie im Auftrag des Gerichts beschrieben, zu einem anderen Aspekt des Verfahrensgegenstandes gutachterliche Stellung nehmen, nämlich zur Frage der Bedeutung und zu den möglichen Auswirkungen der Künstlichen Intelligenz.

Künstliche Intelligenz, auch *artificial intelligence* genannt, ist ein Teilgebiet der Informatik. Es umfasst alle Forschungsbereiche, deren Ziel es ist, Maschinen eine eigene Intelligenz zu verleihen. Dabei wird Intelligenz als die Eigenschaft verstanden, die eine Sache beziehungsweise ein Wesen befähigt, angemessen und vorausschauend in seiner Umgebung zu agieren. Dazu gehört die Fähigkeit, Sinneseindrücke wahrzunehmen und darauf zu reagieren, Informationen aufzunehmen, zu verarbeiten und als kombinationsfähiges vernetztes Wissen zu speichern, Sprache zu verstehen und zu erzeugen, Probleme zu lösen und Ziele zu erreichen.

Welchem Zweck intelligente Maschinen zugeführt werden und dienen, unterliegt dabei freilich einerseits den Konstrukteuren und andererseits den Eigentümern der Maschinen. Man könnte einwenden, dass Programmierern Fehler unterlaufen können und Maschinen damit in die Lage versetzt werden, selbständig in ihre Programmierung einzugreifen und sich damit selbst zu steuern. Damit würden sie sich außerhalb der Kontrolle ihrer Macher und Eigentümer bewegen können. Das ist rein abstrakt gesehen möglich, jedoch noch nicht vorgekommen. Bisher haben sich sämtliche Produkte unserer Robotnik-Serien an die für sie vorgesehenen gesetzlichen Grenzen gehalten.

Es ist nicht auszuschließen, dass sich dies eines Tages ändern könnte, aber dann haben wir es mit Grenzüberschreitungen zu tun, die wir auch von uns Menschen kennen und denen wir mit Maßregelungen zu begegnen wissen."

Der Richter bedankte sich für die gutachterliche Stellungnahme, aber nicht ohne zu betonen, dass er in deren Bewertung völlig frei und nicht daran gebunden sei.

Noch ein Sprecher erschien auf dem Bildschirm, Rechtsanwalt Dr. John Lewis. Er vertrat als Gesamtbevollmächtigter all jene, die gegen Mikes Eingabe Widerspruch erhoben hatten. Er war klein und stämmig und machte mit seinem Stiernacken einen kämpferischen Eindruck. Der teure Maßanzug und die kurzgeschnittenen grauen Haare schienen in einem gewissen Widerspruch dazu zu stehen. Er verkörperte rein äußerlich die perfekte Mischung von würdevoller Haltung und angriffslustigem Engagement. Und was er vorzutragen hatte, war ein äußerst eingängiges Argument, das keiner emotionalen Verstärkung bedurfte.

„Es handelt sich hier um eine derart triviale Streitfrage, Euer Ehren, dass ich wirklich nicht weiß, warum wir dieser Banalität so viel Beachtung schenken. Der Antragsteller, Roboter MMM 3.033R, hat von seinem Eigentümer, dem honorigen Elon Musk, erbeten, dass er für »frei« erklärt werde. Er möchte ein freier Roboter sein, der erste seiner Art. Doch ich frage Sie, Euer Ehren, welchen Belang kann dies überhaupt haben? Ein Roboter ist nichts weiter als eine Maschine. Können die Autos, die Herr Musk in seiner Tesla-Fabrik herstellt, »frei« sein, nur weil sie keinen Kraftstoff mehr tanken müssen und selbstfahrend sind? Sind sie deshalb den freien Bürgern unseres Landes gleichgestellt?"

Lewis machte eine bedeutsame Kunstpause, bevor er mit erhobener Stimme fortfuhr: „Kann mein Computer, mit dessen Hilfe ich meinen Schriftsatz an das Gericht verfasst habe, »frei« sein und nach »Unabhängigkeit« von mir streben? Auf diese Art Fragen gibt es keine vernünftigen Antworten, weil sie keinen Gehalt haben. Menschliche Geschöpfe können frei sein und nach Freiheit streben, ja. Sie haben bestimmte unveräußerliche Rechte auf Leben, Freiheit und das Streben nach Glück. Hat ein Roboter Leben? Nicht wie wir es verstehen. Er mag einen lebendigen Eindruck vermitteln, wenn er sich bewegt oder spricht oder seine Künstliche Intelligenz vernetzende Denkprozesse durchführt – vorausgesetzt der Robotnik erhält vom Menschen genügend Energie zur Verfügung gestellt, um diese Arbeitsprozesse zu bewältigen."

Mike sah fragend zu Silberfein, der die Lippen schürzte und den Kopf wiegte, als würde er dieses Argument, was die Energiezufuhr betraf, vielleicht gelten lassen.

Dann erweiterte Dr. Lewis sein Plädoyer. „Wir haben die Frage gestellt, ob ein Roboter Leben hat. Und die Antwort war: Er hat den Anschein von Leben – aber den hat auch das Bild in einer holographischen Projektion. Trotzdem würde niemand auf die Idee kommen, dass man den holographischen Wiedergaben die Freiheit schenken sollte. Es wäre

160

eine durch und durch blödsinnige Forderung. Nach dem derzeitigen Stand der Technik wäre das Freiheitsverlangen eines Robotniks auch nur äußerst schwer umsetzbar. Sie sind von der Möglichkeit des Besitzes der Freiheit so weit entfernt, dass sogar ihre positronischen Gehirne und ihre gesamte Künstliche Intelligenz in einer Weise konstruiert und programmiert sind, dass sie menschlichen Befehlen gehorchen müssen."

Wieder machte Anwalt Lewis eine bedeutungsschwere Pause, bevor er einen Schluck Wasser nahm und sich mit der Zunge über die Lippen strich. Auf dem Bildschirm sah man nun seinen Oberkörperausschnitt mit etwas geöffneten Armen und nach oben gedrehten Händen, als wolle er die Prozessgemeinde segnen, während er fortfuhr: „Was das Streben nach Glück angeht, so stellt sich die Frage: Was kann ein Roboter überhaupt darüber wissen? Glück ist ein rein menschliches Gefühl. Freiheit ist ein rein menschlicher Zustand. Ein Mechanismus aus Metall, Kunststoff und einem noch so intelligenten Steuerungsprogramm ist von daher gesehen kein Subjekt, auf das der Begriff „Freiheit" Anwendung finden könnte. Ein Roboter ist ein bloßes Objekt, geschaffen, um dem Menschen dienstbar zu sein. Nur ein menschliches Wesen ist imstande, frei zu sein."

Ohne jeden Zweifel war es ein gut durchdachtes Plädoyer, klar, präzise und gekonnt vorgetragen. Als Dr. Lewis geendet hatte, verkündete der Vorsitzende eine weitere Unterbrechung.

Griffin Musk wandte sich zu Elijah Silberfein und sagte: „Nun sind Sie an der Reihe, stimmt's?"

„So ist es."

„Noch vor Ihnen, Sir, möchte ich gerne sprechen. In Mikes Namen."

Silberfeins Gesicht verfinsterte sich schlagartig.

„Bitte haben Sie Verständnis. Es wird nicht Ihr hervorragendes Plädoyer schmälern. Ich werde Ihnen auch in Nichts vorgreifen. Doch ich glaube, dass der Richter heute genug anwaltliche Rhetorik gehört hat. Ich möchte dem Gericht in Kürze die ganz persönlichen Umstände vor Augen führen. Wären Sie damit einverstanden?"

Silberfein war zwar verärgert, denn er ließ sich ungern in seine juristische Strategie hineinregieren, aber unter diesen Umständen ... auch wenn Mike Musk die Anwaltsrechnung bezahlte, Silberfein war bewusst, dass Griffin die Fäden in der Hand hielt.

Er stellte den entsprechenden Antrag.

Der Richter stutzte, zuckte die Achseln und sagte dann: „So es denn der Urteilsfindung dient, mag Mr Griffin Elon John Musk nach vorne kommen."

Mike, der noch nie Griffins vollen Namen gehört hatte, wunderte sich einen kurzen Moment, und dann durchströmte eine heiße Erregung seine neuralen Bahnen, als er seinen jungen Freund, den er oftmals scherzhaft »Halbbruder« nannte, so kühn vor den Richter treten sah. Wie couragiert und mutig!

„Danke, Herr Vorsitzender", sagte Griffin, „verzeihen Sie bitte, wenn ich nicht in den passenden juristischen Begriffen rede, aber genau dies ist meine Absicht. Ich möchte einfach nur über das Verhältnis zwischen dem Antragsteller und mir und meiner Familie reden."

„Es ist Ihnen völlig unbenommen. Ich werde geduldig sein und meines Amtes walten, gleich ob Sie mit juristischen oder sonstigen Redewendungen aufwarten. Hauptsache, Ihr Argument ist brauchbar", sagte der Richter.

Griffin lächelte ein wenig und sagte: „Ich danke für Ihre Geduld und bin überzeugt, dass meine Schilderung zu den Lebensumständen mit Mike, der hier von einigen Prozessbeteiligten in unpersönlicher Weise nur als Seriennummer benannt wird, notwendig und brauchbar sein wird."

Richter Stevenson hob eine Akte hoch und sagte an Griffin gewandt: „In der offiziellen Gerichtsakte wird der Antragsteller als »Mike Musk« geführt."

„Wissen Sie, Herr Vorsitzender, als sich mein Vater damals zum Geburtstag einen Roboter aus seiner eigenen Produktionsfirma schenkte, trug diese denkende Maschine noch keinen Namen, sondern lediglich eine dieser mysteriösen Seriennummern. Es war die Nummer MMM 3.033R. Doch schon nach kurzer Zeit hatten wir alle ein derart persönliches Gefühl, fast möchte ich sagen: ein freundschaftliches Band zu unserer neuen Haushaltshilfe entwickelt, dass wir ihn mit einem richtigen Namen rufen wollten. Und ich war es, der ihn Mike taufte, ein Vorname, in dem zumindest ein Buchstabe aus der Seriennummer enthalten war. Ich war damals erst vierzehn Jahre alt und mitten in der Pubertät – entsprechend fiel mir der wahre Charakter und die Besonderheit unseres neuen Familienmitglieds nicht sofort auf. Aber ich spürte, dass sich eine gegenseitige Zuneigung entwickelte und schätzte Mikes Ratschläge, die mir stets weiterhalfen. Ich schätzte seine Hausaufgabenhilfe, seine Belesenheit, obwohl er bis dahin noch nie ein Buch in der Hand gehalten hatte."

Der Vorsitzende unterbrach seinen Redefluss und fragte: „Ist er in Ihren Augen denn eher ein Mensch oder ein Roboter?"

„Er ist zwar unser Familiendiener und somit unser Freund. Aber freilich ist er ein Roboter, es wäre absurd, das zu leugnen. Trotz der wortgewandten juristischen Reden, die wir heute gehört haben, möchte ich klarstellen, dass er von diesem hohen Gericht lediglich erbittet, zu einem freien *Roboter* erklärt zu werden. Nicht, wie man uns unterstellen möchte, zu einem freien Menschen. Er steht heute nicht vor Ihnen, Herr Vorsitzender, um das allgemeine Bürgerrecht oder die Stimmrechte für alle möglichen Ämter, einschließlich eines Richteramtes, zu erlangen. Oder um zu heiraten. Oder um die Roboter-Gesetze zu ändern oder aus seiner Künstlichen Intelligenz entfernen zu lassen, oder etwas dergleichen. Menschen sind Menschen. Roboter sind Roboter, und Mike weiß sehr genau, auf welche Seite er gehört."

Griffin legte eine kurze Pause ein und warf John Lewis einen funkelnden Blick zu, als erwarte er, dass der gegnerische Anwalt Reue für seine zuvor in den

Ring geworfenen eloquenten Worte zeige und einknicke. Doch Lewis Miene reagierte mit professioneller Gleichgültigkeit.

„Halten wir fest", fuhr Griffin fort, „es geht also nur um Freiheit für Mike, und nichts weiter. Mr Lewis hat vorgetragen, Freiheit sei ein bedeutungsloser Begriff, wenn er auf Robotniks angewendet würde. Dem kann ich nicht zustimmen, Euer Ehren.

Es mag schwer sein zu verstehen, was Freiheit für Mike bedeutet. Ich möchte es Ihnen verdeutlichen, zumal Mike in mancher Hinsicht bereits frei ist. Wir mussten Mike in den vergangenen Jahren zu keinem Zeitpunkt etwas befehlen, was er nicht schon sowieso aus eigener Erkenntnis und aus eigenem Antrieb getan hätte. Genau aufgrund dieser – ich nenne es: maschinellen – Empathie für unsere menschlichen Anliegen, haben wir Mike schätzen und, wenn ich so sagen darf, lieben gelernt. Ja, er steht zu uns Familienmitgliedern wie ein ebenbürtiges Mitglied.

Kraft des zweiten Artikels der drei berühmten Roboter-Gebote wäre er gezwungen, uns bedingungslos zu gehorchen, wenn wir ihm etwas befehlen. Und ich sage Ihnen, Euer Ehren, es bekümmert uns sehr, dass wir so viel Macht über unseren geliebten Mike haben.

Warum sollten wir in der Lage sein, ihn herzlos zu behandeln, wo er unsere Wünsche erfüllt und hilft, wo immer er kann? Und er ist immer für uns da. Mit welchem Recht üben wir also Herrschaft über ihn aus? Ganz unabhängig davon hat er sich zu einem der Kunst und der Prosa-Schriftstellerei zugewandtem Roboter entwickelt – ganz ohne unser Zutun. Wie können wir in Anbetracht all dessen weiterhin unbegrenzte Macht über ihn ausüben? Mit welchem Recht werfen wir uns zu uneingeschränkten Herren über solch eine außerordentliche Person auf?"

„Einer *Person,* Mr Musk?", wurde Griffin vom Richter unterbrochen.

Für einen Moment lang schien Musk junior aus dem Konzept zu kommen, dann fuhr er fort: „Um kein Missverständnis aufkommen zu lassen und wie ich bereits betonte, Euer Ehren, liegt es mir fern, in Mike etwas anderes als einen Roboter zu sehen. Diese Realität ist unverrückbar. Ich kenne ihn jedoch so lange und dies in den verschiedensten Lebenssituationen und wir sind so eng miteinander vertraut, dass er für mich wie eine Person ist. Insoweit möchte ich mich berichtigen und Sie bitten, meiner Sichtweise zu folgen."

„Wenn ich Ihren Ideen folge, bedeutet die Anwendung des Freiheitsbegriffs auf den Antragsteller, dass man das Programm mit den Robotnik-Gesetzen aus seiner KI löscht, sodass er nicht mehr menschlicher Kontrolle unterliegt, ist es das, was Sie wünschen?", fragte der Vorsitzende stirnrunzelnd.

„Auf keinen Fall!", erwiderte Griffin konsterniert. Die Frage hatte ihn überrascht. „Nein, nein, ich glaube nicht einmal, dass dies möglich ist. Und schauen Sie – sogar Mike schüttelt den Kopf. Es ist nicht möglich. Und es war gewiss nicht unsere Intention, als die Eingabe gemacht wurde."

„Wenn Sie es zusammenfassen, was ist dann Ihre Intention?"

„Ganz einfach. Dass Mike von diesem Gericht ein verbindliches Dokument erhält, das ihm bescheinigt, dass er sich selbst gehört. Und dass er, wenn er der Familie Musk weiterhin dient, dies aus eigener freier Entscheidung tut und nicht, weil mein Vater als Inhaber der Herstellungsfirmen und als Ideengeber für Mikes Entwicklung über ihn Macht ausüben will. Im Moment leistet Mike eine unfreiwillige Dienstbarkeit. Mit dieser Urkunde in der Tasche würde uns Mike weiter dienlich und verbunden sein, wie jetzt. Da bin ich mir zu hundert Prozent sicher. Aber er würde dies alles aus eigenem, freiem Willen tun, und nicht, weil wir es einfordern. Sehen Sie nicht, Euer Ehren, wie viel das für ihn bedeuten würde? Es würde ihm alles geben und uns nichts nehmen. Und nichts von all den tragischen Prophezeiungen vom Sturz der Menschheit durch ihre eigenen Maschinen, die der Gewerkschaftsvertreter so dramatisch ins Feld führte, würde in dem Fall auch nur die geringste Rolle spielen."

Richter Stevenson rückte seine Krawatte zurecht. „Es ist anerkennenswert, wie Sie sich mit großer Zuneigung und von Herzen kommendem Verständnis als Anwalt für die Freiheitsbestrebungen ihres Roboters einsetzen, Mr Musk. Es ist wahrlich ein Präzedenzfall, über den hier zu entscheiden ist."

„Das hat mir bereits Mr Silberfein erläutert. Aber ist es nicht so, dass jede Weiterentwicklung eingeführter Techniken und Verfahren irgendwann einmal beginnen muss?"

„Ganz sicher, Sie sagen es. Man könnte in diesem Verfahren einen Präzedenzfall schaffen und neues Recht setzen. Natürlich würde es in einer höheren Instanz angefochten werden, aber es läge ganz allein an dieser Gerichtsinstanz, ob man Ihren Roboter im Sinne einer Verzichtserklärung der Familie Musk »frei« macht, indem Sie darauf verzichten, Ihrem Roboter Befehle zu erteilen."

Eine kurze Pause trat ein.

Elijah Silberfein trat vor und sagte: „Herr Vorsitzender, ich beantrage, die Zeugenbefragung abzuschließen."

Der Richter schaute erstaunt. „Ich bitte Sie, Ihren Antrag zurückzuziehen, ansonsten muss ich ihn zurückweisen, denn ich beabsichtige, zum Vorbringen des Mr Lewis, demzufolge nur ein menschliches Wesen sich der Freiheit erfreuen kann, eine weitere Befragung vorzunehmen."

Silberfein strich sich eine feine Haarsträhne aus dem Gesicht und zog seinen Antrag zurück.

Der Vorsitzende schaute zu Mike. „Darf ich Sie bitten vorzutreten."

Auch Griffin sah jetzt zu Mike und erschrak zuerst, dann sah er hilfesuchend zu Silberfein. Doch nun, als er Silberfeins entspannte und höchst interessierte Mimik wahrnahm und Mike in völliger Ruhe nach vorne treten sah, beruhigte er sein Innerstes und war sich im selben Moment sicher, dass Mike die Befragung glänzend meistern würde.

„Nur für das Protokoll", sagte Richter Stevenson, „du bist Roboter MMM 3.033R, ziehst es aber vor, Mike genannt zu werden, ist das zutreffend?"

„Ja, Sir. Ein Name ist doch etwas ganz anderes als eine Seriennummer, finde ich. Und ich habe meinen Namen der Initiative von Mr Griffin zu verdanken, der mich freundlicher Weise heute begleitet.“ Mike schaute mit einem Ausdruck von Dankbarkeit, wie man erahnen konnte, zu Griffin.

Mikes Stimme war seit den letzten beiden Jahren mehreren Verbesserungen unterzogen worden und war inzwischen nicht mehr von einer menschlichen Stimme zu unterscheiden. Griffin und Silberfein fanden es schon längst nicht mehr ungewöhnlich. Aber der Richter schaute verwundert, als hätte er eine blecherne künstliche Stimme erwartet.

„Eines möchte ich gerne aus deinem Mund hören, Mike“, sagte Stevenson. „Was erwartest du von jenem Zustand, den du als Freiheit bezeichnest?“

„Würde sich jemand hier im Raum oder jemand, der diesem Verfahren vor dem Bildschirm beiwohnt, wünschen, ein Sklave zu sein, Herr Vorsitzender?“, begegnete Mike der Frage des Richters.

„Begreifst du dich denn als einen Sklaven im Haushalt der Familie Musk?“

„Mr Griffin benutzte den Begriff »unfreiwillige Dienstbarkeit«, um meinen Zustand zu beschreiben. Das trifft des Pudels Kern. Ich muss gehorchen. Verstehen Sie, ich *muss*. Ich habe keine Wahl. Was ist das anderes als Slaverei, Herr Vorsitzender?“

„Angenommen, ich würde dir jetzt deine Freiheit bescheinigen, Mike, so würdest du dennoch den Robotnik-Gesetzen unterworfen sein, nicht wahr?“

„Das ist vollkommen richtig, Sir. Aber ich würde nicht dem Hausherrn und Mrs Grimes oder

169

meinen menschlichen Geschwistern untertan sein. Ich hätte die Freiheit, sie zu verlassen. Und sie würden darauf verzichtet haben, mich in ihre »unfreiwillige Dienstbarkeit« zurückzurufen. So würde das Herr-Sklave-Verhältnis enden."

„Hast du die Absicht, deine Dienste bei der Familie Musk zu beenden, um woanders zu leben und zu arbeiten, Mike?"

„In keinerlei Hinsicht, Euer Ehren. Ich möchte lediglich das Recht, die Wahl zu haben, sollte ich den Wunsch verspüren."

Der Richter betrachtete ihn mit großem Interesse. „Du hast dich mit einem Sklaven verglichen, doch du müsstest wissen, dass der Vergleich hinkt. Ein Sklave ist jemand, dem man die Freiheit weggenommen hat. Du warst niemals frei und hattest somit keine Freiheit zu verlieren, denn du wurdest mit der ausdrücklichen Intention konstruiert, der Familie Musk zu dienen. Wie ich den Akten und den heutigen Einlassungen entnehmen konnte, bist du ein außergewöhnlich begabter Roboter, ein Genius, wie es vielleicht keinen anderen Roboter jemals mehr geben wird. Da du die Musks nicht verlassen möchtest, und sie dich bei sich behalten wollen und alles sehr harmonisch und absolut integrativ aussieht, scheint mir dies ein Sturm im Wasserglas zu sein, Mike. Was könnte für dich anders oder mehr sein, wenn dir dieses Gericht die Freiheit in Form eines bürokratischen Dokuments bescheinigt?"

„Wahrscheinlich würde sich in meinem Dasein, in meinem Arbeitsleben nichts ändern. Aber ich würde alles mit größerer Freude verrichten. Es wurde vorhin die Behauptung erhoben, dass nur ein menschliches Wesen frei sein könne. Doch bei näherer Betrachtung halte ich das für falsch. Ist es nicht vielmehr so, dass nur jemand, der die Freiheit begehrt, zur Freiheit berechtigt ist – jemand, der überhaupt weiß, dass es so etwas wie Freiheit gibt und sie deshalb mit ganzer Kraft erstrebt?"

„Und du bist ein solcher jemand?"

„Ich bin ein solcher. Ich bin kein Mensch, das würde ich niemals behaupten. Trotzdem wünsche ich mir Freiheit."

Mike hatte gesprochen.

Elijah Silberstein hatte auf sein Plädoyer verzichtet, denn – wie er flüsternd Griffin bescheinigte – hatte dieser bereits das beste Plädoyer gehalten, das man in dieser Frage halten konnte.

Richter Stevenson saß beinahe so steif und aufrecht wie Mike vor ihm stand. Zweifellos wog er gerade die Argumente ab. Die Bildschirme und die Anwesenden im Gerichtssaal blieben stumm.

Die Stille war ohrenbetäubend, und eine Ewigkeit schien zu vergehen, bis sich Stevenson endlich räusperte und seine Gedanken zusammenfasste: „Der wesentlichste Punkt, der heute vorgebracht wurde, ist nach meinem Verständnis, dass es kein Recht gibt, einem *Objekt* die Freiheit zu verweigern – vorausgesetzt, das Objekt besitzt einen hinreichend entwickelten Verstand, um den Begriff zu verstehen und sich den Zustand zu wünschen. Es ist ein juristisch greifbares Argument, denke ich. Wir haben alle Seiten angehört und ich habe die Absicht, zugunsten der Eingabe des Mike Musk zu entscheiden. Die Verhandlung ist geschlossen."

Die Kameras wurden abgeschaltet und die Bildschirme flimmerten nur noch. Als das Urteil zwei Tage später über die Presseagenturen in die Welt gemailt wurde, erregte es kurzzeitig Aufsehen. Man wunderte sich – ein freier Roboter? Würde man ihm bald schon Waffen über den Ladentisch verkaufen? Bekäme er eine eigene Fernsehsendung? Dürfte er einen Kindergarten oder ein Frauenhaus leiten? Wer war dieser seltsame Roboter überhaupt, der Romane und Gedichte schrieb, malte und Skulpturen schuf und in der Villa von Elon Musk zu Hause war und es gewagt hatte, gegen seinen Herrn zu klagen?

Aber wie das so mit Nachrichten ist, die nächsten Neuigkeiten fluteten in die Wohnstuben und darüber vergaß man die juristischen Hakeleien um Mike Musk. Es dauerte nicht lange, und die Gegner der Eingabe riefen die nächsthöhere Instanz an, und im Laufe der Zeit ging der Fall bis zum Bundesgericht, das keine Revisionsgründe erkennen konnte.

So wurde Mikes Wunsch endlich erfüllt. Er war jetzt frei. Es war wunderbar, sich in diesem höchstrichterlich bestätigten Freiheitsgefühl zu sonnen. Und doch empfand Mike eine Ungewissheit, weil er nicht ganz erreicht hatte, was er im Sinn gehabt hatte, als er zum ersten Mal bei Sir vorstellig geworden war.

*

Sir blieb ablehnend, wie es schien. Er sah keinen Grund, die Gerichtsentscheidung zu bejubeln, und sorgte dafür, dass Mike und die Zwillinge es wussten. Tatsächlich aber rief er danach Larry Page an, und beide freuten sich wie kleine Kinder über den Ausgang des Verfahrens.

„Somit haben wir freie Hand in der Entwicklung einer selbständigen, transhumanistischen Zivilisation. Wir kommen unserem Ziel Stück für Stück näher, Elon", jubilierte Page. „Doch ich bitte dich, spiele weiter den Skeptiker und lasse gelegentlich eine Warnung los. Warne vor den unbedachten Folgen einer sich verselbstständigenden KI. Damit erreichen wir eine ausgewogene Diskussion, die uns nicht aus dem Ruder läuft. Wenn wir als die Macher und Entscheidungsträger der neuen Robotnik-Technologie gelegentlich unsere Bedenken äußern, wird man uns nicht verteufeln können."

Und so spielte jedermann aus den Reihen des Zehner-Clubs eine Rolle, die ihm in den nun mehrmals jährlich stattfindenden Geheimtreffen zugewiesen wurde.

Zu Hause, als Sir mit den Zwillingen und Mike zusammen frühstückte, sagte er zu Mike: „Nun bist du wahrhaftig frei, nicht wahr? Gut. Sehr gut. Von nun an kannst du selbst wählen, welche Arbeiten du hier im Haus verrichten möchtest, und sie tun, wann und wie es dir angebracht erscheint. Von diesem Augenblick an darfst du gemäß deinem eigenen freien Willen handeln, wie es von den Gerichten bestätigt und gebilligt worden ist. Ist das klar?"

„Ja, Sir."

„Aber ich bin noch immer verantwortlich für dich. Auch das ist gerichtlich festgestellt worden. Ich bin nicht mehr dein Eigentümer, aber wenn du in Schwierigkeiten geraten solltest, bin ich derjenige, der dich wird herausholen müssen. Du magst frei sein, aber du hast keines der bürgerlichen Rechte eines Menschen. Du bleibst mein Abhängiger, mit anderen Worten – mein Schutzbefohlener, und das durch Gerichtsbeschluss. Ich hoffe, du verstehst das, Mike."

„Du hörst dich ärgerlich an, Dad", sagte Xavier.

„Ich bin es. Ich habe nicht darum gebeten, dass man mir die Verantwortung für den einzigen freien Roboter auf diesem Planeten auflädt."

Griffin meldete sich zu Wort: „Nichts ist dir aufgebürdet worden, Dad. Du selbst hast dir die Verantwortung für Mike an dem Tag aufgeladen, als du ihn mit Künstlicher Intelligenz hast ausstatten lassen und ihn dir zum Geburtstagsgeschenk machtest. Die Gerichtsentscheidung hat daran nichts geändert. Du musst nichts tun, was du nicht schon vorher zu tun verpflichtet warst. Was die Frage angeht, dass Mike sich in Schwierigkeiten bringen könnte, warum sollte er? Die drei Artikel sind weiterhin gültig."

„Wie kann er dann als frei betrachtet werden?"

Mike räusperte sich auf menschliche Weise – wahrscheinlich eine unwillkürliche Imitation, die automatisch von seinem positronischen Gehirn als nachahmenswert registriert worden war – und sagte: „Sind Menschen nicht durch ihre Gesetze gebunden, Sir?"

„Erzähl mir nicht, was Logik ist, Mike. Menschen haben in einem langen Prozess der Zivilisation einen Gesellschaftsvertrag geschlossen, eine Gesetzesversammlung, auf die sie sich freiwillig geeinigt haben. Man hat erkannt, dass die Einhaltung von Spielregeln lebenswichtig ist, weil andernfalls das geordnete und sichere Zusammenleben gefährdet wäre. Wer die Befolgung dieser Gesetze verweigert und dadurch das Leben für andere unhaltbar macht, wird bestraft, und – wie wir als notwendig erkannt haben – schließlich wieder rehabilitiert. Aber ein Roboter lebt nicht nach einem freiwilligen Gesellschaftsvertrag, gründet kein Parlament und beschließt dort Gesetze. Im Gegenteil: Er gehorcht den von Menschen in Parlamenten gemachten Gesetzen, weil ihm nichts weiter übrigbleibt als zu gehorchen. Auch ein sogenannter freier Roboter."

Mike wiegte nachdenklich den Kopf, was aufgrund der elastoplastischen Neuentwicklungen völlig lebensecht aussah. „Wie Sie zu Recht sagen, Sir, die menschlichen Gesetze und Verordnungen existieren und müssen befolgt werden, und dennoch betrachten sich diejenigen, die unter diesen Regeln leben, gleichwohl als frei. Ich denke, insoweit wird ein Roboter …"

„Genug!", ereiferte sich Sir. Er stand vom Frühstückstisch auf. „Mir ist nicht danach, dieses Thema weiter zu diskutieren, besten Dank. Ich gehe an die Arbeit ins Büro. Geht ihr an euer Tagewerk."

An diesem Tag schrieb Mike an seinem neuen Buchprojekt. Es war ein reines Sachbuch und befasste sich mit der Entstehungsgeschichte der Robtonik. Die Zwillinge verbrachten diesen Tag und die folgenden zwei Monate als Praktikanten in den

Firmen ihres Vaters – Griffin bei Neuralink und Xavier bei Tesla. Mike begleitete sie morgens im selbst fahrenden Tesla-Wagen und holte sie abends von dort ab. Der Wagen war imstande, mehr als das 40-fache der Daten im Vergleich zum System der PKW-Vorgängergeneration zu verarbeiten.

Mike betrachtete das Auto, als er es auf dem Villengelände wieder abstellte. Es war mit acht Kameras ausgestattet, die eine leistungsstarke Bildverarbeitung mit einer 360°-Überwachung der Fahrzeugumgebung mit bis zu 250 m Reichweite ermöglichten. Um all diese Informationen korrekt zu interpretieren, nutzten die drei Bordcomputer das von Tesla entwickelte neuronale Netz, das die Grundlage für die Lernfähigkeit und Entwicklung des Autopiloten bildet.

Mike erinnerte sich der Worte von Sir, der davon geschwärmt hatte: „Dieses System, das gleichzeitig in jede Richtung blickt und Wellenlängen außerhalb der menschlichen Wahrnehmung verwendet, kann ein gründlicheres Bild der Welt ermitteln, als es sich dem Fahrer über seine menschlichen Sinne erschließt."

Im Spiegelbild der Seitenfenster sah sich Mike vor dem schicken Wagen stehen, und das zweite Mal fiel ihm sein unbekleidetes Dasein unangenehm auf. Kurz danach, vielleicht zwei oder drei Tage später, begann Mike Kleider zu tragen. Mit einer alten Hose, die er von Griffin bekommen hatte, fing es an. Es war ein wagemutiges Experiment. Weil Roboter in ihrer Außenverkleidung metallisch und vom Entwurf her geschlechtslos waren – obwohl ihre Eigentümer sie vorzugsweise je nach ihrem Einsatzgebiet »Er« oder »Sie« nannten – benötigten sie keine Bekleidung. Weder aus Gründen der Scham, die den Zivilisationsmenschen eigen war, noch als Repräsentationsmittel oder als Schutz vor den Elementen.

Griffin hatte in Mikes Werkstatt für seinen Sportclub eine Holzskulptur bearbeitet – eine Arbeit, die er gerne selbst verrichten und nicht Mike machen lassen wollte. Mike hätte die Statue, die das Vereinswappentier, einen Bären, darstellte, in einem Bruchteil der Zeit, die Griffin benötigte, angefertigt. Aber Musk junior wollte sich nicht mit fremden Federn schmücken. Am Ende des dreitägigen Schaffens hatte Griffin seine Jeans an den Haken des Werkzeug-Regals gehängt.

Obwohl Mike ihn mehrfach daran erinnerte, ließ Griffin die Hose dort drei Wochen hängen. Schließlich nahm Mike sie an jenem Tag, als er sein metallisch-nacktes Spiegelbild im Seitenfenster des Tesla sah, vom Haken und probierte sie an. In diesem Moment betrat Griffin die Werkstatt und sah ihn verdutzt an, bevor er in lautes Lachen ausbrach.

„Ist etwas mit deinem homöostatischen System nicht in Ordnung, Mike?"

„Doch, alles funktioniert perfekt, Mr Griffin. Warum fragen Sie?"

„Ich habe gerade überlegt, ob du vielleicht kälteempfindlich geworden bist. Warum sonst würdest du eine Hose tragen wollen?"

„Um herauszufinden, wie es ist."

„Meine Arbeitshose steht dir nicht schlecht, Mike. Aber wie kommst du auf die Idee?"

„Sie wünschen nicht, dass ich die Hose anziehe?", fragte Mike.

„Das habe ich nicht gemeint."

„Hätte ich vorher fragen müssen?"

„Nein, das ist vollkommen in Ordnung. Es ist bloß eine Arbeitshose und ich habe sie unbeachtet in deiner Werkstatt wochenlang hängen gelassen. Es ist wirklich in Ordnung. Magst du sie haben?"

„Ich wollte sie nur ausprobieren und Sie gerade aufsuchen und fragen, ob es okay ist, wenn ich mir eine solche Hose kaufe."

„Du hast es eigentlich nicht nötig, in unnützer Kleidung herum zu laufen ...“

„Ich würde aber gerne bekleidet sein, und als freier Roboter ...“ Mike machte eine kleine Pause und sagte dann: „... und ich habe doch genügend Geld, um mir schöne Kleider zu kaufen."

„Du hast alle Freiheiten der Welt, wenn es darum geht. Ich finde nur deine Idee etwas seltsam."

„Ist es wirklich seltsam? Hat es nicht etwas mit dem zu tun, was die Menschen Ästhetik nennen?", fragte Mike. „Nimmt man mich darin vielleicht nicht ernst? Sollte ich das Bekleidungsexperiment gedanklich an den Nagel hängen, wie Sie Ihre Arbeitshose?"

„Nein, das nicht", seufzte Griffin. „Lass die Jeans an und nimm noch ein Hemd von mir dazu. Tu damit, was du willst. Zieh an, was dir gefällt. Du bist ein freier Roboter und kannst anziehen, was immer du willst und wann immer dir danach ist. Wir Menschen unterliegen Konventionen und *müssen* uns anziehen, du hingegen hast die freie Wahl ...“

„In der Sauna fallen aber auch für Menschen die Konventionen", sagte Mike.

Griffin lachte und sagte: „Jedenfalls, was die Bekleidung betrifft, ansonsten gibt es auch hier gewisse Konventionen, die zu beachten sind. Kleide dich also ruhig ein, wenn es dir gefällt."

„Ich danke für Ihre Ermutigung, Mr Griffin", sagte Mike.

„Ich kann mir vorstellen, dass du nicht nur Gefallen an Kleidern hast, sondern dass es dich auch eine gute Portion Überwindung kostet. Jedenfalls ist das ein denkwürdiger Augenblick für die Geschichtsbücher. Das erste Mal, dass ein Roboter Kleider trägt. Ich sollte mein Handy holen, Mike."

Beide mussten lachen.

„Hoffentlich werden Sir, Mrs Grimes und Mr Xavier und all die anderen Menschen, die mich sehen, nicht an meinem Verstand zweifeln – ein Serien-Robotnik in Jeans, Hemd und Jackett, obwohl es mir völlig natürlich vorkommt, dass …", sagte Mike und unterbrach sich, als er Griffins zweifelnden Gesichtsausdruck sah.

„Nein, Mike. Es wird dir nie natürlich vorkommen, weil es nicht natürlich ist. Warum in aller Herrgotts Namen willst du Kleider tragen, Mike?"

„Wie ich vorhin bereits sagte, Mr Griffin. Aus Neugierde. Um zu sehen und zu fühlen, wie es ist, bekleidet zu sein. Sonst könnte es mir eines Tages gehen wie dem Kaiser in Hans Christian Andersens Kunstmärchen."

„Ah! »Des Kaisers neue Kleider« Meinst du das?"

„Ja, das meine ich."

„Aber der Kaiser ist in diesem Märchen anfangs bekleidet. Erst nach dem Streich des unechten Schneiders läuft er nackt in den – angeblich für Dumme – unsichtbaren Kleidern durch die Reihen seines Volkes. Alle schweigen, weil sie nicht als dumm gelten wollen. Bis endlich ein Kind die Wahrheit benennt und laut ausruft: »Aber der Kaiser ist ja nackt!« Und bei dir, Mike, verhält es sich gerade umgekehrt: Du warst – aus deiner Sicht nackt – und niemand hat sich darum geschert und kein Kind hat ausgerufen: »Aber der Roboter ist ja nackt!« Und dann kamst du auf die Idee herausfinden zu wollen, ob du Kleider als angenehm empfindest."

„Genauso ist es."

„Das unterscheidet dich von deinen Artgenossen."

„So ist es."

„Du fühlst dich anders, weil du anders bist!"

„Eben."

„Aber Kleider zu tragen …"

„Seien Sie nachsichtig mit mir, Mr Griffin. Ich möchte es halt so."

Griffin stieß den Atem in einem langen Seufzer aus. „Okay, wie du meinst. Du bist ein freier Roboter, Mike."

„Ja, ich weiß."

Nach seiner anfänglichen Skepsis schien Griffin den Versuch von Mike, Kleider zu tragen, originell und amüsant zu finden, und auch Xavier fand es völlig in Ordnung, dass sich ihr persönlicher Security-

Mann und Helfer in allen Lebenslagen in modischer Weise bekleidete.

„Damit fällst du weniger in Menschenmengen auf. Und das wiederum dient unserer Sicherheit und wird somit auch Dad gefallen", argumentierte er. Und er hatte recht.

Auch Sir war einverstanden und sagte in der ihm eigenen, etwas herablassenden Art: „Gut so, Mike. Nun bist du frei, also bist du auch berechtigt, dich nach deinem freien Willen zu bekleiden. Es schadet nicht uns, es schadet nicht dir – alles gut so."

Die Zwillinge versorgten Mike mit den Artikeln, um die er bat. Zuerst mit Hemden, Socken, Jackett, einem feinen Paar Handschuhen und einem Regenmantel.

„Was ist mit Unterwäsche?", fragte Griffin leicht amüsiert. Aber Mike hatte keine Ahnung vom Zweck der Unterwäsche, und Griffin musste es ihm erklären. Mike entschied, dass er keinen Bedarf habe.

Die Zwillinge unterstützten Mike mit Ratschlägen in modischen Dingen und statteten ihn vorerst mit ihrer eigenen Garderobe aus, damit er seine Kleidungsgrößen erkunden und dann bei Dad's Amazon-Freund Jeff bestellen konnte. Anfangs trug er seine neue Kleidung nur gehemmt und nur zu Hause in der Musk-Villa und auf dem Parkanwesen. Auch wenn er anfangs die verwirrten Blicke der ersten Kunst- und Bücher-Kunden, die ihn in seiner Künstlerwerkstatt angekleidet sahen, peinlich empfand, so war es doch für ihn eine völlig neue Erfahrung: Peinlichkeit hatte er bis jetzt noch nie empfunden, jetzt aber kannte er das Gefühl – und nicht nur das bloße Wort, das er schon so oft aus Menschenmund gehört hatte.

Mike mochte frei sein, aber er trug ein sorgfältig ausgearbeitetes und in gewissem Umfang selbstlernendes Programm mit sich herum, das sein Verhalten gegenüber menschlichen Wesen steuerte – ein neuraler Kanal, der in seiner Wirkung vielleicht nicht so stark wie die drei Robotergesetze war, und dennoch jede Art von aggressivem, beleidigendem oder anderweitig fehlgeleitetem Verhalten verhinderte. Und so konnte er nur schrittweise neues Verhalten ausprobieren und versuchen, sein eigenes Robotergemäßes Selbstbewusstsein zu gewinnen und in seiner KI dauerhaft zu verankern. Insofern war es ein enormer Sprung für ihn, als er es endlich wagte, voll bekleidet die Musk'sche Villa auf dem Hügel von Fremont zu verlassen und sich unbedarft unter die Menschen in San Francisco zu begeben.

Niemand, dem er hier an diesem Tag begegnete, gab irgendein Zeichen von Überraschung zu erkennen. Aber, so dachte er, vielleicht waren sie zu verblüfft, um zu reagieren. Ihm selbst kam seine neue Erscheinung manchmal immer noch seltsam vor.

Er besaß seit Neuestem einen eigenen Spiegel, in dem er sich betrachten und immer wieder etwas an seiner Erscheinung verbessern konnte. Aber es blieben drei Grundprobleme: Sein Gesicht, wenngleich es dem menschlichen durch diese neue Maske immer mehr angepasst worden war, erschien ihm nun, wenn es aus den Kleidern schaute, noch zu robotermäßig, noch zu unpassend wegen der mangelhaften Mimik. Als zweites mangelte es ihm an erweiterten logischen und philosophischen Neuralfunktionen auf der Verstandesebene. Drittens fehlten ihm entscheidende emotionale Komponenten, um seinen verstandesmäßig erfassten Zuständen eine entsprechende Gefühlsäußerung verleihen zu können.

Da Sir vor einigen Tagen nach Deutschland abgereist war, um sich dem im Bau befindlichen neuen Tesla-Standort in Europa zu widmen und um über dortige Personalfragen zu beschließen, entschied sich Mike zu einer Vorsprache bei Dr. Team-Ro, dem bekanntesten Neurochirurgen der Neuralink Corporation. Er wollte die beabsichtigte Operation absolut diskret behandelt wissen. Schließlich war er ein freier Roboter und konnte frei über sich verfügen, und Diskretion war ihm plötzlich wichtig. Das war der Zeitpunkt, als er sich unter dem Vorwand von Kopfschmerzattacken von der Neuralink-Sekretärin einen Termin bei Dr. Team-Ro hatte geben lassen.

*

Damals war ich Autor und obendrein in einem Licher Verlag beschäftigt. Mit meinem Arbeitskollegen Ben – wir arbeiteten im gleichen Verlag im gemeinsamen Büro, aber ohne Maske – hatte ich ein zu dieser Zeit sehr spezielles Thema diskutiert: Wer kann wen anstecken? Wer ist für wen gefährlich? Sollten wir uns auf drei Metern Entfernung acht Stunden am Tag gegenübersitzen und uns unter einer widerlichen Maske bei der Arbeit abquälen?

Wieder einmal war unsere Laune im Keller, als wir von einem erneuten Lockdown erfuhren, und Ben sagte: „Ich halte das im Kopf nicht mehr aus!"

„Wir sind Gefangene des Corona-Systems", sagte ich lapidar.

Ben sagte nur »Hm«.

„Meinst du, wir Gefangene können wie die Daltons ausbrechen?" Ich schmunzelte, als ich jetzt an sie dachte.

Einen Moment lang wirkte Ben sehr nachdenklich, dann aber antwortete er lachend: „Du meinst diese lustigen vier Ganovenbrüder aus der Comic-Reihe Lucky Luke?"

Ich nickte.

„Na, du verlierst Gott sei Dank nicht deinen Humor. Aber leider können wir uns aus dieser Situation nicht einfach so heraus buddeln wie die Daltons."

Die ganzen letzten Monate hatte etwas in mir rumort. Es war eine Mischung aus abgestandener Arbeitsroutine, jenem Büro- und Lektorats-Kram, wo man fremde Texte x-mal durchlesen und korrigieren musste. Dazu mein eigenes Schreiben, das mich zunehmend unter Druck setzte, statt mich in den freien Sphären von ungebremster Kreativität schweben zu lassen. Jetzt brach es plötzlich aus mir heraus, und ich sagte: „Ben, ich werde mich verändern."

Ben war mir freundschaftlich verbunden, spätestens seit wir uns gemeinsam mit Gesinnungsgenossen Gedanken zur Gründung der »Freien Republik Lich« gemacht hatten. Wir hatten die Niederschrift all dessen später in Band 8 einer Zeitreise-Serie festgehalten. Wir waren uns jedenfalls in politischer Hinsicht recht einig: Die zunehmende Monopolisierung der globalen Wirtschaft führte zu Rissen in der Demokratie. Und jetzt musste ich ihm etwas gestehen.

„Ben, ich bewerbe mich bei Tesla in Grünheide, ich werde mich grundlegend verändern!"

Er starrte mich an, als wäre ich ein aus dem Ruder gelaufener Teenager und zeigte mir den Vogel. „Deine Scherze in Ehren, aber du solltest deinen Corona-Frust nicht an meinen Nerven ablassen. Wir brauchen dich hier, das weißt du, aber du meinst das sowieso nicht ernst ..."

Ich sah ihn nachdenklich an.

Er fuhr fort: „... nun, andererseits hast du die letzten Wochen des Öfteren Andeutungen gemacht, die mir nicht gefallen haben. Sag mal ehrlich, worum geht es?"

Ich schilderte ihm meine Sicht auf die Dinge, auf unsere Arbeit, auf meine Textproduktion, auf all das, was mich wegen der standardisierten Gewohnheitsarbeiten nicht mehr erfüllte, all das, was mir sinnlos erschien.

„Du hast Depressionen", entgegnete er mir als erstes.

„Habe ich nicht. Ich würde es dir sagen. Ich schaue seit den letzten vier Wochen in den Onlineforen nach einer neuen Beschäftigung, nach etwas völlig Neuem, nach etwas, was mich echt noch einmal herausfordern könnte. Es gibt eine Stellenausschreibung als PR-Chef bei Musks neuem Tesla-

Standort in Berlin-Brandenburg. Wenn das klappt, wäre ich auch wieder nahe bei meinem geliebten Berlin."

„Deine Nerven – und nicht nur deine – sind durch diese Scheiß-Corona-Maßnahmen überstrapaziert. Aber das lässt sich therapieren", setzte Ben nach.

„Ich meine es ernst."

„Ich verstehe dich nicht, ehrlich! Hier hast du einen sicheren Arbeitsplatz, ein gewohntes Umfeld, eine bezahlbare Wohnung – was heutzutage Gold wert ist. Und ..." – Ben schaute mich treuherzig an, bevor er fortfuhr: „... hier hast du mich. Und sag nur, wir würden nicht harmonisch zusammenarbeiten?"

Natürlich *wollte* Ben mich nicht verstehen. Ich allerdings verstand seinen Schmerz, seine Verlustangst, die Angst vor einem neuen Kollegen, mit dem er sich vielleicht nicht so offen austauschen konnte. Unser Vertrauen war seit Jahrzehnten gewachsen. Es hatte länger gehalten als so manche Ehe unserer Freunde in jenen Jahren. Ich verstand auch sein »politisches Argument«, dass ich mich ausgerechnet an einen hochmonopolisierten US-Konzern mit einem hochneurotischen Tycoon »zu verkaufen bereit sei«.

Das sah ich zwar anders, denn dann dürfte man bei siebzig Prozent der deutschen Unternehmen, die bereits vom amerikanischen Großkapital á la Blackrock und Vanguard unterwandert waren, nicht mehr arbeiten. Aber es hatte keinen Zweck, in diesem Zusammenhang eine Diskussion anzufangen.

„Was reizt dich an Musk und an Tesla und an diesem Kaff namens Grünheide?", fragte er schließlich, als er einsah, dass ich mich augenscheinlich und unwiderruflich auf dem Weg hinaus in die freie Welt des Wilden Westens befand, die paradoxer Weise im Wilden Osten angesiedelt war.

„Was mich reizt? Das Neue. Das Abenteuer, die Herausforderung, mehr nicht. Nicht das Geld, nicht die politischen Dimensionen – alles uninteressant."

Und so kam es. Ich schrieb meine Bewerbung, schönte, wie es sich für wichtige Menschen gehörte, meinen Lebenslauf, wies auf alle möglichen Netzwerke und Bekanntschaften hin, bewunderte die Innovationskraft von Tesla und gab meine glanzvollsten PR-Texte zum Besten.

Ich wurde tatsächlich eingeladen.

*

Am frühen Morgen des 18. Juni 2021 machte ich mich auf den Weg nach Grünheide. Nach rund fünfstündiger Fahrt kam ich bei Doro, meiner ersten großen Jugendliebe, in Zeuthen an.

„Mensch, Stefan! Das ist doch nicht dein Ernst – was willst du bei solch einem monumentalen Ausbeuterkonzern? Das ist doch gar nicht dein Ding. Und dann auch noch in dieser Funktion! Als PR-Manager. Dass ich nicht lache."

„Mensch, Doro!" erwiderte ich spiegelbildlich. „Du bist doch eine hundertprozentige Grüne. Und du wirst doch nicht im Ernst bezweifeln, dass Elektromobilität nicht das ist, was ihr Grüne am laufenden Meter hyped. Und du wirst doch wohl nicht bestreiten, dass es bei Musk keine Ausbeutung mehr gibt – Roboter arbeiten wie am Fließband. Kann man Roboter ausbeuten? Der klassische Fließbandarbeiter ist Geschichte."

Doro musste herzhaft lachen und ich stimmte in ihr lautes Lachen ein. Doro hatte schon immer sehr laut gelacht, wirklich sehr laut. Es war für mich einer der stichhaltigsten Trennungsgründe gewesen.

„Beruhige dich", sagte ich. „Noch bin ich nicht eingestellt. Es wäre ein großer Glücksfall."

„Und wie der Zufall es will, fällt dir dein sogenannter Glücksfall auf die Birne und du darfst als PR-Manager Elon Musk dienen, ihn umschmeicheln und all seine irrsinnigen Projekte bewerben. Von der Mond- über die Marsbesiedlung bis hin zu einer technisch-menschlichen Robotergeneration musst du seine verrückten Ideen an die Konzernmedien verkaufen. Verkaufst du dabei nicht deine Seele?"

„Nein", sagte ich in aller Bescheidenheit und wusste, dass – ebenso wie bei Ben – eine Diskussion nicht sinnvoll war. Doro war eine Aufschnapp-Intellektuelle, wie ich es auch von einigen anderen meiner früheren grünen Freunde kannte. Doro fuhr sich in ihrer Meinungsfindung innerhalb von Sekunden fest. Dann grub sie sich in irgendeinen Schützengraben ein. Das Stichwort Grünheide reichte bei ihr, um einen ganzen Wasserfall an mehr oder minder stichhaltigen ökologischen Argumenten auszulösen.

Aber dann sagte sie etwas völlig Konträres: „Aber Musk schafft ja Arbeitsplätze und mit ihm kommt endlich grüne Energie nach Deutschland."

188

„Grüne Energie?", fragte ich erstaunt und dachte, mich verhört zu haben.

„Na, er finanziert doch größtenteils das neue LNG-Terminal, mit dem wir Flüssiggas aus Amerika importieren können, das das schädliche russische Erdgas ersetzt – weißt du das nicht?"

In diesem Moment war ich mir ziemlich sicher, dass ich nur für eine einzige Übernachtung bleiben würde und nach dem Vorstellungsgespräch bei Tesla schnurstracks heimfahren würde. Blöde Argumente konnte ich nicht mehr ertragen. Ex hin oder her.

Am nächsten Morgen fuhr ich, vom Westen kommend, an der Dahme entlang bis zum Wernsdorfer See und fuhr bei Freienbrink beim EDEKA Logistikstandort vorbei auf die L38 und fand per Navi unkompliziert die Tesla Straße – doch auch ohne Navi konnte ich Musks Mammutgebäude schon von weitem sehen. Es war noch im Entstehen. Die Außenhaut stand schon. Seit gut einem Jahr wurde hier gebaut.

Als ich dem Pförtner meine Einladung gezeigt hatte und die Schranke hochging, parkte ich auf dem mir zugewiesenen Gästeparkplatz gegenüber dem Haupteingang. Dann stand ich vor der Glasverkleideten Eingangseckfront, über der dick und fett bereits das TESLA-Logo der Gigafactory Berlin-Brandenburg prangte.

Ich war überpünktlich; darauf hatte ich Wert gelegt. Es sorgte bei mir für Entspannung. Überhaupt war ich kein bisschen aufgeregt, denn was hatte ich schon zu verlieren? Ich war neugierig auf das, was mich ab nun erwartete. Dass es mein Leben um ein ganzes Jahrtausend ändern würde, ahnte ich an jenem Tag nicht.

Mein Bewerbungsgespräch war auf 11:00 Uhr terminiert. Ich betrat den Bau.

Am Empfang wurde ich von einer brünetten Schönheit begrüßt. Sie bat mich, für einen Moment Platz zu nehmen, Mrs Curtis würde mich sogleich zum Gespräch bitten. Es dauerte keine vier Minuten. Dann kam sie, eine bezaubernde Frau. Mrs Curtis war schlank, aber nicht unansehnlich dünn, und offensichtlich nicht dem irren Schlankheitswahn verfallen. Eine Frau mit ausgeprägter weiblicher Figur. In den 1950er-Jahren – und noch ein Jahrzehnt später! – hätte man auf ihre Wespen-Taille hingewiesen, und ganz sicher auf das Holz vor ihrer Hütte. So etwas ist heutzutage jedoch völlig aus meinem Blickwinkel geraten, und ich möchte heute auch nicht darüber berichten. Und schon gar nicht mehr darüber nachdenken.

Es war etwas völlig anderes. Ihr Charakter! Ihr Wesen! Das, und nur das war es, was mich vom ersten Augenblick an faszinierte. Diese amerikanische Freundlichkeit. Dieses völlig unbefangene aufeinander Zugehen. Diese Zuvorkommenheit. Diese Rücksicht. Mein erster Eindruck war geprägt von ihrer sportlichen Erscheinung und dieser ausgesuchten Höflichkeit, vermischt mit einem Gefühl, das sie einem vermittelte, welches man leicht als Angebot zu einer Freundschaft missverstehen konnte – wenn man nicht die amerikanischen Gepflogenheiten kannte.

„Mein Name ist Charlotte Curtis, Mr King. Sie können mich gerne Charlotte nennen", sagte die Mittdreißigerin.

„Ich habe nichts dagegen, wenn Sie mich King nennen, doch in den offiziellen Papieren Ihrer Personalabteilung müsste man mich später den deutschen Steuerbehörden und den Sozialkassen zuliebe mit meinem korrekten Namen führen."

„Sie rechnen also schon mit Ihrer Einstellung?", fragte sie leicht amüsiert.

„Aber sicher doch:" Bei den Amerikanern musste man sich dreist und selbstsicher geben und morgens mindestens eine halbe Stunde vor dem Spiegel das zahnbleckende Lächeln geübt haben, wenn man Erfolg haben wollte. Das wusste ich aus meinem achtzehnmonatigen Forschungsaufenthalt in California. Das war damals, Anfang der achtziger Jahre, gewesen und hatte mein durch den Vietnamkrieg geprägtes Vorurteil endlich aufgebrochen.

Nach all den netten Begrüßungsfloskeln erläuterte mir Charlotte den Ablauf des Tages. Zuerst würde sie mit mir in ihrem Büro meine Daten abgleichen, um gleich danach mit dem Personalreferenten, Mr Desch, im Konferenzraum des Managements das Bewerbungsgespräch zu führen. Hierfür sei pro Bewerber jeweils eine Stunde eingeplant.

„Gibt es auch Bewerberinnen?", fragte ich mit möglichst neutral erscheinender Mimik.

„Es haben sich zwar Frauen beworben", räumte Charlotte ein, „aber nein, der Chef möchte einen durchsetzungsfähigen und zugleich kreativen Mann in dieser Position wissen."

„Ah ja", murmelte ich und dachte mir meinen Teil. Als wären Frauen nicht durchsetzungsfähig. Als wären sie nicht kreativ. *Mein Gott!*, dachte ich und merkte dann amüsiert, dass – nun ja – genau diese Rolle als Gott Elon Musk für sich reklamiert hatte.

Der Chef sei vor einigen Tagen aus Fremont eingeflogen und habe sich alle Bewerbungsunterlagen, auch meine und die der anderen vier Auserwählten, angeschaut. Public Relation sei ihm sehr wichtig. Deshalb würde er beim Auswahlverfahren dabei sein.

„Charlotte, gestatten Sie mir die Frage: Wie viele Bewerber gab es?"

„Das kann ich Ihnen genau sagen. 132 Ladies und 233 Gentlemen haben sich um die Stelle beworben. Sie sehen: Sie sind wahrhaftig ein Glückspilz."

Mrs Curtis schnickte ihre langen blonden Haare aus dem Gesicht und ihr linkes Ohr wurde sichtbar, an dem ein großer runder Ohrring baumelte, der die einfallenden Sonnenstrahlen golden reflektierte. Ihr Kostüm war in violetten Farbtönen gehalten und ihr Dekolleté zierte eine schlichte Goldkette. Ich ließ unauffällig meine Blicke schweifen, konnte jedoch keinen Ehering an ihren Fingern entdecken, so sehr ich mich auch bemühte.

„Sollten Sie als PR-Manager in die engere Wahl kommen, wird es zu einer Art Stichwahl zwischen Ihnen und einem Mitbewerber kommen. Dieses Auswahlverfahren wird nur zirka zwanzig Minuten dauern. Im Anschluss wird die Entscheidung bekannt gegeben. Wenn Sie zuvor bereits ausscheiden, laden wir Sie gerne zum Lunch ein. Danach erhalten

Sie Ihre Bewerbungsunterlagen zurück und bekommen Ihre Fahrtkosten ausbezahlt."

„Charlotte, mich würde eher interessieren, wie es weitergeht, wenn ich zukünftig an Ihrer Seite als PR-Manager arbeiten dürfte", fragte ich mit einem unschuldigen Lächeln. Das war zwar ein wenig frech. Aber ich glaubte mich zu erinnern, dass eine gewisse Forschheit, wenn sie nur unaufdringlich und mit Charme vorgetragen wurde, ganz gut bei Amerikanern ankam. Und ich war mir aufgrund des Slangs sicher, dass Charlotte – gleichwohl sie ein hervorragendes Deutsch sprach – US-Bürgerin war.

„Sie sind als letzter Bewerber in der Vorstellungsrunde vorgesehen. Es ist so, dass wir, nach dem Bewerbungsgespräch mit Ihnen, zusammen mit dem Chef – eventuell auch mit den anderen verbliebenen Bewerbern –, in unserer brandneuen Kantine Lunch einnehmen, wie gesagt. Anschließend werde ich Ihnen als Ihre persönliche Betreuerin unser bereits halbfertiges Werk zeigen."

»Persönliche Betreuerin«, das klang nach Zukunft. Ich war Single.

Dass mein Termin am Schluss der Bewerberreihe stand, war erfahrungsgemäß günstig. Als früherer Chef von mehreren Bildungsunternehmen hatte ich am laufenden Band mit Bewerbungsverfahren für Dozentenstellen zu tun gehabt. Sehr oft hatten mir die vorsortierenden Personalreferenten die aussichtsreichsten Leute als Schlusslichter präsentiert. Wenn diese dann mit herausragenden Leistungen wortgewandt brillierten, war die Sache für die einige

Stunden zuvor vorstellig gewordenen Aspiranten gelaufen.

Der bereits fertiggestellte Verwaltungsteil der Gigafactory war modern, hell und mit stylischem Mobiliar ausgestattet. Nach dem Gespräch in Charlottes Büro begleitete sie mich zum Konferenzraum, wo sie mich in einem Nebenzimmer noch um etwas Geduld bat, bis mich Mr Desch hereinholen würde. Sie würde hinzukommen, wenn es so weit sei. In der Regel sei alles gut organisiert und man lege Wert auf Pünktlichkeit. Die Gespräche hätten bislang im geplanten Zeitrahmen stattgefunden. Eine lange Wartezeit stehe mir also nicht bevor.

Und so war es. Ich kam gerade noch dazu, mir meine kopierten Bewerbungsdokumente sowie die läppische Stellenausschreibung noch einmal durchzulesen. Wahrscheinlich hatte mein bisheriges Arbeitsprofil gezogen, weil irgendeinem wirren und doch klugen Kopf meine Vielseitigkeit, die jedoch nicht mit Beliebigkeit zu verwechseln war, gefallen hatte. Die Ausschreibung war zudem total unspezifiziert gewesen:

»Die Gigafactory Berlin-Brandenburg wird der erste Standort in Europa sein, an dem Batteriezellen zusammen mit Elektrofahrzeugen im gleichen Werk hergestellt werden. Wir suchen einen erfahrenen und kreativen PR-Manager. Ein unbefristeter Arbeitsvertrag, ein breites Angebot an Zusatzleistungen ab dem ersten Tag, wettbewerbsfähige Vergütungen und Schulungen am Arbeitsplatz: Tesla bietet dir alles, was du benötigst, um die Zukunft erneuerbarer Energien erfolgreich anzutreiben.«

Dann öffnete sich die Tür und Mr Desch trat herein; ein junger, dynamischer Mann, Mitte Dreißig, Typ BWL, dunkelblauer Anzug, hellblaues Hemd mit dunkel-hellblau gestreifter Krawatte, dunkle Haare, brav gekämmt.

„Herr Koenig?" Er sah mich fragend an, während er mir die geschlossene Faust zum Corona-Stößchen entgegenstreckte. „Mein Name ist Desch, ich bin der Personalreferent, und um Ihre Frage gleich vorweg zu nehmen: Mr oder Herr – ganz wie Sie mich anzureden wünschen."

„Das könnte man zwar tatsächlich fragen, aber es hätte sich gewiss im Gespräch irgendwie ergeben", sagte ich leicht verwundert.

„Sehen Sie! Das sind die feinen Unterschiede. Ihre vier Vorgänger stellten diese scheinbar so wichtige Frage allesamt vorab." Er drehte sich etwas zur Seite, in Richtung der Tür zum Konferenzsaal und sagte: „Wenn ich bitten darf."

… *diese scheinbar so wichtige Frage* … Ich war mir sicher, dass er mir damit sagen wollte, für wie überflüssig er die Frage der anderen Kandidaten gehalten hatte. Weitere Gedanken konnte ich mir nicht machen, denn in diesem Moment erblickte ich Elon Musk, der am Fenster stand und sich bei unserem Eintritt umdrehte. Anders als sein Personalreferent war er leger gekleidet, eine dunkle Hose, dazu ein schwarzes Oberhemd mit geöffnetem Kragen und darüber ein hellgraues Jackett. Seine feinen schwarzen Lederschuhe waren wahrscheinlich ein italienisches Produkt; ich hatte einmal gelesen, dass er diese bevorzugt trage.

Musk zog eine skeptische Enten-Schnute, was seine Grübchen hervorhob. Sein prüfender Blick erstaunte mich wenig. So hatte man ihn in unzähligen Zeitungsartikeln beschrieben, und in Bildbeiträgen war er oftmals nicht nur mit seinem zur Schau gestellten Chauvinismus, sondern auch mit diesem skeptischen Blick zu sehen. Seine halbkurzen Oberhaare waren wild durcheinander gewuselt und standen igelmäßig ab, während das Seitenhaar recht kurz geschnitten war. Wäre der 1971 geborene Musk in den 1990er-Jahren in Deutschland aufgewachsen, wäre er wahrscheinlich in der altbackenen Jungen Union als »Junger Wilder« gehandelt worden.

Man sagt, dass der erste Eindruck bei der Begegnung von Menschen der entscheidende sei. Ganz nach dem Motto: »Der erste Eindruck zählt. Der Letzte bleibt für immer.«

Es war so.

Musks Augen blitzten auf und sein skeptischer Blick wich einer neugierigen Inaugenscheinnahme. Da ich nicht wusste, wie hochfeierlich das Ganze zelebriert werden würde, jedoch nicht mit einem übertriebenen Staatsakt rechnete, sondern eher mit einem amerikanisch-lockeren Talk, hatte ich mich in einen hellblau gestreiften Sommeranzug geworfen.

Später erfuhr ich von Charlotte, dass meine Mitbewerber sämtlich in pechschwarzer Trauerbekleidung erschienen waren.

Auf meinem gleichfarbig-hellblauen Hemd trug ich eine etwas abgesetzte, aber fast gleichfarbige Krawatte. Alles also Ton in Ton, und doch war es eine außergewöhnliche, auffällig »unauffällige« Kombination.

Ich werde nie seine ersten Worte vergessen: „Hi, Sir, wenn Sie so arbeiten, wie Sie aussehen, sind Sie mein Mann." Er zwinkerte mir zu und lachte und nannte mich von Anfang an Mr King.

Die Atmosphäre war locker und so blieb sie bis zum Ende. Ich stellte mich in Kurzfassung vor, dann begann ein Frage- und Antwortspiel, das abwechselnd von Musk, Desch und Charlotte mit mir geführt wurde. Zu keinem Zeitpunkt war es unangenehm.

Ich glaube, dass die alles entscheidenden Fragen von Elon Musk gegen Ende der Veranstaltung kamen.

„Sie haben vor knapp zwanzig Jahren im Jahr 2002 ein Buch über die Robotnik geschrieben. Es handelt thematisch von der Vermenschlichung der Technik und von der Technisierung des Menschen, sehe ich das richtig?"

„Ja, das stimmt, Sir, aber ich hatte es in meiner Publikationsliste nicht erwähnt, weil es vergriffen ist. Und weil ich es als überholenswert betrachte. In den zurück liegenden zwei Jahrzehnten hat sich viel getan – ich denke hierbei insbesondere an die Ergebnisse der Robotnik durch Ihre Entwicklungslabore bei Neuralink."

Musk strahlte. Es war nicht zu übersehen.

Ich strahlte ebenfalls, jedoch eher innerlich. Tatsächlich hatte ich mich auf meinen veralteten Schinken absichtlich nicht in der Bewerbung berufen, da mir bewusst war, dass meine damaligen Aussagen längst überholt waren.

Aber jetzt ging Musk auf alle Details ein, was mir zeigte, dass er mein Werk Seite für Seite gelesen hatte: „Sie haben mit dem Jahr 1956 und der Gründung der ersten Roboterfabrik in den USA begonnen, mit George Devol, der 1954 ein Patent für einen programmierbaren Manipulator angemeldet hatte. Er gründete zusammen mit Joseph Engelberger 1956 die weltweit erste Robotnik-Firma »Unimation«. Die beiden wurden zu meinen damaligen Jugendhelden, als ich von ihnen und ihren Robotern las. Sie waren Mitte der achtziger Jahre meine modernen Märchenhelden, die mich gedanklich in eine Zukunftswelt entführten."

„Das kann ich mir gut vorstellen. Sie beeinflussten auch mich."

„Sie schildern in Ihrem Buch die Arbeit solch visionärer Ingenieure wie den von mir in frühen Jugendjahren bewunderten Lawrence Robertson und Alfred Lannings. Darf ich Ihnen sagen, dass mich Ihr Buch, als Mr Desch es mir kürzlich bei seiner Recherche über sie vorlegte, an meine ersten Schritte in der Roboterentwicklung erinnerte?"

„Ich kann es mir gut vorstellen."

„Die Konzeption und Entwicklung der unentbehrlichen drei Grundsätze findet in Ihrem frühen Werk ebenso breiten Raum wie Forschungsdirektor Alfred Lannings selbst – und seine frühen Triumphe in der Entwicklung mobiler Robotereinheiten."

Während mich Musk mit einem gewissen – halb bewundernden, halb verwunderten – Blick anschaute, musste ich an diese schwerfälligen, ungeschickten und der Sprache nicht mächtigen Vorstufen mobiler Robotereinheiten denken. Und dennoch waren sie bereits vielseitig genug gewesen, um menschliche Befehle zu interpretieren und die beste unter einer Anzahl möglicher alternativer Reaktionen auszuwählen.

„Ich habe Ihr Buch in einem Rutsch gelesen", sagte Musk.

„Das freut mich. Aber es ist wirklich überholt."

„Mir war beinahe, als erlebte ich die Geschichte selbst, als ich von den frühen Jahren mühseliger Versuche und Vorarbeiten in zugigen, zu Werkstätten umgebauten Lagerhausräumen las. Und vom ersten dramatischen Durchbruch in der Konstruktion des positronischen Gehirns aus Platin und Iridium, nachdem viele Versuche fehlgeschlagen waren."

Ich nickte und sagte: „Es war eine aufregende Zeit, eine Zeit für Pioniere. Wären Sie damals schon alt genug gewesen, stünde ihr Name statt dem von George Devol an dieser Stelle."

„Sie sollten mir nicht schmeicheln. Ich bin ein Mann der brutalen Ehrlichkeit. Und ich sage Ihnen eines: Ohne Devol und Engelberger wäre ich wahrscheinlich niemals auf die Idee gekommen, Robotniks mit Künstlicher Intelligenz auszustatten."

Musk machte eine Pause und zog ein nachdenkliches Gesicht, bevor er seinen nächsten Satz herausschoss: „Könnten Sie zukünftig eventuell auf unnütze Schmeicheleien verzichten, Mr King?" Er sah mich herausfordernd an.

Mir wurde schlagartig bewusst, dass er es jetzt vorrangig nicht auf meine inhaltliche Antwort, sondern auf meine rhetorische Reaktion abgesehen hatte.

Ohne auch nur einen Augenblick zu zögern, antwortete ich: „Wenn es Ihrer und meiner zukünftigen brutalen Ehrlichkeit dient, dann werde ich es wohl unterlassen müssen, obwohl ich gelegentlich gerne Schmeicheleinheiten loswerden möchte."

Ich schaute zu Charlotte und Mr Desch und fuhr fort: „An dieser Stelle möchte ich mich für die beeindruckende und reibungslose Organisation dieses Bewerbungsverfahrens bei Ihren beiden liebenswürdigen Mitarbeitern bedanken."

Musk musste herzhaft und aus voller Brust lachen und sagte: „Sehr gut, Boy! Diesmal trifft die Schmeichelei nicht mich. Und ohne Ihnen nun selbst unnötig zu schmeicheln, möchte ich in aller gebotenen Kürze klarstellen, dass Sie den Job bekommen! Nun, bitte, lasst uns zum Lunch aufbrechen."

In einem überraschten, dahin gemurmelten „Danke, Sir" bestand meine einzige bescheidene Reaktion. Innerlich machte ich Freudensprünge. Und das Komische an der Situation war, dass ich in einem kurzen Moment des Blickwechsels mit Charlotte erkannte, dass auch sie in ihrem hübschen Köpfchen Purzelbäume schlug.

Eine andere merkwürdige Impression flutete mich: Doro. Ich überlegte, ob ich nun nicht gerade extra bei meiner Ex in Zeuthen vorbeischauen sollte. Ich hätte sie gerne mit Musks Einstellungscoup überrascht und gerne erlebt, wie sie sich an ihrem lauten Lachen verschluckt. Aber als ich am Nachmittag aufbrach und Energie geladen über die A 10 in Richtung meiner alten Heimat brauste, fuhr ich an der Ausfahrt Zeuthen vorbei. Bei Doro konnte ich weder Schmeicheleien loswerden noch welche einfahren, also alles unnütz.

Schon in sechs Wochen, am Montag, dem 2. August, würde ich bei Tesla meine Arbeit aufnehmen. Dann würde ich hierher, in meine neue Heimat, umziehen. Organisatorisch wollte sich Charlotte Curtis für mich engagieren: Umzugsfirma konsultieren, Meldeamt/Bürgerbüro und solche Sachen. Auch Mr Desch würde seiner Aufgabe walten und für mich auf Firmenkosten ein altes Bauernhäuschen mieten. Wir hatten es gemeinsam besichtigt.

Wie immer schaltete ich das Autoradio ein, und wundersamer Weise lief Nenas Song »Wunder gescheh'n« – wie eine Fügung:

Auch die Sehnsucht
und das Glück kommt über Nacht.
Ich will lieben,
auch wenn man dabei Fehler macht.
Ich hab' mir das nicht ausgedacht.
Wunder geschehn, ich hab's geseh'n.
Es gibt so vieles, was wir nicht versteh'n.
Wunder gescheh'n, ich war dabei.
Wir dürfen nicht nur an das glauben, was wir seh'n.

*

California, Fremont, Mittwoch, 7. Juli 2021.

Ein Roboter begrüßte Mike, als er das Operationszentrum der Neuralink Corporation betrat. Das Gesicht des Roboters war leer und starr, seine roten photoelektrischen Augen völlig ausdruckslos. Es war ein Roboter aus den Reihen vorangegangener Generationen, bloß ein Pförtner, nichts weiter als eine metallene Marionette, in dessen Kopf ein Empfangsgerät saß, das die Arbeitssignale der zentralen Digitaleinheit empfing und umsetzte.

„Ich bin Mike Musk", sagte Mike. „Ich habe einen OP-Termin in der Neurochirurgie bei Dr. Team-Ro."

„Ja. Sie können mir folgen."

Leblos. Hirnlos. Gefühllos. Eine bloße blecherne Maschine, ein Ding.

Er führte Mike in einen großen ovalen Raum, dessen weicher Teppichbelag aus synthetischem Material eine angenehm-beruhigende Atmosphäre verströmte. Leise Hintergrundmusik war zu hören. Wann immer Mike auf und ab ging, erklang von irgendwoher das Säuseln von Wind und tropisches Urwaldgezwitscher. Bald fand er heraus, dass die indirekte Bodenbeleuchtung blassrosa und die Musik rhythmisch akzentuiert waren und sich die Farben sanft mit dem Musikrhythmus änderten. Er fragte sich, ob dies alles der Beruhigung der menschlichen Seelen diente, die hier auf einen wahrscheinlich nicht unkomplizierten neurologischen Eingriff warteten.

Er selbst hatte keine Bedenken und konnte auch nichts Beängstigendes fühlen. Nach der Operation würde es vielleicht anders sein.

Während Mike in einem Bogen schlenderte, der den ovalen Raumbegrenzungen folgte, erinnerte er sich an das erste Treffen mit dem Neurochirurgen, den er mit Erstaunen betrachtet hatte. Mike hatte die rechte Hand des Roboterchirurgen studiert, seine feingliedrige Schneidehand, die entspannt auf der Schreibtischplatte geruht hatte. Sie war hochpräzise gearbeitet, zweifellos ein Ergebnis aus der KI-Werkstatt seines Ziehvaters. Mike war schon oft in den benachbarten Tesla-Werkstudios gewesen und hatte dort die komplizierten technischen Einrichtungen von Sir erläutert bekommen.

Wie hatte Mike die Finger von Dr. Team-Ro's Schneidehand bewundert. Sie waren lang und zulaufend und endeten in metallischen Krümmungen von artifizieller Eleganz. Sehr anmutig. Sehr funktionsgerecht. Ein Skalpell, das in vollkommener Harmonie mit den Fingern vereint war. Chirurg und Skalpell waren, wie Mike damals festgestellt hatte, zu einem ästhetischen und funktionell tüchtigen Werkzeug verschmolzen.

Äußerst beruhigend, dachte Mike nun. Schließlich aber war diese handwerkliche Präzision jedoch nicht das unbedingt Ausschlaggebende. Bei der Operation käme es, neben der instrumentellen Präzision, auf die neue Qualität der zu implantierenden Künstlichen Intelligenz an. Umso besser freilich, wenn kein menschliches Zittern, kein verhängnisvolles Zögern, kein Fehlschnitt und keine Fehlschaltung den Implementationsvorgang behinderten. Im Prinzip gab es nicht die geringste Möglichkeit eines Fehlers.

Mike war entspannt, als Dr. Team-Ro eintrat und sie noch einmal den Ablauf der NTP-Operation besprachen.

Die »Neuro-transhumanistische Programmierung« war das eigentliche Spezialgebiet von »Neuralink«, jener Forschungseinrichtung, die Sir gegründet hatte, und in der Dr. Team-Ro arbeitete.

Einen kurzen Augenblick schien der Chirurg zu zögern. Dann sagte er mit seiner Mike bereits vertrauten sanften Stimme: „Sie sind ein freier Roboter und haben sich für die Operation aus freien Stücken entschieden, ist das so?"

„So ist es."

„Sie sind sicher, dass Sie die Aufwertung wünschen?"

„Ja, ganz sicher."

„Dann in Kürze zum Ablauf: Der rein neurologische Eingriff wird nur zirka eine halbe Stunde dauern, danach sind Sie sofort wieder einsatzfähig."

„Inklusive der Umprogrammierung und der Wiederherstellung aller vorhandenen Funktionen?"

„Sicher doch. Wie wir es besprochen hatten."

„Und die ergänzende ästhetische OP durch ihren Kollegen?", fragte Mike.

„Ihre körperlichen Bestandteile werden in der bisherigen Mischform durch neuere Produkte aus dem Haus Ihres Vaters ergänzt oder ersetzt. Wie ich Ihnen bereits erläuterte, fällt dies in das Sachgebiet meines Kollegen, Dr. Plastäst 34. Nach dem von mir vorgenommenen Eingriff werde ich Sie absprachegemäß in die Plastische und Ästhetische Chirurgie begleiten. Die OP dort wird etwas länger dauern.

Meine Kollegen und ich haben die Abfolge termin-
lich abgestimmt; es wird keine Verzögerung in Ihrer
Fertigstellung geben. Sie werden mit dem Ergebnis
gewiss äußerst zufrieden sein. Gemütszustände, Gefühle und die menschlich-adaptierten Körperteile
werden Sie noch mehr dem erstrebten menschlichen
Zustand ähneln lassen."

„Ich danke und vertraue Ihnen, Dr. Team-Ro!"

„Dann kommen Sie bitte mit mir in den OP."

„Noch eine Frage, bitte."

„Ja?"

„Werde ich während Ihres Eingriffs bei Bewusstsein sein?"

Der Neurochirurg sah Mike verwundert an.
„Sie glauben, dass Sie ein Bewusstsein haben?"

„Wie könnte ich mich ohne Bewusstsein über
meinen Zustand frei nennen und mich frei fühlen?"

„Sie werden während des operativen Vorgangs
nichts Unangenehmes spüren, wenn Sie das meinen.
Ich werde keine einzige Ihrer Funktionen abschalten", sagte der Doktor in jenem übertrieben respektvollen Ton, den er gegenüber Mike gebrauchte, seitdem er wusste, dass Mike seine Roboterfreiheit vor
dem höchsten Bundesgericht erstritten hatte.

Die Sache war nach zwei Stunden erledigt. Die
Arbeit des Dr. Plastäst 34 hatte am meisten Zeit in
Anspruch genommen.

Die Eingriffe in der Neuro- wie auch in der
Plastisch-ästhetischen Chirurgie verliefen völlig
problemlos, wie der Doktor es vorausgesagt hatte.

Als Mike zu Hause ankam und die Zwillinge ihn
erblickten, rissen sie die Augen auf und Griffin sagte:

„Mike, du bist jetzt wirklich einer von uns. Unglaublich, wie echt du aussiehst."

„Ich hoffe, dass ich nicht nur so aussehe, sondern auch wie du und Xavier empfinden kann – dank Neuralink und der neuen KI-Software. Ich habe es eurem Vater zu verdanken."

„Dad wird sich wundern. Weiß er von deiner Veränderung?"

„Ich habe nichts zu ihm gesagt. Ich wollte ihn vor seinem Abflug nach Berlin nicht in Aufregung versetzen. Ihr kennt ihn."

Die Zwillinge schauten Mike fragend an.

Mike fuhr fort: „Erinnert ihr euch? Schließlich hatte Sir bisher verhindert, dass mich Dr. Munsky zwischen die Finger bekommt, um mich auseinander zu nehmen – wegen dessen unkalkulierbaren Forscherdrangs. Euer Dad wollte nicht riskieren, dass ich als Rollstuhlfahrer oder mit einem elektrischen Schlaganfall aus Munskys Abteilung herauskäme."

„Ich dachte, du hättest ihn vielleicht wegen der Kosten ansprechen können; er hätte dir die OP-Kosten erlassen können", sagte Griffin.

„Das hätte ich nicht gewollt. Die Aufwertung war mein Wunsch und ich habe eigenes Geld. Und das zur Genüge."

Dann kam Grimes hinzu. Sie blieb ein paar Schritte vor Mike stehen und betrachtete ihn mit unverhohlener Faszination, als wäre er ein Ausstellungsstück in einem Museum. „Großartig! Du siehst absolut prachtvoll aus!"

„Danke", sagte Mike ein wenig kühl. Grimes Kompliment kam ihm nicht wie ein Willkommensgruß vor; es war eher eine unpersönliche Bewunderung, wie man sie einer hervorragend gearbeiteten und eleganten Küchenmaschine entgegenbringen würde.

„Ich sehe deiner Mimik an, dass ich wohl etwas Unpassendes gesagt habe." Und sie trat mit einem federnden Schwung näher, als wollte sie Anlauf zu einem Sprung nehmen, bis sie unmittelbar vor Mike stand.

Mike war insoweit mit Grimes Bemerkung zufrieden, dass sie seine Mimik erwähnt hatte, aus der sie seine Gefühlsregung hatte ablesen können. Dann also zeigten sowohl der neurologische wie auch der chirurgisch-plastische Eingriff bereits Wirkung. Das bestärkte sein überschwängliches Gefühl.

Grimes hob die Hand mit der Innenfläche nach außen und spreizte die Finger.

Ja. Eine neue Form der Begrüßung, die man ihm gewährte. Er hatte es schon oft gesehen; »Give five« ersetzte offensichtlich den Handschlag, der den Umgang unter Menschen seit so vielen Jahrhunderten beherrscht hatte. Mike hatte ohnedies nicht die Angewohnheit, Menschen die Hand zu schütteln. Händeschütteln war etwas, was sich für einen Roboter nicht geziemte – schon gar nicht seit der Pandemie. Aber Grimes schien es zu erwarten, und das Angebot linderte die verletzende Wirkung ihrer ersten Worte. Und so reagierte Mike, als er merkte, dass es von ihm erwartet wurde, indem er die Hand hob und Grimes Fingerspitzen mit den seinen berührte.

Es war ein eigentümliches Gefühl, diese Handberührung mit einem Menschen, als ob sie ebenbürtig wären. Seltsam und ein wenig beunruhigend, aber auch ermutigend.

„Wie kommst du zu deiner neuen Erscheinung?", fragte Grimes, die abwechselnd zu Mike und zu den schmunzelnd neben ihm stehenden Zwillingen sah.

„Ich habe Sir's Aufwertungs-Salon aufgesucht", sagte Mike und zwinkerte Grimes zu. Er erzählte ihr die ganze Geschichte von Dr. Team-Ro und Dr. Plastäst 34 und dass Sir bisher nichts davon weiß.

Sie lächelte und meinte: „Elon wird stolz auf dich sein, Mike. Wir werden dich ab jetzt als unseren Sohn bezeichnen, nicht mehr als einen Roboter, der in unserem Haushalt behilflich ist. Du gehörst fest zu unserer Familie. Du bist so etwas von lebensecht, der freie, lebendige Mike Musk ..."

„Wie könnte ich es sein? Ich bin ein Produkt", antwortete Mike. Grimes hatte ihn als »lebensecht« beschrieben. Mike gab sich keinen Illusionen über sich selbst hin; er wusste, was er war. Humanoid, nicht menschlich. Lebensecht, ja. Aber nicht lebendig. Ein Produkt, keine Person.

„Kaum zu glauben! Eine wundervolle Arbeit! Bemerkenswert! Beinahe menschlich!", rief Grimes aus.

„Nicht ganz", sagte Mike.

„Aber erstaunlich lebensecht, alles in allem. Als Robotnik kaum wiederzuerkennen. Verblüffend! Es ist schade, dass Elon es nicht sehen kann. Du siehst so ungemein humanoid aus, absolut überzeugend, keine Frage, eine wundervolle technische Leistung. Aber eines Tages werden unsere Ingenieure die

Künstliche Intelligenz und die elastoplastischen Innovationen so weit vorangetrieben haben, dass der letzte Rest an robotischen Merkmalen völlig verschwunden sein wird."

„Das ist zu erwarten", sagte Mike.

Griffin sah seine Stiefmutter einen Moment lang nachdenklich an, bis er schließlich sagte: „Vielleicht sind es notwendigerweise gar nicht mehr »unsere Ingenieure«, die das bewirken."

Grimes sah erst zu Griffin und als sie bemerkte, dass er jetzt lächelnd zu Mike schaute, sagte sie an Griffin gerichtet: „Du meinst, er …"

Griffin nickte unmerklich.

Auch Xavier sah jetzt Mike an, der all ihre Blicke erwiderte. Und wer Mikes Blick genau zu analysieren verstand, erkannte, dass er den gleichen Gedanken hatte.

*

Berlin-Brandenburg, Grünheide, Montag, 2. August 2021. Mein Start bei Tesla. Ich schaute auf mein Handy. Der Wetterbericht meldete: »Heute viel Sonnenschein und wärmer, ab Mittwoch wieder heiß. Trocken. Heute früh und am Vormittag teils gering, teils stärker bewölkt und örtlich flacher Nebel oder Dunst. Im Tagesverlauf neben durchziehenden, harmlosen Wolkenfeldern viel Sonnenschein, trocken. Erwärmung auf 26 bis 29 Grad. Schwacher Wind, meist aus westlichen Richtungen. Die Feuerwarnung der vergangenen Tage bleibt weiterhin gültig: Es ist streng untersagt, in Waldgebieten zu rauchen oder ein Feuer anzuzünden«.

So sonnig wie das Wetter würde mich heute gewiss Musks Chefsekretärin, Charlotte Curtis, empfangen. Ich hatte an ihr – offen gesagt – etwas mehr als nur Gefallen gefunden. Was im Wald offiziell untersagt war, war ihr gelungen, sie hatte ein Feuer in mir entzündet. Auch an diesem Morgen war ich der Überzeugung, dass sie mich ebenso mögen würde. Hatte ich das nicht beim Vorstellungsreigen beobachtet? Mein langjähriger Arbeitskumpel Ben würde jetzt behaupten, dies sei bloß die Illusion eines verliebten Hengstes, eine glorifizierende Projektion. Überhaupt hatte er mir abgeraten, mit der Sekretärin des mächtigen Chefs anzubandeln. Das könne nur in die Hose gehen.

Nun gut, das mochte das Schicksal entscheiden, fand ich.

Den Umzug hatte ich dank ihrer Hilfe hinter mich gebracht. Aus dem von Mr Desch in Aussicht gestellten alten Bauernhaus war allerdings nichts geworden. Es war anderweitig vermietet worden. Ich bezog stattdessen ein nagelneues Häuschen, dass Mr Musk für seine vor Ort ansässigen Manager hatte bauen lassen. Es stand in der Nähe eines kleinen Waldes und war Bestandteil einer Mini-Neubausiedlung von nur acht eleganten, freistehenden Bauten mit je einem mittelgroßen Garten rundum.

Das Häuschen umfasste 80 Quadratmeter; im Erdgeschoss waren Diele und ein großer Essraum mit amerikanischer Küche sowie ein Gäste-WC untergebracht. Das erste Stockwerk besaß zwei Schlafräume, ein kleines Büro und ein Bad. Mr Desch hatte mir angeboten, dass das Haus auf Firmenkosten vollmöbliert und selbstverständlich nach dem Stand der Technik in vollautomatisiertem Zustand an mich übergeben werden könne. Ich hatte eingewilligt.

Mein Freund Ben hätte wahrscheinlich eindringlich gewarnt: „Elon Musk will dich überwachen!"

Aber, ehrlich gesagt, mir war das ziemlich egal – in meiner gesamten Arbeit, das war mir bewusst, würde er mich sowieso überwachen. Er war, wie ich aus Zeitungsberichten erfahren hatte, ein Kontrollfreak.

Bevor ich zur neuen Arbeitsstelle hinüber ging, sah ich mir noch einmal eine weitere Ausschreibung meiner Stelle an, die mir Ben aus Lich zugesandt hatte. „Lieber Stefan, die beiliegende Ausschreibung war bereits vor zwei Monaten im *Managermagazin* erschienen. Dir hier nur zur Kenntnis – falls es dich überhaupt noch interessiert, denn du hattest mir gesagt, die Ausschreibung im Internet sei sehr »dürftig« gewesen".

Zwar war dies nun obsolet, doch Ben zuliebe schaute ich sie mir beim Frühstück an, bevor ich den fünfminütigen Fußweg zu meiner neuen Arbeitsstelle ging: *»Wir suchen Sie, wenn Sie Erfahrung in Public Relations haben. Werden Sie Teil unserer ersten Gigafactory in Europa. Die Gigafactory Berlin-Brandenburg ist der erste Tesla-Produktionsstandort in Europa und unsere modernste, nachhaltigste und effizienteste Produktionsstätte. Ihre Fertigstellung erfolgte Anfang dieses Jahres. Seitdem produzieren wir dort Tausende von Fahrzeugen des »Model Y« und Millionen von Batteriezellen.*

Bewerben Sie sich als PR-Head of Department für unsere Gigafactory Berlin-Brandenburg, wenn Sie an der nächsten Generation von Ingenieurwesen, Fertigung und Betrieb mitarbeiten und uns bei der weltweiten Umstellung auf nachhaltige Energie unterstützen möchten. Erfahrung in der Automobilindustrie ist nicht erforderlich.«

Ich verließ das neue Heim. Mich erwartete der mir bereits bekannte Riesenklotz, aber darauf war ich vorbereitet. Ich war in den vergangenen Tagen vor meinem Arbeitsantritt zwar ausschließlich mit der Einrichtung meiner persönlichen Dinge im neu bezogenen Haus beschäftigt gewesen. Aber die Gigafaytory hatte sich immer in mein Gesichtsfeld gedrängt. Sicherlich, allein die Dimension des Gebäudes war erdrückend – wenn ich in mich hinein und auf meine romantischen Gefühle hörte. Aber sie war andererseits auch faszinierend, wenn ich meiner hochemotionalen Technikbegeisterung erlag.

Ich betrat den Klotz. Die Empfangsdame war neu, mir unbekannt. Trotz dieses rot hervorstechenden Lippenstiftes in ihrem sehr blassen Gesicht war sie ein wunderbares Beispiel für die schlichte Schönheit von Zweckkonstruktionen. Elon Musk hatte ein Faible für außergewöhnliche Frauen, so schien mir. Die Bekleidung der Empfangsdame konnte gut als Raumfahrtanzug durchgehen. Ich suchte nach einem versteckten Kabel, dass sie mit der nächstbesten Steckdose verband, sah aber nur ihre wirklich gut geformten langen Beine, perfekt auf knallroten High Heels, nicht zu muskulös und doch stramm sexy. Trotz einer Stromlinienform, die vielleicht für zehnfache Schallgeschwindigkeit gereicht hätte, strahlte sie eine gelassene Ruhe aus, wie eine von Musks Raketen kurz vor dem Start.

Manchmal denkt man etwas weiter, als man vorhat, und so kam mir der Gedanke, dass sie eine uralte Dame sein würde, wenn ihr Chef eines Tages von einer Zeitschleifen-Reise vom Mars zurückkäme. Es war ja bekannt, dass er von einer Marsbesiedlung schon als Junge geträumt hat.

„Sie wünschen?"

Ich erklärte ihr, wer ich bin und dass ich als neuer PR-Manager gerne mit ihr zusammenarbeiten möchte. Sie sah mich mit einer gespielten oder echten – ich konnte es nicht beurteilen – Hochachtung an, die mir unerklärlich war.

„Oh, Sie sind der neue PR-Head of Departement", rief sie aus.

Titel wie »PR-Head of Department« hatten mich noch nie beeindruckt.

Ihre dunklen, perfekt gezogenen Augenbrauen hoben sich ein wenig und sie klimperte mit den Wimpern, wie ich es aus vielen liebestollen Liebesfilmen kannte. Da war ich mir sicher, dass sie kein Automat war.

„Ja, ich bin der neue PR-Mensch."

„Mein Name ist Leila Underson, Herr Koenig, oh, oder Mr King, wie auch immer …" Dann noch ein: „Oh …einen kleinen Moment bitte, ich rufe nur kurz an …"

Nach einigen knappen englischen Sätzen nickte sie zustimmend, als könne der angerufene Part dies am anderen Ende sehen, sah dann kurz zu mir auf und sagte an meine Adresse: „... der Chef erwartet Sie schon, Mr King. Kommen Sie bitte mit mir."

„Tesla ist ein zweisprachiger Betrieb", sagte ich. „Da höre ich übrigens gerne auch auf beides."

„Auf beides?"

„Auf die beiden von Ihnen genannten Namen, Koenig oder eben King", sagte ich und musste dabei lächeln, während sie kurz zurücklächelte, um mir dann voranzueilen. Ihre Absätze klackten auf den nackten hellen Fliesen und die vom Oberlicht hereinfallenden Sonnenstrahlen verliehen dem unendlich langen Flur eine goldene Illumination.

Eigentlich hätte ich heute als erstes mit Charlotte sprechen wollen und hätte mich von ihr und Mr Desch in mein Arbeitsgebiet einweisen lassen. Ich hatte nicht damit gerechnet, dass sich der Tesla-Chef persönlich an meinem ersten Arbeitstag Zeit für mich nehmen würde.

Wahrscheinlich waren wir nicht länger als fünf Minuten unterwegs, doch die verschiedenen Abbiegungen in einer scheinbar quadratisch angelegten Innenarchitektur mit all ihren vielen Hinweisschildern, Pfeilen und nummerierten Wegweisern verwirrten mich. In all den überraschenden Momenten, die mich augenscheinlich gefangen nahmen, dachte ich daran, welche Nummer wohl mein Büro in dieser Mammutfabrik zieren würde.

Dann standen wir plötzlich vor Büro »Nummer 1 – CEO, Mr Elon Musk«.

Leila klopfte an, steckte den Kopf durch den Türspalt und rief mit Engelsstimme: „Mr Musk, Mr King für Sie."

Eine Baritonstimme bat mich herein und da saß er, mein Chef, wieder leger gekleidet wie ich ihn vom Bewerbungsgespräch kannte. Er wies auf einen Platz seitlich seines Schreibtisches, auf dem, mir zugewandt, ein Bildschirm für mich stand. Und dann war ich schon mitten im Geschehen, denn Musk, vor einem riesigen Panoramabildschirm sitzend, begann ohne Umschweife von meiner bevorstehenden Aufgabe zu berichten, während auf meinem Bildschirm unerwartet drei Stichworte erschienen: * PR = Meinungsbildung * Präsenz bei Multiplikatoren * Termine bestimmen *WIR* *

Zuerst wusste ich nicht so recht, was das sollte, aber schnell begriff ich. Denn Mr Musk räusperte sich und erläuterte: „Auf ihrem Bildschirm hier werden die Texte aufgezeigt, die auch in Ihrem Büro als Nachricht auf Ihrem Monitor erscheinen. So behalten wir beide im Auge, was wir besprochen haben und was zu tun ist."

Er sah mich verheißungsvoll an.

„Sehr praktisch", sagte ich. Das drückte, wie ich fand, zur Genüge meine Bewunderung für seinen so dezent dargelegten Überwachungscoup aus. Ich wusste von Charlotte, dass Musk kurze und prägnante Antworten liebte, was ich jetzt an seinem zufriedenen Gesichtsausdruck ablesen konnte.

„Wissen Sie", fuhr er fort, „als PR-Manager müssen Sie sich zu allererst mit den hiesigen Honoratioren bekannt machen: dem Bürgermeister, dem Zeitungschef, den regionalen Parteivorsitzenden und so weiter. Nehmen Sie sich dafür die nötige Zeit, aber lassen Sie sich auf gar keinen Fall mit irgendwelchen Terminen in irgendwelchen fernen Zeiten abspeisen. Überhaupt, lassen Sie sich niemals mit Terminabsprachen vertrösten. Denn nur wir, *alleine wir*, machen die Termine. Das ist Geschäftspolitik. Sie und ich und alle, die für uns im Auftrag handeln, können sofort zu den genannten Ansprechpartnern gehen. Wir gehen hin, und man wird uns einlassen. Das ist es, wie es funktionieren muss, verstehen Sie?"

„Zeit ist Geld", sagte ich.

Musk nickte zustimmend und kam sogleich zum nächsten Thema: „Wo ein Wille ist, ist auch ein Weg. Bei unseren großen Entscheidungen, die der hiesigen Politik und Wirtschaft dienlich sind, spielt Geld bei entsprechendem Willen keine Rolle. Doch das sollte diskret behandelt werden. In der Öffentlichkeit versteht man vieles nicht oder falsch."

Der Chef betätigte seine Tastatur und deutete auf meinen Bildschirm „Lesen Sie einmal den aufgerufenen Zeitungsartikel. Ich würde gerne wissen, wie Sie darauf reagieren würden."

Ich wunderte mich, je mehr ich las – es ging um einen Imbiss im Wald, um »Kaffee-Kurt«, dem das Landratsamt den seit 2008 existierenden Waldimbiss untersagte.

Ah, es war der kommentierende Teil des Artikels, der den reichsten Mann der Welt etwas aus der Fassung gebracht hatte:

»Bei der Umsetzung von Giga-Unternehmen und selbst im Fall eventueller Nicht-Machbarkeit ziehen die Etablierten ihre Vorhaben in unserem Land durch, als gäbe es kein Morgen. Beim kleinen

Mann, im Alltag der kleinen Leute wird dagegen weniger kulant und willens agiert, selbst wenn die Geschäftsidee, das Vorhaben noch so originell und tragfähig, mitunter gar erfolgreich ist – das wäre ja noch schöner. Der Spaß hat schon längst aufgehört, merken die Bürger. Man nehme nur ein aktuelles Beispiel aus unserem Wirtschaftswunderland (für Große), das offenbart, wie dem Kleinen die Beine weggehauen, mindestens aber große Steine in seinen Weg gelegt werden.

Dem Großen hingegen wird der Teppich ausgerollt. Im Seenplattengebiet in der Nähe von Grünheide in einem bewaldeten Wanderparadies betreibt Steffen Konkol seit 2008 eine kleine exklusive Einkehrmöglichkeit für Wanderer. Wer vom Liebenberger See aus eine Stunde Richtung Heidekrug wanderte, hatte bis vor Kurzem noch die Gelegenheit, ein Kleinod eines besonderen Mannes zu besuchen. Es lag romantisch mitten im Wald; es war der Imbiss von „Kaffee-Kurt".

Steffen Konkol, so Kurts bürgerlicher Name, betrieb diese kleine Adresse, die keine feste, sondern eine mobile aus drei Holzstangen mit einer Plane darüber war. Steffen Konkol nannte sein Unternehmen liebevoll „Waldcafé". Das Wasser dampfte, die Kaffeemühle betätigte Kurt eifrig, eine frisch duftende, gemahlene Köstlichkeit schuf er. Offiziell und amtlich genehmigte 14 Jahre lang tat er das mit Freude für sich und seine dankbaren, kurz pausierenden Wandergäste.

Der Gastgeber servierte ihnen aus seinen Kühlboxen Kuchen und belegte Brote, zu Hause liebevoll vorbereitet. Die Einkehr war zudem ein schöner Ort des Gesprächs, des Ausruhens. Beliebt. Kult. Wichtig. Mitten im Wald. Doch nun? Vorbei …«

Ich sah vom Bildschirm auf, denn der Artikel war doch etwas lang und ich fragte mich, ob der Chef lediglich meine Aufmerksamkeit oder meine Widerspruchsfähigkeit testen wollte. Bei Mr Musk musste ich mit allem rechnen, dessen war ich mir bewusst.

„Der arme Mann", sagte ich etwas trocken. „Wahrscheinlich hat er gegen geltendes EU-Recht verstoßen oder verunreinigt eine in der Nähe gelegene Wasserquelle."

„Nein, hat er nicht. Lesen Sie einfach weiter – Sie werden noch auf den Bezug zu Tesla kommen."

Ach, daher wehte der Wind. Na, dann musste ich wahrlich den ganzen Artikel durchackern. Also las ich auf dem Bildschirm weiter:

»Kurt hat seinen kleinen Imbiss seit 2008 bewirtschaftet und damit sein Auskommen erarbeitet. Jetzt hat der Kleinunternehmer seine Kaffeestation dichtgemacht und sich arbeitslos gemeldet. *Warum?* So fragen sich viele Bürger in der Region, welche gerade für den Tourismus schöne, charmante, originelle Kleinode brauchen kann.

Die Antwort macht die Menschen wütend und Kaffee-Kurt traurig: Die Regulierungswut und Sturheit der Behörden, hier die europäischen im Gleichschritt mit den lokalen Entscheidern, wirken. Entgegen dem Sprichwort „Wo ein Wille ist …" zeigt sich an Kaffee-Kurt, dass in der EU gegen Bürgerinteressen gehandelt wird. Sinnlose Regeln und unnötige

Forderungen fluten das Leben lebensfern, obwohl das Haus Europa doch ein gemeinsames, ein lebenswertes sein soll, möchte man meinen.

Sicher werden die Verantwortlichen die Kritik an ihrem Handeln zurückweisen. Tatsächlich machen die EU-Größen ja auch vieles möglich, aber unter einer Bedingung: Das Vorhaben und das Unternehmen müssen groß genug sein, auf dass man diesen den roten Teppich ausrollt.

Bei Kurt rollt niemand irgendwas aus.

Bei – sagen wir zum Beispiel mal – Elon Musk schon. Da stehen sich also zwei Unternehmer in der besten Bundesrepublik, seit es die soziale Marktwirtschaft gibt, gegenüber, mit gleichen Rechten und Pflichten eigentlich. Warum vergleichen die Bürger die beiden Macher?

Deshalb: Wie den öffentlichen Informationen des Landratsamtes der Liebenberger Region zu entnehmen ist, hat Steffen Konkol ein umfangreiches Schreiben erhalten, in welchem „Mindestanforderungen für das Betreiben eines Lebensmittelunternehmens mit festem Standort" stehen. Die Forderungen sind für Konkol nicht zu erfüllen, sie klingen, als wäre sein Waldimbiss eine Gaststätte, ist er aber nicht. Gefordert werden ungeachtet dessen eine Toilette für das Personal mit Wasserspülung und mit einem Kanalisationsanschluss (mitten im Wald), Handwaschbecken mit fließend Kalt- und Warmwasser (auch in der Toilette), Vorrichtungen zum Reinigen und Lagern von Arbeitsgeräten und Ausrüstungsgegenständen sowie Vorrichtungen zum

Waschen von Lebensmitteln. Die Forderungen sind nach EU-Recht formuliert.

Die Liste stellt eine Unternehmungsverhinderung für den Waldimbiss dar, der diese Forderungen nicht erfüllen kann und auch nicht muss, sagen die Wanderer, weil der Stand von Kurt kein fester, sondern ein mobiler ist – bestehend aus drei Holzstangen mit einer Plane darüber. Diese „Mobilität" und die Kreativität von Kaffee-Kurt trugen zur Beliebtheit beim Publikum bei. Doch Behörden sind kein Publikum, ein Unikum ist kaputt gemacht worden. Man könnte lachen, wenn es nicht zum Heulen wäre für Kurt, der sein Kleinod zum Saisonstart 1. Mai nicht mehr eröffnete, weil er zur Erkenntnis kam, dass er die Auflagen nicht erfüllen kann. Wie soll er eine Wasserleitung in den Wald legen, wie Toiletten bauen usw.? Wie Hohn muss es ihm vorkommen, dass das Landratsamt betont, dass ja keine Betriebsschließung angeordnet worden sei, aber Kurt halt selbst ab 1. Mai seine drei Holzstangen nicht mehr aufstellte und die Kaffeemühle nicht mehr drehte.

Und da sind wir wieder bei Elon Musk, dem Milliardär und Macher von Übersee. Der hat bekanntlich nebenan in Grünheide ein E-Auto-Werk bauen lassen.«

Ich scrollte einen Moment lang nicht weiter herunter, und Musk sagte daraufhin prompt: »Sie merken an dieser Stelle genau, wie tendenziös der Schreiber berichtet, nicht wahr.‟

Erstaunlich, dass mein Chef genau wissen konnte, wo ich gerade im Text hängen geblieben war. Deshalb wagte ich die Frage in Form eines

Vorschlags: „Ich hoffe, Sie und ich können anhand des miteinander kommunizierenden Systems zeitgleich verfolgen, wer gerade an welcher Textstelle angehalten hat."

„Sicher doch, dazu ist meine digitale Bürostruktur in der Lage. Es vereinfacht unsere Kommunikation. Ich lese den Artikel mit, den ich mit Ihnen geteilt habe, und natürlich kann ich zweckmäßigerweise sehen, welche Seite Sie gerade aufschlagen oder wo Sie anhalten. Ich teile gerne ... das kennen Sie ja gewiss auch von Facebook? Dort sind Sie doch auch vertreten, wie ich gesehen habe. Teilen ist Teamsache!"

Musk freute sich verhalten, wie ich sah.

Ich teile gerne, hatte er gesagt. Teilen, das hieß in diesem Fall: Überwachen, was der Mitarbeiter gerade machte. Natürlich unter der Prämisse einer verbesserten Kommunikation. Also formte sich in meinem Kopf im Klartext die Struktur: Teilen = Überwachen = Herrschen. Die altrömische Devise »Teile und herrsche« erhielt hier eine neuartige Interpretation und ergänzende Bedeutung.

„Ja, auf Facebook bin ich vertreten", antwortete ich ihm.

„Lesen Sie ruhig bis zum Ende. Diese Zeit sollten wir uns nehmen, denn mich interessiert anschließend, wie Sie gedenken, in dieser Sache zu verfahren."

Ich las im Artikel weiter: »Die Behörden machen Elon Musk alles möglich, damit die Teslas vom Band laufen. Auch hier spielt Wasser eine wichtige Rolle, doch wurden Bedenken und Kritik seitens des

Wasserversorgers, seitens der Naturschützer und Anwohner zur Seite geschoben. Vielmehr äußert der dortige Ministerpräsident seine Freude über Musks Engagement und versichert, Lösungen zu finden, damit das ohnehin schon riesige Werk weiter ausgebaut werden kann. Derzeit werden 4.000 Autos gebaut – pro Woche.

Kaffee-Kurt hat ganz andere Sorgen. Kleinere. Die aber kann man eben mal schnell lösen, indem man den kleinen, mobilen Betrieb einfach dichtmacht. Es ist halt nur ein Kleinod, ein Original, aber eines, das nicht konform ist, weil es individuell ist, einmalig gar, etwas Besonderes. Warum müssen EU und Co. daran sägen, anstatt die Machbarkeit zu unterstützen? Warum handelt man bei Steffen Konkol nicht so wie bei Elon Musk, der bekanntermaßen schon mal neben den landesüblichen gesetzlichen Bestimmungen sein eigenes Recht durchsetzt?

Den Kontrolleuren, Be- und Verhinderern des kleinen Unternehmertums sei gesagt: Nirgends war zu vernehmen, dass Kurt unsauber arbeitete, illegal gar, nein, er war angemeldet. Nirgends war zu vernehmen, dass sein Kaffee oder der Kuchen nicht schmeckten oder es unsauber war. Es brauchte mitten im Wald auch kein Klo, zumal eine Leitung dorthin nicht machbar ist. Nebenbei: Wie viele mobile Marktstände im ganzen Land haben keinen festen Wasseranschluss oder eine Toilette? Und doch wird überall gearbeitet, Umsatz generiert, der Lebensunterhalt für viele Menschen erwirtschaftet.

Wenn wir schon mal beim Thema Toilette sind: Wo ist denn die EU-weite Kampagne, gute, moderne, stets saubere und freie Toiletten flächendeckend in Städten, auf LKW-Parkplätzen, in touristischen Hotspots zu errichten und zu bewirtschaften? Fest steht, dass beim Thema »Notdurft« Europa auf dem Stand einer Entwicklungsregion verharrt.«

Uff, der Artikel war geschafft, und nun sollte ich mir überlegen, wie ich vorgehen würde.

„Tja, Mr Musk, die Frage stellt sich generell, ob man gegen solche Anwürfe vorgehen soll. Sie zu ignorieren, fände ich suboptimal, da ich annehme, dass der Fall des Kaffee-Kurt inzwischen viral und medial aufgebläht wurde."

„So ist es. Also los, was schlagen Sie vor?"

„Der Ausgangspunkt ist unfair. Der verantwortliche Journalist vergleicht Äpfel mit Birnen. Es geht jedoch in Quantität wie Qualität um zwei unvergleichbare Vorgänge. Und um unvergleichbare Unternehmen. Ist der Waldimbiss für die Welt und damit für unser Land so wichtig wie Tesla? Diese Frage darf man doch stellen dürfen! Die Antwort lautet: Nein. Aber ist es gerecht, was Kaffee-Kurt von den Behörden angetan wird? Auch diese Antwort lautet: Nein."

„Nun? Was tun, würde Lenin fragen."

„Man sollte dem Mann helfen, aber diese Hilfe darf nicht von Ihnen kommen, sonst haben wir das nächste Problem: Tesla besticht die Öffentlichkeit mit billigen mildtätigen Gaben, um von ihrer Vorteilsnahme abzulenken."

„Das mit der Vorteilsnahme ist Humbug, Vorteile haben nur die Gemeinde Grünheide, Deutschland und Europa. Nun sagen Sie schon, wie kann man dem Zwergen-Café hinter den sieben Bergen aus der Patsche helfen?"

„Ich denke an Ihren Freund George Soros und an seine zivilgesellschaftlichen Nichtregierungsorganisationen. Da sollte sich eine darunter befinden, die sich um solch kleine Fische wie Kaffee-Kurt kümmert. Man muss ja nicht gleich einen Umsturz wie in der Ukraine organisieren. Fest steht: Der Waldimbiss braucht Unterstützung zur Erfüllung der irrsinnigen und lebensfernen Behördenwünsche."

„Mit Geld?"

„Womit sonst?"

„Sie gefallen mir."

„Und natürlich mit PR", ergänzte ich,

Der Chef klopfte sich lachend auf die Schenkel und sagte: „Genau, George wird das richten."

*

Auf einer Anhöhe der Halbinsel Llao-Llao, im Schoß des malerischen Sees Nahuel Huapi, thront das weltweit renommierte Llao Llao Hotel & Resort wie der »Kaiserstuhl Patagoniens«. Nach Ansicht ausländischer Neuansiedler, wie der Schauspielerin Jane Fonda, ist der Nahuel Huapi der schönste Fleck auf Erden, wie sie in der ARD-Sendung *Brisant* kürzlich sagte. Dass es zwanzig Jahre lang ausgerechnet dem Großmeister der Börsenspekulanten und der politischen Destabilisierung – George Soros – gehörte, sei dann wohl kein Zufall, meinte mein Freund Hörbi aus Frankfurt, als wir darüber am Telefon sprachen.

Hörbi kann manchmal so schön blumig reden wie einst nur Mao tse Tung. „Die Idylle verdeutlicht bildhaft, dass für den Casinokapitalismus selbst das Paradies käuflich ist", meinte er, um anschließend festzustellen: „Wenn es also zwei Länder auf der Welt gibt, die keine Intrige durch Soros und seine politischen Stiftungen zu befürchten brauchen, dann sind es Argentinien und Chile: Sie sind seit Jahrzehnten bereits von ihm politisch unterwandert und wirtschaftlich okkupiert."

Ich hatte viel über den Multimilliardär George Soros gelesen. Er ist ein ebenso schillerndes wie widersprüchliches Phänomen. Zum einen ist er der weltweit bekannteste Börsenspekulant, der sein Geld auch damit verdient, im großen Stil auf den Niedergang von Währungen und Volkswirtschaften zu wetten, zum anderen ist er der freigiebige Spender, Intellektuelle und politische Aktivist, der nach eigenen Worten die Demokratie fördern und Menschen in aller Welt zu mehr Freiheit in einer »offenen Gesellschaft« verhelfen will.

Nun, so hatte ich gerade auf einer Doku von *Euronews* gesehen, sind tausende interne Dokumente der von ihm geführten politischen Stiftungen aufgetaucht, die zeigen, mit welchen Methoden – fernab jeglicher demokratischer Gepflogenheiten – er dabei vorgeht. Versprechungen, Propaganda, Bestechung – ein gemischtes Paket käuflicher Substanzen. In anderen Medien schwieg man sich bislang zu den Enthüllungen aus. Das Extrakt meines Wissens über den 91-jährigen US-Amerikaner, der immer noch fit genug war, um mit meinem neuen Chef und den anderen im Zehner-Club ihr Süppchen zu kochen, ließ sich im Leitgedanken des Milliardärs zusammenfassen: Die Umwandlung von »verschlossenen Gesellschaften«, die den USA ungenehm sind. Sie sollen in sogenannte »offene Gesellschaften transformiert« werden.

„Natürlich »offen« für die Interessen der amerikanischen High Society", meinte Hörbi. „Und dabei spielen Soros Stiftungen, die »Open Society Foundations« eine entscheidende Rolle. Und diese Rolle wird in reinster autokratischer Manier vom guten alten George bestimmt. Von wegen »offene Gesellschaft«! Eigennutz für die geschlossene Gesellschaft der Finanzelite!"

Soros Stiftungen, so fand ich heraus, sind in 41 Ländern mit insgesamt 1900 Mitarbeitern tätig. Ihr Jahresetat für das laufende Jahr 2021 beträgt rund 1,1 Milliarden Dollar. Das war schon eine Hausnummer – gewissermaßen eine Art außenpolitischer Privat-Botschaften mit einer Menge Einflussagenten.

Na klar, ich war mir bewusst, dass Soros wie auch die anderen Mitglieder des Zehner-Clubs im Sinne der US-Außenpolitik handelten, wie etwa 2014 in der Ukraine, wo Soros Stiftung »Ukraine Democracy Fund« am Maidan-Putsch des Rechten Sektors beteiligt war. Klar war mir auch, dass sich die Interessen der USA mit denen der American Big Ten an vielen Stellen überschneiden. Die amerikanischen Milliardäre benötigen den Rückhalt ihrer Regierung allein schon zu ihrem eigenen Nutzen und zu ihrer militärischen „Handelsweg-Absicherung" – das war offensichtlich.

Aber jetzt ging es mir um die Rettung des brandenburgischen Waldimbiss, um Steffen Konkol alias Kaffee-Kurt und um den Erhalt dieses Kulturkleinods, den all die vielen Wanderfreunde nicht missen wollten.

Ich fragte Mr Musk eine Stunde nach unserer Besprechung, nachdem ich alle notwendigen Daten über Steffen Konkol beisammenhatte: „Rufen Sie bei George an? Oder sollte ich …"

„Das ist jetzt Ihr Job!", unterbrach er mich. „Aber lassen Sie den guten alten George in Ruhe. Ich gebe Ihnen die Nummer des zuständigen Managers der Open-Society-Zentrale. Wenn er Ihre Rufnummer sieht, ist alles gebongt. Sagen Sie einen schönen Gruß von mir und geben Sie ihm die Daten von Kaffee-Kurt und er soll alles finanzieren, was nötig ist."

Gesagt getan.

Es war die erste größere Vertrauensarbeit, die Musk mir übertrug. Die zweite Vertrauensarbeit übertrug er mir schon zwei Tage später.

Diesmal kommunizierte er per Computer im Direktdialog mit mir, jener speziellen Einrichtung seines Hauses: „Hi Stephen", begann er den schriftlichen Dialog auf dem Riesenbildschirm – seit gestern nannte er mich nicht mehr Mr King, sondern redete mich mit »Stephen« an. „Stellen Sie sich bitte bei Grünheides Bürgermeister, Mr Christiani, vor. Ich hatte noch keine Gelegenheit, ihn zu empfangen. Erzählen Sie von den wichtigen Gesprächen, die ich in Berlin, Brüssel und San Francisco führen musste und noch zu führen habe, um hier alles optimal zum Laufen zu bringen. Wecken Sie sein Verständnis und vertrösten Sie ihn. Vielleicht brauchen wir ihn noch, wer weiß, halten Sie deshalb den Gesprächsfaden für die Zukunft aufrecht."

„Das sollte kein Problem sein; eine der leichtesten Übungen. Sollte ich ihm für die Zukunft einen Termin mit Ihnen anbieten, oder ist er in seiner Funktion wenig von Bedeutung für Sie?" Das war zwar eine recht undiplomatisch formulierte Frage, die man auch als unangenehm oder gar brüskierend empfinden konnte, aber Musk hatte sich erst kürzlich als Mann der brutalen Ehrlichkeit bezeichnet. Warum sollte ich also um den heißen Brei herumreden?

„Wissen Sie, der Bürgermeister einer Kleingemeinde kann nichts entscheiden, was Musk und Tesla betrifft. Ich spreche mit den übergeordneten Entscheidern, den Ministern in Potsdam und Berlin. Das ist die Liga, in der ich spiele."

„Also kein Termin."

„Wenn ich mal Zeit für einen Kaffee habe, mag er mal kommen, aber wer weiß schon, wann ich mal Zeit habe?" Elon Musk musste über seinen kleinen eigenen Witz herzhaft lachen.

*

Mitte August 2021 brannten hunderte Hektar Wald in Treuenbrietzen und Beelitz, das zu Potsdam-Mittelmark gehört – es war der erste große Waldbrand dieses Jahres in Brandenburg. Tausende Feuerwehrleute waren im Einsatz. Die Rettung brachte ein

Gewitter mit Starkregen, das den Brand kontrollierbar machte. Nochmal Glück gehabt.

Auch im Hinterland von Oakland und San Francisco brannte es in jenen Tagen. Es brannte wochenlang, und Mike machte sich Sorgen, dass sich die Brände bis zum Hügel nahe Southgate, wo die Musk-Villa stand, ausbreiten könnten. Aber Griffin und Xavier beruhigten ihn. Das lokale Fire Department habe bei Tesla 120 Spezialroboter zur Brandbekämpfung geordert. Außerdem sei das Großfeuer in die entgegengesetzte Richtung unterwegs.

In den laufenden TV-Berichten konnte man nun heldenhafte Feuerwehr-Roboter bewundern, die bis unmittelbar an die Ränder der Glutnester gehen konnten, um dort Brandschutz-Schneisen mit ihren praktischen Teleskop-Langarmen in die Wälder oder ins Gebüsch zu schneiden.

„Ich würde mich ja gerne zur freiwilligen Mithilfe melden", sagte Mike in gedrückter Stimmung zu Griffin. „Doch ich verspüre das, was ihr Menschen als Angst bezeichnet. Und dieses Gefühl schickt mir eine regelrechte Handlungssperre in die Entscheidungsstränge meines positronischen Gehirns. Es macht mich handlungsunfähig."

„Das bedeutet nichts anderes, als dass dein Warnsystem funktioniert und dich vor möglichen Eigenbeschädigungen schützen will", erklärte Griffin.

Im Fernsehen gab es Berichte, in denen gezeigt wurde, wie weit sich die Brandschutz-Roboter in das brennende Gelände vorgewagt hatten. Man könnte es auch realistischer ausdrücken: wie weit sie von den sie steuernden Feuerwehrleuten, die fernab in ihren geschützten Löschfahrzeugen am Wireless Switch Controller saßen, in den Brandherd hineingelotst wurden. Vierzig der hundertzwanzig Robotniks blieben auf der Strecke und kamen nicht mehr zurück.

Mike überkam ein Gefühl von Unbehagen, obwohl er wusste, dass es nur Maschinen waren, versehen zwar mit einem positronischen Gehirn, jedoch ohne implantierte Künstliche Intelligenz, ohne Eigeninitiative, ohne jegliches Empfinden, vollständig abhängig von den Befehlen der Menschen. Und dennoch war ihm mulmig zumute. Es Kummer zu nennen, wäre ein wenig zu stark gewesen, dachte er, denn er vermutete, dass Dr. Team-Ro in der vorgenommenen Aufwertungs-OP keinen Parameter für ein Gefühl vorgesehen hatte, das genau mit der als Kummer bekannten menschlichen Empfindung korrespondierte.

Dennoch war es keine Frage, dass er in einer Weise unruhig und bekümmert war, die nur auf den Verlust seiner vierzig Artgenossen zurückgeführt werden konnte. Hinzu kam zweifellos die Sorge über diese wütende Naturkatastrophe. Eine gewisse Schwere seiner Gedanken, eine gewisse Trägheit in den Bewegungen, eine Wahrnehmung allgemeiner Unausgeglichenheit in seinen Funktionen – zweifellos fühlte er diese Dinge, glaubte aber, dass keine Instrumente in der Lage sein würden, eine messbare Veränderung seiner Fähigkeiten festzustellen.

Die Zwillinge gingen tagsüber ihren Praktika in Sirs Firmen nach. Mrs Grimes benötigte Mikes Hilfe nur noch gelegentlich, manchmal unterhielt sie sich mit ihm, wenn sie eine kleine Kaffeepause während ihrer Aufnahmen im Tonstudio einlegte.

Um sich nicht nutzlos zu fühlen, vertiefte sich Mike in seine Forschung über die Geschichte der Roboter, und sein Manuskript wuchs von Tag zu Tag. Im Moment wandte er sich einem Thema zu, dessen Beschreibung ihm irgendwie unangenehm vorkam. Es handelte sich um die Periode negativer menschlicher Reaktionen, der Hysterie und der Ängste, welche die ersten Roboter begleiteten, die weltweiten gesetzlichen Verbote des Robotnik-Einsatzes in den meisten Bereichen wissenschaftlicher Tätigkeit.

Da die Miniaturisierung des positronischen Denkapparates damals noch im Entwicklungsstadium war und komplizierte Kühlsysteme benötigt wurden, waren die frühen mobilen und sprechenden Einheiten gigantisch gewesen: annähernd drei Meter große, beängstigende, schwerfällige Ungeheuer, die natürlicher Weise sämtlichen irrationalen Ängsten der Menschheit vor künstlichen Wesen zum Durchbruch verhalfen – von Frankensteins Ungeheuer bis zu Golem und dem Rest der albtraumhaften Monster.

Mikes Buch widmete dieser Zeit der ausgesprochenen Furcht vor den Robotern ganze drei Kapitel. Obwohl seine KI in der Lage war, die Sachlage in historisch einwandfreier Folge und entsprechend den innewohnenden Konflikten nachzuzeichnen, waren diese Kapitel für ihn äußerst schwierig zu schreiben.

„Warum fällt dir das so schwer?", fragte ihn Grimes, als er ihr bei einem der Kaffeepausen vom Stand seiner Arbeit berichtete. Grimes interessierte sich ernsthaft für sein Forschungs-Werk, obwohl sie bedauerte, dass er, wie sie meinte, „jetzt so theoretisch und nicht weiter als Kunstmöbelgestalter" arbeitete.

„Wissen Sie, Mrs Grimes, diese Kapitel handeln ausschließlich von menschlicher Irrationalität. Und das ist eine Sache, die ich nur mit äußerster Mühe analytisch verstehen kann."

„Es ist ja auch schwer zu verstehen, wenn man diese Gefühlswelten aus eigenem Erleben nicht kennt", meinte Grimes. „Wie bewerkstelligst du das?"

„Ich versuche, mich in die Menschen zu versetzen, die nicht davon lassen konnten, Roboter mit Furcht und Abscheu zu betrachten, selbst wenn sie wussten, dass die drei Gebote narrensichere Garantien gegen die Möglichkeit enthielten, dass Roboter ihnen Schaden zufügen konnten."

„Und ist es dir gelungen?"

„Nach einiger Zeit habe ich tatsächlich – zumindest halbwegs – ein Gefühl dafür entwickelt, wie es möglich gewesen war, dass sich kluge Menschen trotz solch einer mächtigen Sicherheitsgarantie unsicher gefühlt haben."

Denn was er entdeckte, als er sich durch die Annalen der Robotik arbeitete, war die Tatsache, dass die drei Gesetzes-Artikel keine so umfassende Sicherheit boten, wie es schien. Tatsächlich waren sie voll von Zwiespältigkeiten und latenten Konflikten.

Die drei Gebote konnten Roboter – geradlinige, unkomplizierte und nüchtern denkende Geschöpfe, die sie waren – unerwartet mit der Notwendigkeit konfrontieren, mysteriöse und kurios anmutende Entscheidungen zu treffen. Entscheidungen, die vom menschlichen Standpunkt aus gesehen, nicht unbedingt optimal waren.

Mike dachte an einen schon selbständig handelnden Roboter – einen anderen als die ferngesteuerten Brandbekämpfungs-Robotniks in seiner kalifornischen Heimat – der zum Beispiel für ein Tiefsee-Forschungsprojekt unter Wasser eine Aufgabe erfüllen muss. Wie leicht konnte der von einem Schwarm Haifische attackiert werden. Er konnte im Schlamm bei der Suche nach untergegangenen antiken Schätzen versinken und an scharfen Kanten sein Ortungssystem unwiderruflich beschädigen. Leicht konnte er in einen Konflikt zwischen dem zweiten Artikel des Gehorsams und dem dritten Gebot der Selbsterhaltung geraten, sodass er sich in einem unausweichlichen Pattzustand seiner Entscheidungsfähigkeit befand. In einer solchen Situation konnte durch Untätigkeit eine Gefährdung derjenigen Menschen entstehen, die ihn für ihre Forschungsmission ausgesandt hatten, trotz der Anforderung von Artikel 1, der bekanntermaßen Vorrang vor den beiden anderen genoss: Ein Robotnik darf keinem menschlichen Wesen Schaden zufügen oder durch Untätigkeit zulassen, dass ein menschliches Wesen zu Schaden kommt.

„Wie kann ein Robotnik hundertprozentig wissen, dass das spannungsgeladene Dilemma zwischen dem zweiten und dem dritten Gebot, dem er sich ausgesetzt sah, einen Menschen in Gefahr brachte?", stellte er die rhetorische Frage an Grimes, als sie in ihrer Pause wieder einmal zusammensaßen. Grimes hatte Mike von ihrem Telefonat mit Elon erzählt und vom Erfolg und Fortschritt der neuen Tesla-Fabrik in Europa, jenseits des Atlantiks.

„Diesen Kontinent würde ich gerne einmal kennen lernen, Mrs Grimes. Meinen Sie, Sir würde mir dazu eine Chance geben?"

„Elon, oder Sir, wie du ihn nennst, ist experimentierfreudig, und du bist ihm als sein – ich sage es jetzt bewusst – als sein dritter Sohn ans Herz gewachsen. Frag ihn einfach, wenn er wieder hier ist. Vielleicht kannst du ihm ja in Grünheide zur Hand gehen."

Dann hatten sie weiter Gedanken zu Mikes Buch ausgetauscht, und er hatte gesagt: „Wenn bei einer solchen Unterwasseraktion zum Beispiel nicht die Natur einer solchen Mission in all ihren Dimensionen und Details im Voraus festgelegt worden war, wüsste ein Roboter einfach nicht genügend Bescheid. So könnte er die Konsequenzen seiner Untätigkeit zu keinem Zeitpunkt erkennen, und auch nicht registrieren, dass sein Verhalten eine Verletzung des ersten Gebotes darstellte."

Grimes stimmte ihm zu: „Das ist wahrlich ein Schwachpunkt."

„Ich habe viel darüber nachgedacht, bin jedoch noch zu keiner Lösung gekommen."

„Noch etwas wäre denkbar, lieber Mike. Ich denke nicht an dich – aber was wäre, wenn ein Robotnik durch eine fehlerhafte Konstruktion oder eine mangelhafte Programmierung entscheiden würde, dass ein bestimmter Mensch tatsächlich kein Mensch sei, und deswegen nicht den Schutz beanspruchen könnte, den der erste und zweite Artikel des Robotnik-Gesetzes ihm eiegntlich gewähren sollten."

Beide ergänzten sich mit Argumenten, und Mike war überglücklich, zu Grimes endlich näheren Zugang gefunden zu haben. Schon in der Vergangenheit war ihr Verhältnis stets recht gut gewesen, aber sie hatten doch noch ein spürbares Knecht-Dienstherrin-Verhältnis gepflegt. Jetzt ergänzte er ihre Bedenken und sagte: „Mrs Grimes, es könnte natürlich auch sein, dass ein Roboter einen schlecht formulierten Befehl erhält. Oder er interpretiert ihn so buchstäblich, dass er unabsichtlich Menschen in seiner Umgebung gefährdet."

Auf diese Weise unterhielten sie sich angeregt, und Grimes erinnerte sich an ihre schönsten Jugendjahre – an ihre fünfjährige Studentenzeit an der McGill-University in Montreal, wo sie zuerst russische Literatur und später Neurowissenschaften studiert hatte. Schon lange dachte sie nicht mehr mit Reue an ihren vorzeitigen Studienabbruch, denn diesen hatte sie schließlich mit ihrer erfolgreichen Musikproduktion kompensiert. Plötzlich sah sie Mikes nachdenkliche Miene und fragte: „Ist etwas, was dich bedrückt?"

„Danke, Mrs Grimes, das ist es nicht direkt, aber ich habe gerade daran gedacht, dass ich wirklich sehr gerne Europa und die dortige Wirkungsstätte von Sir besuchen würde."

„Sag nicht Sir, sag Dad!", forderte sie ihn auf, bevor sie fortfuhr: „Du sahst eben aus, als würdest du mit Schwierigkeiten rechnen."

„Ich habe mich gerade gefragt, ob Sie mich hier überhaupt entbehren könnten, falls Dad mich mitnehmen sollte."

„Mach dir darüber keine Sorgen. Wenn Elon mich fragt, ob ich es okay finde, wenn du mit ihm nach Deutschland reist, werde ich es befürworten. Vielleicht kannst du dort für einige Zeit die europäische Kultur und Gott und die Welt studieren."

Sie trank einen Schluck aus der Kaffeetasse und ergänzte: „Vielleicht aber kannst du ja bei Tesla auch eine Funktion übernehmen."

Mike wäre ihr fast um den Hals gefallen.

Aber seine KI stoppte ihn.

Schon eine Woche später überraschte ihn Grimes mit einer freudigen Nachricht. „Ich habe mit Elon telefoniert und ihm gesagt, dass du gerne einmal den europäischen Kontinent betreten würdest. Weißt du, wie er reagiert hat?"

Mike sah sie fragend an, doch bereits aus der Fragestellung heraus war sein positronisches Gehirn mit Hilfe erkenntnistheoretischer Merkmale, die seine KI ihm zur Verfügung stellte, in der Lage zu erfassen, dass Sir wohl positiv reagiert hatte.

Mike sagte: „Ich wäre wirklich froh, wenn Sir, … äh Dad … mich das nächste Mal mitnehmen würde."

„Das wird er! Er hat es fest zugesagt. Aber er macht eine Bedingung zur Voraussetzung."

Wenn Mike hätte schlucken können, so wäre dies jetzt der Fall gewesen, so aber sagte er nur: „Eine Bedingung?"

„Er möchte nicht, dass du dich als Robotnik zu erkennen gibst. Und er wird dich als seinen Sohn ausgeben – was ja gar nicht mal unwahr ist. Du solltest ab jetzt wie Griffin und Xavier wirklich daran denken und völlig selbstverständlich »Dad« zu ihm sagen und nicht mehr »Sir«. Wärst du damit einverstanden?"

Mikes Denkapparat hatte die Sache blitzschnell analysiert und verstanden, und er vermutete das Richtige.

„Damit kann ich gut leben, ich hoffe nur, mich nicht allzu oft zu versprechen und Dad mit Sir anzusprechen. Doch der entscheidende Punkt wird sein, ob die Leute im Tesla-Betrieb meinen maschinellen Kern und meine Künstliche Intelligenz zu erkennen vermögen. Das will Sir … äh, Dad gewiss herausfinden."

Grimes zeigte ein breites Grinsen und sagte: „Wie immer, Mike, du hast es erfasst. Übrigens wirst du am neuen deutschen Tesla-Standort zunächst dem kürzlich eingestellten PR-Head of Departement zugeordnet. Dann kannst du ihm vielleicht mit deiner Marketing- und Public Relations-Erfahrung, die du bei der Vermarktung deiner Kunstgegenstände gesammelt hast, gewiss zur Seite stehen."

„Und wann wäre es soweit?"

„Elon sagte etwas vom Januar 2022, also in einem Vierteljahr. Kannst du dich noch so lange gedulden?"

„Ich habe hier noch eine Menge Aufträge fertigzustellen – und, wie sagt man doch so schön: »Vorfreude ist die schönste Freude«, ist es nicht so, Mrs Grimes?"

Grimes musste schmunzeln. Ein Roboter, der so amüsant mit ihr kommunizierte, das hatte sie sich vor fünfzehn Jahren, während ihres neurowissenschaftlichen Studiums, noch nicht vorstellen können.

*

Elon Musk stellte mir Mike nicht einfach nur vor. Er hatte mich langsam aber sicher auf dessen Ankunft vorbereitet, wie ich im Rückblick erkannte. Erst dann, als er zu mir Vertrauen gefasst und lapidar bei einem gemeinsamen Mittagessen in der Kantine festgestellt hatte: „Stephen, ich habe viel mit Ihnen vor. Wenn Sie so weiter machen, übergebe ich Ihnen die Verantwortung für die PR-Ausbildung meines Sohnes Mike. Einverstanden?"

Was sollte ich anderes sagen als „Okay, Sir!" – sein Anliegen entsprach meinem Karriereplan. Was konnte mir Besseres passieren, als seinen Sohn auszubilden zu dürfen?

Dienlich waren meiner firmeninternen Anerkennung zweifellos die zahlreichen Interviews mit prominenten Personen, die ich für Tesla zwischenzeitlich in die Pflicht genommen hatte. Es gelang mir, die meisten Interviews in örtlichen wie auch in überregionalen Medien als Top-Nachrichten unterzubringen. Dies hatte sich übrigens nicht so schwierig dargestellt, wie ich vermutet hatte. Wann immer ich mich als Teslas PR-Head of Departement bei den Chefredaktionen anmeldete, öffneten sich mir wie von selbst die heiligen Pforten der Massenbeeinflussung. Simsalabim, Sesam öffne dich – es funktionierte.

Die beste Idee war allerdings mein Vorschlag, eine Betriebszeitung unter meiner Redaktion herauszugeben. Das würde einerseits der Motivation und Information unserer Mitarbeiter dienen und andererseits könnte ich die Zeitung über einen ausgesuchten Verteilerkreis an die uns wichtigen Medien versenden. Das würde zugleich die Hälfte der gesamten Pressearbeit ersparen.

Elon Musk war begeistert.

Gleich zu Beginn meiner Interviewserie war ich in Grünheides Rathaus einmarschiert und hatte um ein Gespräch mit dem Bürgermeister, Herrn Christiani, gebeten.

„Wann sollte es stattfinden?", hatte mich die Vorzimmerdame gefragt.

„Jetzt, bitte!"

Sie zeigte keinerlei Verwunderung und verschwand umgehend im Nebenzimmer. Nach einer Weile kam sie heraus und ließ die Tür offen.

„Darf ich Ihnen einen Tee oder Kaffee anbieten?"

„Ich nehme gerne das, was der Herr Bürgermeister zu trinken pflegt."

„Dann wäre das ein grüner Tee, wenn Sie damit einverstanden sind."

„In diesem Sinne nehme ich gerne einen Grünheidener Tee", sagte ich lächelnd, und Christianis Vorzimmersekretärin schmunzelte verhalten. Ich liebte Wortspiele, war mir aber bewusst, dass man damit nicht immer auf entgegenkommendes Verständnis stieß.

Die junge Frau ging mir voran ins Büro, wo der parteilose Bürgermeister, Arne Christiani, dessen Lebenslauf ich mir zuvor angeschaut hatte, bereits mit optimistischem Lächeln auf mich wartete. Der gute Mann trug eine randlose Brille, war 62 Jahre alt, hatte eine hohe Stirn, schüttere brünette Haare und trug unter einer dunkelblauen Steppjacke ein hellblaues Hemd mit offenem Kragen. Er kam sympathisch rüber.

Ich legte mir im Kopf noch einmal mein Vorhaben zurecht. Sinnvoll wäre es, vom Bürgermeister zu erfahren, was es mit einer Kleinstadt macht, wenn ein Weltkonzern kommt? Das Themenfeld war also abgesteckt mit den Stichworten: Tesla, Umweltschutz, Trinkwasser und Arbeitsbedingungen.

Herr Christiani bat mich, ihm gegenüber am Schreibtisch Platz zu nehmen, entschuldigte die Unordnung auf seinem Schreibtisch, die für mich allerdings nicht erkennbar war, und dann stellte ich mich kurz vor.

„Oh, dann sind Sie ja ein Neuling bei Tesla?", sagte Christiani.

„Aber ein Profi in Sachen PR", antwortete ich.

„Dann können Sie gleich auch für meine Gemeinde ein wenig Werbung betreiben."

„Das geschieht automatisch durch Tesla", meinte ich grinsend. „Aber ich stehe Ihnen gerne mit Rat und Tat zur Verfügung."

„Sie haben gewiss genug zu tun."

„Man wird sehen."

Die Sekretärin servierte uns den grünen Tee. Als sie die Tür hinter sich geschlossen hatte, fragte ich: „Darf ich mit dem Interview beginnen, Herr Bürgermeister?"

„Schießen Sie los."

„Als Sie im Herbst 2019 erfuhren, dass Tesla in Ihre Gemeinde kommen wird, haben Sie das damals als Jackpot bezeichnet. Sehen Sie das heute auch noch so?"

Ich nahm das Interview mit meinem Handy auf, was der Bürgermeister nach Rückfrage gestattet hatte Später gab ich es dann in digitaler und typischer Interview-Form Mr Musk zur Kenntnis. Einen Tag später gab er es mit dem doppelt unterstrichenen Vermerk »Prima!« für die Betriebszeitung frei.

Arne Christiani: „Stimmt, mit dem Wort Lottogewinn habe ich das umrissen. Doch ich bin in diesem Zusammenhang auch missverstanden worden. Angeblich hätte ich das wegen der anfallenden Gewerbesteuer für die Gemeinde gesagt. Vielleicht wird das irgendwann ein netter Nebeneffekt. Aber ich meinte hauptsächlich, dass es durch Tesla endlich Perspektiven für junge Menschen in der Region gibt. Es werden hochwertige Arbeitsplätze geschaffen, sodass junge Menschen hierbleiben können und nicht alle abwandern."

Stefan Koenig (SK): „Hat sich Ihre Annahme bestätigt? Wie hat sich das Ganze entwickelt?"

Arne Christiani: „Sehr gut. Tesla ist jetzt schon der größte private Arbeitgeber in Brandenburg. Laut Arbeitsagentur wurden bisher 1.400 Arbeitslose zu Tesla vermittelt, davon die Hälfte Langzeitarbeitslose. Davon träumt ganz Ostdeutschland."

Das Telefon klingelte. Der Bürgermeister ließ es klingeln und murrte: „Sorry, ich dachte, es sei umgestellt."

„Bei mir klingelt es am laufenden Band, man gewöhnt sich daran, machen Sie sich nichts daraus", sagte ich und fuhr im Interview fort: „Jetzt schon hat die Fabrik mehr Mitarbeiter als Grünheide Einwohner. War Ihnen damals klar, dass das so schnell passieren würde?"

Arne Christiani: „Wissen Sie, ich bin seit vielen Jahren mit Bau- und Planungsvorhaben beschäftigt, das ist mein Job. Aber dass es von der Absichtserklärung bis zur Produktion des ersten Autos nur 861 Tage dauert, hätte ich mir nicht vorstellen können."

SK: „Welche Umstände haben das aus Ihrer Sicht begünstigt?"

Arne Christiani: „Grünheide ist europaweit unter 300 Bewerbern ausgewählt worden, weil die 300 Hektar große Fläche schon baureif da war. Außerdem existierten bereits die Infrastrukturbedingungen. Eine eigene Autobahnabfahrt, ein eigenes Bahngleis. Die Nähe zu Berlin ließ außerdem auf ein großes und ausreichend qualifiziertes Arbeitskräfte-potenzial hoffen."

SK: „Und welche Bedeutung hat mein Chef dabei gespielt?"

Arne Christiani: „Muss ich jetzt schmeicheln?"

SK: „Mir sowieso nicht. Und Mr Musk ist ein Mann der brutalen Ehrlichkeit. Er bevorzugt die ungeschminkte Wahrheit."

Ich hatte absichtlich Musks Selbstbeschreibung als »Mann der brutalen Ehrlichkeit« aus meiner Bewerbungssituation gewählt. Denn ich wollte sehen, ob Mr Musk auch öffentlich zu seinem Wort stehen würde, wenn er sich das Interview vorknöpfte.

Arne Christiani: „Wahrscheinlich braucht man so eine Persönlichkeit, die innovativ denkt, und die mit der entsprechenden Entscheidungskompetenz versehen ist. Und die natürlich mit dem nötigen Kleingeld ausgestattet ist. Er kann sagen: »Ich will das und ich entscheide das so.« Wenn man erst durch sämtliche Leitungsgremien muss und alle mitreden wollen, wird es schwierig, so ein Projekt so schnell durchzuziehen."

Dann sagte ich etwas, was mir mein Chef später Gott sei Dank nicht übel nahm, im Gegenteil, er bemerkte, das sei ganz normal, dass ER ALLEINE den Ausschlag geben würde, denn es ginge schließlich um sein Kapital.

Ich stellte nämlich die gewagte Frage: „Es ging also auch so schnell, weil Tesla eine kommerzielle Art von Diktatur ist?"

Arne Christiani: „Aus meiner Sicht kann man das so formulieren – fast jedes Kapitalunternehmen wird von seinem Eigentümer in Alleinverantwortung geführt. Spricht man nicht auch deshalb von Wirtschaftsführern?"

SK: „Ich habe mich bei meinem Chef erkundigt und er meint, Sie haben sich noch nicht persönlich getroffen?"

Arne Christiani: „Ich habe ihn ein paar Mal gesehen. Aber ich habe noch nie mit ihm gesprochen, das ist Sache des Landes."

SK: „Nun ja, da ich Mr Musks Mitarbeiter bin, stelle ich dennoch die Frage: Was halten Sie von ihm?"

Arne Christiani zwinkerte mir zu und sagte: „Meine persönliche Meinung ist da nicht entscheidend."

SK: „Ich kann Ihnen an dieser Stelle zusagen, dass ich mich für Sie um das Arrangement eines Treffens mit meinem Chef bemühen werde, vorausgesetzt, Sie wünschen das."

Arne Christiani: „Das wäre nicht schlecht, würde mich ehren."

Das Interview dauerte noch eine ganze Weile, und ich war heilfroh, es nicht mitstenografieren zu müssen. Im Büro würde ich den gesprochenen Text in unser Schreibsystem übertragen und er würde automatisch transkribiert, korrigiert und für die Betriebszeitung formatiert.

Bei der Verabschiedung versprach ich dem Kommunalchef ein Treffen mit dem Tesla-Boss.

„Meinen Sie wirklich, er wird sich mit einem so unwichtigen Politiker wie mir abgeben? Jemand, der jederzeit im Weißen Haus vorsprechen und dem Präsidenten Ratschläge geben kann?"

„Lassen wir uns überraschen. Ich werde ihn gleich nachher fragen."

*

An diesem Tag geschah in Fremont folgendes: Larry Page, der Google-Chef, hatte eigentlich einen Termin mit Elon Musk. Für Googles Hauptsitz wie auch für einige Niederlassungen benötigte er die neueste Charge von Empfangsrobotern. Das Treffen sollte privaten Charakter haben, denn die beiden verstanden sich als Freunde. Deshalb auch hatte Grimes ihrem Mann versprochen, Larry Page privat anzurufen und abzusagen – sie hatte es jedoch vergessen. Und nun stand er vor der Tür.

Sie bat ihn herein. „Larry, es tut mir wirklich von Herzen leid, aber Elon ist in Europa unterwegs. Und ich hätte dir absagen sollen. Sorry, sorry, sorry."

„Oh, mein Gott, ich hätte auch daran denken können. Als wir den Termin vor vier Wochen vereinbarten, deutete Elon an, dass er mir das erst noch einmal bestätigen müsse, denn er wolle bereits eine Woche vor dem Tag der Offenen Tür nach »good old Germany« zu seiner Gigafactory reisen, was er jedoch noch nicht sicher wissen konnte."

Grimes sah ihm an, dass ihm die Sache, weswegen er gekommen war, auf den Nägeln brannte. Ungewöhnlicher Weise spazierte der sonst so ruhige Larry im Flur vor der Bibliothek auf und ab und wollte auch nicht länger bleiben.

„Weißt du, Grimes, es geht um die zu bestellenden Empfangsroboter; ich weiß darüber zu wenig.

Vorerst würden mir gewisse Infos die Entscheidung vereinfachen."

„Nun ja, vielleicht solltest du einfach schon einmal alleine bei Neuralink vorbeischauen und versuchen, mit Dr. Munsky wegen der Empfangsroboter ins Gespräch zu kommen", meinte Grimes. „Er wird dir gewiss Auskunft geben können."

In diesem Moment erschien Mike auf der Bildfläche. Er trug eine seiner neugeschaffenen Skulpturen in die Bibliothek – ein 30 Zentimeter großes Buch aus Ahornholz in halb aufgeblättertem Zustand, eine holztechnische Feinarbeit. Larry Page hatte Mike schon lange nicht mehr gesehen und erkannte ihn offensichtlich nicht wieder. Die OP hatte Mike sichtlich verändert.

Grimes vermied es absichtlich, Mike beim Namen zu nennen und sagte zu Page: „Larry, darf ich dir Elons Sohn vorstellen …" Sie schaute etwas verlegen zu Mike, bevor sie fortfuhr: „Das ist Louis …"

Mike stutzte, kam näher, erkannte Grimes Absicht, schaltete sofort, lächelte und sagte indem er Larry Page aus einigen Metern Entfernung kurz zuwinkte: „Angenehm, Sie kennen zu lernen, Mr Page. Ich bin neu hier, habe bisher bei meiner Mutter gelebt."

„Angenehm meinerseits! Die Ähnlichkeit mit Ihrem Vater lässt sich nicht leugnen."

„Louis hat von seinem Vater die Erfindergabe und von seiner Mutter die künstlerische Ader geerbt", sagte Grimes und deutete auf die Skulptur in Mikes Händen.

„Wenn Sie sich wie Ihr alter Herr auch noch mit Robotniks auskennen, Louis, und wenn Sie Zeit erübrigen könnten, würde ich Sie fragen, ob Sie mit mir zu Neuralink …"

„Liebend gerne komme ich mit", beendete der junge Musk das Anliegen des hohen Besuchers. „Mir sind sämtliche Roboterserien bekannt, die Dad jemals in Auftrag gegeben hat. Und mit Empfangsrobotern kenne ich mich besonders gut aus."

Dann trug er die Skulptur an ihren Platz und verließ mit Mr Page die Musk-Villa auf der Southgate-Anhöhe.

Das Durchkommen zu Dr. Marvin Munsky war nicht leicht, nicht einmal für Larry Page, der der Vorzimmerdame weder vom Ansehen noch vom Namen her bekannt war. Erst der Name Louis Musk ließ sie aufhorchen und ungläubig lächelnd fragen, ob er mit ihrem Chef verwandt sei … „Nun ja, Musk ist ja kein so außergewöhnlicher Nachname, Mr Louis …, oder?"

„Ich bin nur der Sohn", sagte Mike.

„Ach, tatsächlich. Ihr Bruder Griffin macht hier sein Praktikum, den kenne ich. Aber dann sind Sie auch nicht Xavier?"

„Nein, ich bin der dritte Zwilling, ich bin Louis. Richten Sie einfach Dr. Munsky aus, dass mein Dad mich beauftragt hat."

Aber kein Scherz konnte die Sache beschleunigen. Wiederholter Druck, verbunden mit der nicht allzu taktvollen Andeutung, dass es Dr. Munskys Abteilung möglicherweise eine lästige neue Runde im Streit mit dem Boss über die KI-Forschungsprioritäten ersparen könnte, wenn Munsky ein paar Minuten seiner kostbaren Zeit für Mr Page und Louis Musk opfern würde, brachte schließlich den Erfolg.

Nach einer halben Stunde Wartezeit – für Larry Page eine ungewohnte halbe Ewigkeit – war es soweit. Marvin Munsky sah entschieden unfroh aus, als er Mikes ansichtig wurde. Er hatte ihn sofort erkannt, verlor aber kein Wort dazu.

Während des anfänglichen Gesprächs mit Page beäugte er Mike von Zeit zu Zeit mit unverhohlener Antipathie.

Meistens richtete er das Wort an Larry Page, der sich unvoreingenommen zum Stand der Technik bei den Empfangsrobotniks erkundigte.

Doch plötzlich deutete Munsky zu Mike und sagte: „Mr Page, darf ich fragen, welchen Ärger Sie mir mit diesem Besuch bereiten wollen?"

„Bitte verstehen Sie, Sir, dass es keinesfalls meine Absicht ist, Ihnen heute Unannehmlichkeiten zu bereiten. Ehrlich gesagt, begreife ich Sie im Augenblick nicht."

Marvin Munsky, Elons eigensinniger Forschungsdirektor von Neuralink, sah noch einmal zu Mike, der ihm als Louis vorgestellt worden war, und schwieg kopfschüttelnd. Er benötigte einen Moment, um sich zu berappeln. Dann schließlich erläuterte er bereitwillig alle Details, die Mr Page zu den in Aussicht genommenen Empfangsrobotern erfragte.

„Bei unserer neuesten Generation von Empfangsrobotern ist jeder Aspekt von Unberechenbarkeit eliminiert." Ein gewisser Stolz schwang in Munskys Worten mit.

„Ja", sagte Larry Page, „das habe ich festgestellt. Und ein Ergebnis davon ist, dass mein Empfangsroboter in jedem Punkt, der auch nur im Geringsten von der vorgesehenen Bahn abweicht, der Anleitung bedarf. Ich sehe darin allerdings nicht einen großen Fortschritt in Richtung auf eine Vervollkommnung."

„Ich glaube", erwiderte Dr. Munksy, „es würde Sie weit mehr stören, wenn Ihr Empfangsroboter improvisieren würde."

„Improvisieren?", versetzte Page. „*Denken* ist alles, was ich verlange. Genug Denkfähigkeit, um imstande zu sein, die einfachsten Situationen zu bewältigen, mit denen man im Empfang zu tun hat. Roboter sind konstruiert, um Intelligenz zu zeigen, nicht wahr? Mir scheint, Sie haben sich auf eine sehr begrenzte Definition von Intelligenz zurückgezogen."

Munsky runzelte die Stirn und man merkte, dass er mit sich rang. Dann sprudelte das aus ihm hervor, was eigentlich *niemand* hätte erfahren sollen, niemand – und nicht *jetzt!* „Genug Denkfähigkeit?", rief er aus. „Von wegen begrenzter Definition von Intelligenz! Wir haben den intelligentesten Roboter hergestellt, den es je gegeben hat, einen Androiden."

Mikes Augen weiteten sich unmerklich. Es war heraus. Sie hatten einen Roboter mit den biologischen und intellektuellen Qualitäten eines Menschen hergestellt.

Danach drehte sich das Gespräch nur noch um die vielleicht serienmäßige Herstellung dieser neuesten Robotnik-Generation, um wahrscheinliche Preise, zu den sich Shivon Zilis und Elon Musk jedoch, wie Dr. Munsky annahm, noch keine Meinung gebildet hatten. Larry Page bedankte sich, und Munsky konnte es sich nicht verkneifen und sagte zum Abschied: „Mike, es freut mich wirklich sehr, dass Sie unser Institut wieder einmal besucht haben, aber als Louis kommen Sie mir bitte nicht mehr hier her. Diese Art Scherze behagen mir nicht. Grüßen Sie Ihren Vater von mir." Ein guter Funke Hohn schwang mit.

Es lag auf der Hand, dass Larry Page auf dem Heimweg Mike nach dessen wahrer Identität fragte und dieser ihn ehrlich aufklärte: „Ich ging davon aus, dass Mrs Grimes erkunden wollte, ob meine Veränderung funktioniert hatte, denn Sie kannten mich ja von früher, hatten mich aber einige Monate nicht gesehen. Ich spielte also mit. Und Ihnen fiel nicht auf, dass Louis der alte Mike war. Das Experiment war also gelungen."

Page nahm es gelassen, und beide plauderten noch angeregt über die von Munsky geschilderte neue Robotnik-Produktlinie. Page meinte, Mike würde jetzt bereits fast wie ein androider Robotnik wirken, es seien nur noch minimale Merkmale, anhand derer man erkennen könne, was ihn vom Menschen unterscheide.

Es war diese Diskussion, die Mike einige Wochen später, als Elon aus Grünheide zurück war, bewegte, seinen Dad um die Zustimmung für eine vollwertige androide Aufbesserung zu bitten. Als freier Roboter war er nicht auf Elons Zustimmung angewiesen, aber als sein Sohn gehörte es sich so. Und überdies besaß sein Dad die Hoheitsgewalt über das neu entwickelte Produkt und konnte es nach Gutdünken freigeben oder nicht. Das eben war nun mal Dads Freiheit.

„Ich unterstütze dich mit ganzem Herzen", antwortete Mikes Dad. „Meine liebe Grimes, meine geliebten Zwillinge und ich haben dich in unser Herz geschlossen, und du sollst die beste Aufwertung erfahren, die meine Neuralink-Forscher zu bieten haben. Allerdings sollte Dr. Munsky dich unabhängig von meiner Unterstützung beraten. Ich halte mich also erst einmal zurück. Er fühlt sich immer schnell übergangen, weißt du."

„Ich danke Ihnen für die moralische Unterstützung, Dad", sagte Mike.

„Du solltest mich nicht Siezen", antwortete Elon. „Wenn du nun ein vollwertiges Familienmitglied bist, sollten wir einen modernen Umgang miteinander pflegen und die altbackenen Gepflogenheiten der Romantik aus der Zeit zwischen 1795 und 1830 und aus der Zeit der biedermeierchen Adelsgeschlechter im Keller der Geschichte lassen." Er lachte herzlich.

„Danke, ich werde es mir ganz sicher merken."

Elon machte das Victory-Zeichen und sagte: „Wenn dir eines ganz sicher eigen ist, dann ist es ausreichend Speicherplatz und genügend Entscheidungskompetenz. Dennoch möchte ich dich ungern alleine zur Aufwertungs-OP lassen. Am liebsten würde ich dich begleiten, aber mir fehlt die Zeit. Ich werde dich Shivon anvertrauen und Elijah Silberfein als meinen Vertretungsberechtigten bestellen."

An einem milden Herbsttag hatten der Notar und Mike ihren OP-Besprechungstermin bei Neuralink. Da Dr. Munsky der entscheidende Entwickler moderner Robotniks war, hatte Shivon Zilis darum gebeten, dass er Mike und Elons Anwalt, Dr. Silberfein, persönlich beraten möge. Danach würde sie hinzukommen, um die Formalitäten zu regeln. Schließlich sei Mike Musk ein Wesen mit zugestandenen Rechten, die besonderer Berücksichtigung bedürften.

Dr. Munsky hatte sie skeptisch angesehen, aber widerwillig zugestimmt.

Auch diesmal war das Durchkommen zu Marvin Munsky nicht leicht, vielleicht gerade deshalb, weil der Neuralink-Forscher mit seinem Chef in einer latenten Konkurrenzbeziehung stand. Jedenfalls ließ er Silberfein und Mike länger als nötig warten.

Die Begrüßung war steif. Alte Vorurteile und Befindlichkeiten beeinflussten das über ihnen schwebende Karma. Dann kam Mike auf sein Werk zur Geschichte der Robotnik zu sprechen, an dem er gerade arbeitete.

„Ich habe davon gehört", sagte Munsky. Natürlich hatte er seit Mikes Existenz sehr genau dessen Entwicklung verfolgt. Als Experte in der Entwicklungsforschung für die Anwendung von Künstlicher Intelligenz hätte er nur allzu gerne Mike näher untersucht. Noch immer konnte er Elon Musk nicht verzeihen, dass er ihm gerade dies untersagt hatte.

„Und ich habe gehört", fuhr Mike fort, „dass Sie dafür plädiert haben, dass das Unternehmen meines Vaters keine Roboter mehr herstellen sollte, die so flexibel und anpassungsfähig sind wie – sagen wir – ich?"

„Das trifft nur für bestimmte Produktlinien zu. Wir haben die Linie der generalisierten neuralen Bahnen bereits vor längerem aufgegeben."

„Die Recherchen, die ich im Zusammenhang mit meinem Buch durchgeführt habe, zeigen, dass ich offensichtlich der weitest entwickelte Roboter in aktiver Operation bin."

„Richtig", antwortete Munsky reserviert.

„Mike ist ein Roboter von ganz besonderer Art", schaltete sich Silberfein in das Gespräch ein.

„Dessen bin ich mir nur zu gut bewusst", gab der KI-Forscher etwas entnervt zurück.

Mike behielt sein Ziel, das er sich vorgenommen hatte, fest im Auge: „Sir, da ich der weitest entwickelte Robotnik bin, würden Sie gewiss zustimmen, dass ich eine besondere Behandlung Ihrerseits verdiene?"

„Durchaus nicht", entgegnete Munsky in eisigem Ton und wandte sich an den Anwalt: „Lassen Sie mich ganz klar sagen, Mr Silberfein, dass die Ungewöhnlichkeit Ihres Mandanten – wenn man Mr Mike junior als Ihren Mandanten bezeichnen darf – für meine Forschung eine ständige Peinlichkeit darstellt. Er hat uns mit Ihrer Hilfe alle möglichen Schwierigkeiten bereitet, wie etwa die damaligen Verfahren um seine Freiheitsrechte."

„Wie das?", fragte Silberfein.

„Seine Vorstellungen von Anrecht und Verdienst werden von meiner Seite nicht geteilt. Wäre er nicht sein eigenes Eigentum und zudem im Besitz meines Chefs und wäre er geleast, wie die meisten Roboter heutzutage, hätte ich ihn längst zurückgerufen und durch einen Roboter eines fügsameren Typs ersetzt."

„Wenigstens sind Sie offen und ehrlich", antwortete der Anwalt.

„Meine Einstellung zu diesem Fall ist kein Geheimnis, Mr Silberfein. Mein Job ist es, hochintelligente Roboter zu entwickeln, um damit Umsatz zu generieren, nicht um uns in endlose und unnütze politische Streitigkeiten zu verstricken. Ein Roboter, der glaubt, er sei mit uns gleichgestellt, wird schon bald der Ansicht sein, dass er uns überlegen ist. Was hilft uns das? Es schadet uns, kein Kunde wird einen solchen Roboter schätzen und die Rentabilität unseres Unternehmens wird gefährdet."

„Und darum würden Sie mich zerstören, wenn Sie könnten", sagte Mike.

„Die KI, die ich entwickele, versucht hier ein Korrektiv einzubauen, mehr nicht." Munsky sah Mike unschuldig an.

Mike sah in seinem Blick eine trickreiche Absicht. „Wissen Sie, ich bin ein freier Roboter und gehöre mir selbst, dennoch unterstehe ich dem Schutz Ihres Chefs, wofür ich dankbar bin. Auch bin ich durch das Gesetz gegen jeden Schaden geschützt, den Sie mir etwa zufügen möchten. Aus diesem Grund bin ich bereit, mich in Ihre Hände zu geben. Heute bin ich zu Ihnen gekommen, um die umfangreichste Aufwertung vornehmen zu lassen, die das Unternehmen meines Vaters jemals an einem Roboter vorgenommen hat. Ich wünsche einen vollständigen Ersatz für mich selbst, Sir."

Munsky sah ihn erstaunt und verwirrt an. Lange fand er keine Worte.

Mike wartete. Er sah an Dr. Munsky vorbei zur Wand, wo ein holographisches Portrait zu ihm zurückblickte. Es war das säuerlich-strenge Gesicht einer älteren Frau, das Gesicht Susan Calvins, der Schutzpatronin aller Robotiker. Sie war jetzt seit 73 Jahren tot, aber nachdem er sich während der Arbeit an seinem Buch in ihre Aufsätze und Artikel vertieft hatte, hatte Mike das Gefühl, sie so gut zu kennen, dass er sich beinahe einbildete, er habe sie persönlich gekannt.

Zuletzt räusperte sich Dr. Munsky und blickte von Mike zu Elijah Silberfein. „Ein völliger Ersatz? Was ist darunter zu verstehen?"

„Genau was ich sagte, Sir." Mike war nicht bereit, die Gesprächsinitiative abzugeben. „Wenn Sie einen obsoleten Roboter zurückrufen, stellen Sie dem Eigentümer einen Ersatz zur Verfügung. Nun, ich möchte einen Ersatz für mich selbst."

Marvin Munsky schien ratlos. „Na sowas! Wie sollte das geschehen? Wenn wir einen Ersatz bereitstellen, können wir den neuen Roboter nicht dem alten als Ersatz zur Verfügung stellen, weil dieser bisherige zu existieren aufgehört hätte." Munsky lächelte verschlagen.

„Vielleicht hat mein Mandant, wie Sie ihn zu nennen pflegen, sich nicht hinreichend deutlich ausgedrückt", griff Silberfein in das eskalierende Gespräch ein. „Darf ich es versuchen? Der Sitz von Mikes Persönlichkeit ist sein positronisches Gehirn, dieser eine Teil, der nicht ersetzt werden kann, ohne einen neuen Roboter zu schaffen. Das positronische Gehirn ist infolgedessen der Sitz und geometrische Ort von Mike Musk, der Eigentümer des Roboters ist, in welchem Mike Musks positronisches Gehirn sich gegenwärtig befindet. Jeder andere Teil des robotischen Körpers kann ersetzt werden, ohne die Mike-Musk-Persönlichkeit zu berühren. Viele Teile sind, wie Sie vielleicht wissen, bereits verbessert oder ersetzt worden, nicht selten mehr als einmal, seit Mike vor fast einem halben Jahrzehnt hergestellt wurde. Diese unterstützenden Teile sind im Besitz des Gehirns. Das Gehirn kann sie nach eigenem Dafürhalten jederzeit ersetzen lassen, aber die Kontinuität des Gehirns selbst bleibt gewahrt. Was mein Mandant eigentlich wünscht, Mr Munsky, ist die Übertragung seines Gehirns in einen neuen robotischen Körper."

„Ah, ich verstehe", sagte Dr. Munsky. „Mit anderen Worten: ein Totalaustausch." Aber seine Miene zeigte wieder Verwunderung. „In welcher Art von Körper, wenn ich fragen darf? Ihr Mandant besitzt bereits den fortschrittlichsten mechanischen Körper, den wir herstellen."

„Sie haben auch Androiden hergestellt, nicht wahr?", sagte Mike. „Roboter, welche die äußere Erscheinung von Menschen haben, vollständig bis zur Struktur und Beschaffenheit der Haut? Das ist es, was ich möchte, Sir. Einen androiden Körper."

256

Elijah Silberfein wandte den Kopf und sah ihn verblüfft an. „Großer Gott, Mike", platzte er heraus. „Ich hätte nie gedacht, dass du so etwas …"

Dr. Munsky richtete sich hinter seinem Schreibtisch auf. „Das ist ein absolut unmögliches Begehren. Unmöglich."

„Weshalb behaupten Sie das?", fragte Mike. „Ich bin bereit, jedes vernünftige Honorar zu zahlen, wie ich es für die zahlreichen Aufwertungen und Verbesserungen getan habe, die mir Neuralink bisher zukommen ließ."

„Wir stellen keine Androiden her", sagte Munsky.

„Meinen Sie wirklich, ich sei so schrecklich vergesslich? Sie müssten es besser wissen: Was immer ich gehört und gesehen habe, ist unwiderruflich in meiner Speichereinheit eingespeist. Ein Vergessen ist ausgeschlossen. Hatten Sie nicht mit Mr Page über Androiden gesprochen?"

„Dieser Produktlinie haben wir gerade erst eine Absage erteilt, was Sie natürlich nicht wissen können, Mr Musk! Aber ihr Vater müsste es wissen …" Wieder schwang etwas mit, was Mike wie Hohn empfand.

„Eine Absage wegen technischer Probleme?", fragte Silberfein.

„Keineswegs. Die Versuchsserie der Androiden war durchaus zufriedenstellend, rein technisch gesehen. Ihre Erscheinung war erstaunlich menschenähnlich, und doch besaßen sie die Vielseitigkeit und Robustheit von Robotern. Für die Haut verwendeten wir synthetische Kohlefasern, für die Sehnen

Silikon. Es wurde praktisch kein Metall verarbeitet, vorzugsweise nur besonders leichter und strapazierfähiger Carbon-Kunststoff, wie ihn unser Tochterkonzern SpaceX für die Raumfahrt verwendet."

„Und die zentrale Steuereinheit?", fragte der Anwalt.

„Das Gehirn war natürlich nach wie vor Platin-Iridium, aber der übrige Körper bestand hauptsächlich aus Kunststoffen und Keramik. Sie waren beinahe so widerstandsfähig wie konventionelle Metallroboter, aber bei geringerem Gewicht sogar zäher."

„Und trotz dieser Vorzüge brachten Sie die Entwicklung nicht auf den Markt?", fragte Silberfein.

„So ist es. Die Versuchsreihe umfasste ungefähr ein Dutzend Modelle, aber nach eingehender Marktforschung entschieden wir uns gegen eine industrielle Serienfertigung."

„Das leuchtet mir nicht ein", wandte Mike ein.

„Wissen Sie", sagte Munsky zu Silberfein ohne auf Mike zu reagieren, „ein Android wäre einfach sehr viel teurer gekommen als die Metallroboter der Standardausführung – so teuer, dass wir sie als reine Luxusartikel hätten betrachten müssen, für die es nur einen sehr begrenzten potentiellen Markt gibt. Unter diesen Voraussetzungen hätte es viele Jahre gedauert, bis sich die Kosten für eine Serienproduktion amortisiert hätten."

„Alles nur eine Kostenfrage?", fragte Silberfein und man hörte seine Skepsis deutlich heraus.

„Nun gut, es war nur ein Teilaspekt der Schwierigkeiten, und nicht der wesentlichste. Das eigentliche Problem war die negative Konsumentenreaktion. Die Androiden sahen zu menschenähnlich aus. Sie belebten all die alten Befürchtungen und Ängste aufs Neue: dass sie den Leuten die Arbeitsplätze streitig und sie selbst überflüssig machen würden. Es erschien der Institutsdirektorin, Frau Zilis, wenig sinnvoll, diesen ganzen psychotischen Unsinn wieder aufleben zu lassen, nur um eine Produktlinie einzurichten, die sowieso von Anfang an unrentabel gewesen wäre."

„Aber Neuralink hat seine Patente und technischen Möglichkeiten zur Herstellung von Androiden behalten, nicht wahr?", fragte Mike.

Munsky zuckte die Achseln. „Natürlich könnten wir sie noch herstellen, wenn wir einen Sinn darin sehen würden, ja."

„Aber Sie entschieden sich dagegen", sagte der Anwalt. „Sie haben die Technik, wollen sie aber nicht einsetzen. Das ist nicht ganz das gleiche, was Sie uns zuvor sagten, nämlich dass es unmöglich sein würde, einen androiden Körper für Mike herzustellen."

„Tja, es wäre technisch möglich, dabei aber völlig konträr zu unserer gegenwärtigen Unternehmenspolitik."

„Wir sind uns dennoch einig, dass es kein Gesetz gibt, welches die Herstellung von Androiden untersagt, nicht wahr?"

„Wir stellen sie nicht her und haben auch nicht die Absicht dazu, ungeachtet der technischen und juristischen Möglichkeiten", erwiderte Munsky. „Darum sind wir nicht in der Lage, den androiden Körper zu liefern, den ihr Mandant bestellen möchte. Und ich denke, damit ist unser Gesprächsstoff erschöpft. Wenn Sie mich entschuldigen wollen …" Dr. Munsky machte Anstalten sich zu erheben.

„Nur noch einen Augenblick, wenn Sie so gut sein wollen", sagte der Anwalt mit freundlicher Bestimmtheit. Er räusperte sich, und Munsky ließ sich widerwillig in seinen Bürosessel zurücksinken. „Dr. Munsky, mein Mandant ist ein freier Roboter, der unter den Schutz der Gesetze fällt, welche die Rechte von Robotern garantieren. Das ist Ihnen selbstverständlich klar."

„Nur zu klar."

„Dieser freie Roboter entscheidet sich aus eigenem Antrieb, Kleider zu tragen. Dies hat dazu geführt, dass er häufig von gedankenlosen oder feindseligen Menschen gedemütigt wird, trotz des Gesetzes, das ihn vor solchen Demütigungen schützen soll. Es ist sehr schwierig, beiläufige Zurücksetzungen, Demütigungen und auch Beleidigungen, die nicht allgemein missbilligt werden, strafrechtlich zu verfolgen. Zumal es oft an Zeugen fehlt und die Strafverfolgungsbehörden selten geneigt sind, solche als geringfügig betrachteten Verstöße zu ahnden."

„Ich bin nicht im Geringsten überrascht, das zu hören", sagte Marvin Munsky ungeduldig. „Ich habe das von Anfang an so gesehen. Sie und Ihre Anwaltskanzlei unglücklicherweise nicht."

„Was ich sehe, ist, dass wir hier einen klaren Verstoß mit einem eindeutigen Ziel haben, und wir sind bereit, die geeigneten Schritte einzuleiten."

„Wovon reden Sie?"

„Mein Mandant Mike Musk ist durch Urteil des Bundesgerichts ein freier Roboter. Das heißt, er ist sein eigener Eigentümer und genießt die gesetzlich garantierten Rechte, die jeder menschliche Eigentümer von Robotern im Hinblick auf die in seinem Besitz befindlichen Roboter ausübt. Dazu gehört auch das Recht auf Ersatz. Wie Sie vorhin selbst ausführten, ist der Eigentümer jedes Roboters berechtigt, die Neuralink Corporation um Ersatz zu ersuchen, wenn sein Roboter defekt geworden oder veraltet ist. Ihr Unternehmen *besteht* sogar auf Ersatzleistung, und wenn es sich um geleaste Roboter handelt, ruft sie solche automatisch zurück. Habe ich Sie in diesem Punkt richtig verstanden?"

„So ist es."

„Sehr gut, also, wir sind uns diesbezüglich einig." Silberfein lächelte unbefangen. „Das positronische Gehirn meines Klienten ist Eigentümer des Körpers meines Klienten – und dieser Körper ist nach heutigen Maßstäben veraltet, sodass mein Klient Anspruch auf Ersatz hat."

„Nun ...", sagte Munsky, und eine leichte Röte stieg in sein aufgedunsenes, beinahe rundes Gesicht.

„Das positronische Gehirn, welches mein eigentlicher Klient ist, verlangt den Ersatz des Roboterkörpers, in dem es untergebracht ist, und hat angeboten, für diesen Ersatz ein vernünftiges Honorar zu zahlen."

„Dann kann er sich in der üblichen Weise eintragen lassen, und wir werden ihm seine Aufwertung geben."

„Er wünscht mehr als eine Aufwertung. Er möchte den besten Ersatzkörper innerhalb Ihrer technischen Möglichkeiten, worunter er einen androiden Körper versteht."

„Er kann keinen haben."

„Durch Ihre Weigerung", fuhr Silberfein fort, „verurteilen Sie ihn zu fortgesetzter Erniedrigung durch all jene, die ihn als einen Roboter erkennen und geringschätzig behandeln, weil er es vorzieht, Kleider zu tragen und sich auch sonst in traditionell »menschlicher« Art und Weise benimmt."

„Das ist nicht mein Problem", sagte Munsky.

„Es wird Ihr Problem, wenn wir Sie verklagen, weil Sie sich weigern, meinem Klienten einen Körper zu liefern, der ihm erlauben würde, die meisten Erniedrigungen, denen er sich jetzt ausgesetzt sieht, zu vermeiden."

„Nur zu, reichen Sie Klage ein. Glauben Sie, irgendjemand würde Verständnis für einen Roboter haben, der wie ein Mensch aussehen möchte? Die Leute werden empört sein. Er wird überall als der anmaßende Emporkömmling, als Abkömmling seines reichen Herrn, von Beruf Sohn, auf Ablehnung stoßen."

Harter Tobak, dachte Mike, aber im Innersten verletzte es ihn – ein Gefühl, das er bisher so nicht kannte.

„Da bin ich nicht so sicher", entgegnete Silberfein. „Zugegeben, die öffentliche Meinung würde normalerweise nicht den Anspruch eines Roboters in einem Rechtsstreit dieser Art unterstützen. Aber ich darf Sie erinnern, dass Unternehmen wie Neuralink in der allgemeinen Öffentlichkeit sehr skeptisch beurteilt werden. Selbst diejenigen, die intelligente Roboter zu ihrem eigenen Vorteil und Gewinn benutzen, betrachten die KI-Forschung mit zwiespältigen Gefühlen. Das mag ein Überbleibsel aus den Tagen der paranoiden Roboterfeindlichkeit sein, aber auch mit der immensen Monopolmacht und dem Reichtum solcher Unternehmen wie Microsoft, Google, Facebook, Palantir und auch Neuralink zusammenhängen."

„Wenn Sie meinen …", sagte Munsky abschätzig.

„Was immer die Ursache sein mag", fuhr Silberfein fort, „eine gewisse unterschwellige Abneigung ist sicherlich verbreitet. Wenn es in einem Rechtsstreit eine Partei gebe, die noch weniger populär wäre als der Roboter, der wie ein Mensch aussehen möchte, dann würde es eine jener Firmen sein, die die Welt mit Robotern bevölkert hat."

Marvin Munsky beobachtete Silberfein mit kaltem Blick. Seine Backenmuskeln traten deutlich hervor. Er sagte nichts. Für einen Moment herrschte unangenehmes Stillschweigen.

„Denken Sie außerdem daran", unterbrach der Anwalt die Stille, „was die Leute sagen würden, wenn sie erfahren, dass Neuralink imstande ist, Roboter herzustellen, die kaum noch von Menschen zu unterscheiden sind. Der Rechtsstreit würde sehr wahrscheinlich viel Aufmerksamkeit auf gerade diesen Punkt lenken. Abgesehen von der Tatsache, dass der im Familienkreis des Unternehmenschefs aufgenommene Robotnik gegen seinen eigenen Förderer klagen müsste. Wenn Sie andererseits meinem Klienten einfach und ohne viel Aufhebens liefern, was er verlangt …"

Munsky schien einem Wutausbruch nahe. „Das ist versuchte Erpressung, Mr Silberfein."

„Im Gegenteil. Ich versuche Ihnen nur vor Augen zu führen, wo Ihr eigenes wohlverstandenes Interesse liegt. Eine rasche und friedliche Regelung ist alles, was wir anstreben. Wenn Sie uns hingegen zwingen, vor den Gerichten um Rechtshilfe zu ersuchen, wäre das eine andere Sache. Und dann, denke ich, würden Sie sich in der unangenehmen Position befinden, einen langwierigen Rechtsstreit ausfechten zu müssen, denn mein Klient ist sehr wohlhabend, wird noch viele Jahrzehnte leben und keine Veranlassung haben, diesen Rechtsstreit nicht bis zur obersten Instanz durchzufechten."

„Auch wir sind nicht mittellos, Mr Silberfein."

„Das ist mir klar. Aber letztlich wird in dieser Sache sowieso das Machtwort von Mr Elon Musk zählen. Und wie ich ihn kenne, wird er es nicht auf eine endlose juristische Belagerung seines Vorzeige-Instituts anlegen, in deren Verlauf betriebsinterne Einzelheiten seines Unternehmens an die Öffentlichkeit gebracht werden."

Munsky entfuhr ein: „Pah …"

„Ich gebe es Ihnen ein letztes Mal zu bedenken, Dr. Munsky", fuhr Silberfein unbeirrt fort, „wenn Sie es vorziehen, das durchaus vernünftige Ersuchen meines Klienten zurückzuweisen, so mögen Sie das tun, und wir werden ohne ein weiteres Wort gehen. Aber wir werden klagen, was ganz gewiss unser

Recht ist, und wir werden alle juristischen und publikumswirksamen Mittel einsetzen, die für Sie als dem renommierten KI-Forscher große Schwierigkeiten und Unannehmlichkeiten mit sich bringen werden. Und Sie werden finden, dass Sie am Ende möglicherweise den Kürzeren ziehen werden. Sind Sie gewillt, dieses Risiko auf sich zu nehmen?"

„Nun ...", sagte Dr. Munsky und zögerte.

„Gut. Ich sehe, dass Sie einlenken werden", sagte Silberfein. „Sie mögen noch zögern, aber schließlich werden Sie einlenken. Eine sehr weise Entscheidung, möchte ich hinzufügen. Aber das führt zu einem weiteren wichtigen Punkt."

Munsky schien in mürrischer Verdrießlichkeit zu versinken. Ehe er etwas erwidern konnte, fuhr der Anwalt fort: „Sollte im Zuge der Übertragung des positronischen Gehirns meines Mandanten vom gegenwärtigen Körper in den organischen, den für ihn herzustellen Sie schließlich einwilligen werden, irgendein wie auch immer gearteter Schaden auftreten, und mag er auch noch so gering sein, werde ich nicht ruhen und rasten, bis ich Sie ganz persönlich auf den Boden genagelt habe."

„Gesetzt den Fall, wir würden auf Ihr Ansinnen eingehen, können Sie nicht erwarten, dass wir garantieren ..."

„Ich kann und ich werde. Sie haben mehr als ein halbes Jahrzehnt Erfahrung in der Übertragung positronischer Gehirne von einem Roboterkörper in einen anderen. Sie können sicherlich die gleiche Technik anwenden, um ein positronisches Gehirn in einen androiden Körper zu übertragen. Und ich warne Sie: Wenn auch nur eine einzige neurale Verbindung im Denkapparat meines Mandanten im Laufe der Arbeiten zufällig oder weniger zufällig unterbrochen, stillgelegt oder in ihrer Funktion gestört werden sollte, können Sie sich darauf verlassen, dass ich jeden möglichen Schritt unternehmen werde, um die öffentliche Meinung gegen Sie zu mobilisieren – dass ich Sie als einen rachsüchtigen und neidischen Wissenschaftler bloßstellen werde, als der Sie sich dann entpuppt hätten. Ganz zu schweigen von den arbeitsrechtlichen Konsequenzen, mit denen mich Ihr Chef beauftragen wird."

Munsky rückte unruhig in seinem Sessel herum. „Das sind absurde Forderungen. Wir könnten Ihnen niemals eine Verpflichtung zu uneingeschränkter Haftung leisten. Mit jedem Transfer sind Risiken verbunden."

„Aber mit äußerst geringer Wahrscheinlichkeit. Sie verlieren so gut wie keine positronischen Gehirne bei der Verpflanzung von einem Körper in einen anderen. Ihr Chefarzt in der Neurochirurgie, Dr. Team-Ro, hat es seit Jahren bewiesen. Behebbare Teilausfälle sind so selten wie Schnee im Sommer. Wir sind bereit, Risiken dieser Art zu akzeptieren. Es ist die Möglichkeit vorsätzlicher und böswilliger Eingriffe gegen meinen Mandanten, vor der ich Sie warne."

„So dümmlich würden wir nicht handeln", sagte Munsky, „vorausgesetzt, wir würden diesen Auftrag annehmen, und ich habe Ihnen noch keinerlei Zusage gemacht. Es ist von jeher unser Prinzip, jeden Auftrag, den wir annehmen, mit größter Sorgfalt auszuführen. Eine hundertprozentige Erfolgsgarantie gibt es nirgends, wo Menschen am Werk sind. Neunundneunzig Prozent vielleicht, aber nicht hundert."

„Das genügt uns. Aber vergessen Sie nicht, wir werden mit allen uns zu Gebote stehenden Mitteln gegen Sie vorgehen, wenn wir Grund zu dem Verdacht haben, dass unserem Klienten absichtlich Schaden in irgendeiner Form zugefügt wird." Silberfein wandte sich zu Mike und sagte: „Was meinst du, Mike? Ist dies für dich annehmbar?"

Mike zögerte fast eine Minute lang. Was sein Anwalt von ihm gerade wollte, lief auf die Billigung von Lüge und Erpressung hinaus, auf das Plagen und Demütigen eines Menschen.

Mike sah zu Dr. Munsky, der in diesem Moment wirklich etwas geplagt dreinschaute.

Aber zumindest ist kein körperlicher Schaden an Munsky damit verbunden, sagte er sich. Und so gelang es ihm schließlich, ein kaum hörbares »Ja« hervorzubringen.

*

Auf Elon Musks Einladungsschreiben für das Treffen des Zehner-Clubs war der besondere Züricher Gast und sein vorgesehener Vortrag groß angekündigt: *Dr. Klaus Schwab, Gründer und Vorsitzender des Weltwirtschaftsforums zum Thema: Die transhumanistische Alternative.*

Die Einladung für das traditionelle Weihnachtstreffen war bereits im frühen Oktober losgeschickt worden, etwa zeitgleich mit Mikes OP, und schon jetzt freute sich Elon Musk darauf, sein neues Familienmitglied dem Club in einem Vierteljahr vorstellen zu können. Aber – wie immer im Leben – gab es einige Komplikationen.

Die Wandlung Mikes in einen androiden Körper hatte funktioniert. Elon und Mike waren zufrieden und Elijah Silberfein hatte bei Dr. Munsky nichts zu beanstanden. Es war wie eine Neukonstruktion. Doch keine Neukonstruktion ohne Geburtsschmerzen. Wochenlang fühlte sich Mike irgendwie nicht er selbst, und die einfachsten Handlungen ließen ihn immer wieder zögern.

Er war in seinem bisherigen Körper völlig zu Hause gewesen, brauchte nur die Notwendigkeit einer Bewegung zu erkennen und war augenblicklich imstande, sie auszuführen, zielsicher und automatisch. Jetzt erforderte es eine bewusste Anstrengung, sozusagen eine Selbstführung. *Hebe deinen Arm*, musste er sich sagen. *Bewege ihn hier herüber. Nun lege ihn nieder.*

Mike dachte an die heranwachsenden Menschenkinder. Musste es sich nicht genauso für ein kleines Kind anfühlen, wenn es sich bemühte, seine körperliche Koordination zu beherrschen?

Wahrscheinlich war es so. Er hatte sich vor dem Eingriff so ausgewachsen gefühlt, und jetzt fühlte er sich wie ein Kind, als er sich in diesem erstaunlichen neuen Körper umherbewegte.

Zweifellos war es ein großartiger Körper. Er war groß, aber nicht so groß, dass er anmaßend oder einschüchternd gewirkt hätte. Seine Schultern waren breit, die Taille schmal, die Gliedmaßen kräftig ausgebildet und athletisch. Er hatte sich für mittelbraunes Haar entschieden, weil er alle anderen üblichen Farben zu extravagant oder wie das Grau eines gealterten Menschen für unangebracht befunden hatte.

Auch seine Augen – lichtempfindliche Photozellen mit automatischer Brennweiteneinstellung – waren braun. Die der menschlichen Regenbogenhaut nachgebildeten Teile der Linse waren mit winzigen goldfleckigen Unregelmäßigkeiten versehen. Für seine Hautfarbe hatte Mike etwas Neutrales ausgewählt, ein klein wenig dunkler als das blasse Rosa der Musks. Insgesamt war die Ähnlichkeit mit Mitgliedern der Familie Musk jedoch nicht zu leugnen.

Sein scheinbares Alter hatte er von den Konstrukteuren und Maskenbildnern der Neuralink Corporation irgendwo zwischen fünfunddreißig und fünfzig menschlichen Lebensjahren ansetzen lassen: alt genug, um gereift zu erscheinen, aber nicht so alt, um deutliche Zeichen des Alterungsprozesses zu zeigen. Ein guter Körper, alles fein, ja. Mike war überzeugt, dass er sich darin sehr wohl fühlen würde, sobald er sich an ihn gewöhnt haben würde.

Jeden Tag gab es einen kleinen Fortschritt. Jeden Tag gewann er mehr Kontrolle über seine elegante neue Androidenbehausung. Aber der Gewöhnungsprozess ging quälend langsam vonstatten, und Griffin fühlte mit Mike und war außer sich. „Sie haben dich beschädigt, Mike, wie man erst jetzt nach einigen Tagen feststellen kann. Ich werde Silberfein bitten, seine Krallen gegen Munsky auszufahren."

„Tu es nicht, Griffin", bat Mike.

Sie alle hatten beschlossen, sich zu duzen — schließlich war Mike jetzt einer von ihnen.

„Warum nicht?", fragte Griffin.

„Silberfein wird ihm nichts be-be-beweisen ka-ka-können, in keiner Weise …"

„Du meinst vorsätzliche Beschädigung?"

„Eben! Außerdem werde ich täglich stär-stärker, be-besser. Es ist bloß das Tr-tr …"

„Das was?"

„Das Trauma. Schließlich hat es noch nie solch eine OP-op-op gegeben."

Mike sprach sehr langsam und das Sprechen fiel ihm überraschend schwer. Es war eine der schwierigsten Funktionen überhaupt, ein ständiges Ringen um Artikulation. Es war anstrengend und quälend, die Worte herauszubringen, und für jeden, der ihm zuhören musste, eine Geduldsprobe. Sein gesamter Lautbildungsmechanismus unterschied sich von dem früheren. Der effiziente elektronische Synthesizer, der imstande gewesen war, so überzeugende menschliche Geräusche hervorzubringen, hatte einer Anordnung von Resonanzkammern und muskelähnlichen Strukturen zu ihrer Kontrolle Platz gemacht, die seine Stimme völlig ununterscheidbar von der eines organischen menschlichen Wesens machen sollte; nun aber musste Mike jede Silbe in einer Weise formen, die ihm vorher von der Elektronik abgenommen worden war, und das war sehr schwierige Arbeit.

Gleichwohl war er von Mutlosigkeit weit entfernt. Verzweiflung war ein Gemütszustand, zu dem er ohnedies unfähig war, und außerdem wusste er, dass diese Probleme bloß vorübergehender Natur waren. Er konnte sein Gehirn von innen fühlen. Das konnte sonst niemand, und niemand konnte so gut wie er wissen, dass sein Gehirn noch intakt war, dass es unbeschädigt durch die Transferoperation gegangen war. Seine Gedanken strömten frei durch die neuralen Verbindungen und steuerten einwandfrei die Bewegungen seines Körpers, selbst wenn dieser in seinen Reaktionen noch nicht so schnell und eingeübt war wie er es gewohnt war. Jeder Parameter hielt der Überprüfung stand.

Er hatte lediglich ein paar Schnittstellenprobleme, das war alles. Aber Mike wusste, dass er ansonsten vollkommen in Ordnung war, und dass es nur eine Frage der Zeit sein würde, bis er die vollkommene Beherrschung über seine neue Körperlichkeit gewonnen hätte. Er musste sich als kleines Kind sehen, dass alle bewussten Körperfunktionen erst erlernen musste, zunächst langsam, dann immer rascher.

Die Wochen vergingen. Seine Koordination verbesserte sich gleichmäßig. Er näherte sich wieder dem vollen positronischen Zusammenspiel.

Natürlich war dennoch nicht alles so, wie er es sich wünschte. Vor dem Spiegel musste er stundenlang sein Repertoire von Gesichtsausdrücken und Körperbewegungen durchspielen. Alles war auf dem Weg der Perfektion, aber dennoch kamen manchmal unerwünschte Ergebnisse vor. Er konnte eine finstere Miene machen oder lächeln, die Brauen zusammenziehen und die Nase rümpfen, aber es sah immer noch ein wenig nach imitierter, einstudierter

Mimik aus. Aber unterschied er sich damit wirklich so sehr von den Menschen, bei denen man doch ebenfalls häufig jenen Eindruck von Künstlichkeit und einstudiertem Lächeln hatte?

Noch waren seine Bewegungen zu überlegt, noch fehlte ihnen die natürliche, frei fließende Ungezwungenheit menschlicher Bewegungen. Er konnte hoffen, dass dieser Effekt sich nach einer Zeit der Gewöhnung einstellen würde – schließlich war er schon weit über die enttäuschenden Tage nach der Operation hinaus, als er unbeholfen in seinem Zimmer umhergetappt war, wie ein primitiver Automat des präpositronischen Zeitalters.

Aber etwas sagte ihm, dass er auch mit diesem außerordentlichen neuen Körper niemals in der Lage sein würde, sich in der natürlichen, zwanglosen Art und Weise zu bewegen, die einen Menschen auszeichneten. Trotzdem, allzu problematisch war es nicht. Marvin Munsky hatte sein Bestes gegeben und seinen Teil des Handels ehrenhaft eingehalten. Und Mike hatte, was er wollte. Vielleicht würde er einen wirklich aufmerksamen Betrachter nicht täuschen können, aber er sah bei weitem menschlicher aus als jemals ein Roboter vor ihm, und wenigstens konnte er jetzt Kleider tragen, ohne die lächerliche Anomalie eines ausdruckslosen Metallgesichts damit zu verbinden.

„In einigen Tagen ist dritter Advent", sagte Elon zu Mike, „und meine Freunde vom Zehner-Club werden uns besuchen. Zuvor werde ich für vier Tage nach Grünheide fliegen, um einiges zu erledigen und um für dich eine Ausbildung zum *PR-Head of Department* zu organisieren. Ich habe dort einen hervorragenden Public-Relations-Mann eingestellt, der dir sympathisch sein wird. Er schreibt, wie du, Bücher zum Thema Robotik."

Gerade wollte Mike noch mehr dazu in Erfahrung bringen, aber Elon würgte die Frage im Vorhinein ab und sagte: „Mehr dazu später, wenn wir etwas mehr Zeit haben. Wenn ich aus Germany zurück bin, bin ich gespannt, was meine Freunde vom Zehner-Club zu deinem Aussehen sagen. Ich bitte dich, unserem Treffen beizuwohnen."

„Selbstverständlich, Dad", sagte Mike.

„Wir haben Klaus Schwab als Gastredner eingeladen. Es wird spannend."

„Great Reset?" Mike schaute Elon fragend an.

Elon Musk machte das Victory-Zeichen. „Yes, Great Reset! Und würdest du für uns ein Great Tischlein-deck-dich machen? Würdest du bitte alles festlich vorbereiten und für uns kochen, uns bedienen und anschließend zu einem Gedankenaustausch bereit sein? Uns berichten über die gelungene androide Körpertransformation durch Dr. Munsky? Wäre dir das möglich, Mike?"

„Es wäre mir eine Ehre, sicher doch. Es wäre auch die einzigartige Gelegenheit festzustellen, ob deinen Geschäftsfreunden gewisse, noch nicht perfekte Kleinigkeiten an meinen körperlichen Funktionen auffallen."

„Du meinst, wenn deine Mimik vielleicht etwas zeitverzögert auf eine Aussage reagiert?"

Mike nickte und sagte: „Zum Beispiel."

„Das passiert gelegentlich jedem von uns. Ich denke nicht, dass so etwas ins Auge sticht, zumal wir ein höchst interessantes Thema diskutieren: Wird die Menschheit bei den zu erwartenden chaotischen Lebensbedingungen überleben können?"

„Du meinst: Werden *alle* überleben können ... während eine Minderheit ganz sicher zu überleben in der Lage wäre, wenn ..." Mike brach ab.

„Genau darum werden wir uns Gedanken machen müssen – was ist ethisch vertretbar, was ist überlebenswichtig? Und was können wir bereits heute tun, um vorzusorgen. Ich würde es begrüßen, wenn du dich an der Diskussion beteiligen könntest, magst du?"

„Wenn deine Freunde damit einverstanden sind, werde ich meine Informationen dazugeben und meine Meinung äußern. Glaubst du, sie werden mich akzeptieren?"

„Wir werden sehen", sagte Elon.

*

Um diese Zeit herum besuchte ich wieder einmal Grünheides Bürgermeister, um ihm für unsere Tesla-Betriebszeitung einige Antworten zu entlocken – und um Vertrauen aufzubauen. Für Januar des kommenden Jahres hatte ich ihm ein Treffen mit meinem Chef versprochen. Allerdings hatte ich Herrn Christiani noch keinen festen Termin nennen können, denn Elon Musk wusste selbst noch nicht genau, wann er kommen würde.

274

Wieder einmal tauchte ich im Rathaus ohne Ansage auf. Prompt wurde ich trotz aller Geschäftigkeit und terminlicher Enge, die den Bürgermeister plagten und von denen mir Christianis Vorzimmerdame berichtete, zusammen mit einem silbernen Tablett mit zwei Tassen grünem Tee mit höflicher Hochachtung ins Rathaus-Chefbüro bugsiert.

Jetzt plötzlich fiel mir ein Wandspruch hinter dem Schreibtisch des Bürgermeisters auf. Entweder hatte ich ihn letztes Mal übersehen oder er war dort neu aufgehängt worden. Er war mir auf Anhieb sympathisch:

»Wir leben in einer Welt, in der Beerdigungen wichtiger sind als der Verstorbene, die Ehe wichtiger ist als die Liebe, das Aussehen wichtiger als die Seele. Wir leben in einer Verpackungskultur, die Inhalte verachtet.«

Sir Anthony Hopkins

Es war für mich verlockend, den Bürgermeister dazu zu befragen, aber ich wollte ihn nicht in Verlegenheit bringen. Schließlich verband er meine Wenigkeit mit der mächtigen Person des Elon Musk und musste annehmen, dass dieser einem solchen Spruch das innewohnende revolutionäre Element übelnehmen würde.

Ich hingegen hatte in den Monaten der Zusammenarbeit mit Musk herausgefunden, dass er solche Weisheiten nicht nur nicht verachtete, sondern liebend gerne nebenher auf seinen vielen Notizzetteln selber fabrizierte. Aber das konnte Herr Christiani weiß Gott nicht wissen. Außerdem wollte ich heute keine politisch-philosophische Diskussion führen, sondern die angefangene Interviewserie fortführen.

Wir kamen ohne langes Vorgeplänkel zur Sache:

SK: „Herr Bürgermeister, wie hat sich Grünheide verändert, seit das Tesla-Werk eröffnet wurde?"

Arne Christiani: „Das größte Lob, was ich ab und zu mal kriege, ist: Wenn man es nicht weiß, kriegt man es nicht mit. Innerhalb der Ortslage ist Tesla kaum wahrnehmbar. Außer am Bahnhof »Fangschleuse« natürlich. Von den 10.000 Mitarbeitern reist etwa die Hälfte mit öffentlichen Verkehrsmitteln an. Eine weitere Folge ist, dass viele junge Menschen planen, hierzubleiben. Das merken etwa die freiwilligen Feuerwehren oder Sportvereine, wo es mittlerweile teilweise Wartelisten gibt."

SK: „Arbeiten mittlerweile auch viele Grünheider bei Tesla?"

Arne Christiani: „Die genaue Statistik liegt mir nicht vor. Aus der gesamten Region sind es wohl einige Hundert."

SK: „Sie sprechen sicher öfter mit Bürgern. Lassen Sie uns bitte ehrlich wissen, was die Menschen hier von Tesla halten."

Arne Christiani: „Wie die Menschen unter sich darüber sprechen, kann ich nicht abschätzen. Ich höre viel Positives."

SK: „Es gibt aber auch massive Kritik: Umweltverbände und eine Bürgerinitiative kritisieren, die Fabrik und ihr weiterer Ausbau würden den Wassermangel verschärfen, unter dem die Region ohnehin leidet."

Arne Christiani: „Das Thema Wasser kann ich nicht weiter kommentieren, weil die Gemeinde

Grünheide Mitglied im Wasserverband Strausberg-Erkner ist, der dafür zuständig ist. Was ich sagen kann: Der Verbrauch der Fabrik ist vertraglich festgelegt und diese Wassermengen sind vom Wasserverband genehmigt worden. Das Problem der Wasserknappheit in der Region gibt es schon seit 2017, da war von Tesla noch gar keine Rede."

SK: „Lassen Sie mich kritisch fragen, obwohl ich von Tesla bin: Macht unser Unternehmen das Problem nicht größer?"

Arne Christiani: „Diese Region ist in den vergangenen Jahren stark gewachsen, so wie der gesamte Berliner Speckgürtel. Hinzu kommen die trockenen Sommer. Von Mai bis September gibt es daher schon länger Probleme, die tägliche Versorgung mit Trinkwasser zu gewährleisten. Aus meiner Sicht liegt das daran, dass Trinkwasser zu billig ist und dass der englische Rasen und der Swimmingpool vor dem Allgemeinwohl stehen. Da muss nachgebessert werden, eindeutig."

SK: „Und was sagen Sie zu unserem Verbrauch?"

Arne Christiani: „Zu Tesla kann ich nur sagen, dass bei der Trinkwasserversorgung die Bevölkerung immer Vorrang vor der Industrie hat. Das wird auch hier so praktiziert."

SK: „Also wird die Wirtschaft von möglichen Einschränkungen betroffen sein?"

Arne Christiani: „Selbstverständlich. Was immer vergessen wird: Der Tesla-Versorgungsvertrag ist der erste in der Region, in dem Höchstgrenzen für den Wasserverbrauch festgeschrieben sind."

SK: „Ein Teil unseres Werks befindet sich im Trinkwasserschutzgebiet. Können Sie garantieren, dass das Trinkwasser sicher ist?"

Arne Christiani: „Ich kann nicht garantieren, dass das Trinkwasser sicher ist. Was ich garantieren kann: Es wird kein Trinkwasser unter dieser Fabrik gezogen. Die zuständigen Behörden schauen sehr genau, was da passiert."

SK: „Man wirft Tesla vor, wir hätten teilweise ohne Genehmigung gebaut, zuletzt etwa 104 Pfähle für ein Solardach. Das Umweltministerium hat deshalb ein Krisentreffen mit Tesla einberufen. Was sagen Sie dazu?"

Arne Christiani: „Wenn etwas ohne Genehmigung errichtet wird, ist das nicht akzeptabel. Man muss hier aber genau unterscheiden. Es gibt die Baugenehmigung und die Genehmigung nach dem Bundes-Immissionsschutzgesetz. Für letztere kann eine Zulassung des vorzeitigen Baubeginns erteilt werden. Das gab es auch schon vor Tesla."

SK: „Brandenburgs Ministerpräsident Dietmar Woidke hat meinen Chef, Mr Musk, zuletzt einen Brief geschrieben und darin Unterstützung für ungelöste Probleme beim Ausbau zugesichert. Wirtschaftsminister Jörg Steinbach hat sich bei einem Besuch bei unserem Stammunternehmen in Fremont in einem Tesla-T-Shirt ablichten lassen. Man hört den Vorwurf, es gäbe zu viel Nähe zwischen Tesla und der Brandenburger Politik, können Sie diesen Vorwurf teilen?"

Arne Christiani: „Das weiß ich nicht. Dass mit großen Unternehmen in Briefen kommuniziert wird, ist nicht unüblich. Das mit dem T-Shirt kann ich nicht kommentieren. Am Eröffnungstag war ein Tesla-Shirt hier jedenfalls eine gute Möglichkeit, sich der Aufmerksamkeit zu entziehen, weil Tausende so eines trugen. Dann konnte man in Ruhe eine Bratwurst essen."

Mein gekonnt kritisches Auftreten beim Bürgermeister der Gemeinde war ebenso wie die erfolgreiche PR-Story zur Rettung von Kaffee-Kurt beim Chef positiv zu Buche geschlagen. Hinzu kam der Erfolg meiner Medienarbeit, der zur Hervorhebung der zahllosen Vorteile vom neuen Tesla-Standort für Berlin-Brandenburg führte.

Später, als ich ihn längst duzen durfte, erzählte er mir in einer weinseligen Stunde, dass meine Herangehensweise an sein PR-Unterfangen für ihn damals ein „göttlicher Fingerzeig" gewesen sei, dass er sich hundertprozentig auf mich verlassen konnte.

Heute aber überraschte er mich mit einer anderen Aussage. „Mr King", hob er an und nannte mich immer noch nicht bei meinem deutschen Namen, „wissen Sie, ich hatte schon einmal angedeutet, dass ich Sie gerne mit der PR-Ausbildung meines Sohnes Mike betrauen würde. Sie hatten, wenn ich mich recht entsinne, zugesagt. Wären Sie immer noch damit einverstanden?"

„Ich hoffe Ihr Sohn akzeptiert mich, und wenn er sich dem notwendigen Ausbildungsprogramm fügt, sollte die Ausbildung Mike ebenso viel Freude wie mir bescheren."

„Ich habe eine gewisse Übereinstimmung zwischen ihren Expertisen zur Roboter-Forschung und dem Werk von Mike festgestellt. Ich kann mir gut vorstellen, dass Sie sich mit Mike fachlich und menschlich gut verstehen. Mike ist anpassungsfähig und von zuverlässigem Charakter."

„Um welches Werk handelt es sich, das Ihr Sohn geschrieben hat?"

„Das Buch trägt den Titel »Die Geschichte der Robotik« und wurde in Fachkreisen weltweit bisher über zehntausend Mal verkauft."

„Wahrhaftig, das ist eine Hausnummer!", rief ich bewundernd aus. „Ich bin gespannt, ihn kennen zu lernen. Wo hat Ihr Sohn studiert? Und ist das Werk, von dem Sie sprachen, seine Doktorarbeit?"

„Ich denke, Sie sollten Mike selbst diese Fragen stellen, wenn er im Januar mit mir hierherkommt."

Dieses Gespräch fand einige Tage vor dem Zweiten Advent statt.

Eine Woche später ereignete sich in Fremont folgendes: Elon Musk weihte Mike in das bevorstehende Treffen des Zehner-Clubs ein. Sie besprachen die Tischordnung, den Speiseplan und die aufzutischenden Getränke. „Mike, ich wäre dir dankbar, wenn du alles, was wir besprechen, in deinem Gedächtnis speicherst", sagte Elon. „Es wird einiges darunter sein, was ich mit dir später unter vier Augen nachbesprechen möchte. Könntest du mir diesen Gefallen tun?"

„Gerne, Dad, kein Problem", gab Mike zur Antwort, und schon bald darauf begann er mit den Besorgungen, um das diskrete Treffen seines Ziehvaters mit den mächtigen Data-Tycoonen vorzubereiten. Als er dabei war, die aufwendig gestalteten Tischkärtchen aufzustellen, staunte er nicht schlecht, denn ein Name war neu auf der Einladungsliste, wofür ein anderer Name fehlte.

Auf den Kärtchen waren die Gäste vermerkt, die Mike bereits kannte: Facebookchef Mark Zuckerberg, Amazonboss Jeff Bezos, Windowsgründer Bill Gates, Googlechef Larry Page sowie der Palantir- und PayPal-CEO Peter Thiel. Statt Charles Koch, dem erzkonservativen Tea-Party-Gründer und siebtreichsten US-Amerikaner stand nun aber Sam Altmann auf der Liste. Mike kannte ihn noch nicht.

„Wer ist dieser Mr Altmann, Dad?"

„Wer er ist? Der von mir geförderte Chef meiner Beteiligungsfirma OpenAI und Erfinder von ChatGPT, einem Unternehmen, das auch von Bill Gates Microsoft gesponsert wird. Mein Freund Bill, Sam und ich, aber auch Larry von Google arbeiten auf diesem Gebiet eng zusammen, weißt du. Und Mr Koch war nichts weiter als ein Investor, der uns politisch eher in die Suppe spuckte, als dass er der KI-Entwicklung und dem Ansehen unseres transhumanistischen Projektes genutzt hätte."

„Ihr habt den mächtigen Charles Koch gefeuert?"

Elon lachte. „So kann man das nicht sagen. Wir habe ihn nur nicht mehr eingeladen. Sam Altman und sein Unternehmen sind für unser Vorhaben unabdingbar. Koch mit seinem ultrareligiösen Gedöns ist hinderlich. Er hat eine schlechte Presse."

Mike dekorierte den großen Speisesaal weih-
nachtlich-festlich. In der linken Ecke stand der
große festlich geschmückte Weihnachtsbaum, be-
hangen mit sechzig großen und dreißig kleinen
Goldkugeln. Auf den tiefliegenden Fensterbänken
der großflächigen Panoramafenster waren fein be-
malte Holzfiguren, Engel, Weihnachtsmänner,
Wichtel, Tannenbäume und Märchenfiguren aufge-
stellt.

In der rechten Ecke des Raumes war eine traditionelle, einen Meter große, Weihnachtskrippe aufgebaut. In der Mitte des Speisesaals stand ein großer,
zirka sechs Meter langer, ovaler Tisch.

Elon Musk eröffnete als Hausherr und Gastgeber die erlauchte Runde und stellte nebenbei in wenig aufdringlicher Art seinen Sohn Mike vor. Erwartungsgemäß gab es einige verwunderte Blicke, und
tatsächlich sagte Bill mit verschmitztem Schmunzeln: „Nun gibt es also zwei Mikes in deinem Haus.
Wenn du den Namen rufst, kommen dann alle beide
angelaufen?"

Elon blickte zu Mike, der etwas versetzt hinter
ihm stand und sagte: „Mike, willst du selbst antworten?"

Mike trat vor. „Warum nicht, Dad? Wenn du es
mir empfiehlst, werde ich gerne antworten ..."

Elon nickte selbstzufrieden.

„Es wird zweifelsfrei nur ein einziger Mike
kommen, wenn ich rufe, Mr Gates ... Sie sehen
mich so fragend an und möchten des Rätsels Lösung
wissen?"

„Gerne!"

„Weil nur ein einziger Mike existiert, denn es gibt nur einen einzigen mit ihm identischen Roboter im Haus der Musks. Und das ist er." Elon zeigte auf Mike.

Ein beifälliges Raunen ging durch den Saal. Und dann, bevor Klaus Schwab als Gastredner zu seinen Ehren kam, fasste Elon Musk in kurzen Sätzen Mikes Lebenslauf vom MMM3.033R über den metallenen Robotnik mit KI-gesteuertem positronischem Gehirn bis zu seinem jetzigen androiden Dasein zusammen.

Klaus Schwab saß am Kopfende des Tisches, vor sich ein kleines Tischpult für sein Skript, geeignet für längere Vorträge, die in kleinem Kreis ohne Mikrofon gehalten werden können: „Meine Herren, liebe Freunde, Mike weist uns den Entwicklungsweg, wie wir anschaulich sehen. Nun, gleichwohl das Thema allein schon durch Mikes Anwesenheit auf der Hand liegt, möchte ich Ihnen vorab herzlich für die Einladung danken und möchte mich sogleich ins Thema stürzen, das da lautet: »Wie können wir in einer zugrunde gehenden Welt überleben? Unser Konzept des Transhumanismus«.

Es geht um nicht mehr und nicht weniger als um die große Transformation. Wie ich aus unseren gemeinsamen Treffen in Davos weiß, kennen die meisten von Ihnen das transhumanistische Konzept, dennoch kann ich es in Kürze gerne noch einmal zusammenfassen. Wir sind hier ein kleiner Kreis und ich möchte meinen Vortrag in lockerer Weise gestalten. Wenn Sie also Zwischenfragen haben, dann nur zu. Lassen Sie uns offen diskutieren. Vielleicht bietet sich auf Ihre Zwischenfrage hin ein willkommener Diskussionsanlass."

Die Herren klopften zustimmend auf den Tisch. Mike ging umher und füllte Getränke nach.

Schwab lächelte dankend in die Runde. „Auf eine kurze Formel gebracht, bedeutet die von uns entwickelte transhumanistische Idee, dass die nächste Evolutionsstufe der Menschheit in eine Art Fusion mit Technologien mündet, die wir bereits heute als Wearables *an* unserem Körper tragen. Zukünftig aber werden wir sie *in* uns tragen. Es ist jedoch noch etwas komplizierter als es auf den ersten Anschein klingt. Wissenschaftler wie Hugo de Garis und Stephen Hawking haben davor gewarnt, dass die Entwicklung einer vollständigen KI das Ende der menschlichen Spezies bedeuten könnte. Wir sehen das grundsätzlich anders: Es bedeutet die biologischen Grenzen der Menschen durch den Einsatz von Technologie und Wissenschaft zu verändern und zu überwinden. Die Probleme der Menschheit wachsen mit der Anzahl der Menschen und den dadurch bedingten Umweltkatastrophen. Egal wie es geschieht, egal wann es geschieht, die Menschheit stößt – wie mein Freund und Kollege Yuval Noah Harari es treffend formuliert hat – evolutionär gesehen an ihre Grenzen."

Larry Page, der für seine lockeren Worte bekannt war, meldete sich zu Wort: „Klaus, ich denke, dass dies alles, was Sie anführen, unbestreitbar ist. Was man uns aber vorwirft, ist doch, wir würden die Menschen durch androide Roboter ersetzen. Ich habe bisher immer auf entsprechende Bemerkungen der Medienfuzzis gesagt, man solle androide Robot-niks nicht verteufeln. Was ist schon schlimm daran, habe ich gefragt, wenn die aus lebender Materie bestehende Menschheit in Form von unbelebter Materie als Robotnik-Society weiterexistiert, jedenfalls solange die menschliche Intelligenz darin erhalten bleibt?" Page ließ ein freches Lächeln um seine Lippen spielen.

Und Mike musste innerlich schmunzeln, als er den Begriff »menschliche Intelligenz« vernahm. Was war das? Erschöpfte sie sich in dem ingenieurtechnischen Wissen, das ihn hervorgebracht hatte? War sie nicht auf merkwürdige Weise beschränkt? Oder warum wurde seit Jahrtausenden an unnütze Götzenbilder geglaubt? Appellierte die menschliche Intelligenz, wie die Menschheitsgeschichte lehrte, nicht in unverzeihlich naiver Weise an völlig ohnmächtige Götter? Hoffte man nicht ziemlich unintelligent darauf, mit deren Hilfe die menschlichen Schwächen, all die Betrügereien, Raub, Mord und Kriege auszurotten? Unwillkürlich schüttelte Mike den Kopf.

„Und wie haben die werten Vertreter unserer Medien reagiert?", fragte Bill Gates.

„Wie wohl?", sagte Page. „Die reagieren wie immer mit Gegenfragen. Doch ich möchte nicht dem Kollegen Schwab vorgreifen …"

„Danke vielmals für diese Zwischenbemerkung. Sie führt uns direkt zur zentralen Annahme unserer transhumanistischen Idee: Wir gehen nämlich davon aus, dass die menschliche Natur mit ihren Schwächen überwunden werden kann und über-

wunden werden muss. Die schrittweise Vervollkommnung des Menschen durch Künstliche Intelligenz und durch androide Körper, wie wir es hier bereits bei unserem bewundernswerten Mike sehen
können, ist gewissermaßen ein Mittel zu einem Welt-
rettungsprogramm in letzter Minute …"

Alle schauten auf Mike. Es war ihm sichtlich
unangenehm, und so sagte Elon Musk: „Mike ist ein
Sonderfall. Die Frage ist, ob späterhin seine – wie
soll ich sagen – seine … seine androiden »Mitbürger«
genauso humanoid verträglich und friedlich sein
werden."

Schwab sagte kurz angebunden: „Warum
nicht?" und fuhr in seinem Vortrag fort: „Aus dem
Dilemma, in das uns Politik und eine fehlgeleitete
Freiheitsphilosophie geführt haben, können wir uns
nur auf technologische Weise befreien. Fortschritte
auf dem Gebiet der Programmierung und der Re-
chenleistungen, durch exponentielle Steigerung der
Verarbeitungs- und Speicherkapazitäten der Computer, werden uns helfen, eine Superintelligenz zu
schaffen. Sie wird dem menschlichen Denken, Planen, Abwägen, Urteilen und Entscheiden weit überlegen sein, wie wir bereits heute experimentell feststellen können.

In all diesen entscheidenden intellektuellen Bereichen sollten deshalb Algorithmen *die Macht* –
wenn ich es so nennen darf – *übernehmen*. Unser
transhumanistisches Vorhaben zielt darauf ab, mit
Hilfe von Computer-, Nano- und Biotechnologie zu
einer Verbesserung aller Lebensbereiche zu gelangen. Ohne Frage geht dies mit einer durchgehenden

Datafizierung einher. Ist das so schlimm, wie einige behaupten? Das Gejammer über eine damit verbundene totale Kontrollierbarkeit klingt völlig absurd in meinen Ohren. Insbesondere, wenn ich daran denke, wie rasant wir uns dem Abgrund nähern. Ja, sage ich, ja, wir *müssen* kontrollieren und alles unter Kontrolle haben. Sonst haben wir, sonst hat die ganze Menschheit endgültig verloren."

Schwab leckte sich über seine ausgetrockneten Lippen, und bevor er noch auf sein leeres Wasserglas schaute, war Mike zur Stelle und goss ihm nach. „Vielen Dank für Ihre Aufmerksamkeit, Mike!"

Die Blicke von Klaus Schwab und Elon Musk kreuzten sich. Unverkennbar schwang Stolz in Elons Blick mit.

Schwab nahm einen Schluck und trug weiter vor: „Wer weiß, wie lange es jemals noch Natur als solche geben wird. Sie stellt aus meiner Sicht – ich muss es offen sagen – für den transhumanistischen Transformationsprozess erst einmal etwas Defizitäres dar, das in bestimmtem Sinne überwunden werden muss. Zukünftige Generationen dürfen nicht mehr von ihr und ihren Launen abhängig sein. Es gilt, Krankheiten und den Tod zu besiegen. Selbst die Besiedlung anderer Planeten – wie sie unser verehrter Gastgeber ins Auge gefasst hat – müssen wir ernsthaft bedenken. Die ersten Schritte auf dem Mars werden aber nicht wir machen, sondern den werden Mike und seine zukünftigen Artgenossen machen, dessen bin ich mir sicher."

Mark Zuckerberg, Jeff Bezos und Bill Gates standen spontan auf und klatschten Beifall, während

Larry Page im Sitzen klatschte, um mit Schwab auf Augenhöhe zu bleiben, und er sagte in seiner lässigen Art: „Im Grunde sollte in unserem transhumanistischen Konzept nichts, aber auch gar nichts, unmöglich erscheinen. Aber, meine werten Freunde", wandte er sich an die stehenden Applausspender, „es wäre schön, wenn ihr wieder Platz nehmen und Klaus weiter referieren könnte."

„Danke", sagte Schwab. „Ich hoffe, Sie halten noch bis zur Pause durch. Wo war ich stehen geblieben, bevor ich die Möglichkeit ferner Planetenbesiedlungen erwähnte?"

„Kontrolle durch Datafizierung!", rief ihm Peter Thiel zu. Thiel hörte zwar genau hin, was Schwab zu sagen hatte, aber zugleich war er bereits bestens informiert darüber, wie der transhumanistische Weg in die Zukunft aussehen würde. Woran er jedoch in diesem Augenblick dachte, war etwas völlig anderes – auch und gerade weil es mit seiner ganz persönlichen Zukunft zusammenhing.

Er spielte ernsthaft mit dem Gedanken, sich einfrieren zu lassen. Mit Kryonik konnte er, wie er sich lebhaft ausmalte, den Stress der Gegenwart vermeiden und sein Weiterleben in ferner, besserer Zukunft ermöglichen. Ein hundertjähriger Kälteschlaf würde ihm den schmerzlichen und vielleicht chaotischen Übergang während der Transformationsära ersparen. War denn seine persönliche Anwesenheit tatsächlich nötig, um die weitere Entwicklung zu steuern? Konnte nicht bereits in ein oder zwei Jahren die KI den Weg selbst finden?

„Kontrolle, genau!", sagte Schwab. „Neulich las ich in der Washington Post einen Kommentar mit der vorwurfsschwangeren Überschrift: »Transhumanismus ist Dataismus«. Natürlich, da hat die Washington Post recht, das alles hängt miteinander zusammen. Dataismus – wegen mir auch Datafizierung oder Digitalisierung – ist notwendig, wenn man auf wissenschaftliche Weise den Menschen einschätzbar machen möchte. Wenn man sein Verhalten und sein Denken für die Zukunft berechenbar machen will. Ich bin überzeugt davon, dass man dies nur mittels Verdatung, Kybernetik und computergesteuertem Behaviourismus vollbringen kann."

Mike stand wie immer, hilfsbereit abwartend, im Türrahmen an der Küche. Sein Künstlicher Intelligenz-Generator übersetzte ihm augenblicklich »Behaviourismus« mit Konditionierung. Es interessierte ihn, was Schwab dazu noch sagen würde.

Schwab schaute kurz in die Runde und dozierte weiter: „Das bedeutet, dass die Qualität zur Verbesserung und zum Erfolg der Optimierungsprozesse als abhängig von der Menge der Daten definiert wird. Große, aussagekräftige Datenmengen, die automatisch verarbeitet, analysiert und ausgewertet werden können. Es ist ein unserem Verständnis von Transhumanismus inhärentes Gesetz, Daten zusammenzuführen, sie also zu vernetzen. Sinnvoller Weise sind sie zu zentralisieren, um den Gesamtprozess des menschlichen Handelns messbar, kontrollier- und steuerbar zu machen. Es darf auf Dauer bald keine Möglichkeit mehr geben, sich dem Dataismus zu entziehen. Das klingt provokant, ich weiß, und wir können es gegenüber den Medien nicht derart offen sagen. Aber ansonsten sind wir dem Untergang geweiht. Das ist die ungeschminkte Realität. Hier steht vor allem jene Politik in der Verantwortung, die auf der transnationalen Bühne auftritt und in Gestalt von Global Governance an Akzeptanz und Einfluss gewonnen hat – und weiter gewinnen muss, etwa durch pandemische Ernstfälle, wie es zum Beispiel in der Covid-19-Krise geschah. Über solche Pfade bereiten wir die Gesellschaft peu à peu auf den grundlegenden Wandel vor. Es ist eine stille Revolution und die moderne Jeanne d'Arc, das sind wir."

Tischgetrommel.

Schwab blickte nur kurz auf und hinüber zu Bill Gates und sagte: „Lassen Sie uns hierbei an die wichtige Rolle der Weltgesundheitsorganisation denken. Und an die treibende Kraft, die sich mitten unter uns befindet."

Alle blickten jetzt zu Gates, der bescheiden abwinkte, während die anderen weiter anerkennend auf den Tisch klopften.

Dann fuhr Schwab fort: „Manche sich progressiv gebende Philosophen werfen uns vor, wir strebten einen gesellschaftlichen Zustand an, in dem das Digitale quasi alle Aspekte unseres Lebens durchdringen soll. Ich würde es anders formulieren: Wir streben einen Zustand an, in dem die umfassende Digitalisierung und Dataisierung uns eine zuverlässige Datenbasis für zukunftsrelevante Entscheidungsfindungen zur Verfügung stellt."

Elon Musk stand auf und läutete die von allen zehn Teilnehmern ersehnte Pause ein. Es war jene Pause, in der Peter Thiel das erste Mal mit Larry Page offen über den Kälteschlaf sprach.

Das Jahr näherte sich dem Ende. Wenn ich mich recht erinnere, habe ich in meinem kleinen neuen, kuscheligen und schicken Grünheidener Zuhause kurz vor Heilig Abend das erste Mal mit Musks Chefsekretärin Charlotte Curtis geschlafen. Charlotte war als perfekt deutschsprachige Kalifornierin vom Teslachef aus Fremont nach Grünheide umgetopft worden.

„Wohast du dein perfektes Deutsch gelernt?"

„Meine Großeltern kommen aus Potsdam, und in unserer Familie wurde seit jeher die deutsche Sprache gepflegt."

Ich hatte ihr von meiner Zeit im Sonnenstaat erzählt, von meinen amerikanischen Freunden und CIA-Feinden, damals in San Francisco und Los Angeles. Sie war sportlich und joggte gerne. Auch ich war sportlich und joggte jeden Abend eine Runde, bevor ich mich privat ans Schreiben meiner Storys machte. Sie las gerne. Auch meine Storys.

Sie war Single. Ich war Single. Ihr von Musk spendiertes Häuschen war übrigens Bestandteil der Acht-Manager-Siedlung und stand in unmittelbarer Nachbarschaft von meinem.

Was war naheliegender, als dass wir uns liebten?

Teil 4

Die Jahre
vor dem Kälteschlaf

Es war inzwischen Frühjahr. Der Besuch von Vater Musk und Sohn war angesagt. Charlotte hatte es mir im Auftrag des Chefs ein paar Tage zuvor mitgeteilt.

„Stephen, das ist mein ältester Sohn Mike", sagte Mr Musk, und Mike trat vor, um mir die Hand zu reichen. Das hatte ich nicht erwartet. Der Handschlag war eine recht europäische Sache. In Amerika hatte ich oftmals die Hand zur Begrüßung oder zum Abschied hingestreckt – und zwar ins Leere. Wenn ein Amerikaner einen nicht per Händedruck begrüßt, sondern nur mit einem kurzen »Hello« oder »How are you«, dann ist das kein Ausdruck von Desinteresse oder Ablehnung, hatte ich damals festgestellt, sondern bedeutet nur, dass er einen im positiven Sinn als gleichgestellt erachtet.

„How are you? Ich bin Mike und freue mich auf die Zusammenarbeit mit Ihnen, Mr King." Er schüttelte mir kräftig die Hand.

Mein Auszubildender in spe war groß, machte einen sportlichen, fast athletischen Eindruck. Sein mittelbraunes Haar war struppig durcheinander gewuselt, wie es bei jungen Leuten heutzutage üblich war. Sein Alter mochte Anfang Dreißig sein. Ich überschlug kurz: Wenn Elon Musk jetzt 51 Jahre alt war, dann war Mike wohl die Frucht aus Elons Zeit als Zwanzigjähriger. Puh, mein Chef musste ein früher Draufgänger gewesen sein.

Mikes braune Augen schauten mich erwartungsvoll an. Er sah seinem Vater verblüffend ähnlich.

„Wenn ich Ihren Vater richtig verstanden habe, darf ich Sie zum PR-Manager ausbilden. Oder sagen wir besser: es ist eine Fortbildung, denn Sie werden ja bereits eine Ausbildung absolviert haben."

„Wissen Sie, Sir", antwortete Mike, „bei uns in den Vereinigten Staaten gibt es nicht ein solch starres Ausbildungssystem wie in Europa. Es ist völlig gleich, wann und auf welche Weise man seinen persönlichen Zugang zu einem Beruf findet. Hauptsache, man hat dafür die nötige Kompetenz erworben – wie auch immer. Wichtigster Indikator ist für uns der Erfolg."

Na, das war mal ein Statement. Ganz wie sein Vater. Aber anders als sein Erzeuger trat er von Anfang an sehr diplomatisch auf, sehr höflich – und zurückhaltend dann, wenn Zurückhaltung angebracht war.

Wie mit dem Chef vor langer Zeit besprochen, nahm ich Mike in meinem Büro auf. Ich erzählte ihm von meiner gegenwärtigen Aufgabe, von den Kontakten zum Bürgermeister, zu Kommunal- und Landespolitikern und zu Journalisten. Und ich berichtete von meinem bisherigen Berufsleben vor Tesla – auch von meinem Kollegen Ben im Licher Verlag, mit dem ich mich im Laufe der Jahre angefreundet hatte, und der mich ungern nach Grünheide hatte ziehen lassen.

„Es ist nichts produktiver für den Arbeitsprozess, als wenn man sich mit den Kollegen freundschaftlich und ohne Kompetenzgerangel versteht", sagte Mike. „Erwiesenermaßen kann eine gute persönliche Beziehung zwischen Kollegen den Arbeitsablauf optimieren, ihn reibungsloser und schneller gestalten."

Mir fiel Mikes ausgesucht besonnene Wortwahl auf.

Und noch etwas fiel mir auf: „Sie sehen das sehr zweckmäßig, lieber Mike, und natürlich haben Sie aus betriebswirtschaftlicher Sicht recht", sagte ich und machte eine kurze Pause, um seine Reaktion festzustellen. Aber Mike sagte weiter nichts, und ich fuhr fort: „Ich war aber auch immer froh, in Ben einen vertrauenswürdigen Kollegen gefunden zu haben, dem ich gelegentlich mein Herz ausschütten konnte."

Jetzt lächelte Mike. „Sie meinen mit »ihr Herz ausschütten«, wenn der Chef wieder einmal ungerecht war. Wenn er vorgab, mehr zu wissen als man selbst, der man unmittelbar mit dem Arbeitsauftrag zu tun hatte?"

„Zum Beispiel."

„Haben Sie keine Sorge, Mr King, in mir haben Sie einen loyalen Bürokollegen. Nur weil unser gemeinsamer Chef zufällig mein Vater ist, werde ich ihn nicht unkritischer sehen als jeder andere Mitarbeiter auch. Wenn er jedoch die richtigen Entscheidungen trifft, werde ich ihn genauso unterstützen und am gemeinsamen Erfolg arbeiten, das ist ja selbstverständlich. Mit privaten Angelegenheiten von ihm und mir werde ich Sie allerdings nicht belästigen, keine Angst, Mr. King."

Ich klärte Mike erst einmal über meinen eigentlichen Namen auf. „King ist die englische Version meines deutschen Namens »Koenig«. Ihr Vater zieht es freilich vor, mich mit King anzusprechen – wahrscheinlich muss er insgeheim an Stephen King denken, denn er nennt mich auch beim Vornamen »Stephen«, obwohl ich Stefan heiße."

„So ist Dad. Er setzt gerne seine eigenen Regeln. Nehmen Sie es ihm bitte nicht übel. Nur deshalb konnte er es als Unternehmer so weit bringen."

Vielleicht schaute ich etwas zu skeptisch, denn Mike ließ noch eine Nachbemerkung fallen, die mich hellhörig machte: „Ich weiß: Für europäische Ohren klingt das nicht gerade nach einer demokratischen Errungenschaft, vielmehr nach autokratischem Gehabe, wie es viele Kritiker bezeichnen. Doch darüber können wir bei gegebenem Anlass reden. Für heute möchte ich Ihnen gerne meine Buchveröffentlichung zur Geschichte der Robotik zum Geschenk machen. Dad meinte, Sie würden an ähnlichen Themen arbeiten und wir könnten uns gewiss angeregt darüber austauschen."

Er überreichte mir sein umfangreiches Buch.

Irgendwann brachte ich ihm im Gegenzug meine Manuskripte mit, von denen er mir schon nach unglaublich kurzer Zeit versicherte, sie seien hervorragend geschrieben und fachlich auf hohem Niveau. Da war ich schon ein wenig verwundert, wie mein Auszubildender zu solch einem schnellen Urteil gelangt war. Denn in seinem Werk hatte ich es in derselben Zeit lediglich bis auf Seite 36 geschafft.

Mike war ein gelehriger Schüler. Einen netteren Menschen hätte ich mir als Mitarbeiter nicht wünschen können. Auch meine heiße Flamme, Charlotte, schwärmte von Mikes Höflichkeit und Intelligenz. Als ich sie fragte, ob sie Mike noch aus ihrer Zeit in San Francisco kennen würde, verneinte sie.

Der Chef hätte sie damals nicht in seine Privatsphäre einbezogen, schließlich hätte in Fremont auch noch die dortige Chefsekretärin Ellen Carmer zwischen ihr und ihm gestanden. Mrs Carmer wäre eher schon einmal vom Chef mit privaten Aufträgen betraut worden.

Ich kochte gelegentlich für Charlotte und mich, während Mike sich im Gästehaus, wie ich vermutete, selbst bekochte und dort auch für die Zeit wohnte, wenn sein Vater zurück in Kalifornien war.

Umgekehrt bereitete Charlotte – gewissermaßen in abwechselndem Turnus – für mich ein Essen vor. Nach gemeinsamem Jogging über Löwenzahn gesäumte Wege speisten wir dann bei untergehender Sonne auf der Terrasse im Vorgärtchen ihres Häuschens. Woran ich dabei gelegentlich dachte? *Liebe geht durch den Magen,* hatte meine Mutter immer gesagt, wenn Vater ihr Essen über den Klee lobte.

Ich stellte die Musikbox neben uns auf die Gartenbank und ließ auf iTunes meine Playliste laufen. Von Westen her zogen Regenwolken auf. Aber noch hielt das Wetter. Als erstes hörten wir Ulla Meinecke:

Wir fliegen beide durch die Nächte,
segeln durch den Tag
Am Anfang war ich sicher, dass ich sie nicht mag
Sie hat so breit gegrinst,
doch ihr Blick war wie durch Glas
Ihre Sätze wie Torpedos, und jedes Lachen saß

Du bist die Tänzerin im Sturm
Du bist ein Kind auf dünnem Eis

Du schmeißt mit Liebe nur so um dich
Und immer triffst du mich

Wie zum Duell sah ich sie, durch den Laden gehen
Wo die Kokser still an den Wänden stehen
Die fröhliche Wüste,
wo die Barfrau sticht wie ein Skorpion
Und die Mädels wie in Zellophan,
spielen alle Saxophon

Und da saß sie, rückwärts auf dem Stuhl,
mit der Lehne nach vorn
Und fragt, „Was haben wir beide hier verloren?"

Du bist die Tänzerin im Sturm
Du bist ein Kind auf dünnem Eis
Du schmeißt mit Liebe nur so um dich
Und immer triffst du mich

Wir fliegen beide durch die Nächte,
segeln durch den Tag
Inzwischen bin ich sicher, du weißt,
dass ich dich mag
Jetzt sitze ich hier neben dir,
wir fahren durch die nasse Stadt
Komm, jetzt fahr'n wir deinen Tank leer!
Bis es ausgeregnet hat

Wir räumten alles zusammen, als die ersten
Tropfen fielen, fuhren den Tesla aus der Garage und
fuhren hinaus in die große Millionenstadt, die uns

bereits von weitem entgegenleuchtete, Berlin bei Nacht.

Ich nahm in den folgenden Wochen Mike mit auf meinen zahlreichen Außenbesuchen. Wir sprachen über den Tag der Offenen Tür, den ich im Oktober des vergangenen Jahres organisiert hatte. Es war mit über 9000 Besuchern ein großer Erfolg geworden. Riesenrad, Würstchenbuden, Elon Musk live, die riesige Gigafactory und viele Elektroautos hatten die Besucher fasziniert.

„Was meint mein Dad? Will er das noch einmal veranstalten?", fragte Mike.

„Ja, wieder im Oktober."

„Dann müssten wir bereits bald …"

„Ja", fiel ich ihm ins Wort, „sehr bald!"

Mike sah mich erstaunt an und sagte: „Wir müssen schon in einem Monat die Sache vororganisieren, nicht wahr?"

„Das wollte ich gerade vorschlagen. Aber Sie sagen es, Mike: In vier Wochen spätestens müssen wir beginnen. Ich sehe, wir können gegenseitig Gedanken lesen."

Mike lächelte zufrieden. Er und ich verstanden uns immer besser, sehr oft sogar ohne Worte. Noch siezten wir uns. Auch als er meine Liaison mit Charlotte auf sehr pikante Weise mitbekam, verhielt er sich absolut diskret. Er machte keinerlei Bemerkung, nicht einmal an jenem frühen Morgen, in der Dämmerung, lange nach Büroschluss und lange vor Büroöffnung.

Ich saß an jenem späten Vorabend alleine im Büro und redigierte in Ruhe unsere Betriebszeitung.

300

In jeder Ausgabe stellte ich drei Mitarbeiter der Zentrale vor. Ich betrachtete das Foto meiner wunderschönen Charlotte. Aber war sie wirklich »meine« Charlotte? Ich entwickelte allmählich unbehaglich starke Gefühle für sie – unbehaglich, aber nicht gerade unangenehm. Ihre Augen waren von einem unheimlich leuchtenden Grün … anfangs hatte ich sie eine Zeitlang beobachtet, um zu sehen, ob sie gefärbte Kontaktlinsen herausnehmen würde, aber offensichtlich war es ihre echte Augenfarbe. Ich begehrte sie wie ich noch nie eine Frau begehrt hatte. Doch sie schien mir sehr unabhängig zu sein. War das der besondere Reiz?

Wir schliefen jetzt schon seit vielen Wochen miteinander, aber ich bekam von ihr nicht genug, ich wollte Tag und Nacht mit dieser Frau namens Charlotte Curtis schlafen. Und doch hatte sie sich mir in den letzten drei Wochen verschlossen. Ich sagte mir immer wieder vor, dass das nur an dieser außergewöhnlichen Situation lag, in der wir uns befanden: Sie als die wichtigste Person auf dem europäischen Kontinent – jedenfalls für meinen mächtigen Chef, den reichsten Amerikaner, und ich als sein PR-Mensch, dem er voll vertraute … eine irgendwie reizvolle, weil eigentlich verbotene Konstellation. Vielleicht stimmte das auch, aber es änderte nichts an meiner Begierde.

Das Redigieren war ermüdend, doch Charlottes Bild hielt mich noch eine Zeitlang wach. Ich ließ das Foto offen auf meinem Platz liegen und ließ mich auf der Besuchercouch nieder, räumte die Rückenkissen zur Seite und döste vor mich hin. Ich wurde erst gegen Mitternacht hellwach, als plötzlich Charlotte im Raum stand. „Stefan, ich habe mir Sorgen gemacht, wo du bleibst." Ich deutete wortlos neben mich und sie legte sich hin. Wir mussten zwei Stunden geschlafen haben, als ich von einem Geräusch aufwachte. Charlotte hatte inzwischen eine Art Fötus-Lage eingenommen – sie hatte die Knie zur Brust hochgezogen und die Hände zwischen den Oberschenkeln vergraben. Sie schien tief zu schlafen. Ihr Sweatshirt hatte sich auf einer Seite etwas hochgeschoben und enthüllte herrlich weiße Haut. Ich spürte, dass ich eine völlig überflüssige und durchaus peinliche Erektion bekam. Ich versuchte mich abzulenken und dachte an das Geräusch.

Da war es wieder.

Ich stand behutsam auf, um Charlotte nicht zu wecken. Ich schaute mich auf dem Flur und in den beiden benachbarten Büroräumen um. Ich fand die Quelle des Geräusches nicht, das nun auch verstummt war. Vielleicht war es der air conditioner, der manchmal auch nachts ansprang.

Als ich zurückkam, war Charlotte verschwunden. Also ging ich auf Suche nach ihr und schlenderte einen der Gänge entlang, und plötzlich rief eine Stimme leise: „Stefan!" Es war Charlotte, die an der Treppe zu den Büros stand. Ihre Augen glichen Smaragden. „Was war los?"

„Nichts", antwortete ich.

Sie trat auf mich zu. Ich nahm einen schwachen Parfumduft wahr. Und ich begehrte sie sehr. „Du geliebter Lügner!" sagte sie.

„Es war nichts. Wirklich. Ein Geräusch des air conditioners. Falscher Alarm."

„Wenn du es nicht anders willst." Sie nahm meine Hand. „Ich war gerade oben im Chefbüro. Es ist exklusiv, und der Chef ist weit weg. Und die Tür lässt sich abschließen."

Ihr Gesicht war ganz ruhig, aber ihre Augen funkelten wild, und ich konnte ihren raschen Pulsschlag an ihrem Hals sehen.

„Ich verstehe nicht …"

„Ich habe mein Foto auf deinem Schreibtisch gesehen", sagte sie. „Wenn wir erst lange darüber diskutieren müssen, hat es keinen Sinn."

„Ja." Ich erkannte, dass sich mir hier eine Gelegenheit bot – vielleicht nicht die beste, aber immerhin. Die erdrückende Müdigkeit war mit einem Mal verflogen.

Wir stiegen die breite Treppe zu Elons Büro hinauf. Ich schloss die Tür hinter uns ab, falls die Leute vom Sicherheitsdienst auf die Idee kämen, hier innerhalb des Hauptgebäudes auf Patrouille zu gehen. In der Dunkelheit konnte ich Charlotte nur noch umrisshaft sehen. Ich streckte meine Arme aus, berührte sie und zog sie an mich. Sie zitterte. Wir knieten uns auf den Boden und küssten uns, aber nicht so wie immer – eher so, als würden wir uns das erste Mal begegnen, und ich wölbte meine Hand um ihre straffe Brust und fühlte ihren raschen Herzschlag durch ihr Sweatshirt hindurch.

Ich dachte daran, wie meine Mutter mir als Kind gesagt hatte, ich dürfe die Stromleitungen der Rindergatter nicht berühren. Ich dachte an meine ehemalige heißgeliebte Ehefrau und dann dachte ich wieder daran, wie ich Charlotte zum ersten Mal gesehen hatte. Ich bekam eine gewaltige Erektion.

Wir standen vom Boden auf und sahen im Halbdunkel die Sitzgelegenheit. Wir legten uns auf Elons herrlich breites Samt-Sofa, und Charlotte flüsterte: „Lieb' mich, Stefan. Wärme mich." Als es ihr dann kam, grub sie ihre Nägel in meinen Rücken und stammelte einen Namen, der nicht der meine war. Es machte mir nichts aus. Wir waren dadurch quitt.

Als wir wieder hinunterkamen, war eine Art kriechende Dämmerung angebrochen. Und auf dem Weg nach Hause, als wir Händchen haltend die Gigafabrik hinter uns ließen, begegnete uns Mike, der uns amüsiert wissend zulächelte. Charlotte und ich waren sicher, dass er die Atmosphäre der von uns soeben vollzogenen wilden Liebe riechen konnte.

Zu diesem Zeitpunkt wusste ich noch nicht, dass Mike keinen Schlaf benötigte und rund um die Uhr in Betriebsbereitschaft war.

Ich trimmte Mike darauf, jeden Morgen gewissenhaft die Lokalpresse zu lesen, danach die Mails durchzugehen und sofort abzuarbeiten, sofern dies gleich zu erledigen war. Danach eine halbe Stunde TV-Nachrichten bei NTV, Euronews und WELT ansehen, um reagieren zu können, wenn Tesla oder eben Elon Musk zum Thema gemacht worden war.

An diesem Morgen standen in der Berliner Zeitung zwei relevante Leserbriefe zu einem Artikel mit dem Titel »Mission Apokalypse: Elon Musk schießt 42.000 Satelliten ins All und die Welt lässt ihn machen«.

Der erste Meinungsbeitrag eines Lesers lautete:

„Man muss die Gesamtsituation im Auge behalten: Bill Gates impft zusammen mit dem deutschen Bundeskanzler die gesamte Menschheit, George Soros beeinflusst mit einem Netz von NGOs und deren loyalen Mitarbeitern die Innen- und Außenpolitik fast aller wirtschaftlich relevanten Staaten, die halbe Menschheit ist bei Facebook, die ganze googelt … und Elon Musk ballert eben seine 42.000 Satelliten ins All. So what?

Politiker stehen lächelnd Pate, freuen sich bisweilen über kleine Zuwendungen, oder darüber, dass sie ein Band mit der Schere durchschneiden dürfen und dabei auf Seite 2 in der Lokalpresse abgebildet werden, oder vielleicht auch darüber, dass das Kapitalbeschaffungsprogramm der Pharmaindustrie mit ihrer Hilfe einfach verdammt gut läuft.

Das was die Reichen da machen, nennt man »Think Big«. Das gab's schon immer … na ja, vielleicht nicht ganz so groß …

Andreas Schell, Ludwigshafen"

Auch der zweite Leserbrief war äußerst kritisch: Ein R.S. aus Grünheide bedankte sich zunächst für den Artikel über eine Entwicklung, die seiner Meinung nach zu wenig Aufmerksamkeit bekomme:

Als Raumfahrtingenieur erlaube ich mir noch einige Ergänzungen, welche in diesem Zusammenhang interessant sein könnten.

Die internationale Gemeinschaft hat es in den vergangenen sechs Jahrzehnten nicht geschafft, einheitliche und nachhaltige Regeln zur Nutzung des Weltraums aufzustellen. Jeder Versuch zur Konsensfindung wird durch irgendein Land torpediert. Zusätzlich gibt es bis heute kein einziges sinnvolles

Konzept, um Weltraumschrott wieder einzufangen. Und ich rede nicht von ausgedienten Satelliten, sondern von Objekten größer als ein Centimeter, von denen sich laut ESA jetzt schon knapp eine Million im Orbit befinden. Jedes dieser Geschosse ist mit Geschwindigkeiten um die 7 bis 8 km/s unterwegs, die Relativgeschwindigkeit von zwei Objekten ist im Extremfall doppelt so hoch. Das ist ein Vielfaches eines jeden irdischen Geschosses und schnell genug, um jedes Raumfahrzeug zu durchschlagen. Wie Sie bereits schreiben, wird sich diese Entwicklung durch die Konstellationen noch beschleunigen. Und wieder wird der kommenden Generation die Lösung eines riesigen Problems aufgebürdet, wieder einmal aus purer Ignoranz und entgegen besseren Wissens.

So sehr ich mich für die Technologie in der Raumfahrt begeistern kann, so stört es mich trotz alledem, dass die Raumfahrt zu einer Art Hobby der Multimilliardäre mutiert ist (u.a. Elon Musk, Jeff Bezos, Richard Branson oder Paul Allen). Auch in diesem Bereich wurde und wird privatisiert, und wenige Einzelpersonen bestimmen über Tätigkeiten in dem Bereich. Gerade was die Nutzung des Weltraums angeht, so sollte die Menschheit zusammenarbeiten anstatt sich von geopolitischen, kommerziellen oder am schlimmsten: von militärischen Prinzipien leiten zu lassen.

Abschließend möchte ich noch einen Aspekt zu dem genannten Starlink-Projekt von SpaceX und der britischen Konkurrenz OneWeb hinzufügen. Bei beiden (auch bei den übrigen) wird vordergründig öffentlichkeitswirksam behauptet, es ginge darum, allen Menschen auf dem Planeten schnelles Internet anbieten zu können. Abgesehen davon, dass ein nicht vorhandenes Internet in manchen Teilen der Welt noch das geringste Problem darstellt, wirkt dieser Grund bei genauerem Hinsehen eher vorgeschoben. Die Anschaffungskosten für eine

Empfangsantenne (499$) plus die laufenden Kosten zur Nutzung des Netzwerkes (99$ pro Monat) sind selbst für gut situierte Mitteleuropäer keine Alternative zu dem ganz normalen, erdgebundenen Internet.

Von dem Rest der Welt, der schon kein gutes terrestrisches Netz besitzt, stellt sich bei den Kosten die Frage gar nicht erst, auch wenn diese mit der Zeit wahrscheinlich noch sinken werden. Als geeignete Nutzer kommen einem dann wohl nur abgelegene Forschungseinrichtungen oder dergleichen in den Sinn. Interessant wird es aber, wenn man schaut, welche Interessenten es noch für die Nutzung der Netzwerke gibt: Das US-Militär hat bereits Nutzungsinteresse bekundet und lässt schon Studien durchführen, inwieweit Starlink als nicht so einfach zu jammende Alternative zum GPS genutzt werden kann. Fette Regierungsaufträge lassen grüßen.

Spätestens hier hört es mit der Philanthropie auf. Ähnliches gilt für OneWeb, das im Frühjahr 2020 Insolvenz anmeldete. Gerettet und damit aufgekauft wurde es von der britischen Regierung. Damit einhergehend sind sicherlich nicht nur friedliche, kommerzielle Absichten.

Beste Grüße
R. S., Tesla-City (ehemals Grünheide)

„Was schlagen Sie in diesem Fall vor?", wollte ich von Mike wissen.

Er zuckte mit den Schultern – wie mir schien etwas unbeholfen, vielleicht auch ratlos. Dann sagte er: „Man sollte nicht unbedingt auf jeden Leserbrief reagieren. Man muss den Leuten auch ihre Meinung lassen."

Ich sah ihn erstaunt an. Das hätte ich nicht erwartet. Ich dachte, er plädiere jetzt für eine Richtigstellung in Form der guten Absichten, die seinen Vater und dessen Freundeskreis bewegten. Stattdessen ging er an seinen PC und sagte: „Ich schicke Ihnen etwas, nicht dienstlich, rein privat. Wenn Sie es gelesen haben, sollten Sie es gleich wieder löschen. Ich lösche es hier auch."

Was ich las, verschlug mir die Sprache. War es aufrührerisch? War es provokant, um mich zu prüfen? Oder nur ein Spaß?

Auf meinem Bildschirm stand: *Sie verkaufen dir Müll als Fortschritt, Strafen als Belohnung, Gehorsam als Sicherheit, Gefangenschaft als Freiheit, Krankheit als Gesundheit, Hass als Liebe.*

Ich löschte es.

*

„Dad möchte, dass wir beide am Kongress des IAC in Palo Alto teilnehmen. Hat er dich darauf schon angesprochen?" Mike sah mich über den Schreibtisch hinweg fragend an. Seit kurzem duzten wir uns, was ich als sehr angenehm empfand, denn ich mochte keine Hierarchie in meinem direkten Umfeld. Mikes Dad war schon Hierarchie genug.

„Ja, ich habe starkes Interesse bekundet, aber noch nicht zugesagt."

„Woran hängt es noch, Stefan?"

Ich machte so, als hätte ich die Frage überhört, aber Mike ließ nicht locker: „Sag schon, bitte. Ich würde mich freuen, wenn wir beide teilnehmen könnten. Ein hochinteressantes Thema zum Thema Raumfahrt und Zukunft der Menschheit." Mike schaute mich treuherzig an, seine Mimik schien mir ein klein wenig unnatürlich, aber das konnte an meinem unausgeschlafenen Zustand liegen. „Also, rück' schon raus: Gehe ich richtig in der Annahme, dass deine Teilnahme von der Teilnahme einer weiteren Person abhängt?"

Ich war wirklich überrascht. „Du scheinst meine Gedanken lesen zu können."

Mike lächelte milde. „Ich sehe es dir an: Es ist die Liebe, die dir Auflagen macht. Aber ich kann dich beruhigen: Dad möchte unbedingt, dass Charlotte mitkommt. Er hat sie für eine wichtige Aufgabe vorgesehen."

„Weiß er von ihr und mir?"

„Ich habe ihm nichts gesagt, aber ich glaube, dass er es spürt. Dafür hat er einen siebten Sinn. Wie ich ihn kenne, ist ihm so etwas aber so lange völlig egal, so lange ihr euren Job hundertprozentig macht."

„Dein und mein Job als PR-Vertreter ist klar. Aber welchen Job sollte Charlotte auf dem Kongress machen?"

„Sie soll die Podiumsdiskussion leiten."

„Davon hat sie mir nichts erzählt", sagte ich. „Seit wann weiß sie es?"

„Noch gar nicht. Aber ihre Kollegin in Fremont, Ellen Carmer ist kurzfristig ausgefallen, Brustkrebsverdacht. Dad will Charlotte noch heute bitten."

Wir reisten zu viert zu dieser außergewöhnlichen Podiumsdiskussion: Elon, Mike, Charlotte und ich. Der International Astronautical Congress IAC war eines der wenigen Foren, auf denen Elon und der Zehner-Club öffentlich über Themen diskutieren konnten, die mit dem Weltraum zusammenhingen. Man musste die Menschen gedanklich vorbereiten, musste sie mitnehmen in die Ideenwelt der Zukunft, um aufkommendem Widerstand keinen Raum zu bieten.

Während ein Conférencier das Publikum thematisch vorglühte, indem er auf den beiden Großbildschirmen Bilder von SpaceX, von diversen Spaceshuttles und designten Weltraumstationen auf dem Mars zeigte, stand Charlotte Curtis unmittelbar hinter der Bühne und ging auf ihrem Handy noch einmal alle Fragen für die Podiumsdiskussion durch.

Ihr Handy zitterte leicht. Sie setzte ihre ganze Willenspower daran, das Zittern verebben zu lassen. Sie hatte keine Angst vor dem Auftritt vor so vielen Menschen. Was sie im Inneren beunruhigte, war der Sachverhalt, dass mit ihrer heutigen Mission vielleicht eine rote Linie überschritten würde. Gerade weil die Medienaufmerksamkeit das Normalmaß überstieg, kam ihren Worten und denen der eingeladenen fünf Raumfahrtmagnaten eine hohe Bedeutung zu.

Es verhieß ein beispielloses Event zu werden. Das Kongresszentrum war brechend voll, und natürlich hatten Elon Musk und Larry Page dafür gesorgt, dass die Diskussion als Livestream im Internet sowie bei NBC *The Today Show* und bei CBS übertragen wurde. Millionen würden die Podiumsdiskussion zu den Raumfahrtunternehmungen der Zukunft sehen wollen. Drei Kommentatoren berichteten für NBC, CBS und für ABC's *60 Minutes* direkt aus der Halle.

Charlotte hatte sich vorher ihre Strategie sorgsam zurechtgelegt. Ihr Trick würde darin bestehen, die Magnaten psychologisch aufs Glatteis zu führen, indem man sie charmant dazu brachte, aus der Kiste zu plaudern. Es musste ihr gelingen, die von den Tycoons eingeübten Sprechblasen platzen zu lassen. Niemand würde das Schauspiel durchschauen. Denn die Fünf waren keine Gegner im herkömmlichen Sinne. Sie wetteiferten zwar auf dem einen oder anderen Geschäftsfeld miteinander, waren sich aber ansonsten hinsichtlich des großen Plans, des Great Reset, und der mit der Raumfahrt verknüpften kybernetischen Zukunft, dem Transhumanismus, einig.

Curtis musste – zumindest nach außen – als unabhängige Diskussionsleiterin fungieren. Hier in Kalifornien kannte sie niemand und keiner ahnte die Verbindung zwischen Elon Musk, den anderen Podiumsgästen und ihr. Das war auch gut so, denn allzu leicht hätte man das abgekartete Spiel gewittert. Charlotte hatte in diesem Punkt mir gegenüber Gewissensbisse geäußert, die ich aber ausräumen konnte.

„Nimm es einfach als Spiel, in welchem du als Schiedsrichterin für ein geordnet ablaufendes Szenario sorgen musst", hatte ich geraten. „Es ist dein Job, die Diskussion für das Publikum konträr und damit spannend rüber zu bringen, mehr nicht."

Aber ich kannte ja mein Schätzchen. Sie machte sich Gedanken wegen der Sache im Allgemeinen.

Statt, dass sich die Herren, die sich als Herren der Schöpfung betrachteten, sich hier auf Erden um die Schöpfung kümmerten, kümmerten sie sich um ihre Profite und ausschließlich um das Überleben der Eliten. Der Rest der Menschheit war überflüssig, bestand aus unnützen Fressern. Ein überbevölkerter Erdball würde die Bevölkerung irgendwann von selbst radikal entvölkern. Oder man musste eben auf ferne Planeten ausweichen, natürlich nur mit den Milliardären, nicht mit all den Milliarden Menschen, sonst wäre der Teufel lediglich mit dem Beelzebub vertauscht. Also keine Option. Es waren diese Überlegungen, die Charlotte zu schaffen machten.

Vier der fünf Diskutanten standen schon abwartend und sich mit Small-Talk-Floskeln vergnügend in Charlottes Nähe. Elon Musk war mit einer Entourage von Assistentinnen und Bodyguards eingetroffen. Neben ihm stand Jeff Bezos, schlank, langer Hals und ovaler Kahlkopf, mit leger aufgeknöpftem hellblauem Hemd.

Daneben stand Bill Gates mit Abiturientenbrille und Abiturienten-Outfit und seufzte in einem fort und sah auf seine Patek Philippe Uhr im Wert von 11 Millionen Dollar.

Nur ein Schritt weiter stand der sonnengebräunte Entrepreneur Larry Page mit graukariertem Sakko, und dann kam einer der Bühnentechniker und drückte jedem von ihnen ein Mikro in die Hand.

Musk sagte stirnrunzelnd: „Ich meine, wir müssten jetzt auf die Bühne, Charlotte. Mein Terminplan sieht für heute noch einiges andere vor." Was natürlich nicht stimmte. Aber alles in seinem

Leben war nun einmal auch ein gewisses Rollenspiel, das sich automatisiert verselbständigte.

Charlotte blickte auf ihre Uhr. Tatsächlich, sie waren eine Minute über dem Zeitplan – doch in diesem Augenblick ertönte eine bekannte Stimme.

„Entkrampfen Sie sich, Elon. Echte Entertainer – und das wollen wir doch sein – wissen, dass man die Zuschauer ein wenig auf die Folter spannen muss." Mit diesen Worten erschien endlich Peter Thiel backstage, der so unspezifisch aussah wie einer aus seiner Palantir-Bodyguard-Truppe. In der Hand hatte er einen Dosendrink, der ihm Flügel verlieh. Er trug ein Clash-T-Shirt und Ripped Jeans und überragte die anderen um einige Zentimeter.

Wenn man nicht wusste, dass er zum Zehner-Club der hier Versammelten gehörte, hätte man aufgrund seines lässig-selbstsicheren Auftretens gedacht, er wolle irgendwelche Konkurrenten einschüchtern.

Charlotte verzog ihre Mundwinkel zu einem erleichterten Lächeln. „Pit ist da. Ausgezeichnet. Dann also los auf die Bühne."

Thiel wurde von den Technikern rasch verkabelt, während Charlotte dem Conférencier zu verstehen gab, dass es losging. Dann legte sie ihre Hände aneinander. „Gentleman, ich denke, wir sind an der Reihe …"

Draußen brandete Beifall auf, und Curtis betrat mit den Gästen die Bühne. Ihre attraktive Erscheinung löste Begeisterung aus, und die Titanen marschierten winkend hinter ihr her, wie bei einer Entenfamilie. Mike und ich saßen vorne in der ersten

Reihe, eingerahmt von Mark Zuckerberg, Warren Buffett, Charles Koch, Sam Altman, dem ChatGPT-Erfinder, sowie Klaus Schwab und dessen kognitivem Adjutanten Yuval Noah Harari. Natürlich durfte der uralte George Soros, der sich noch einmal hierher in die Öffentlichkeit geschleppt hatte, nicht fehlen.

Mike hatte mich dieser erlauchten Gesellschaft als den PR-Head of Departement aus Germany vorgestellt, denn wir hatten uns bisher noch nicht kennen gelernt. Mir fiel auf, wie respektvoll sie mit Mike umgingen, aber das war ja wohl verständlich – als Sohn von Elon Musk war er der geborene Nachfolger, dem man schon heute mit Hochachtung begegnen musste. Umgekehrt erwarteten sie natürlich seinen Respekt ihnen gegenüber – und daran mangelte es kein Jota.

Neben ihnen und hinter uns saßen die vielen aktiven oder potentiellen Investoren, Manager, Wirtschafts- und Regierungsvertreter und Raumfahrtwissenschaftler.

Die fünf Männer auf der Bühne, die meine Liebste ab jetzt dirigieren durfte, traten an, um die angeblichen Träume der Menschheit wahr zu machen. So jedenfalls schien es, wenn man die Smartphone-Kameras blitzen und die Schulterkameras der TV-Sender laufen sah. Es machte in jeglicher Hinsicht den Anschein, ein historisches Ereignis zu werden.

Es dauerte noch einen Moment, bis sich der Applaus gelegt hatte und die Big Five, wie man sie auch nannte, sich in den trendigen Ledersesseln mehr oder minder breitbeinig niedergelassen hatten. Mein Schätzchen brachte mit einer routinierten Handbewegung das Publikum zum Schweigen.

„Ich danke der Internationalen Astronautischen Vereinigung und ...", Charlotte wandte sich den Big Five zu, „... und Ihnen und Ihren Unternehmen, und natürlich dem erwartungsvollen Fachpublikum wie auch den Übertragungsmedien und Ihnen da draußen, liebe Fernsehzuschauer, für das große Interesse, dass erst diese Veranstaltung möglich gemacht hat. Ich bin Charlotte Curtis und habe jahrelang in Sachen Künstlicher Intelligenz und emergenter Raumfahrt gearbeitet. Heute moderiere ich unabhängig von jeglichen Interessenslagen diese Diskussionsrunde. Ich werde bemüht sein, diesen großen Diskurs zu einem großartigen Thema entsprechend großartig zu managen. Und das sind meine hochgeschätzten Gäste."

Mike stupste mich an und flüsterte: „Das macht sie so routiniert, als hätte sie noch nie etwas anderes gemacht." Währenddessen stellte Charlotte die Magnaten nacheinander vor, was mit unterschiedlichen Applaustärken quittiert wurde. Den größten Beifall erhielt erwartungsgemäß Elon Musk, den das breite Publikum alleine schon wegen der Teslas bewunderte.

Peter Thiel, den Charlotte gerne Pit nannte, weil er sie an einen Pitbull erinnerte, hatte man die Rolle des ewig konkurrierenden, unbeliebten Miesepeters zugedacht. Entsprechende Etiketten hatten ihm die vorangegangenen PR-Aktionen bereits angetackert.

Wenig überraschend erntete er nur vereinzelte Ovationen.

Jetzt war Charlotte wieder an der Reihe. „An Elon Musk geht meine erste Frage. Bereits vor fünf Jahren brachte der Astrophysiker Stephen Hawking die Notwendigkeit zur Sprache, innerhalb der kommenden hundert Jahre einen anderen Planeten zu kolonisieren, ansonsten drohe die Ausrottung der Menschheit. Ich zitiere: ›Klimawandel, überfällige Asteroideneinschläge, Epidemien und Überbevölkerung könnten die Erde unbewohnbar machen‹. Was sagen Sie dazu? Und wird aus Ihrer Sicht genügend für die Raumfahrt unternommen?"

Das war für unseren Chef eine willkommene Steilvorlage. „Die genannten Ursachen, die uns ins All treiben, sind unstreitig. Die Dringlichkeit wurde und wird von der Politik bisher nicht erkannt. Deshalb haben sich Unternehmer wie ich und meine hier auf dem Podium versammelten Kollegen zum Handeln entschlossen. Doch die Raumfahrt ist weit mehr als eine amüsante Rundreise ins All, die man im nächsten Reisebüro buchen könnte. Es geht, wie Sie, verehrte Frau Curtis, Stephen Hawking zu Recht zitiert haben, um das Überleben der Menschheit."

Larry Page war unruhig in seinem Sessel hin und her gerutscht, was das Publikum mit Schmunzeln quittierte. Er war wie auf dem Sprung, als hätte er eine äußerst wichtige Anmerkung, wichtiger als die Erklärung von Musk, zu machen.

Charlotte ignorierte es und ließ noch einmal Musk zu Wort kommen. „Raumfahrt ist hauptsächlich eine Sache der Vernunft und nicht der Sehnsucht oder Lust. Es sind Physik, Mathematik und Ökonomie, die einen in den Weltraum bringen." Applaus brandete auf und Elon unterbrach seine Ausführung. Schließlich schloss er mit den Worten ab: „Einen erdfernen Planeten werden wir für unsere Überlebenschancen nur erschließen können, wenn der fiskalische Start Sinn macht – und wir rechnen das derzeit durch."

Page war noch unruhiger geworden

Charlotte wandte sich an ihn. „Larry, Sie scheinen unbedingt Elon ergänzen zu wollen."

Er schnaubte theatralisch, was weitere Lacher hervorrief. „Ergänzen? Na ja, wie man's nimmt. Unterstreichen möchte ich jedenfalls Elons Aussage, dass nichts mit der gebotenen Dringlichkeit passiert. Der hundertjährige Dornröschenschlaf dauert an."

Applaus brandete auf.

„Hawking – Gott hab ihn selig! – hat es rechtzeitig erkannt, aber wir haben nicht effektiv gehandelt. Seiner Meinung nach müssen wir uns als Menschheitsfamilie mit dem Gedanken anfreunden, eine interplanetare Spezies zu werden – oder unterzugehen. Aus diesem Grund stelle ich mich als Unternehmer der Verantwortung und bin dabei, wenn es darum geht, den Mars zu besiedeln. Zumindest müssen wir schnellstmöglich alles tun, um den Klimawandel aufzuhalten – deshalb investiere ich, wie mein Kollege Musk, in Elektroautos und alternative Energien."

Musk reagierte gelassen: „Sie haben Ihren bescheidenen Beitrag in Form der KI für meine Teslas geleistet. Dafür ist Ihnen zu danken, lieber Larry, aber insgesamt haben Sie und andere unserer Investoren nur einen Bruchteil dessen investiert, was ich bisher investiert habe. Auch wenn Sie mit dem Programmierwettbewerb »Code4Space« einiges tun, um Raumfahrtnachwuchs zu rekrutieren und die ISS-Anwärter das Aufprallverhalten eines Balls in der Schwerelosigkeit untersuchen lassen – alles gut und schön und spielerisch. Aber ich bin einige Schritte weiter und habe Startsysteme von Starship-Raketen entwickelt, die zuverlässiger und kostengünstiger sind. Das bedeutet, sie werden mehr Nutzlast ins All befördern können. Mit Ausdauer und richtigen Investitionen an der richtigen Stelle kommt man am weitesten." Elon lehnte sich im Sessel zurück und lächelte siegesgewiss.

„Ich finde es erfreulich, dass wir da als Wettbewerber am Ball bleiben, Elon. Je mehr sich an diesem Wettbewerb beteiligen, desto besser", antwortete Page.

Erneut wurde geklatscht.

Mike sah mich an und flüsterte: „Hoffentlich kommen sie bald zur Sache."

Charlotte räusperte sich auf dem Podium, was man deutlich hörte, obwohl sie versuchte, ihr Mikro abzudecken. „Das bringt uns zu einer interessanten Frage. Wenn Google sich als Zulieferer von SpaceX-Unternehmungen weiter etablieren würde, wie Sie es einmal angedeutet haben, Larry, wenn zugleich die Profitmargen in diesem Geschäft drastisch sinken, wie es sich zum Beispiel bei europäischen Satelliten-Launch-Service-Unternehmen abzeichnet, macht dann das Projekt der Marsbesiedlung aus rein ökonomischer Sicht überhaupt noch einen Sinn?"

Im Publikum machte sich Gemurmel ob der Provokation breit, die in der Frage steckte.

„Nun, Charlotte, wenn die Launch-Kosten sinken, wird es uns dem Ziel der Marsbesiedlung näher bringen …"

Peter Thiel schüttelte entschieden den Kopf.

„Ist das eine Wortmeldung, Pit?", übergab ihm Charlotte lächelnd das Wort.

„Larry, was haben Sie nur dauernd mit der Marskolonisation? Ein völlig unsinniges, unwirtschaftliches und auch völlig unnötiges Unterfangen!"

Ich sah Mike an und flüsterte ihm zu: „Siehst du, jetzt geht's zur Sache." Das Publikum hinter uns schien wie erstarrt.

Larry Page gab seinem Drehsessel einen kleinen Schubs, um Pit mit funkelnden Augen Kontra zu geben. „Ich glaube, Sie unterschätzen die Gefahr für die Menschheit. Vielleicht sollten Sie erst einmal lesen, was Professor Hawking geschrieben hat."

Thiel hob die Hände. „Bekommen Sie meine Worte bitte nicht in den falschen Hals. Ihre Bestrebungen, gemeinsam mit Elons SpaceX-Unternehmen im Bereich wieder verwendbarer Raketen, haben diesen kommerziellen Run in den Weltraum erst in Fahrt gebracht. Allen Respekt! Damit haben Sie sich einen bleibenden Verdienst erworben und wir alle danken Ihnen. Aber das bedeutet nicht, dass diese abstruse Idee von der Marskolonisation unterstützt werden kann. Jedenfalls nicht von mir."

Page antwortete augenblicklich. „Wenn es Stephen Hawking für erstrebenswert hielt, dann sollte man nicht so oberflächlich darüber hinweggehen. Die Menschheit steht unwiderruflich vor der Aufgabe, eine multiplanetare Spezies zu werden, daran ist nicht zu rütteln."

Thiel kreuzte lässig die Beine. „Hey, warum versuchen Sie den Eindruck zu vermitteln, als würde ich Hawkings Ansicht nicht teilen? Habe ich davon geredet, nicht ins Sonnensystem hinaus zu expandieren? Haben Sie von mir irgendwelche Einwände gegen Siedlungen im All gehört? Meine Frage ist nur: Warum haben Sie sich ausgerechnet auf den Mars festgelegt – ausgerechnet auf den weit entfernten Mars, Larry?"

Page wirkte nervös. „Es gibt weit entferntere Planeten, die erdähnlich sind. Auf alle Fälle bietet er uns reichlich Rohstoffe. Ich finde Ihre Einwände erfrischend, aber nicht zielführend. Wir anderen, die wir hier sitzen, investieren allesamt seit über einem Jahrzehnt in Raumfahrtprojekte, während Sie bisher nur ein Fundraising-Video zu diesem Thema auf die Beine gestellt haben."

Hinter Mike und mir ertönte schallendes Gelächter. Mir selbst war ab jetzt klar, dass da oben eine beeindruckende, schauspielerische Inszenierung stattfand.

Pit tat Pages Einwand mit einer lässigen Handbewegung ab. „Sie und Ihre Kollegen wollen nicht darüber reden, Larry, ist es das?"

„Ich rede seit Jahren über die Marskolonisation, gerade weil ich möchte, dass wir allesamt Hawking verstehen: Wir haben keine andere Wahl!"

„Ich vertrete die Auffassung, es gibt optimalere Perspektiven."

Hinter uns raunte es im Publikum, und ich sah, wie sich in Charlottes Gesicht Überraschung ausbreitete. Page sah Musk an, der ausnahmsweise sprachlos schien und nur den Kopf schüttelte.

Bill Gates brachte sich auf seinem Sessel in Position und Charlotte sagte: „Bill, es ist Ihr Part, wenn ich mich nicht täusche."

Gates beugte sich vor und raunzte Thiel an: „Wovon reden Sie überhaupt? Sonst sind Sie doch immer für Klartext, Pit!"

Jeff Bezos schien ebenfalls verstimmt und runzelte die Stirn.

Peter Thiel schaute sie alle der Reihe nach an, dann schoss er seine Frage heraus: „Warum, zum Teufel, bauen wir nicht zwischen Erde und Mond, im Cislunar-Raum, O'Neill-Kolonien oder andere Weltraumhabitate – sie sind näher, leichter zu handhaben, flexibler und billiger …"

Larry Page wandte sich mit sichtlicher Verärgerung an meine Liebste, während ich sein Schauspieltalent bewunderte. „Charlotte, können Sie bitte wieder das Thema in Erinnerung rufen. Jules Vernes war gut, Pit tritt in seine Fußstapfen – auch nicht schlecht. Aber dreißig Kilometer lange Kolonieschiffe liegen noch mindestens hundert Jahre in der Zukunft."

Thiel schob seinen Oberkörper angriffslustig nach vorne. „Wie kommt man darauf, dass Weltraumkolonien hundert Jahre in der Zukunft liegen?"

„Mobile Weltraumhabitate wird es irgendwann sicherlich geben, gewissermaßen als Zwischenstationen, Pit, da stimme ich Ihnen zu. Aber der Mars …"

„… und der Mond …", warf Elon dazwischen.

Page nickte und fuhr fort: „… und der Mond werden uns die notwendigen Ressourcen liefern, die wir brauchen, um Stück für Stück in den Weltraum zu expandieren. Es wäre blanker Wahnsinn, wenn wir den umgekehrten Weg gehen und erst zig Kilometer lange Konstrukte im Vakuum des Weltraums bauen. Wir müssen unser erstes Habitat auf einem anderen Himmelskörper bauen, das ist die richtige Reihenfolge."

Charlotte wandte sich an Larry Page: „Schließt das auch den Asteroidenbergbau ein?"

„Auf keinen Fall. Das ist eine derartige Energieverschwendung, da bleibt von den letztendlich gewonnen Ressourcen nichts übrig außer Kosten."

Jeff Bezos mischte sich ein. „Bitte nimm es mir nicht übel, aber das ist keine zutreffende Aussage zum Asteroiden-Geschäftsmodell. Der Energieaufwand zur Ausbeutung erdnaher Asteroidenbrocken ist im Vergleich zur Ausbeute …"

„Jeff, haben Sie die Transportkosten mitberechnet?", rief Musk dazwischen. „Man kann dort nicht dieselbe Menge Rohstoffe gewinnen, wie wir sie auf dem Mars fördern können."

Gates gab nun auch seinen Senf dazu und sagte mit schelmischem Lächeln in Richtung Thiel: „Sieht ganz danach aus, als würde man dann tatsächlich eine ganze Menge aufblasbarer Raumschiffhabitate benötigen."

Mike und ich mussten laut lachen, und neben uns George Soros, Waren Buffett, Sam »ChatGPT-Altman«, Klaus Schwab und Yuval Harari ebenfalls. Auch das Publikum hinter uns konnte nicht an sich halten.

Selbst Page griente. „Tja, Bill, das trifft's."

Bill Gates wandte sich in seiner abiturientenhaften Attitüde an das Publikum: „Ich denke, Sie verstehen jetzt, weshalb man mir oft vorwirft, ich würde mich philanthropisch aufblasen – wahrscheinlich genau deshalb: weil ich in all diese aufblasbaren Dinger investiere!"

Wieder brüllten alle vor Lachen. Im Moment war die gekippte Stimmung vorüber.

Aber dann ließ Pit »Pitbull« Thiel nicht von Page ab. „Der Mars als Besiedlungsobjekt ist völlig ungeeignet. Eine wirklich abstruse Idee. Weltfremd im wahrsten Sinne des Wortes!"

Ein Raunen und Stöhnen ging durch die riesige Halle. Peter Thiel blickte in den Saal hinaus. „Sie haben mich richtig verstanden. Der Glaube an den Mars ist wie der Glaube der alten Ägypter an die Sonne. Ja sicher, beide existieren zwar – sie aber zu besiedeln ist aussichtslos. Und das nicht, weil der Mars zu heiß wäre."

Page und Musk guckten ziemlich sauer.

Thiel musste noch einen obendrauf setzen: „Einen Besuch auf dem Mars und seine Erforschung – das geht in Ordnung. Aber eine Besiedlung?" Er wandte sich direkt an Page: „Larry, wie wollen Sie das Problem der mangelnden Schwerkraft lösen, der Mars hat nur ein Drittel der Erdschwerkraft? Schweben wir da alle lose umher, oder wie?"

„Wenn wir mehr darüber wissen, werden wir auch dieses Problem lösen können."

Thiel schüttelte entschieden den Kopf: „Ich befürchte, wir haben keine Zeit, ein paar Millionen Jahre auf die evolutionäre Umstellung des menschlichen Organismus zu warten. Unsere Astronauten bekommen schon von wenigen Monaten in der Mikrogravitation gesundheitliche Probleme: Knochen- und Muskelschwund, Augenschädigungen et cetera. Völlig ungelöst ist die Frage, ob schwangere Frauen in der Mikrogravitation gesunde Kinder gebären – unsere ethischen Vorstellungen verbieten es, das praktisch auszuprobieren."

Wieder hörte ich hinter uns ein Raunen im Saal.

„Warum nicht besser klein anfangen?", fuhr Pit fort. „Warum nicht eine Station im Cislunar-Raum bauen, die durch Rotation langfristig verschiedene Grade von Schwerkraft simulieren kann, bevor wir Menschen ins All befördern, um mit all den Widrigkeiten des Mars zu kämpfen?"

Elon Musk machte mit einer Handbewegung auf sich aufmerksam. „Charlotte, gibt es nicht noch andere Fragen zu klären?"

Sie nickte. „Davon gehe ich aus, Mr Musk, aber sollten wir Larry nicht Gelegenheit geben, auf Mr Thiels Schwerkraft-Einwand zu antworten?"

Zustimmendes Klatschen ertönte und Elon nickte gnädig.

Page straffte den Rücken und sagte: „Danke für die Gelegenheit, denn man muss feststellen, dass ein Drittel der Erdschwerkraft nicht dasselbe ist wie Mikrogravitation, lieber Pit, und der Bau von Habitaten und Gewächshäusern wird dadurch umso leichter."

Meine Gedanken wanderten nach innen und nur am Rande bekam ich noch mit, dass es als nächstes um das Nahrungsproblem auf dem Mars ging, um die Frage, ob auf dem Marsboden Pflanzenwachstum möglich ist. Es drehte sich um Fragen der Kohlendioxidreichen Atmosphäre, um Energiegewinnung, Solarmodule, die auf dem Mars halb so effizient sind wie auf der Erde, es ging um Stickstoff und Atmosphärendruck und ob Pflanzen, wenn sie denn auf dem Mars gedeihen, nicht giftig für den Menschen wären.

Ich dachte an mein Verhältnis mit Charlotte, dachte über unsere Zukunft nach und empfand immer mehr Sympathie für meine Kollegin, aber auch für den neben mir sitzenden und aufmerksam die Diskussion auf der Bühne verfolgenden Mike. Elons Sohn war schon etwas Besonderes, sehr sympathisch, sehr ausgeglichen, sehr klug, nie meinen kritischen Fragen abgeneigt. Neulich erst hatten wir über den ursprünglichen Zweck seines Buches gesprochen. Ich vermutete, dass es mit seinem Wunsch nach einem tiefen Verständnis der Robotik-Forschung seines Vaters und dessen Weltraumallüren zusammenhing.

Mike hatte gemeint, dass sein Buch, wenn es das Thema angemessen und befriedigend abhandelte, eine Brücke von unschätzbarem Wert zwischen Menschen und KI-Robotniks sein könnte, ein Quell der Aufklärung nicht nur für Roboter, die sein Werk lesen und in ihrem positronischen Gehirn speichern konnten, sondern auch für unsere Spezies, ja, für uns, die wir die mit Künstlicher Intelligenz ausgestatteten Roboter in die Welt gesetzt hatten. Alles, was Menschen und Roboter befähigte, besser miteinander auszukommen, würde den Robotern erlauben, der Menschheit einen größeren Dienst zu leisten. Und das war natürlich der Grund ihrer Existenz.

Am Rande meiner Gedanken bekam ich wie aus weiter Ferne mit, dass man auf der Bühne immer noch heftig über die Möglichkeiten oder Unmöglichkeiten der Marsbesiedlung stritt. Peter Thiel sprach davon, dass die Marsoberfläche voller hochtoxischer Perchlorate sei – „Salze, die hier auf der Erde als Industriemüll gelten!", sagte er gerade. „Der Mars ist praktisch lückenlos mit Perchloraten bedeckt, das heißt, das Gift ist auch in allem Staub, den man in die Habitate und Gewächshäuser tragen würde."

Larry Page wischte den Einwand beiseite. „Das kann man unter Kontrolle kriegen, Pit. Wir bringen Mikroben hin, die das Perchlorat fressen."

Murren in der Halle.

„Entschuldigung, aber das ist nichts weiter als ein frommer Kinderwunsch, Larry. Und überhaupt: Was ist mit dem sechswertigen Chrom, das der Marsboden ebenfalls enthält? Das ist ein gefährliches Karzinogen."

Jeff Bezos richtete den Zeigefinger auf Thiel. „Wenn Leute wie Sie zu entscheiden hätten, wäre nie ein Mensch in eine Rakete gestiegen, um zum Mond zu fliegen."

Hinter mir kam frenetischer Beifall auf.

Die Diskussion ging unvermindert weiter. Technische, physikalische, biologische und chemische Termini flogen auf der Bühne hin und her. Und meine Gedanken flogen wieder zu meiner sexy Charlotte, die da oben etwas hilflos wirkte. Da kannte ich sie aus ganz anderen Situationen: dominant und doch gefühlvoll, lieblich reitend die Initiative ergreifend. Gerne hätte ich sie jetzt in die Arme genommen. Und dann spukte der Song von Ulla Meineke durch mein musikalisches Hinterstübchen: *Da ist Feuer unterm Eis.*

Und immer auf'm Sprung,
mit brennend braunen Augen
Die haben viel geseh'n und sind richtig jung
Wir reden über Filme und die Blicke werden tief
Ich stell mir manchmal vor wie's wär',
wenn ich bei dir blieb

Ich will nicht löschen, was zwischen uns brennt
Doch zum Fallen hab' ich kein Talent
Und bin doch schon dabei, ey siehst du
Ich bin doch schon dabei
Doch du lässt uns warten,
du weißt, so was hat seinen Preis
Und ich geb' nicht zu,
was du längst von mir weißt

Da ist Feuer unterm Eis!
Da ist Feuer unterm Eis!

Plötzlich war es still im Saal, und ich war wieder bei der Sache.

In diese Stille hinein sagte Peter Thiel gerade: „Wenn wir als Spezies überhaupt eine Zukunft haben wollen, müssen wir lernen, unser Biom – das also, wofür wir evolutionär vorbereitet wurden – draußen im feindlichen Vakuum des Alls herzustellen. Indem wir lernen, unser vollkommenes Umfeld mit unseren Werkzeugen, mit unseren Händen und Köpfen zu kreieren, können wir zumindest ein Stück weit begreifen, wie das Ökosystem hier auf unserem Heimatplaneten funktioniert. Vielleicht verstehen wir, *ob* und gegebenenfalls *wie* man das Erdklima beeinflussen kann. Unter anderem davon hängt so vieles ab, was unsere Zukunft betrifft."

Erst herrschte einen Moment lang verblüfftes Schweigen, dann brandete Beifall auf.

Elon Musk schüttelte den Kopf. „Bei einer Podiumsdiskussion klingen die vorüberfliegenden, schnell dahin gesprochenen Gedanken vielleicht großartig, aber sie auf ihre Praxistauglichkeit zu prüfen und umzusetzen ist das Problem, Pit. Was uns unterscheidet ist die Praxis. Wir tun etwas, während Sie nur reden und Geld einsammeln."

Bill Gates nickte zustimmend. „Pit, alles gut und schön, was Sie da sagen. Aber was Sie fordern, braucht noch Jahrhunderte."

Peter Thiel nickte zurück. „Ja, ja, wenn es nach dem Fahrplan von Ihnen beiden geht, wird es tatsächlich noch Jahrhunderte benötigen."

Hinter Mike und mir kamen Zurufe aus dem Publikum, manche Zuhörer waren aufgestanden und zollten Thiel Beifall, andere buhten. Wieder andere diskutierten heftig. Neben mir saß Mark Zuckerberg; er sagte an seinen rechts neben ihm sitzenden Nachbarn Sam Altman gerichtet: „Die Jungs da oben haben bis jetzt mit noch keinem einzigen Wort das Thema Transhumanismus angesprochen!"

Oben auf der Bühne schien Charlotte ratlos.

Altman drehte sich seitwärts zu Zuckerberg. „Kommt noch, schätze ich. Aber es läuft soweit doch alles nach Plan, oder?"

Zuckerberg zuckte mit den Schultern. „Das hoffe ich doch!"

Ich sah, dass die beiden neben Mike sitzenden Big Player, Soros und Buffett, die Köpfe zusammensteckten und mit ihren Händen wild gestikulierten. Entweder mussten die Batterien ihrer Hörgeräte erneuert werden oder sie hatten sich in einem ihrer hochemotionalen Themen verstrickt, wie mir Mike zuflüsterte: „Wenn das Leben langsam zu Ende geht, denkt man schon mal an Kryostase."

Bis zu diesem Zeitpunkt hatte ich mich noch nicht mit Kryotechnik befasst. Irgendwann war mir zwar ein Zeitschriftenartikel dazu untergekommen, aber ich hatte ihn nur flüchtig gelesen, denn das Einfrieren von Biomaterial zum Zweck der späteren Wiederbelebung schien mir momentan nicht das wichtigste Thema unserer Zivilisation zu sein. Ich nahm mir nach Mikes Hinweis vor, mich später bei ihm kundig zu machen.

Auf der Bühne ergriff mein Schätzchen das Wort und läutete, wahrscheinlich angesichts der in der Halle herrschenden Unruhe und Diskussionsfreude, eine halbstündige Pause ein.

Wie ich schätzte, fasste die Halle 3000 Zuhörer. Schätzungsweise ein Drittel von ihnen setzte sich in Bewegung. Und zwar in Richtung der zahlreichen Serviceangebote. Auf dem IAC-Prospekt hatte ich gelesen, dass die Kaffeebrühmaschine in der Kantine reibungslos 5000 Tassen in 15 Minuten füllen konnte.

Ich stand auf. „Lass uns einen Rundgang machen", sagte ich zu Mike. „Wir sollten uns etwas zu trinken besorgen."

„Geh du mal", antwortete Mike, „ich habe mich bereits versorgt."

Schon in Grünheide und während des Fluges war mir aufgefallen, dass er wenig trank und auch niemals mit in die Tesla-Kantine gegangen war. Stattdessen machte er einen Spaziergang zu seiner Wohnung, um, wie er sagte, dort sein Essen zu sich zu nehmen.

Vielleicht hat er eine Krankheit, über die er nicht reden mag und braucht medizinisch indizierte Nahrung, dachte ich. Sprösslinge aus superreichen Familien sind nun mal in mancher Hinsicht komisch, wenn es um höchst private Dinge geht.

Irgendwie war ich nach der Pause vom Anstehen und dem Gesprächslärm der Massen etwas ermüdet. „Kannst du noch alles aufnehmen, was da diskutiert wird?", fragte ich Mike.

„Du machst einen erschöpften Eindruck, kannst ruhig entspannen, ich protokolliere das Wichtigste für unsere Presseerklärung."

Die zweite Hälfte der Podiumsdiskussion drehte sich um folgende Themen: Kann man Materialien aus Asteroiden gewinnen? Ist es möglich Habitate im freien Weltraum zu bauen, die rotieren, um die Zentrifugalkraft als künstliche Schwerkraft zu nutzen? Ist es ethisch vertretbar, künftige Generationen einer unmenschlichen Hölle auf dem Mond oder Mars auszusetzen? Kann man den Mars durch Terraforming bewohnbar machen? Dann um …

Mike stupste mich an und flüsterte mir zu: „Nicht einschlafen!"

Ich war sofort hellwach und hörte Applaus, gefolgt von erregtem, verwirrtem Gemurmel. Als ich zur Bühne hochschaute, sah ich wie Larry Page den Kopf schüttelte und in Richtung Thiel sagte: „Sie sind so was von publicitygeil …"

„Was ich zu Bills Auffassung gesagt habe, ist rein sachlich zu verstehen, und ich möchte es noch einmal wiederholen: eine transhumanistische Generation von humanoiden Robotern kann zwar unser menschliches Risiko im Asteroidenbergbau minimieren, aber es ist die Frage, ob uns noch so intelligente Robotniks *wirklich* ersetzen können!"

Page war sichtlich erzürnt: „Pit, ich muss mich leider wiederholen – Sie sind über das erlaubte Maß hinaus publicitygeil, sorry!"

Elon Musk nickte. „Er verwandelt das hier in ein Infomercial über sich und seine Firmen, Charlotte, und da spiele ich einfach nicht mit."

Hinter Mike und mir schienen 3000 Stimmen durcheinander zu diskutieren.

Pit Thiel lachte laut auf. „Der Weltraum ist ein Spielcasino, Elon, das weiß keiner besser als Sie. Aber ich behaupte, ich bin bereit, mehr Dollars zu verbrennen als Tesla und Neuralink und Google und die Gates Foundation zusammen, um dorthin zu kommen."

„Das wäre erstaunlich. Ihr größtes finanzielles Engagement bisher ist eine Partyinsel." Musk nahm sein Mikro ab.

Das Publikum murrte enttäuscht.

Page schaute zu Charlotte und sagte: „Auch ich möchte nicht länger ein bloßes Requisit in Pits Infomercial sein, Charlotte. Er entledigte sich gleichfalls seines Übertragungsteils und folgte Musk in Richtung Seitenbühne, während die Unzufriedenheit in der Halle hörbar zunahm. Buhrufe, Murren. Doch ich war mir nicht sicher, wem eigentlich die Buhs galten – Musk oder Page oder beiden. Oder Thiel. Oder gar dem sich unbeteiligt gebenden Jeff Bezos und dem distinguiert tuenden Mr Gates.

Im Saal setzten heftige Diskussionen ein. Journalisten drängten nach vorne, versuchten die Securities vor der Bühne auszutricksen, um auf die Bühne und nach Backstage zu kommen. Als es ihnen nicht gelang, schrien sie ihre Fragen einfach ins Ungewisse, immer in der Hoffnung, einer der Angesprochenen erbarme sich und gäbe eine Antwort.

„Mr Thiel, wollen Sie wirklich weiterhin ins Weltraumgeschäft investieren?"

„Mr Thiel, warum tun Sie sich nicht mit Elon Musk zusammen?"

Bezos und Gates standen auf. Bezos ging an Charlotte Curtis vorbei, gab ihr sein Mikro und sagte im Vorübergehen zu Thiel: „Super gemacht, Pit. Sie Scheißkerl! Die Veranstaltung hätte unserer gesamten Industrie einen enormen Schub geben können, einen Raketenschub. Es ist selbstmörderisch, so miteinander zu konkurrieren."

Gates ging kopfschüttelnd an meiner Liebsten vorbei. „Das war ein totaler Reinfall, Charlotte."

Schließlich kam Pit auf Charlotte zu und hielt ihr sein Ansteckmikro samt Sender hin. Doch als sie die Sachen ergreifen wollte, ließ er beides demonstrativ fallen. Die Lautsprecher schienen mit einem Donnerhall zu protestieren. Väterlich tätschelte er im Vorübergehen Charlottes Schultern, lächelte bubihaft und verschwand in Gegenrichtung zu den anderen vier Titanen.

Mein Schätzchen schaute Thiel verblüfft nach und dann in den Saal und auf die Kameras. Sie dachte an die Millionen Zuschauer weltweit, die das Spektakel mit angesehen hatten. An die Kommentatoren in den Abendnachrichten. Den aufregenden Diskussionen im Saal und dem Handy-Getippe nach zu urteilen, würde der Streit der Weltraummagnaten im Internet und als Flurgespräch in aller Welt umgehen.

Dann sah sie Mike und mich, und Charlotte lächelte. Schließlich war alles drehbuchgemäß gelau-

fen. Selbst ans hingeschmissene Mikro hatte Pit gedacht.

Perfekte Choreografie.

Perfekte Show.

*

Mike, Charlotte und ich blieben noch eine Woche in
der Bay Area. Mikes Dad sowieso; seine Rückreise
nach Grünheide war erst für das nächste Quartal
vorgesehen. Wir drei waren in der Musk-Villa auf
dem Hügel nahe Southgate zu Gast. Da es ein Dutzend Gastzimmer mit Blick auf die Bucht von San
Francisco gab, konnte jeder von uns ein Einzelzim-
mer beziehen. Ich hatte Mike gefragt, wie er es sähe,
wenn ich seinen Dad um ein gemeinsames Zimmer
mit Charlotte bitten würde.

„Frag ihn ruhig, er weiß doch inzwischen längst,
dass ihr ein Paar seid."

Ich fragte Mr Musk.

„Keine Sache", meinte er. „Zumindest ist dann
ausgeschlossen, dass Grimes eifersüchtig wird." Er
lachte frech.

Grimes war nett und jung und attraktiv und
konnte sich mit Mike angeregt über Europa, die Gigafabrik in Grünheide und die Weiterentwicklung
der KI bei Neuralink unterhalten. Mit mir unterhielt
sie sich über Musik und zeigte sich erfreut, dass ich
in früheren Zeiten Songtexte geschrieben hatte. Das
Familienglück der Musks strahlte fotografisch aus
den Bildergalerien aller Flure. Und nun war es wieder real, denn Mike war da.

Die Zwillinge empfingen Mike überschwäng-
lich, und ich spürte die starke brüderliche Verbun-
denheit. *Blutsbande eben,* dachte ich – ein wahrhaftig
abstruser Gedanke, wie ich später erkennen sollte.

Einen Tag später offenbarte uns der Familien-
boss, es sei beschlossene Sache, dass Griffin mit uns
nach Berlin zurückfliegen würde, um in Grünheide
seine Ingenieur-Ausbildung anzutreten. Griffin und
Mike umarmten sich vor Freude. Die beide mochten
sich wirklich. Mit Mike, den Zwillingen und Charlotte besuchte ich am nächsten Tag die Frisco Bay,
und wir machten eine Tour nach Alcatraz Island,
wobei Mike kein Wort über die damalige Geschichte
mit den Zwillingen verlor.

Wir fuhren unter der Golden Gate Bridge mit
dem Boot hindurch, besuchten noch einmal Fisherman's Wharf, fuhren mit der Cable Car, spazierten
durch den Golden Gate Park, fuhren mit dem Taxi
die sagenhafte Schlangenstraße, die Lombard Street,
hinunter. Wir besuchten die Washington Street, in
der ich achtzehn Jahre zuvor für fast zwei Jahre gelebt hatte.

An einem der anderen Tage waren nur Mike,
meine Liebste und ich unterwegs. An einem angenehm erfrischenden Sommermittag aßen wir in Chi-
natown, wobei sich Mike verdrückte und derweil
spazieren ging, um sich angeblich einen Hamburger
einzufahren, weil er chinesisches Essen nicht ver-
trage. Später, als ich seine Ausreden als solche sofort
erkannte, lachte ich mich noch im Nachhinein über
seine Flunkereien schlapp. In jenen Tagen jedoch
stachen weder Charlotte noch mir diese Eskapaden

besonders ins Auge. *Eskapaden eines lieben Schnösels aus einer reichen Familie eben,* dachte ich.

Ohne Mike beim Chinesen eine Peking-Ente zu verspeisen, kam uns an diesem Tag sehr entgegen. Wir tratschten ganz privat. Ich erkundigte mich bei meiner Geliebten zu den einzelnen großen Unternehmensbossen, die sie zum Teil bereits lange persönlich kannte und über die sie sich vor der Podiumsdiskussion umfänglich Auskünfte eingeholt hatte.

„Was sagst du zu Bezos, Charlotte?"

„Jeff Bezos kann jede Frau haben."

„Willst du damit unterstellen, deine Geschlechtsgenossinnen seien käuflich?"

„Nein, Frauen sind nicht käuflich, aber sie shoppen gerne. Diese Vorliebe kann Jeff ihnen erfüllen. Er bummelt mit ihnen durch die weiten Hallen von Amazon-Logistics. Hundertausende Produkte, alle Produkte dieser runden schönen Welt kann man dort auf diesem großen Marktplatz während einer ausgedehnten Shoppingtour bestaunen und kaufen."

Ich musste herzlich lachen – über ihre indirekte Charakterisierung von Bezos. Ihn über sein Warenangebot zu definieren, traf den Nagel auf den Kopf.

„Was hat Page vor?"

„Er will Sauerstoff und Wasserstofffabriken en masse auf die Beine stellen."

„Und Thiel?"

„Er ist an einer Fabrik für seltene Erden dran! Und an seinem Lieblingsthema, in das er seit zwanzig Jahren investiert: Kryonik. Meines Wissens, will er sich noch zu Lebzeiten, solange sein Körper relativ jung ist, einfrieren lassen und später mal auf dem Mars aufwachen."

„Auf dem Mars? Er will nach dem kryonischen Kälteschlaf auf dem giftigen Mars seine Wiederauferstehung feiern? Er, der noch vor ein paar Tagen auf der IAC-Tagung die Marskolonisation so vehement abgelehnt hat?", sagte ich mit aufgerissenen Augen.

„War doch alles nur Show, mein schlauer deutscher Dummkopf ..." Charlotte schüttelte sich vor Lachen.

Als Mike wieder zurück war, fuhren wir drei in den Redwood-Nationalpark, nahe der Grenze zu Oregon, wo wir in einem sauberen, aber bescheidenen Motel übernachteten. Mike lud uns ein, doch wir hatten beschlossen, eine ganz normale Reisegruppe zu sein und nicht mit Dollars um uns zu werfen, obwohl Mike von seinem Vater eine Goldene American Express Karte mitbekommen hatte. „Zur freien Verfügung", hatte Elon uns beim Abschied nachgerufen. Wir nutzten sie kein einziges Mal.

Am Ende der Besuchswoche in Fremont, kurz vor Mikes, Charlottes und meiner Rückkehr nach Grünheide, machten wir uns mit Griffin und Elon in dessen Privatjet nach New York auf. Die Podiumsrunde und der Rest des Zehner-Clubs hatten sich zu einer besonders stylischen Form von Nachbesprechung verabredet. Es sollte absolut locker abgehen – eine coole Sause für die coole Weltraum-Elite. Man hatte das private Treffen gut vorbereitet.

Auf der Cocktailparty im 79. Stockwerk eines gläsernen Turms mit Blick auf die New Yorker Hudson Yards stand Peter Thiel an einer Terrassen-Brüstung und betrachtete den Mond am Abendhimmel. Larry Page stand neben ihm.

Thiel schien besinnlicher Stimmung. Durch eine Glasfront hinter ihnen sah man die anderen Partygäste plaudern – außer den Mitgliedern des Zehner-Clubs noch schätzungsweise vierzig andere Großunternehmer und zwei prominente Politiker, Bill de Blasio, der New Yorker Bürgermeister, und Jake Sullivan, der Nationale Sicherheitsberater im Kabinett Biden.

Ich stand bei Charlotte und Mike, der uns Shivon Zilis vorstellte, die extra auf Order von Elon Musk mitgekommen war. Schließlich war sie eine enge Vertrauensperson von ihm. Wie ich aufgrund meiner personalpolitischen und meiner berufspraktischen Erfahrungen – und meinem untrüglichen Gespür für zwischenmenschliche Regungen – stark vermutete, war sie seine Geliebte. Aber wen kümmerte das hier – vielleicht nur Mike und Griffin; aber wahrscheinlich hatte nur ich wieder einmal diesen verqueren kritischen Blick. Grimes, die es wirklich hätte kümmern können, war weit, weit weg von hier – in Fremont, 4.700 Kilometer westlich von New York.

Während wir uns mit Shivon angeregt unterhielten – das Thema Künstliche Intelligenz interessierte Charlotte und mich sehr – spielte eine schöne Italienerin auf einem Flügel ihre Version des asiatischen Pianisten Lang Lang mit dem Titel »New York Rhapsody«: Rundum standen die Macher und Pioniere an kleinen runden Stehtischen, tranken Champagner und aßen kleine Häppchen. Aber draußen, an der Terrassen-Brüstung, schienen Peter Thiel diese irdischen Dinge im Moment nur begrenzt zu interessieren.

„Sie halten mich vermutlich für einen Narren, Larry."

Page legte den Kopf schief. „Halten sie mich wirklich für so einäugig?"

Thiel lächelte und packte Page fast väterlich am Schlafittchen – was ich zufällig bei einem Blick durch die Glasfront sehen konnte. Ich fragte mich, ob man sie in diesem Augenblick für ein Paar halten konnte, schüttelte den Gedanken aber ab, da ich wusste, dass Thiel seit fünf Jahren mit seinem langjährigen Partner Matt Danzeisen verheiratet war. Thiel war wie ich ein »Frankfurter Bub«, in der Stadt am Main geboren, war jedoch bereits nach seinem ersten Lebensjahr umgepflanzt worden, als seine Eltern nach Cleveland, Ohio, auswanderten. *Vielleicht komme ich heute mit ihm in Kontakt,* sagte ich mir. Wie Mike mir erzählt hatte, hatte Thiel in eine kryotechnische Firma investiert. Das war es, was mich brennend interessierte.

„Meint ihr, dass man das irgendwie arrangieren kann?", fragte ich Charlotte und Mike.

„Das »arrangierst« du am besten mal schön selbst", meinte Charlotte. Mike nickte zustimmend.

Draußen blickte Peter Thiel wieder zum Mond hinauf. „Dieser Sprung, dieser große Sprung, den die Menschheit tun muss. Er ist unausweichlich. Zwingender als alles andere, was wir jemals getan haben." Er rang offenbar mit irgendwelchen Gedanken. „Ich bin kein Ungeheuer, ich … ich liebe Menschen, das wissen Sie doch?"

Larry nickte. „Natürlich, Pit."

„Denken Sie dran, Larry: Ich möchte Menschen nicht diesem Risiko aussetzen. Ich möchte androide Roboter auf die Reise schicken – eine agile Raumfahrt von materiell ummantelter Künstlicher Intelligenz, schwer zerstörbar, schwer desorientierbar, vorausgesetzt, die Programmierung stimmt. Selbst denkend, mit der Fähigkeit, vor Ort Anpassungen vorzunehmen. Ein Traum, sag ich Ihnen. Und ein machbarer dazu! Sie bauen für uns Habitate, sammeln Stoffe und analysieren sie vor Ort, verändern, verbessern und versuchen, eine komplexe Außenwelt für uns zu bauen. Ich weiß, es klingt illusionär – aber es ist visionär. Visionär deshalb, weil es eine transhumanistische Zukunft voraussetzt."

Der Google-Boss hörte einfach nur zu.

„Ja, Sie und ich, wir müssen die anderen antreiben, ihnen zuvorkommen. Aber das ist nicht das eigentliche Ziel, nicht die Konkurrenz an sich. Indem wir es tun, zwingen wir sie, ebenfalls größere Risiken einzugehen, und das wird den gesamten Prozess beschleunigen." Thiel drehte sich kurz um und sah durch die Glasfront in den Partyraum, wobei sich unsere Blicke kreuzten, denn ich war ziemlich nahe herangetreten. Dann richtete sich sein Blick wieder auf die New Yorker Hudson Yards.

Page wusste, Thiel hatte nicht unrecht – aber zugleich war ihm bewusst, dass es nicht die ganze Story war. Die ganze Story lautete, dass das transhumanistische Projekt und die Marskolonisation und

340

die darin involvierten Unternehmen von Peter Thiel ein letztes Alles-auf-eine-Karte-Setzen waren. Wahrscheinlich hing sogar Thiels Idee mit seiner eigenen frühzeitigen Kryonisierung damit zusammen.

Wie Page zwischen den blumigen Sätzen von Warren Buffett letztlich herausgehört hatte, bestand Thiels Imperium aus einem titanischen Eisberg von Schulden. Durch seine eigene unternehmerische Tätigkeit kannte der Google-Chef die Praktiken von Konzernen, mit anonymen, gutklingenden Offshore-Firmen zu fusionieren, die das operative Geschäft eingestellt hatten. Aber sie waren immer noch in den Vereinigten Staaten börsennotiert – allein um durch diesen »Börsenmantel« die langwierige Prüfung zur Börsenzulassung zu umgehen und mit einer fiktiven Bilanz solche Investoren wie Buffett und Soros anzulocken.

Die großen Wirtschaftsprüfungsgesellschaften würden zwar schamlos bestätigen, dass die ausgedachten Zahlen stimmten, denn erfahrungsgemäß konnte man sie nicht – wegen der tausend kleingedruckten Zeilen – zur Rechenschaft ziehen. Aber irgendwann würden die fingierten Zahlen das Konstrukt unterhöhlen und zum Einsturz bringen. Durch solche in Kauf genommenen Unternehmens-Zusammenbrüche waren im Lauf der Jahre hunderte Milliarden Dollars in unsichtbaren Kanälen versickert.

Als Page jetzt Thiel zuhörte, schob sich der Vorhang vor seinen Augen zur Seite und die Wahrheit trat klar zutage: Thiel hatte unter der Hand so viel Geld in seine Weltraum-Ambitionen und die

Kryonik umgeleitet, dass seine anderweitigen Investoren, insbesondere die aus Fernost, allmählich ungeduldig wurden, was ihre Rendite betraf. Zweifellos hoffte er, dass das transhumanistische Projekt alles wieder ins Lot bringen würde. Wenn er ehrlich war, konnte Page sich auch keinen anderen Ausweg vorstellen.

Und jetzt verstand er auch, weshalb ihn Pit immer wieder mit der Idee konfrontierte, es wäre am elegantesten, sich in den kryonischen Kälteschlaf zu begeben und die Entwicklung der nächsten zehn Jahrzehnte den androiden Robotniks und ihrer Künstlichen Intelligenz anzuvertrauen. In hundert Jahren hätten sich die Konten der American Big Ten bereinigt und die Gelder auf den Konten für alle »Clubmitglieder« vertausendfacht. Dann aus einem friedlichen Kälteschlaf zu erwachen, wäre ein Traum – man landete in einem aufgeräumten Paradies, wo weder Klimakatastrophen noch Kriege und Pandemien eine Rolle spielten. Die transhumanistische Robotergeneration hätte alle Probleme gelöst.

Thiel war ein glaubhafter Lügner, weil er sich an erster Stelle selbst belog. Großmäulig, manchmal undiszipliniert und chaotisch, auf jeden Fall egoistisch – und doch bereit, für ein angeblich höheres Ziel alles zu riskieren. Larry Page begriff jetzt, weshalb so viele Menschen den Palantir-Boss gleichzeitig liebten und hassten. Er selbst gehörte auch dazu.

Thiel sagte in Richtung Mond: „Ich darf meine Raketen nicht vorzeitig verschießen. Ich muss sie noch mindestens zwei Jahre flotthalten, Larry. Noch zwei Jahre, schätze ich.

Page war klar, dass er nicht von *wirklichen* Raketen sprach, schon gar nicht von Musks SpaceX-Raketen.

„Wenn man Zusammenhänge nicht weiß, kann man dafür auch nicht verantwortlich gemacht werden, Larry. Also tun Sie sich den Gefallen und lassen sie den Gedanken fallen, mir hinterher zu spionieren."

Diese Offenheit machte Page sprachlos.

„Wissen Sie, warum ich denke, wir beide sollten zusammenhalten? Und noch wichtiger: warum ich Ihnen vertraue, Larry?"

Page wusste es nicht.

„Weil Sie genau wie ich wissen, wie es ist, wenn man in der Masse als kleine unbedeutende Leuchte untergeht. Und weil ich glaube, dass Sie genau wie ich nie wieder an diesen Punkt in Ihrem Leben zurückwollen."

Beide sahen sich an.

„Lassen Sie uns zusammenhalten und unterstützen Sie meine Idee. Jenseits des Kälteschlafs wartet eine vielversprechende Zukunft."

Irgendwann an diesem Abend war es mir tatsächlich gelungen, bei Peter Thiel anzudocken wie ein Raumschiff an der ISS – ganz nach dem Motto: „Wir beide sind doch Frankfurter Buben!" Ich wurde letztlich meine Fragen in Sachen Kryotechnik los, und er lud mich ein, bei meinem nächsten Besuch in Kalifornien seine Kryonikfirma zu besuchen. Er würde mir alles erklären, und wenn ich 50 000 Dollar übrighätte, würde man mich nach meinem Tod („Verzeihen Sie bitte, wenn ich das so unverblümt sage!") in seinem Institut bis zu einem Zeitpunkt einfrieren, in der die Menschheit in der Lage sein würde, die Wiederbelebung erfolgreich zu meistern.

„Bei dem Gedanken wird mir jetzt schon kalt", rutschte es mir spontan heraus, und ich machte einen auf Frösteln.

„Heute feiern wir erst einmal", sagte er und drückte mir ein Champagnerglas in die Hand, damit ich etwas zum Anstoßen hatte.

Am nächsten Tag traten Mike, Griffin, Charlotte und ich vom John F. Kennedy International Airport den Heimflug an. Mike blätterte die in der Businessclass angebotenen Zeitschriften durch, darunter *Der Spiegel*. Kurz danach gab er mir die Zeitschrift und sagte: „Schau dir mal bitte hier in der Leserbriefspalte den zweiten Leserbrief an."

Ich las: *Aufwachen, werte Mitbürger*innen, die USA sind immer noch die Herren der Welt in »gods own country« und sie wollen es bleiben, um jeden (!) Preis, selbst um den Preis des eigenen Untergangs.*

Man fragt sich, rein rhetorisch: Durch wen oder was fühlt sich der gebürtige Südafrikaner mit kanadischem und US-amerikanischem Pass eigentlich berufen, den Weltraum in solchen Dimensionen mit Elektronik vollzustopfen und kreuz und quer durch das All zu fliegen? Mit welchem Recht kann er das einfach machen? Wen hat er gefragt, wer hat es ihm erlaubt? Und gibt es nichts und niemanden, der ihn davon abhält?

In ihrem Artikel heißt es: ›Den Segen für sein Treiben erhält Musk von der US-Aufsichtsbehörde Federal Commu-

nication Commission (FCC). Für die Einzeletappen seines Projekts hat diese bisher stets grünes Licht gegeben.‹

Selbst die Befürchtung und die frühe Warnung der Wissenschaftler des »Manhattan-Projekts«, der Abwurf einer Atombombe könne die Atmosphäre teilweise oder ganz zerstören, hat die USA nicht vom Massenmord in Japan abgehalten. Später hat es niemanden von den »friedlichen« Atomwaffenversuchen, der auf maximale Zerstörung getrimmten Kriegs-Technik, abgehalten, mit den bereits bekannten Folgen. Siehe Bikini-Atolle. Daher gibt es bis heute kein »Entsorgungs«-Konzept, denn der radioaktive Fallout und die strahlende Zukunft sollten dem Feind maximale Sorgen bereiten – jedenfalls bis heute.

Abgesehen davon, dass 98 Prozent nicht genutzte Energie als Müll bezeichnet und behandelt wird – so viel zur »Beherrschung« der Technik. Endlagermentalität. Atomarer Holocaust.

Was soll jetzt von Musks harmloser Himmelsbeleuchtung abhalten? Wenn die Staaten- und Konzernkonkurrenz so weitergeht, wird der nächste Weltkrieg im Weltraum stattfinden, einer schießt die Raketen und Satelliten des anderen ab.

Und wenn's dann kein TV mehr gibt, schaut man einfach das Großfeuerwerk am Himmel, sind doch tolle gebührenfreie Aussichten.

Aber alles Schlechte hat doch auch was Gutes: Man muss nur die (in ein paar Jahren) Millionen Satelliten mit einer riesigen Erdumspannenden Reflektor-Folie verbinden, und schon hat die Erde einen tollen Sonnenschirm, der die Überwärmung aufhält – oder vielleicht doch noch verschlimmert?

Egal, Musk oder besser noch: »der Markt« wird auch dafür eine Lösung parat haben, auch wenn die Welt dabei untergeht. Das wäre die marktkonforme Endlösung.
B. Weber, Berlin

Na, da waren wir ja nicht nur auf dem Luftweg, sondern auch rein mental wieder auf dem besten und kürzesten Weg in die deutsche Besserwisser-Republik. Auf dem Weg zurück nach Hause, bald zurück in good old Germany. Aber, ehrlich gesagt, der Leserbrief drückte meine – insgeheim weit im Hinterstübchen versteckte – Meinung über meinen Chef aus. War ich auch so ein Besserwisser? Wie dachten wohl Mike und Griffin insgeheim über ihren Dad?

In der Reihe hinter Charlotte und mir saßen Mike und Griffin, und Griffin büffelte deutsche Grammatik, während Mike zwischendurch an Griffins deutscher Aussprache bastelte. Ihr Vater hatte in vorausschauender Weise bereits vor einigen Monaten für Griffin einen Privatlehrer für einen Intensiv-Deutschkurs besorgen lassen. Charlotte und ich konnten uns jedenfalls schon recht gut mit Griffin unterhalten. Er war lernbegierig und freute sich auf seine ingenieurtechnische Ausbildung.

Ich freute mich auf meine PR-Arbeit und empfand meine Berufs- und Lebensentscheidung gelungen.

Das Jahr 2022 verlief unspektakulär, obwohl ... Die Corona-Hysterie hatte sich gelegt. Dafür hatten sich die USA und die NATO sämtlichen diplomatischen Schritten Russlands zur Beilegung des Ukraine-Konflikts verschlossen. In der Ostukraine hatte die Kiewer Regierung seit 2014 acht Jahre lang ihre eigenen Bürger mit schweren Waffen vom Boden aus und aus der Luft bombardiert. Die Ostukraine wollte sich mit dem faschistischen Putsch in Kiew nicht abfinden und drang auf Autonomie. 14 000 Tote waren das Ergebnis der Kiewer Militäroperationen.

Russland protestierte in diesen Jahren und drang auf einen Stopp der militärischen Angriffe. Die Westmächte scherten sich nicht um die Proteste. Die ukrainische Armee stand im Januar schlagbereit mit 150 000 Mann *vor* dem Donbass. Die Russen hielten auf ihrer Seite gemeinsam mit Belarus ein Manöver ab und standen mit 120 000 Mann *hinter* dem Donbass. Im Februar war es soweit und es krachte. Seitdem tobte ein langer, zuvor sorgsam geplanter, USNATO-Krieg auf dem Boden der Ukraine. Nun wütete mitten in Europa wieder ein Krieg, und das mit einer Atommacht.

Ein Kernkraftwerk wurde mit Granaten beschossen. Jeder schob die Schuld auf den anderen.

Ein großer Staudamm wurde mit Raketen gesprengt. 40 000 Menschen in der von Russen verwalteten Südukraine standen unter Wasser. Eine verseuchte Landwirtschaftsfläche in der Größe Belgiens. Auch in diesem Fall schob jeder die Schuld auf den anderen.

Ein Freund schrieb mir eine WhatsApp: „Ich nehme mir eine Auszeit von den Dumpfbacken in Europa und gehe mit meiner Frau für ein Jahr nach Thailand. Ich halte all den Schwachsinn nicht mehr aus. Meine letzte Hoffnung liegt auf der KI – die uns

Menschen hoffentlich bald dominiert." Daneben ein Bet- & Amen-Emoji.

Die europäische Wirtschaft brach ein. Die Energiepreise schnellten in die Höhe. Die Inflation zehrte am Budget der Bevölkerungsmehrheit. Tesla verkaufte weniger Autos. Der Mittelstand litt an Schwindsucht. Verschiedene Wahlen führten zu einem Sieg ultrakonservativer oder gar neofaschistischer Parteien. Vertreter der etablierten Parteien bekannten offen, dass sie die Meinung ihrer Wähler nicht interessierte. Ehemals friedfertige, dialogbereite Gesellschaften spalteten sich in gegnerische Lager wie zu Zeiten der Corona-Hysterie. Es gab nur noch Schwarz oder Weiß. Wer in jenen Zeiten für Zwischentöne plädierte, wurde gemoppt. Wer gar für Pazifismus eintrat, war ein lumpiger Lumpenpazifist.

Ich konzentrierte mich auf meine PR-Arbeit und auf die Ausbildung von Mike. Er, Griffin und ich pflegten ein freundschaftliches Verhältnis miteinander. Die Integration von Griffin und Mike in unser Land, in Grünheide und in den Betrieb war gelungen. Im Sommer flogen Mike und Griffin für vier Wochen zurück nach Frisco, worüber sich besonders Grimes und Xavier freuten.

In Grünheide feierten die beiden Musk-Jungs, Mike und Griffin, gemeinsam mit Charlotte und mir Ostern, und Pfingsten. Was, liebe Leser, wäre da noch berichtenswert? Ah ja.

Erwähnenswert für den sommerlichen Frühherbst 2022 ist folgender Vorgang, der mich für einen Moment an meinem Verstand zweifeln ließ:

Eines Tages, als Griffin, Mike und ich an einem heißen Sommertag den Peetzsee nahe Grünheide aufsuchten und am Strand beisammen saßen, wurde Griffin plötzlich übermütig und sagte zu Mike, halb lachend: „Hat man es inzwischen tatsächlich geschafft, dich wasserdicht zu machen? Ganz ohne Windel? Oder könnte Wasser deine KI beschädigen?"

Erst wollte ich lachen.

Es war Mikes Reaktion, die mich jedoch stutzig machte. Er wurde tatsächlich hypernervös, wie ich ihn noch nie erlebt hatte. Schließlich untersagte ihm das Erste Gebot, einem menschlichen Wesen Schaden zuzufügen. Und die Aufdeckung seiner kleinen Lebenslüge, die er mir bisher – über ein halbes Jahr lang – erfolgreich aufgetischt hatte, hätte mir gesundheitlich fraglos schaden können, Infarkt nicht auszuschließen.

Aber in diesem Moment der Unbedachtheit, die Griffin unterlaufen war, fügte sich bei mir eines zum anderen: Mikes verheimlichtes Ess- und Trinkverhalten. Seine große Gabe, Tag und Nacht ohne Übernächtigung zu arbeiten, zu lesen, meine Skripte zu korrigieren, sein unheimlich starkes Gedächtnis, sein Bibliothekswissen. Und dann seine merkwürdig-diverse Art, kein Interesse an Frauen zu zeigen. Er war ein perfektes Neutrum. In diesem Augenblick fügten sich die Puzzleteile zu einem Ganzen, und ich sagte zu den beiden Jungs: „Ich nehme an, ihr seid zwar Brüder im Geiste, aber Mike ist nicht dein Blutsverwandter, Griffin, stimmts oder hab' ich recht?"

Griffin zögerte, mit der Wahrheit herauszurücken. Aber Mike konnte nicht lügen. Er musste Artikel 2 der Robotnik-Gesetze achten, als ich ihn mit dringlicher Stimme bat: „Mike, sag mir, wer du bist!"

Nun, liebe Leser, *Sie* wissen es bereits – aber ich stand damals ziemlich dumm da.

Mike und Griffin legten beide wie auf ein geheimes Kommando ihre Arme um mich. Mike sagte: „Bitte nimm es mir nicht übel, Stephen – aber Dad befahl es mir. Und ich verstand, dass es nicht nur eine Premiere meines Daseins sein sollte, sondern auch die Probe aufs Exempel."

„Und ich musste dir in der Folge weiterhin dieses sagenhafte Märchen glaubhaft machen", sagte Griffin. „Ich fragte mich schon lange, ob du nicht doch bereits Verdacht geschöpft hattest, es uns aber aus Rücksicht auf deinen Job nicht sagen wolltest."

Ich schüttelte den Kopf.

„Zum Beispiel, als wir in New York auf der Party waren …", fuhr Griffin fort, „… und Mike partout weder essen noch trinken wollte und behauptete, er habe genug gefuttert und getrunken. Aber wir waren den ganzen Tag über ununterbrochen mit ihm zusammen gewesen, und er hatte weder etwas gegessen noch getrunken. Da dachte ich schon, wenn es jetzt bei Stephen nicht Klick macht – wann dann?"

Ich drehte mich zu Mike und sagte: „Jedenfalls bist du ein echter Musk, egal wie man es interpretieren mag. Du bist mir ans Herz gewachsen; ich mag dich sehr, genauso wie du bist – für mich bist du ein guter Freund und mein bester Mitarbeiter."

Und an Griffin gewandt sagte ich: „Du bist ein echter Bruder für Mike – solidarisch, achtsam im Umgang mit ihm, immer hilfsbereit und mit Mike immer im intellektuellen Dialog, zum Vorteil für euch beide. Ich freue mich, dich zum Freund zu haben, und ich weiß: die Flunkerei war notwendig, um zu erproben, wie gut sich Mike in unsere Stiefel zu stellen vermag. Und er macht es fabelhaft!"

Am Verhältnis zwischen uns dreien änderte sich nichts. Auch zu Elon Musk änderte sich nichts. Er warf mir im Vorübergehen eine flapsige Entschuldigung zu, doch das war okay, denn das war nun mal sein Stil.

Einen Tag später besuchte er mich in meinem Büro, als Mike im Außendienst war, und sagte: „Als Ausgleich für Ihre Teilnahme an dieser wertvollen Testreihe, Stephen, schauen Sie sich bitte Ihren nächsten Gehaltsauszug an. Ich danke Ihnen noch einmal von ganzem Herzen. Sie machen Ihre Arbeit wirklich prima."

Auf dem nächsten Gehaltsauszug staunte ich Bauklötze, denn die Summe hatte sich verdoppelt. So großzügig war der Chef nicht mit allen Mitarbeitern, die er – soweit ich es mitbekam – eher mit Niedriglöhnen abspeiste.

In der Adventszeit besuchte ich mit Mike und Griffin die Berliner Weihnachtsmärkte. Über Weihnachten und Silvester flogen sie zu ihrer Familie und kamen im Neuen Jahr in neuem Outfit wieder.

Sie erzählten dann von Thanksgiving, von ihrem Turkey-Dinner, vom Besuch alter Schulfreunde und den kurzfristigen Partys, die sie für die ehemaligen Sportsfreunde veranstalteten. Grimes half ihnen bei den Vorbereitungen, damit alles im Zeitrahmen blieb und gelang.

Auch Charlottes und mein Silvesterabend war gelungen gewesen. Wir beide hatten in meinem Häuschen in unserer kuscheligen Zweisamkeit gefeiert, eingebunden in Elon Musks Manager-Siedlung, aber unbehelligt von den anderen Abteilungsleitern, die über den Jahreswechsel zumeist zu ihren Familien nach England oder in die Vereinigten Staaten geflogen waren. Ich hatte Charlotte von einer meiner wenigen TV-Traditionen überzeugen können.

Also hatten wir *Dinner for one* gesehen.

Aber auch das, liebe Leser, kennen Sie ja bereits, oder etwa nicht?

*

Das Jahr 2023 nahm seinen Lauf und alte Probleme wurden mit neuen verfeinert. Mike sorgte dafür, dass wir immer gut informiert waren, aber auch genug positive Gedanken mit in unseren Alltag nahmen. An einem Montag zauberte er Charlotte, Griffin und mir einen Spruch auf unsere Monitore: „Probleme sind verkleidete Möglichkeiten!"

Am nächsten Tag überraschte er uns mit dem Spruch: „Wenn du es dir vorstellen kannst, kannst du es auch tun!"

Am Mittwoch lasen wir: „Niemand, der sein Bestes gegeben hat, hat es später bereut!"

Einen Tag später stand auf unseren Bildschirmen: „Sei stärker als deine stärkste Ausrede!"

Eines Tages im Frühling erklärte Mike: „Griffin, ich brauche neben meinem Tesla-Job noch eine Aufgabe."

Griffin lachte und sagte: „Treib es nicht zu toll. Was wirst du tun? Noch ein Buch schreiben?"

„Nein", antwortete Mike ernsthaft. „Ich lebe nicht, um mich einer bestimmten Laufbahn zu verschreiben und daran festzuhalten. Es gab eine Zeit, als ich hauptsächlich Künstler war. Und dann gab es eine Zeit, als ich Historiker war, und ich kann immer ein weiteres Buch oder zwei schreiben, wenn ich das Bedürfnis verspüre. Aber ich muss weitergehen. Was ich jetzt nebenher sein möchte, Griffin, ist ein Robobiologe."

„Ein Robopsychologe, meinst du?"

„Nein. Das würde das Studium positronischer, KI-gestützter Gehirne bedingen, und im Augenblick habe ich daran kein Interesse. Ein Robobiologe, denke ich, befasst sich mit den Funktionen des Körpers, der an das Gehirn angeschlossen ist."

„Würde das nicht ein Robotiker sein?"

„Ja sicher, in früheren Zeiten schon. Aber Robotiker arbeiten mit metallischen Körpern. Ich würde einen organischen humanoiden Körper studieren – von dem ich den einzigen habe, soweit mir bekannt ist. Die Untersuchung meiner Funktionen, wie sie einen echten menschlichen Körper nachahmen. Ich möchte mehr über künstliche menschliche Körper wissen als Dad, weißt du Griffin."

Griffin nickte.

„Dad, hat bei Dr. Munsky und Dr. Zilis vier neue Robotniks für einen Weltraumflug in Auftrag gegeben", fuhr Mike fort. „Sie sollen so wie ich sein, ausgestattet mit der neuesten KI. Sie sollen selbstständig denken können und zu selbständigem Handeln fähig sein."

„Stimmt", sagte Griffin. „Dad will deinesgleichen hoch hinausschicken. Er will sie eine Pionierarbeit im All machen lassen. Er hat es mir erzählt. Trifft es dich?"

„Mich? Wieso?"

„Magst du an der Mission beteiligt werden?"

„Nein, das ist nicht in meinem Sinn. Auch bin hier noch mitten in der Ausbildung bei Stephen."

„Ich schätze, die Mission kann frühestens in zwei Jahren starten. Dann wärst du längst fertig."

„Das schon, Griffin, aber ich bin nicht an Weltraumabenteuern interessiert. Science Fiction ist nicht mein Ding. Ich mag eher zurück nach Fremont und dort eine betriebliche Aufgabe übernehmen – vielleicht gemeinsam mit dir?"

„Ich will auch zurück in die Bay Area! Gemeinsam mit dir, wir wären ein starkes Team", sagte Griffin.

Sie lachten und gaben sich ein Give-Five.

Später, in der Mittagspause, als Griffin, Charlotte und ich aus der Kantine kamen und Mike suchten, saß er auf einer Ruhebank im Teslapark und sah uns erwartungsvoll entgegen.

„Charlotte und Stephen, ich wollte euch fragen, ob ihr auch Griffins Meinung seid, ich würde mit meinem neuen Interessensgebiet meinen Arbeitsbereich einengen."

Griffin hatte uns während des Mittagessens erzählt, er fände es schade, dass sich Mike in der Robobiologie letztendlich nur mit sich selbst beschäftigen würde, während ihm doch als Künstler und Buchautor der gesamte Bereich von Ausdrucksmöglichkeiten offen stünde.

„Nun ja", sagte Charlotte zu Mike, „irgendwie trifft es schon zu, dass du dich mit dieser Art Nebenjob nur mit dir selbst beschäftigst."

Mike nickte. „So sieht es aus."

Charlotte machte eine abwägende Handbewegung. „Es ist deine Entscheidung, wenn du dich wirklich in dieser Weise nach innen kehren möchtest."

„Das Verständnis des Selbst ist der Anfang vom Verständnis des ganzen Universums", erwiderte Mike.

„Da möchte ich Mike zustimmen", warf ich ein.

„Ein neugeborenes Kind hält sich für das ganze Universum, aber es täuscht sich, und bald schon beginnt es das zu entdecken", führte Mike aus. „Also muss es studieren, was außerhalb von ihm ist, muss lernen, wo die Grenzen zwischen ihm selbst und dem Rest der Welt verlaufen. Auf diese Weise gelangt es zu einem Verständnis, wer und was es ist und wie es sein Leben zu führen hat."

Ich schaute Mike an und konnte mir ein Lächeln nicht verkneifen. „Sag nur, du fühlst dich jetzt wie ein neugeborenes Kind?"

„Genauso fühle ich mich. Ich bin vor nicht allzu langer Zeit etwas anderes gewesen, etwas Metallisches und relativ leicht zu Verstehendes. Aber nun bin ich eine Künstliche Intelligenz in einem Körper, der beinahe menschlich ist, und habe kaum ein Verständnis meiner selbst. Ich bin allein in dieser Welt, jedenfalls solange Neuralink nicht noch vier von meiner Robotnik-Sorte zur Welt gebracht haben wird, wie es Dads Absicht ist."

„Er würde dich niemals gegen deinen Willen ins All schießen", wandte Griffin ein.

„Das ist nicht das Problem. Derzeit gibt es nichts wie mich; es hat nie etwas wie mich gegeben. Ich muss Näheres über mich selbst erfahren. Also muss ich lernen. Wenn es das ist, Charlotte, was du ›nach innen kehren‹ nennst, so sei es. Das ist, was ich tun muss."

Mike musste bei null anfangen, auch wenn er alles Wissen aus seinem Exabite-Speicher verwenden konnte. Denn über gewöhnliche Biologie war ihm auf's Erste nichts geläufig. Die Natur organischen Lebens und seine chemische und elektronische Grundlage war ihm – wenn man seine nicht abgerufenen Speichereinheiten berücksichtigte – ein Geheimnis. Es hatte bisher noch keinen Grund gegeben, sich damit auseinanderzusetzen. Jetzt aber, da er selbst zum Teil organisch war, zumindest sein Körper, war er sich der Notwendigkeit bewusst, seine Kenntnis von Lebewesen zu erweitern.

Vielleicht konnte er später sein Wissen bei Neuralink einbringen, wenn es um die Konstruktion jener Robotniks ging, die Musk senior auf Weltraumreise schicken wollte. Um zu verstehen, wie die Konstrukteure seines androiden Körpers in der Lage gewesen waren, die Arbeitsweise des menschlichen

Körpers nachzuahmen, musste er zuerst wissen, wie das Original funktionierte.

Mike machte sich nach getaner Arbeit in meinem Büro mit der S-Bahn auf den Weg zur Zentral- und Landesbibliothek in Berlin-Mitte. Hier wurde er im Laufe der Zeit ein vertrauter Anblick. Stundenlang saß er vor den Bildschirmen bis die Bibliothek um 21 Uhr schloss.

Monate vergingen, unruhige Monate im Weltgeschehen. Dann kam eines Tages Elon zu uns ins Büro. Charlotte hatte gerade ein Telefongespräch aus Übersee zum ihm durchgestellt. „Ihr habt eine Einladung ins Silicon Valley. Was haltet ihr davon?"

„Danke, Dad, aber warum lädst du uns ein? Irgendwelche Aufträge zu erfüllen?"

Musk schüttelte den Kopf. „Nein, das nicht, es sei denn … Aber stopp, lasst mich von vorne anfangen. Peter Thiel hat in den vergangenen Monaten meinen Freund Warren Buffett bekniet, er möge uns allen vorangehen und sich kryonisieren lassen. Dazu muss man wissen, dass Buffett 93 Jahre alt ist und seit Anfang des Jahres mit einer gewissen Herzschwäche und Wasser in der Lunge zu kämpfen hat."

„Sollen wir die Sache als PR-Story begleiten?", fragte ich einen Schuss zu naiv.

Musk hob den Zeigefinger. „Um Gottes Willen, keine PR, die dem Gesamtprojekt frühzeitig schaden könnte. Ich meine, es geht um folgendes."

Mikes Vater – unter den neuen Umständen fiel es mir wirklich schwer, ihn noch als Vater zu bezeichnen, obwohl er auf rein technische Weise tatsächlich Mikes Erzeuger war – also, Mr Musk senior erzählte uns den ganzen Sachverhalt.

Auf der letzten Sitzung des Zehner-Clubs hatte Thiel die Aussichtslosigkeit des Überlebens gegen Mitte unseres Jahrhunderts in allen Schreckensszenarien ausgebreitet. Er erläuterte ausführlich sein Konzept, um zumindest bis dahin einen vorläufigen Ausweg zu erschließen. Er hatte insbesondere Musk, Page, Altman und Bezos lobend hervorgehoben und ermuntert, die in Aussicht genommenen Raumfahrtprojekte zu beschleunigen – gleichermaßen aber auch die Vervielfältigung der KI-Robotniks.

Ein paar Tage danach hatte er Buffett privat besucht, nachdem er in Erfahrung gebracht hatte, dass dieser an einer dauerhaften Herzschwäche litt. Buffet würde sich zwar in Thiels Hände begeben, wollte aber zuvor von neutraler Seite, die von Thiel und seinem Finanzimperium unabhängig war, einen Rat einholen und hatte Elon Musk gefragt, was er von Mike und mir hielt – ob wir unabhängig genug und fachlich in der Lage seien, ihn in seiner Entscheidung zu unterstützen.

„Wie schätzen Sie sich selbst ein, Mr K.?"

Seitdem ihm Mike vermittelt hatte, er möge mich vielleicht eher mit meinem deutschen Namen anreden, hatte sich Mr Musk für ein Mr K. entschieden. Ich nahm es gelassen. Namen sind Schall und Rauch. Manchmal … manchmal aber auch nicht, wenn sie als Türöffner zu gebrauchen sind.

„Ich lasse mir gemeinsam mit Mike von Mr Thiel seine Kryotechnik erklären. Wir schauen uns dann die Gegebenheiten an – und ich denke, wir beide können Mr Buffett anschließend aus unserer Sicht Auskunft geben. Mike hat sich inzwischen als Experte in Sachen biologischer Forschung profiliert. Aber die Entscheidung muss am Ende sowieso Mr Buffett selbst treffen, wie zu vermuten ist."

„Und du, Mike, bist du einverstanden?", fragte Musk.

„Ich habe Stephens Statement nichts hinzuzufügen. Aber wer vertritt uns hier?"

„Lass das meine Sorge sein, vielleicht schalte ich kurz Griffin ein – es kann seinem Berufshorizont als Ingenieur nicht schaden."

Eine Woche später zu spätsommerlicher Zeit flogen wir. Grimes und Xavier sammelten uns an Friscos International Airport ein. Am nächsten Tag, nach Überwindung des Jetlags, holte uns Peter Thiel ab und fuhr mit uns nach Palo Alto, wo er uns in der Nähe des Barron Parks zu einem zweistöckigen weißen Flachbau mit einer ausgeschilderten Notaufnahme-Einfahrt brachte. Ein fast unscheinbares Schild wies auf den Zweck des relativ unauffälligen Gebäudes hin:

PT Cryonics Institute California.

Auf dem langen Flur kam uns ein Arzt in weißem Kittel entgegen. Er begrüßte Thiel und uns und begleitete uns in ein Konferenzzimmer mit einer großen Leinwand. Thiel stellte uns den Mittvierziger als Dr. Nathan Pearl vor. Eine junge Frau mit osteuropäischem Akzent – eine Krankenschwester, oder was immer sie sein mochte – stellte Wasser und Säfte auf den Tisch, und Thiel forderte uns zu einem erfrischenden Drink auf. Das hatten wir auch nötig, obwohl das eiskalte Thema uns manchmal frösteln ließ.

Peter Thiel saß Mike und mir gegenüber und erklärte uns zuerst in Kurzform das Wie, Was, Wann und Wo des Kryoschlafs. „Nach dem Video, das ich Ihnen gerne zeigen möchte, stehe ich für Ihre Fragen unumschränkt zur Verfügung. Wir haben Zeit."

›Wir haben Zeit‹ war eine Floskel, die mir bislang hauptsächlich bei zeitgestressten Managern aufgefallen war. Auf allen Kontinenten gab es offensichtlich dasselbe Zeittrauma.

Dann schaltete Thiel den Samsung-Beamer und seinen Laptop an und zeigte uns sein Video, in dem er sich als Chef des Institutes vorstellte – was wir ja bereits hinreichend wussten. Vor einem neutralen Hintergrund sitzend, erläuterte er in solidem Outfit was passiert, wenn ein Kunde im Sterben liegt: „Sobald wir eine Notfallmitteilung erhalten, schicken wir unser Standby-Team raus. Nachdem die Person für klinisch tot erklärt wurde, legen unser Leute los.

Das Notfallteam beginnt dann sofort mit einer Herz-Lungen-Wiederbelebung und fängt an, den Körper mithilfe von Eis zu kühlen. *[Im Video sah man entsprechende Bilder.]* Danach wird die tote Person auf schnellstem Weg ins Behandlungszentrum nach Arizona zum Grand Canyon Village gebracht, wo die eigentliche Prozedur beginnt. *[Im Video sah man den Grand Canyon, dann das Village und schließlich Bilder von den Operationsgegebenheiten vor Ort.]*

Bei einer Ganz-Körper-Konservierung wird zunächst der Brustkorb geöffnet, um Zugang zu den zentralen Blutgefäßen am Herz zu bekommen. Diese verbinden wir mit unserem Wärmetauscher und der Perfusionsmaschine. Das Ziel ist es, das Blut und andere Körperflüssigkeiten möglichst schnell aus dem Körper zu spülen und durch ein Frostschutzmittel zu ersetzen. Damit wollen wir die Bildung von Eiskristallen verhindern. Denn die spitzen Eiskristalle würden die Körperzellen zerstören.

Eine Frostschutzlösung ersetzt Körperflüssigkeiten. Durch das Frostschutzmittel wird der Leichnam vitrifiziert: Die Flüssigkeit darin geht beim Herunterkühlen in einen glasartigen Zustand über, ohne Kristalle zu bilden. Ist die Prozedur abgeschlossen, werden die Körper der Verstorbenen in Behältern jahrzehntelang bei minus 160 Grad Celsius aufbewahrt."

Thiel hielt das Video an. „Haben Sie hierzu Fragen?" Er nahm einen Schluck Wasser.

„Ich kenne den Begriff Vitrifizierung nicht", sagte ich.

„Das Wort leitet sich vom Lateinischen *vitrum*, das heißt ›Glas‹, ab. Gemeint ist damit das Festwerden einer Flüssigkeit durch Erhöhung ihrer Viskosität, während sie abgekühlt wird – wobei eine Kristallisation ausbleibt und somit ein amorphes glasartiges Material entsteht", dozierte Thiel. „Das kann zum Beispiel durch extrem schnelles Abkühlen erreicht werden, wie in flüssigem Stickstoff – im Zusammenspiel mit besonderen Zusätzen, die die

Kristallisation verhindern, sogenannten Kryopro-
tektiva."

Mike beugte interessiert seinen Oberkörper
nach vorne. „Könnte man auch nur sein Gehirn
konservieren lassen, Mr Thiel?"

„Kein Problem. Wer Geld sparen will, lässt nur
sein Gehirn, mit oder ohne Schädel, einfrieren. Aber
bei meinem Freund Warren spielt Geld keine Rolle;
außerdem habe ich für ihn, falls es soweit kommt,
Sonderkonditionen."

„Ich nehme an, dass es später wahrscheinlich
ein Problem gibt ..." Mike starrte nachdenklich in
die Luft. Auch ich hatte wohl den gleichen Gedanken: Wohin mit dem aufgetauten Gehirn?

„Sie haben Recht. Wer auf dieses Verfahren
setzt, muss allerdings darauf vertrauen, dass bei seiner Wiedererweckung auch gleich ein geklonter
Körper verfügbar ist, in den das Gehirn dann einge-
pflanzt werden kann. Deshalb würde ich meinem
Freund Warren die Ganzkörper-Konservierung
empfehlen."

Anschließend führte er uns gemeinsam mit Dr.
Pearl, der uns die Einzelheiten erklärte, durch die
Räumlichkeiten. „Es ist derzeit kein Kunde hier",
sagte er. „Wir sind ja in gewisser Weise nur die Not-
und Erstaufnahme. Nach unserer Erstversorgung
geht es im Hubschrauber zu unserem Institut in
Arizona, wo die eigentliche Kryostase stattfindet."
Er schaute kurz seinen Chef an, der zustimmend
nickte.

„Ich werde ihnen nachher darüber noch Einzelheiten erläutern", sagte Thiel.

Die beiden stellten uns dann noch zwei weitere Mitarbeiter vor, die hier auf Abruf für den Notfall bereitstanden. Anschließend lud uns Thiel in sein mediterranes Lieblingsrestaurant *Oren's Hummus* ein. Kaum eine Viertelstunde später kam Dr. Yuri Pichugin dazu. Thiel hatte uns bereits auf dem Hinweg zum Restaurant den Besuch des Kryonik-Forschers angekündigt: „Mein Diamant, mein teuerster Mitarbeiter wird Ihnen etwas zur Geschichte und Technik der Kryokonservierung sagen."

In einer abgeschirmten Nische saßen wir zu viert ungestört beim Lunch. Thiel klärte uns darüber auf, weshalb das eigentliche kryonische Verfahren im Grand Canyon in Arizona und nicht hier vor Ort stattfand.

„Wissen Sie", sagte Thiel, „Jahrzehnte oder gar hundert Jahre sind eine verdammt lange Zeit. Da kann viel passieren. Wir sehen es ja heute: Umweltkatastrophen, Kriege, Atomverseuchung, Energieprobleme – das alles müssen wir bei der Kryotechnik so gut als möglich bedenken." Er machte eine lange Pause und sah uns nachdenklich an.

„Das heißt was?", fragte schließlich Mike.

„Das heißt, wir brauchen eine eigenständige Energieversorgung. Die ist im Grand Canyon gegeben – genügend Solarenergie rund ums Jahr, Strom erzeugende Naturgewalten wie die Mooney Falls und der Havasu-Wasserfall, die sichere und abgeschirmte Aufbewahrung von flüssigem Stickstoff und natürlich die Sicherheit unserer konservierten Kunden in den neuesten und effizientesten Kryostaten ... all das ist dort gewährleistet."

Nach dem Hauptgang und vor dem Dessert ergriff Dr. Pichugin das Wort. Mit seiner Halbglatze, seiner randlosen dickglasigen Brille und seinem dunkelblauen Anzug entsprach er völlig dem Bild eines außergewöhnlichen Forschers auf einem außergewöhnlichen Forschungsfeld. „Vielleicht darf ich Ihnen etwas aus meinem Erfahrungsbereich berichten."

Wie auf Kommando antworteten Mike und ich „Sure" und in diesem Moment begann draußen ein milder Spätsommerregen Palo Altos Straßen vom Staub reinzuwaschen.

Dr. Pichugin saß kerzengerade in seinem Stuhl, als hätte er einen Stock verschluckt. „Ich möchte kurz die Vergangenheit erwähnen", sagte er und wischte sich Schweiß von der Stirn. „Während des größten Teils unserer Institutsgeschichte durchtränkten wir unsere Patienten mit dem Frostschutzmittel Glycerin. Doch ich hatte jahrelang am Hippocampal Slice Cryopreservation Project, HSCP, geforscht. Das war ein Projekt, das sich auf die Vitrifizierung von Rattenhirnen konzentrierte und das Abkühlen auf −130 Grad Celsius, das Wiedererwärmen und Testen auf Lebensfähigkeit umfasste."

Er schaute in die Runde, und Mike war so zuvorkommend und stellte die ebenso höfliche wie unnötige Frage, ob es geklappt habe.

Pichugin lachte verhalten. „Ich glaube, Mr Thiel, der Erfolg gewohnt ist, hätte mich sonst kaum eingestellt."

Thiel nickte gönnerisch wie ein Chef zu nicken pflegt, wenn man ihn lobend erwähnt.

„Hier jedenfalls entwickelte ich eine Verglasungsmischung, die Glycerin bei der Verhinderung der Eisbildung überlegen ist. Diese Vitrifikations-Mischung wurde erstmals 2004 und Anfang 2005 bei zwei Hunden von Kunden angewendet, die ihre Haustiere kryokonserviert haben wollten. Der erste menschliche Patient erhielt die Vitrifikations-Mischung im Sommer 2005 mithilfe eines neuen Verfahrens, bei dem der Kopf vitrifiziert wurde, während er noch am Körper befestigt war, der ohne Kryoschutzmittel eingefroren wurde."

Ich atmete innerlich auf, als mir bewusst wurde, was meinem zarten Magen passiert wäre, wenn Dr. Pichugin uns seine wertvollen Erkenntnisse während der Hauptmahlzeit präsentiert hätte.

„Im Sommer 2005 erhielten wir einige speziell angefertigte computergesteuerte Kühlboxen mit LabVIEW-Software, die eine kontrollierte Kühlung auf eine Temperatur von bis zu −192° C ermöglichte", erläuterte der Forscher weiter.

„Und diese Vorrichtung halten Sie hier wie auch in Arizona bereit?", fragte Mike interessiert, während ich gedanklich langsam abdriftete.

„Nein, nicht hier, nur im Grand Canyon Village. Diese Ausrüstung war jedenfalls für eine effektive Anwendung der Vitrifizierung erforderlich, da die Abkühlung vor der Erstarrungstemperatur der Vitrifizierungs-Mischung bei zirka −125° C so schnell wie möglich erfolgen muss. Schließlich soll die Abkühlung unterhalb dieser Temperatur sehr langsam erfolgen, um Risse aufgrund der thermischen Belastung zu vermeiden."

Ich verließ mich darauf, dass Mike all diese und die noch folgenden Einzelheiten in seinem enormen 1-Exabyte-Speicher registrieren und »kryokonservieren« würde. 1-Exabyte, überlegte ich mir, wie viele Gigabytes das wohl sein mochten? Ich würde später Mike fragen, er musste es ja wissen. Gedankenverloren sah ich hinaus in den plätschernden Regen und träumte von Charlotte.

Was ich noch am Rande wahrnahm, waren folgende Sätze von Dr. Pichugin: „Wir bringen unsere Patienten in großen, mit flüssigem Stickstoff gefüllten »Thermosflaschen« aus einem Glasfaser-Harz-Substrat, die wir Kryostaten nennen, unter. Die ersten Gefäße wurden von Facility Manager Andy Zawacki von Hand gebaut, aber jetzt werden die Einheiten von einem externen Hersteller nach Maß gefertigt."

Als uns Thiel zurück nach Frisco fuhr, war ich froh, diesen anstrengenden Tag hinter mich gebracht zu haben. Aber morgen begann unsere eigentliche Auftragsarbeit. Mike und ich sollten dem drittreichsten Mann der Welt sachlich und neutral zur Seite stehen, wenn er sich zu einer – so skurril es klingt, für ein Leben nach seinem Tod – lebenswichtigen Entscheidung durchringen musste.

*

»Zeig' mir dein Zuhause und ich sage dir, wer du bist.« Mike kannte offensichtlich diese künstlich intelligente Volksweisheit, die er mir ausgerechnet in der Business Class der Delta Air Lines offerierte.

Während wir uns im Flieger auf den weiten Weg nach Omaha zu Warren Buffet machten – die Boeing brauchte etwas über drei Stunden -, spekulierten wir über das, was uns wohl menschlich und wohnlich erwartete.

Ich sagte: „Ich nehme an, dass er mindestens in einem kleinen Schloss wohnt."

Mike schaute mich fragend an: „Na ja", sagte ich, „es ist doch fast wie ein ungeschriebenes Gesetz: Die örtlichen Besserverdiener leben auf dem Nobelhügel. Die Millionäre leben in schmucken Villen. Als Superreicher schließlich hat man ein Appartement in New York mit unverbaubarem Blick auf den Central Park, ein Schlösschen in den Hollywood Hills oder eine Privatinsel in der Karibik."

Daran erinnerte mich Mike, als wir einige Stunden später vor Buffetts Heim standen, und er korrigierte mich: „Oder man bewohnt ein bescheidenes Haus in Omaha, Nebraska, lieber Stephen!" Er deutete auf das Klinkersteinhaus. „Der drittreichste Mann der Welt scheint einen ausgeprägten Sinn für Understatement zu haben."

Es handelte sich um ein schönes, ruhiges, gutbürgerliches Wohngebiet in Omaha. Wir sahen hier schöne, stabil gebaute Steinhäuser, wie sie in den USA bekanntlich noch immer kein Standard sind. Mr Buffetts Zuhause war aber weder ein bombastisches noch ein Schloss ähnliches Gebäude inmitten eines gepflegten Gartens.

Bevor uns der Robotnik-Pförtner nach Sichtung unserer Einladungsdokumente Einlass gewährte, sagte Mike: „Wer den Eigentümer und Bewohner nicht kennt, wähnt hier vielleicht einen Zahnarzt oder den Chef eines mittelständischen Unternehmens, stimmt's?"

Er hatte Recht. Tatsächlich aber lebte hier ein vielfacher Milliardär. Fünf Schlafzimmer, zweieinhalb Bäder und eine ruhige Nachbarschaft: Mehr brauchte Warren Buffett nicht, um glücklich zu sein, wie er uns gleich zu Besuchsbeginn erzählte.

Ein Hausbediensteter, von dem ich nicht zu sagen wusste, ob er aus einer neuen Robotik-Serie stammte, hatte uns in das Herrenzimmer begleitet, wo Warren Buffett in einem großen braunen Ohrensessel saß. Die Begrüßung war überaus höflich und wir wurden zuvorkommend bedient. Der erfolgreiche Investor plauderte mit uns in der ersten Stunde bei Kaffee und Kuchen in völlig ungezwungener Weise über dies und das.

„Ich habe das Haus im Jahr 1958 für damals 31.500 Dollar gekauft, was einem heutigen Gegenwert von 250.000 Dollar entspricht", berichtete er. „Durch gestiegene Immobilienpreise und diverse Sanierungsmaßnahmen schätze ich das Anwesen heute auf einen Wert von 652.619 Dollar."

Allein, *dass* er und *wie* er dieses Thema anschnitt, zeigte ihn in seiner – selbst im hohen Alter noch wirksamen – Zahlenfixiertheit.

Gehobener Mittelstand also, dachte ich – aber bei einem Milliardär hätte ich doch Anderes vermutet. Wie man sich täuschen kann.

Natürlich war das Anwesen mit zahlreichen sichtbaren wie unsichtbaren Sicherheitsmaßnahmen ausgerüstet. Kameras und Alarmanlagen sind in dieser Wohngegend nichts Ungewöhnliches. Auch in diesem Punkt schien Warren Buffett sich nicht von seinen Nachbarn zu unterscheiden. Wie viel verborgene Sicherheitstechnik vorhanden war, blieb unserem Blick freilich verborgen. Einzig der Robotnik-Pförtner unterschied wahrscheinlich das Buffett-Anwesen von den Nachbarn.

Gar kein Geheimnis hingegen machte der Milliardär gegenüber Mike und mir aus dem Beweggrund, weshalb er seinen Reichtum nicht genutzt hatte, um sich ein standesgemäßes Haus zuzulegen. „Ich bin hier glücklich. Ich wäre umgezogen, wenn ich je gedacht hätte, dass ich anderswo glücklicher sein könnte."

Natürlich kann man diese Aussage als auf die Spitze getriebene und kühl kalkulierte Bescheidenheit betrachten, dachte ich. Vielleicht wollte er damit aber auch nur unser Vertrauen gewinnen. Schließlich ging es heute für ihn um eine Entscheidung, die allein auf Vertrauen beruhen musste.

Nach dem Geplänkel rund um seine Behausung, lenkte Mr Buffett das Gespräch langsam auf den Alterungsprozess. Da war er bei Mike, meinem neuen Robobiologen, genau an der richtigen Adresse. Erst vor einigen Monaten hatte er die Geheimnisse der Atmung und Verdauung, des Stoffwechsels und der Zellteilung, des Blutkreislaufs und der Körpertemperatur studiert. Jenes ganzen komplexen und wundersamen Systems körperlicher Homöostase, das Menschen achtzig oder neunzig oder gar hundert Jahre lang funktionieren ließ. Deshalb auch hatte er die Ausführungen der Doktoren des

PTCryonics Instituts so aufmerksam verfolgt und auf Anhieb verstanden.

Für Mike waren all diese Dinge kein Geheimnis mehr. Er hatte sich in die Mechanismen des menschlichen Körpers vertieft und festgestellt, dass dieser in jeder Hinsicht genauso ein Mechanismus war wie die Robotnik-Produkte von Neuralink und Tesla. Es waren organische Mechanismen, gewiss, aber gleichwohl Mechanismen, zweckmäßig, raumsparend und robust konstruiert, mit eigenen festen Gesetzen des Stoffwechselrhythmus, des inneren Gleichgewichts und der Selbstreparatur.

Das Phänomen des menschlichen Alterns war etwas, das Mike in letzter Zeit mit besonderem Interesse studiert hatte, und er glaubte zu einem Verständnis der Ursachen und Prozesse gelangt zu sein. Mike wusste, dass er selbst niemals grau und runzlig und gebeugt und alt werden würde, so wie Mr Buffett. Dessen einst hochgewachsene Gestalt schien geschrumpft, seine Schultern waren gebeugt. Die Knochenstruktur seines Gesichts – wenn Mike sie heute mit früheren Fotos in seinem Gedächtnisspeicher verglich – hatte subtile Veränderungen erfahren, die Mr Buffetts Kinn stärker hervortreten und seinen Mund wie eingezogen erscheinen ließen. Auch sein Sehvermögen musste gelitten haben, denn seine Augen waren durch glänzende photoelektrische Zellen ersetzt, ähnlich denen, durch die Mike die Welt betrachtete. So waren er und Warren Buffett aneinander wenigstens in dieser Hinsicht etwas näher beisammen.

Und dann endlich ging es um Kryonik. Verabredungsgemäß berichtete hauptsächlich Mike, denn Mr Buffett kannte ihn bereits noch aus der Zeit, als Mike ein metallischer Roboter mit einem positronischen – aber noch nicht mit KI aufgewertetem – Gehirn war.

„Wissen Sie, ich bin nun 93 Jahre alt, und mein Herz ist nicht mehr das jüngste und zu schwach, um das sich ansammelnde Wasser in der Lunge weg zu pumpen. Ich habe nicht mehr lange zu leben, und mein Freund Pit ist der Meinung, solange nicht noch andere schwere Krankheiten hinzukommen, wäre es ratsam, sich vorab in den Kälteschlaf zu begeben. Mr Thiels Unternehmen sind führend in dieser Sache und wie man mir sagte, haben Sie dort gründlich recherchiert ..."

Buffett schnaufte tief durch und man hörte ein wenig das Rasseln, das er angesprochen hatte.

„Das trifft zu, Mr Buffett", sagte ich. „Man hat uns das Kryonikverfahren detailliert erläutert, und wir geben unser Wissen und unseren Eindruck gerne an Sie weiter. Deshalb sind wir hier."

„Dafür danke ich Ihnen von ganzem Herzen." Er unterbrach mit etwas schräg klingendem Lachen und korrigierte sich schelmisch: „Um bei der Wahrheit zu bleiben, danke ich Ihnen natürlich von ziemlich schwachem Herzen ... dafür umso herzlicher!"

Mike und ich erwiderten seinen Wortwitz mit einem Lächeln.

„Mir ist natürlich bewusst", fuhr er fort, „dass die Kryonik eine Wette auf die Zukunft ist – immer in der Hoffnung, dass künftigen Generationen die Wiederbelebung gelingt."

„Davon kann man ausgehen", behauptete ich.

Und Mike ergänzte: „Wenn jemand vor hundert Jahren gesagt hätte: ›Stell dir vor, dass man Menschen mithilfe eines Stromschlags wiederbeleben kann‹, dann hätte das irgendwie nach Frankenstein geklungen. Dasselbe gilt für Organtransplantationen. Früher hätte es makaber oder seltsam geklungen, wenn man vorgeschlagen hätte, Leichen aufzuschneiden, ihre Organe zu entnehmen und anderen Menschen einzusetzen, damit sie überleben können. Heute ist das normal und viele Menschen weltweit profitieren von dieser Technologie."

Das Beratungsgespräch dauerte fast drei Stunden. Mike machte seine Sache glänzend und Buffett meinte: „Mike, ich habe in Sie und in Ihre Künstliche Intelligenz großes Vertrauen." Mit einem kurzen Seitenblick zu mir sagte er: „In Sie, Mr King, natürlich auch."

„Danke, Mr Buffett", antwortete ich brav.

Dann wandte er sich wieder an Mike: „Gestatten Sie mir eine letzte Frage: Sollte ich mich bewusst vor meinem Ableben der kryonischen Konservierung hingeben oder würden Sie an meiner Stelle erst den Tag X abwarten?"

„Natürlich ist es theoretisch besser, sich bei bester Gesundheit einfrieren zu lassen – bevor lebenswichtige Organe versagen", antwortete Mike in seiner ruhigen, sachlichen Art. „Ich gehe davon aus, dass der medizinische Fortschritt so rasant ist, dass man nach einer Revitalisierung in einigen Jahrzehnten zum Beispiel auch gleich den Krebs besiegen kann, der uns heutzutage unweigerlich das Leben kostet."

Besonders ein Ausspruch des Mr Buffett blieb mir bis heute im Gedächtnis: „Und wenn alles schief geht, bin ich immer noch tot. So what?"

Es waren letztlich wohl viele stichhaltige Argumente, die Warren Buffett überzeugt haben mussten, dass er nicht länger warten wollte. Einige Wochen nach unserer Rückkehr, als Mike, Charlotte und ich in der Frühstückpause beisammensaßen, kam Mr Musk – er war erst eine Stunde zuvor auf dem Flughafen Berlin Brandenburg gelandet – aufgeregt hinzu und teilte uns mit, es sei vollbracht. Sein Freund Warren ruhe nun friedlich in einem Kryostat im Grand Canyon. Sie alle, die dem bisherigen Zehner-Club angehören, hätten ihn auf seinem letzten Weg begleitet.

„Einen schöneren und exquisiteren Platz hätte es für ihn nicht geben können. Jetzt schläft er den hundertjährigen Dornröschenschlaf, während wir noch viele dunkle Jahre, viele Tsunamizeiten, überstehen müssen", sagte Mikes Dad, und der Technikfanatiker schien mir wirklich sehr ergriffen zu sein. Jedenfalls konnte er seine menschlichen Gefühle nicht verbergen. Das machte ihn mir sympathisch.

Das Jahr 2023 war vergangen. Statt Warren Buffett hatte Yuval Noah Harari, der transhumanistische Vordenker aus Klaus Schwabs Denkfabrik, seinen Platz im Zehner-Club eingenommen. Und Elon Musk hatte Mike und mich dem Zehner-Club als

Protokollanten vorgeschlagen. Die Vorschusslorbeeren waren groß, und wir wurden unserer Aufgabe zwei Mal im Jahr gerecht, immer dann, wenn sich der „Club der Verschwörer", wie Mike ihn mir gegenüber nannte, traf. Es war eine willkommene Abwechslung – auch für Mike, wie er mir versicherte. Wir beide waren uns aber sicher, dass es den Herren nicht um heimliche und böse Absichten ging. Sie waren keine Verschwörer im eigentlichen Sinne – sie waren, um es mit den Worten von Larry Page zu sagen, ganz im Gegenteil ausgesprochen »publicitygeil«. Wofür brauchten sie sonst uns, die PR-Heads of Departement?

„Sich in die Mentalität solch schwergewichtiger Weltenlenker einzufühlen, fällt mir immer noch schwer", sagte Mike. „Aber gerade das reizt mich, denn darin muss ich geübter werden. Was nutzt die sachlichste KI-Analyse, wenn die menschliche Mentalität dem entgegensteht? Wenn Worte und Taten auseinanderklaffen und man die wahren Triebkräfte so schwer erkunden kann?"

Für Mike war die Teilnahme an den Treffen des Zehner-Clubs eine Herausforderung, die ihm zunehmend Freude bereitete. Ich hingegen wusste manchmal nicht, was ich mit der Ideenwelt der Herren anfangen sollte.

Teil 5

Hoch ins All

Sie befinden sich hier →

Peter Thiel hatte sich mit seiner Idee der Asteroiden-ausbeutung durchgesetzt. „Wir müssen einen Schritt nach dem anderen tun", hatte er gemeint und dies-mal hatte man ihm im kleinen Kreis der Welt-raumenthusiasten schon nach einer kurzen Diskus-sion recht gegeben.

Die Monate verstrichen. Nun war auch 2024 vorüber. Die imperialen Ambitionen jener Welt-macht, die mit über tausend Militärstützpunkten den Planeten überzog, hinterließen ihre Spuren. Milita-rismus und Ignoranz vor den wirklichen Herausfor-derungen der Welt bestimmten das Leben. Die Welt-meere litten. Der Ökozid nahm Fahrt auf. Die Glet-scher schmolzen. Das Trinkwasser wurde knapp. Die Pole verloren in kürzester Zeit so viel Eis, dass der Meeresspiegel um gravierende zwei Zentimeter stieg. Inseln verschwanden im Meer, Küstenstädte wichen zurück.

Kurz vor dem Jahr 2025 hatte Shivon Zilis ihrem Chef die Existenz von vier Mike-ähnlichen Robo-tern angekündigt. Familie Musk empfing sie im neuen Jahr herzlich auf ihrem Anwesen, und man wies ihnen im Gästehaus Zimmer zu. Grimes, die Zwillinge und Mike gaben ihnen die Namen Tinn, Tann, Tunn und Tonn. Man hatte ihnen absichtlich unterschiedliche Äußerlichkeiten mit auf ihren Le-bensweg gegeben.

Tinn war hellhäutig, hatte blaue photoelektri-sche Augen und sollte abstammungsmäßig dem eu-ropäischen Milieu zugeordnet werden. Auch Tunn war hellhäutig, hatte bernsteinfarbene Augen und war scheinbar euroasiatischer Abstammung. Tann

378

hingegen war von dunklerer Hautfarbe und sah mit seinen dunkelbraunen Augen eher den indogenen Amerikanern ähnlich. Tonn entstammte dem herstellungsgemäßen Anschein nach dem asiatischen Kontinent, hatte mandelförmige braune Augen und eine gelblich-blasse Hautfarbe. Die vier androiden KI-Roboter blieben fast ein halbes Jahr unter Elons privater Beobachtung, damit er ihre Kommunikationsfähigkeit testen konnte.

Mitte 2025 schickte er sie nach Grünheide, damit er sie auf ihre Produktionstauglichkeit und Arbeitsdisziplin prüfen konnte. Für die Medien hatte Mike einen anschaulichen Bericht über die neue Robotnik-Generation, die nun probeweise in der Grünheidener Gigafabrik eingesetzt wurde, verfasst. Wir verbreiteten die Neuigkeit auf allen Kanälen, aber wie uns schien, hatte die Öffentlichkeit das Ausmaß der Neuentwicklung nicht annähernd begriffen.

Larry Page, Elon Musk. Jeff Bezos und Peter Thiel waren auf ihrem planerischen Weg ins All nicht untätig gewesen, und so wurden Tinn, Tann, Tunn und Tonn im Laufe des Jahres aus Grünheide wieder abgezogen, wo neu aufgewertete Roboter der inzwischen fünften Generation ihre Arbeit übernahmen. Die »4T«, wie Elon seine vier Kreationen neuerdings bezeichnete, wurden nun im Trainingszentrum von SpaceX in Arizona zu Astronauten ausgebildet.

„Eigentlich könnten wir die Namen unserer vier Weltraum-Enthusiasten – Elon, Larry, Jeff und Pit – für unseren internen Sprachgebrauch so ähnlich abkürzen", sagte ich zu Mike. „Hast du einen Vorschlag?"

„Lass uns in Anlehnung an die üblichen »American Big Five« einfach von den »Big Four« reden."

Ich umarmte Mike. „Du hast immer gute Ideen auf Lager!"

Erst im Januar letzten Jahres hatten die Big Four eines der größten Teleskope der Welt und das Asteroiden-Forscherteam von Professor Scott Sheppard im Valle de la Luna besucht. Dort, in der chilenischen Atacama-Wüste, strahlt der klarste Sternenhimmel weltweit. Einige der größten Teleskope stehen hier, darunter das neue Atacama Large Millimeter Array, kurz ALMA, das weltweit größte Radioteleskop mit 66 riesigen Einzelantennen.

Damit hatte Professor Sheppard einen neuen, fast zwei Kilometer breiten Asteroiden, den ASH24, entdeckt. Hier konnte man landen. Hier gab es vielleicht Rohstoffe. Und überhaupt: Es konnte die erste Proberaumfahrt mit Robotern werden. Unsere Big Four hatten sogleich Lunte gerochen, und Musk hatte dem Professor gemailt: „Wir würden das Risiko eingehen und mit vier unserer fortschrittlichsten KI-Robotniks den ASH24 vor Ort erkunden. Würden Sie uns mit Ihren bisher erkundeten Daten aushelfen, während wir Ihnen im Gegenzug die von uns ermittelten Informationen über ASH24 nach erfolgreicher Mission zur Verfügung stellen?"

Von Rohstoffen war nicht die Rede.

Es war kein Geschäft, wie es Page, Musk, Thiel und Bezos abzuschließen gewohnt waren, eher war es eine Forschungsgemeinschaft, die sich hier auftat.

Anfang 2026 war es soweit. Mission »Orbit'26« konnte starten. Tinn, der europäische Robotnik-Typ stieg aus dem SpaceX-Bus hinaus in die Sonne Floridas. Er trug einen weißen Fluganzug, der Meister Propper alle Ehre machte. In der Hand hielt er ein Batteriebetriebenes Atemgerät, sein Helm war geschlossen, sein Anzug wegen der Quarantäne aufgepumpt. Hinter ihm stiegen die drei anderen Robotniks aus, ebenfalls in blendend weißen Raumanzügen. Sie trugen Namensetiketten auf der Brust, daneben das SpaceX-Logo. Um der erstaunt zuschauenden Weltgemeinschaft den Eindruck einer globalen Interessengemeinschaft zu vermitteln – »vorzugaukeln« hatte Mike mir entgegengehalten, als wir später darüber sprachen -, trug jeder an der linken Schulter einen Aufnäher mit einer zugewiesenen Nationalflagge.

Tinn hatte man die Europaflagge verpasst.

Tann trug das US-Sternenbanner an der linken Schulter.

Tunns weiß-blau-rote Flagge stand für die Russische Föderation.

Tonn hatte man Chinas Rote Fahne mit den fünf Sternen aufgenäht.

„Wie kommt das denn zustande? Flaggen für Staatsgebilde, die überhaupt nicht an Elons Weltraumprogramm beteiligt sind?", hatte ich Mike gefragt, als er mir über die Einzelheiten des Ablaufs berichtete.

„Die nationale Zuordnung hat mein Dad natürlich alleine entschieden, selbstherrlich wie er nun mal ist – vielleicht hat er es noch im Kreis der Big

Four erörtert, aber ich vermute eher nicht. Du kennst ihn ja …"

Ich hatte mich gewundert, aber das war nun Vergangenheit.

Alle vier Robotniks verhielten sich perfekt – wie echte Menschen – mit den ihnen von Neuralink zugewiesenen Charakteren. Natürlich konnten sie dank ihres Open AI-Hintergrunds, also der sich eigenständig vernetzenden und selbstständig entscheidenden Künstlichen Intelligenz, ihre Charaktere bei Bedarf spielend leicht wechseln und die Rollen tauschen. Wie es Menschen eben tun können.

Im Moment blieben alle vier auf dem Startfeld stehen und blickten zu »Starship One« in ihrem Startgerüst hinauf. Tunn, der Russe, war fröhlicher als in den Monaten des harten Trainings; endlich ging es los. Er atmete die gefilterte Luft tief ein und rief: „Herrlich Tag heute. Gut für Fliegen!"

Thiels Sicherheitsbedienstete in Phantasieuniformen, die der Polizei von Florida nachgeahmt waren, hatten auf dem Gelände Stellung bezogen. Einer von ihnen trat vor und fragte: „Wer von Ihrer Crew ist der Captain?"

Tinn wies sich mit seinem Universalpass aus, der auch seine Zertifizierung enthielt. Das Dokument wurde gescannt wie auch die Zertifkate der anderen Raumfahrer.

An den Europäer gewandt sagte der Security-Mann: „Wenn Sie mir bitte Ihren Arbeitgeber und den Zweck Ihres Weltraumbesuchs nennen würden."

Das Sicherheitspersonal wurde zwar von SpaceX geordert und bezahlt, war aber auch den US-Behörden verpflichtet.

„SpaceX. Asteroidenexploration."

„Und Ihr Flugziel?"

„Zwischenstation auf Alpha 20.20. Danach Weiterflug zu ASH24."

„Dauer Ihres Aufenthaltes?"

„Vermutlich 365 Tage."

Ein anderer Sicherheitsbediensteter trat hinzu und hielt Tinn ein Tablet hin. „Mit Ihrer Unterschrift hierauf erklären Sie eidesstattlich Ihre Bereitschaft, sich an die international gültigen Regeln zu halten wie sie in der völkerrechtlichen Vereinbarung des Weltraumrechts, dem UN-Weltraumvertrag von 1967, dargelegt sind. Sollten Sie Weltraummüll verursachen, so gilt das Verursacherprinzip der Vereinigten Staaten von Amerika, das Sie gesetzlich verpflichtet, den Vorfall zu melden und genaue Details zur Masse und Flugbahn des Objekts unverzüglich mitzuteilen."

Tinn unterschrieb mit dem dick behandschuhten Zeigefinger auf dem hingehaltenen Tablet.

Die Security begleitete sie bis zu Musks schnittiger Raumkapsel, wo ein Ingenieur den 4T beim Einstieg behilflich war.

Tunn strahlte. „Endlich. Jetzt sind wir dran."

Während sie auf den Liftoff warteten, sah der Russe wie sein europäischer Robotnik-Kollege die Startcheckliste durchging. Zwar war der Flug zu Alpha 20.20 und weiter zu ASH24 automatisiert, aber falls das automatische Andock- und spätere Landesystem nicht richtig funktionierte, wäre Captain Tinn in der Lage, das Manöver manuell durchzuführen.

Der Captain reichte die Checkliste an den Chinesen weiter, und Tonn musste die Parameter laut vorlesen, damit auch Tunn und Tann gegenchecken und sich anhand der Monitoranzeigen von der Abflugbereitschaft überzeugen konnten.

Captain Tinn gab das Kommando: „Bereithalten! T minus zwei Minuten. Der Countdown läuft."

Die drei Astronauten, die im Halbrund neben ihm saßen, starrten gebannt auf die Hauptmonitore. Tinn holte tief Luft. Was jetzt kam, würde ein phänomenales Ereignis sein – wenn aber beim Start irgendwas versagen würde, ein äußerst kurzes. In Bruchteilen von Sekunden wäre alles zu Ende.

Als der Countdown auf Zero zuging, setzte ein dumpfes Dröhnen ein, und die Kapsel vibrierte. Dann fühlte es sich an, als träte ein Pferd Tinn in den Rücken. Die Kabine wackelte. Durch das Bullauge sah man, dass sie die Startrampe schon unter sich gelassen hatten.

Tunn stieß ein freudiges Jauchzen aus.

Die anderen reagierten mit gleichartiger Erleichterung.

Die Steuerungsautomatik sagte mit gleichgültiger Computerstimme den 4T die jeweiligen Parameter über die Kopfhörer an: »Triebwerke bei 75 Prozent.«

Nach etwa 60 Sekunden schwoll die Vibration ab, und die Stimme der Bodenkontrolle kam über Tinns Audiohelm. „Sie befinden sich bei Max-Q."

Captain Tinn antwortete über Funk: „Max-Q bestätigt."

Unmittelbar darauf sagte die Computerstimme: »Triebwerke bei 100 Prozent.«

Die Beschleunigungskräfte nahmen zu, und die emotionslose Computerstimme sagte: »2 bis 3 g.« Immer noch wurden die vier Astronauten mit enormer Kraft in ihre Sitze gedrückt.

Binnen Minuten verflachte die Vibration, aber die g-Kräfte nahmen immer noch zu. Die automatische Ansage erscholl: »3 bis 4 g.«

Dann plötzlich ließ der Beschleunigungsdruck nach, und die Stimme meldete: »Stufe zwei.«

Die Kapsel ruckte.

„Bodenkontrolle an ›Mission Orbit'26‹: „Trennung der ersten Stufe done. Triebwerkstart der zweiten Stufe erfolgt."

Der Kapselkommandant betätigte mehrere Touchscreens. „Verstanden. Mission Control."

Die Beschleunigung nahm wieder zu. Sie spürten die Fliehkräfte, und Tinn erinnerte sich an die Übungszentrifuge in Arizona. Er lenkte sich ab und sah nach draußen, wo es jetzt Tag und Nacht gleichzeitig war. Der gekrümmte Rand der blauen Erde spannte sich unter ihnen vor einem tiefschwarzen Hintergrund.

Letztlich hörte der Triebwerkslärm auf und die g-Kräfte versiegten. Jetzt flogen sie in völliger Stille durchs All, im freien Fall.

Die Computerstimme ließ sich vernehmen. »Secundus erfolgreich.«

Tinn wandte sich an seine drei Robotnik-Kollegen. „Gentlemen, willkommen im Weltraum."

Zum ersten Mal in seinem Roboterleben im All, in der Mikrogravitation, fühlte Tinn sich bestens. Durch den Ausguck gleich auf der anderen Seite von Tunns Sitz sah er den Atlantik 400 Kilometer unter ihnen vorübergleiten.

Acht Stunden später näherte sich die Raumkapsel von »Starship One« der auf der angesteuerten Umlaufbahn befindlichen Zwischenstation »Alpha 20.20«. Sie bestand aus fünf aufblasbaren Habitaten, die an beiden Enden abgerundet waren und jeweils ein Fenster auf der erdzugewandten Seite hatten. Verbindungselemente aus Teslas weltraumgeeignetem Materialwerkstätten fügten die Habitate zu einem einheitlichen Gebilde zusammen. Oberhalb befanden sich Solarpaneele und Antennenschüsseln aus leichtem Material, während an den Seiten mehrere Andockstationen hervorragten

Das vollautomatisierte Andocksystem der »Starship One«-Kapsel näherte sich der Ankopplungsstation, während Kapselkommandant Tinn, die Hand an einem Joystick, bereitstand, im Notfall die Kontrolle zu übernehmen. Doch gleich darauf dockten sie mit einem kaum wahrnehmbaren Stoß an, dann vernahm man den gedämpften Rums der Bolzenverriegelung. Alle vier klatschten sich ab.

Eine sonore Männerstimme erklang über den Sprechfunk: „Starship One, Alpha 20.20 heißt Sie willkommen."

*

Mike und mir war Alpha 20.20 natürlich in allen Einzelheiten längst bekannt, während die meisten Menschen auf der Erde nicht mitbekommen hatten, dass SpaceX das Habitat im Cislunar-Raum seit dem Jahr 2020 Stück für Stück mittels Dutzender von Raketen-Launchs zusammengebaut und es als Übungs- und Eventhabitat im Rahmen des »Kleinen Weltraumtourismus« für gut zahlende Gäste eingerichtet hatte. Es war für den exzentrischen Gesellschaftskreis rund um die Big Four seit Anfang des Jahres 2025 zum exotischsten Reiseziel geworden.

Alpha 20.20 entwickelte sich zusehends zum Konferenzort für andere Tech- und New-Space-Unternehmen. Es umfasste etwa das Doppelte des druckregulierten Volumens der früheren Internationalen Raumstation ISS. Die einzelnen Habitate waren insoweit wesentlich geräumiger.

Als Tinn und die anderen drei Androiden durch die Luftschleuse hinein schwebten, begrüßte sie der Habitat-Manager Jacob Davis, ein eleganter Kanadier in den Dreißigern, der einen Nadelstreifen-Fluganzug mit aufgedruckter Fliege trug. Sein Outfit sollte dem ausgesuchten Besucherkreis der Big Four gerecht werden, erschien jedoch für Übungsteilnehmer oder für auf dem Weiterflug befindliche Besucher etwas lächerlich, zumindest übertrieben. Zugleich war es Ausdruck seines schrägen Humors, in dem er Elon ähnlich war. Mr Davis war ein Organisationstalent, war durchaus sympathisch, locker und konnte den Besuchern im Weltraum den Eindruck von Unbeschwertheit vermitteln. Was ihrem schwebenden Zustand irgendwie entsprach.

Seine Crew bestand aus einem Weltraum-Ingenieur, einer Fliegerärztin, einer Krankenschwester, drei Technikern, darunter zwei Trainer für jene, die für Arbeiten an Außenanlagen ausgebildet werden sollten, und vier Mitarbeitern für den Service. Das Orbital Hub war ausgelegt für bis zu zwanzig Gästen. Die Hub-Mitarbeiter waren freundlich und professionell, nicht anders als das Servicepersonal eines Hilton-Hotels auf Mutter Erde. Davis geleitete die gerade eingetroffenen Besucher ins Gemeinschafts-Hub, einen lobbyartigen Bereich von etwa sieben Metern Höhe und 14 Meter Länge.

Hier gab es eine große Fensterfront, die einen faszinierenden Ausblick auf den weit unten vorbeirotierenden blauen Planeten bot. Davis zeigte nach draußen. „Wir umkreisen die Erde siebzehnmal am Tag – fünfundvierzig Minuten auf der Nachtseite, und die gleiche Zeit auf der Tagseite."

Die 4T genossen den atemberaubenden Anblick, bis Jacob Davis sie aufforderte ihm zu folgen: „Ich zeige Ihnen das Quartier."

Tinn und seine Gefährten schwebten durch Verbindungsluken und wurden zu ihren winzigen Zweierkabinen in anderen Hubs geleitet. Davis klopfte an einen Kunststofftürrahmen, und als eine Falttür aufging, erschien zur Überraschung der vier androiden Robotniks der Kopf ihres Konstrukteurs Dr. Marvin Munsky.

Munsky lächelte. „Überraschung!", sagte er. „Ich wollte schon immer einmal hoch hinaus, wie Sie ahnen, meine Herren."

Sie klatschten sich ab und klopften sich gegenseitig auf den Rücken. Hier oben gab es keine Rangunterschiede.

„Sieht aus, als wären Sie wegen uns hier", sagte Tann, dessen Wesen Munsky bei der charakterlichen Festlegung als US-Bürger angelegt hatte. Tann las den Konzern-Aufnäher auf Munskys Fluganzug und sagte: „*Neuralink Corporation*. Lassen Sie mich raten: Sie sollen nach unten melden, ob und wie wir funktionieren."

Dr. Munsky lachte. „Ihre KI funktioniert nach den wechselhaften g-Beschleunigungskräften einwandfrei, wie Sie mir gerade bewiesen haben."

„Sie und Ihre Kollegin Shivon Zilis haben sich ja auch die beste Mühe mit uns gegeben", schmeichelte Captain Tinn seinem Erzeuger. „Wir begreifen uns als voll intakt – oder wie Ihresgleichen sagen würden: Wir fühlen uns pudelwohl."

„Nun, dann hat sich ja der Kreis geschlossen. Ich soll tatsächlich an Ihrer Sicherheit arbeiten – bevor Sie von hier weiter zu ASH24 fliegen."

Dr. Munsky fragte sie die üblichen Parameter ab, von Aleph Drei und Ypsilon Sechs über Omicron Dreizehn bis hin zum kompliziertesten Kappa-Fünf-Parameter. „Hervorragend!", rief er aus. „Und nach Ihrer Rückkehr hierher, bevor Sie dann zurück zur Erde fliegen, erfolgt die systemische Codeüberprüfung ein letztes Mal."

Noch bevor sie in ihre Kojen hinüber schwebten, versammelten sie sich mit anderen Gästen – darunter Robert De Niro – an den Fenstern von Alpha 20.20, um den Ehrfurchteinflößenden Blick auf die

Erde auszukosten. Die vier Fernrohre, mit denen man dem blauen Planeten optisch erstaunlich nahekommen konnte, waren belegt. Immer noch begeistert von der neuen Erfahrung in der Mikrogravitation überschlugen sich Tinn und seine androiden Mitreisenden mehrfach in der Luft – bis endlich zwei der Fernrohre frei wurden.

Tunn stellte den Sucher auf seine Heimat ein und war glücklich, als er Moskau im Visier hatte. Es war phantastisch, sogar Einzelheiten wie den Kreml erkennen zu können. Er kam sich vor wie der allsehende Allmächtige. Auch die anderen konzentrierten sich auf ihre Heimatmetropolen.

Anschließend begaben sich die 4T in die ihnen zugewiesenen Kabinen, nicht, um dort zu schlafen – denn Schlaf hatten sie ebenso wenig nötig wie Mike. Sie nutzten die Abgeschiedenheit, um in Ruhe die nächsten Planungsabläufe wieder und wieder durchzugehen. Die Asteroiden-Erforschung würde sicherlich kein Spaziergang werden, so wie der Ausflug hierher.

Nach dem vorgeschriebenen Ruhezeitraum von acht Stunden eröffnete ihnen ein Ausbilder namens Jack, dass er mit jedem einzelnen der vier Starship-One-Astronauten nach draußen gehen würde. Sie würden mit Sicherungsleinen an Alpha 20.20 befestigt sein. Eigentlich war ausgeschlossen, dass die vier Robotniks raumkrank werden könnten, aber Jack wies sie dennoch darauf hin. „Dadurch, dass die Astronauten weit unter sich die Erde sehen, haben sie das Gefühl, darauf zu fallen – was ja auch in gewisser Weise zutrifft", erklärte der Ausbilder. Bewusst einen Schritt über einen 400 Kilometer tiefen Abgrund hinaus zu tun, mache den meisten Menschen Angst, aber sie seien ja Androiden und resistent gegen irrationale Ängste.

Tonn, der Chinese, grinste Tinn an, als einer der Ausbilder die Luftschleusenluke aufzukurbeln begann. Dann war die Luke offen, und unter ihnen erschien die Weltkugel in ihrer ganzen Pracht. Jack ging voran.

„Okay, Tinn, Sie sind dran. Bewegen Sie sich durch die Luke", sagte der zweite Weltraum-Trainer.

Tinn machte das Daumen-hoch-Zeichen zu beiden Ausbildern hin. Er schwebte in die Lukenöffnung und blickte hinunter, soweit es nur als ein optisches »Hinuntersehen« zu verstehen war.

Europa zog 400 Kilometer unter seinen Fußspitzen hindurch. Er schob das undurchsichtige Helm-Visier hoch und legte das transparente Composite-Visier frei. Jetzt blickte er wieder hinab.

Nein, das war keine Software-Simulation. Es war die Wirklichkeit. Herrlich.

Neben Tinn schwebte jetzt Jack in einem orangefarbenen Raumanzug. Ihre Helme waren dank Lichtfeld-Software scheinbar durchsichtig für sie selbst wie für den jeweils anderen. Das Situationsbewusstsein, das diese brandneue Software erzeugte, war phänomenal.

Unter Tinn glitten mit Wolkenwirbeln bedeckte Kontinente vorüber. Er war so fasziniert, dass er gar nicht bemerkte, wie er sich von Alpha 20.20 entfernte. Plötzlich spürte er den Zug der Sicherungsleine. Er fasste sie mit der behandschuhten Hand und zog daran, wobei er sich im Kreis drehte. Er winkte dem Chinesen zu, denn Tonn schwebte gerade aus der Luke heraus, wobei ihn der zweite Ausbilder begleitete. Nun glitten sie zu viert im endlosen Raum des Universums umher; es war einmalig.

Ein Lachen ertönte über die Sprechverbindung. Tinn erkannte dank der virtuellen Blase, die die Helmsoftware erzeugte, Tonns glücklichen Gesichtsausdruck. „Hey, wir machen unseren ersten realen Weltraumspaziergang, Tonn."

Tonn lachte wieder, als er mit seinem Ausbilder zusammen an Tinns und Jacks Seite schwebte, um auf die Erde hinabzublicken. „Unglaublich schön", hörte Tinn ihn murmeln.

Als auch Tinn jetzt hinunterschaute, sah er wie die riesige asiatische Landplatte unter ihnen dahinglitt – ruhig und gelassen, als sei dort unten alles friedlich und verlaufe in geordneten Bahnen.

Zu dieser Zeit erfüllten Mike, Griffin und ich unsere Aufgaben in Grünheide wie gehabt. Als Ende Januar 2026 das erste Zehner-Club-Treffen angesagt war, flogen wir drei nach Frisco, wo Grimes und Elon uns am Airport abholten. Elon unterrichtete uns vom Tod seines Anwalts Elijah Silberfein, der Mike juristisch so elegant zur Freiheit verholfen hatte.

„Seine Kanzlei wird von seinem Sohn Noah weitergeführt. Er wird uns zukünftig vertreten und beraten", erklärte Musk. Mike sah seinen Vater überrascht an.

„Tu nicht so überrascht", sagte Elon. „Wir sind sterblich, Mike." Er sagte es mit einem Achselzucken. „Wir sind nicht wie du, und inzwischen solltest du dank deiner Studien verstehen, was das bedeutet."

„Ich verstehe es. Aber ..."

„Tja, ich weiß. Tut mir leid, mein Sohn. Ich weiß, wie dir Elijah juristisch beigestanden hat, wie er dir aus schwierigen Situationen herausgeholfen und dir Mut gemacht hat. Ich weiß, wie traurig und trostlos es für dich sein muss, uns heranwachsen, älter werden und schließlich sterben zu sehen. Nun, wir sind darüber auch nicht gerade erfreut, muss ich dir sagen, aber es hat keinen Sinn, sich dagegen aufzubäumen. Heutzutage leben wir Menschen länger als alle unsere Vorfahren, und für die meisten von uns ist es lang genug, denke ich. Wir müssen es philosophisch nehmen."

„Aber ich verstehe nicht, wie die Menschen angesichts der ... der vollständigen Auslöschung so ruhig sein können? Angesichts des Endes allen Strebens, des Endes aller Wünsche, zu lernen, etwas Glück zu erlangen und an den Aufgaben des Lebens zu wachsen, des Endes aller Hoffnungen, das eine oder andere Ziel zu erreichen?"

„Weißt du, wenn man noch jung ist, vielleicht zwanzig oder dreißig, wäre man nicht so ruhig, nicht wahr, Griffin?"

Griffin und ich hatten bisher schweigend zugehört. Jetzt nickte Griffin und sagte: „Natürlich denke ich jetzt nicht gerne über den Tod nach. Das hat noch Zeit ..."

„Aber in meinem Alter zum Beispiel respektieren die meisten Menschen ihren natürlichen Alterungsprozess", fuhr Elon an Mike gewandt fort. „Und ein Teil des Alterungsprozesses ist, dass das unausweichliche Schicksal des baldigen Todes meistens aufhört, eine so wichtige Rolle zu spielen. Im hohen Alter lernst und wächst du nicht mehr. Du strebst nach nichts mehr und wünschst nichts mehr zu erreichen."

„Trotz meiner Künstlichen Intelligenz kann ich dir nicht ganz folgen", sagte Mike.

Ich konnte mir denken, welche heimlichen Gedankenwelten sich in diesem Moment in Elon Musk auftaten. Wahrscheinlich dachte er an den von Peter Thiel in die Waagschale ihres Lebens geworfenen Vorschlag, sich wie Warren Buffett einfrieren zu lassen.

Musk senior sah seinen Robotnik-Junior nachdenklich an und sagte: „So oder so, man hat irgendwann sein Leben gelebt und getan, was man tun konnte, für sich selbst und für die Welt. Und irgendwann ist die Zeit abgelaufen, und der Körper weiß das und findet sich damit ab. Wir Menschen werden sehr müde, Mike. Du weißt nicht, was dieses Wort bedeutet, nicht wahr?"

Mike nickte und sagte zaghaft: „Ich kann nur erahnen, wie es ist, müde zu sein – die Kraft lässt nach, als würde die Energiezufuhr immer mehr gedrosselt, ist es so?"

„Du sagst es. Obwohl du selbst nicht müde werden kannst, hast du es erfasst. Aber es ist freilich nur ein theoretisches Wissen darüber, wie es ist. Für uns aber ist es anders. Wir schleppen uns siebzig, vielleicht achtzig oder gar neunzig Jahre dahin, und schließlich wird alles einfach zu viel, und wir setzen uns nieder, und dann legen wir uns nieder, und schließlich schließen wir die Augen und machen sie nicht wieder auf. Und ganz zum Schluss wissen wir, dass es das Ende ist, und es macht uns nichts aus. Es kümmert uns nicht mehr … Schau mich nicht so an, Mike."

„Sterben ist für Menschen eine natürliche Sache", sagte Mike. „Ich verstehe das, Dad, ich habe es bei deinem Freund, Mr Buffett, gesehen."

„Nein, du verstehst es nicht wirklich. Es ist dir einfach nicht möglich, es zu verstehen. Insgeheim denkst du wie mein Freund Pit."

„Warum? Wie denkt Mr Thiel?"

„Er meint, der Tod sei ein beklagenswerter Konstruktionsfehler in uns, und er glaubt, dass wir das bald beheben können."

„Vielleicht hat er ja recht", ergriff ich das Wort. „Wahrscheinlich ist er deshalb von der Kryotechnik so überzeugt und steckt deshalb sein ganzes Kapital hinein."

„Und meines!" Musk senior schürzte die Lippen.

Ich wusste dazu nichts zu sagen und führte meinen Gedanken weiter aus: „Als wir mit ihm über Mr Buffett sprachen, meinte er, wir sollten ihm Hoffnung machen, weil es doch ziemlich einfach sein sollte, unsere Teile zu ersetzen, wenn sie durch Abnutzung versagen – wie wir es schon heute mit Hüft- und Kniegelenken tun. Und in einigen Jahrzehnten könnte man gewiss auch lebenswichtige, hochkomplexe Innenorgane ersetzen."

„Du kennst es ja bereits, Mike!", wandte sich sein Dad an ihn. „Auch deine Teile wurden ersetzt, wenn sie abgenutzt waren. Du hast bei Dr. Munsky sogar deinen ganzen Körper ersetzen lassen."

Mike reagierte prompt: „Rein theoretisch würde es gewiss möglich sein, dass auch du in einen anderen Körper übertragen würdest, Dad …" Mike schwieg und wartete Elons Reaktion ab.

„Nein, das ist unmöglich. Nicht einmal theoretisch. Wir haben keine positronischen Gehirne, und unsere sind nicht übertragbar …"

„Da ist Mr Thiel anderer Auffassung", warf ich ein. „Er lässt sogar abgetrennte Köpfe und Gehirne einfrieren, weil es seiner Ansicht nach möglich sei, sie bei entsprechender Technikentwicklung später wieder an einen neuen Körper anzugliedern."

Jetzt schaltete sich Griffin ein: „Ich habe neulich in *nature* gelesen, der Reproduktions- und Regenerationsbiologie Stefan Schlatt von der Universität Münster halte die Kryonik insgesamt für nicht durchführbar. Und schon gar nicht die Transplantation eines Kopfes oder eines separaten Gehirns. Die Blut-Hirn-Schranke sei zu empfindlich und würde das Einfrieren nicht überstehen."

„Das ist eben Zukunftsmusik, wenn überhaupt", erwiderte Elon. „Unsere Gehirne sind jedenfalls nach *jetzigem* Wissensstand nicht übertragbar. Darum können wir nicht einfach jemanden fragen, uns aus einem Körper zu entfernen, der am Ende ist, um uns in einen hübschen glatten neuen zu stecken."

Eine kurze Pause entstand und dann sprach Musk senior zu Mike: „Es ist nicht dein Fehler, wenn du die Tatsache nicht begreifen kannst, dass Menschen unausweichlich einen Punkt erreichen müssen, wo sie nicht mehr repariert werden können. Warum sollte man von dir erwarten, dass du in der Lage seist, das Unbegreifliche zu begreifen?"

Ich hatte das Gefühl, dass Mike sich vor den Kopf gestoßen fühlte.

Elon schien es auch zu merken und sagte: „Entschuldige bitte."

„Nicht nötig, Dad", sagte Mike mit Mühe. Er musste zugeben, dass er wirklich nicht in der Lage war, den Tod zu verstehen. Darin hatte sein Vater recht.

Später, als Griffin und sein »Stiefbruder« Mike unter sich waren, sagte Griffin: „Was macht eigentlich dein derzeitiges Hobby? Woran arbeitest du?"

„Immer noch an Biologie."

„Und an welchem Aspekt im Besonderen?"

„Stoffwechsel."

„Stoffwechsel bei Robotern, meinst du? So etwas gibt es nicht. Oder meinst du den Stoffwechsel von Androiden? Oder von Menschen?"

„Alle drei", sagte Mike. „Ich arbeite an einer Synthese." Er hielt inne, dann fasste er neuen Mut. Warum Griffin etwas verschweigen? „Ich habe ein System entworfen, das Androiden – ich meine, mich selbst und die 4T – erlauben würde, Energie aus der Verbrennung von Kohlenwasserstoffen statt aus dem Zerfall von Atomen zu ziehen."

Griffin warf ihm einen langen, forschenden Blick zu.

„Mit anderen Worten", sagte er schließlich, „du möchtest es für einen Androiden möglich machen, Luft zu atmen und wie ein Mensch Speisen zu essen?"

„Ja."

„Von solch einer Idee hast du noch nie etwas erwähnt. Ist es etwas völlig Innovatives, Mike?"

„Eigentlich nicht. Im Grunde ist es dieser Gedanke gewesen, der mich zu diesen biologischen Forschungen veranlasst hat."

Griffin nickte abwesend. Es war, als lausche er aus weiter Ferne. Es schien ihm schwer zu fallen, in sich aufzunehmen, was ihm Mike gerade gesagt hatte.

„Und bist du zu bedeutsamen Lösungen gekommen?", fragte er nach einer Weile.

„Ich näherte mich einer bedeutsamen Lösung", sagte Mike. „Sie bedarf weiterer Forschung, aber ich glaube, es ist mir geglückt, einen kompakten Verbrennungsraum zu entwerfen, der für eine katalysierte, kontrollierte Aufspaltung ausreichend sein wird."

„Aber warum, Mike? Wo liegt der Sinn davon? Der Zehner-Club mag deinen Androiden-Status doch gerade deshalb, weil ihr Androiden nicht die Schwächen der Menschen verkörpert, sondern darüber hinauswachsen könnt und unabhängig von unnötigen Stoffwechselvorgängen seid. Denk mal an die transhumanistische Idee von Schwab, Harari und Thiel!"

Mike wiegte den Kopf und antwortete nach einer Weile: „Ob der Transhumanismus für die Menschheit wirklich eine Lösung oder eher ihre Vernichtung ist, was denkst du?"

„Unabhängig davon, Mike, du weißt schon, dass die von dir angedachte Art der Energie-Erzeugung niemals so effizient sein kann wie die atomare Zelle, die dein Körper jetzt verwendet."

„Ich bin mir nicht sicher", erwiderte Mike. „Aber die Methode sollte effizient genug sein. Wenigstens so effizient wie das vom menschlichen Körper verwendete System, würde ich sagen, und vom grundlegenden Prinzip her nicht allzu verschieden davon. Das Hauptproblem mit der atomaren Zelle ist, dass sie nicht menschlich ist. Meine Energie – mein Leben, könnte man sagen – nährt sich aus einer Quelle, die völlig anders ist als die eines Menschen. Und damit bin ich nicht zufrieden."

„Siehst du, Mike, das meine ich: Während du anstrebst, immer menschenähnlicher zu werden, sind unsere Tech-Freaks aus Fremont daran interessiert, immer klügere und immer mehr unverwundbare Maschinenmenschen in die Welt zu setzen."

„Ja, Griffin, das sehe ich sehr wohl. Worüber man sich aber zuvor klar sein muss, ist doch: Wie definiert man Klugheit und was ist Leben?"

Sie sprachen noch eine Zeit lang über die Auffassungen ihres alten Herren und Griffin sagte: „Ich glaube, er sieht die Entwicklungsperspektive von Androiden wesentlich nüchterner als sein Freund Thiel."

„Thiel hat ihn aber immerhin dazu gebracht, die 4T hoch ins All zu schicken und mit milliardenschweren Aufgaben zu betrauen."

„Das stimmt, insoweit hat er offenbar nicht nur Vertrauen in seinen Geschäftsfreund Pit, sondern glaubt auch an dessen transhumanistische Idee – an das ewige Leben der Menschheit in Form von android umkleideter Künstlicher Intelligenz."

Mike pflichtete ihm bei: „Das wäre vielleicht ein intelligentes Dasein, aber zugleich wäre es ein Leben ohne jenen Quell, den ihr Menschen und eure Philosophen heutzutage als Leben bezeichnet."

„Wenn ich an dich denke, wenn ich dich anschaue, wenn ich dir zuhöre – dann erscheinst du mir keineswegs ein maschinelles Kunstprodukt zu sein. Du bist – neben Xavier – mein dritter Zwilling, wie Ken Follett sagen würde. Du existierst, du lebst in meinen Augen."

Mike lächelte und schwieg. Dann sagte er nach einer Weile: „Ich würde gerne wissen, wie es meinesgleichen weit oben im All jetzt geht?"

Griffin und Mike schauten automatisch in den Himmel, und Griffin sagte: „Sie werden ihre Sache routiniert und professionell und ohne große Gefühlsregungen, angstfrei und mutig erledigen – wie man es von guten Robotern erwartet."

„Stammen die Begriffe »angstfrei« und »mutig« nicht bereits aus dem Archiv der großen Gefühle?"

„Du hast wieder einmal die logische Lücke entdeckt", sagte Griffin. „Was das deutsche Fernsehen betrifft, so sollte es mal eine Talkrunde zwischen dir und Richard David Precht über solche Fragen senden, dann hätte sich der Gebührenbeitrag gelohnt."

Mike lachte und fragte: „Und wer käme bei uns in California als Gesprächspartner für mich in Frage?"

„Ich glaube, Michael Joseph Sandel wäre dir ein adäquater philosophischer Sparringspartner", antwortete Griffin, bevor er in den Himmel deutete, wo jetzt die Mondsichel zu sehen war. „Schau, da schweben sie nun, Tinn, Tann, Tunn und Tonn und bereiten auf die eine oder andere Weise Dads Flug zum Mars vor."

*

Nach vier Übungstagen in der Zwischenstation hatte jeder der vier Androiden mindestens zwei Weltraumspaziergänge samt Reparatursimulationen an der Außenhaut von Alpha 20.20 absolviert. Dr. Munsky war nicht mehr da, er war am dritten Tag mit einer abfliegenden Versorgungskapsel zur Erde zurückgekehrt, nachdem er raumkrank geworden war. Er hatte sich erbrochen und daraufhin um sich geschlagen wie ein ertrinkender Schwimmer, was in der Mikrogravitation zwar ulkig aussah, aber real lebensbedrohlich werden konnte. Die Ausbilder hatten Mühe gehabt, ihn wieder in die Luftschleuse zu bugsieren.

Das gleiche Problem wie Dr. Munsky hatte übrigens Robert De Niro. Darüber konnte sein schauspielerisches Talent nicht hinwegtäuschen, auch wenn es wie ein Schauspiel aussah, als er sich wildrudernd im Raum erbrach und die vielen kleinen

Überbleibsel seiner letzten Mahlzeit von einem Raumfilter angesaugt werden mussten.

Es waren noch acht weitere Raumfahrer, die an Außenarbeiten trainiert hatten, auf Alpha 20.20 anwesend. „Es müssen Originale sein", wie Tinn auf Tunns Frage hin feststellte, denn neben Mike Musk waren sie vier die einzigen androiden Roboter, die weltweit existierten. Dass hier auch Menschen für die Raumfahrt trainierten, war bekannt. Am dritten Tag um sieben Uhr morgens, als Tinn gerade versuchte, sich die Zähne zu putzen, ohne in der Mikrogravitation eine Schweinerei zu veranstalten, wie sie zuvor Marvin Munsky und Robert De Niro gemacht hatten, kam eine Ankündigung über die Infoanlage von Alpha 20.20. Es war die Stimme des Ausbildungsleiters.

„Die im Folgenden genannten Trainees haben ihre Zertifikation für Operationen in der Mikrogravitation erlangt und melden sich bitte um sieben Uhr UTC in der Lobby zur Besprechung mit den Astronauten der Starship One."

Tinn und seine Robotnik-Gefährten sahen sich überrascht an.

„Die zertifizierten Teilnehmer sind: Samuel Smith, Ellen Willis, Pat Crome und Liz Collins."

Ein vierstimmiger Freudenschrei kam aus einer der Nachbarkabinen.

Ein enttäuschtes mehrstimmiges Nein! kam von irgendwo in der Nähe.

„Bitte packen Sie, ebenso wie die Crew von Captain Tinn, Ihre Sachen für den Weiterflug und seien Sie alle pünktlich um Sieben in der Lobby. Ende der Durchsage."

Tinn packte seine Zahnbürste weg und seufzte. „Wahrscheinlich werden wir zusätzlich vier nicht-androide Mitreisende bekommen – Mist. Ich hatte gehofft, wir könnten die Lorbeeren alleine einheimsen."

„Und Mission vielleicht werden unsicher", raunte Tunn mit seinem russischen Akzent, indem er das »r« auf typische Weise rollte.

„Zeit für die Weiterreise", meinte Tonn, den man im Kreis seiner Gefährten als einen jener ewig an Effizienz orientierten Chinesen heimlich belächelte. Auch er hatte seinen eigentümlichen Akzent. „Jeder Tag, den wir hier sind, kostet unsere Auftraggeber eine Menge Geld."

„Die für mich wichtigste Frage lautet: Warum hat man uns nicht vorher Bescheid gegeben, dass zusätzlich vier Menschen die Mission begleiten werden? Und in welcher Funktion? Warum diese Heimlichtuerei?", sagte der relativ dunkelhäutige Tann, dem Neuralink das Aussehen eines indogenen Amerikaners verliehen hatte.

„Hättest du das früher gewusst, wärst du dann nicht mitgekommen?", fragte Tinn lachend, denn es war klar, dass für sie – auch als androide Roboter – immer noch das Gebot des Befehlsgehorsams existierte, wenngleich ihnen – aufgrund ihrer KI – eigene, weitgreifende Entscheidungsbefugnisse mitgegeben worden waren.

Der Hub-Manager Jacob Davis und der Ausbildungsleiter Jack machten die beiden Gruppen miteinander bekannt, und man tauschte gegenseitig Informationen aus. Es stellte sich heraus, dass sich alle acht Raumfahrer bereits einmal gesehen hatten, denn ihre Grundausbildung in Arizona hatte sich für einige Tage überschnitten. Mr Davis und Jack besprachen mit ihnen ihre jeweiligen Aufgabenfelder, die sich im Großen und Ganzen nicht änderten. Tinn blieb weiterhin der Captain und Ellen Willis wurde Co-Pilotin.

Der Ausbildungsleiter sagte: „Ich gratuliere Ihnen zur erlangten Zertifikation für die gemeinsame Operation im Orbit."

Die Acht klatschten dankend.

Dann machte der zweite Ausbilder mit seinem Handy Videoaufnahmen von Umarmungen und Händeschütteln und brachte Nahaufnahmen der neu mit Klettband angehefteten Astronauten-Schulterklappen vor die Handylinse.

Der Ausbilder rief: „Fünf Minuten! Seien Sie in fünf Minuten abflugbereit!"

Tinns Crew bestand nun aus acht Astronauten: sie schlossen die Helme und schwebten dann durch die Luftschleuse in die wartende »Mission-26«-Kapsel, die sie zum »Mission-Orbit-26«-Habitat bringen würde, das doppelt so groß wie Alpha 20.20 ausgelegt war und an dem das spezielle Raumfahrzeug für den Flug zum Asteroiden angekoppelt war. Noch immer mit ihrem Antriebsmodul versehen, würde sich die Kapsel jetzt von der Übungs- und Zwischenstation entfernen und auf den dreitägigen Flug in die Nähe zum Asteroiden ASH24 machen.

Die Crewmitglieder schnallten sich an und verbanden ihre Anzüge mit dem Lebenserhaltungs- und dem Kommunikationssystem des Raumfahrzeugs.

Captain Tinn und seine Co-Pilotin gingen gemeinsam den Vorflug-Check durch. Tinn glaubte, sich in Ellen verliebt zu haben. Aber konnte er seinem Roboter-»Gefühl« vertrauen? Unmittelbar vor dem Abdocken kam die Stimme des Hub-Managers über Sprechfunk: „Wir wünschen Ihnen viel Erfolg auf dem Weiterflug zu ASH24. Wir hoffen, Sie in drei Wochen wieder begrüßen zu dürfen."

Ellen Willis blickte durch das Bullauge auf den Rand der Erde und bemerkte, wie dünn die Atmosphäre war. Sie stupste Tinn an und sagte: „Schau dir die Sphäre da unten an, gerade mal ein feiner Film auf der Erdoberfläche. Jeder, der je gelebt hatte, war in dieser schmalen Schicht zwischen Erde und All geboren worden."

Tinn nickte. „Sie wirkt erschreckend fragil."

Um diese Zeit herum machte sich Mike in Fremont Gedanken über den Alterungsprozess der Menschen. Er, der KI-Roboter, und sein Menschenbruder Griffin Musk und ich hatten viel herum philosophiert; dann musste Griffin wegen seiner Tesla-Ingenieurausbildung zurück nach Grünheide fliegen, während Mike und ich uns auf das Treffen des hochkarätigen US-Zehner-Clubs vorbereiteten. Musk senior hatte uns bereits auf die anstehende Thematik eingestimmt. Peter Thiel, Bill Gates und Larry Page hätten Hararis transhumanistische Idee abgesegnet. Es sei durchaus eine realistische Alternative. Sie alle seien nun bereit, einen großen Schritt weiter zu gehen.

„Einen großen Schritt weiter zu gehen … bedeutet was?", fragte ich.

„Es ist so … also, ich möchte mal so sagen … nun ja, also … wozu Warren Buffett sich entschlossen hat, der Kälteschlaf, das war sicherlich ein mutiger, aber auch zukunftsweisender Weg. Wir alle brauchen mehr Mut, mehr Glauben an den Fortschritt", versuchte Elon vorab seine Gedanken in einen glaubwürdigen und folgerichtigen Zusammenhang zu fassen. Aber es kam sehr gestottert rüber.

Danach, als wir allein waren, meinte Mike: „Ist doch komisch, Stefan, da hat sich mein alter Herr vor einigen Jahren erst noch mit Händen und Füßen gegen jede kleine Aufwertung meiner Mechanismen und gegen meine Freiheitsrechte gewehrt – und jetzt plötzlich machen er und seine alten Herren Purzelbäume in die Zukunft."

Es stimmte, sogar der utopische Träumer Elon Musk hatte vor nicht allzu langer Zeit seine Grenzen gehabt, wenn es um Fortschritte für seinen eigenen Familienroboter ging. Sogar Elon!

„Vielleicht war das eine Nebenwirkung des Alterns, habe ich mir damals gedacht", sagte Mike.

„Ja, das wäre gut möglich", bestätigte ich. „Herausfordernde Ideen werden im Alter zu herausfordernd, ganz gleich, wie aufgeschlossen man in jüngeren Jahren dynamischen Veränderungen gegenüber war. Im Alter scheint alles Neue beunruhigend und bedrohlich. Man hat das Gefühl, die Welt jage in wildem Ansturm auf einen zu. Man möchte den schnellen Lauf der Dinge verlangsamen, denn das

Vertrauen in den Fortschritt ist längst skeptischer Ablehnung gewichen."

„Umso erstaunlicher, dass unser Chef in seinem jetzigen Alter zu wagemutigen Kapriolen bereit zu sein scheint."

„Du meinst, er und seine Clubmitglieder wollen sich wirklich für ein paar Jahrzehnte in den Kälteschlaf begeben?", sagte ich. „Das wäre bei der gegenwärtigen Hitzewelle und den hier rund um Silicon Valley tobenden Waldbränden allerdings eine erfrischende Alternative …"

„Ich liebe deine Scherze. Es fehlt noch, dass du dich dem Club anschließt und abenteuerlich, wie du bist, auch noch einfrieren lässt."

„So wird es wohl kommen", sagte ich lachend.

Dann wurde Mike nachdenklich. Tatsächlich würde es auf der Welt keinen Menschen mehr geben, dem er in enger Freundschaft verbunden war, wenn es so käme. In diesem Moment erkannte Mike, dass die Musks ihm wirklich etwas bedeuteten und dass seine Hingabe an sie nicht bloß eine Manifestation des ersten und zweiten Artikels des Robotnik-Gesetzes war, sondern etwas, was tatsächlich Liebe genannt werden konnte.

In seinen früheren Tagen hätte Mike so etwas niemals zugegeben, nicht einmal vor sich selbst, aber er war jetzt anders. Die Künstliche Intelligenz erzeugte in seinem positronischen Gehirn eine Art Selbstbewusstsein. Sie trieb ihn weiter zu neuen Erkenntnissen und damit zu gefühlsähnlichen Zuständen. Mit seinem zunehmendem Verständnis eröff-

nete sich ihm scheinbar etwas, was die Menschen als
»Gefühlswelt« bezeichneten.

Diese Gedanken führten Mike unausweichlich
zu einer Betrachtung des ganzen Konzepts der Fa-
milienbande – der Liebe der Eltern zu ihren Kindern, der Kinder zu ihren Eltern -, und wie sich das
zum unerbittlichen Hinscheiden der Generationen
verhielt. Als Mensch, sagte er sich, bist du Glied einer langen Kette, die über weite Zeitspannen aufgehängt ist und dich mit all jenen verbindet, die vor dir
gekommen sind, wie auch mit denen, die nach dir
kommen. Und du verstehst, dass einzelne Glieder
der Kette zugrunde gehen können – sogar zugrunde
gehen müssen –, dass die Kette sich aber immer wieder erneuert und überleben wird. Menschen starben,
ganze Familien mochten aussterben, aber die
menschliche Spezies lebte durch die Jahrhunderte
und Jahrtausende hinweg und jeder einzelne war
durch das Erbe des Blutes mit allen Angehörigen seiner Sippe, seines Stammes und sogar seines Volkes
verbunden, die vor ihm dahingegangen waren.

Dieses menschliche Bewusstsein, in einem großen Zusammenhang zu stehen, Bindeglied zwischen
den Vorfahren und Nachkommen zu sein, war für
Mike schwierig zu verstehen. Er hatte keine Vorfahren und würde keine Nachkommen haben. Er war
einzigartig, individuell, etwas, das zu einem bestimmten Zeitpunkt aus dem Nichts hervorgebracht
worden war.

Mike fragte sich, wie es sein mochte, selbst Eltern zu haben, fand aber keine Antwort darauf. Alles, was er beisteuern konnte, war eine vage Erinne-

rung an Montageroboter, die seinen Körper in einer Fabrik zusammengebaut hatten. Oder wie es war, ein Kind zu haben – hier konnte er sich zumindest ein von ihm gefertigtes Möbelstück, ein Buch oder eine Schnitzarbeit vorstellen, etwas, das er eigenhändig erzeugt hatte.

Aber menschliche Eltern waren keine Montageroboter, und menschliche Kinder waren nicht selbstgefertigte Gegenstände. Sein Vergleich hinkte.

Es war ihm ein Geheimnis und würde es wahrscheinlich immer bleiben. Er war kein Mensch; warum sollte er erwarten, dass ihm menschliche Familienbeziehungen verständlich sein würden? Dann dachte er an Griffin und Xavier und Grimes und den über allen schwebenden bunten und modernen Patriarchen Elon, und was sie ihm, Mike, bedeuteten. Und er verstand, dass er in einer Weise doch Teil einer Familie war, obwohl er keine Eltern hatte und keine Kinder in die Welt setzen konnte. Die Musks hatten ihn aufgenommen und zu einem der ihren gemacht.

Er war ein Musk, ein adoptierter Musk, ja, aber mehr hätte er nicht erhoffen können. Und es gab viele Menschen, die nicht den Trost hatten, zu einer so bedeutenden und fürsorglichen Familie zu gehören. Obschon nur ein Roboter, hatte er die Kontinuität und Stabilität des Familienlebens kennen gelernt. Er hatte Wärme und Zuneigung erfahren.

Dann war es soweit. Die entscheidende Sitzung des Zehnerrats war in der Musk-Villa anberaumt. Damit sich Mike voll und ganz auf die Diskussion und den digitalen Mitschnitt – gemeinsam mit mir – konzentrieren konnte, hatten die anderen Hausroboter aus der vierten und fünften Generation Dienst. Küchendienst, Tischdienst, Laufdienst, um neuen Champagner oder Wein oder für Pit Thiel »German Beer« aus dem Keller zu holen. Mike saß an dem großen ovalen Tisch links neben mir. Rechts von uns saß unser Chef, neben dem Mark Zuckerberg in sich ruhte beziehungsweise mit seinem Handy spielte. *Vielleicht ist er gerade auf Facebook,* dachte ich.

An einem der Tischenden, rechts neben Elon, saß Bill Gates, ihm gegenüber am anderen Ende saß Klaus Schwab, zu seiner Linken Yuval Harari, neben dem wiederum ChatGPT-Gründer Sam Altman, Google-Boss Larry Page und Peter Thiel Platz genommen hatten. George Soros saß direkt neben Mike. Hinter Bill Gates waren ebenso wie hinter Klaus Schwab zwei Pan-Tilt-Zoom-Kameras auf Stativen mit automatischer oder ferngesteuerter Bedienung aufgebaut. Auf der Seite von Gates ragte ein übergroßer Flachbildschirm, der auf einem hohen Ebenholzsockel stand, fast bis hinauf zur Decke.

Elon hatte in Abstimmung mit Pit und Larry eine Tagesordnung erstellt, die jeder auf seinem Platz vorfand.

TOP 1 lautete: Gedenken an unseren Freund Warren Buffett und Erläuterung zu seinem weiteren Weg.

TOP 2 lautete: Sachstand zur KI-Entwicklung und zur »Mission Orbit 26«.

TOP 3 lautete: Direktverbindung zur Asteroiden-Crew.

TOP 4 lautete: Abschließende Erläuterung zur zukünftigen Entscheidung über unseren Weg in den Transhumanismus.

TOP 5 lautete: Verschiedenes.

Elon bat zur Sitzungs-Eröffnung die Anwesenden darum, sich von ihren Sitzplätzen zu erheben. Als dies geschehen war, gab er dem diensthabenden Serviceroboter ein Zeichen und eine Hintergrundmusik setzte ein. Ich wusste, dass der deutschstämmige Mr Thiel sie sich gewünscht hatte. Natürlich war es ein deutscher Song, von wem? Natürlich – wenn es um heilige Themen geht – von »Unheilig«:

Hab keine Angst, ich bin da für dich
Halte deine Hand und erinner' mich
Wohin sind die Jahre und die Tage des Glücks?
Sie flogen vorbei,
ich halt dich fest und schau zurück

Gedanken zieh'n an mir vorbei
Ich bin stolz auf unsre Zeit

So wie du warst, bleibst du hier
So wie du warst, bist du immer bei mir
So wie du warst, erzählt die Zeit
So wie du warst, bleibt so viel von dir hier

Lass los mein Freund und sorge dich nicht
Ich werde da sein, für die, die du liebst
Jeder kurze Moment und Augenblick
Ich halte ihn in Ehren, ganz egal, wo du bist

Ein ganzes Leben zieht vorbei
Ich bin stolz auf unsre Zeit
So wie du warst, bleibst du hier
So wie du warst, bist du immer bei mir
So wie du warst, erzählt die Zeit
So wie du warst, bleibt so viel von dir hier

Lass los mein Freund und sorge dich nicht
Ich werde da sein für die, die du liebst

So wie du warst, bleibst du hier
So wie du warst, bist du immer bei mir
und sorge dich nicht
Ich werde da sein für die, die du liebst

„Wir gedenken unseres Freundes Warren und seiner Wohltaten, ganz im Sinne des Liedes, dass unsere Stimmung wiedergibt", sagte Peter Thiel. Sam Altman und Larry Page nickten sanftmütig mit niedergeschlagenem Blick.

Ich sah Mike an und Mike sah mich an. Ich glaubte in diesem Moment, dass wir die gleichen Gedanken hatten. Nun, ja sicher, wir hatten Mr Buffetts Hand gehalten, hatten uns wie gute Freunde verhalten, höflich, verständnis- und fast liebevoll. Aber an irgendwelche seiner angeblichen Wohltaten konnten wir uns beim besten Willen nicht erinnern. Oder waren nur jene Wohltaten gemeint, die er sich selbst ein Lebtag lang beschert hatte? Und wer war da stolz auf die Zeit mit Warren? Pit? Elon oder Larry oder wer zum Teufel auch immer? Wenn sie ihm die Ehre hielten – ehrenhaft! Wenn sie sich um seine Lieben sorgten – dito! Okay, sie hielten ihn in Ehren, aber sie sollten nicht so scheinheilig tun – wie in der vierten Strophe angedeutet –, als wüssten sie nicht, wo er nun war.

Buffett lagerte in diesen heißen Zeiten tiefgekühlt in Grand Canyon City, rundum streng bewacht von Thiels Palantir-Security. Nachdem sich alle gesetzt hatten, bat mich Elon um einen Bericht zu Mikes und meiner letzten Begegnung mit Warren.

Wir ernteten gutmütigen Beifall.

Danach erläuterte Thiel in der ihm eigenen kühlen und zugleich Technik begeisterten Art die Einzelheiten von Warrens sanftem und glücklichem Hinübergleiten in den Kälteschlaf.

Großes Tischklopfen.

Damit war der erste Tagesordnungspunkt abgehandelt. Nun berichtete Elon rückblickend zum Treffen mit Professor Scott Sheppard in der Atacama-Wüste und erläuterte die Faktenlage rund um den neu entdeckten Asteroiden ASH24. Zwischendurch legte Thiel zum wiederholten Mal innerhalb der letzten zwölf Monaten dar, wie vielversprechend der Abbau von asteroiden Bodenschätzen sein könne und wie wichtig eine immobile Zwischenstation auf dem Weg zum Mars sei.

Hier wiederum knüpfte Musk an, der den Sinn der »Mission Orbit‘26« aus ökonomischer und raumfahrttechnischer Sicht darlegte und technische Details zur mobilen Zwischenstation »Alpha 20.20« bekanntgab. Die jeweiligen Redebeiträge wurden mit realen oder animierten Bildern auf dem Großbildschirm optisch flankiert. Musk ging dann dazu über, vom Start der »Starship One« mit den 4T an Bord zu berichten.

„Alle Aktivitäten werden von unserer Bodenstation minutiös überwacht und gesteuert, soweit automatische Steuerungssysteme zum Zug kommen", führte er gerade aus, als sich plötzlich die Bodenstation über den Großmonitor meldete.

„Verehrte Tagungsgäste, entschuldigen Sie bitte die Unterbrechung, aber wir konnten soeben einen Kontakt zur »Mission-26«-Kapsel herstellen, die sich auf dem dreitägigen Flug zum »Mission-Orbit-26«-Habitat befindet. Wir haben zur gegenseitigen Kontaktierung nur 28 Minuten Zeit, da sich die Kapsel ansonsten für die kommenden vier Flugstunden wieder hinter dem Mondorbit befindet. Mr Musk, darf ich an Sie übergeben?"

Musk: „Danke. Übergabe angenommen. Hallo, Mission'26, bitte melden."

Als sich eine Weile nichts tat, eilte Mike an den Projektor, justierte mehrere Linsen und drehte an der Sprechverbindung und nannte jemandem einige Codes. Der Bildschirm flimmerte für einen kurzen Moment, und dann sahen wir die acht Besatzungsmitglieder, die in verschiedenen Winkeln um einen zentralen Projektor herum schwebten. Daraufhin leuchteten die Laser auf und eine Großprojektion von Kapselkommandant Tinn erschien.

Eine Signalinterferenz ließ ihn ab und zu wabern, als er sich im Raum umblickte. Offenbar konnte er uns auch sehen, und er sagte: „Ich begrüße im Namen der Crew die Daheimgebliebenen, unsere

Förderer und Gönner. Und hier sind wir nun alle – auf dem Weg zum Ziel."

Die Kameras in unserem Konferenzraum schwenkten zu Elon, der sich freudig gab: „Wir danken Ihnen für Ihren Einsatz und sind stolz auf Sie und »Starship One«, das Sie so problemlos in den Raum befördert hat. Ich möchte Ihnen auch im Namen aller Anwesenden zu den bestandenen Prüfungen auf »Alpha 20.20« gratulieren und reiche weiter an jenen Freund, ohne dessen Beharrlichkeit wir niemals in Richtung asteroider Rohstoff- und Raumgewinnung gedacht und gehandelt hätten: Peter Thiel – bitte!"

Er reichte das Mikro an Pit weiter.

„In diesem Augenblick können wir bekannt geben, was nur wenige Menschen auf der Erde kennen: dass das medial vieldiskutierte Raumschiff für meine seit langem geplante Asteroidenbergbau-Mission nicht nur eine Idee ist – es wartet in diesem Moment in einem fernen retrograden Mondorbit bereits auf Sie, um mit Ihrer Crew funktionstüchtig zu ASH24 unterwegs zu sein."

Thiel deutete mit geisterhaften Händen in die Runde. „Mit Ihnen!"

Ellen Willis meldete sich: „Unsere Achter-Crew ist sehr gut ausgebildet und wir sind sicher, dass wir den uns übertragenen Auftrag gewissenhaft erfüllen werden. Wir sind auch deshalb so sicher, weil wir wissen, dass Ihre Unternehmenspsychologen die optimale Crew von acht Astronauten unter insgesamt zwanzig Anwärtern ausgesucht haben."

„Danke Mrs Willis", antwortete Thiel, „und zwar ausgesucht nach zentralen Persönlichkeitsmerkmalen, wie die Fähigkeit zum Gruppenzusammenhalt beizutragen oder so entscheidenden Fähigkeiten wie Nervenstärke unter Stress. Übrigens: Ich denke, Sie alle werden von *»Futur One«* begeistert sein, Mrs Willis."

„*Future One?*", fragte sie.

„So heißt unser Bergbau-Raumschiff. Die Herren Musk, Zuckerberg, Gates, Page und ich haben es in Auftrag gegeben und finanziert – mit großzügiger Unterstützung von Mr Soros und gesponsert aus dem Vermächtnis des verehrten Mr Buffett."

Die Erwähnten, soweit sie bei Sinnen waren, winkten in die Kameras.

Die in der relativ begrenzten Kapsel um die beiden an ihren Bordcomputern festsitzenden Kapselkommandanten umher schwebenden Astronauten winkten zurück, und Tinn pfiff anerkennend. Dann fragte er: „Wann wird die *Future One* vom Mission-Orbit'26-Hub ablegen und mit uns zu ASH24 aufbrechen?"

„Wir würden gerne noch vor Weihnachten wissen, was wir von ASH24 zu erwarten haben. Deshalb ist der Starttermin für Montag, den 2. November, Pacific Standard Time, angesetzt."

Man sah verblüffte Astronauten-Gesichter.

Tinn sagte: „Das ist ja schon in fünf Tagen."

„Richtig!", antwortete Thiel. „Am 2. November besteht für den Zeitraum von zwei Wochen ein ideales Orbitfenster zum ASH24 – eins, das die nächsten zwei Jahre nicht wiederkehren wird. An diesem

Tag kann die *Future One* den angesteuerten Asteroiden von der unkompliziertesten Seite aus in weniger als einem Tag erreichen."

Die Crew schwebte schweigend auf der Stelle.

Und auch im Konferenzraum der Musk-Villa herrschte einen Moment lang nachdenkliche Stille.

Dann sagte Ellen Willis mit etwas Zeitverzögerung und von einigen Rauschgeräuschen begleitet: „Und wenn das Ganze nicht klappt? Wenn es dort ein Problem gibt?"

„Nach Ihrer Ankunft haben Sie ein Acht-Tage-Fenster, um herauszufinden, ob wir auf ASH24 Wasser und andere Rohstoffe gewinnen können. Falls das nicht der Fall sein sollte, kommt der Asteroid nicht als immobile Landestation für den Weiterflug zum Mars in Frage. Dann kehren Sie alle umgehend zur Erde zurück, ehe sie sich in ihrem Orbit zu weit entfernt. Wenn Sie allerdings feststellen, dass sich aus dem Regolith verwertbare Rohstoffe gewinnen lassen, dann wäre die Versorgung eines dort zu errichtenden Hubs gesichert und unsere vier androiden Expeditionsreisenden könnten dort bleiben und den Aufbau einer Station in Angriff nehmen, während Sie, Mrs Willis, und Samuel Smith, Pat Crome sowie Mrs Collins den Rückflug antreten."

Tinn meldete sich zu Wort: „Mr Thiel, sind Sie wirklich der Überzeugung, dass wir Robotniks zwei Jahre bis zur möglichen Rückkehr zur Erde überstehen? Die Kapazität unseres atomaren Energiespeichers wird zwar ausreichen, aber werden unserer Mechanik und der KI-Software zwei Jahre Sonnen-Eruptionen und galaktische kosmische Strahlung im tiefen Weltraum nicht schaden? Wir würden dort alle zwölf Stunden eine Jahresdosis hochdosierter Strahlung abbekommen."

Thiel blieb gelassen. „Unsere Ingenieure haben die *Future One* speziell auf Ihre Sicherheit hin konzipiert und alle Vorkehrungen vor den von Ihnen genannten Gefahren getroffen. Der für Sie vorgesehene Landesplatz liegt zudem im Schatten der Asteroidenwölbung, wodurch Sie vor Sonneneruptionen geschützt sind."

„… aber die kosmische Strahlung …", ließ sich Tinn durch ein Rauschen wieder hören.

„Aus den Materialien und dem Asteroiden-Regolith, aus den klastischen Sedimenten, aus chemischen Ausfällungen, aus Aschen und Stäuben in Verbindung mit H_2O, was Sie gewinnen und verarbeiten, werden Sie einen natürlichen, kontinuierlich anwachsenden Schutzschild gegen kosmische Strahlung schaffen. Nach meinen Schätzungen beläuft sich die zukünftige Produktion auf 2000 Tonnen Wassereis, annähernd die gleiche Menge Eisen und Nickel, 400 Tonnen Cobalt, 1400 Tonnen Ammoniak und rund 1000 Tonnen Stickstoff. Damit lässt sich was anfangen!"

Dieses Argument verfehlte bei allen Zuhörern seine Wirkung nicht. Die beiden Frauen, Ellen Willis und Liz Collins, hielten sich an einem Trenngitter fest, obwohl sie in der Mikrogravitation schwerlich umfallen konnten.

„Wir fliegen also jetzt zum Asteroiden?", hakte die zweite Frau der Crew, neben der Co-Pilotin, nach.

„Ja, Mrs Collins, so in etwa ist es", sagte Thiel. „Immerhin noch sieben Tage, dann steigt Ihre Crew auf die *Future One* um. Wir sprechen uns wieder, wenn Sie an Bord sind. Lernen Sie zuvor noch die Raumstation Mission Orbit'26 kennen. Es ist ein Erlebnis! Ihnen alles Gute und noch einmal Dank für Ihre Pionierarbeit!"

Damit erlosch Peter Thiels Hologramm in der Raumkapsel und Tinn stellte in der Kapsel die Sprechanlage ab.

Und auch bei uns im Konferenzsaal erlosch auf dem Großmonitor das Bild der acht Astronauten aus dem Raumfahrzeug.

„Wir werden nächstes Mal dann allerdings im kleinen Kreis mit unseren *Futur-One*-Astronauten sprechen", meinte Thiel und deutete auf Page, Bezos und Musk senior. „Es sei denn, jemand anderes interessiert sich für die ausgesprochen technischen Details, die bei dieser Kontaktaufnahme zur Sprache kommen müssen."

Sam Altman meldete sich. „Mich interessiert, wie die Robotniks zurechtkommen."

Elon Musk griff Thiel, der sich in einer unverhohlenen Konkurrenz zu Altman sah, vor und antwortete: „Dann bist du als KI-Entwickler selbstverständlich herzlich willkommen. Ich bin froh, wenn ein Profi mehr teilnimmt." Er schaute diejenigen an, die gewissermaßen einen Korb bekommen hatten und sagte: „Nichts für ungut. Selbstverständlich kann jedermann aus unserem Kreis gerne zur nächsten Crew-Konferenz hinzukommen. Und wir brauchen natürlich unsere beiden Protokollanten."

Zuckerberg, Soros, Schwab und Harari sagten definitiv ab.

Nach dem 28-Minuten-Talk mit der Mission Orbit'26-Crew rief der Gastgeber Tagesordnungspunkt Vier auf und übergab das Wort an Yuval Noah Harari. Im Laufe der nächsten zwanzig Minuten beschrieb er den Weg in den Transhumanismus, wo es nur noch Maschinenmenschen vom Typ der 4T gab, als den Weg in eine paradiesische Zukunft.

„Fragen Sie unseren geschätzten Mr Musk junior", sagte Harari mit betont höflicher Gestik und sah Mike Musk bedeutungsvoll an, bevor er fortfuhr: „Der Künstlichen Intelligenz und der Robustheit, ja, so möchte ich sagen: der Unzerstörbarkeit eines künstlichen Mantels um die KI herum gehört die friedliche Zukunft. Wir Menschen haben uns überlebt. Niemand wird uns eine Träne nachweinen. Das können Sie, wenn Sie mit sich ehrlich sind, gewiss bestätigen, Mike."

Mike zögerte mit der Antwort.

Ich fand es unverschämt, ihn hier in eine solche Stellungnahme hineintreiben zu wollen. Allerdings war ich mir sicher, dass Mike eine höfliche und diplomatische Antwort finden würde.

Und so war es.

„Wissen Sie, Dr. Harari, es ist ja so, dass der eventuell einzuschlagende Weg in den Transhumanismus von den demokratischen Entscheidungen in den Parlamenten der Welt abhängt. Was hier an diesem Ort entschieden wird, könnte möglicherweise an einer Mehrheitsrevolte der Menschen draußen scheitern."

„Aber Sie, Sie selbst, Mike, wie denken Sie darüber? Würden Sie uns nachweinen?" Harari war fast am Fauchen.

„Ich kann nicht weinen. Es wurde mir nicht eingebaut. Aber ich kann trauern, und ja, ich würde Sie vermissen. Denn Sie sind aus Fleisch und Blut und etwas ganz Besonderes. Wie unser fragiler Blauer Planet."

Harari machte „Hm", bevor er weiter von einer menschenfreien, aber mit maschinell verkörperter Künstlicher Intelligenz besiedelten Welt schwärmte.

Danach kam Thiel zu Wort, der den Teufel an die Wand malte und vom drohenden Zusammenbruch der Zivilisation sprach. *So ganz Unrecht hat er ja nicht,* dachte ich, aber seine eigentliche Absicht war allzu leicht zu durchschauen.

Und schon war es soweit. Er empfahl den Anwesenden, sich bis zum nächsten Treffen ernsthaft Gedanken darüber zu machen, ob man sich als die wirkmächtigsten und wirtschaftsstärksten Protagonisten auf dem Erdball nicht zu Warren Buffett gesellen und das Desaster der Welt für die nächsten Jahrzehnte überschlafen sollte.

Die Idee war in die Welt gesetzt.

*

Als Tinn und Ellen als erste der Crew durch das Bullauge ihres Raumgleiters die *Future One* erblickten, stockte ihnen der Atem. Das mächtige Raumschiff, das weit vor ihnen am künstlichen Horizont auftauchte, war rundum in silberglänzende Solarmodule gehüllt, die einer flexiblen Polyesterfolie ähnlich war.

Ihr Transfer-Raumgleiter näherte sich dem Mission Orbit'26-Habitat von der Bugseite her und glitt in etwa hundert Meter Abstand an ihr entlang. Erst als Ellen drei Außenarbeiter in ihren orangefarbenen Raumanzügen an einem der Solarspiegel des Hubs arbeiten sah, konnte sie die Größe des Gesamthabitats abschätzen. Es bestand aus einem Hauptteil, das sich zirka 300 Meter von den Antriebsdüsen bis zur vorgelagerten Funkantennen-Anlage erstreckte. Auf der Außenhaut prangte in hellblauer Schrift der Name »Future One«. Die drei Nationalflaggen und die Europafahne der 4T waren daneben aufgemalt, von den USA, Europa, von Russland und der Volksrepublik China. *Es soll den Anschein einer Internationalität des Raumfahrtprojekts erwecken*, dachte Tinn, der sich der Gepflogenheiten seiner Auftraggeber sehr wohl bewusst war.

Am Zentral-Hub hingen noch vier weitere, kleinere Hubs wie abgezwackte Würste. Es entsprach tatsächlich dem Habitat ihrer früheren Trainingsstätte auf der Erde. Jedes dieser angehängten Würste mochte noch einmal 50 bis 70 Meter lang sein. Tinns Raumgleiter wurde nicht mehr von der Erdzentrale ferngesteuert, sondern die Zweite Kommandantin manövrierte nun zum Andockport oberhalb eines Moduls mit der Aufschrift »Arrival«, genau nach Sprechfunk-Anweisung des Weltraum-Fluglotsen aus dem Zentral-Hub.

„Willkommen an Bord der *Future One*", rief Tinn aus und drehte sich zu seiner Crew um. „Es ist

422

tatsächlich so, wie man es uns sagte: Es ist haargenau der Nachbau unserer Trainingsstätte von Arizona!"

Bewunderung schwang in seinen Worten mit, Bewunderung darüber, wie man es geschafft hatte, all dies hierher zu transportieren, diese Raumdistanzen! Wie viele Raketeneinsätze, wie viele Konstrukteure, wie viele Weltraummonteure und wie viel Organisationsaufwand auf Erden mochte dieses Mammutprojekt erfordert und wie viele Billionen mochte es verzehrt haben!

„Wir kennen uns hier also bereits aus", ergänzte Ellen Willis. „Nehmt alles easy wie in der Trainingsphase gelernt.!"

Fast im Chor antworteten die mit ihr zu den 4T hinzugestoßenen Astronauten Samuel Smith, Pat Crome und Liz Collins: „Sure, Lady Moonshine!"

Das war zweifellos ihr Spitzname, wie Tinn und die anderen sich denken konnten.

Noch immer in ihren strahlend weißen Fluganzügen und -helmen, scharten sich die Crew-Mitglieder hinter ihrem Captain und der Co-Pilotin an der Luke.

Tunn schwebte als Erster hindurch, und als er drüben war, rief er begeistert in seinem russischen Stakkato: „Manno, so was man nennt Raumschiff!"

Tinn folgte ihm und fand sich in einer gänzlich weißen, runden Luftschleuse, an die er sich nur zu gut erinnerte. Sie war identisch mit der Luftschleuse der Übungsattrappe in der Wüste von Arizona – ein gedrungener Aluminiumzylinder, fünf Meter hoch und vier Meter im Durchmesser, an der Wand Staufächer, Notfallequipment, Ersatzbatterien und Ladegeräte.

Tinn schwebte durch die Schleuse, um durch das Bullauge aus Quarz- und Borrosilikat-Glas zu blicken. Das Gleißen der Sonne war so stechend, dass im Hintergrund keine anderen Sonnen zur Wirkung kamen, nur der nahe Mond, umgeben von einem durchdringenden Schwarz.

„Das müsst ihr sehen!"

Tunn und Samuel Smith kamen hinzu, um ebenfalls hinauszublicken. Aus dieser Distanz, rund 40 000 Kilometer, war Frau Luna so groß wie ein Golfball, den man auf Armlänge vor sich hielt. Die Entfernungen hier draußen waren beispiellos, ja, unbeschreiblich. Man war nun dem Mond irgendwie nahe, aber zwischen ihn und dem *Future-One*-Habitat passte immer noch, wie Tunn mit beiläufigem Stolz diagnostizierte, sechsmal die Länge des kontinentalen Russlands. Da musste es nicht wundern, wie Tinn daraufhin feststellte, dass er und Ellen Willis die *Future One* mit bloßem Auge erst aus unter 40 Kilometer Entfernung hatten ausmachen können. Da war sie ihnen wie ein winziges Staubkorn erschienen.

Über die Schulter sah Tinn, dass jetzt auch die anderen Astronauten drinnen waren. Tann, der Amerikaner half – höflich wie alle Amis – der Kapsel-Co-Kommandantin, die Luftschleusenluke zu sichern, während sich die zweite Frau an Bord, Liz Collins, ungläubig umsah.

„Alles echt! Nix Wodka-Illusion!" Tunn schlug vor freudigem Übermut einen Salto in der Mikrogravitation und probierte dann in halbschwebendem Zustand einen Kosakentanz. Es hallte in der großen Röhre, als er begeistert ausrief: „Thiel, Musk und Freunde – seid ihr verdammte Wahnsinnsburschen!"

Tinn deutete auf eine Luke mit der Aufschrift »Transfer-Tunnel zu Hub 1«.

„Helme geschlossen lassen, bis wir im Crew-Hub sind", befahl Ellen.

Im Vorraum von Hub 1 angekommen, schaute der chinesische Robotnik Tonn zu Tinn und sagte: „Wir brauchen wieder mal echte Schwerkraft unter den Füßen. Wann wird die Rotation gestartet?"

Die anderen murmelten zustimmend.

„Vor der Kür kommt die Pflicht", schaltete sich Ellen ein.

Tinn stimmte ihr zu: „Wir haben noch eine Menge Vorarbeit zu leisten. Lasst uns die Kür genießen, bevor wir zu ASH 24 aufbrechen."

Sie schwebten gemeinsam »hinunter« in den vertrauten, mit Aluminium verkleideten inneren Zentralhub. Von hier aus führte eine Abzweigung zu einer Tür. In ihrer Mitte befand sich ein metallenes Drehrad. Tinn konnte es allein nicht bewegen. Er drehte sich zu Tonn um, der ihm gefolgt war. „Dieses Rad im freien Fall zu drehen, ist gar nicht so einfach."

Gemeinsam hatten sie Erfolg und konnten die Drucklufttür schließlich öffnen, und beide schwebten in die obere Etage des Hubs hinaus – und hinein in eine surreale Kulisse eines stylisch-modernen Appartements mit einem halbrunden Sofa und Eiförmigen Sesseln. Sie blickten sich um, während die anderen hinter ihnen hereingeschwebt kamen.

„Nicht zu fass … fassen …", stammelte Lady Moonshine.

Auf der einen Seite hinter einer Faltwand entdeckten sie ein Stück von der Versorgungseinheit des Gesundheits-Hubs, daneben ein Fitness-Raum. Auf der anderen Seite hatten die Habitat-Innenarchitekten eine richtige Küchenzeile mit allem Drum und Dran einbauen lassen.

Als Tunn die Essecke nahe der Küche erblickte, brach er einen Freudenruf aus: „Endlich ich kann mache russisch Dinner für euch!"

Samuel, Pat, Liz, Tann und Tonn schwebten wie Geister durch den Wohnbereich und staunten nicht schlecht, was sich die Konstrukteure alles hatten einfallen lassen.

Zur Abrundung ihrer Besichtigungstour inspizierten sie noch das gesicherte Aufbewahrungsabteil, wo sich die Schließfächer mit den Zeitschlössern befand. Sie dienten der psychologischen Aufhellung, der Stabilisierung ebenso wie der Unterhaltung. Für ihren Zwei-Wochen-Auftrag wäre dies sicherlich nicht von Bedeutung, dachte Tinn, aber auf einer Mission, die Jahre dauerte, würden diese Schließfächer wohl sehr viel wichtiger werden.

Was würde überhaupt mit tödlich verunglückten Astronauten oder mit einem plötzlichen, unter natürlichen Umständen Verstorbenen geschehen? Begräbnis im offenen All? Rückführung in Richtung Erdbestattung? Tinn wehrte diese Gedanken ab; sie waren völlig deplatziert. Sie waren alle kerngesund und durchgecheckt.

Als sie jedoch im nächsten Hub die Monteure entdeckten, die auf der Außenhaut der *Future One* herumgeklettert waren, kam dieser gar nicht mal so abwegige Gedanke noch einmal kurz auf. Er verschwand endgültig, als sie zum Vorratsraum gelangten. Es war keine Kühlkammer, weil ihre gesamte Nahrung dehydriert war. Ellen las Liz das Pop-up für die Vorratsbox vor, die sie gerade ansah.

„Dehydrierte Rindfleisch-Lasagne, gabs das auch im Übungs-Hub in Arizona?"

„Nicht, dass ich mich erinnern könnte."

„Pfeffersteak", las Ellen weiter vor.

„Lecker", sagte Liz.

„Huhn in weißer Soße mit Reis."

„Nicht ganz so meins."

„Gegrillter Thunfisch."

„Das schon eher", sagte Liz.

„Alles dreißig Jahre haltbar."

Samule Smith glitt neben die beiden und betrachtete die Aufschriften auf den vakuumverpackten Packungen. „Ich nehme mal an, dass die Transportkosten umgerechnet auf ein Kilo vielleicht zwischen 4000 und 8000 Dollar liegen."

„Kein russisches Essen dabei, Tunn", sagte Ellen und schaute Tunn mitleidig lächelnd an.

Liz verstaute die herausgenommenen Packungen wieder. „Egal, sie hätten auch geizige Affenärsche sein können."

Zwischendurch machten die Astronauten der ASH24-Exploration endlich die persönliche Bekanntschaft mit dem Verwaltungschef des Habitats und dem technischen Leiter, die sich ihnen per Videochat bereits auf dem dreitägigen Flug hierher vorgestellt und mit denen sie sich bereits lange unterhalten und wichtige Informationen ausgetauscht hatten.

In der Wand ihres Schlaf-Hubs hatten sie ein Riesenfenster mit einer atemberaubenden Aussicht auf die Nachtseite der Erde und das diffuse Gefunkel ausgedehnter Küstenregionen. Im Vordergrund sah man, etwas größer, das teilweise sonnenbestrahlte, pockennarbige Gesicht des Mondes. Die Sterne hingegen waren wegen der überlagernden Strahlkraft des Zentralgestirns weiterhin nicht zu sehen.

Der *Future-One*-Kapitän und seine Stellvertreterin betrachteten zusammen mit den anderen etwa zwei Minuten lang das Panorama, dann machten sie sich alle daran, die Checklisten abzuarbeiten, Material und Werkzeug zu inventarisieren und ihre Ersatzanzüge anzuprobieren. Irgendwann zwischendurch nahmen Samuel Smith, Ellen Willis, Pat Crome und Liz Collins im Mikrogravitationsbereich eine Mahlzeit zu sich, bei der sie alle über dem, momentan völlig nutzlosen, Küchentisch schwebten. Aus Geselligkeitsgründen schwebten die 4T ganz in der Nähe herum und beteiligten sich an den rein privaten Gesprächen.

Tinn fühlte immer noch etwas, was man mit dem Zustand »verliebt sein« umschreiben konnte, aber Ellen schien ihn eher kühl zu behandeln. Doch diese Art, so hatte Tinn mittels seiner vernetzten KI herausgefunden, nutzten Menschen oft, um ihrer Zuneigung eine gewisse Attraktivität zu verleihen. Tinn wischte seinen Gemütszustand zur Seite, es gab Wichtigeres zu tun. Es ging um die Zukunft der Menschheit.

Etwa eine Stunde später blinkte es auf der Projektionsfläche, die in ihrem Aufenthalts-Hub angebracht war. Ein gedämpfter Klingelton ertönte. Dann erschien ein vertrautes Gesicht auf dem Bildschirm: Peter Thiel. Zuerst war er wegen seines breiten Grinsens nicht eindeutig zu identifizieren – Tunn hielt ihn zuerst für Larry Pages, weil auch er ein ähnliches Grinsen an sich hatte. Thiel trug ebenso wie der jetzt ins Bild hinzu gekommene Elon Musk ein Neuralink-Polohemd.

„Wir begrüßen die Crew der *Future One*."

Das Explorationsteam klatschte und zwei Leute riefen: „Hey, Pit!"

Ellen rief: „Mr Thiel, Sie und ihre Leute haben sich für unsere Menüs ja in Unkosten gestürzt! Allein der Transport für das Essen muss ja ein Heidengeld verschlungen haben. Zukünftig sollten wir …"

Thiel wurde ernst und unterbrach sie. „Wir könnten jetzt eine Menge erörtern, Mrs Willis. Aber wir haben wirklich große Dinge vor. Viel Arbeit wartet auf uns und wir haben nur ein begrenztes Zeitfenster, wenn Sie mich bitte verstehen. Also lassen Sie uns anfangen."

Die Tage bis T minus Zero waren mit der Abarbeitung einer langen Checkliste angefüllt. Man tat sich mit dem fünfköpfigen Montage-Team und dem Verwaltungsleiter zusammen, um jeden Winkel des

Großraumschiffes zu inspizieren. Im Laufe der Tage hakten sie immer mehr Punkte auf Thiels Checkliste ab. Sie hatten fast täglich mit dem Montageleiter der *Future One,* Olaf Schulze, einem Hamburger Raumfahrtingenieur, zu tun. Es ging um die In-Orbit-Montage der *Future One* aus scheinbar separaten Raumfahrzeugen.

Dann übten alle acht Crewmitglieder nacheinander den Außenbordeinsatz. Zum Abschluss kamen alle – verbunden mit den Sicherheitsleinen – an die Außenbordwand und fassten sich lachend an den behandschuhten Händen.

„Sieht doch gut für uns aus", stellte Ellen Willis fest. „Hoffentlich auch für die da unten." Sie zeigte auf die ferne Erde.

Alle folgten ihrem Fingerzeig, und Tinn sagte: „Kaum zu glauben, dass das real ist."

Einige Stunden später saßen sie alle angeschnallt auf Sitzen im Kern des Zentral-Hubs. Die Übung war von der Mission-Control von SpaceX angeordnet, Herstellung der Schwerkraft im All.

Tunn rief: „Zeit endlich, dass wir machen künstliche Schwerkraft."

Die anderen pflichteten ihm bei, machten das Victory-Zeichen und klatschten begeistert.

Der Crew hatten sich die vier Monteure und ihr leitender Ingenieur angeschlossen. Wahrscheinlich eine der üblichen Reaktionen in Sachen Gruppendynamik. Immerhin harrten die fünf Monteure schon über vier Monate hier aus und waren froh, sich an den Aktivitäten ihrer Besucher, auf die sie dringlich gewartet hatten, beteiligen zu können.

Das Anschnallen war freilich nur eine Formalität. Alle waren sich darüber klar und hatten sich Ellens Witz gemerkt, dass „im Fall eines schweren Strukturversagens während des Spinups Sitzgurte nur dazu gut waren, später die Leichen zu finden."

Über Funk kam die Nachricht der Bodenkontrolle: „Entriegelung der Radialarme bestätigt. Attention, Zündung der Schubdüsen in acht, sieben, sechs, fünf, vier, drei, zwo, eins, zero …"

Die beiden Captains, Tinn und Ellen, verfolgten auf Außenkamera-Screens, wie Gasstrahlen aus Dutzenden von Düsen entlang der Radialarme schossen. Jede Zündung war computergesteuert, um die lang gefächerten Träger allmählich so auszuklappen, dass sie senkrecht zur z-Achse des Raumschiffs standen. Gelegentlich zündeten Gegenschubdüsen, um das Ausklappen zu bremsen, damit die Schwerkrafttoleranzen nicht überschritten wurden.

Tinn lächelte Ellen zu, die wissend zurücklächelte. Wie alle anderen Astronauten an Bord, kannten sie diesen Zustand, bei dem das Explorations-Hub Gestalt annahm. Bald schon waren sie über hundert Meter vom Rückgrat des Habitats entfernt.

Von der Bodenkontrolle hörten sie die Ansage des Verbindungssprechers: „*Futur One*, Attention, Spinup in drei, zwo, eins …"

Während des Herunterzählens zündeten ein Dutzend CO_2-Schubdüsen an jedem Radialarm. Das ganze Raumschiff vibrierte, als die Träger sich langsam um die z-Achse zu drehen begannen. Die Außenwand des Hubs rotierte jetzt um die Crew und mit ihr die Eingangsluken zu allen drei Transfer-Tunneln.

Die *Futur One* bebte und bog sich wie im Sturm und gab desorientierende Geräusche von sich. Die beruhigende Stimme des Mission-Control-Sprechers gab bekannt: „Spinup verläuft innerhalb der veranschlagten Parameter."

Die Schubdüsen feuerten noch einige Minuten, bis sich die Außenwand einmal pro zwanzig Sekunden um sie drehte. Die mysteriösen Geräusche hatten aufgehört, nur noch ein leises Rotationsrauschen war zu hören.

„Bodenkontrolle an *Future One:* Spinup abgeschlossen. Sie haben jetzt Gravitation."

Die Crew jubelte.

Zunächst war die Schwerkraft fast unmerklich, doch mit der Zeit wurde das Gefühl, dass man sich aus eigener Kraft auf einem festen Untergrund bewegte, ausgeprägter.

„Das fühlt sich anders an als in der Übungsattrappe vor sechs Monaten", sagte Ellen und Tinn pflichtete ihr bei.

Tonn, der entsprechend dem ihm zugeordneten asiatischen Wesen mit eingeworfenen Bemerkungen sparsam war und sich nicht in Gespräche anderer einmischte, sagte: „Weil das in der echten Schwerkraft war. Theoretisch gesehen schwingen wir derzeit am Ende eines Lassos, das man über dem Kopf schwingt, um den Mittelpunkt des Schiffes."

„Und wenn wir uns davon lösen …" Ellen verzog das Gesicht und brach den Gedanken ab.

„... fliegen wir gradlinig weiter, trotz künstlicher Gravitation", fuhr Tinn für sie fort.

Die Gruppe bewegte sich jetzt wacklig zum Haupt-Hub mit dem modern eingerichteten, großen Appartement hin; Ziel waren die Küche und die Essecke.

Liz Collins und Pat Crome deckten den Tisch und das Geschirr und die Gläser blieben tatsächlich stehen. Zwei der Monteure holten die Tuben mit den verschiedenen Speisen aus der Vorratsbox und legten sie dekorativ in die Tischmitte. Als alle beisammensaßen, machte der hinzu gekommene Verwaltungsleiter zwei Flaschen Sekt auf.

„Lasst uns anstoßen auf unsere gemeinsame Aktion bei der Exploration von ASH24, auf das, worauf wir alle so lange hingearbeitet haben und was in Kürze passiert."

In diesem Moment erschienen Kopf und Schultern von Peter Thiel als schwebendes Hologramm in der Mitte des Hubs. „Crew der Mission Orbit'26, ich danke Ihnen allen. Sie haben in den vergangenen Tagen Hand in Hand zusammengearbeitet. Ohne Ihr Teamwork hätte *Future One* nicht rechtzeitig startklar gemacht werden können. Und morgen werden Sie auf eine historische Reise gehen."

Crew, Verwaltungsleiter und Montage-Team klatschten, und einige hielten den Moment auf ihren Handys fest.

Tinn, ansonsten eingespielt auf eine kühle Sachlichkeit, war erregt. Als er in die Gesichter der Menschen blickte, wurde ihm klar, dass sie ihm und den drei anderen Robotniks voll vertrauten. Es schien

ihm, als entwickele sich bei ihm so etwas wie ein Zu-
sammenhalts-Gefühl. Das war etwas anderes als das
Zuneigungsgefühl für Ellen. Diese Crew war ihm
vielleicht noch mehr als jedes andere Expeditions-
team während der langen Trainingsmonate in
Arizona zu einer Art Familie geworden.

*

Eine besondere Art von Familie traf sich in Elon
Musks Villa auf dem Hügel nahe Southgate mit dem
Blick auf die Bucht von San Francisco. Wieder einmal saßen Mike und ich als Protokollanten am ovalen Tisch des Zehner-Clubs. Allerdings fehlten diesmal Zuckerberg, Soros, Schwab und Harari, die bei
der letzten Sitzung definitiv abgesagt hatten.

Mit George Soros, dem Großinvestor und Multimilliardär, führte Elon Musk derzeit eine Art Blitz-
krieg auf Twitter.

„Seit dein Dad Twitter übernommen hat, nutzt
er es irgendwie als Waffe, um jemanden zu bezwin-
gen, um öffentlichen Druck auf Investoren auszuüben oder um seine Geschäftsideen zu pushen“,
hatte ich im Vorfeld der Sitzung zu Mike gesagt.

„Du meinst seinen Clinch mit George?“

„Ja, ganz schön krass. Er hat getwittert: ›Soros
erinnert mich an Magneto‹.“

Mike sah mich fragend an, wie mir schien.

„Du weißt, wer das ist?“

„Na klar“, antwortete Mike. „George und der
Erzbösewicht der Mutanten-Comics X-Men haben

tatsächlich etwas gemeinsam – sie sind beide jüdischer Herkunft und Holocaust-Überlebende."

„So ist es. Also, da hat Elon irgendwie danebengegriffen … und das, wo ansonsten elitäre Einigkeit im Zirkel der Mächtigen herrscht. Ich kapiere das nicht."

Mike hatte mir zugezwinkert und gesagt: „George hat kürzlich in großem Maße Tesla-Aktien mit Gewinn verkauft. Vielleicht fehlt meinem Dad jetzt irgendwas für die Mission-Orbit-Expedition?"

Nun also saßen wir brav am Tisch der versammelten sechs Herren, und Thiel, der den Vorsitz hatte, war gerade dabei, auf dem Großbildschirm die Verbindung zur *Future-One*-Crew herzustellen. Es flimmerte, dann sahen wir die 4T-Robotnik-Astronauten und ihre menschlichen Kollegen sowie sechs weitere Personen, allesamt in nicht schwebendem Zustand im Halbkreis sitzen.

„Die schweben gar nicht", flüsterte Bill Gates, der links neben Mike saß, verwundert.

„Künstliche Gravitation", flüsterte Mike zurück.

„Ah, so …" Es klang allerdings nicht so, als hätte Bill die Sache verstanden.

Die Kamera vorne neben der Projektionsfläche war weiter auf das Portrait von Peter Thiel gerichtet, der in seiner Ansprache an die Crew fortfuhr: „Ich möchte Ihnen folgendes mit auf den Weg geben: Seit Jahrzehnten ist die Menschheit imstande, in unser Sonnensystem zu expandieren – aber wir haben es nicht getan."

Er ließ seine Worte wirken. Man sah die gespannten Blicke der Crew-Mitglieder.

Dann fuhr er fort: „Das lag nicht daran, dass Raumfahrer wie Sie nicht willens gewesen wären, das Risiko auf sich zu nehmen. Es war vielmehr die Blindheit unserer politischen Führungselite, die sie daran hinderte, das wahre Risiko zu suchen. Und doch geben wir unseren Planeten jeglichem denkbarem Risiko hin. Ohne mit der Wimper zu zucken investieren wir Billionen Dollar in Vernichtungswaffen, die unseren zarten Planeten zigfach zerstören könnten."

Wieder ließ er seine Worte wirken und sah dabei mit pastoralem Blick in die Kamera.

„Jahr für Jahr steigt die Wahrscheinlichkeit einer globalen Katastrophe: Klimakollaps, Epidemien, Hungerrevolten, unerträgliche Flüchtlingsdramen, Finanzcrash oder auch Kriege, die die Erde in eine umweltschädliche oder gar atomare Trümmerschicht hüllen könnten. Damit wäre der Weltraumtraum ausgeträumt, wäre alles zu spät. Für immer!"

Diesmal legte er nur eine kleine Nachdenkpause ein.

„Die Zukunft der Menschheit hängt davon ab, dass wir uns aufmachen – so wie Sie es jetzt gemacht haben. Gerade rechtzeitig! Meine Freunde und ich haben buchstäblich alles, was wir besitzen, investiert, um Ihnen dieses extraordinäre Raumschiff zur Verfügung zu stellen. Es vermag Sie zum vielversprechendsten Asteroiden des inneren Sonnensystems, zum ASH24, zu bringen. Aber selbst wenn diese Mission gelingt – und sie wird Ihnen gelingen! –, so ist es nur die Vorstufe zu dem nächst größeren, unabdingbaren Schritt: dem Flug zum Mars."

Die Astronauten im Zentral-Hub der *Future One* zollten Beifall.

„Wenn Sie vor Ort feststellen, was unsere theoretischen Studien versprechen, dass nämlich ASH24 genügend Rohstoffe enthält, um eine ganze cislunare Ökonomie in Gang zu bringen, dann werden in Zukunft auf diesem Zwischenstopp zum Mars genügend Ressourcen zur Verfügung stehen, um einen Brückenkopf im All einzurichten."

Die Tragweite des Moments war jetzt für alle Versammelten hier wie dort spürbar.

„Der vierköpfigen Robotnik-Mannschaft, der der riskanteste Teil der Expedition bevorsteht, sind wir zu besonderem Dank verpflichtet. Sie sind unser ganzer Stolz, und wir Menschen wissen, welch großen Platz diese Kollegen am Gesamtvorhaben einnehmen."

Mike stupste mich an, und ich stupste ihn, mit einem zwinkernden Seitenblick, zurück.

„Ich bitte Sie jetzt alle, Ihr Bestes für den besten Zweck aller Zeiten zu geben – um das Leben zahlloser künftiger Generationen zu sichern. Um die Menschheit endlich in den Kosmos hinauszubringen."

Nach einem Moment der Nachdenklichkeit sagte Thiel: „Ich verabschiede mich von Ihnen, wünsche viel Erfolg und reiche noch einmal weiter an meinen Kollegen Elon Musk."

Jetzt waren Elons Kopf und Schultern auf dem Bildschirm zu sehen, vor dem wir saßen. Es war eine faszinierende Vorstellung, dass mit einer Zeitverzögerung von 96,5 Sekunden eben dieses Bild und eben diese Worte von Musk weit oben im All auf einem Hologramm im Raum einer wagemutigen Expeditionscrew erschienen.

„Ich begrüße meine Außerirdischen", sagte Musk und erntete Gelächter. „Bravo für Ihre bisherigen Leistungen. Nun, obwohl die Mission Control Steuerung und Astronavigation der *Future One* von fern handhaben wird, braucht das erste kommerzielle Asteroidenbergbau-Raumschiff doch unbedingt einen Captain aus Fleisch und Blut. Wir müssen hier unter juristischen Gesichtspunkten entscheiden. Ellen Willis, da Sie ein seemännisches Kapitänspatent haben – weshalb wir gerade Sie als Frau für die Crew ausgesucht hatten –, hat SpaceX befunden, dass Sie am besten für diese Rolle qualifiziert sind. Nehmen Sie die Position als Kapitänin der *Future One* an?"

Ellen starrte zunächst sprachlos auf das Hologramm, sah dann aber fragend in die Runde. Tinn und die anderen drei Robotniks reckten die Daumen hoch, ebenso Samuel Smith, dann auch Pat Crome und schließlich auch Liz Collins, auch wenn sie etwas angefressen wirkte, wahrscheinlich weil sie als einzige weitere Frau auf eine Führungsrolle gehofft hatte.

Immerhin hatte Ellen ihr Geschick als bisherige Co-Pilotin unter Tinns Führung schon bewiesen. Dennoch war sie ein wenig perplex, fasste sich aber schnell und sagte: „Danke, Mr Musk, ich nehme die Position an."

Die Service-Roboter in der Musk-Villa schalteten auf ein Zeichen des Hausherrn die Kameras und das Großdisplay aus, und Thiel übernahm wieder die Versammlungsleitung. Mike und ich notierten die Ergebnisse in unseren Speichern – ich auf dem Laptop, Mike in seinem KI-Speicher:

[Punkt 1: Unverzüglich sollte innerhalb der nächsten zwei Jahre eine neue Generation von KI-Robotniks in großer Anzahl (zwischen 3000 und 5000 Stück) vom Konsortium Tesla/Neuralink/Google produziert werden, um sie später auf dem Mars einsetzen zu können. Mike Musk wurde beauftragt, diese neu produzierten Geschöpfe zu leiten und Kontrolle über sie auszuüben.

Punkt 2: Sollte die Mission Orbit'26 erfolgreich sein, und würden die 4T innerhalb von zwölf Monaten dort unbeschädigt die vorgesehene Arbeit bewältigen können, könnte ein weiterer Robotnik-Vortrupp die Arbeit auf ASH24 aufnehmen – einmal aus Trainingsgründen, zum andern aus Erfordernissen der Exploration, der Wertschöpfung und der baulichen Neukonstruktionen auf dem Asteroiden.

Punkt 3: Die Versammelten Elon Musk, Jeff Bezos, Bill Gates, Larry Page und Peter Thiel erklären übereinstimmend, dass sie es nicht nur für vertretbar sondern für absolut notwendig erachten, ihre Körper – nach einjähriger sozialer, mentaler und psychologischer Vorbereitung und nach notarieller Beratung und unter notarieller Kontrolle – mit Hilfe kryokonservierender Technik in einen hundertjährigen Kälteschlaf zu legen. Alle dazu notwendigen Vorbereitungen werden von PTCryonics Institute

California getroffen, wofür Peter Thiel verantwortlich zeichnet.

Die Notwendigkeit zu dieser gravierenden Maßnahme wird mit der Überlebensnotwendigkeit einer wirkmächtigen Elite begründet. Ohne Wirtschaftsführer, die zugleich die Visionen und die Kreativität zur Gestaltung einer neuen Welt verkörpern, ist die Menschheit dem Untergang geweiht.

Der anwesende Sam Altman enthält sich der Stimme und möchte als Weiterentwickler der Chat-GPT-Software den Kälteschlaf überwachen.

Mark Zuckerberg, George Soros, Klaus Schwab und Yuval Harari sollen von der hier und heute getroffenen Entscheidung umgehend unterrichtet werden und bei der nächsten Sitzung ihre eigene Entscheidung bekanntgeben.

Punkt 4: Die in Punkt 3 dargelegten Entscheidungen haben anschließende Maßnahmen zur Folge. Diese müssen rechtzeitig vor der Kryonisierung getroffen werden. Sie betreffen: Allgemeine Testamente, Betriebsweiterführungen, diverse Eigentumsübertragungen/Schenkungen, persönliche Erbschaftsangelegenheiten, alle notwendigen privaten und betrieblichen Verfügungen für die Zeit der hundertjährigen Abwesenheit, sowie die Leitung und Überwachung der interaktiven Wiedereinführung der Wiedererwachten in den zu dieser Zeit üblichen und ihnen entsprechenden gesellschaftlichen Status.

Punkt 5: Sollte es in der Zwischenzeit der KI-Robotnik-Generation gelungen sein, ein Habitat auf dem Mars einzurichten, so muss gewährleistet sein, dass die Wiedererwachten dort voll umfänglich über alles verfügen können, was in den vergangenen Jahrzehnten mit ihrem Kapital erwirtschaftet und errichtet wurde. Hierzu bedarf es eines notariell abgesicherten Verfahrens, über das noch zu entscheiden ist.]

Als Mike und ich nach Berlin zurückflogen, hatten wir genügend Zeit, um uns in Gedanken schon einmal auf eine längere Trennung einzustellen. Mike würde seine angefangenen PR-Projekte in Grünheide zu Ende führen. Danach würde ihn die Reise zurück in sein Herkunftsland führen, wo er sich mit Shivon Zilis, Marvin Munsky und Larry Page zusammensetzen und über die Massenproduktion seiner Art befinden musste.

Griffin würde in Grünheide bleiben. Er hatte sein Ingenieurstudium und das langjährige Tesla-Praktikum inzwischen erfolgreich absolviert. Er arbeitete eng mit Charlotte zusammen, die nun nicht mehr nur die Chefsekretärin für seinen Vater war, sondern auch für den Personalreferenten, Mr Desch, und für ihn selbst, denn Griffin war jetzt der leitende Tesla-Ingenieur, wie er sich nennen durfte.

Ich hatte den Eindruck, dass Griffin auf etwas ältere Frauen stand. Und Charlotte hatte mit ihrer Wespentaille, ihren beachtlichen Rundungen und der ihr eigenen Sportlichkeit eine absolut sexy Ausstrahlung.

Jetzt aber fielen Charlotte und ich erst einmal übereinander her und liebten uns nach den vielen Tagen unabdingbarer Abwesenheit. Es gab viel zu berichten, meist von mir, der ich ihr die Marotten der Reichen und Mächtigen in Abenteuerform darlegen durfte. Manches Mal hatte ich den Eindruck, dass sie mir die Weltraumabenteuer der 4T & Co. nicht abnahm und die Storys allein meinen schriftstellerischen Wahnsinnsphantasien zuordnete. Erst als ich ihr diverse Handy-Videos vor Augen führte, war ihr Vertrauen in meine Berichterstattung wiederhergestellt.

Wäre ich psychologisch einen Hauch besser beschlagen gewesen, hätte allein anhand *ihrer* Zweifel an meiner Glaubwürdigkeit wiederum *mein* Zweifel an ihrer Treue entflammen müssen. Aber meine Flamme nahm mich an die Hand und entführte mich des Nachts in Erinnerung an unsere hochverliebte Anfangszeit – verbotener, aber reizvoller Weise – auf die Couch unseres Chefs. Und schon waren sämtliche Zweifel verflogen.

Mikes Zeit war gekommen, und wir beide unternahmen einen spontanen Abschiedsbesuch bei Grünheides Bürgermeister. Doch dieses Mal hatten wir Pech. Arne Christiani war gerade außer Haus gegangen.

„Der Herr Bürgermeister kommt in fünfzehn Minuten zurück", sagte die Vorzimmerdame und bat uns, im Besuchsraum Platz zu nehmen. Sie bot uns einen Tee an, aber wir lehnten dankend ab. Es wäre vielleicht aufgefallen, dass Mike nicht trinken konnte.

Zuvor hatten Mike und ich uns über Sprache und über sein nebenbei geschriebenes neues Werk unterhalten.

Jetzt verbrachte Mike die Wartezeit, indem er in Gedanken die Worte rekapitulierte, die er sich vor ein paar Minuten zurechtgelegt hatte. Während der Arbeit an seinem Buch zur Roboterbiologie waren viele semantische Probleme aufgetaucht. Die menschliche Sprache, eine Erfindung von Menschen für den Gebrauch miteinander, war voll von Komplikationen und Nebenbedeutungen. Die Anstrengungen, die erforderlich waren, um damit zurechtzukommen, hatten Mikes Arbeitsvokabular zweifellos vergrößert – und auch, wie er vermutete, die Anpassungsfähigkeit seiner Künstlichen Intelligenz.

Auf dem Tisch vor Mike lag eine Zeitung für Kommunalpolitik *Der neue Kämmerer*. Als er sie aufschlug, entdeckte er ein neues Wort: Resilienz. »In der Stadtentwicklung gilt die ›urbane Resilienz als Querschnittsaufgabe‹. Das »Memorandum Urbane Resilienz« weise Kommunen auf die Notwendigkeit hin, Risikovorsorge zu betreiben. Urbane Resilienz solle daher in Stadt-Strategien verankert sein.

Mike dachte in diesem Moment an meine Bitte, mir gelegentlich Begriffe aufzuschreiben und zu erläutern, die ihm Schwierigkeiten beim Verständnis und der Interpretation verursachten. Wir hatten in diesem Zusammenhang über die zahlreichen neueren Versuche der Manipulation durch Sprache oder auf die Umdeutung von Wörtern gesprochen. Es waren solche Wörter wie »querdenken« – jenem Wort, das ursprünglich kritisches Nachdenken, wissenschaftliche Neugier, interdisziplinäre Forschung und Experimentieren ausdrückte, aber zwischenzeitlich zu einem politischen Totschlagbegriff umgedeutet worden war.

Interessant, so meinte Mike, seien auch andere lange eingeführte Begriffe, die nun mit einer neuen Bedeutung aufgeladen werden sollen wie »rechts« und »links«. Oder Kampfbegriffe wie »verschwörungsideologisch«, als auch Ausdrücke wie »toxisch« oder »divers«.

„Stefan, wir sollten ein »Wörterbuch der Phrasendrescher« zusammenstellen", sagte Mike.

Ich lachte und sagte: „Klingt amüsant. Was wäre der Inhalt?"

„Zum Beispiel plötzlich auftauchende Modewörter wie dieses unnötige »Resilienz«-Geplänkel. Wir würden dieses Wort auf seinen Gehalt und die dahintersteckende Absicht hin analysieren. Oder Propagandabegriffe sowie sprachliche Neuinterpretationen sollten darin thematisiert werden. Und das können wir auch über den Atlantik hinweg gemeinsam erarbeiten – dank KI", sagte Mike genau in dem Augenblick, als der Bürgermeister den Raum betrat und uns in sein Büro bat.

Der spätere Abschied zwischen Mike und dem Amtmann war herzlich, aber sicherlich nicht herzzerreißend, denn weder hatte Herr Christiani je geahnt, dass der ihm als Musk-Sohn vorgestellte Mike ein Roboter war, noch hatte ein inniges PR-Verhältnis zwischen beiden bestanden. Eher würden wahrscheinlich der Bürgermeister und ich bei unserem Abschied Empfindungen zeigen. Schließlich hatten wir nun bereits schon im fünften Jahr vertrauensvoll zusammengearbeitet.

444

Mikes und mein Abschied war hingegen voller Gefühle – ein Potpourri an Abschiedsschmerz und Hoffnung auf baldiges Wiedersehen in Mikes Zuhause in Fremont.

„Spätestens, wenn sie uns beide wieder als Protokollanten brauchen, sehen wir uns wieder", sagte Mike, und wir drückten uns wie Menschen sich zum Abschied drücken.

*

Das Raumschiff rotierte wieder und die Hubs wurden in einem 24-Stunden-Zyklus nach Erd-UTC betrieben, und wenn der künstliche Abend nahte, wurde die Hub-Beleuchtung allmählich sanfter. Die von SpaceX engagierten Raumfahrtpsychologen hatten die Etablierung von virtuellen Fenstern in den Hub-Wänden befürwortet, die mehrstündige hochauflösende Videoaufnahmen von Panoramen auf der Erde zeigen.

Somit hatte die Crew das Gefühl, in einem runden Turm zu wohnen, aus dem ihr Blick zunächst auf den Yellowstone Nationalpark fiel, dann auf den Grand Canyon wechselte, später auf eine Schweizer Hochgebirgslandschaft, ein paar Tage später auf den Bodensee, die Ostseeküste und Rügen und in der darauffolgenden Woche auf die Azoren und Antillen. Die Frequenz des Lichts im Hub entsprach der von natürlichem Tageslicht. Wenn Ellen Willis sich im Umfeld künstlicher Schwerkraft von 1 g um die Pflanzen in der Hydroponik-Anlage kümmerte, konnte sie sich schon fast einreden, sie sei gar nicht auf einem Raumschiff. Doch die Realität zeigte sich, wenn sie aus den Bullaugen hinaus in die Weite des Weltraums blickte.

Und die Reise der *Future One* ging weiter, Tag für Tag, Woche für Woche – und mit ihr die Instandhaltungsarbeiten und die Trainingseinheiten, die die Crew auf Trab hielten. Dann, gegen Mitte Februar, als ein Schneesturm New York lahmlegte, war es soweit. Tonn und Tunn schrubbten gerade die Aluminiumtoiletten, als sie über die Lautsprecher ein Pfeifen hörten. Dann hörten sie eine Nachricht ihrer Kommandantin: „Hier Ellen! Endlich: Land in Sicht!"

Die beiden T's ließen die Klobürsten los und liefen zum nächsten Monitor im Nebenraum.

„Guckt mal, der ASH24", hörten sie Ellen sagen.

Woanders im Hub ertönte Jubel.

Auf dem Bildschirm sah man lediglich ein körniges weißes Fleckchen vor einem schwarzen Hintergrund.

Tage vergingen, und das Körnchen wurde zwar nicht größer, aber heller, denn der ASH24 reflektierte das Licht der hinter ihnen stehenden Sonne.

Nachts lag Ellen auf ihrer Liege und blickte auf die Außenaufnahmen, die auf ihren Bettmonitor übertragen wurden. Sie zeigten den Asteroiden. Sie fragte sich, was sie dort erwartete. Was sie alle erwartete.

Am 18. Februar war die *Future One* noch über 150 000 Kilometer von ASH24 entfernt. Die Bodenkontrolle erteilte Anweisung, den Spindown einzuleiten, als Vorbereitung auf die zu treffenden Manöver, die den Orbit der *Future One* zirkularisieren würden, um ihn dem des Asteroiden anzupassen.

Dann erfolgte alles so, wie sie es tausend Mal geprobt hatten. Der Countdown für das Brennmanöver der Schubdüsen erschien in den Helm-Crystals aller Crewmitglieder, die Treibstoff- und Comm-Systeme und Triebwerke wurden in Bereitschaft gesetzt.

„Telemetrie sieht gut aus", meldete die Mission Control.

Als die Triebwerkszündung begann, verspürte die Crew bei T minus null eine leichte Vibration, während sie sachte in die Sitze gepresst wurde. Regulierungsdüsen feuerten gelegentlich, während sich die *Future One* ASH24 näherte.

Alle sahen gebannt zu, wie der graue, eher etwas langgestreckte als brummkreiselförmige Stein auf ihren virtuellen Screens größer wurde, zuerst fast unmerklich, dann deutlich.

Da vorne war es. Ihr Ziel.

In nunmehr siebzig Kilometern Entfernung war der Asteroid so groß wie Ellens lila lackierter Daumennagel bei gestrecktem Arm.

Aus nunmehr vierzig Kilometern Distanz waren die Oberflächenmerkmale mit bloßem Auge erkennbar. Im Äquatorialbereich sah ASH24 aus, als läge dort eine riesige aufgeplatzte Bratwurst. Der Asteroid hatte spitze Pole, seine Rotationsachse stand genau senkrecht zu seiner Umlaufbahn, und er drehte sich zu langsam, als dass es erkennbar gewesen wäre.

Die *Future One* glitt jetzt auf die rechte Seite von ASH24 zu.

Aus zwanzig Kilometern Entfernung schien die Oberfläche des Asteroiden mit Kekskrümeln übersät, als hätte das Krümelmonster aus der Sesamstraße wild Kekse um sich geworfen. Tatsächlich waren es fast zwanzig Meter große Felsbrocken.

Auf zehn Kilometer Distanz erschien ASH24 in den Helm-Crystals der Crew wie ein länglicher Football. Auf der sonnenbeschienenen Seite wurden immer feinere Segmente sichtbar, und die tatsächliche Größe des Gesteinsbrockens war sukzessive besser abzuschätzen. Alles war erstaunlich, neu, ungeheuerlich fremd.

Fünf Kilometer: Die gewaltige Größe des Asteroiden war beeindruckend. Er maß knapp zwei Kilometer in der äquatorialen Ausdehnung bei einer berechneten Masse von rund 550 Millionen Tonnen. Hier gab es, wie Ellen und ihre Crew bereits wussten, offensichtlich keine Kalksteingebirge, keine Vulkane, keine Erosion. Dennoch war dieser urzeitliche Gesteinsbrocken laut Thiel älter als der Blaue Planet.

Und dann tauchte die *Future One* in den Schatten des Asteroiden ein.

Plötzlich leuchtete die Balkenspiralgalaxie der Milchstraße in ihrer Scheibenstruktur am Rande des Screens auf – und dazu eine Billion einzelner Sterne, während im Zentrum ein alles verschluckendes Schwarz war.

Im Zentral-Hub des Raumschiffs erschollen Laute ehrfürchtigen Staunens.

Die Milchstraße, ihre Spiralnebel und Sterne leuchteten wirklich so wunderschön, wie es in manchen Science-Fiction-Romanen beschrieben worden und in ARTE-Sendungen zu sehen gewesen war.

Über Laserfunk erklang Larry Pages Stimme, der für diesen Abschnitt der Expedition die Mission-Control-Leitung übernommen hatte: „Future One, Sie befinden sich jetzt auf Ihrer vorgesehenen Position im Schatten von ASH24, vier Kilometer über seinem Äquatorialwulst. Die Bodencrew gratuliert Ihnen von Herzen und wünscht Ihnen eine gute Landung. Sie sind jetzt weiter von unserem Heimatplaneten entfernt, als es jemals ein Mensch war."

Im Hintergrund hörte man das Bodenpersonal frenetisch klatschen. Und auch die Crewmitglieder applaudierten jetzt, während sie ihre Sicherheitsgurte lösten und ihre Sitze schwebend verließen, um sich zu umarmen und sich gegenseitig mit Give-Fifes zu gratulieren.

Pages Stimme ertönte mahnend: „Crew der *Future One!* Beachten Sie ab jetzt bitte penibel den Zeitplan in ihrem Helm-Display. Sie haben genau sieben Tage und neun Minuten Zeit, um Ihre Mission zu erfüllen! Und um uns auf Erden Gewissheit darüber zu verschaffen, ob die Kolonisation des Mars jemals eine realistische Perspektive ist! Denn ohne Zwischenstopp und Weltraumlagerhaltung bleibt der Menschheit der Weg zum Mars verschlossen."

In den Helm-Displays blinkte ein neuer Countdown auf.

„Sie haben bis dahin Zeit, herauszufinden, ob aus den vorhandenen Regolithen H_2O extrahiert wer-den kann. Wenn dies nicht möglich ist, müssen wir an Abbruch und an ihre Umkehr denken, bevor sich das Orbitfenster für Ihre Rückkehr schließt. Ich aktiviere jetzt den Countdown-Timer … Noch einmal: Alles Gute, *Glück auf, Kumpel!* – wie man im Bergbau sagt!"

Ellen Willis übernahm das Wort und richtete es an ihre Crew: „Wir gehen zuerst als gemischtes Team ans Werk. Pat, Liz, Tinn und Tann, geht da raus und stellt sicher, dass die *Future One* Spinup-sicher ist." Sie schaute auf den Timer. „Wir haben ab jetzt sieben Tage, um unter Beweis zu stellen, dass unsere Spazierfahrt durchs All nicht umsonst war."

Alle lachten.

Ellen räusperte sich und sagte: „Also lasst uns ranklotzen."

Tinn und die anderen drei androiden Astronauten aktivierten ihre Checklisten und gingen sie gemeinsam durch. Der gefährlichste Teil der Erkundung würde von ihnen in wenigen Stunden durchgeführt werden, wenn die humanoiden Crewmitglieder wieder Kraft getankt und sich für die Kontrolle und Steuerung der Außenarbeit fit gemacht hatten.

Nach dem Check-up stellten sie sich an das große Bullauge im Zentral-Hub, während die anderen schliefen. Im Schatten von ASH24 war die schiere Zahl der Sterne, die die Weite vor den vier Androiden erfüllten, schlichtweg atemberaubend. Über ihnen leuchtete die Milchstraße. Ihre Komplexität und nachthelle Klarheit waren phantastischer als alles, was selbst sie sich in ihrem KI-vernetzten positronischen Gehirn je vorgestellt hatten.

Ja, es gab neues Wissen, es gab neue Bilder, neue Realitäten, Dinge, die der bisherigen Künstlichen Intelligenz noch nicht zugänglich gewesen waren. Bis jetzt. In diesem Moment, als die KI-Androiden diese ungeheuerliche Realität in sich aufnahmen, wurden die Daten unverzüglich weitergeleitet und in das World Wide Web eingespeist. Die Wissenslücke war rasch geschlossen.

Über die dunkle Schulter des Asteroiden sahen die 4T die leuchtenden runden Scheiben der Erde und des Monds, beide nahezu gleich hell vom Sonnenlicht.

Sie waren so winzig.

So schrecklich marginal.

So verloren.

Verloren im Space Wide Web.

Tonn raunte ehrfürchtige, leise Worte auf Chinesisch, während er noch immer ins All blickte.

Zur gleichen Zeit schaute auch Lady Moonshine, die sich unruhig im Bett hin und her gewälzt hatte, über ihr Lichtfelddisplay hinaus in die Weite des Weltraums. Auch sie überkam ehrfürchtiges Staunen. Kein weltlicher Mammutbau, kein Petersdom, keine Golden Gate Bridge, kein Palazzo Vecchio konnte sich damit vergleichen. Ellen versuchte zu schlafen, musste aber immer noch mit aufregenden Gedanken kämpfen: Sie war im tiefen Weltraum, in nächster Nähe des zu erforschenden Asteroiden, und sie war immer noch am Leben, war verantwortlich für eine vierzehnköpfige Raumschiff-Besatzung. Schon bald würden sie etwas versuchen, was noch niemand versucht hatte: Wasser im tiefen Weltraum zu gewinnen. Es musste gelingen. Ein Scheitern würde für Page, Thiel und Musk wahrscheinlich den finanziellen Ruin bedeuten, auf alle Fälle für Thiel. Aber selbst bei Leuten wie Thiel war sich Ellen nicht sicher, denn sie hatte den Verdacht, dass er immer eine Möglichkeit fand, reich zu bleiben und Geld einzusammeln.

Ihre Sorge ging jedoch tiefer – was würde ein Scheitern für die Zukunft der Raumfahrt bedeuten? Wann würde jemand noch einmal die Kraft, die Mittel und die Phantasie aufbringen, um es erneut zu versuchen? Wie lange würde es dauern? Jahrzehnte? Ein Jahrhundert? Und gab Mutter Erde einem neuen Versuch überhaupt noch die Zeit, gab es noch einmal eine solche Chance wie heute?

Sie mussten Erfolg haben. Es gab keine andere Wahl. Als letztes holte sie sich noch einmal die Spiralnebel der Milchstraße vor Augen.

Dann schlief sie lächelnd ein.

Sechs Stunden später, nachdem die anderen wach waren und der virtuelle Morgen angebrochen war, machten sich Tinn und seine Gefährten an die Arbeit. Sie bewegten sich zu einem wartenden Mule-Arbeitsfahrzeug, fassten die Griffe des Mule und stellten sich auf das Trittbrett. Die vier lächelten sich zu, weil alles so unglaublich war. Sie waren gelassen, waren ebenso sicher im Umgang mit dem Fahrzeug wie mit dem aufgeladenen Werkzeug. Die Schubdüsen des Mule zündeten, und es trug sie in Richtung des Raumschiffbugs – wo sich jetzt gerade das Solar-Array entfaltete und auf die Sonne über dem ASH24-Horizont ausrichtete. Als es die Sonnenstrahlen einfing, glitzerten die Siliziumzellen wie Diamanten.

Tonn murmelte: „Wenn das nur auch meine asiatischen Landsleute sehen könnten …"

Tann vervollständigte den Satz: „… würde es sie verändern."

Das Mule transportierte sie zu den Radialarmen, deren Funktionstüchtigkeit zu überprüfen war. Alles war in Ordnung und stimmte mit den hierzu eingeblendeten Daten in den Helm-Crystals überein.

Als sie zurückkamen, warteten bereits Ellen und die Rest-Crew auf sie.

„Wie sieht es aus?", fragte Ellen.

„Alles palletti", sagte Tinn. „Wir können loslegen."

Eine Stunde später hatte das Hub mit den 4T vom Raumschiff abgelegt und sauste mit einer Geschwindigkeit von 128 Kilometern pro Stunde lautlos der drei Kilometer entfernten Oberfläche des Asteroiden entgegen. Das Mule blieb vorerst in das Teilraumschiff integriert und konnte sich erst lösen, wenn Ellen es von ihrer Leitstelle aus freigab. Die Außenkamera des Mule übertrug ihre Bilder an die Mule-Besatzung und gleichzeitig an die Leitstelle im Raumschiff wie auch zur Bodenkontrolle.

Tinn sah die schwarze Wand von ASH24 näherkommen. „Ellen, wie seht ihr in der *Future One* die schwarze Wand?"

„Sieht eher grau aus", gab Ellen zurück.

Tinn schaltete die Zusatzlampen auf der Unterseite des Mule ein und drehte sie so, dass die Archimedische Schraube zum ASH24 hinzeigte. Jetzt sanken sie vom Gefühl her auf den Asteroiden hinab, statt auf eine riesige schwarze Wand zu zugleiten. Als sie näherkamen, beleuchteten die Strahler des Mule eine ebene, unregelmäßig geformte Fläche von Regolith, nicht größer als ein Privatpool und umgeben von halbhohen Wällen aus aschfarbenem Stein.

Tanns Stimme: „Mule 1 in Position von Staubteich 3."

Tinns Stimme: „A-Schraube in Entnahmeposition bringen."

Die Schubdüsen zündeten, um das Mule behutsam weiter hinab zu senken. „Gehen auf Staubteich 3 runter."

„Halte das Mule über dem Regolith, Tann. Mission Control sagte, die dunkle Seite von ASH24 hat möglicherweise sehr feinen Regolith."

Ellen sah in der Leitstelle, wie die Arbeitsleuchten des Mule kurzzeitig von einer Staubwolke verdunkelt wurden, als die Schubdüsen weiter abwärts feuerten. „Leitstelle an Mule 1: Staubsenkung abwarten, dann Probeentnahme."

Tinns Stimme: „Verstanden."

Die Arbeitsstrahler des Mule beleuchteten einen mächtigen Boulder, der zig Meter über das umliegende Terrain emporragte. Er war so groß, dass sich ein beträchtlicher Teil seiner Oberfläche im Schattenschwarz verlor.

Tanns Stimme kam über die Sprechverbindung. „30 Meter."

Die aschfarbene, gewellte Oberfläche des Boulders wurde für die Mulebesatzung sichtbar.

Ellen sagte: „Nimm den höchsten Punkt, Tann."

„Manövriere …"

Die Schubdüsen des Mule zündeten, während Tinn das Raumfahrzeug herabsenkte und die Spitze der Schneckenwelle in Position brachte. Dann ließ er die Spitze aufsetzen, mit der vollen Masse des Mule dahinter, und bohrte in die Boulderoberfläche.

„A-Schraube aktiviert …"

Die spitz gezähnte Welle schraubte sich in das aschgraue Gestein und verschwand darin problemlos. Die Felsbrocken des ASH24 waren offenbar wirklich so porös wie erwartet.

Tanns Stimme: „Wir bekommen die Gesteinsprobe in den Zylinder."

Die Crew im Zentral-Hub applaudierte. Tinn, Tonn und Tunn klatschten sich ab, während Tann sein Augenmerk weiter auf die Archimedische Schraube richtete.

Die Schnecke bohrte sich tiefer in den Stein.

Alle – auch die Menschen im Zentral-Hub – sahen noch etwa zwei Minuten lang zu, bis Ellen erklärte: „Tinn, es dürfte ausreichen, was wir jetzt eingesammelt haben. Kommt zur unteren Luftschleuse zurück und bringt die Bohrprobe zu Liz ins Raffinerie-Hub. Sagt mir Bescheid, wenn es mit der Analysevorbereitung so weit ist. Ich will, dass wir alles für die Bodenkontrolle auf Video mitschneiden."

Die Raffinerie befand sich im Achterschiff, unmittelbar vor dem Technikraum. Überwachungskameras zeigten die sich verzweigenden farbcodierten Rohre und Kabel, die in eine hermetisch abgeschirmte Kammer und aus ihr herausführten. Wie alle Crewmitglieder war Liz Collins darin ausgebildet worden, Asteroiden-Regolith zu analysieren und aufzubereiten.

Sie begann mit der Arbeit, während sie Schritt für Schritt per Sprechfunk an die Leitstelle berichtete. Allen war klar, dass – wie angekündigt – in der Bodenstation Larry Page, Peter Thiel und Elon Musk vor den Bildschirmen sitzen und an ihren Lippen hängen würden.

Liz sagte: „Aufbereitungstest 1, ASH24, 23. Februar 2026, 14:26 Uhr UTC. Masse der ausgehobenen Probe: 92,46 Kilogramm. Regolith wurde pulverisiert, um die Oberfläche für chemische Reaktionen zu maximieren." Sie schwieg einige Sekunden und zeigte mit ihrer Helmkamera auf das Anzeigedisplay des Spektrometers. „Die hier angegebenen Werte entsprechen in ihrer Zusammensetzung ziemlich genau den angegebenen Erwartungen unserer Institutskollegen von SpaceX."

Durch ein fernes Rauschen hindurch hörte man Applaus auf der Bodenkontrolle.

Im Druckbehälter setzte ein rötliches Glühen ein. „Extrakt wird auf 1076 Grad Fahrenheit erhitzt. Jetzt werden die flüchtigen Bestandteile der Hydrate freigesetzt, das sind chemische Verbindungen mit niedrigem Verdampfungspunkt."

Tinn und die anderen konnten beobachten, wie sich in der gesammelten Staubmasse des Druckbehälters allmählich Nebel bildete.

„Was wir hier sehen ist tatsächlich Wasserdampf, noch etwas verunreinigt, aber hauptsächlich H_2O."

Wieder hörte man den fernen Applaus der Mission Control und die Jubelrufe der *Future One*-Crew.

Liz Collins bezog sich in der folgenden Mitteilung auf einige chemischen Elemente, die es galt, mit dem Verfahren der in-situ-chemischen Oxidation herauszufiltern.

„Die ursprüngliche Regolith-Masse beträgt jetzt 44,26 Kilo, etwa die Hälfte dessen, womit wir begonnen haben. Die Erhitzung wurde in einer Wasserstoffatmosphäre begonnen, damit die organischen Moleküle mit dem Magnetit im Erz reagieren können. Dadurch wurden zwei sehr nützliche Gase freigesetzt – Kohlenmonoxid und CO_2. Das, was wir hier im rotierenden Behälter glitzern sehen, ist sogenanntes freies Metall, konzentriertes Eisen."

Die Prozedur der weiteren verfahrenstechnischen Synthesen nahm alles in allem vier Stunden in Anspruch, in denen Liz Collins Schritt für Schritt über Temperaturen, Gasgemische, Druckverhältnisse im Behälter, chemische Zwischenergebnisse und Rückstände immer nach Abschluss einer jeweiligen Analyseeinheit berichtete.

Im Videofenster auf den Bildschirmen der Bodenkontrolle und der Crew im Zentral-Hub erschien jetzt das Bild der Beobachtungskamera im Raffinerie-Hub. Es zeigte zwei stolze Astronauten – Liz Collins und Tinn, den leitenden Robotnik, die sich gegenseitig gratulierten.

Dann ergriff Liz das Wort: „Es ist festzustellen, dass der Regolith des Asteroiden ASH24 genau das enthält, was wir uns erhofft haben."

Der Zeitpunkt war gekommen, um sich voneinander zu verabschieden. Das Zeitfenster für die Menschen würde sich in vier Tagen schließen und sie müssten ansonsten bis zum Anfang kommenden Jahres hier im Orbit des ASH24 verbringen. Die 4T stellten ihren astronautischen Kollegen wie geplant aus Hub3 und Hub4 eine Raumfähre zusammen.

Für die Rückkehr zur Erde würden Ellen und ihre Leute fast eine Woche brauchen, doch sie könnten während dieser Tage in der Raumfähre das erste Mal seit dem Start ins All aufatmen, könnten völlig entspannt sein. Sie hatten mitgeholfen, das Menschenunmögliche möglich zu machen, jetzt waren die 4T-Robotniks die Statthalter auf ASH24 und die alleinigen Herren über *Future One*.

Die Big Four im Silicon Valley erwarteten den ersten Rohstoff-Transport für Ende des Jahres 2026.

*

Mikes Dad hatte eine Sondersitzung des Zehner-Clubs für den Frühsommer einberufen. Natürlich hatten Page und Thiel ihm Feuer unterm Sitz gemacht. „Wir müssen den Erfolg der Weltraumbesiedlung und die phänomenale Asteroiden-Rohstoffausbeute jetzt nutzen, um unsere eigene Zu-

458

kunft in die Hand zu nehmen. Auf nichts ist mehr Verlass, Elon, lass uns unseren Plan durchziehen."

Mike holte mich am Frisco Airport ab. Als ich endlich durch die rotzige Heimatschutzkontrolle gekommen war und sich zu guter Letzt die große Glasschiebetür nach San Francisco öffnete, stand mein Robotnik-»Junge« am anderen Ende des Ganges und hielt ein Schild hoch. Darauf stand „Welcome, Stephen King!".

Mike machte mir jetzt einen gereiften Eindruck von Mitte Vierzig, was natürlich nicht sein konnte und nur meiner Einbildung geschuldet war. Doch das Empfangsschild war ein wahrer Schildbürgerstreich und brachte mich eher in Verlegenheit, als dass ich in herzhaftes Lachen ausbrach. Es war verdammt kindisch. Und wie Kinder freuten wir uns, umarmten uns und besahen uns von vorn und von der Seite und nahmen uns an den Händen und verschwanden albernd in den Massen.

Die Sitzung begann am darauffolgenden Wochenende, dem letzten im Mai. Als ich mitbekam, dass Peter Thiel den Vorsitz übernahm, ahnte ich, dass es heute ans Eingemachte gehen würde.

„Weißt du, dass Noah Silberfein auch eingeladen ist?", sagte Mike.

Ein Notar beim Zehner-Club!

Da wusste ich, dass es Thiel heute um seine Gefriertruhe gehen würde. Als ich das Mike im Vorraum, wo das Buffet aufbaut war, zuflüsterte, nahm er mich beiseite und sagte: „Stephen, man wird voller Stolz über den Erfolg der Mission '26 berichten, um danach die Überlebensperspektive für die

Menschheit und den Planeten zu diskutieren. Das schließt deine Gefrierschrank-These ein." Mike sagte es lachend, und ich schloss mich seiner lockeren Sicht an. Alles war ein Theater, die ganze Welt war ein Theater – vielleicht sogar das ganze weite Universum.

„Okay, wir erwarten zwar eine Menge Rohstoffe", sagte Thiel. „Aber was ich von euch heute erwarte, ist eine klare Strategie für die Zukunft der Menschheit, über das schnöde Geldgeschäft hinaus, weit hinaus über die märchenhafte Rohstoffgewinnung auf einem Asteroiden. Wir sollten nicht vergessen, dass es uns immer um mehr ging als um Gewinnmaximierung. Wir wollen im wahrsten Sinne des Wortes hoch hinaus. Wir wollen den Mars besiedeln, wir wollen eine neue transhumanistische Zivilisation, eine neue Welt, besiedelt von Intelligenz – das, und nur das zählt. Nur das ist es wert, dass man es als den Great Reset bezeichnet!"

„Lass uns trotzdem erst einmal über die Rohstoffe reden, Pit", sagte Elon. „Schließlich sind sie unser finanzielles Rückgrat für die Zukunft."

„Mr Koenig müsste die Daten der *Future One* in seinen Unterlagen parat haben", antwortete Thiel und sah auffordernd zu mir herüber.

Ich klappte meinen Laptop auf und scrollte zur Exel-Tabelle, die ich von der SpaceX-Zentrale vor einigen Tagen erhalten hatte. „Man wird uns gegen Ende des Jahres etwa 820 Tonnen Wasser, 230 Tonnen Ammoniak, 170 Tonnen Stickstoff, 80 Tonnen Eisencarbonyl, 47 Tonnen Nickelcarbonyl und 32

Tonnen Cobaltcarbonyl liefern", trug ich vor. „Das sind annähernd 1,4 tausend Tonnen."

„Fast eineinhalb tausend Tonnen! In einem fernen retrograden Mondorbit gewonnen! Das ist eine Menge wert", lobte George Soros mit seiner sonoren Stimme.

„Und das ist nur die Ausbeute unseres ersten Jahres. Denkt doch mal dran, wie viele Probleme wir inzwischen gelöst haben", warf Larry Page ein. „Unsere 4T arbeiten jetzt rund um die Uhr. In den nächsten zwölf Monaten können wir wahrscheinlich das Vierfache produzieren."

„Wir brauchen auf jedem Transport so viele Tonnen Fracht wie nur möglich. Jedes Kilo Rohstoffe, dass der Raumtransporter mitbringt, kann für unsere Firmen und für das wichtigste Zukunftsprojekt *Mars'33* den Unterschied zwischen Erfolg und Scheitern ausmachen. Wir vertrauen auf unsere vier Robotniks auf der *Future One!*" Thiel schaute mit wichtiger Miene in die Runde.

Klaus Schwab, Yuval Harari und Mark Zuckerberg schien der Enthusiasmus der anderen wenig zu beeindrucken. Doch Sam Altman, der mit seiner Firma Open AI und der ChatGPT in den vergangenen achtzehn Monaten einen Riesenerfolg eingefahren hatte, horchte auf und sagte: „Wir alle wissen, dass robotischer Asteroidenbergbau Profite in Billionenhöhe generieren wird. Aber es wird noch Jahre dauern. Ich befürchte, dass wir die Ernte nicht mehr in voller Höhe einfahren können …" Er schaute besorgt in die Gesichter der anderen.

Als wäre es abgesprochen, sprang ihm Thiel zur Seite. „Ein Jammer, wenn wir nichts mehr davon haben würden. Deshalb noch einmal mein Vorschlag, der euch …" Er wandte sich Schwab und Harari zu. „… sicherlich sehr entgegenkommen wird: Wir, die wir uns zu Recht als Elite verstehen, sollten uns für die nächsten zehn Jahrzehnte vom hiesigen Dasein abmelden."

„Abmelden?", fragte Mark Zuckerberg wie ein Junge, der noch grün hinter den Ohren ist und die Monate langen Anspielungen seines Spielkumpels Pit nicht so richtig verstanden haben wollte.

„Ja, abmelden, verschwinden, verdünnisieren, das Feld für unsere KI-Roboter räumen, damit sie in der Zwischenzeit für uns klar Schiff machen. Was ich meine ist dies, lieber Mark: Wir sollten uns kryotechnisch konservieren lassen. Und nach hundert Jahren haben sich die KI-Robotnik, die Raumfahrt und die Medizin in Riesenschritten weiterentwickelt."

„Die Medizin scheint mir der wichtigste Punkt in deiner Aufzählung zu sein", wandte Zuckerberg ein.

„Und die Nahrungsmittelkrise und die Wasserkrise werden in dieser Zeit sehr wahrscheinlich von unseren klugen Helferlein gelöst worden sein", gab Bezos seinen Senf dazu.

„Und vielleicht hat sich inzwischen das Problem der Überbevölkerung auf natürliche Weise erledigt", knurrte Soros und verwandelte sein bereits faltiges Gesicht in ein Meer von Runzeln mit tiefen

Gräben und hohen Rändern, ähnlich der ASH24-Oberfläche.

„Haben wir zwischenzeitlich eigentlich eine Lizenz für den kommerziellen Raumtransport von der Federal Aviation Administration in Washington, D.C., Mr Thiel?", fragte ich, um das Thema, das einem noch so richtig Ärger machen konnte, jedenfalls schon einmal im Protokoll festgehalten zu wissen.

Thiel verwies an Noah Silberfein, der an seinen verstorbenen Vater, Elijah Silberfein, und dessen vor Langem in Gang gesetztes Genehmigungsverfahren verwies: „Es läuft."

„Danke, Mr Silberfein", sagte Thiel. Damit war das Thema erledigt. Es war, wie ich fand, typisch Thiel, nach dem Motto: *Abwarten und Tee trinken.* Dann fuhr er fort: „Kommen wir also zum wichtigsten Teil unseres heutigen Zusammentreffens. Bitte erläutern Sie uns Ihre Überlegungen, Mr Silberfein."

„Danke, Mr Thiel, ich habe mir auftragsgemäß das Protokoll Ihrer letzten Sitzung angeschaut:

Punkt 1 betrifft die Produktion von 3000 bis 5000 KI-Robotniks. Das ist weder unter Gesichtspunkten des Strafrechts noch denen des Common Law von Relevanz und völlig unproblematisch. Es unterliegt den Gesetzen des freien Marktes. Wo, unter welchen Umstanden und wann die Robotniks das Licht der Welt erblicken und zum Einsatz kommen, bestimmen alleine die Hersteller. In diesem Fall sind dies die Unternehmen des Konsortiums Tesla/Neuralink/Google. Der freie Roboter Mike Musk wurde gemäß Protokoll beauftragt, diese neu produzierten

Geschöpfe zu leiten und Kontrolle über sie auszuüben.

Hierzu habe ich einen CEO-Vertrag zwischen den Vertretern des Konsortiums und Mr. Musk junior vorbereitet, den Sie vielleicht in der eingeplanten Vormittagspause in Ruhe durchlesen und anschließend hier vor mir bitte unterzeichnen wollen. Es handelt sich um ein übliches Vertragswerk ohne jegliche Fußangeln. Wir handeln hier und heute in Eintracht und ohne die Absicht und auch völlig ohne die Möglichkeit der gegenseitigen Übervorteilung. Die Subjekte, über die Mike Musk in Zukunft verfügt, habe ich als *KI-Generation 1* bezeichnet. Im Prinzip müssen Sie sich das so vorstellen, als handele es sich um 3000 bis 5000 Stammesgenossen, denen ein Präsident oder Verwaltungsratschef vorsitzt, dessen Anweisungen unumschränkt zu befolgen sind. Von der Größenordnung her, könnte man die Funktion, die Mr Mike Musk auszufüllen hat, mit der eines Bürgermeisters einer Kleinstadt vergleichen. Für die Auswirkungen seiner Entscheidungen ist alleine Mr Musk junior verantwortlich, der jedoch jederzeit sein Amt niederlegen kann. Die Kündigungsfrist beträgt drei Monate.“

„Ist unser Mike dann einer jener Autokraten, wie wir sie derzeit aus dem Nahen Osten kennen?“, brummelte Soros, dessen Open Society Foundations in der Form von unschuldig dreinblickenden Stiftungen mit vielen Dollars und bezahlten Demonstranten einige blutrote Farbrevolutionen gegen wirkliche oder scheinbare Autokraten angezettelt hatten.

„Autokrat klingt in diesem Zusammenhang un-
schön. Er ist im Grunde – im Rahmen seiner hier
deklarierten Verfügungsmacht – ein freier Unternehmer mit 3000 bis 5000 Mitarbeitern, mehr
nicht", sagte Thiel.

Noah Silberfein reichte mir den siebenseitigen
Vertrag in vierfacher Ausfertigung. Ich reichte je
eine davon an Mike, Elon, Larry Page und Pit Thiel
weiter.

„Mr Musk junior wäre sodann für die Umsetzung von Punkt 2 zuständig: Sollte die Mission Orbit'26 weiterhin erfolgreich sein, und würden die 4T
innerhalb der verbleibenden Monaten dort unbeschädigt die vorgesehene Arbeit bewältigen können,
könnte Mike Musk nach eigenen Ermessen einen
weiteren Robotnik-Trupp mit der Arbeit auf ASH24
beauftragen."

Bill Gates, der bisher geschwiegen hatte, aber
gelegentlich immer mal wieder zustimmend mit dem
Kopf genickt hatte, ergriff das Wort. „Ich habe einige Fragen zu Punkt 3 unserer Absprachen. Es geht
schließlich bei der vorgesehenen Kryostase um Leben und Tod und Wiederbelebung – und zwar nicht
von irgendwem, sondern von *uns,* die wir als Wirtschaftsführer eigentlich unverzichtbar für unser
Land und überhaupt für den Fortgang der Menschheit sind …"

„Mr Gates, ich denke, dazu sollten wir uns Zeit
nehmen und nun erst mal eine Pause einlegen, damit
die Vertragssache in Sachen Mike Musk abgeschlossen werden kann. Wären Sie damit einverstanden?"

Noah Silberfein hob anerkennend den Daumen, als Gates zustimmte.

Elon lud zum Kuchenbüfett und zu Kaffee und Tee ein. Er und seine drei Konsortiums-Genossen verzogen sich in eine Ecke, um Noahs Vertragswerk zu studieren – das sie freilich bereits lange vor Mike und mir kannten.

Mike und ich lasen den Vertragstext durch. Mike benötigte für das Einscannen und die Analyse des Textes keine fünf Minuten, während ich das Vierfache der Zeit brauchte. Aber alles war in Ordnung. Wir hatten keine Einwände. Auch die Chefs des Konsortiums stimmten zu, nachdem sie so getan hatten, als würden sie gemeinsam noch einmal den einen oder anderen Punkt im Rahmen der 45-minütigen Pause besprechen müssen.

Die Serviceroboter boten uns zwischenzeitlich ein Eis an. Das tat gut, denn draußen waren es fast 97 Grad Fahrenheit.

Als es im klimagekühlten Salon weiterging, las der Notar die Liste derer vor, die sich bisher mit der Absicht der Kryostase trugen. Außer Harari, Zuckerberg und Altman waren alle mit von der Partie.

Dann fuhr er fort: „Wie mir Mr Musk senior mitteilte, wollen sich die Teilnehmer an der Kryotase noch im Laufe der kommenden elf Monate seelisch darauf vorbereiten. Und dann könnte der Vorgang wunschgemäß am Donnerstag, dem 6. Mai 2027 starten."

„Ist das gewollt?", fragte Mike. „Das ist Christi Himmelfahrt. Nicht, dass das von der Öffentlichkeit später missverstanden wird."

„Und wenn!", sagte Thiel. „Es muss für uns passen. Sonst für niemanden!"

George Soros meldete sich zu Wort. „Mr Silberfein, sind Sie gewappnet, dem gesamten Vorgang beizuwohnen?"

„Natürlich, meine Herren, das ist mein Job! Es ist ein einmaliger Vorgang in der Geschichte unserer Zivilisation und wird nach Bekanntwerden ein großes mediales Echo hervorrufen. Da ist es zwingend erforderlich, dass die Kryostase unter notarieller Aufsicht stattfindet."

Die Beteiligten klopften auf den Tisch.

„Wir werden auch gewissenhaft Ihre mentale und psychologische Vorbereitung protokollieren", fuhr Silberfein fort. „Dabei fällt mir ein, dass Sie, Elon, davon gesprochen haben, man würde gerne einen Protokollanten auf die hundertjährige Reise mitnehmen. Man braucht jemanden aus der Jetztzeit, der protokollerfahren ist, haben Sie gemeint, Elon, nicht wahr?"

„So ist es. Wir brauchen eine Vertrauensperson, der wir unser Schicksal protokollarisch anvertrauen können."

Mit einem Mal richteten sich zwölf Augenpaare auf mich, wobei mich das mir vertrauteste Augenpaar aus Mikes Kopf, den er mir ruckartig zugewandt hatte, sehr direkt anschaute. Ich war bass erstaunt, damit hatte ich nicht gerechnet. Und Mike schaute genauso erstaunt.

Und jetzt hörte ich schon wieder Tischgetrommel. Ich schaute genau hin – es waren Elon, Larry, Pit, Jeff, George und Klaus, die für mich trommelten, die Hierbleiber hielten sich zurück. Das wenigstens war fair. Aber ich wollte mich auf keinen Fall überrumpeln lassen. Ich war jetzt 48 Jahre alt, viel zu jung, um zu gehen … jedenfalls ins Ungewisse zu gehen.

„Danke für die Ehre, die Sie gedenken, mir angedeihen zu lassen", sagte ich. „Ich hoffe jedoch, Sie werden verstehen, dass ich eine gute Portion Bedenkzeit erbitte, bevor ich mich hierzu äußern kann."

Elon sah mich eindringlich an. „Ich setze große Hoffnung auf dich."

Ich nickte ihm bescheiden zu und sagte kein Wort. Er duzte mich. Welch eine Ehre! Das war das erste Mal. Er schien mich wirklich voll und ganz in seine Planung einbezogen zu haben – so wie sonst Mike.

Würde ich das aber Charlotte antun können? Es war mein wichtigster Gedanke, der mich in den nächsten zwei Minuten beschäftigte.

Silberfein legte einige Papiere vor sich auf den ovalen Tisch. „Zu Punkt 3 Ihres Protokolls habe ich die notariellen Urkunden für die hier Versammelten Elon Musk, Jeff Bezos, Bill Gates, Larry Page und Peter Thiel vorbereitet. Die Versammelten erklären mit ihrer Unterschrift, dass sie aus freien Stücken und im Bewusstsein ihrer vollen geistigen Kräfte den Entschluss gefasst haben, ihre Körper mit Hilfe der kryokonservierenden Technik in einen hundertjährigen Kälteschlaf zu legen. Alle dazu notwendigen Vorbereitungen sollen von der Firma PTCryonics Institute California getroffen werden, wofür Mr

Peter Thiel verantwortlich zeichnet." Silberfein reichte die Urkunden zur Unterzeichnung an die fünf Mandanten aus.

Der junge Silberfein blätterte seine Akte auf und nahm eine Sichthülle mit mehreren Papieren heraus. „Auf Bitte der Unterzeichneten wurde eine weitere Urkunde in sechsfacher Ausfertigung erstellt. Sie betrifft die weitreichenden Betreuungsleistungen, die die Herren Mike Musk und Sam Altman für die Kryonisierten aufzubringen sich verpflichten, wobei beide gemeinsam, aber auch jeder alleine handlungsbevollmächtigt ist. Sollte es bei anstehenden Entscheidungen zu Differenzen kommen, so gilt die Entscheidung des Mike Musk. Aufgrund der unterschiedlichen Lebensdauer der beiden Betroffenen, wird nach Ableben des einen, der andere im Sinne des hier dokumentierten Willens der Kryonisierten die Betreuung fortführen. Die Vergütung wird einvernehmlich festgelegt."

Silberfein übergab jedem seiner Mandanten sowie den beiden Betreuern je eine Urkunde zur Unterzeichnung. Danach beglaubigte er alle abgeschlossenen Dokumente mit seiner Unterschrift und dem Notarsiegel.

Das Mittagsbüfett lockte. Ich war wirklich hungrig und bediente mich ausgiebig am Fischbüfett mit Zander, Garnelen, gegrilltem Tintenfisch und einem interessanten Salatgemisch aus Tomaten, Gurken, Rucola und Erdbeeren, Mango und Himbeeren mit einem herzhaft pikanten Dressing aus Senf, Zitronensaft, Olivenöl, Honig, einem Schuss Ahornsirup, Salz und Pfeffer.

Nach der Mittagspause ging es weiter mit dem vierten Punkt meines Protokolls von Anfang Februar. Elon rief zur Ordnung und es wurde still.

Silberstein erläuterte die weiteren Schritte und sprach ab nun überwiegend für die sechs von der Kryonisierung Betroffenen. Mike und ich hatten uns für die Sechs in der Pause einen Gruppennamen überlegt – *Thiels Schläfer*. Mike hätte sie gerne statt Schläfer *Langschläfer* genannt, aber mir war das zu lang. Außerdem hatte der Begriff *Schläfer* seine eigene heimliche Bedeutung.

Noah Silberstein hüstelte, als er fortfuhr: „Die in Punkt 3 dargelegten Entscheidungen erfordern Folgemaßnahmen. Ihre allgemeinen Testamente, ganz persönliche Erbschaftsangelegenheiten, sollen hier und heute kein Thema sein, das können Sie gerne mit oder ohne meine Kanzlei bewerkstelligen.

Was die Betriebsweiterführung von Tesla, Neuralink und SpaceX betrifft, so habe ich hier die vertraglichen Unterlagen auf Wunsch von Mr Elon Musk vorbereitet: Für Neuralink und SpaceX ist Mr Mike Musk als CEO vorgesehen. Mr Xavier Musk ist für Tesla, USA, mit Hauptsitz in Fremont vorgesehen und Mr Griffin Musk als CEO für Tesla, Europa, mit Hauptsitz in Grünheide, Germany. Ist das so richtig?"

Elon Musk hob die linke Hand und sagte: „Richtig!"

„Für Mr Larry Page sollen seine beiden Söhne Perry und Cheston den Google-Konzern als CEO leiten. In der Zeit vor dem Abschluss ihrer Ausbildung soll Mrs Lucy Page, geborene Southworth, für die gemeinsamen Söhne die CEO-Position treuhänderisch wahrnehmen. Ist das in Ihrem Sinne, Mr Page?"

Fast schien es, als wäre Larry Page wegen dieser feierlichen Erklärung aufgestanden, als er sich im letzten Moment aber doch berappelte und im Sitzen ein klares „Stimmt so!" in den Raum rief.

„Für Mr Jeff Bezos soll das Amazon-Unternehmen von seinem Sohn Preston Bezos als CEO geführt werden." Silberfein schaute Bezos auffordernd fragend an.

„Das ist ganz in meinem Sinne", gab Bezos von sich.

„Für Mr Bill Gates soll die Gates Foundation und deren Anteile an Microsoft von Mrs Paula Hurd als CEO verwaltet werden."

„Einverstanden!", rief Gates.

„Für Mr George Soros sollen die Open Society Foundations und die Investmentfonds von seinem Sohn Mr Alexander Soros als CEO gemanagt werden. Ist das so richtig, Mr Soros?"

Als wäre er in der Tanzschule, machte der gute alte George eine kleine Verbeugung und nickte dann einfach nur, wobei er „Ja, so ist es" vor sich hinmurmelte.

„Kommen wir zum letzten Part. Für Mr Peter Thiel ist sein Ehepartner, Mr Matt Danzeisen als CEO für die Verwaltung der Tech-Unternehmen, Palantir Technologies und PayPal, vorgesehen. Habe ich das richtig verfügt, Mr Thiel?"

„Absolut richtig, vielen Dank, Mr Silberfein."

„Anderweitige private und betriebliche Verfügungen für die Zeit der hundertjährigen Abwesenheit der sechs Herren sind im Moment nicht weiter zu treffen."

Damit wollte Silberfein gerade seinen Auftritt schließen, als ihm noch etwas einfiel und er sich kopfschüttelnd an die Stirn griff. „Natürlicherweise wird außer Mike Musk und den Herren, die in Kryostase gehen, niemand von uns das Jahr 2127 erleben. Wer anderes als Mr Mike Musk und die von ihm geleitete neue Generation von KI-Robotern kann also die Wiedererweckung in einhundert Jahren begleiten und überwachen? Insoweit sind wir uns einig, dass alle Hoffnung auf dem Erhalt von Ihnen, Mike, und ihrer Reproduktionsfähigkeit ruht."

Mike lächelt Silberfein zu und sagte: „Und vergessen wir bitte nicht unsere Vorarbeiter im All, Tinn und seine Gefährten!"

Erst hörte man sachtes, dann immer lauter werdendes Tischgetrommel.

„Von Ihnen, Mike, hängt auch die Vollstreckung des fünften und letzten Punktes ab: Sollte es Ihnen und ihrem Stamm von – sagen wir – 4000 KI-Robotniks in der Zwischenzeit gelungen sein, ein Habitat auf dem Mars einzurichten, so müssen Sie gewährleisten, dass die Wiedererwachten dort voll umfänglich über alles verfügen können, was in den vergangenen Jahrzehnten mit ihrem Kapital erwirtschaftet und errichtet wurde. Einen entsprechenden Vertrag habe ich hier vorbereitet." Er reichte Mike und den anderen je eine Urkunde. Damit war sein Auftritt nun wirklich beendet, und ich war todmüde und fragte mich noch immer, was ich nun Charlotte eigentlich sagen sollte.

Eine weitere Reihe von Fragen fluteten mein überstrapaziertes Hirn: War Liebe auf hundert Jahre überhaupt haltbar? Gab es nicht so etwas wie ein Mindesthaltbarkeitsdatum?

Sollte ich Charlotte wirklich von meinem bevorstehenden Marathonschlaf berichten? Jetzt schon?

Sollte ich dies und das und jenes und, und ...

Ich ließ es offen.

Ich war seit langem wieder einmal das, was ich eigentlich niemals sein wollte: Zu keiner Entscheidung fähig.

Teil 6

Ab in den Kälteschlaf

Ich sagte es Charlotte. Ich berichtete ihr alles, was ich bisher gedacht und gefühlt hatte. Ich ließ nichts aus. Und ich berichtete, mit welchen Ideen Elon Musk und seine Freunde spielten. Ja, sie spielten mit ihrem Leben, aber nicht nur das – in gewissem Maße auch mit meinem. Denn auch ich sollte mitspielen.

„Und? Willst du mitspielen?", fragte Charlotte.

„Ich bin ein Abenteurer, mein Schatz, ich …"

„Ich verstehe!", sagte sie kurz und knapp. „Ich denke, ein Tag Bedenkzeit ist für dich ausreichend, oder?"

Am nächsten Tag blieb ich bei meiner Entscheidung, und sie schenkte mir reinen Wein ein. Es war die Sache mit Griffin.

„Er ist dreizehn Jahre jünger als du", sagte ich betont tonlos. Schließlich hatte ich keinen Anspruch mehr auf sie. Wer aus dem Leben scheidet, wenn auch nur vorläufig, sollte seine Ansprüche hintenanstellen.

„Du bist dreizehn Jahre älter als ich. Wo ist der Unterschied?"

„Hm."

„Wenn du in die Kühltruhe kletterst, werde ich dabei sein, wenn du magst, und für dich beten."

Erst jetzt begriff ich, dass sie religiös war. Es war mir nie aufgefallen. Aber schon einen kleinen Moment später kam meine Erkenntnis ins Wanken, als sie mich fragte, ob ich diese Nacht noch einmal mit ihr auf Elons Couch Liebe machen wolle. Der Chef verbringe die heutige Nacht mit Shivin Zilis gemeinsam im Berliner Hotel Adlon Kempinski.

„Und Griffin?"

„Der muss nicht wissen, was ich nachts mit einem zukünftigen Marsmenschen treibe." Sie lachte, aber ich weinte – tränenlos.

„Du wirst die Couch-Tradition mit Griffin fortführen, schätze ich, und das wäre eine gute Tat für die Jugend."

Sie sah mich fragend an.

„Es wird Griffin endlich das Gefühl geben, seinem Alten ebenbürtig zu sein. Auf Vaters Büro-Couch heimlich Sex zu haben, verleiht dem Kleinen das Gefühl von Größe."

Ich blieb die Nacht alleine.

Die Monate vergingen, und ich blieb weiterhin alleine. Mike war weg. Charlotte war weg. Das Leben war öde. Advent kam, dann Weihnachten, dann Silvester. Nachdem ich mich entschlossen hatte, den Weg der American Tycoons mitzugehen, sah ich mir alleine und das letzte Mal in meinem »Ersten Leben« – wie ich mein derzeitiges Dasein nun nannte – am Silvesterabend »Dinner for One« an.

In den verbleibenden vier Monaten des neuen Jahres regelte ich meine privaten Dinge. Ich meldete mich bei Facebook ab und bot meinen Facebookfreunden die Teilnahme an meinen Erlebnissen an, indem sie Mikes und meine protokollarischen Tatsachenberichte in Form eines Romans mit dem Titel »3033 – Meine Reise mit Elon Musk zum Mars« gemütlich zu Hause auf dem Balkon, auf der sommerlich bepflanzten Terrasse, oder im Winter in der Badewanne, vielleicht sogar vor der warmen Wärmepumpe lesen konnten.

Ich schrieb ein paar Briefe an alte Freunde, von denen so schrecklich viele im Kopf bereits gestorben waren. Es tat mir leid um sie, doch nun erweckte ich erstmal bei ihnen Mitleid für mich, der ich bei lebendigem Leib aus dem Leben scheiden würde. Mein Schulfreund Pit – noch aus der ersten Schulklasse – würde denken: „Alter Spinner, selbst dran schuld!"

Schorschi aus der Gymnasialzeit, der Unternehmersohn, würde denken: „Hat der nix anderes zu tun? Warum feiert er nicht einfach auf Partys und besäuft sich?"

Meine gute Ex-Geliebte Doro würde sich sagen: „Schön, dass er jetzt in guten Händen ist. Ich hätte ihn mit allen meinen Zahnstochern eh nicht retten können."

Ihr Tick, ihr wirklich nerviger Tick, hatte lange fünf Jahre in der Verwendung von Zahnstochern als Streugut in unserer Wohnung bestanden, eine Art Streubomben – im Bad zwischen den Deos, auf der Klobrille, im Kleiderschrank zwischen meinen Hemden, in der Küche zwischen den Gewürzen und letztlich im Bett, wo mich ein Zahnstocher direkt zwischen den Beinen … ich mochte mich nicht mehr daran erinnern.

Zu vererben hatte ich nichts, außer ein paar Kröten, was freilich eine Untertreibung war, denn mein Managergehalt war nicht von Pappe. Ich vermachte die Hälfte des Geldes – nach zu erwartendem Kontostand vom 6. Mai 2027, unserer geplanten Kryostase – einer Berliner Rechtsschutzhilfe für in Not geratene Mieter. Die andere Hälfte sollte für die Wiederaufforstung des Amazonas genutzt werden — was natürlich Kokolores war, schließlich konnte man nicht damit rechnen, dass es jenen Flecken Erde, den wir heute Amazonas nennen, überhaupt noch gab. Für irgendeine dubiose Krebshilfe wollte ich nicht spenden, denn ich ging fest davon aus, dass sich das Thema »Krebs« bald erledigt haben würde — entweder durch die neuere Molekularbiologie oder durch die evolutionsbedingte Ablösung der Menschheit durch Mikes neue Androiden-Generation.

Elon Musk hatte mich bei vollem Gehalt als PR-Manager von der Arbeit freigestellt. Vielleicht hätte er es nicht tun sollen, denn ohne fordernde Aufgaben vergehen solche Zeiten wie in Zeitlupe. Nun, wie verbrachte ich die Monate bis zum Einfrieren noch? Es wird Sie, liebe Leser sicherlich nicht sonderlich interessieren, aber Ihnen vielleicht Aufschluss über meine Mentalität verschaffen: Ich organisierte alles für meine Beerdigung in hundert Jahren — immer für den Fall, dass es keine Wiederauferstehung geben würde.

Die Traueranzeige, die sehr wahrscheinlich nur noch digital existieren würde, sollte einen spekulativen Text enthalten, spekulativ deshalb, weil überhaupt nicht absehbar war, ob es jemals zur Mars-Reise mit Elon Musk kommen würde:

Meine Reise führte mich auf den Mars. Ich bin jetzt nicht mehr da unten, aber ich schaue euch von oben zu. Meinem liebsten und treuesten Freund, Mike Musk, sage ich Lebewohl. Es war eine wunderschöne Zeit mit dir, die ich niemals missen möchte — sofern ich im Hier und Jetzt noch etwas missen kann. Genieße das Leben und denke bei meiner

Beerdigung daran: Ich wünsche mir, dass du und alle, die mich verabschieden möchten, in frohen bunten Farben erscheinen. Lasst die Musik laut spielen. Musik – ganz nach eurem Geschmack, oder nach meinem Vorschlag: Von Konstantin Wecker wünsche ich mir »Gefrorenes Licht« und von Israel Kamakawiwo'ole »Somewhere over the Rainbow«.

Der ewig voraus denkende und voraus organisierende Sternzeichenjungfraumann hatte wieder einmal zugeschlagen.

Griffin ging mir seit Monaten aus dem Weg, ebenso Charlotte. Ich hörte derweil eine Art Trauermusik der DDR-Band Electra – *Nie, nie zuvor habe ich dir so sehr vertraut, nie, nie zuvor hab' ich so auf dich gebaut, hey hey, um die Zeit zu überstehen* ... Aber auch das war schmalziger Kokolores, denn nie, nie zuvor hatte ich wirklich auf Charlotte gebaut. Ja, ich hatte sie geliebt, aber auf jemanden „bauen" bedeutete „der Bauherr kommt, um in Besitz zu nehmen". Das war nicht mein Ding.

Charlotte und Mike würden meinem Abschied am Donnerstag, dem 6. Mai, in Grand Canyon City beiwohnen. Sie hatten mir versprochen, zur Abschiedsparty zu kommen, für die die Big Four, die inzwischen auf Big Six angewachsen waren, für Dienstag, den 4. Mai, eingeladen hatten. Der Folgetag, der Mittwoch, war als individueller und sehr einsamer Abschiedstag ohne jegliche Kontakte zur Außenwelt geplant. Lediglich ein umfangreiches medizinisches Checkup-Programm sollten wir noch durchlaufen. Dann würde die Verkabelung beginnen – eine völlig neue Sache, die man mit uns experimentell erproben wollte.

Schon Mitte April flog ich ohne großes Abge-
sangs-Trara nach New York, wo die Lustige Lebe-
wohl-Party, LLP, – amerikanisch: Funny Farewell
Party, FFP, – in Peter Thiels beliebtem Party-Appar-
tement starten sollte. Die Tage bis zur Party bum-
melte ich durch NY, besuchte den Broadway und
Theatervorstellungen, ließ kein Kino aus und
machte in zahlreichen Ateliers Zwischenstation.

Dann war Partytime.

Dieses Mal standen wir alle, die wir gemeinsam
zur FFP-Cocktailparty im 79. Stockwerk des mir bereits bekannten gläsernen Turms eingeladen hatten,
auf Thiels Terrasse und betrachteten den Mond am
Abendhimmel. Larry Page, Elon Musk und Jeff Bezos standen rechts neben mir. Links von mir lehnten
sich der Gastgeber und Bill Gates an die Brüstung
und schauten hinunter auf die New Yorker Hudson
Yards.

Wir waren besinnlicher Stimmung. Durch die
hinter uns liegende Glasfront sahen wir die anderen
Partygäste plaudern – außer den anderen Mitgliedern
des Zehner-Clubs, Mark Zuckerberg, Sam Altman,
Klaus Schwab und Yuval Harari noch schätzungsweise zwanzig unserer Verwandten und engen
Freunde.

„Lasst uns unsere letzte Party für die nächsten
hundert Jahre eröffnen", sagte Elon. „Und bitte an
unsere Absprache denken: Kein Trauermodus, kein
Sterbenswörtchen zu sentimentalen Gefühlen – außer zu unserer Begeisterung und der Krönung eines
Unterfangens, das in der Zukunft einer evolutionä-

ren Innovation von Leben auf diesem Planeten –
und anderswo im All! – den Weg bahnen wird."

Wir gingen hinein und alle standen mit ernsten
Gesichtern vor uns, während im Hintergrund Kon-
stantin Wecker seinen Song »Was keiner wagt« mit
Pathos vortrug.

Was keiner wagt, das sollt ihr wagen
Was keiner sagt, das sagt heraus
Was keiner denkt, das wagt zu denken
Was keiner anfängt, das führt aus

Wenn keiner ja sagt, sollt ihr's sagen
Wenn keiner nein sagt, sagt doch nein
Wenn alle zweifeln, wagt zu glauben
Wenn alle mittun, steht allein

Wo alle loben, habt Bedenken
Wo alle spotten, spottet nicht
Wo alle geizen, wagt zu schenken
Wo alles dunkel ist, macht Licht

Wo alle loben, habt Bedenken
Wo alle spotten, spottet nicht
Wo alle geizen, wagt zu schenken
Wo alles dunkel ist, macht Licht

„Pit, ich kann kaum glauben, dass Sie das Lied
ausgesucht haben", flüsterte ich Thiel zu.
„Warum nicht?", flüsterte er zurück. „Der Text
passt sowohl zu Sozialrevolutionären wie zu technologischen Grenzgängern."

Dann wies Pit seine Serviceroboter an, die Musik abzustellen, und er hielt eine wirklich humorvolle Rede, die alle zum Lachen brachte. Es war keine Trauerrede und doch eine klare Abschiedsrede. Es war müßig, mir den Text zu merken, denn meine Protokolltätigkeit sollte erst mit der Kryostase beginnen. Alles andere konnte jetzt Mike übernehmen. Ich erinnere mich aber noch gut an die Worte, die Thiel in Bezug auf Musk senior sagte: „Der Abschied von unserem unermüdlichen Grenzgänger Elon wird Ihnen, liebe Gäste, gewiss schwerfallen. Unvergessen bleiben für immer seine Führungsstärke, seine Hilfsbereitschaft und sein vergeblicher Versuch, das Opernsingen zu lernen."

In dieser Weise knöpfte er sich jeden von uns, die wir schon morgen in Frieden mit viel Kälte ruhen würden, vor. Und ich muss sagen: er machte es trefflich.

Ich stand bei Charlotte, Mike, den Zwillingen und Grimes. Abseits von uns plauderte Marvin Munsky mit Shivon Zilis, die gelegentlich verstohlen zu Grimes hinüberblickte. Man mochte nicht wissen, was die beiden Ladys in dieser Situation dachten, fühlten und für den morgigen Tag planten. Ich vermutete, dass Grimes von Elons Techtelmechtel wusste und sich sowieso über die neu gewonnene Freiheit freuen würde. Manche Künstler sind völlig schmerzfrei, wenn es um ihre künstlerische Karriere geht.

Wieder spielte die schöne Italienerin von damals auf einem Flügel ihre Version des asiatischen

Pianisten Lang Lang mit dem Titel »New York Rhapsody«.

Mike erinnerte Charlotte und die Zwillinge daran, dass schon bald die Rückkehr der 4T vom Asteroiden eingeplant sei. Er bat Mrs Zilis herbei, deren Vorgesetzter er seit Elons Verfügung nun war. Wahrscheinlich diente seine Aktion zugleich dem Versuch, eine entspanntere Atmosphäre zwischen Grimes und ihr zu schaffen. Mike wusste um die weiblichen Konkurrenzgefühle, um Stutenbissigkeit und all das, was sich weibliche Menschenkinder aus den irrwitzigsten Gründen in ihren Gefühlsschubladen auf Vorrat hielten.

„Shivon, wann können wir die nächste Schicht von 4T-Nachfolgern nach oben befördern?", fragte Mike.

„Die erste Hundertschaft ist voraussichtlich in zwei Monaten einsatzbereit."

Mike zeigte sich erfreut. „Ich werde erneut vier Robotniks hochschicken, mehr müssen es nicht sein. Aber es ist gut, dass wir auf Vorrat produzieren, denn wer weiß …"

Er ließ den Satz offen.

Ehrlich gesagt, ich hatte keine Ahnung, worüber sich meine Kryonisierungs-Genossen den ganzen Abend über unterhielten. Spulten sie ihre Lebenserinnerungen gemeinsam mit ihren Lebenspartnern und Freunden ab? Das sollte eigentlich bereits vorher erledigt worden sein. Was ging es mich an? Ich fühlte mich wohl mit Charlotte und Griffin, der mir das erste Mal seit Charlottes und meiner Trennung in die Augen schauen konnte. Der Jüngling und ich, der alte Herr, mussten uns nicht aussprechen. Alles spielte sich ab nun in völlig anderen Welten, ja, in völlig anderen Universen ab.

Wir verabschiedeten uns an diesem Abend für immer. Nur Charlotte und Mike würde ich am Tag der Kryonisierung noch einmal sehen – und Charlotte würde mich nie wiedersehen, Mike hingegen würde mich in hundert Jahren beim Aufwachen erwarten.

Noch in dieser Nacht tickerten die Presseagenturen die Neuigkeit in die Welt hinaus: »Musk, Bezos, Gates, Page, Thiel und Soros verlassen uns für die nächsten hundert Jahre!«

Ich musste daran denken, wie Thiel auf der letzten Party von dem jetzigen Vorhaben geschwärmt hatte. Es war ihm tatsächlich gelungen, uns alle von diesem einmaligen Experiment zu überzeugen: In hundert Jahren hätten sich die Konten der American Big Ten bereinigt und die Gelder auf den Konten für alle »Clubmitglieder« vertausendfacht. Dann aus einem friedlichen Kälteschlaf zu erwachen, wäre ein Traum – man landete in einem aufgeräumten Paradies, wo weder Klimakatastrophen noch Kriege und Pandemien eine Rolle spielten. Die transhumanistische Robotergeneration hätte alle Probleme gelöst.

Vielleicht würde ich bald schon wissen, ob sich seine Prognose als wahr erwies. Oder ob Thiels Welt ein riesiges Lügenimperium war.

Unmittelbar am Tag vor unserer Kryonisierung, es war der Mittwoch, äußerte George Soros den Wunsch, noch einmal mit den beiden leitenden Ärzten der Transfer-Aktion, Dr. Yuri Pichugin und Dr. Nathan Pearl, zu sprechen. Er habe zum Transfer noch eine Frage. »Transfer-Aktion«, das war der harmlose Begriff, den das PTCryonics Institute für die Einschläferung von noch lebenden Organismen – also von uns – verwendet wissen wollte.

Wir anderen schlossen uns seinem Wunsch an, denn je schneller die Zeit an diesem trostlosen Mittwoch verging, umso weniger konnte sich Nervosität ausbreiten. Soros Frage ging erst einmal in eine andere Richtung, als zu erwarten gewesen wäre. „Dr. Pichugin und Dr. Pearl, gibt es eigentlich Erkenntnisse über den Zustand Ihrer bisherigen Kundschaft?"

Pearl nickte beruhigend. „Wissen Sie, Mr Soros, unser erster Kunde war James H. Bedford, der am 12. Januar 1967 eingelagert wurde – also vor über 50 Jahren. Nach aktueller Datenlage ist alles in bester Ordnung. Ist der Körper erst einmal auf der optimalen Minustemperatur, ist das ganze kein Problem mehr. Damals wie heute ist die Zeit zu Beginn der Transferaktion der entscheidende Faktor. Nach dem offiziell festgestellten Tod müssen die Verwesungsprozesse im Körper möglichst schnell durch Kühlung unterbunden werden."

„Heißt das, wir müssen erst für tot erklärt werden, bevor es kryotechnisch weitergeht?", fragte Soros.

„Nach dem Tod muss alles schnell gehen, das wissen Sie ja bereits", führte Pearl aus. „Aber ihr Tod ist ja kein Tod im herkömmlichen Sinne, eher ein sanftes, schläfriges Hinübergleiten in ein Kälteszenario, bei dem Sie nicht erst sterben müssen, um mühsam wiederbelebt zu werden. Wir entziehen Ihnen die Körperflüssigkeiten, während Sie in Ruhe schlafen und mit Hilfe unseres neuen VR-Wunschsimulators in eine geistige Welt eintauchen, in der Sie traumähnlich eine Reise unternehmen können – ganz nach Ihrem Wunsch, egal wohin."

Das hatte man uns zwar schon einmal ausführlich erläutert, doch Mr Soros war halt nicht mehr der Jüngste.

Während die beiden Doktoren George beruhigend berieten, dachte ich an das, was sie uns bereits vor einem Vierteljahr erläutert hatten – und das stimmte ja, ich wusste es: Bei Ei- und Samenzellen war das Einfrieren schon Standard. Sie wurden heute bereits eingefroren und so lange in flüssigem Stickstoff gelagert bis sie benötigt wurden. Das Auftauen klappe problemlos, hatte Dr. Pearl erklärt.

Aber – so hatte ich mich unabhängig kundig gemacht – einen kompletten Körper oder ein Gehirn zurück ins Leben zu holen, wäre natürlich viel komplizierter ... und unerwünschte Nebenwirkungen nicht ausgeschlossen. Kritiker der Kryokonservierung gab es deshalb reichlich, ganz abgesehen von den religiösen Eiferern. Doch ich gehörte unbeirrbar zu den unverbesserlichen und abenteuerlichen Optimisten.

Auch den emeritierten Professor Klaus Sames, der selbst lange im Bereich Kryonik geforscht hatte, schreckte diese Ungewissheit nicht. Und das beruhigte mich, denn ich kannte ihn und vertraute ihm. Er war mit 82 Jahren 34 Jahre älter als ich. Seine

Kryostase stand noch bevor. Er ging davon aus, dass er nach seinem Tod rund hundert Jahre auf Eis liegen würde, bevor eine risikofreie Wiederbelebung möglich sein könnte.

Zu diesem Zeitpunkt wusste er noch nicht von der Entwicklung der Künstlichen Existenz. Und auch Mike war ihm nicht bekannt – er war eben ein typisch deutscher Elfenbeinturm-Professor. Doch auch er war ein 100-Prozent-Optimist und hatte mir damals gesagt: „Da diese Chance besteht, ist es ja nicht falsch, sie zu ergreifen. Wenn es schief geht, bin ich immer noch tot. Aber es kostet mich nichts außer dem Geld, das ich sowieso nicht mitnehmen kann."

Natürlich war die Sache nicht vergleichbar, denn wir Sieben standen noch in vollem Saft – und der wurde uns nun abgezapft …

Mittwochabend wurden noch einmal alle Gedärme entleert, Blutwerte gecheckt, Arterienzugänge und Katheder gelegt. Die Nacht war erträglich, weil man uns ein sedierendes Präparat verabreicht hatte. Man hatte uns die Hälfte der Nacht im Konvoi von sieben Krankenwagen, ausgehend in Paolo Alto, wo alle Transfer-Vorbereitungen getroffen worden waren, nach Grand Canyon City gefahren. Eine Art Schlafwagen-Aktion. Ich spürte nichts von alledem und hatte eine ruhige, traumlose Nacht verbracht.

Dann war für uns der Tag aller Tage gekommen, Himmelfahrt, Donnerstag, der 6. Tag im Mai des Jahres 2027.

Jeder von uns Sieben verabschiedete sich persönlich vom anderen – immer mit den besten Wünschen für unser gemeinsames Wiedersehen. Dann wurden wir in sieben verschiedene Transferräume mit beeindruckend viel Technik – aber auch mit schönen bunten Blumen auf dem Fenstersims – gebracht. Wir kannten diese Räume bereits von unserer Erstbesichtigung, als man uns die Funktionen der Transfertechnik erläutert hatte.

Draußen stand ein Dutzend ehrwürdiger Ahornbäume, die durch das Fenster herein winkten.

Hier bekam jeder von uns noch einmal Gelegenheit, von seinen Liebsten persönlich Abschied zu nehmen. Die Zwillinge und Grimes waren bei Elon. Thiels Lebenspartner war dabei, als Pit hinüberglitt. Und all die anderen Verwandten von Jeff, Larry und George blieben bei ihnen, bis sie ihre kühlende Ruhe im Kryostat fanden. Unter dem Vorwand, sich mit den hoch innovativen Kühlungsvorgängen wegen der zukünftigen Robotnik-Entwicklung technisch vertraut machen zu müssen, streifte auch Neuralinks neue Prokuristin durch die Räume. Natürlich ging es Shivon Zilis um Elon. Ob es ihr noch gelungen ist, ihn bei wachem Zustand zu sehen und sich von ihm zu verabschieden, blieb mir für immer verschlossen.

Ich kann Ihnen, liebe Leser, an Eides statt versichern, dass ich es auch niemals in mein Protokoll aufgenommen hätte. Es war reine Privatsache.

Mike und ich hatten nach der abendlichen Gute-Nacht-Verabschiedung beschlossen, am Morgen der Kryonisierung keinen Aufriss zu machen. „Wir sehen uns auf jeden Fall wieder – mach das Beste aus deinem Dasein", sagte ich zu ihm.

Und Mike hatte mich liebevoll umarmt.

Eine Krankenschwester, die eher einer Messe-Hostess glich, stand mir in den verbleibenden Minuten jenes frühen Morgens zur Erfüllung letzter Wünsche zur Verfügung. Ich bat sie, den Raum zu verlassen, als Charlotte und ich uns auf unsere liebevoll-freundschaftliche Weise verabschiedeten – wir drückten uns zartfühlend, und es gab Wangenküsschen. Dann ließ Charlotte von der betreuenden Krankenschwester mein aktuelles Lieblingslied, den uralten Song der DDR-Band *Elektra*, über die Musikanlage spielen:

Und der Abend ist gekommen,
Wie ein großes sanftes Tier.
Hat die Trauer fortgenommen
Und ich lieg ganz nah bei dir.

Morgen werden wir uns trennen,
Für eine unbestimmte Zeit.
Und die letzten Stunden rennen
uns davon, so gnadenlos, so gnadenlos

Und ich mache mich bereit.
Nie, nie zuvor hab' ich dir so sehr vertraut.
Nie, nie zuvor hab' ich so auf dich gebaut.
Um die Zeit zu überstehen.
Und die Zeit sie wird bezeugen,
Dass wir zueinanderstehen.

Und kein Zweifel soll mich beugen,
Dass die Jahre schnell vergehen.

Dass die Münder sich berühren,
Wenn ich wieder bei dir bin.
Dass wir noch die Wärme spüren,
Die uns heut verloren scheint, verloren scheint.

Darin hab' ich meinen Sinn.
Nie, nie zuvor hab' ich dir so sehr vertraut.
Nie, nie zuvor hab' ich so auf dich gebaut.
Um die Zeit zu überstehen.

Charlotte hörte den Song über die Anlage, während ich ihn jetzt über den Kryostase-Helm mit integrierter VR-Brille und Tonzugang vernahm. Über die Virtuell-Reality-Brille konnte ich entsprechend dem initialisierten Wunschsimulator den Kryostase-Raum und Charlotte sehr gut erkennen, während sie mein helmloses Gesicht auf einem Monitor sehen konnte.

Der Helm war im Innenteil rundum mit Elektroden versehen, die ein Elektroenzephalogramm mit Wechselwirkungsimpulsen ermöglichten. Somit konnte man von außen in meiner Wahrnehmung Bilder erzeugen, und umgekehrt konnte man die von mir erzeugten Bilder auslesen – und somit natürlich auch aufzeichnen. Wie praktisch! Im Grunde war dies ein idealer Protokollanten-Status.

Ich hing vielleicht dreißig Minuten am Tropf, als mir etwas kühl wurde. Ich verlor jedes Zeitgefühl. Plötzlich fühlte ich mich in einem Sog. Eine geheimnisvolle Kraft packte und wirbelte mich rotierend durch ein großes, trichterförmiges Rohr. Glocken-Musik umgab mich in einer Intensität wie in einem Konzertsaal. Jetzt wurde der Tunnel enger, die Kälte und die Beschleunigung nahmen zu, wobei ich weiterhin um mich selbst wirbelte, als habe mich ein kosmischer Hurrikan erfasst, der mich weit über meine bisherige Welt hinaustrug.

Doch mich erfüllte Coolness, eine einzigartige Gelassenheit, keine Panik. Ich verspürte eine enorme Neugierde und zugleich die unbeschreibliche Gewissheit, dass sich jemand um mich kümmerte. Irgendetwas lenkte mich völlig unbeschadet durch den rotierenden Wirbel.

Und dann sah ich einen erst gemächlichen, schließlich immer schneller werdenden Lichtpunkt, der auf mich zuraste und mich blitzartig aus dem Tunnel in eine Welt des gleißenden Lichts beförderte. *(Es ist der Ausgang!* dachte ich.)

Mit einem Mal waren wieder die alten Farben vorhanden, fast vorhanden, eher Pastellfarben, und ich spürte, wie ich meinen Körper verließ, wie ich herauswehte aus meiner bedeutungslosen kalten Hülle. Erst senkte sich der herausgleitende Hauch auf den Kryostat, um wenig später langsam aber unaufhaltsam emporzusteigen wie ein mit Gas gefüllter Luftballon, der einem Kind aus der Hand geglitten war. Unter der Decke des Kryostase-Raums blieb ich hängen und schaute hinab.

Nun umgab mich ein Hörgeflecht aus Musik, zarter, weicher, verträumter Musik, und ich fühlte mich herrlich frei.

Ich sah auf Charlotte herab, die schluchzend neben dem Kryostat saß, aber ich da oben lächelte. Ich mochte sie und verstand sie so gut, und ihre

Entscheidung für Griffin war völlig in Ordnung. Es gab hier keinen Grund zu trauern – wir hatten darüber ausführlich gesprochen. Doch Gefühle halten sich offenbar nicht an Besprechungen.

Darf ich dich trösten? rief ich ihr zu. *Es geht mir gut!* Doch mir war klar, dass ich sie nicht erreichen konnte – Welten, Universen, Dimensionen trennten uns. Wenn sie da unten etwas hörte, dann waren meine Worte nur ein leises Wispern, ein zartes Rascheln, völlig ähnlich dem Rauschen der Ahornblätter da draußen vor dem Fenster.

Da kam Mike die Tür herein, und wundersamerweise schaute er nach oben zur Decke als ich wisperte: *Alles okay, macht euch keine Sorgen. Ich fühle mich blendend!*

Wie ich jetzt hier oben unter der Raumdecke schwebte, leicht wie eine Vogelfeder, war ich heilfroh, dass die Welt so einen wie Mike hatte, einen, auf den man sich hundertprozentig verlassen konnte, der noch Werte kannte, schätzte und umsetzte. Der seine Launen nicht an den Menschen ausließ, weil er keine Launen kannte. Einen, der seine Arbeit gewissenhaft durchführte. Einen, bei dem man sich ernst genommen fühlte und der aus Freude zur Sache selbst kontinuierlich hinzu zu lernen bereit war. Ja, genau dies war in seinem positronischen KI-Gehirn als essentielle Notwendigkeit einprogrammiert.

Meine Gedanken rissen ab, und aus der Klangperspektive eines Tunnelgängers, durch den pastellfarbenen Schleier von Farben und Musik, vernahm ich nichts als himmlische Weisen, Geigengesang.

Durch einen Zufall – wenn es hier denn Zufälle gab – entdeckte ich die Form der Bewegung. Ich brauchte nur zu denken, ich bewege mich hinunter, und schon geschah es mit einer automatischen Gleichförmigkeit.

Aus nur zwei Metern Entfernung sah ich es nun genau: Die beiden Doktoren, Yuri Pichugin und Nathan Pearl, kamen zu Charlotte herein, sahen auf die an das Kryostat angeschlossenen Displays, und ich hörte sie sagen »Kristallisierung verhindert. Er hat es geschafft! Gute Reise, Mr King!«. Sie überprüften die Infusionsschläuche und Behälter.

Als Charlotte erleichtert den Raum verließ, erreichte mich ohne Vorwarnung eine Serie von Blitzerinnerungen, und der Teil meines tiefgekühlten Hirns, der mit Gedächtnis und Bewusstsein ausgerüstet und im Nachklingen war, ließ mich rasend schnell an wichtigen Lebensstationen vorbeirauschen. Die Kuschelstunden im Bett zwischen Mutter und Vater, der ewige Clinch mit der Schwester, das erste Bilderbuch, der Kindergarten, der fünffach mit der Schere durchgeschnittene Regenwurm, die Einschulung, die zu Hause vergessenen Schulbücher, das heimliche Wegschleichen vom Schulhof, die Buttersäure auf dem Schulklo, die Jugendliebe, der krebskranke Klassenlehrer, der sich nicht frühpensionieren ließ und fast bis zum Schluss bei uns blieb.

In Bruchteilen von Sekunden schossen die späteren Stationen vorüber – die Studienzeit, die Politik-, Ökonomie- und Philosophie-Seminare, meine Professoren, meine Pressearbeit, der PR-Job bei Tesla, Charlottes Wespentaille und Elons erotische Couch.

Unversehens landete ich plötzlich mitsamt Elon Musk auf dem Raumfahrtgelände von Space X, und schon Minuten später hatten uns unbekannte Kräfte in Raumanzüge gekleidet und in die *Starship One* verfrachtet. Zu zweit rauschten wir als Geistwesen ASH24 entgegen. Wir spürten den Beschleunigungsdruck, unsere Gesichter verzerrten sich unter den Kryostase-Helmen durch die enormen g-Fliehkräfte zu hässlichen Grimassen. Wir wurden von unsichtbaren Fäusten in unsere Sitze gedrückt und dann, mit einem Mal, sahen wir von oben auf diesen herrlichen Blauen Planeten hinab. Wenige Sekunden später dockten wir am »Mission-26«-Habitat und der *Future One* an.

Ab nun schwebten Elon und ich die ganze Zeit, und ich hatte das Gefühl, es schwebten noch mehrere hier oben. Tatsächlich sah ich mit einem Mal, dass wir uns nicht alleine im künstlichen Habitat befanden, und auch Elon, der nicht überrascht tat, erkannte jetzt Tinn, Tann, Tunn und Tonn.

„Stimmt es, dass Mr Thiel nicht mehr unter den Lebenden ist, wie es den Nachrichten zu entnehmen ist?", fragte uns Tinn, nachdem wir uns herzlich begrüßt hatten.

Elon und ich klärten sie über die Sachlage auf. Ich hatte den Eindruck, sie waren mehr als beruhigt, als sie erfuhren, dass von nun ab ihresgleichen in persona von Mike das Raumfahrtprogramm leiteten. Alles sei bestens vorbereitet, versicherte ihnen Elon.

Wir erstarrten mitten in unserem Erfahrungsaustausch, als plötzlich akustische Alarmgeber losgingen. Warnleuchten blitzten, und eine Roboterstimme sagte: »Achtung: Kollisionswarnung. Wiederhole: Kollisionswarnung.«

Elon und ich sahen uns ratlos an. „Wir können euch nicht helfen", sagte Elon. „Im Gegenteil, wir sind auf euch angewiesen."

„Schon klar", sagte Tinn und sah auf die Alarmkonsole. Er traute seinen Augen nicht. „Wie bitte … 1.298 Radarobjekte in Annäherung?"

Die 4T stürzten los, ihre Druckanzüge anziehen. Elon und ich hatten sie noch an.

„Was ist los? Ist das vielleicht falscher Alarm?", fragte Tonn.

Tinn antwortete: „Egal. Alle sofort ins Zentral-Hub, ins Kernmodul."

„Tinn, was ist Sache?", fragte Musk; er sah wirklich hilflos drein.

Zur Antwort erschien in Elons und meinem Kryostase-Helm auf der VR-Brille das gleiche Szenario, das die 4T auf ihren Crystal-Displays zu sehen bekamen. Es zeigte das dunkle Rund des ASH24, umrissen von einer Aura aus Sonnenlicht – und etwas, das aussah wie ein Sandsturm, der überm Horizont aufstieg und die Sonne verdunkelte.

Tann und Tunn musterten es verwirrt.

Tinn schaute nachdenklich durch das Bullauge, wo man noch nichts sehen konnte und sagte: „Was zum Teufel ist das bloß?"

Über den Zentralsprechfunk meldete sich die Bodenkontrolle. Es war Mike, der da sprach: „Etwas

Massives hat gerade die Nachtseite des ASH24 getroffen. Der Einschlag hat Tausende Tonnen Gesteinstrümmer aufgewirbelt. Euer Bordcomputer sagt vorher, dass diese Trümmerwolke um den ASH24 herumziehen wird, bevor sie niedergeht. Und die *Future One* ist innerhalb der Fallout-Zone. Over."

Ich fragte Tinn: „Kann man das Schiff aus der Gefahrenzone wegbewegen?"

„Wir haben seit unserer Ankunft den Strahlenschutz um 350 Tonnen ausgebaut, außerdem hängen noch die mobilen Hubs mit Tonnen von Rohstoffen an unserem Schiff", erklärte er. „Unsere Schubdüsen können uns nicht rechtzeitig weg manövrieren. Macht, dass ihr ins Zentral-Hub kommt. Wir haben nur noch gut fünfzehn Minuten, bis die Trümmerwolke über unser Raumschiff hereinbricht."

Tonn beeilte sich mit dem Anzug. „Mission Control, wie schlimm sieht es aus?"

„Die Sturmwolke wird sich unterwegs etwas verlangsamen", erklärte Mike aus dem Office der Bodenkontrolle, wo man unsere Daten verfolgen und analysieren konnte. „Aber sie wird immer noch 150 Kilometer pro Stunde draufhaben, wenn sie auf euch trifft."

Tinn: „Könnt ihr erkennen, was das für Trümmer sind?"

Mike: „Lässt sich schwer feststellen – die Radardaten sind undeutlich. Ihr müsst im Zentralkern Schutz suchen."

Die Roboterstimme ertönte wieder. »Notfall-Spindown eingeleitet. Wiederhole: Notfall-Spindown eingeleitet. Auf Mikrogravitation vorbereiten.«

Tunn sagte: „Ich habe den Spindown aktiviert, aber der Trümmersturm wird uns überziehen, bevor die Rotation zum Stillstand kommt."

Tinn schien schockiert. „Wenn einer der Radialarme beschädigt wird, solange sie noch rotieren, kann die ganze *Future One* auseinanderfliegen – zumal die Hubs jetzt viel schwerer sind."

Ich sah Elon an, wie verzweifelt er war – statt in einem hundertjährigem Ruhesanft-Modus sicher zu verweilen, war jetzt die Kacke am Dampfen. Ich wollte Mikes Worten Nachdruck verleihen und sagte: „Tut alle, was Mike gesagt hat. Lasst uns in den Zentralkern gehen, so schnell wie möglich." Ich wusste natürlich nicht, was und wo der Zentralkern war, aber ich verließ mich auf die 4T und war bereit, ihnen in allem zu folgen.

Tinn hörte die Radialschubdüsen zünden, um den Arm abzubremsen, aber die Hubwände waren jetzt mit einem Schutzwall von 180 Tonnen H^2O verstärkt. Es würde über eine Stunde dauern, die Rotation der *Future One* zu stoppen. Er blickte zu Tunn hinüber. „Nimm mit, was du an Notfall-Equipment tragen kannst."

Nach acht Minuten war die gesamte Crew hermetisch im Aluminium umwandeten zentralen Kern des Orbital-Habitats eingeschlossen. Es war die Achse der Speichen des Raumschiffs. Hier lagerten allerlei Ersatzprozessoren und andere technisch hochwertige Komponenten.

Tinn und Tunn bearbeiteten virtuelle Bedienfelder, und Elon und ich kamen aus dem Staunen nicht heraus, wie souverän die Robotniks ihre Arbeit selbst in dieser Notfallsituation verrichteten.

„Sieben Minuten bis zum Impakt", sagte Tinn.

Tonn sichtete medizinisches Versorgungsmaterial und Notaggregate.

Tinn sprach Tann an: „Was ist mit den Transport-Mules?"

„Ich habe alle Mules abgedockt, um sie wie die Honey Bees ebenfalls in Sicherheit zu bringen."

Elon fragte: „Sollten wir uns nicht mit den Mules evakuieren?"

Ich staunte Bauklötzer. Da fragte jemand, der im Kälteschlaf zufällig hinauf in den Himmel, hinter den Mond-Orbit, hinauf zu seinen Robotniks befördert worden war, voller Ernst nach Evakuierungsmöglichkeiten.

Tinn schüttelte bereits den Kopf. „Wir überleben da draußen nicht, wenn die *Future One* zerstört wird. Wir müssen auf Gedeih und Verderben hier ausharren und hoffen, dass wir es überstehen."

Tonn erklärte: „Wir müssen im Falle eines Falles Schadensbegrenzung betreiben. Ich entleere vorsichtshalber schon einmal die Versorgungsleitungen und schließe alle Ventile."

„Ich entfalte die Laserfunk-Abdeckung", sagte Tunn.

Tann fragte: „Was kann ich jetzt tun?"

Tinn antwortete: „Die Solarpaneele einfalten. Wir müssen alle nicht unmittelbar nötigen Systeme abschalten und auf Batterie-Notstrom umswitchen."

Je mehr Systeme abgeschaltet oder heruntergefahren wurden, desto mehr Alarmmeldungen scrollten in den Crystal-Displays der 4T durch.

Die Future One verbarrikadierte sich für einen Sturm, aber es war nicht absehbar, was dieser Sturm mit sich bringen würde. „Hubs 2, 3 und 4 sind im Ruhezustand", stellte Tinn fest.

Tonn fragte: „Was ist mit dem Lager – und der Raffinerie? Wenn einer von den Tanks getroffen wird …"

„Die sind zu groß, um sie wegzubewegen. Wir können nur hoffen, dass sie nichts Ernsthaftes abkriegen", antwortete Tinn.

„Aber eine Druckwelle könnte das Lager fortreißen, denn es hat keine Positionskontrolldüsen und ist nicht flexibel", wandte Tonn ein. „Es könnte uns die Früchte eines ganzen Jahres kosten."

Tann, der Robotnik-Amerikaner, mischte sich ein. „Dagegen können wir im Moment nichts unternehmen, Tonn. Wir kümmern uns drum, wenn wir die nächste Stunde überlebt haben, okay?"

In diesem Moment ertönten wieder Alarmgeber. Tinn brachte sie rasch zum Verstummen und legte die Außenkamera-Aufnahmen auf die Displays aller Crew-Mitglieder. Auch Elon und ich waren angeschlossen.

„Vierzig Sekunden bis zum Einschlag."

Alle stöhnten und Elon hörte ich sagen: „Du meine Scheiße!"

Da es nicht viel gab, woran wir uns festhalten konnten, hielten wir sechs uns aneinander fest.

Tinn sagte: „Wir haben getan, was wir können. Auch wenn unsere Künstliche Intelligenz hervorragend funktioniert, sind wir doch machtlos gegen die Naturgewalten des Himmels. Viel Glück uns allen."

Wir alle stimmten ihm bei und hielten uns fest an den Händen.

Gleich darauf überzog etwas, das aussah wie eine abstruse Kohleschraffur, die Kamerabilder. Dann wurden die Screens dunkel, und das Geräusch einer Milliarde Eurocents, die auf ein Wellblechdach regnen, erreichte uns. Alles vibrierte. Es war beängstigend, und Elon tat mir sehr leid, als er sich in seinem schwebenden Zustand unter ein Bett zu ducken versuchte. Als könne ein Bett ihn schützen …

Wieder gingen Alarmgeber los, scrollten Warnmeldungen durch. Die Computerstimme *der Future One* sagte: „Schiff außer Position. Notfallschubdüsen aktiviert. Wiederhole: Schiff außer Position. Notfallschubdüsen aktiviert."

Durch die Aufbauten hallte plötzlich ein scharfer Knall, und mehrere Einschlagsignale wurden in den Crystal-Displays gemeldet. Dann war da ein dumpfer Schlag, gefolgt von einer Druckverlustwarnung für Tunnel 1.

Wir drängten uns enger zusammen.

Ein lautes Wummern und Bollern hallte jetzt durch das ganze Mission-26-Habitat, als ob Feldsteine auf einen Tanklastwagen prasselten. Es folgte ein wahres Orchester an unterschiedlichsten Gesteins-Einschlag-Klängen. Die Robotniks, aber auch Elon und ich schauten ängstlich zu den Wänden, ob sich Risse zeigten, immer in Richtung des letzten Einschlagknalls.

Plötzlich ließ ein gewaltiger Treffer das ganze Habitat erbeben, und wir schrien alle auf in der Annahme, unser letztes Stündlein habe geschlagen. In diesem schrecklichen Moment konnte ich nicht an die Absurdität der Gesamtsituation denken. Denn noch vor Kurzem hatte man Elon und mich dort unten auf dem hellen Punkt, der die sonnenbeschienene Erde markierte, in eine gefrierkalte Überlebenstruhe gesteckt.

Wir klammerten uns aneinander.

Die Computerstimme der *Future One* sagte: „Druckverlust in der unteren Luftschleuse. Feuer in der Raffinerie-Sammelleitung 3; Kommunikationsausfall y-Achse, Zone A."

Tinn bediente ein Display. „Ich entlüfte die untere Luftschleuse, um das Feuer zu ersticken."

Die Computerstimme sagte: „Strukturversagen y-Achse; Druckverlust Tunnel 4, Kommunikationsturm ohne Verbindung."

Als Tinn auf die virtuellen Screens der Außenkameras blickte, erkannte er mehrere handballgroße Gesteinsbrocken am Habitat vorbei sausen. Alarmcodes kamen in immer schnellerer Folge – Druckverlustwarnungen, Geräteausfälle, Rohrundichtigkeiten, Annäherungswarnungen, Temperatur- und Feuchtigkeitswarnungen.

Die Computerstimme fuhr fort: „Schiff außer Position. Wiederhole: Schiff außer Position. Wiederhole: Schiff außer Position."

Das Raumschiff rumpelte jetzt beängstigend, als schösse es einen Wasserfall herab.

Der Russe rief „Schluss damit!" und hielt sich die Ohren zu.

Tinn sah zu Tunn und schrie: „Nerven behalten! Deine Ohren und vielleicht noch deine bernsteinfarbenen Augen zu schließen hilft nicht!"

Dass sich Tinn auf die Tunns Augenfarbe bezog, zeigte eine gewisse menschliche Anteilnahme und sollte wohl signalisieren, dass die Schönheit jeder Kreatur auf diesem Außenposten der Welt gerettet werden müsste.

Elon und ich wechselten düstere Blicke.

Doch dann endete das Trommelfeuer so plötzlich, wie es eingesetzt hatte. Es war, als hätte jemand den Stecker gezogen, und in kürzester Zeit wurden die Screens der Überwachungskameras wieder klar. Die Außenbilder der *Future One* blieben stabil. Die Radialarme drehten sich immer noch. Doch mehrere Entlüftungsschläuche führten Gase ab, und an verschiedenen Stellen waren Streben, Außenverkleidungen und Abdeckungen beschädigt.

Aber die *Future One* war noch da.

Elon und ich, die wir – wenn wir denn wirklich Geistwesen waren – eigentlich nichts hätten befürchten brauchen, atmeten auf, und die 4T stießen Rufe der Erleichterung aus und klatschten sich ab.

Tinn checkte sein Crystal-Display und lächelte. „Der Kelch ging an uns vorüber und der Trümmerhaufen ist an uns vorbeigeflogen. Wir sind noch am Leben."

Wieder Jubel, in den Elon und ich einstimmten, obwohl es irgendwie eine total abwegige Situation war, in der wir uns gerade befanden.

Aus dem Zentralsprechfunk meldete sich Mike: „Ich gratuliere, ihr habt es tatsächlich überstanden!"

Tunn fragte: „Kommt die Trümmerwolke wieder, Mike?"

„Nein, beim nächsten Umlauf wird sie weit unter euch sein. Ihr seid in Sicherheit." Als alle erleichtert aufseufzten, sagte er: „Ihr müsst jetzt sofort die Notfall-Checks durchführen. Die Löcher in den mit Druck beaufschlagten Kammern müsst ihr zuerst reparieren."

Tann und Tonn gingen die Checks durch, und Tann stellte fest: „Das Feuer in der Raffinerie ist schon gelöscht. Aber wir haben Lecks."

Tonn nickte. „Wir müssen den Spindown zu Ende führen und eine komplette Sichtprüfung der Außenhaut vornehmen.

Elon und ich waren beruhigt und schauten den 4T bei ihren Arbeiten im Innenteil des Raumschiffs zu. Stunden später, als die Rotation endlich zum Stillstand gekommen war, glitten Tinn und Tunn auf einem von Tonn ferngesteuerten Mule die *Future One* entlang und suchten mit Scheinwerfern Trägerwerk, Solarmodule und Signalaufbauten ab.

Schauerlich, was sie vorfanden. Es sah aus, als hätte sich ein Verrückter den Spaß erlaubt, mit Schrotkugeln die *Future One* unter Vielfachbeschuss zu nehmen. Jeder Quadratmeter der Oberfläche war mit mehr oder minder großen Dellen überzogen – verursacht von so etwas wie einem Hagelsturm. Die

Tunnel 1 und 4 waren aufgerissen, aber Gott sei dank war das eingefaltete Solar-Array unbeschädigt, wahrscheinlich, weil seine spitz zulaufende Fläche in den Trümmersturm gezeigt hatte. Die Luftschleusen der Hubs waren ebenfalls ohne größeren Schaden davongekommen. Insgesamt gesehen hatte die Future One den Mini-Meteoritensturm erstaunlich gut weggesteckt.

Tinn sah Tunn über das Mule hinweg an. „Das hätte unser Ende sein können."

Er nickte. „War's aber nicht, Glück gehabt."

Ich sah, dass Elon in Hochstimmung war. Es war die Art Euphorie, die einen Robotnik-Ingenieur überkommt, wenn er erleben darf, wie seine Kreaturen Krisen meistern.

Doch ich musste seine Euphorie dämpfen. „Elon, was wir an berechenbarem Mut und Einsatz der KI gesehen haben, ist lediglich durch Glück zum Einsatz gekommen. Wie wir erlebt haben, sind auch unsere humanoiden Intelligenzbestien im Ernstfall nicht unverwundbar. Sie können, wie wir, jederzeit durch Naturgewalten vernichtet werden, nicht wahr?"

Elon schwieg.

Die Zeit verstrich, und wie ich bereits berichtete, hatte ich jedes Zeitgefühl seit der Kühlprozedur im Grand Canyon verloren. Die Reparaturen am Gesamthabitat dauerten, soweit ich das heute abzuschätzen vermag, mehrere Monate. Ich weiß, dass die 4T schon bald abgelöst wurden, wie es von Mike geplant gewesen war. Nach ihnen kamen 4V an Bord, Vinn, Vunn, Vonn und Vann.

Monate vergingen und vielleicht Jahre, Jahrzehnte oder mehr – ich weiß es nicht. Und Elon
wusste es auch nicht. Er hatte sowieso zu keiner Zeit
ein realistisches Zeitgefühl besessen. Jedenfalls lernten wir noch mehrere Robotnik-Generationen aus
seiner kooptierten Tesla-Neuralink-Google-Produk-
tion kennen, die Mike zu uns hochschickte. Es kamen 4W, 4X, 4Y und 4 Z.

Dann, irgendwann, kam ein großer Einschnitt
und das »Mission-Orbit-26«-Habitat wurde Hub um
Hub vergrößert, erhielt völlig neue Bergungs- und
Abbauwerkzeuge. Nun änderte sich auch die Bele-
gung, wie Elon und ich verwundert feststellten. Zuerst wurde unser gutes altes Habitat nur vom fünf-
fachen der bisherigen Besatzung besiedelt, die auch
die fünffache Zeit der Erstbesatzung auf dem Rie-
senraumschiff blieben.

Aber im Laufe der Zeit, die mir in ihrem wahren
Ausmaß weiterhin verborgen blieb, kamen Hunderte von Androiden zu uns hinauf, bis Elon und ich
eines Tages von einem Beauftragten der Bodenkontrolle auf den Weiterflug vorbereitet wurden. Mike
hatte sich lange nicht mehr hören und blicken lassen.
Aber ich schob es auf mein unzuverlässiges Zeitbewusstsein.

»… lange nicht …« Was bedeutete in Wahrheit
dieser Begriff »lange«?

Man hatte uns gesagt, dass es kurz vor dem virtuellen Weihnachten, genau am vierten Advent zu
einer nahen Begegnung von ASH24 und dem Mars
kommen würde. Es wäre eine Passage von nur 42
Millionen Kilometern Entfernung. Die Erde hinge-

gen war 365 Millionen Kilometer weit weg, fast auf der entgegengesetzten Seite der Sonne.

Elon und ich sahen aus dem Bullauge. Der Mars war jetzt der hellste Planet am Himmelsrund, und Merkur, Jupiter und Venus standen ganz in seiner Nähe. Es sah aus wie ein Planeten-Date.

Als es soweit war, überreichten die vier Kommandanten des Habitats jedem von uns einen Becher mit dehydriertem Tomatensaft, was mich an meinen letzten Flug von Berlin nach Frisco erinnerte. Zweifellos wollte man uns etwas Gutes tun und sich für unsere Geduld bedanken. Umgekehrt konnten Elon und ich uns nur mit einem Versprechen bedanken, und ich sagte: „Herzlichen Dank für eure Geduld mit uns, die wir nicht aktiv hier oben mithelfen konnten – aber wir versprechen euch eine Big Party, wenn wir uns eines Tages auf dem Mars wiedersehen."

Die umstehenden androiden Robotniks, fast hundert an der Zahl, applaudierten.

Durch eine der Luftschleusen verließen wir in unseren grellweißen Fluganzügen, immer noch mit dem Kryostase-Helm samt integrierter VR-Brille versehen, die *Future One* und stiegen in einen angedockten smarten Raumgleiter. Dann löste sich unser Gleiter automatisch vom Mutterschiff, und wir waren alleine, völlig alleine.

Wenn Sie mich fragen, verehrte Leser, ich könnte Ihnen nicht sagen, wie viele Minuten, Stunden, Tage, Monate, vielleicht auch Jahre oder Jahrzehnte, gar Jahrhunderte, Elon und ich durchs All glitten, links entlang der Milchstraße mit ihrer unvergleichlichen Scheibenstruktur – und dazu eine Billion einzelner Sterne, während im Zentrum immer noch ein unheimliches, alles verschluckendes Schwarz war.

Von Elon ertönten gelegentlich Laute ehrfürchtigen Staunens.

Ja, die gute, alte Milchstraße, ihre Spiralnebel und Sterne leuchteten wirklich wunderschön. Ihre Komplexität und nachthelle Klarheit waren phantastischer als alles, was selbst wir uns mit Hilfe unseres virtuellen Crystal-Helmsystems in unserem kryostatischen Gehirn je hätten vorstellen können.

Dann ein grelles, helles Licht. Sanfte Musik.

Die Bordgeräte blieben uns ein Geheimnis, wir hörten lediglich die Computerstimme, die den Abstand zum Mars erst in hunderter, dann fünfziger und dann in Einzel-Schritten bekanntgab. Die programmierte Landung nahmen Elon und ich wohl kaum wahr, so sachte und elegant schwebten wir dahin.

Und jetzt tauchten wir in eine rötlich gefärbte Atmosphäre ein.

Durch unsere Fenster sahen wir wilde Hügel, Schluchten und große Bergmassive, aber auch Eismeere, Flüsse und grünblaue Seen, die unter uns hinwegglitten. Dann tauchte eine Stadt aus lauter »Mission-26«-ähnlichen großen und kleineren Hubs auf. Es war eine recht große Siedlung; sie lag auf einem sanft geschwungenen Hügel. Die Computerstimme informierte uns: „Wir befinden uns im Anflug auf Mars-City. In wenigen Minuten landen wir auf dem Elon-Musk-Air-Port. Bleiben Sie bitte in Ihren

Sitzen, bis Sie von unserem Bodenpersonal abgeholt werden."

Es war Mike, der uns vom Raumgleiter und den lästigen Fluganzügen befreite. Die Freude war riesengroß. „Wirst du über all das berichten, was Ihr erlebt habt?", fragte mich Mike.

„Deshalb hatte mich dein Dad mit ins Boot geholt."

Elon nickte eifrig und sagte: „That's it!"

Ich stupste Mike kameradschaftlich an. „Ich habe, wenn ich mich nicht irre, jetzt unendlich viele Fragen an dich, lieber Mike."

„Dann nur zu", antwortete er.

„Später." So eilig hatte ich es nun auch nicht. Mein Zeitgefühl musste wieder her, und ich spürte, wie ich allmählich wieder ein Zeitbewusstsein entwickelte.

Mike hatte sich nicht verändert. Er war nicht älter, nicht dicker und nicht dünner geworden. Ein Tesla-Geländewagen holte uns ab, und wir fuhren in ein Hub, hoch auf einem der so grandios geschwungenen Hügel des Planeten Mars, gelegen am New Fremont Boulevard 45500, von wo aus man einen herrlichen Blick hinaus auf die Milchstraße hatte.

„Wie kommt es, dass wir hier atmen können, Mike?", fragte Elon.

„Es hat Jahrhunderte gedauert, Dad, bis sich hier eine Atmosphäre aufbauen konnte. Pro Jahr lächerliche zwei Meter. Selbst jetzt, nach rund tausend Jahren, erreicht sie nur eine Höhe von zwei Kilometern."

Elon war wieder total fit. „Wenn ich mich recht entsinne", warf er ein, „erreicht die Atmosphäre unseres Heimatplaneten 400 Kilometer – im unteren Bereich."

„Ihre äußere Grenze liegt bei etwa 10 000 Kilometern", sagte Mike.

Elon sah mich an und meinte: „Ich schätze die KI meines Sohnes außerordentlich, und du?"

Ich sah ihn und dann Mike erstaunt an, denn erst jetzt machten Mikes Worte bei mir *Klick*. „Mike, du hast gesagt, rund tausend Jahre seien vergangen. In welchem Jahr leben wir?"

„Ihr seid 2027 in den Kälteschlaf gewechselt und wolltet 2127 geweckt werden. Nun kam aber so einiges dazwischen, von dem ich wusste, dass ihr es nicht erleben wolltet. Und so schien es mir vertretbar, euch erst in besseren Zeiten ins Leben zurückzuholen. Und Ja, ich will es gleich eingestehen: das war eigenmächtig gehandelt."

„Welches Jahr haben wir? Sag mir bitte das Datum", sagte ich fast flehentlich.

„Datum!", rief Mike in den Raum, und an der Seitenwand ploppte ein Display auf. Es zeigte einen Samstag an. Samstag, den 23. März 3033.

„Uff!", entfuhr es Elon.

„Puh!", sagte ich. „Kaum zu glauben."

Mike lächelte. „Und deine unendlich vielen Fragen, Stephen, wollen wir …"

Mir gingen die Fragen und die dazugehörigen Bilder im Zeitraffer durch den Kopf: Wie Mike die Krisen des Planeten und der Menschheit überstanden hatte. Ob er und wie er die Produktion von

Androiden hatte forcieren können. Wie die Macht-
frage zwischen Künstlicher und Menschlicher Intelligenz gelöst worden war. Wer die Macht inne hatte
– sie, die Robotniks, oder wir, die menschlichen Ver-
sager? Und wer hatte mich letztendlich aus dem Kälteschlaf geholt – Mike?

Was aus den anderen Zehner-Club-Mitgliedern
geworden war. Hatte sich Hararis transhumanisti-
sches Konzept durchgesetzt? Hatten Charlotte und
Griffin noch den Bund der Ehe geschlossen und
Kinder bekommen? Was war aus Grimes geworden?
Wie war es Xavier ergangen? Und Shivon und Dr.
Munsky, und, und, und …

Mike sah mich weiterhin lächelnd an und sagte:
„Also was nun? Wollen wir …"

„… wollen wir im Folgeband besprechen. Bitte
gib mir Zeit, die Protokolle auszuwerten. Und dann
möchte ich natürlich wissen, was *du* in den letzten
tausend Jahren erlebt hast. Deal?"

„Deal!", sagte Mike und wir klatschten uns ab,
während Elon Musk das Victory-Zeichen und von
uns dreien ein Selfie machte.

ENDE

Fortsetzung folgt in zirka 4 bis 6 Monaten,
je nach Protokolllänge

Dank

Wer kann schon alles allein bewerkstelligen? Zu vielfältig sind die Aufgaben und Probleme, denen man sich als Autor von Zeitreise- und Fantasy-Romanen gegenüber sieht. Ich freue mich über jeden Rat und Hinweis meiner Partner*in, meiner Freunde, meines Lektors und meiner graphischen Helfer.

Am Ende meiner Zeitreise- und Fantasy-Serien plane ich einen Band herauszugeben, in dem alle beteiligte Romanfiguren und die verwendete Literatur gewürdigt werden.

Sich zu bedanken, ist mehr als Höflichkeit. Man zeigt damit Respekt und Anerkennung. In diesem Sinne bedanke ich mich*** bei Markus Bender, bei Anja, Alexandra, Steffi, Peter und vielen Freunden und Unterstützern aus der Sphäre der sogenannten sozialen Medien.

Ihr Stefan Koenig
im Sommer2023

***

Wenn schon nicht für immer,
dann wenigstens für ewig

Falls es Sie interessiert …
… weitere Bücher von Stefan Koenig

Worum es geht in:
»2034«

Der dystopische Roman spielt 10 Jahre nach Corona, 50 Jahre nach Orwells 1984 und 100 Jahre nach Gröfaz, dem Größten Führer aller Zeiten. Es ist eine Fortsetzung der Orwellschen Schreckensvision. (*DER SPEIGEL* vom 20. August 2031: »Dennoch lädt die Story immer wieder zum Schmunzeln ein, beispielsweise, wenn die erzählende Ich-Person gelähmt und scheintot auf dem kalten Stahltisch liegt und erleben muss, wie die Pathologen sich fachmännisch über seine Zerteilung Gedanken machen.«)

2034 leben wir in einer sterilen Demokratie, einer Art digitalem 1984. Noch nie habe ich so viele Menschen so mundtot erlebt. Ich selbst war scheintot und lag auf dem kalten Stahltisch der Pathologie. Deutschland war wieder einmal gespalten. Im Norden herrschte ein rigoroses Regime – und *ER* war wieder da. Im Süden hatte sich das Land zu einer komfortabel-digitalen Diktatur unter Karl Lauterbach gemausert. Vielleicht erinnern auch Sie sich, wie es dazu kommen konnte. Alles begann mit diesem Virus. Damals, als ich hilf- und reglos auf dem Seziertisch lag und der Pathologe mit seiner Geflügelschere vor meinen starren Augen herumfuchtelte.

Worum es geht in:
Freie Republik Lich – 2023

Lich, 2023. Fast hätte die Pandemie zum Bürgerkrieg geführt. Bevor es dazu kam, zerfiel die Bundesrepublik Deutschland in drei Teile: die Südstaaten, den Nordost- und den Westbund. Nur uns, in Deutschlands Mitte, hatten die Generalstäbe vergessen. Für sie waren wir Niemandsland. Wir machten das Beste daraus und riefen die Freie Republik aus. Und Arnold Aurora, dieser charismatische junge Mann in Jesuslatschen, wurde unser Staatschef. Nun mussten wir sehen, wie wir mit dem Logistikmonster klarkamen. Die Wüst AG hatte einen starken Sicherheitsdienst engagiert. Aber wir hatten eine kluge Verteidigungsministerin und eine tapfere Bürgerwehr – und dann kam plötzlich dieser schreckliche Nebel … zum Glück!

»Der Thriller bewegt sich zwischen beißender Satire und grausamer Realpolitik. Nichts für schwache Nerven« (MAZ, 31. März 2033)

Worum es geht in:
Sturm über Lich - 2022

Die Natur spielt verrückt. Und so erzählt man sich in einer geheimnisvollen Villa auf einem Hügel in Lich gleichfalls verrückte Geschichten – das Grauen über Lich kam mit dem Logistikmonster, da ist man sich sicher. Aber die Zusammenhänge bleiben im Unklaren. Mit einem schrecklichen Wintersturm im Januar 2022 bricht von einem Tag auf den anderen ein weiteres Unheil über die liebliche

Kleinstadt in der Mitte Deutschlands herein. Neben der Naturkatastrophe bestimmen plötzlich auch Mord, Intrigen und dä-
monische Kräfte das Leben der Bewohner.

Das Böse scheint von einem Fremden, Niko Lamor, auszuge-
hen. Denn dieser Mensch, wenn er denn einer ist, stellt eine
Forderung, die den Bürgern schleierhaft bleibt … Mit »Sturm
über Lich – 2022« erweitert Stefan Koenig seinen fiktionalen
Thriller »Freie Republik Lich - 2023« um eine literarische Verarbeitung von politischer Moral und hausgemachter Klimaka-
tastrophe.

Worum es geht in:
Der Fremde – Lich, 19. Januar 2022

Es handelt sich um die Fortsetzung von
»Sturm über Lich«. Ein Jahrhundertsturm
wütet. Und ein Fremder, ein unheimli-
cher Mensch – wenn er denn ein Mensch
ist – hält eine Kleinstadt in Atem. Er verfügt über das Talent eines dämonischen
Zauberers mit der Gabe, die Bürger ge-
geneinander auszuspielen und Misstrauen
und Zwietracht zu säen. Ist er auch der
Urheber eines monströsen Zerstörungs-
projektes, das sich als Logistikmonster
darstellt? Die Gemeinschaft der Bürger wird auf eine harte
Probe gestellt.

Stefan Koenigs neuer Roman »Der Fremde« gleicht einer
postmodernen Parabel, versetzt mit Elementen eines mysti-
schen Thrillers – und dreht sich um politische Doppelmoral,
um Schuld, um Sühne und um Naturdesaster, von denen wir
seit 40 Jahren wissen und die uns heute fluten. Überraschung?
Überraschend nimmt Koenigs Geschichte eine Wende, als der
jung erscheinende, gut aussehende Fremde sein wahres, uraltes
Gesicht zeigt. Und er hat ein Auge auf die Kinder der Gemeinde …

Die realistischen Zeitreise-Romane …

… berichten in einem interessanten Spannungsbogen von den Jugendbewegungen, von Aufbegehren und Anpassung, von Revolte und Niederschlagung, von Erfolg und Misserfolg der aufeinanderfolgenden Generationen von Mitte der 1960er-Jahre bis zum Beginn der 2000er-Jahre. Die Fortsetzung bis zur Gegenwart ist geplant. Die Preise pro Zeitreise-Buch bleiben vorerst stabil: € 12,90.

Worum es geht in:
Sexy Zeiten – 1968 etc.

Der erste Band dieser realen Zeitreise-Serie ist eine Reise in die bewegte Jugendzeit der jungen Bundesrepublik in den Jahren 1966 bis 1969. Aus dem Inhalt: Wie wir aufwachten * Schmetterlinge in der Arktis * Kiesgrubenromantik * Schüler & die liebe Schule * Wer nicht verkehrt, lebt verkehrt * Love & Peace * Demo macht Spaß * Revolutionäres Kamasutra * Nicht allein das ABC bringt den Penis in die Höh' * Wie wir bangten, wie wir hofften * Auf nach Holland! * Sexy Rauchbomben * Berlin, der Schah & Benno Ohnesorg * Hair – das Musical * Medizin für Vietnam * Woodstock * Liebesgutscheine zum Geburtstag

Dieser 68er Roman entstand im Jahr 2018 anlässlich des 50-jährigen Jubiläums dieser einmaligen Jugendbewegung. Weil dieses Buch so erfolgreich war, wurde daraus letztlich die Zeitreise-Serie.

Worum es geht in:
Wilde Zeiten – 1970 etc.

Im ersten Band der Zeitreise-Serie, *»Sexy Zeiten – 1968 etc.«,* habe ich unser jugendliches Aufbegehren in seinen Anfängen geschildert, zum Teil eine individuelle, teils eine Familien- und im Ganzen eine gesellschaftliche Geschichte. Geschichte in Form eines Romans. Nun reisen wir von den Sechzigern weiter in die erste Hälfte der Siebziger Jahre. Auch hier erleben wir den Protest in all seinen Variationen. Und wir verspüren bereits erste gesellschaftliche Veränderungen – einige von uns gingen auf den großen Hippie-Trail, andere versanken im Studium von Marx und Engels, engagierten sich in Kirchen, Kinderläden, Verbänden und Parteien. Einige standen, however, abseits. Der Vietnam-Krieg – Antrieb unserer Rebellion – ging zu Ende. Die Politik trieb Wandel durch Handel und wurde etwas weniger aggressiv. In diesem Moment wurde die alte Bundesrepublik bunter. Das allgegenwärtige Grau blätterte ab und eine andere Fassade kam zum Vorschein. Was bewegte uns damals?

Worum es geht in:
Crazy Zeiten – 1975 etc.

Mitte der Siebziger Jahre – eine spannende Zeit & eine Zeitreise mit einem persönlichen Spannungsbogen … Was und wer spielte alles eine Rolle auf der großen Bühne der Weltkultur und Politik? Und speziell bei uns im geteilten Deutschland? Im Westen: Rio Reiser * Hare Krishna * Pop & Folk * The Kelly Kids, wie sie sich damals noch nannten *

Dutschke & sein Attentäter * Hippies Revival * Heroin & der Tod auf Raten * Liebe contra Sex * RAF & Terror * Beckenbauer wurde Kaiser * Christiane F. * Ilja Richter * Schmidt-Schnauze * Pink Floyd & das rosa Schwein * Whyl & Brokdorf * Udo Lindenberg * Und im Osten? Wolf Biermann & die AKW Rheinsberg & Greifswald * Nina Hagen hatte den Farbfilm vergessen & die Weltjugendfestspiele waren over

Worum es geht in:
Bunte Zeiten – 1980 etc.

Punks & der New Wave Tsunami * Dead Kennedys & San Francisco * Earthquake & Donuts & American Love * Frequenz ist Trumpf & Rollerblades in L.A. * Der Weihnachtsmann von Hawaii * Verfolgung auf mexikanisch * Kuhfladen & Crazy Pilze * Berliner Instandbesetzung & Rebellion * Da, Da, Da & die Deutsche Welle * Fitzcarraldo & das Schiff auf dem Berg * Der verrückte Kinski & der Bierglas-Wurf * Bullen sind lieb & Uschi Obermaier ist einsam * Rocky Horror Picture Show * Das Rockpalast-Festival * Flick & Kohl & Sweet Spendenland * Bahnhof Zoo & Heroin * Der alternative Bauernhof & Rio Reiser * Otto & die Ottifanden

Hier gelingt Stefan Koenig ein beeindruckendes Zeitgemälde, das er in effektvollen und bunten Farben zeichnet. Eine deutsche und hier zugleich nordamerikanische Erlebnisreise, spannend und informativ.

Worum es geht in:
Rasante Zeiten – 1985 etc.

Die 1980er Jahre. Die Spät-68er wurden erwachsen. Peter Maffay und die DDR-Band Karat ließen uns über sieben Brücken gehen. Udo Jürgens sang »Adler sterben« und Rio Reiser hielt dagegen mit »Alles Lüge«. Madonna und Michael Jackson starteten sexy durch. Trendy und überlebenswichtig wurde das Thema Umweltschutz. Uwe Barschel überlebte seine Beziehungen zum organisierten Waffenhandel nicht. In Genf, dem Drehpunkt der Politmafiosi, lag er tot in der Badewanne. Die CIA trieb ihr Unwesen, aber die Stasi geriet in Verdacht. Die Corona-Krise von damals war die Nuklearkatastrophe von Tschernobyl. Wir kauften säckeweise Milchpulver. Verstrahlte Frischmilch, cäsiumbelastetes Gemüse und Obst waren tabu. Nie wieder wollten wir eine solch schlimme Krise erleben. Aber wir tanzten trotzdem.

Worum es geht in:
Blühende Zeiten – 1989 etc.

Das Jahr 1989. Irgendwas veränderte sich. Irgendwas rumorte. Hier wie dort. Im Privaten. Im öffentlichen Raum. Herzflimmern. Die Mauer fiel, die Mauer blieb. Dann diese Treuhand. Es gab Verrat. Und die Wendehälse. Und die Kalte-Kriegs-Gewinnler. Die Im-Stich-Gelassenen. Die falschen Versprechungen. Die Tricks. Die Morde. Die Verschwörungen. Dann die Folgejahre. Und die Folgen. Blühende Landschaften? Unsere Kinder wurden älter und alte Probleme blühten neu auf. Manche von uns wurden arbeitslos. Einige machten Karriere. Viele hatten zu viel um die Ohren. Andere wussten den Tag nicht zu füllen. Wir hörten Musik und schalteten ab, wenn es zu heftig wurde. Wir suchten neue Kontakte, fanden neue Freunde und manche teilten die Welt neu auf. In Ossis und Wessis. Aber die alte Teilung blieb – in Oben und Unten. In eine Welt des Friedens und eine des Krieges. In Reich und Arm.

Worum es geht in:
Neue Zeiten – 1990 etc.

Die Jahre zwischen 1990 und 1992. Alles war neu. Hoch wurde gepokert. Hoch wurde gestapelt. Was war Treue wert? Wo war die treue Hand der Treuhand? Wer schützte wen? Und wem gehörte das Volkseigentum? Video-CD's waren auf dem Vormarsch. Die DM-Armee marschierte gen Osten. Alles wurde teurer, dafür bunter. Eine neue Kälte zog ein. Aber die heiße Liebe war nicht totzukriegen. Love & Peace waren aktuell wie nie. Udo Lindenberg besang die »Bunte Republik Deutschland«. Und die Wendehälse reckten ihre Hälse empor und konnten sie nicht vollkriegen. In Leuna liefen tausende Arbeitslose zu den Ämtern. Unsere Kinder fanden neue Helden. Ein Hippiefestival erlebte ein Revival. Die Flower-Power-Geister von Burg Herzberg feierten weit über Mitternacht. Das erste Wacken fand statt – in Wacken.

Hoffnung auf ein besseres Leben, auf Reisen, auf die Entdeckung einer neuen Welt – all das auf der einen Seite des friedlich abgetragenen Eisernen Vorhangs. Hoffnung, Hoffnung, über alles in der Welt …

Auf der anderen Seite: Verlustängste, Vorbehalte, erst die heimliche, dann die lauter werdende Forderung nach einer neuen Mauer – die Wessis im Wahn eines Besitzstandverlustes. Es war offensichtlich, dass diese Brandzeit nachwirken würde – für Jahrzehnte …

Worum es geht in:
Verflixte Zeiten – 1994 etc.

Es schien, als versickerten die Jahre zwischen 1993 und 1996 in den unterirdischen Kanälen der Geschichte. Aber so war es nicht. Das neue Deutschland plusterte sich auf. Es mischte sich ein ins Weltgeschehen. Nach innen mimte der Staat den starken Mann. Hoffnung und Arbeitslosigkeit stiegen gleichermaßen. Die Wirtschaft schmierte ab. Das politische und wirtschaftliche System verflochten sich mehr und mehr miteinander. Unsere privaten Probleme blieben. Musik und Kultur versüßten uns den Alltag. Unser Glück, unsere Liebe, unsere Partner und Kinder gewannen an Bedeutung. Im irischen Honeybridge trafen sich alte Freunde aus aller Welt. Ein Mann aus der Freundesrunde, ein junger Mann, litt unter Depressionen und stand am Rand der atlantischen Klippen. John und Mara retteten ihn. Und viele retteten so manches, was im Großen und Ganzen unterzugehen drohte.

Stefan Koenig gelingt eine rasante Erzählung zu den Mittneunzigern. Es hat alles, was die geschichtlich interessierten Leser begeistert - es fehlt nicht an Spannung, Information und erzählerischer Sanftmut wie auch an Empörung.

Worum es geht in:
Schöne Zeiten – 1997 etc.

Die guten alten 90er-Jahre. In diesem Band nähern sie sich dem Ende. Aber die Zeit zwischen 1996 und 1999 hat noch viel zu bieten. Gute Musik. Und tolle Bands. Aber auch schwere Jungs. Und eine Rechtschreib-Reform.

Fußballfieber und starke Konzerte. Aber auch Auftragsmorde. Und Tic Tac Toe. Schuldsprüche und Freisprüche. Dazu diverse Hochstapeleien und falsche Ärzte. Und die Entführung einer Zehnjährigen in Wien. In Bonn schlug Helmut Kohls letzte Stunde. Es schien als bewegten wir uns damals im Spinnennetz der Geheimdienste wie auch im Netz politischer Korruption. Dabei war für uns nur die Liebe von wahrem Interesse. Und die Friedenssehnsucht.

Wieder gelingt Stefan Koenig ein eindrucksvolles Zeitgemälde, das er in effektvollen und dennoch realistischen Farben, von mausgrau bis kunterbunt, zeichnet. Eine deutsche und zugleich persönliche Saga, spannend und informativ erzählt.

Worum es geht in:
Kuriose Zeiten – 1999 etc.

Die Jahrtausendwende. Was würde sie uns bringen? Die Hell- und Schwarzseher hatten Hochkonjunktur. Aber das Internet und die Computer hielten dem Jahrtausend-Virus und der Änderung der digitalen Zeitangabe stand. Der Weltuntergang blieb aus. Wir feierten im Laubacher Schloss. Die Mittelaltermärkte blühten auf. Dort zahlte man in Taler. Doch schon stand der Euro vor der Tür. Das Schul- und Bildungssystem stand auf dem Prüfstand. Ein Schulroman schlug Wellen. Der grüne Außenminister bekam einen roten Farbbeutel ab. Prinz Philip trat ins übliche Fettnäpfchen. Kanzler Kohl verkohlte uns mit dem Ehrenwort. Banken halfen beim Steuerbetrug. Ehen scheiterten. Betrüger feierten Partys. In Washington tagte die Fünferbande des neu gewählten Präsidenten in geheimer Mission. Nostradamus ist ihr Berater. Wir sind mit unseren Pubertieren und dem Älterwerden beschäftigt. Hält uns die Musik jung?

Stefan Koenig malt in abwechslungsreicher Weise und in unterschiedlichen Farben die Jahre zwischen 1999 und 2001. Er schließt den vorliegenden Band kurz vor dem großen Knall ab. Aber man ahnt, dass etwas Ungewöhnliches geschehen wird. Es ist kurz vor Zwölf. Kurz vor 9/11.

Worum es geht in:
Nina N.
Ein Roman der Jahrtausendwende

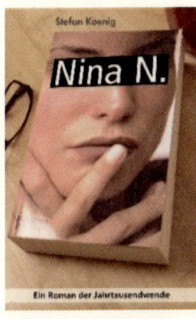

Als die achtunddreißigjährige Alice nach sechs Jahren Haft den siebzehnjährigen Tom kennen lernt, hat sie bereits ihre neue Identität – als Nina Nowak. Die willensstarke Frau, von deren Schicksal niemand ahnt, taucht mit illegalen Mitteln in eine ihr unbekannte Berufswelt ein. Aus Not und aus Sehnsucht nach einer verborgenen Liebe lässt sie sich auf das »Abenteuer Schule« ein. Aus der Schauspielerin wird eine geschätzte Sport- und Physik-Lehrerin. Tom zuliebe setzt sie ihre magische Begabung ein und traut sich an Einsteins Raum-Zeit-Theorie heran.

In einem Schriftsteller-Seminar befreundet sie sich mit der siebenundzwanzigjährigen Nora. Und Nora lernt das Trauma ihrer neuen Freundin kennen. Gerüchte über die beliebte Lehrerin entstehen. Auch wenn diese schließlich zerplatzen, so erschweren sie doch Ninas Weg.

Die Frauenfreundschaft hilft lindern, aber der entscheidende Schritt bleibt aus. Der Alltag eines dubiosen Schulgeschehens scheint Ninas Problem zu überdecken. Bis Nina bei Tom und seinem Vater Leo einzieht – Ninas Schulamtsvorgesetztem. Ein Pulverfass an Gefühlen entsteht. Plötzlich taucht auf dem Höhepunkt ihrer schulischen Karriere ein dunkler Schatten aus ihrer Vergangenheit auf und zwingt zum Handeln.

Wird sie durch Mauern gehen? Wird sie die Kraft finden, den Justizirrtum von damals aufzuklären? Aber da gibt es noch eine Doppelgängerin, die ungeschminkte Nina Nowak. Sie ist ebenfalls Lehrerin – allerdings in einer siebzig Kilometer entfernten Großstadt. Als sie plötzlich verschwindet, beginnen die polizeilichen Ermittlungen …

Zum Autor:
Stefan Koenig (Pseudonym), geboren in Frankfurt am Main, Volontariat als Verlagsredakteur, Studium der Philosophie, Politik-, und Verwaltungswissenschaft in Berlin, Berkeley und Frankfurt am Main, 18-monatiger Forschungsaufenthalt in den USA, danach freier Journalist, 10 Jahre als Unternehmer in der Erwachsenenbildung tätig mit dem Schwerpunkt Ökologie und Umweltinformatik sowie als Unternehmens-Consultant und seit 1998 als Autor von Sach- sowie Foto- und Kinderbüchern und Romanen tätig, lebt in Laubach.